항일 민족시인 이상화의 문학과 삶

두 발을 못 뻗는 이 땅이 애달파

지은이 이상규는 시인, 경북대학교 명예교수, 울산대와 경북대 교수, 국립국어원장을 역임하였다. 교육부 인문학육성위원, 통일부 겨레말큰사전 편찬위원 및 동 이사와 대한민국 국회입법고시 출제위원과 이상화고택보존운동 공동대표를 역임하였다. 1979년 『현대시학』추천. 『13월의 시』(2016, 작가와비평)(문화체육관광부 우수도서 선정) 외 다수의 시집과 산문집 『오래된 불빛』(2019, 역락)이 있다. 『이상화시전집』(2001, 대구문인협회), 『새롭게 교열한 이상화정본시집』(2002, 홍익포럼, 문화체육관광부 우수도서), 『이상화문학전집』(2009, 이상화기념사업회), 『이상화문학전집』(2015, 경진출판), 『이상화시의 기억공간』(2015, 수성문화원), 『국민혁명군 이상정의 북만주 기행』(2020, 민속원) 외 다수의 논문을 발표하였다. 대한민국 한류전통문화대상(2014), 한국문학예술상(2015), 매천황현문학대상(2017) 등을 수상하였다. 책 읽는 공간 여수서재의 주인이다.

이상화기념관 학술총서 1

항일 민족시인 이상화의 문학과 삶

두 발을 못 뻗는 이 땅이 애달파

© 이상규, 2021

1판 1쇄 인쇄__2021년 09월 20일
1판 1쇄 발행__2021년 09월 30일

지은이__이상규
펴낸이__양정섭

펴낸곳__경진출판
　　　　등록__제2010-000004호
　　　　이메일__mykyungjin@daum.net
　　　　사업장주소__서울특별시 금천구 시흥대로57길 17(시흥동, 영광빌딩), 203호
　　　　전화__070-7550-7776　팩스__02-806-7282

값 38,000원
ISBN 978-89-5996-828-2 03810

항일 민족시인 이상화의 문학과 삶

두 발을 못 뻗는 이 땅이 애달파

이상규 지음

대구 근대의 끝자락 금남 이동진이 일군 자산으로, 소남 이일우는 전근대의 농경 경제를 근대적 산업사회로 전환하여 대구의 상공 발전을 이끈 유력한 상공인물 가운데 한 분이다. 또한 소남의 맏아들 이상악은 대구 근현대 상공 발전과 지역 산업 발전과 교육을 위해 이바지를 하신 분이다.

소남의 아우이자 일제 저항 시인 이상화의 아버지인 이시우는 일찍 하세하셨다. 용봉인학(龍鳳麟鶴)이라고 부르는 네 형제—즉 항일 독립운동가이자 서양화가이며 전각과 시조 시인 이상정, 일제 저항 시인 이상화, 우리나라 최초의 IOC 위원이자 사회학자인 이상백, 수렵가이자 저술가인 이상오—를 그들의 큰아버지 소남이 키워냈다.

금남 이동진 이후의 경주 이씨 세가를 이장가(李庄家)라 지칭해 왔다. 특히 일제 저항기에 소남 이일우는 중국으로부터 귀중한 장서를 수입하여 비치해 둔 '우현서루'를 설립하여 많은 항일 우국지사들을 배출하였다. 이상화기념관·이장가문화관(이하 이상화기념관)은 현재 달서구 선산 아래에 건립하여 각종 자료를 전시 보관 관리를 하고 있다.

그동안 중국에서 항일 투쟁을 벌이며 독립운동을 전개했던 이상정 장군과, 일제 저항 시인 이상화에 대한 자료를 수집하고 연구해 오신 이상규 교수와 함께 이상화기념관 학술총서 4권을 연속으로 출판하게 되어 매우 기쁘다. 먼저 이상화의 삶과 문학을 전혀 새로운 시각으로 조명한 『두 발을 못 뻗는 이 땅이 애달파』(항일민족시인 이상화의 문학과 삶)를 이상화기념관 학술총서 ①로 간행하기로 하였다. 이어서 새로 발굴된 이상화와 가족들의 편지를 묶은 새로 발굴한 항일 저항시인 이상화 편지와 자료를 『독립운동가 이상정과 일제 저항 민족시인 이상화』(독립운동가의 기록 앨범)를 이상화기념관 학술총서 ②로, 새로 발굴한 이상화의 문학 자료를 증보한 『(정본)이상화 문학전집』을 이상화기념관 학술총서 ③으로 연속해서 간행할 계획이다. 그리고 중국 국민혁명군에 종군하면서 항일 투쟁과 조선 동포를 위해 활동했던 이상정 장군이 1925~1930년 기간 동안 종군 기행과 문학기행을 비롯한 험난한 일제 간첩 혐의로 난징 구치소에 구류되었던 나라를 잃은 디아스포라의 비애와 아픔을 담아낸 『중국 국민혁명군 이상정 유고 표박기』(아름다운 삼천리 정든 내 고향)를 이상화기념관 학술총서 ④로 간행할 계획이다.

앞으로 대구 근현대 상공 발달사 연구에 결정적인 역할을 한 이상악과 관련된 많은 자료들은 아직 연구의 손길이 닿지 않은 상태로 그대로 있다. 그리고 우리나라 스포츠 발달사에 큰 공로를 세운 이상백 박사의 자료와 편지 그리고 서간 등을 연구 자료로 공개하여 이상화기념관 학술총서를 계속 이어나갈 예정이다.

대구, 달구벌은 일찍 경성, 평양에 이은 삼대 도시의 하나로 숱한 우국지사들을 배출하였고, 많은 지식 정보 생산을 선도해 온 유서 깊은 도시이다. 대구의 자긍심을 그리고 정체성을 확보하기 위해 이상화기념관은 계속 노력할 것이다. 앞으로 학술총서 간행에 이어 대구 지성들의 담론 모임의 운영과 세미나 학술발표 등 다채로운 사업을 기획하여 자라나는 후세들에게 대구정신을 올바르게 일깨우고, 대구의 자부심을 키워내는 데 열정을 쏟을 것을 약속드린다.

이장가와 이상화기념관에 지속적인 관심을 가지고 관련 연구를 지원해 주시는 이상규 교수님께 이 자리를 빌려 다시 한번 진심으로 감사의 인사를 드린다. 대구 근현대 지성의 산실 '우현서루'의 복원과 '이상화문학관' 건립을 위해 격려와 성원을 보내 주시는 여러분들께도 이 자리를 빌어 감사의 인사를 드린다. 아울러 이상화기념관에 항상 관심을 가지고 응원해주시는 대구광역시와 달서구 관계자 여러분께도 감사드린다.

2021년 8월 10일
이상화기념관·이장가문화관 관장 이원호

이상화는 마돈나로 현신하여 부활의 동굴 성모당에서 조국 광복을 호명하고 빼앗긴 들판에 서서 광복의 봄을 촉구한 일제 저항 시인이다. 어두운 일제 식민 시절 가파른 역사의 고된 길을 걸으며 식민 극복과 가난한 식민 조선 사람들의 삶의 모습을 가슴으로 뜨겁게 노래한 민족시인이다. 이상화는 근대의 끝자락에서 소용돌이치는 현대의 풍광이 나비 날갯짓으로 내려앉을 무렵 달구벌 한복판에서 태어나 우리나라 1920년대 현대시문학의 문을 활짝 열어주었다. 그는 오직 식민 조선의 광복을 위해 자신을 던져버린 시인이다. 저항을 기조로 한 시 정신을 지녔던 시인을 어떻게 제 자리에 제대로 모셔올 수 있을까, 이 어설픈 글 솜씨로. 그래서 이 책 출판을 무척 망설였다. 그러나 이 책 집필을 결심하게 된 결정적인 이유는 한 시인의 삶과 문학에 대한 정당한 평가를 내리는 일도 중요하지만 그의 삶과 문학 유산을 온통 오류투성이로 만들어 놓은 지난 잘못을 바로잡고 싶었던 필자의 열망 때문이었다. 또 한 가지 덧붙인다면 우리나라 학계나 평론계의 자료 처리 방식이 얼마나 부실하고 취약한지를 반성하기 위해서이기도 하다.

한 작가의 문학 성과에 대한 평가가 한 시대의 이념적 대치로 포박당하여 왜곡되거나 평론자의 인식의 깊이와 해석의 품격에 따라 엄청나게 달라질 수도 있다. 문학사에서의 평가나 문학의 독해는 평론가나 독해자의 견해에 따라 굴절되거나 전혀 엉뚱한 방향으로 편향되기도 하여, 그 결과가 오류투성이의 단면을 드러낼 수도 있다. 문학사뿐만 아니라 역사는 쓰여지는 순간 진실에서 멀어져 허구로 치닫게 된다. 더군다나 이념이 개입되는 순간 진실로부터 더욱 멀어진다. 우리 문학사에서 아마 여기에 해당하는 대표적인 작가가 이상화 시인이 아닐까 생각한다.

1920년대 상화는 문단의 선두에서 서구 문학사조를 수용하면서도 토속적인 화법으로 또 심미적인 은유와 상징으로 자유시 형식을 다양하게 시험한 시인일 것이다. 다만 그의 토속적인 시적 표현으로 인해 후세 사람들의 많은 오독의 흔적이 남기게 되기도 하였다. 따라서 이상화의 삶과 문학텍스트에 대한 재해독의 필요성을 강조하는 이유는 어쩌면 필자 스스로가 이상화에 대한 굳은 신념을 독자들에게 설득하기 위한 것이라는 게 훨씬 더 솔직한 표현일지도 모른다. 이 책 또한 그러한 오류를 극복하려는 의지로 쓴 것이지만 그런 오류의 범주를 다시 뛰어넘지 못하리라는 우려도 금할 수 없다. 거기서 한 발자국 더 나아가서 문학사적 사유를 확장하여 그의 지적인 매력에 한 걸음 다가서고 싶었다.

처음 내가 이상화를 만난 때는 고등학교 시문예반에서 「빼앗긴 들에도 봄은 오는가」라는 작품을 접했을 때였다. 그 다음 다시 대학교 시절에 김춘수 선생의 「나의 침실로」에 대한 해설 시간을 통해서였다. 1920년대 대구가 낳은 항일 민족시인으로 그리고 『백조』 동인 시인으로 세기 말의 우울한 퇴폐적 시를 개척한 시인에서 '파스큐라'를 거쳐 '카프'의 계급문학에 발을 담근 항일 민족시인이라는 식의 단순 도식적 지식을 전수받았다. 전통과 계몽의 충돌로 복잡다단했던 시절이면서 서구의 현대문예사조가 한꺼번에 밀어닥친 시기라고 하더라도 그 짧은 기간, 한 시인의 시 세계가 낭만적 퇴폐주의 시에서 사회주의적 신경향파로 그리고 궁극에 일제 저항시로 계기적으로 정착되었다고 설명해 온 문예사적 기술이 선뜻 받아들여지지 않았다. 사실 그의 본격적인 문학 활동 기간은 불과 6~7년이 되지 않는데,

그의 시 세계를 구성하는 하나의 몸을 낭만적 퇴폐와 일제 저항으로 어떻게 분리시킬 수 있는가?

그 후 세월이 많이 흘러 대학에서 학생들을 가르치는 과정에서 이상화의 시를 좀 더 촘촘하게 관찰하면서 놀라운 사실들을 찾아내었다. 그의 시 행간에는 어떤 허위도 기교도 끼어들 틈이 없는 솔직함이 배어 있었다. 그리고 한글맞춤법이 나오기 이전의 표기법의 혼란스러움뿐만 아니라 독해가 어려운 대구방언이 촘촘하게 둥지를 틀고 있어서 이를 현대어로 바꾸는 과정에서 생겨난 엄청난 오류가 아무런 검토나 반성이 없이 28여 종의 현대 시집으로 반복 출간되었음을 알게 되었다. 시어는 물론 연행 구분의 혼란, 정서법에 맞추어 옮기는 과정에서 나타난 여러 가지 오류들이 그대로 남아 유전되어 온 것이다. 심지어는 이상화의 문학 유산 총량이 정확하게 얼마인지 그리고 그의 문학 유산에 대한 총제적인 텍스트 비판도 제대로 한 적 없이 수십 편의 박사학위 논문이 쏟아져 나왔다. 그 결과 20년 한국 현대 시단을 선도했던 이상화의 시적 품격과 인식에 대한 평가는 예상 밖으로 매우 낮았다. 이런 문제 의식이 내 머리 속에 차곡차곡 쌓여 있었지만 이에 대한 종합적인 비평을 내놓을 수가 없었던 것은 주변의 어설픈 시선들 때문에 선뜻 글쓰기가 어려웠다. 단지 이상화 시에 나타난 방언의 문제를 비롯한 정본 시집을 만드는 정도에 만족할 수밖에 없었다. 물론 그 과정에서 내 스스로 범했던 오류도 적지 않았다. 프랑크푸르트 문창과 교수를 지낸 하인리히 빌(1979)은 "살 만한 제 나라에서 살 만한 언어를 찾는 게" 문학의 목표라고 했듯이 상화는 민족의 수난 앞에서 결코 좌절하지 않고 살 만한 제 나라를 되찾는 일을 위하여 살 만한 제 지방의 말로 제대로 된 시를 쓴 시인이다. 민족 수난과 시련을 고발하고 저항하면서 희망을 향해 외친 목소리는 그의 시 문법과 놀랍게도 일치하였다.

이 책을 통해 이상화를 새롭게 한번 보듬는 기회를 마련한 것이다. 가장 핵심적인 사항은 그 동안 「나의 침실로」와 「빼앗긴 들에도 봄은 오는가」 두 작품에만 얽매인 너무나 상반된 해석, 그리고 문예사조에 입각한 단선적 변동을 지나치게 부각했던 결과 상화의 시문학의 결정체를 제대로 관찰하지 못했다. 이를 토대로 하여 퇴폐적이고 유미주의적 작품으로 치부해 왔던 「나의 침실로」라는 작품도 「빼앗긴 들에도 봄은 오는가」와 마찬가지로 조국의 광복을 기원하는 작품으로 관찰한 하나의 몸인 작품으로 평가한다. 곧 '침실'이나 '동굴'을 재생과 환원의 주술적 상징으로 '마돈나'를 애타게 불렀던 심경은 빼앗긴 들에 다시 봄이 회생하기를 바라는 제의적 조응물로서 상호 동일한 시적 호명으로 해석해야 하며 이와 아울러 가난한 농민, 도심의 거지, 엿장수 등과 같은 기층민 역시 강압적 지배하에 그들의 등살을 벗겨내는 식민 저항의 표상으로 읽어내려고 한 것이 본고의 기본적인 골격이다.

　「나의 침실로」에서 마돈나를 간절히 기다리는 정체는 관능과 탐미주의적 서정의 징표로 위장된 조선의 독립과 광복인 것이다. 당대의 프로문학 운동을 지향했던 이들로부터의 시기와 질투로 인해 「나의 침실로」가 퇴폐적인 작품으로 내몰렸던 아픈 시대의 왜곡된 관점들을 재해석해내어야 할 것이라 판단하였다. 상화는 가장 낭만적이고 열정적인 관능과 뮤즈의 내면에 한 시대사의 슬픈 단층을 숨겨둔 것이다. '마돈나'는 빼앗긴 들판에 가르마를 타고 밭을 매는 여인과 조응되는 한 몸이며 이들과 함께 조선의 독립을 노래한 절창이라고 하지 않을 수 없다. 그 속에서 이상화의 참다운 시 정신을 잣아 올려 다시 찾아온 봄의 들판에 햇살처럼 골고루 뿌려야 할 것이다. 상화는 우리의 과거이면서 현재이고 또 미래의 대지인 동시에 하늘이며 생명이며 하늘에 떠 있는 외로운 역사의 별인 것이다.

　상화가 글쓰기로 일제에 저항하려고 했던 꿈은 오래가지 못했다. 1927년 이후 글쓰기를 포기할 수밖에 없었던 나머지 그의 후반부 생애에 대해 어떤 이도 제대로 조명하지 않았다. 눈에 보이지 않는 이념의 파도에 거칠어진 역사적 폭력과 이념의 횡포 앞에서 글쓰기의 힘은 너무나 무력했기 때문이었을까 아니면 문학 외적인 삶이 가져다준 상처 때문이었을까? 1927년부터 그가 죽기까지 이 숨가쁜 문학 활동의 긴 공백기의 삶을 추적하는 것이 매우 중요하다고 필자는 판단하였다. 그는 이 기간 일제에 저항하기 위해 대구지역을 중심으로 문화예술 활동과 조국광복을 위한 의혈단과 연계한 대구신간회지부 활동, 그리고 근우회 활동지원을 비롯한 청소년 교육운동을 통해 매우 일관성 있는 삶을 살았던 한 시대의 시인이자 사회운동가라고 판단하고 있다. 그의 시에는 빛바랜 노래가 아닌 시간이 흐를수록 올곧은 선비 자태의 그림자가 드리워져 있고 세월을 횡단하는 낙타의 고른 숨소리가 어우러져 있었다.

새천년이 시작될 무렵 이상화가 살다간 고택이 도심개발에 헐려나가게 된다는 언론보도를 접하고 불연듯이 이상화가 살았던 고택의 보존운동을 통해 일제 저항시인의 숭고한 시 정신을 대구시민에게 알려야겠다고 판단하고 필자는 "항일민족시인이상화고택보존운동을 위한 100만 서명운동"을 전개하면서 이상화에 대한 시를 다시 읽고 그의 시의 텍스트에서 식민 지배의 역사를 읽어낼 수 있는 문법을 찾아야겠다는 생각을 가진 지 벌써 20여 년이 흘렀다.

이상화 시인의 현존하는 문학유산 속에서 이미 역사의 무대로 숨어버린 사라진 내면의 언어를 어떻게 보완하여 재구성할 수 있을까? 엄청나게 변해버린 이 사회의 현실 속에 오래된 지난 시대의 목소리를 어떻게 새롭게 살려낼 수 있을 것인가? 그 동안 많은 연구자들의 글을 읽으며 내가 인식하고 있는 사실과 너무나 다른 그 큰 괴리를 어떻게 매울 수 있을까? 그리고 한 시인의 파란만장한 개인의 역사를 과연 제대로 재구할 수 있을까? 망설여지고 도무지 자신이 서지 않았다. 이상화는 나의 미루어둔 오랜 숙제들이었다. 대학 교단을 떠나 자유롭게 책을 읽고 생각하는 시간의 깊이로 내가 이해하고 아는 이상화에 대한 지식을 숙성시켜 이상화를 사랑하는 이들에게 되돌려 주어야겠다는 생각으로 이 책을 출판하게 되었다. 얼마나 신뢰할 수 있을지 잘 모르겠지만 크지도 작지도 않은 이상화에게 배운 이상화의 정직한 시의 언어로 그의 솔직한 인생 문법을 그리고 그의 무의식의 퇴적층에 쌓인 역사적 질서를 새롭게 배열하여 담아내려고 노력하였다. 시대와 역사가 한 개인의 가려진 고뇌와 고통을 다 읽어내지 못하는 경우가 허다하다. 그런 이유로 한 시인의 작품 세계를 온전히 제대로 평가하지 못하는 한계를 노출할 수 있다. 그 간극을 줄이기 위해 실로 엄청난 시간을 보내야 했다. 이 책은 이상화를 연구하거나 사랑하는 사람들에게 그를 찾아나서는 이정표가 될 만한 전기나 평전이라고 생각해 주기를 바란다. 이상화의 심오한 시적 사유를 논하는데 일말의 도움을 줄 만한 교양서로 만들려고 노력했다. 문화적 우월성과 순수성이야말로 바깥 오염된 세상의 풍파를 막는 물막이 역할을 할 수 있다. 일제 저항 정신이 그런 물막이의 역사적 역할을 다할 수 있으리라는 자부심을 이상화의 문학 세계로부터 내려받기를 바란다. 끝으로 이 책을 구성하는 데 많은 분들의 사전적인 내용의 글을 직간접적으로 인용하였으나 일일이 출전을 다 밝히지 못했음을 밝혀두며 이 자리를 빌려 감사의 인사를 드린다. 비록 때가 늦었지만 이상화 고택보존운동을 위해 함께 해 준 136분의 명단을 실어 영원한 기록으로 남겨둔다. 이분들 가운데는 이미 세상을 뜬 분들도 보여 새삼 세월의 무상함을 느낀다.

끝으로 어려운 출판계 상황임에도 불구하고 오랜 우정으로 이 책 출간을 선뜻 허락해 주고, 또 알뜰하게 편집과 교정을 해 준 경진출판 양정섭 대표님과 이상화 관련 자료를 제공해 준 이상화 문학관장 이원호 님께 진심으로 감사드린다.

2021. 8. 25.

여수재 이상규

제2부 이상화 시인의 저항과 좌절

제3부 이상화 문학텍스트 읽기

제1부 달구벌이 낳은 이상화

지금은 남의 땅— 빼앗긴 들에도 봄은 오는가?
나는 온몸에 햇살을 받고
푸른 하늘 푸른 들이 맞붙은 곳으로
가르마 같은 논길을 따라 꿈속을 가듯 걸어만 간다.

—「빼앗긴 들에도 봄은 오는가」 중에서

01
이상화의 삶과 문학, 혹은 자서전

그 적막하던 달구벌을 울린 메아리

생전에 시집 한 권도 남겨놓지 않고 광복을 눈앞에 둔 어느 날 훌쩍 떠난 이상화 시인, 이 글은 꽤 긴 시간 그를 탐색해 온 필자가 이상화의 입장에서 대필한 자서전이다. 되돌릴 수 없는 시간과 공간이지만 다시 그 적막하고 암울했던 1901년 그가 태어난 시공간으로 되돌아가 본다. 다만 이상화의 문학에만 매달려 그의 삶을 두 토막 혹은 세 토막으로 나누어서 설명해 온 방식을 벗어나 그의 삶을 지배했던 전반기 문학인의 삶과 1927년 이후 문화예술 사회운동가로서 기간으로 분절하여 살펴 본 다음 다시 이를 통합한 그의 전 생애를 판독해 내려고 한다. 그 이유는 그가 문학에 매달렸던 시간이 물리적인 시간상으로도 결코 길지 않기 때문이다. 그 기간 동안 문학적 성과들이 변했다 한들 얼마나 변했을까? 그의 전반기 문학의 삶도 퇴폐적인 시기니 계급문학의 시기니 분리시키지 않고 그보다 더 넓고 더

긴 맥락에서 항일이라는 문학적 에콜(école)을 중시하여 하나의 시기로 삼았으며 이 단락은 그의 삶의 후반기를 장식하는 문화예술 사회운동가로서의 삶과 나란히 함께 배열시키는 것이 더 온당하다는 생각 때문이다. 이상화에게 조선은 생명의 꽃이었다. 그러나 일제에 의해 짓밟힌 조국은 상처받은 꽃이자 고통의 꽃이고 아픔의 꽃이 되었다. 그 꽃을 되살릴 부활의 동굴과 침실, 빼앗긴 들에서 꽃 피는 봄을 기다리는 여인은 상화와 한 몸을 가진 그의 열망의 분신이다.

조각난 모자이크처럼 흩어져 있는 그의 삶과 그가 남겨놓은 문학 작품들을 새롭게 구성하여 이제 한 시인의 이야기를 시작하려고 한다. 한 나라의 문학은 그 나라 지역문학들이 하나의 꽃다발로 모여서 형성된다. 신라시대 향가에서 조선시대의 시조와 가사가 활발하게 창작되었던 지역이 대구경북이라는 사실만으로도 대구경북은 우리나라 문학사의 골간을 형성하는 기본 줄기를 차지한다. 특히 일제강점기 대구경북 지역문인들은 항일 민족정신을 바탕으로 근대문학을 다양하게 실험하면서 신문학의 여명을 향해 힘찬 발걸음으로 그 길을 이어내었다. 한국 근대문학은 계몽기에 밀려든 새로운 가치와 이념을 바탕으로 시작됐다. 출판사·학교·동인지·잡지 등을 통해 형성되기 시작한 대구경북의 근대문학은 시인 이상화·백기만·이장희·이육사·오일도와, 소설가 현진건, 시조시인 이상정, 희곡과 연극, 영화에 김유영과 홍해성, 아동문학의 윤복진을 만남으로써 그 폭과 깊이를 더하여 우리나라 문학사의 중심에 놓이게 하였다. 1917년 프린트판 동인지 『거화』를 펴냈던 현진건·이상화·이상백·백기만 등은 이후 이장희와 함께 한국근대문학 형성의 중요 토대가 되었던 『백조』와 『금성』의 주요 동인으로도 활약했다. 경북 선산 출신인 연극영화인 김유영의 삼촌인 김승묵(1903~1933)이 1925년부터 1927년 사이에 발간한 문예지 『여명』(통권 4호)은 1920년대 중반 지역 근대문학의 토양을 일군 중요한 문학 매체이다. 또한 1934년 경북 영양 출신 오일도가 간행한 『시원』과 김천조선문인협회의 진농성이 간행한 『무명탄』, 그리고 1945년 10월 이윤수가 주도한 죽순구락부와 1946년 『죽순』의 간행, 그 이후 많은 작가들이 등장하여 한국 근현대문학의 여러 분야를 화려하게 장식했다.

일제에 항거한 이상정·이상화·현진건·이육사 등은 지조 높은, 이 지역 출신의 문인들이었다. 이들은 일제의 지속적인 피체와 검열과 억압에도 위축되지 않고 시대성과 문학성을 갖춘 작품들을 발표, 저항문학의 한 물줄기를 형성했다. 현진건은 『고향』, 『운수좋은 날』 등을 통해 일제강점기 민중들의 절망적인 삶의 현실을 음산하고 비참한 「조선의 얼굴」로 표상화했으며, 이상화는 「빼앗긴 들에도 봄은 오는가」, 「통곡」 등을 통해 나라 잃은 비애와 저항의지를 강하게 드러냈다. 상화보다 좀 늦게 문단에 등단한 이육사는 몇 차례의 피검과 투옥을 거듭하면서 옥에서 순절하는 순간까지 「절정」, 「교목」, 「광야」와 같은 뛰어난 일제 저항시를 남겼다. 그리고 소설가 백신애·장덕조·김동리와, 시인 이육사·이병각·오일도·박목월·조지훈과, 시조시인 이상정·이호우와, 문학평론가 이원조·김문집, 그리고 아동문학가 이영식·윤복진·김성도·이응창 등이 이룩한 문학적 성취는 우리 근현대문학의 형성과 발전에 크게 이바지했다.

지금부터 꼭 77년 전인 1943년 4월 25일 아침결인 오전 8시 대구시 중구 계산동 2가 84번지 알아보기 힘들 정도로 바싹 야윈 43세의 상화는 힘없이 몇 마디 입속말을 아내 서순애(1984년 작고)에게 건네고는 영원히 되돌아올 수 없는 영면의 길을 떠났다. 큰아들 용희 씨가 18세, 충희 씨가 10세, 막내 태희 씨가 6세였던 때였다. 그 해 정월에 경성제대 부속병원에서 위암으로 판명된 지 불과 석 달 만에 영원히 돌아오지 못할 길을 그렇게 황급히 떠나버렸다. 목우 백기만이 그 해 2월 중순 중국 만주로 떠나기에 앞서 계산동 고택으로 병문안을 가보니 벌써 눈빛만 형형한 채 여윌 대로 여위어

김화수 여사와 용봉상린 네 형제와 손자 중희(1918~1990), 1920년 무렵

있었다고 전한다. "집필하려던 『국문학사』를 탈고나 해놓고 죽었으면 좋겠는데… 그것도 틀린 모양이지…"라는 말을 남기고. 서서 죽는 한이 있더라도 결코 왜놈들한테 무릎 꿇지 않았고, 어떤 괴로운 감시와 탄압과 고초를 겪어도 동지들에게 자신의 아픔을 내색하지 않고 속으로만 삭혔던 불굴의 상화였지만 병마 앞에서는 그렇게 힘없이 무너졌다. 민족을 위해 해야 할 태산 같은 일들을 남겨두고…… 우리 문단의 큰 별이 뚝 떨어져버린 슬픈 그날 이후, 상화는 대구시 달성군 본리리 산 13-1번지에 소재한 경주 이씨 이장가 가족묘지에 안장돼 울창한 소나무 숲에서 울려나는 세월의 바람소리를 들으며 깊이 잠들어 있다.

그 해 가을 백기만·서동진·박명조·김봉기·이순희·주덕근·이흥로·윤갑기·김준묵 등 해방 전후 공간의 대구를 정신적으로 이끌던 지인 10여 명이 힘을 모아 상화 묘비를 세웠다. 상화가 주권을 빼앗긴 민족임을 잊지 않기 위해서 초기에 스스로를 귀머거리, 벙어리로 지칭한 호 '백아'(원래 白啞인데 묘비에는 白亞로 새겨짐)를 묘비명으로 "시인 백아 월성 이공 휘 상화의 묘(詩人白亞月城李公諱相和之墓)"라고 새겼다. 그 곁에는 상화의 맏형인 중국 망명 국민혁명군 이상정 장군과 상화의 동생인 우리나라 IOC 초대 위원이며 서울대교수를 지냈던 이상백, 그리고 수렵인 이상오의 무덤이 나란히 파란의 세월 속에 잠긴 고초의 이야기를 안고 아득한 지난날의 그리움이 소곤거리는 메아리가 되어 달구벌에 울려 퍼지고 있다.

일제 서슬이 퍼렜던 식민 무단시대에 글을 쓰면서 온몸으로 현실에 부대끼며 투쟁했던 「빼앗긴 들에도 봄은 오는가」의 시인 이상화의 삶을 되돌아본다. 상화는 1901년 4월 5일 대구시 서문로 2가 11번지에서 부친 이시우와 어머니 김신자 사이에 4형제 중 둘째로 태어났다. 부친 이시우의 본관은 경주, 호는 우남이며 그는 대구의 보통 선비로 상화가 일곱 살 때 일찍 세상을 떠났다. 모친 김신자는 김해 김씨로서 신장이 무척 크고 몸무게도 육중한 거인으로 품성은 인자하고 후덕한 모습을 지녔다. 그는 청상의 고절을 노후까지 그대로 꼿꼿이 지키며 아들들을 교육하는 데 남다른 열의를 보인 분이었다. 상화의 형제들이 모두 큰 인물이 될 수 있었던 것은 어머님의 살뜰한 보살핌과 함께 큰아버지 이일우의 가르침의 결과였다.

상화의 큰아버지 소남 이일우는 당시 대구에서 몇 손가락에 꼽히는 지주였으나 소작인을 가혹히 착취하지 않고 가뭄이나 홍수를 당한 어려운 시기에는 소작료를 저율로 하고 후대하였기 때문에 칭송이 자자했던 명망이 높던 분이었다. 그는 아버지 동진 공으로부터 이어받은 자산으로 「우현서루」를 지어서 많은 서적을 비치하고 각지의 선비들을 모아 강학하게 하였으며 또한 「달서여학교」를 설립, 부인야학을 열어 계몽과 개화의 길에 앞장섰다. 또한 평생 지조를 지켜 총독부에서 제안한 관선 도의원과 중추원참의도 거절한 배일의 지주이며 대구를 대표하는 상공인이 되었던 분이다.

최근 발굴된 다량의 이상화 편지 자료를 통해 입증되었듯이 이일우는 조카 4형제의 뒷바라지를 열성으로 해 주었을 뿐만 아니라 인근의 백기만 등 가난하지만 우수한 인재 양성을 위해서도 지원을 아끼지 않은 분이었다. 상화가 남긴 많은 편지글을 보면 소남의 지원 덕분으로 그의 용봉상린 4형제는 험난한 시대였지만 동량지재로 자라날 수 있었다.

상화의 형제들 가운데 맏이인 상정은 일본 유학을 다녀온 1917년부터 대구계성, 신명학교와 경성의 경신학교, 평양 광성고보와 평북 정주 오산학교 등에서 교편을 잡으면서 1919년부터 틈틈이 만주를 넘나들다가 1925년 중국으로 망명, 항일 투쟁에 종사한 국민혁명군 계열의 장군이다. 1937년에는 중일전쟁이 일어나자 국민정부의 초청으로 중경 육군참모학교의 교관을 지냈고 1939년에는 임시정부의원에 선임된 바 있다. 1941년에는 중국 육군 유격대 훈련학교의 교수를 거쳐 이듬해 화중군사령부의 고급 막료로 남경 전투에 직접 참가했다. 해방 후 상해에 머물며 교포들의 보호와 안전한 귀국을 하도록 진력하다가 1947년 9월 어머님의 부음을 받고 잠시 귀국하였다가 그 해 10월에 갑자기 뇌일혈로 사망했다. 이상정은 항일독립운동가였을 뿐만 아니라 시조 시인으로, 그리고 서양화 화가로 또 서각과 전각에 능했던 인물이다.

셋째 상백은 우리나라 체육발전의 원로로서 또는 사회학 분야의 석학으로 널리 알려진 분이다. 일본 유학시절(와세다 대학)부터 농구선수로 활약했고, 1936년 제10회 올림픽 일본 대표단 총무로 베를린에 다녀오는 등 일본 체육 발전을 위해서도 크게 기여했다. 해방이 되자 조선 체육 동지회를 창설, 위원장이 되었고 1946년 조선체육회 이사장을 거쳐 1951년 대한 체육회 부회장을 지냈다. 제15, 16, 17, 18회 세계 올림픽 한국 대표단 임원, 단장 등으로 대회에 참가했으며 1964년 대한올림픽위원회(IOC)위원에 선출되었다. 또한 서울대학교 교수로서 사회학 분야를 개척했으며 1955년에는 문학박사 학위를 받았다. 동아문학 연구소장, 고등고시위원, 학술원 회원, 한국사학회 회장 등 다채로운 경력을 지녔던 분이다. 이상백도『금성』동인으로 시인이었으며「내 무덤」,「어떤 날」등의 작품을 발표하였다. 막내동생 상오도 대구고보와 일본 호세이대 법정대학을 졸업한 수렵인이며 시인이자 수필가였다. 그의 시작 노트로 『취집』에 20여 편의 시가 남아 있다. 이들 네 형제는 기개와 능력이 모두 출중하였다.

이상화는 본명이며 여러 번 아호를 바꾸어 썼다. 대체로 18세부터 21세까지는 불교적인 냄새가 나는 무량(無量)을, 22세부터 24세까지는 본명에서 음을 딴, 탐미적인 상화(相華)를, 25세 이

이상백의 유품 각종 신분증

후는 혁명적인 그의 사상적 추이를 엿보게 하는 상화(尙火)를 썼다. 38세 이후에는 당시의 그의 처지와 심경의 일단이 표현된 백아(白啞)를 썼던 것을 보면 그 자신의 살아온 삶을 요약한 것 같다.

1913년까지 큰아버지 이일우가 당시 보통학교의 식민교육을 염려하여 사숙에서 이상화는 대소가의 자녀들 칠팔 명과 함께 수학하였는데 서성로 팔운정 101번지에 소재했던 우현서루에 설치했던 강의원(대성학원)에서 한문과 함께 신학문을 배우면서 자라났다. 안타깝게도 1908년 8월 상화의 나이 일곱 살 무렵 상화 부친 이시우가 별세하면서 상화는 편모슬하에서 큰아버지의 훈도로 성장하였는데 어릴 때부터 마음이 곱고 매우 여린 순박한 소년이었다.

1915년 상화는 대성강습소를 수료하였다. 그 해 경성중앙학교(현, 중동중고등학교)에 입학, 서울 종로구 계동 32번지 전진한의 집에 하숙하고 있었다. 그는 그때부터 한문에 뛰어난 실력을 보였으며 항상 학교 성적이 우수하였으며 야구부의 명투수로도 활약하였다.

이상오의 시작노트 『취집』

1917년 대구에서 현진건·백기만·이상백 등과 함께 문학동아리를 결성하고 프린트판 습작집 『거화』를 발간했다고 전해지고 있으나 확인되지는 않는다. 아마도 지역문학동아리로서는 전국 최초였을 것이다. 이러한 전통이 대구지역에서 서상일이 1925년 『농촌』, 선산의 김승묵이 1925년 『여명』, 영양의 오일도가 1934년 『시원』, 군위에 서상렬이 1923년 『원예』, 영천의 이우백이 1924년 『보』와 『잣나무』, 김천에 진농성이 간행한 『무명탄』, 『문원』, 대구 이윤수의 1945년 『죽순』과 같은 지역 문예지가 연이어 간행될 수 있게 된 힘이 된 것이다.

1918년 경성중앙학교 3년 도중에 고향에 내려와서 독서와 글쓰기를 하며 지내다가 그 해 7월부터 금강산 등 강원도 일대를 3개월 동안 방랑하면서 자연주의의 생명을 존중하는 그의 생각을 가다듬게 된다. 이 방랑 중에 백기만(1951)은 상화의 대표작이라 할 「나의 침실로」(1923년 『백조』 3호)가 완성되었다고 하나 이는 옳지 않다. 또 백기만(1951)이 『백조』 창간호에 발표된 것이라는 주장도 오류이다. 이 작품에서 보이는 산문시의 흔적들을 보면 분명히 『백조』 3호, 즉 1923년 9월에 발표되었다는 것을 알 수가 있다. 이 작품을 보면 아마도 산문시로 습작하다가 문단에 나오면서 자유시로 넘어온 것으로 보인다. 「나의 침실로」보다 그 이전에 쓴 메타시로 변역시 「새 세계」와 「그날이 그립다」가 남아 있다. 「나의 침실로」는 1935년 1월 1일 『삼천리』 제7권 제1호에 「나의 침실로」를 4~6연, 10~11연으로 줄이고 일부 수정하여 『반도 신문단 20년 이래 명작선집 1』에 명작 시편으로 실었다. 이 시의 착상은 적어도 1920년 무렵 이전으로 추정해도 무방할 것 같다. 왜냐하면 「그날이 그립다」가 1920년 작임을 확인할 수 있기 때문이다.

경성중앙학교를 1918년에 수료하였다. 1919년 전국에서 독립을 위한 만세운동이 물끓듯이 일어나고 있었다. 서울에서 상화와 일족 형인 이갑성(1886~1981)이 「기미독립선언서」 유인물을 대구고보 후배인 백기만과 집안 동생인 이상화를 통해 전달하였다고 하나 정확하지 않다. 기미독립운동 당시 이상화는 백기만, 이곤희, 허범, 허윤실, 김수천, 교남학교를 다니던 이상쾌, 애산 이인의 동생인 이호 등과 함께 학생들을 동원하고 선전 유인물을 만들어 등사하는 등 시위 행사에 앞장섰다. 이상화가 일본 동경에서 관동대지진 사건이 일어났을 무렵 대구에서 3.1독립운동을 함께 했던 신명 출신의 허윤실과 니혼대학에 유학을 온 이근무와 이상쾌를 다시 만난다.

한편 중국에서 의열단으로 활동하다가 대구로 온 이여성이 '혜성단'을 조직하여 독립운동에 가세하였다. 그러다가 「제령7호 위반사건」으로 상화의 형인 이상정도 연루되어 상정과 상화가 피신하자 그의 큰아버지가 대신 일경에 피의자로 조사를 받게 된다(경상북도 경찰부, 『고등경찰요사』, 1934). 그후 백기만을 비롯한 주요 인물들이 검거되자 상정은 만주 등지로 건너가고 상화는 서울로 탈출, 서대문 밖 냉동 92번지에서 고향의 친구인 박태원의 하숙집에 머물러 있었다. 아마 박태원의 집에 머문 시간이 길지는 않았던 것 같다. 이번에 발굴한 이상화의 편지를 보면 "서대문 밖 냉동 92번"에 잠시 머물다가 "경성 계동 127번지"에 거주했음을 확인할 수 있다. 잠시 함께 살았던 박태원은 상화보다 세 살 위인데 대구 계성 출신이며 중학시절에 벌써 영문 원서를 읽을 정도의 뛰어난 영어 실력을 지니고 있으며 성악가로서도 이름이 있었다. 상화는 그의 아름다운 노래에 심취하여 성악을 배우려고 애쓴 일도 있으며, 그에게서 영어를 배우기도 했다. 상화는 그가 1921년 일본 유학 중에 급히 귀국하여 급성폐렴으로 세상을 떠나자 그를 위한 조시로 「이중의 사망」과 「마음의 꽃」을 쓰기도 했다. 박태원은 작곡가 박태준의 형이다.

이 해 음력 10월 13일, 상화는 큰아버지의 강권으로 공주 서한보의 4남 3녀 가운데 둘째 딸인 서순애(온순)와 결혼을 했다. 서순애는 재덕을 겸비하고 용모도 그만하였으며 그때 18세의 꽃다운 나이의 신부였다. 서순애의 큰오빠 서덕순(1892~1969)은 1947년 미군정 시기 충남도지사를 지냈다. 서덕순은 와세다대 정경학부를 나왔는데 신익희와 동문이었고 이상화의 큰아버지 이일우의 사위인 윤홍열(일제강점기 『대구시보』 사장)이 일본 유학시절, 서덕순과 교우한 인연으로 중매한 것이 '공주처녀'와 '대구총각' 상화가 결혼하게 된 계기가 되었다.

상화는 결혼 후에도 다시 서울 계동 127번지로 올라가 외국어 공부를 계속하였다. 1920년에 경성기독청년회 영어과를 수료하였다. 백기만의 말에 따르면 이 시절에 상화는 묘령의 여인을 만나고 있었다고 한다. 경남 출생으로 당시 여자고등보통학교를 졸업한 손필연이 바로 그다. 손필연은 독립운동을 하고 있던 여자였으며, 추운 밤거리에서 자신의 명주 목도리를 풀어 상화의 목에 감아 줄 정도로 상화를 사랑했다고 한다. 그러나 이상화와 관련된 여성의 이야기는 전반적으로 상당히 과장되고 부풀어진 면이 없지 않다. 알려진 바로 손필연이 경남 김해의 독립운동가 김자상의 질녀라고 알려졌으나 이 김자상이라는 인물 또한 확인이 되지 않는다. 이상화와 종로 3가 요정에 추월향이라는 기생과의 러브스토리를 상상으로 그려내어 조선 총독부에서 내용의 삭제 처분을 받은 신태삼(1937)이 딱지본 신파소설, 비련

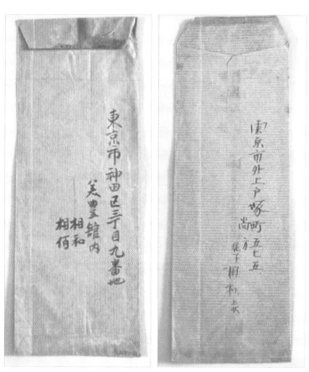

1922년 무렵 이상화가 동경에서 거주했던 곳을 알 수 있는 피봉

의 여인『기생의 눈물』(세창서관)이라는 소설을 시작으로 하여 백기만(1951) 과 이설주(1959)와 이정수(1983)에 의해 소설적으로 꾸며진 여성의 문제가 부풀어지고 윤색이 되면서 고 윤장근(이상화기념사업회 회장) 소설가의 입담 에 오르내려 더욱 널리 왜곡되고 와전된 것으로 판단된다. 그리고 이상화의 시론이나 인생관을 면밀하게 살펴보아도 여성들과 방탕한 생활에 깊이 빠 져서 헤쳐 나오지 못했다는 사실이 일일이 확인되지 않는다. 나라를 잃어버 린 대지에서 하늘에 뜬 별을 바라볼 수 있는 순수 무구한 청년문학도가 건전하게만 살아야 한다면 시인 노릇을 그만 두어야 옳은 일이 아니었을까? 토마스 만(Tomas Mann, 1875~1955)의 "예술은 이성과 정신보다 열정이나 자연과 훨씬 친밀한 관계가 있다"는 말처럼 시인의 일상 삶을 문학 해석에 지나치게 관여시켜서는 안 된다.

최근 발굴된 소인이 1921(대정10)년으로 찍힌 엽서를 보면 1919년 3.1독 립운동 거사 후 박태원 집에 잠시 기거하다가 경성 계동 127번으로 옮겨 살고 있으면서 1919년에 경성으로 피신한 그는 경성기독청년회 영어과 강

대륜학교(구 교남학교)에 남아 있는 이상화와 이상정의 이력서(경북학비 제449호)

습원에 다니며 외국어 공부를 하고 있었음을 알 수가 있다. 드디어 그의 꿈이 실현되게 된다. 1922년 고향 이웃 친구인 현진건의 소개로 『백조』를 이끌던 박종화를 통해 그 창간호에 「말세의 희탄」을 발표하고 문단에 나온다. 이후 「단조」, 「가을의 풍경」 등을 발표. 이 해 여름 무렵 프랑스 유학 준비를 위해 일본으로 건너간다.

그때 이미 이상화는 일제경찰의 요시찰 인물이 되어 있었다. 기회를 기다리다가 1922년 8월 경에 도일하여 일본 동경에 있는 아테네 프랑세에서 단기과정으로 5개월 수학한 뒤에 1923년 3월 메이지대학(明治大學) 불어학부에 입학하고 그 이듬해인 1924년 3월 1년 과정을 수료하였다. 대륜고등학교에 남아 있는 이상화의 이력서에는 1922년 3월 25일 동경 아테네 프랑세를 수료하고 동년 4월 1일 동경 메이지대학 불어학부 입학으로 되어 있다.

최근 이 기간 거주지를 추정할 수 있는 편지가 무더기로 발굴되었는데, 이것이 일본 동경에서의 이상화 삶의 궤적을 추정하는 데 결정적인 자료가 된다. 1922년 9월 경 일본 동경으로 건너가 동경 간다(神田)구 3정목 9번지에 있는 미호칸(美豊館)에 먼저 유학을 와서 와사대(早稻田) 제일고등학원을 다니던 동생 상백과 함께 거처를 잡았다가 그 주변의 물가가 너무 비싸기 때문에 그 해 12월에 동경시 외 도츠카(上戸塚) 575번지로 옮겨 친척 동생인 상렬과 더불어 자취를 한다.

1923년 9월호 『백조』 3호에 「나의 침실로」를 발표하여 문단의 주목을 받게 된다. 그 해 9월 일본에서 관동대지

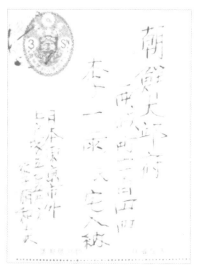

1922년 12월 경에 상화가 거주했던 곳은 동경시 외 도츠카(上戸塚) 575번지이다

진의 참상을 목격하면서 자신도 일본 극우파들에게 붙잡혀 가는 도중에 의연한 자세로 설득, 구사일생으로 살아난다.

　이상화의 동경 생활을 백기만이나 이정수는 유보화와 어울려 연애질이나 했던 것으로 그리고 있으나 실재로는 프랑스 아테네 수료와 함께 1923년 4월 메이지대 불어학부에 등록하는 한편 동경으로 유학 온 친구들과 노동운동과 프로문학에 대한 공부에 매진한 것으로 보인다. 특히 이 시기의 교유관계를 보면 백무·이여성·김약수·정운해·허윤실·이근무·이호·김정묵 등 재일본 사회주의 단체인 '흑도회'의 백무·박열 등 멤버들과 여기서 분리된 '북성회'의 재일본 사회주의 노동운동단체에 소속된 이여성·김정묵·이호·이상쾌 등과도 긴밀하게 만났다. 이 시기에 무산자계급 문학에 대한 눈을 떴다. 최근 1926년 안동에 살던 6.10만세가건의 주동자인 권오설(1897~1930)이 이상화에게 보낸 애틋한 엽서가 발굴되었다. 이것을 보더라도 이상화는 당대 진보적인 민족주의자들과 폭넓은 네트워크를 이루고 있었음을 확인할 수 있다.

1927년 11월 17일 『조선중앙일보』 「만화자가 본 문인」(14) 「◇ 염복가(艶福家) 상화」, 이 만화가는 『카프』 동인인 화가 안석주이다.

　이 무렵 유엽이 주도하여 백기만·박태원·양주동과 함께 『금성』지 동인을 결성하였다. 1927년 11월 17일 『조선중앙일보』 「만화자가 본 문인」(14)에 「◇ 염복가(艶福家) 상화(尙火)」라는 기사를 보면 이상화가 「염복(艶福)」이라는 작품을 번역하기도 했지만 염복은 곧 여성들 복이 많다고 비꼬는 듯한 만평의 글이 실렸다.

이상화 씨

『××긴 들에도 봄은 오는가』××긴 들에도 봄은 오는가? 얼마나 통절한 특인 것이냐 그러타! ××긴 들에게도 봄은 늘 온다. 그러나 언제나 오는 봄은 언제나 가튼 봄이로되 이 땅에 오는 봄은 얼마나 우리의 마음을 압프게 하는 것이냐 씨의 그 시는 우리를 퍽이나 울렷다

그러나 씨의 그 시는 탄식에 끄첫다 우리들에게 대하야 어대로 가라던가 어떠케 하라는 것은 업다. 씨의 시는 북소리가 아니오 날나리 소리이다. 날나리 소리가 비록 뗫되고 날카로웁지만 격동을 일으키는 수는 업다. 그러나 씨의 그 시는 그 당시에 잇서서 명시라고 아니할 수 업겟지. 씨를 대할 쌔에는 구라파의 성화—『라파얼』이나 『미켈안제로』나 기타 화공의 그림에나타난 선지자나 예언자의 풍채와 가튼 것이다. 그의 얼골은 시인 『꾀테』와 흡사한 것도 우연한 일이 아닐 것이다. 씨는 「염복(艶福)」에 잇서서도 남에게 지지 아홀 것인 바 『못판산』의 『벨다미』를 염복(艶福)이라고 역하야 모 신문에 연재한 때도 잇섯다. 시인으로서 독자 압해 추천하고 십흔 중에 한 사람이다.

1927년 이상화가 대구로 낙향한 이유를 밝혀낼 수 있는 매우 소중한 근거가 되는 글이다. 비꼬는 듯 찬양하는 듯 종잡을 수 없는 내용이 아닐 수 없다. 이상화가 받은 충격이 엄청났을 것이다.

이 시절에 상화는 함흥 출신 동경 유학생인 유보화와 뜨거운 관계를 맺고 있었다는 뜬금없는 소설적인 이야기가 만들어지게 된 또 다른 배경에는 1937년 판금처분을 받은 신태삼의 소설 『기생의 눈물』(세창문고)에서 시작된 연애담이 더욱 확대되어 그와 가장 가까웠던 고향 친구인 백기만이 퍼뜨린 소문이 이설주의 『씨 뿌린 사람들』에 이어 소설가 이정수의 소설 『마돈나 시인 이상화』를 통해 윤색되기 시작하였다.

1937년 1월 12일자 『조선출판경찰』 월보 제101호에 「출판 불허가의 이

1937년 1월 6일 일부 삭제 허가

삭제기사

송년사(중의 일절)

그리고 우리들의 일대 불행 중의 하나는 양대 신문의 정간으로, 일간으로 4개밖에 없는데 그 중의 반이 정간의 위기를 맞은 채 한해를 보내게 된 것에 대해서는 역사적으로 병신년의 악재 이상의 악재이다. 언론기관에 대해서 관심을 갖고 있는 사람은 하루라도 빨리 양 신문이 백일 하에 나올 수 있도록 마음으로 기원하고 있는 바이다.

1937년 1월 12일자 『조선출판경찰』 월보 제101호에 「출판 불허가의 이유 및 기사 해당요지(집무자료): 『기생의 눈물』」

비련소설

『기생의 눈물』

경성부 종로 3가 141 신태삼

昭和十二年一月六日　　　　一部削除許可

削除記事

　1. 送歳辞 (中ノ一節)

　　　而シテ吾人等ニ於ケル一大不幸ノモウ一ツハ、両大新聞ノ停刊デアル、日刊トシテハ四ツシカナイ其ノ中ノ半数ガ停刊ノ厄ニ逢ヒ停刊中其ノママ歳ヲ送ル様ニナッタコトハ歴史的丙子年ノ厄以上ノ厄デアル。言論機関ニ対シ関心ヲ持ッテ居ル人ハ一日デモ速ニ両新聞ガ白日下ニ出現スルコトヲ心カラ祈ッテ居ル次第デアル。

　　　　悲恋小説　　妓生ノ涙

　　　京城府鐘路三丁目一四一　申泰三

유 및 기사 해당요지(집무자료): 『기생의 눈물』의 판금 처분에 대한 내용이 실려 있다. 경성부 종로 3가에서 세창서관을 운영하던 신태삼이 쓴 소설 신파조 딱지본 『기생의 눈물』에 추월향(秋月香)과 이상화로 추정할 수 있는 인물을 설정하여 동숙하는 장면을 묘사한 소설인데 조선총독부 경찰에서 이를 게재금지처분을 내렸다는 것이다. 종로 3가에 세창서관을 운영하던 신태삼은 『강명화 애사』, 『동정상애』, 『그 여자의 애정』, 『기생의 설움』 등 신파조의 염정소설을 출판하여 자산을 많이 늘리기도 하였다. 이 신태삼이 최남선과도 가까웠고 여운영의 6촌 여동생과 결혼하였기 때문에 이상화를 잘 알고 있던 사이이다. 그러던 그가 이상화로 추정할 빌미가 있는 사내와 추월향을 주인공으로 설정한 『기생의 눈물』을 출판하였다. 아마 돈벌이에 눈이 어두웠던 탓일까? 1923년 평양의 권번 출신 기생 강명화와 경북 칠곡군 인동 출신 장병천과 이루지 못할 사랑에 빠졌다가 이 집안의 결혼 반대로 자살한 정사 사건을 소재로 한 『강명화 애사』가 대단한 인기를 얻어 많은 돈을 벌게 되었다. 여기에서 자극이 되어—마침 이 무렵 종로 3가 우미관에 현진건과 이상화 등 백조파 문인들이 요정 출입이 잦은 모습을 보고—쓴 것이 아닐까? 문제는 일제에 판금처분 이후 『기생의 눈물』이라는 딱지본이 주인공 인물의 이름을 바꾸고 약간 변개하여 계속 출판되었다.

이러한 미투사건이 생기기 이전인 1927년에 이미 카프 동인이면서 만화가 안석주가 쓴 글에서도 당시에 이상화의 연애담이 장안에 파다하게 번졌음을 알 수가 있다. 이러한 상황은 백기만을 통해 확산되고 다시 이정수라는 소설가를 통해 연정소설로 번져나간 것으로 어렵잖게 추측할 수가 있다. 왜 백기만이 이토록 이상화의 여성 관계를 물고 들어졌는지 그 근원이 바로 1927년 무렵 '카프' 동인인 화가 안석주가 그린 이상화의 캐리커처와 함께 그의 일화를 게재하였고 그 이후 신태삼의 연정 소설 『기생의 눈물』이 세창서관에서 발간되는 등의 분위기를 정확하게 인지하고 있었기 때문인 것으로 보인다.

그가 쓴 일제 저항의 시로 평가될 수 있는 「나의 침실로」를 마치 유보화와 탐욕적인 사랑에 빠진 탐미적이며 퇴폐적인 작품으로 전락시켜 버린 결과를 낳게 되었다. 1923년 『백조』 3호에 발표한 「나의 침실로」라는 작품으로 문단은 실로 충격에 빠질 수 없었다. 그런데 1925년 4월 1일자로 간행된 『개벽』 제58호에 김기진이 쓴 「현 시단의 시인(승전)」의 평론 일부를 옮겨온 것이다.

"이상화 씨 이 사람은 환상과 열정의 시인이다. (…중략…) 「나의 침실로」 이것은 그의 초기의 작품이다. 숨이 막히게 격하는 리듬을 가지고, 놀랠만큼 기이한 환상을 노래한 것이다. 시험삼아서 이 시를 구두점 찍은 곳을 똑똑 끈어가며 낭독하여 보라. 얼마나 그 율격이 격한가? "밤이 주는꿈, 우리가 얽은 꿈, 사람이 안고 궁그는 목숨의 꿈이 다르지 안흐니, 아 어린애 가슴처럼 세월이 모르는 나의 침실로" 가자는 그 침실인즉, 그의 '이매지—'의 세계임은 의심 업다. 이것은 그의 우울성과, 병적으로 발달한 그의 관능이, 순정에 목이 메여서 홀적어리여 우는 울음에 불외하다. 그리고 이 시 전편에 흐르는 것은 모든 것을 살고자 하는 열정이다. 이것뿐만이 아니라. 그의 시의 도처에서 그가 가지고 잇는 정열은 폭죽과 가티 불꽃을 올닌다. (…중략…) 이것은 「마음의 꽃」이라는 일편에 잇는 구절이다. 이것에 의하야도 그의 정열은 짐작할 수 잇다. 허무적 사상을 한 개의 축으로 하여 가지고, 그는 이 축을 중심으로 환상과 열정과 원무를 춤추고 잇다. 나는 이 환상과 열정의 시인의 최근의 경향을 지적지 안으면 안 되겟다.

『개벽』 3월호에는 그의 시 「폭풍우를 기다리는 마음」과 「바다의 노래」가 실니엿다. 다만 이 두 편의 시를 가지고서 그의 최근적 경향을 운운하는 것은, 혹은 조계일는지는 알 수 업스나 하여간 이 시인의 환상의 그림자는 점점 엷어

저 가는 경향이 확실히 드러난다. 이것은 나에게는 수긍되는 필연의 추세이라 하겟다.

현실은, 엇던 인민에게 잇서 가혹한 현실은, 그 현실에 처한 인민으로 하여곰 꿈을 짯도록 하는 것이 보통이다. 현실에게서 눌니고, 깍기고, 억망이 된 그들은 무엇을(卽 光明을) 찾다가, 구하다가, 그 중도에서 지여처 혀덕어리고 피곤하야 절망하는 것이 보통이다. 이곳에서 소극적 허무사상이 배태되는 것은 물론이며, 환상은 그들의 유일한 안악소, 은둔처로서의 소산물인 것도 막론이다. 그러나, 그곳에서, 새로운 원기가 니러나서 일보의 진전이 잇는 경우에는 곳 그 소극적 허무사상이 맹렬히 돌진되야 적극적 엇더한 '힘'을 짓든가 그러치 안으면 막다른 골목인 그 자리에서 도라 서서 모든 것에게 반역하는가 하는 것이다. 반역이라 함은 즉 새론 광명에 대한 열망이다. 이것은 필연의 도리라고 밋는다. 그리하야 이 시인에게 잇서서는, 최근의 그의 경향이, 전자가 아니고 후자에 속하는 것이라고 나는 미드며 단언한다.

그러치만, 이와 가튼 것일진대 반다시 그 색채가 강할 것이며, 그 조자가 격할 것이어늘 그의 최근의 시 2편은 그와 가티 색채가 강렬하지 못하고 그 조자가 또한 격하지 못함은 엇지 됨이냐 하면, 거긔에는 또한 상당한 이유가 업는 것은 아니겟스나 나는 설명하고 십지 안타.

최후로 말한다. 그는 허무사상을 축으로 하고 그것을 중심 삼고서 환상과 열정의 원무를 춤추는 다혈성의 시인이라고. 그리고 최근에 와서는 그 환상적 분자가 만히 사라젓다 함을 지적한다. 그의 감각은 건전하다. 그는 본질상으로 그 위치가 반역의 시인임에 잇다. (…중략…) 박 회월씨 재작년 이후로 1년 반 동안 그는 거의 시를 니저 버린 듯이 발표하지 안는다. 지금 그의 구작을 드러가지고 말함이, 과연 엇더할는지 의문이다. 그러나 일언하지 아니함도 엇던 독자에게는 괴이하게 생각되는 점이 잇슬가 하는 의심이 업지 아니함으로 극히 간명하게 말하고 말고자 한다.

일언으로써 말하면, 그는 환각파의 시인이엿섯다. 그가 『백조』 혹은 『개벽』에 발표한 수만흔 시 중에서 거의 다 이 환각으로써 되지 안은 시가 업섯다고 하야도 가하다. 하리만콤 그 만큼 그는 환각을 노래하엿다. 엇던 때의 그 환각은 착각을 더부러 오는 때도 잇섯다. 이러한 배면에는 악가 이상화씨를 설명한 때에 말한 바와 가튼 원인이 잇슴을 독자는 아러둘 필요가 잇다. 따라서 여긔에는 또다시 중복됨을 피하는 바이다. 그의 시 「월광으로 짠 병실」, 「미지의 상」 등, 하나이라도 환각아닌 것은 업다. 그의 표현 수법에 대하야 별로 독특한 점을 별견할 수 업다. 결국 그는 '이마지니스트'이얏다. 그러나 그의 근래의 내적 생활은, 그를 잘 아는 나는, 결코 '이마지니스트'가 아니라고 밋는다. 사담으로 밋그러 염려가 잇슴으로 이만하고 멈춘다."

—김기진, 「현 시단의 시인(승전)」(『개벽』 제58호, 1925년 4월 1일)

인용문이 다소 길다. 그러나 '카프'를 주도했던 김기진의 입장에서 보면 자기와 일부 의견을 함께 했던 이상화가 계급적 투쟁력이 미약해 보인 것으로 이상화를 혹독하게 비판한 내용이다. 여기서 한 걸음 더 나아가 박영희조차도 세월이 지난 뒤에 쓴 글에서 이상화의 시적 태도를 비난했던 것으로 추정할 수 있다.

"그의 최근의 시 2편은 그와 가티 색채가 강렬하지 못하고 그 조자가 또한 격하지 못함은 엇지 됨이냐 하면, 거긔에는 또한 상당한 이유가 업는 것은 아니겟스나 나는 설명하고 십지 안타."

—박영희, 「백조, 화려하던 시절」(『조선일보』, 1933.3.7)

라며 넌지시 이상화의 자유 분망한 사생활에 대해 설명을 더하고 싶지 않다는 조로 비판하고 있다. 당시 평단에서 가장 영향력이 컸던 김기진과 박영희의 이러한 비판적 논조는 문단에 엄청난 영향력을 행사하였을 것이다. 여기서 '카프' 동인이었던 안석주로부터 야유에 가까운 조롱과 심태삼이 꾸민 염정 신파소설의 주인공으로 등장시킴으로써 받은 충격은 아마 적지 않았을 것이다. 특히 경성에 인맥기반이 약했던 상화에게는 실로 말 못할 충격을 받았을 것이다. 이러한 상황을 예민하게 받아들인 이는 상화와 가장 가까웠던 백기만이었을 것이다. 상화가 죽고 난 뒤에 출간한 『상화와 고월』에 실린 상화의 여성 관계에 대해 차마 낯이 뜨거울 정도로 조롱하듯이 기술하고 있다. 이것은 당대 백기만이 처한 입장에서 김기진이나 박영희의 논조를 그 전부터 전폭적으로 동의했음을 의미한다.

1927년 대구로 낙향한 이후 곧바로 상화는 김기진 등 카프 계열의 인사들로부터 까마득하게 잊힌 인물이 되었다. 김기진이 1927년에 발표한 계급문학론을 총괄하는 글에서조차 '카프' 창단 동인이기도 했던 이상화라는 이름은 일체 언급되지 않는다.

백기만은 당시 경성문단의 분위기를 잘 읽고 있었기 때문에 김기진 등의 비판적 분위기에 동조하지 않을 수 없었을 것이다. 이상화는 당시 부유한 양반가의 사내들이 축첩의 관습에서 벗어나지 못한 자유 분망한 행보와 방탕기가 있는 사생활 특히 음주행각은 날카로운 비수가 되어 자신에게 되돌아오게 된 것이다. 당시 남로당 맹렬 성원이었던 백기만의 입장에서 이상화가 죽은 후에 남 보라는 듯이 그를 헐뜯었다. 이로 인한 마음의 상처가 1927년 낙향과 함께 글쓰기를 중단한 중요한 직접적인 계기가 될 수 있었음을 충분히 짐작할 수 있다. 상화는 문단이라는 말도 많고 탈도 많은 그 허망한 모래성으로부터 탈출을 선언했던 것이다.

카프로 전향했던 이상화가 자기의 문학적 이상을 더욱 굳게 다져야 할 무렵 시를 포기한다. 1927년 이후 이상화가 시 쓰기를 포기한 이유를 첫째, 전기적 사실로 김기진과 박영희 등의 '카프'의 문학 투쟁론에 대한 노선의 불일치와 함께 여성의 문제로 뒤집어씌운 안석주의 비판과 1935년 무렵 신태삼이 쓴 염정 소설의 주인공으로 등장시킨 문단의 분위기를 고려한다면 상화의 시와 삶의 불일치성의 문제는 매우 심각한 요인이었음을 알 수 있다. 두 번째 이상화의 이상적 세계관의 고갈이나 시문학에 대한 형이상학의 부재로 인한 것으로 보이기도 한다. 이에 대해 좀 더 구체적으로 그 이유를 밝힌 조두섭(2014: 148)은 지금까지 그를 추동하던 담론의 정체가 무엇인가를 밝혀야 한다면서 다음과 같이 기술하고 있다.

> "이상화의 계급 이데올로기도 『백조』 시대의 '양심'의 변형된 형태라 할 수 있다. 그에 의하면 시는 시인의 양심적 개성의 발로인데, 중요한 것은 이 개성이 현실적 보편성을 획득하는 것이다. 이상화가 양심의 현실적 보편성을 가능케 할 수 있다고 당대에 기댄 것이 계급 이데올로기다. 따라서 계급 이데올로기는 이상화에게 이데올로기 자체가 아니라 양심의 현실적 보편성을 담보하고 실현하는 기제이다. 그런데 카프 1차 방향 전환기의 카프시는 주체가 타자를 자신들의 동일성으로 배제하거나 호명함으로써 양심은 주체를 재정하는 데 기능하지 못한다. 즉, 주체를 구성하는 담론은 양심이 아니라 계급 이데올로기다. 이 단계에 이상화가 시를 포기하는 것은 당연하다."
>
> —조두섭, 「이상화 시의 근대적 주체의 역구성」, 수성문화원, 2015)

조두섭도 역시 주체와 타자와의 계급적 담론은 일본 추수적이면서도 자신의 문학적 양심에 반했다는 이유 때문으로 설명하고 있다. 매우 적확한 관찰이라고 할 수 있다. 덧붙이자면 상화가 가진 계급투쟁의 문제 의식이 김기진이나 박영희가 가진 전투적인 대립적 관계와 전혀 달랐다는 사실을 스스로 알고 있었기 때문이다. 곧 상화는 가난한 농민이나 도시의 기층민은 조선 내부의 계급 착취로 인한 것으로 판단하지 않았다. 조선 내부적 갈등

곧 지주나 마름과 피지주 간의 계급투쟁보다 식민 침탈의 결과인 것으로 인식하고 있었던 것이다. 이명재(1981: 2~59)는 이 계급 갈등에 대해 비교적 선명하게 설명을 해 주고 있다.

> "저항 대상은 일제치하 민족 탄압에 대한 저항이었지 결코 어느 특수한 사회 계층이거나 무슨 실존적인 의미의 기계문명이나 기성도덕 또는 전쟁 따위를 겨냥했던 게 아님이 보여진다."
> —이명재, 「이상화의 시와 저항의식 연구」(『이상화의 서정시와 그 아름다움』, 새문사, 1981)

이상화는 투쟁의 대상이 일제이지 '카프' 계열의 인사들처럼 지주와 피지주 혹은 새로 형성된 도시 노동자와 자본가와의 갈등 조장과 분열 및 투쟁을 해야 할 당위성에 대한 인식 차이가 뚜렷했던 것이다. 그러니까 자연 민족 계급 내부의 마르크스적인 계급투쟁을 통한 혁명에 이르려는 카프계 인사들의 거칠고 전투적인 인식이나 행동 방식과 차이를 느낄 수밖에 없었던 것이다.

일본 유학 시절 동안, 이상화는 먼저 동경에 와 있던 동생 상백과 한때는 친척 동생 상렬과 함께 공동으로 자취생활을 하면서 살았다. 그리고 일본에서 노동운동을 활발하게 하던 이여성(1901~?), 백무(1904~?, 백만조)나 박열(1902~1974), 이호(1903~?), 이적효(1902~?)와 같은 사회주의 계열의 「북풍파」 친구들과 긴밀하게 연대하고 있었던 일들은 전부 반공이데올로기의 여파와 함께 유보화의 치마폭 속으로 감추어진 것이다. 이정수의 소설에서는 이상화에게 유보화를 소개한 인물을 합천 출신으로 동경대 의과대학을 다니던 이용조(1899~?)라고 하여 상화와 무척 가까웠던 것으로 기술하고 있지만 실재로 이 두 사람의 관련성을 규명할 근거는 아직 찾아보지 못했다.

1923년 9월 관동대지진이 발발했을 당시 『조선중앙』의 기사(조선뉴스라이

브러리100)에 따르면 당시 이상화와 3.1독립운동을 함께 했던 이상쾌·허윤실·이근무 등과 관동대지진 당시 동경에서 서로 내왕하고 있었음을 확인할 수가 있다. 그는 1923년 9월 관동대지진의 참상 속에서 엄청난 정신적 충격을 받았으나 관동대지진 이후 곧바로 귀국하지 않고 그 이듬해 봄에 귀국한 이유는 당시 메이지대학 불어학부 1년 과정을 수료하기 위해 어쩔 수 없이 더 머물다가 1924년 봄 수료 후에 귀국 길에 올랐다. 3월에 귀국하여 경성 가회동 취운정(종로구 가회동 1번지 5호)에 거처를 정하고 현진건·홍사용·박종화·김기진·나도향·노자영·노춘성 등『백조』동인들과 어울리며 잦은 술판을 벌이기도 하였다. 종로 3가에 있던 요정 우미관에 현진건을 비롯한 경성의 문우들과 자주 출입하면서 흥청거렸던 모습을 신태삼이 스케치하여 추월향과 동숙한 미남의 시인 남성을 내세워 염정소설을 엮었지만 아마도 근거가 희박함에도 실명이 거론되는 문제 때문에 조선총독부에서 판금조치가 내렸진 것으로 보인다.

김기진의 기록에 의하면 이때에도 "유보화는 취운정에 드나들고 있었으며 폐결핵을 앓고 있었던 것"으로 전하고 있지만 어느 정도 신빙성 있는지 의문이다. 이 시기에 백기만의 추천으로 이상화의 동생인 이상백과 이장희를 『금성』동인으로 영입하였다. 고월은 이렇게 해서 문단에 등단하게 된 것이다.

1933년 10월 5일 임화가 쓴「예술운동 전후 문단의 그 시절을 회상한다. 평정한 문단에 거탄을 던진『신경향파』라는 글 가운데 '파스큐라'와 관련된 내용을 읽어보면서 지난 시기를 되돌아보자.

　　문단의 그 시절을 회상한다, 평정한 문단에 거탄을 던진『신경향파』

　　　　　　　　　　　　　　　　　　　　　　　　　　　　　임화(林和)

　　우리들 조선의『푸로레타리아』문학운동의 역사에서 잡지『예술운동』이 창간되는 전후는 연대로 볼것가트면 그다지 오래다고 할 수는 업스나 벌서 그것도 지금으로부터 육칠년 전인 일구이칠년대 전후로서 이 땅의 근대문학의 발전상 또는 『푸로레타리아』문학의 거러온 길 우에서 뚜렷이 드리나는 커다란 역사적 성표가 세워진 때이다.

(…중략…)

『파스큐라』와 그들 이외의 당시 존재 햇든 『염군사』일파(송영, 이호, 이적효 등)와 함께 『조선푸로레타리아 예술동맹』을 결성하엿다. 이것은 조선의 근대문학사상 최대의 사건으로 부패하고 잇던 조선문학 우에 빗나는 태양을 가저오고 문학을 가지고 무산계급에 봉사할냐는 예술가가 명확한 조직 형태를 가지고 ××××에 일반적 사업의 일우에 등장하엿다는 심대한 의의를 갓는 것이다.

발기 당시에 맹원은 김기진, 이호, 박영희, 김영팔, 이익상, 박용대, 이적효, 이상화, 김온, 김복진, 안석주, 송영 등으로 이 가운데의 삼분의 일밧게 겨우 현재의 진용에 남어잇지 안타는 것은 우리들 젊은 세대의 신참병으로 하여금 이 길이 얼마나 고난에 차잇는가을 생각하는 것이다.”

라고 하여 계급문학운동이 얼마나 힘겨운 일인지를 밝히고 있다. 1925년 『백조』가 폐간되고 김기진·김정묵·서상춘·이호 등 ‘염군사’와 ‘파스큐라’ 멤버들이 합쳐 무산계급 문예운동을 위한 ‘카프’ 결성을 준비한 종로 천도교회관에서 이상화는 문예강연과 「이별을 하느니」를 낭송하면서 상당히 적극적으로 활동하게 된다. 그 해 8월에 박영희, 김기진과 함께 ‘카프(조선프롤레타리아예술동맹)’에 발기인으로 참가한다. 이 시기, 작품 활동이 가

「문예강연개최: 조선서 처음되는 문예강연개회」
(『동아일보』, 1925년 2월 7일자)

장 왕성했던 해로 「비음」, 「가장 비통한 기욕」, 「빈촌의 밤」, 「이별을 하느니」, 「가상」, 「금강송가」, 「청량세계」 등을 발표하였다. 당시 발표된 그의 대부분 작품들이 경향파적인 색조를 띠고 있었다.

백기만에 의하면 "1926년 가을에 유보화가 위독하다는 소식을 듣고 함흥으로 달려가 한 달 남짓 직접 간호했으나 보람도 없이 사망하였다"라고 하나 이처럼 유보화의 죽음을 묘사한 여러 기록들은 그 시대 상황을 고려하면 전혀 터무니없는 상상에 지나지 않는 것이다. 당시 과년한 처녀의 죽음을 외방의 남자가 뛰어들어 끌어안고 있도록 했을 부모가 어디에 있었을까? 이 해 장남 용희가 출생하였다.

상화의 대표작의 하나이며 피압박 민족의 비애와 일제에 대한 강력한 저항 의식을 바탕으로 하고 있는 「빼앗긴 들에도 봄은 오는가」를 『개벽』(제 70호, 1926.6)에 발표하였다. 그 무렵 카프 기관지 『문예운동』 발간 편집인으로도 활동하면서 「조선병」, 「겨울마음」, 「지구흑점의 노래」, 「문예의 시대적 변위와 작가의 의식적 태도론」 등을 발표하였다. 이 해에 조태연이 간행한 백기만 편 『조선시인선』(조선통신중학관, 1926)이 엔솔로지 형식으로 출판되었는데 여기에 이상화의 시 5편은 발표 당시의 원작과 달리 백기만이 아무 근거 없이 임의로 수정하여 실었다.

상화는 1927년 고향 대구로 낙향하면서 글쓰기를 중단하고 지역의 사회

신간대구지회 설치준비회(『중외일보』, 1927.07.26)

문화 예술운동에 전념한다. 신간회와 연관된 ㄱ당 사건과 장진홍 조선은행 지점 폭탄 투척사건에 연루, 피의자로 지목되었으며 ㄱ당 사건으로 구금되 었다가 재판을 받고 풀려났다. 당시 신간회 대구지부 출판 간사직을 맡고 있었는데 신간회 탄압 구금과도 연관이 있었다. 'ㅇ과회' 활동을 하면서 사회주의 계열의 이상춘·김용준 등과 문화예술 사회운동에도 앞장섰던 시 기이다. 대구 조양회관에서 개최된 제2회 'ㅇ과회' 시가부에 이육사와 함께 「없는 이의 손」, 「아씨와 복숭아」 등을 출품하였으나 그 내용은 전하지 않는다.

일제 관헌의 감시와 가택 수색 등이 계속되는 가운데 행동이 제한된 생활 을 한다. 그때 상화의 생가에 마련된 사랑방은 담교장이라 하여 독립운동을 하는 지사들인 칠곡 출신의 장적우(1902~?, 장홍상), 장하명(?~?), 김승묵 (1903~1933), 장건상(1882~?), 서상일(1887~1962), 백천택(?~?)을 비롯한 대 구의 문우들과 사회주의자들 모여들어 기염을 토하고 울분을 달래며 잦은 술자리가 벌어졌다고 한다. 이로 인하여 상화는 결국 가산을 탕진하고 4차 례에 걸쳐 쫓겨나듯 하다가 마지막 고택이 된 중구 계산동 2가 84번지로 이사했다. 이 시기의 이상화가 매일 요릿집에서 폭음을 하며 기생들과 방탕 한 생활을 하였다는 이야기들도 실로 어디까지 믿을 수 있을까?

1929년 고월 이장희가 대구 본가로 내려와 자살하였다. 상화의 큰집과 불과 50여 미터도 떨어지지 않은 지척에 고월의 생가가 있었지만 고월과 상화는 근본적으로 성격과 성향이 달랐다. 그 중에 상화가 고월의 시를 혹평을 함으로써 두 사람 사이가 그렇게 가깝지는 않았다. 고월이 자살한 후 이상화와 백기만이 이곤희·김준묵·이근상·김기상 등과 조양회관에서 이장희 유고전람회와 추도회를 열렸다. 1929년 12월 5일자 『동아일보』에 이근상(이천숙)이 쓴 「고월의 추도회를 마치고」라는 글과 함께 추도시가 실 려 있다. 이장희와 매우 가까웠던 공초 오상순이 『동아일보』(1935.12.3~

1935.12.8)에 6회에 걸쳐 「자결 칠주년기를 제하야, 고월 이장희 군」이라는 추도문을 발표하였다. 한 때 대구에 내려와서 살기도 하였던 공초 오상순은 구구절절한 추도사를 남겼는데 이 글 가운데 이장희의 유고로 100여 편의 시를 이상화가 맡아 후속 시집을 내기로 했지만 일경의 피탈로 이 유고의 행방을 찾지 못하게 되었음을 알 수 있다.

고월아! 벗아!
나는 그대의 죽음에
울지 않으려 마음 깊이 맹세하였다.
그 죽음이 그대의 원하던 길이겠으며
그 죽음이 값있는 죽음이었음으로.
아~ 그러나 벗아!
나는 눈물 흘렸노라.

그대의 얼굴을 보고
그대의 글월을 읽음에
그 젊음이 너무나 꽃다웁고
그 생각이 조금도 때 묻지 않았음에
애닯어라, 벗아!
그 옴이 어떻게 알맞더니
그 감이 하그리 철안이냐
누구를 잡고 물어보랴
어디로 가셨는지 언제나 오실는지
한 가지 꿈속에서 헤매던 우리더니.

―1929.12.1(동아일보, 12월 5일자)

1929년 12월 5일 『동아일보』 이천숙이라는 이름으로 이근상이 쓴 「고월의 추도식을 마치고」

　1930년 개벽사에서 간행한 『별건곤』 제1호, 10월호, 대구특집에 「대구행
진곡」을 발표하였다. 1932년 무렵 상화는 생활이 점점 궁핍해지자 상화가
태어난 서문로 집을 처분하고 잠시 큰댁에 살다가 대구시 중구 장관동 50번
지(현 약전골목 안 성보약국자리)로 이사하였다. 당시 상화의 생가는 큰아버지
이일우가 그 권리권을 서온순·이상백·이상오 공동명의로 바꾼 후에 다른
사람에게 매각했던 당시의 문서가 최근에 발굴되어서 그가 살아온 행적을
읽을 수 있게 되었다.

　1933년 8월 교남학교 강사(경북학비 제449호) 자격을 받고 교남학교에서
조선어, 영어 과목 무급 강사로 활동하였다. 이 해에 「반딧불」, 「농촌의
집」을 발표하고 두 번째 창작 소설 「초동」을 『신가정』 잡지에 발표하였다.
이 무렵 『여명』의 발행인이자 친구였던 김승묵이 병마로 요절한다. 1934년
향우들의 권고와 생계의 유지를 위하여 신간회 회원들과 관련이 깊은 『조선
일보』 대구경북 총국을 맡아 경영하였다. 그러나 경영의 미숙으로 1년 만에
포기하고 말았다. 그해 차남 충희가 태어났다. 1936년 그의 경제적 후원자였
던 큰아버지 소남 이일우가 돌아가셨다. 아버지처럼 의지했던 큰아버지가

돌아가신 것은 상화에게는 정신적으로 엄청난 타격을 주었을 것이다.

1935년 무렵은 상화가 가장 곤경에 처해 있었던 시기이다. 일제 압박은 더욱 가중되어 가고 경제적인 궁핍이 더해졌다. 그의 후기 시 정신을 읽을 수 있는 「역천」이라는 시를 영양 출신 오일도 시인이 그 해 2월에 창간했던 『시원』 2호에 발표한다. 1935년 1월 1일 『삼천리』 제7권 제1호에 「나의 침실로」를 4~6연, 10~11연으로 줄이고 일부 수정하여 『반도 신문단 20년 이래 명작선집(1)』에 실었다.

1935년 무렵 항저우에서 상정이 동생 상화에게 보낸 편지(이상화 고택 전시 자료)를 보면 10여 년 전에 이별한 아우를 단 한 번이라도 꼭 만나고 싶다는 절절한 사연이 담겨 있다. 1937년 이상정이 친일 스파이 혐의로 체포되어 북경감옥에 갇혔다가 나왔다는 소문을 듣고 그를 만나기 위해 중국에 건너가 약 3개월간 중국 각지를 돌아보고 귀국하였다. 고향에 돌아오자 바로 일제 경찰에 피체되어 3개월 구금되어 온갖 고초를 겪고 나왔다.

1937년 다시 교남학교의 영어와 작문, 무보수 강사가 되어 열심히 학생들을 지도하였다. 이 무렵 전국 각급 학교 교원 대표 모임에 참여하여 실무교육의 중요성을 역설하기도 하였다. 이같이 1940년까지 3년간 학생들을 지도하였다. 과외 특별활동으로 학생들의 교우지 간행을 직접 지도하고 권투부 코치를 맡았다. 특히 권투를 권장, 체력 단련을 통한 일제에 대한 저항의식을 키웠다. 교남학교에서 배출된 권투부원들이 대구 권투의 뿌리가 된 '태백권투구락부'의 모태가 되었다. 1940년에 대륜중학교사 설립되었던 것도 상화의 보이지 않는 노력의 결정으로 평가되고 있다. 이 무렵 서동진·이효상·권중휘 등과 가깝게 지냈다. 마지막으로 살았던 계산동 2가 84번지 집은 종형수인 이명득(사촌형 이상악의 아내)의 명의로 된 것인데 아마도 거처를 구할 돈이 없어 그냥 얻어서 살았던 것 같다.

1939년 6월에 교남학교 교가 작사 문제로 일경의 조사와 수색을 받게 되어 가택 수색 과정에서 가지고 있던 육필 원고 대부분을 압수당했다. 1951년 상화의 사후, 임화(1908~1953)가 상화의 시를 흠모하여 시집으로 간행하기 위해 상화시를 모았다고 하나 그의 월북으로 시고의 흔적을 찾을 수 없게 되었다. 또한 상화의 문하생이었던 이문기가 시집 간행을 목적으로 유고의 일부와 월탄이 내어 준 상당량의 서한을 받아 가지고 있었는데 한국 전쟁 때 실종, 이 또한 실현을 보지 못했다.

1941년 상화가 공식적으로 발표한 마지막 작품 「서러운 해조」가 『문장』 25호 폐간호에 실린다. 암울한 당시 상화의 마음이 고스란히 담긴 시인데 공교롭게도 일제에 의해 『문장』지가 폐간을 당한다. 그 해 고향 친구 백기만 은 북만주 빈강성 기산농장 책임자로 떠났고 영양 출신의 문우 이병각 시인 은 후두결핵으로 사망한다.

1943년 음력 1월 병석에 누워 3월 21일(양력 4월 25일) 오전 8시 대구 중구 계산동 2가 84번지 사랑방에서 위암으로 별세했다. 그는 모든 가족들 이(이상정 장군은 중국에서 나오지 못함) 모인 가운데 죽음을 맞이한다. 이날

「시인 이상화 창작소설 발견」(『경향신문』, 1976.10.6)

공교롭게도 고향 친구이자 『백조』 동인인 현진건도 사망했으며 그 해 이육사는 피검되어 대구형무소에 갇혀 있다가 북경으로 압송되었다.

1948년 3월 김소운의 발의로 한국 신문학사상 최초로 대구 달성공원 경내에 상화의 시비가 세워졌다. 앞면에는 상화의 시 「나의 침실로」의 일절

이상화 생가터 표지 안내판
(대구광역시 중구 서문로 2가 11번지)

이상화의 생가(마당에 자라는 라일락). 현재 라일락 카페(권도훈 사장 사진 제공)

을 당시 열한 살 난 막내아들 태희의 글씨로 새겨 넣었다. 비액과 뒷면은 김소운의 상화 문학에 대한 언급과 시비 제막에 대한 경위가 죽농 서동균의 글씨로 새겨졌다. 이 시비는 우리나라 최초로 세워진 시비이다.

1947년 9월 상화의 백씨인 이상정도 어머님의 죽음으로 고국으로 달려왔으나 그 해 10월 갑자기 대구 중구 계산동 2가 90번지에서 뇌일혈로 세상을 떠났다.

상화의 시가 비록 단독시집은 아니라 할지라도 최초의 무크 형식의 시집에 수록된 것은 1951년 그의 오랜 친구인 백기만이 편찬한 『상화와 고월』에 와서였다. 그러나 수록된 작품은 18편뿐이었으며 이 또한 백기만이 손질을 하여 원시를 엄청나게 훼손시킨 상태였다. 이후 정음사(1973년), 형설출판사(1977년) 등에서 추후 발굴된 작품을 합하여 단행본 형태의 시집, 또는 시전집을 발간하면서 수록 작품이 늘어나고 정본화하려는 시도가 이루어졌다. 이상규(2000)는 『이상화시전집』(정림출판사)에서 이상화의 시 작품을 일일이 대교한 후에 가장 많은 작품을 수록 정리하였다. 그 동안 이상화 시작품의 정본화와 문학텍스트를 총체적으로 수집 연구해 온 성과들이 많이 있지만 그 가운데 필자가 2002년에 조사한 바로는 시작품 67편, 창작소설 2편, 번역소설 5편, 평론 12편, 수필 7편, 기타 3편 정도였다. 그 가운데 이상화의 작품 유무에 대한 시비도 없지 않았다. 정진규에 의해 창작소설 「초동」이 이상화의 작품이 아니라는 논의나 이기철(1982)이나 김학동(2015)에 와서도 이상화의 문학 작품의 총량이 확정되지 못했다. 최근 필자가 발굴한 1935년 『삼천리』 제7권 1호에 실린 이상화의 시 「나의 침실로」의 축약, 『동아일보』에 실린 동요 1편과 이상화의 작으로 알려진 구전 「망향가」가 추가되어 70편이 되었으며 번역소설 「노동-사-질병」이 한편 추가되어 번역소설 6편, 문학평론도 『중외일보』에 실린 「문단 제가의 견해」(『중외일보』, 1928. 6.30)가 추가되어 총 13편, 수필 기타가 「민간교육 특질은 사재간 거리」과

「신년문단」(1926.1.1)이라는 글이 추가되어 14편으로 늘어났다.

더욱 획기적인 것은 이상화의 편지가 1919년 4월 무렵에서 일본 동경에 공부하러간 시절에 큰집 큰아버지에게 보낸 편지를 포함하여 22편의 새로운 자료가 발굴이 되어 그 동안 이정수가 쓴 소설에 기대어 쓴 평전이 대폭 수정되지 않으면 안 되게 되었다. 특히 일본에서의 거주하던 주소가 확실하게 다 들어났으며 그의 삶의 행적을 추적할 결정적인 자료가 발굴된 것이다. 최근 안동 출신 독립운동가 권오설이 1926년에 이상화에게 보낸 편지가 독립운동가 권오설 기념사업회에서 공개하였다. 그 외에 이상화가 1932년 『조선일보』 경북총국 경영의 실패로 매우 곤궁한 삶을 살면서 집을 팔았던 문서와 그의 이력서 등의 중요한 자료도 발굴되어 이상화의 문학과 전기연구에 획기적인 사료들을 이 책에 고스란히 담았다.

이상화의 삶은 문인으로서 글쓰기를 하던 시기와 1927년 대구 낙향 후 글쓰기를 포기하고 현실생활에 뛰어들어 그의 문학적 이념을 실생활 속에 펼치려고 노력했던 사회문화운동 시기로 크게 두 단계로 구분할 수 있다. 글쓰기를 했던 시기를 다시 구분하면 『거화』 시기의 문학소년 시대와 『백조』 동인과 '카프' 동인 시대로 구분되지만 실제로 이 시기를 다시 재분할 필요가 전혀 없다. 강희근(2015)은 마치 상화의 시 세계가 몇 단계로 변형된 것처럼 "첫째, 시대적 감상과 절망, 그리고 희망의 정서(감상주의 시), 둘째, 빈궁과 노동의 정서(경향파 시), 셋째, 조선병과 저항의 정서(민족주의적 저항의 시)"와 같이 구분하거나, 박용찬(2011)은 동경 유학시기를 기점으로 다시 전후로 나누어 문학사를 서술한 결과 '이상화는 낭만주의 시를 대표하는 시인인가? 일제강점기 시기의 대표적인 항일 저항시인인가? 계급주의 문학의 대표자인가? 민족주의 시인의 대표자인가? 혹은 이상화 시의 페미니즘의 정체는 무엇인가?'와 같은 다양한 논쟁만 양산해 왔다.

불과 몇 년 사이에 어떻게 그러한 급격한 시적 변화가 가능한가? 솔직하게 이상화의 삶의 행간을 꿰고 있는 숱한 오류와 상화 시에 대한 전반적인 성찰이 없는 낯부끄러울 정도로 가벼운 감상비평들이 도리어 이상화 문학의 본질을 파악하는 길을 가로막고 있다.

글쓰기를 중단한 시절

1927년 이후 경성 취운정 생활을 거둘 무렵 상화가 왜 붓을 꺾게 되었는지 지금까지 아무도 진지하게 깊이 있는 성찰을 하지 못했다. 1927년에 상화는 단 한 편의 글도 쓰지 않았다. 1928년에 발표했던 두 편의 시도 1925년 작으로 명기되어 있으며 1929년에도 시와 시조 한 편이 있을 뿐이다. 1927년 이후 1943년까지 기간에 시 8편, 시조 2편, 동시 1편, 소설 1편, 교남학교 교가 1편 설문답 1편 등 거의 잡문에 가까운 글과 가벼운 시작만 발표했을 뿐이다. 한 마디로 이 기간 문예의 성과는 거의 없었다고 해야 할 것이다.

상화의 삶에서 여성 문제가 결코 가벼운 것은 아니라 할지라도 엉터리 정보의 루머로 그의 문학 작품을 칼질했던 당시 상황에서 이상화는 참으로 참혹한 심경이었을 것이다. 더군다나 그와 가장 가까웠던 사이로 알려졌던 백기만이 남긴 편견과 오류는 이상화의 작품까지 난도질을 하게 만드는 결정적인 계기가 되었고 자기의 눈으로 확인되지 않은 사실들을 온통 윤색하여 글로 또는 소문으로 퍼뜨렸다. 문단에 시기 어린 질투는 예나 지금이나 다름이 없었던 모양이다. 백기만(1951)의『상화와 고월』에는 잡지에 발표되지 않았던 작품이 몇 편 실리기도 했지만 이미 문예지에 발표했던 작품도 임의로 수정과 개작을 하여 엄청난 혼란만 초래했던 것이다. 광복 이후 이념의 상극과 대치로 인한 눈에 보이지 않는 반공이데올로기의 이념적 갈등이 그 변형에 원인을 제공했던 것이 아니었을까? 그리고 그와 같은 길을 걸었던 카프 동인인 김기진과 박영희, 안석주는 이상화의 문학에 대한 계급투쟁의 취약성을 비판하기 위해 상화의 여성문제로 그를 퇴폐적인 시인으로 밀어내었던 왜곡들을 확인할 수 있다. 그 후유증으로 「나의 침실로」를 유보화와 얽힌 애정 편력의 시로 확증 판단해 버린 결과를 가져 왔다.

상화의 일본 체류 동안의 편지 자료를 통해 그 동안 알려졌던 이상화의 전기가 얼마나 왜곡되고 와전되어 왔는지 일일이 확인할 수 있다. 필자는 「나의 침실로」는 일본 동경 시절 유보화와의 연애와 큰 관계가 없는 작품이라고 분명히 단언한다. 따라서 「나의 침실로」(『백조』 제3호, 1923.9)와 「빼앗긴 들에도 봄은 오는가」(『개벽』 제70호, 1926.6)는 서로 배치되는 작품이 아닌 상이한 시각으로 일제에 저항한 동일한 맥락의 시라는 점을 강조해 두고자 한다. 서양의 마돈나와 조선의 아주까리기름을 바른 여인은 동일한 은유의 대상인 것이다. 구체적인 논증은 뒤에서 기술할 것이다. 이상화의 문학정신은 「문단측면관」(『개벽』 제58호, 1925.4)에서 상화는 '생활 문학론'과 '민족문학론'의 이념적 목표를 두고 '개성에 대한 관찰관', '사회에 대한 관찰안', '시대에 대한 관찰력'을 목표로 하고 있다. 곧 "조선에도 생활이 있고 언어가 있는 바에야 조선의 추구열과 조선의 미화욕 곧 조선의 생명을 표현할 만한 관찰을 가진 작자가 나올 때"라고 함으로써 당시 이상화 문학관이 집약되어 있다.

상화가 경성에서 만났던 문인 동아리의 두 집단인 상섭, 빙허, 도향 같은 이들에게 유탕생활(遊蕩生活)을 버리고 오늘 조선의 생활을 관찰한 데서 얻은 감촉으로 글쓰기를 권유하고 있다. 또 다른 한편 회월, 월탄, 명희, 석송, 기진 같은 이들에게 그들의 예사롭지 않은 사회적 시대적 책임을 다하는 기대와 바람을 이야기하고 있다. 상화는 새로운 것을 창조하는 것이 시인의 생명이라고 강조했던 시 의식이 분명하고 또렷했던 시인이다.

1927년 붓을 꺾고 대구로 낙향한 시인 이상화의 삶을 기록으로 많이 남겨준 『중외일보』의 다양한 기사들을 통해 그가 얼마나 일관된 삶으로 식민 탈피를 목표로 실천하며 살았던 시인인가를 확인할 수가 있다.

최남선이 경영하던 『시대일보』가 경영난에 빠지자 새롭게 경영진을 구성하였는데 경남 의령 출신 안희재가 자본을 투자하고 조선어학회 33인 가운데 한 분인 이우식이 경영을 맡았다. 당시 상화와 교류하였던 선산 출신 이우석 등이 백산상회 이사로 참여하였는데 이상화의 사촌형인 이상악도 초창기에 재정 이사로 재원을 투자하였다. 그래서인지 이상화의 집안과 관련된 기사들이 많이 실려 있다. 위에 실린 신문 기사에서 1926년 카프 결성 관련 기사를 비롯하여 이상화가 대구로 낙향한 이후 글쓰기를 그만두고 무엇을 하고 있었는지 확인할 수 있는 기사들이 많이 실려 있다. 특히 1932년 『조선일보』 경북총국 경영과 함께 『중외일보』 대구지부 기자를 맡고 있던 이육사가 송고했던 이상화 관련 기사들은 신뢰성이 매우 높은 가사라 할 수 있다. 당시 이상화의 사회활동에 대한 매우 중요한 기록이라고 할 수 있다. 그런데 이상하게도 상화와 고향 친구라는 백기만의 『상화와 고월』(청구출판사, 1951: 161~162)에서는 다음과 같이 적고 있다.

"상화는 사랑으로 모여드는 여러 친구들을 데리고 밤마다 요정 출입을 개시하였다. 밤에는 열두시쯤부터 날이 활짝 밝을 때까지 혼몽천지가 된 주정뱅이들이 중얼중얼거리고 고함치면서 엎들어지고 자빠지면서 상화의 사랑문으로 꾸역꾸역 밀어들었다. (…중략…) 그때 상화사랑방을 담교장이라 자칭하였고 담교장의 특색은 배일파의 집단인 것이며 그 중에는 사회운동가도 있었고 아나키스트도 있었으며 문단인으로는 공초가 복무하였고 간혹 빙허가 나타나서 몇일씩 놀고 갔던 것이다. 이 대원들은 모두 방자한 행동을 하면서도 지사연하였고 망자존대하는 품이 진 대의 청담패와 방불한 족속들이었다."

—백기만, 『상화와 고월』(청구출판사, 1951)

상화를 완전 술주정뱅이에 미친 짓거리나 하는 모습으로 묘사하고 있다. 일견 틀린 말도 아닐 것이지만 왜 시인으로서의 작품 활동을 거의 포기할 수밖에 없었는지의 핵심적인 문제에 대해서는 전혀 언급이 없다. 사실 그 무렵 백기만이 김천 금릉학원에 교원으로 가 있었기 때문에 그는 상화 가까이 대구에 없었다. 그러니까 정확하게 상화의 심사를 헤아리지 못한 피상적 관찰에 지나지 않으며 상당한 열등 심리에서 나온 질투어린 지어낸 이야기가 아니었을까? 마치 항일 인사들을 증오하는 듯한 발언을 하고 있다.

1926년 무렵 백기만이 김천에 있는 금릉학원 교원으로 있었던 관계로 한동안 상화와 만나지 못한 상황이었음에도 마치 눈앞에서 본 듯이 자신의 심정을 마치 사실인 듯이 쓴 글이다. 1928년 백기만이 금릉학원에서 강제 해직되어 다시 대구로 왔을 무렵 고월 이장희와 만나면서

> "대구에서 고월은 공초와 맞붙어 다니었고 상화 사랑에는 놀러오기를 꺼리었다. 상화 사랑에는 문학동지 이외의 사람들이 많았으니 고월의 입을 빌어 말하자면 속물들이 우굴우굴하는 소굴인 것이다."
>
> —백기만, 『상화와 고월』(청구출판사, 1951)

라고 하여 상화와 고월 이장희가 그렇게 가깝지 않았다는 점을 강조하면서 상화 주변의 항일 사회주의자들과 어울려 기생집에서 술이나 퍼마시며 작당한 것으로 평가하고 있다. 당시에는 백기만 역시 사회주의 계열에 맹신하고 있었다. 광복 후, 반공이데올로기가 지배하던 당시 남노당의 맹원으로 활동했던 경력을 세탁해야 할 필요가 있었기 때문에 오히려 사회주의 계열의 인사들에 대해 더 혹독하게 비판했는데 이상화도 그 부류에 끼워 넣음으로써 자신의 순결성을 드러내려는 불순한 의도가 없지는 않았을 것이다.

담교장에 모여든 상화 주변 인물들은 "문학 동지 이외의 사람"이었다고

백기만이 정확하게 진술하고 있다. 사실 이상화와 이장희는 어린 시절 한 동네에서 자란 친구이다. 백기만은 고월의 이야기를 빙자하여 당시 담교장은 사회주위 "속물들이 우굴우굴하는 소굴"이었다고 비꼬았다. 그런 점에서는 가장 밀접한 친구여야 하지만 가는 길이 서로 달랐으며 특히 문학의 관점에서 상화는 고월을 한 수 아래로 내려다보고 있었던 것이다. 이상화의 「지난 달의 시와 소설」(『개벽』 제60호, 1925.6)에서

> "「고양이의 꿈」—「겨울밤」—이장희 작—생"
>
> 이채 잇는 시다. 「고양이의 꿈」이란 것은 환상의 나라로 다라나는 작자의 시정이다. 여긔서 작자의 시에 대한 태도를 볼 수가 잇다. 그는 확실히 정관 시인이다. 그 대신 생명에서 발현된 열광이 업슴을 말하지 안흘 수 업다. 그리고 「겨울밤」은 기교나 암시가 족음 모호하다.
>
> —이상화, 「지난 달의 시와 소설」(『개벽』 제60호, 1925.6)

라는 비평으로 고월 시에 대해 상당히 비판적인 글을 발표하였다. 이와 상대적으로 김기진이나 박영희 등 '카프' 계열의 작가들은 상당히 높은 평가를 한 점에 대해 내성적인 성격을 지녔던 이장희가 상화의 이러한 비평을 마음 편하게 받아들였을 리가 만무하다. 1923년 무렵 김기진은 『백조』 동인들의 도피적 영탄의 시적 경향에 대해 대단히 공격적인 입장을 가지고 박영희와 이상화의 동의를 얻어내어 결국 『백조』를 붕괴시켰다. 그 무렵 박영희는 자신의 입장을 1933년에 「백조 화려하던 시절」이라는 회상의 글로 발표한다.

> "이러한 보헤미안 가운데는 점점 붕괴 작용이 생기기 시작하였었다. 이것은 『백조』 3호에서 다소 그 붕아가 표현되었었다. 김기진 군이 새로이 동인으로

추대되어서 군의 작품을 게재케 된 때를 한 형식적 계기로서 동인들 가운데는 커다란 회의의 흑운이 떠돌았다. 그것은 예술을 위한 예술, 퇴색하여 가는 상아탑에 만족을 얻지 못할 만큼 사물에 대한 객관적인 관찰이 성장하기 시작하였다. 그전부터 김 군과 나는 이 점에서 많은 토론을 거듭하였으나 이 때부터 정식으로 '아트 호우 아트'에 관한 한 개의 항의를 제출하였다. 김군은 거구에 두바쉬카를 입고 다니던 때다. 내 자신도 급격한 예술사상상 변화와 현세의 새로운 정당한 인식이 시작되었다. 여러 번이나 동인들과 구론하였다. 그러나 동인들은 김 군, 나 두 사람의 예술론에 그다지 반대는 아니했으나 내면으로 증오가 생기기 시작하였으며 그러므로 김 군과 나는 『개벽』지로 필단을 옮기고 말았다. 여기서부터 신경향파의 문학이라는 한 매개적 계단이 시작되었다. 그 후로는 『백조』의 평온 미풍에 철럭이던 『백조』는 반발과 탁류로서 움직이게 된 것이며 이 백조 시대의 진리는 신경향파의 진리로 지양된 것이었다."

—박영희, 「백조 화려하던 시절」(『조선일보』, 1933.9.17)

박영희는 상화의 시를 데카당 내지는 퇴폐적 시로 규정하였다. 특히 개인의 사생활의 단면을 끌어들여 계급적 투쟁 정신이 미약한 시인으로 규정한다는 말을 남기지는 않았지만 상화의 마음에 큰 상처를 주었을 것이다. 박영희의 표현대로 "내면으로 증오가 생기기 시작"했다는 고백이 결코 틀린 말이 아니었을 것이다.

『백조』 동인이 해체되는 과정을 설명해 주고 있는데 실재로 『백조』 제3호에 실린 이상화의 「나의 침실로」라는 작품이 혜성처럼 나타나 문단을 흔들어 놓자 때를 놓치지 않고 유미적이고 퇴폐적인 시라는 비판들이 쏟아져 나온 것이다. 프롤레타리아 문학혁명을 부르짖던 그들은 이상화를 여자의 달콤하고 관능적인 사랑에 빠진 퇴폐적인 시인으로 내몰아 세운 것이다. 물론 표현을 직설적으로 하지 않았지만 '백조'에서 '카프'로 함께 문학운동

의 좌표를 옮겨온 김기진(1954: 154)은

> "이 같은 '마돈나'를 부르는 그의 저 유명한 시가, 비록 그것은 그의 나이가
> 18세 되던 해, 즉 1918년에 초고된 것으로 알려졌지만, 그리고 『백조』 창간호에
> 이 시가 발표된 것은 1922년 말경이오, 상화가 유보화 씨와 서로 알게 된 것은
> 1923년 봄이므로 연대가 서로 어긋나기는 하지만, 이 시와 유보화 양과는 신비
> 스러운 연락을 지니고 있는 것으로 나는 생각한다."
>
> ―김기진, 「이상화 형」(『신천지』 9권 9호, 1954.9)

라고 하여 이 작품이 일단 유보화와는 무관하다는 전혀 앞뒤의 맥락이 맞지
않는 소리를 하면서도 궁극적으로는 계급문학에 미달하는 세속적인 관능적
인 시라며 폄훼하였다.

상화가 일본에서 돌아온 후 발표한 「가상」이라는 작품에 대해서도 박영
희는 「신경향파의 문학과 그 문단적 지위」(『개벽』 제64호, 1926)라는 글에서

> "그 작품들 모다 무산계급으로서 완성된 작품이라 할 수 없다. 다만 부르죠아
> 문학의 전통과 전형에서 벗어나서 새로운 경향을 보여준 것만은 자신있게 말할
> 수 있다."
>
> ―박영희, 「신경향파의 문학과 그 문단적 지위」(『개벽』 제64호, 1926)

라고 하여 무산계급인 궁핍한 농민들의 삶을 소재로 하여 쓴 이상화의 시를
계급투쟁 의식이 미달된 작품으로 평가함으로써 상화는 엄청난 마음의 상
처를 입었을 것이다. 실제 상화가 바라본 계급문학론에 대해서는 나름대로
질서 정연한 이론을 「세계삼시야, 무산 작가와 무산 작품의 결고」(『개벽』
제68호, 1926.4)에서 밝히고 있다. 상화는 무산 계급자의 문학관을 가진 작가

군을 세 가지로 그 유형을 나누고 있다.

> "C는 삼파로 난홀 수 잇스니 제일은 인도적 정신에서 동찰을 하는 것이고
> 제이는 인세의 항하사고를 소멸하려는 쯧으로 작위도 부재도 특권 등속의 일절
> 과장을 다 집어던지고 몸소 무산계급에 드러가서 그들과 함께 고행의 생활을
> 하는 것이다. 제삼은 무산자의 환경에 나서 무산자의 지위에 안주하면서 크게는
> 세계를 적게는 개인의 고민을 인도적 혼과 희생성혈로 얼마씀이라도 가볍게
> 하려는 박해와 참고의 속을 용감하게 거러가는 것이다."
>
> ─이상화, 「세계삼시야, 무산작과와 무산작품의 결고」(『개벽』 제68호, 1926.4)

상화는 아마 첫 번째 유형인 "인도적 정신에서 통찰"하는 입장에서 계급
문학을 시도하려고 했던 것이다. 그의 전통적 유가 의식이나 비교적 부유한
가문의 출생이라는 점에서 태생적 배경으로나 생리적으로 계급갈등을 야기
해가면서 투쟁으로까지 이끌고 가려고 했던 박영희나 김기진의 방식과는
근본적으로 거리가 있을 수밖에 없었을 것이다. 그러한 이상화의 문학적
입장이나 태도는 용인되거나 반영되지 않고 여성 문제로 만든 올가미에
포획되지 않을 수 없게 된 것이다. 그리고 상화는 이 사실을 굳이 변명하거
나 벗어나기 위해 몸부림치지 않고 묵묵하게 세태의 비판을 정면으로 받아
들였던 것이다. 이것은 자신이 강조해 온 문인들의 양심의 문제와 결부된
반응이었다.

이상화 문학에 대해 관찰자의 시선에 따라 다른 평가들이 쏟아져 나올
수 있었던 문단의 상황은 급기야 '카프'로부터 스스로 멀어질 수밖에 없었으
며 종국에 가서는 붓을 꺾는 상황에 이른 것이다. 김기진과 박영희를 비롯한
당시 '카프' 동인들의 냉소적인 헐뜯기에 반골적인 기질을 가졌던 상화로서
는 글쓰기를 포기하는 대신 식민 조선의 아픔을 극복하는 사회적 지향성으

로써 실천하는 행동 쪽으로 그 자신의 삶의 방향을 바꾸었다고 할 수 있다. 불과 2년 뒤인 1929년 9월 1일 김기진이 정리하여 발표한 「조선프로문예운동의 선구자, 영광의 조선 선구자들!!」(『삼천리』 제2호)에는 당시 프롤레타리아 문학 운동을 총괄 평가하는 글인데 김기진과 함께 시작했던 카프 동인 명단에 '이상화'의 이름 석 자는 눈 닦고도 찾아볼 수 없게 되었다. 이념과 노선을 이탈한 데에 대한 철저하고 냉정한 응징이 내려졌다.

이상화의 「나의 침실로」를 유보화와의 연정의 설렘과 충동에 빠진 퇴폐적인 작품으로 규정한 김기진과 박영희의 진술이 확고한 근거가 되어 안석주(1927)가 이에 동조하여 비아냥거리며 비꼬는 글을 신문에 발표하였다. 또 신태삼(1935)이 우미관 기생집을 출입하던 백조파 문인을 소재로 딱지본 소설을 지어내었다. 이러한 분위기를 읽고 있었던 백기만(1951)은 『상화와 고월』에 마치 곁에서 보고 기록한 것처럼 상화의 전기가 왜곡된 파란을 일으키게 되었다.

그후 백기만의 견해는 고스란히 이설주(1959)에게까지 확산되었으며 이정수(1987)의 픽션 소설 스토리가 그대로 평론가 김학동(2015)의 평론집에 이식되었다. 그 결과 상화가 가졌던 시 의식은 내동댕이쳐졌다. 그러한 상화를 둘러싼 여성들과의 온갖 일화는 이정수 소설의 소재가 되고 또 이상화기념사업회 초대 회장을 지낸 고 윤장근이라는 소설가의 입담을 통해 또는 방송과 신문기사를 통해 많은 사람들에게 마치 사실인 듯 흥미 있는 이야깃거리로 퍼져나갔다.

이상화 고택 보존이 되면서 초대 이상화기념사업회 윤장근이 작성한 고택개원준비를 위한 메모를 필자가 최근 발굴하였다. 여러 가지 깜짝 놀랄만한 내용이 담겨 있는데, 특히 '여성관계'라는 항목을 만들어 시대별로 상화가 만났던 이성들에 대한 간략한 연애 사연과 구체적인 연애 기간 그리고 여성들의 신분 등의 기록이 남아 있다. 매우 놀라운 사실이 아닐 수가 없다. 그런데 이 이야기는 사실을 바탕으로 한 것이 아니라 이정수의 소설 내용을 그대로 정리 요약한 것임을 쉽게 확인할 수가 있다. 이러한 내용이 윤장근의 입을 통해 방송에 알려지고 신문인터뷰를 통해 계속 널리 퍼져나 간 것이다. 이제 이러한 서사화된 이상화와 여성 관계에 대한 이야기가 어느 정도 사실인지 검토할 일말의 가치도 없다.

이상화는 「문단측면관」이라는 글에서 매우 분명하게 자신의 시 의식을 표명하고 있다. '그 나라 사람', '그 나라 말', '그 나라가 추구하는 바'라는 시대와 사회에 대한 민족적 인식이 매우 투철했음에도 불구하고 과대 포장 된 여자 문제의 덫에 얽혀 버린 것이다. 악마적인 사랑의 날개에는 번뜩이는 예술 창조의 햇볕이 더욱 밀도 높게 쏟아지지만 그 악마적인 뮤즈가 그대로 문학이 될 수 없다는 것도 상화가 몰랐을까? 맹독성이 있는 사랑은 휘발하 는 예술 창작의 촉매제로 활활 타오르지만 그 곤혹한 사랑의 이야기가 그대 로 문학이 될 수 있는 것은 결코 아니다.

윤장근은 「나의 침실로」가 상화가 19살 되던 무렵 손필연과의 사랑을 소재로 한 시라고 얼토당토 않는 이야기를 메모에 남겨두었다. 김기진의 비판 이후에 대부분의 비평론자들은 이 작품을 1923년 발표와 창작의 시차 를 따져서 손필연이 아닌 유보화와의 절절한 애정행각을 배경으로 한 것으 로 판단하게 된 것이다. 문제의 핵심이 되었던 「나의 침실로」가 단순히 유보화라는 여성과의 애정문제에 조응하는 것이 아니다. 문학 작품 평가 방법에서도 필자는 기존의 평단에서 주장해 온 유미적 퇴폐주의라는 수사 로부터 그 부당성을 강조하여 얼마나 다르게 시적 본질에 다가설 수 있는가 그 가능성을 가늠하는 논증해 보았다. 그 내용은 제3부에서 살펴볼 것이다.

이번에 필자가 새로 발굴한 상화의 일본 유학 시절 동안 쓴 편지를 통해 그의 거주지와 그와 동거했던 동생들과의 관계가 밝혀지고 또 체일 기간 사회주의 계열의 인물들과의 교류 관계가 더욱 분명해졌다. 따라서 그 동안 상화의 동경 생활을 유보화와 얽힌 사랑의 이야기로 가득 채운 것은 과장된 에피소드였음을 규명하는 단초가 된다. 베일에 숨어 있던 칠곡 지천(달성 수성) 출신의 사회주의 사상가 이여성은 이상정과 이상화, 이상백과 길고 긴 인연의 고리를 맺고 있다. 이상정은 1923년 11월 제2회 대구미술전람회에 서양화에 이여성과 함께 서양화 18점씩 출품하였다. 그리고 연이어 『벽동사』를 운영하다가 1925년 중국으로 망명을 가게 된다. 이미 1919년 이후부터 이상정은 중국에서는 의열단원으로 이여성·김원봉·이종암 등과 인연을 맺었던 것으로 보인다. 1923년 무렵 이상화와 이여성은 일본 유학생들로 조직된 「북풍회」의 멤버인 이호·백무·김정규 등과 함께 어울렸으며 1945년 이후 건국동맹위원으로 여운영과 이상백 그리고 이여성이 함께 활동하였다.

지금까지 알려진 이상화의 삶 가운데 1927년 이후의 그가 어떤 생활을 했는지를 밝히는 일은 매우 중요한 과제였으나 지금까지 어느 누구도 깊이 있는 관심을 보이지 않았다. 결론적으로 이상화는 위의 『중외일보』에서 밝힌 바와 같이 사회활동과 문화예술 사회운동에 전념하면서 광복을 위해 투쟁하며 살았던 시기이다. 자신의 시론이기도 했던 "시의 생활화"의 실천 시기였다고 할 수 있다.

1927년 이후 상화는 대구에 내려와서 'ㅇ과회'와 연계된 카프 계열 예술인들과 어울렸으며, 문화예술 사회운동, 청소년운동의 일환으로 1921년에는 청소년 축구대회나 정구대회를 지원하였으며, 또 「시민위안음악대회」(『중외일보』, 1928년 5월 25일자)를 개최하는 등의 활동을 하였다. 그리고 무엇보다 의열단과 연계된 장진홍 의사의 대구조흥은행 폭탄 투척사건에 연루된 혐의를 받기도 하였다. 또 신간회 대구지부 출판간사를 지내면서 그 내부 조직으로 알려진 ㄱ당 사건 등 꼬리에 꼬리를 물고 일제 경찰에 피체되는 어려운 삶을 살았던 시기이다.

특히 이상화는 백산상회 지원으로 활동하던 신간회의 전국 조직화와 연계하여 대구경북신간회 결성과 지부 출판간사를 맡아 활동하였다. 신간회와 자매조직인 근우회 지방조직 강화를 지원하기 위해 경남 진주지역의 근우회 임시대회(『중외일보』, 1929년 11월 19일자)에 참석하는 등의 활동을 펼쳤던 것을 확인할 수가 있다. 『조선일보』 경북총국은 1932년 이육사가 경영하다가 중국으로 가면서 중단되었다. 2년 후에 신간회 선배들의 권유로 시작한 조선일보 경북총국도 경영 실패로 경제적으로도 더욱 어려움에 빠지게 되었다.

1937년 중국 국민혁명군으로 활동하던 맏형 이상정이 스파이 혐의로 죽었다느니 혹은 구속되었다느니 하는 온갖 풍문을 듣고 수소문한 결과 난징에 살아 있다는 것을 확인하고 3개월 간 중국에 가서 형을 만나고 되돌아 왔는데 곧바로 그 해 8월에 일제에 체포되어 석 달 만인 11월에 풀려났다. 이설주(1959)의 글에는 상화가 1935년 자신이 거주하던 따롄(大連)에 들러 하루 함께 묵고 갔다고 하면서 이상화가 1년 정도 중국에 머물러 있다가 귀국한 것으로 기술하고 있지만 상화가 중국에 들어간 시기는 1937년이며 중국에 머문 기간도 3개월 정도여서 이설주의 진술 기록은 완전 틀린 이야기이다.

1934년 이후 틈틈이 상화는 교남학교에 무보수 교원으로 그리고 특활로 권투와 체육을 지도하면서 젊은이들의 육성과 교육을 위해 헌신하였다. 1935년 1월 1일 『조선중앙일보』「우리의 당면한 새 과제, 교육의 대중적 보급책(1)」이라는 주제로 원한경(연희전문 교장), 이상화(대구교남학교), 신봉조(배재고보), 김관식(함흥영생고보 교장), 오병주(원산해성보 교장), 아팬젤라(이화여전 교장)와 함께 지상토론을 벌이기도 하였다. 중요한 발표주제는「모든 기회 이용해서 무식한 동포를 구하라」 등인데 여기에 참석하여「민간교육 특질은 사제간 거리접근」이라는 신문지상 논단에 글을 발표하였다. 1935년

1월 4일 『조선중앙일보』에서 펼친 「전조선 민간교육자 지상좌담회 / 우리의 당면한 새 과제 교육의 대중적 보급책(4)」에도 이상화는 참여하였다. 이처럼 상화는 당시 일제 식민지 상황에서 청소년들에 대한 민족교육의 중요성을 깊이 인식하고 있었다.

이상화의 후반기의 삶, 곧 1927년 이후 글쓰기를 멈추고 대구지역의 문화예술 사회운동을 한 시기에 대한 올바른 이해는 그의 전반기의 삶 곧 글쓰기를 하던 시기를 온전히 이해하는 데 도움을 줄 것이다. 일관된 시인의 삶, 시대와 역사를 관찰하며 실천하는 생활 시인의 모습을 우리들에게 남겨주었다. 때로는 문학의 작품성 이상으로 작가의 삶의 진실성이 중요해 보이는 이유이기도 하다.

/

02

계몽시대의 문을 연, 이상화 집안사람들

/

대구지역의 민족계몽과 지성의 산실

흔히들 이상화는 대구의 큰 부잣집에서 태어나 어릴 때부터 유복하게 자라난 것으로 알려져 있지만 그가 남긴 편지를 검토해 보면 실은 그렇지 않다. 그의 큰집은 대구에서 이름난 거부의 집안이기는 했지만 상화는 일찍 아버지를 여의고 큰댁의 도움으로 살았기 때문에 늘 마음 편하기만 한 상황은 결코 아니었다. 큰아버지 소남 이일우나 사촌형 이상악은 마음이 넉넉한 이들로서 작은집 4형제들을 위해 유학비뿐만 아니라 일상생활 지원을 위해서 물심양면 지원을 아끼지 않았다. 이상화가 자라난 집안에 대해 먼저 살펴 볼 필요가 있을 것 같다. 상화의 조부 이동진 공이 재산을 모아 성가를 하였으며, 맏아들 소남 이일우(1870~1936)는 대한제국과 일제강점기 동안 대구 경북지역의 흥학계몽교육, 민지계발, 식산발전을 선구하고 소작농에게 호의를 베푼 모범적 지주로서 노블레스 오블리제를 실천한 인물로 알려져 있다. 그리고 빼앗긴 나라를 찾겠다는 민족구국운동의 대열에 앞장 선 경주이씨 이장가(李庄家)의 사람들은 분명히 이일우와 함께 "성실과 신의를 날줄로, 근면과 검소를 씨줄로" 엮으며 살아온 대구의 명문 가문이었다.

근대 대구지역의 상공업과 신교육의 바람을 일으키며 민족독립운동가를 키워낸 소남 이일우와 그의 조카인 독립운동가 이상정과 항일 민족시인 이상화 그리고 근현대 이 나라의 스포츠 발전을 이끈 초대 한국IOC위원장인 이상백과 수렵인인 이상오를 후원하여 키워내었으며 대구지역 상공업을 이끈 맏아들 이상악과 대구여성운동의 한 축을 이끈 이상화의 어머니 김화수와 소남의 며느리 이명득 등 쟁쟁한 명문 일가를 이루었다.

소남 이일우는 대구지역의 근현대사 흐름에 여러 방면에서 매우 중요한 영향을 끼친 인물이다. 특히 대한제국시대에서 일제강점기를 거치는 근대화 과정에서 전형적인 농업경영자산에서 중상공 자본으로 이행하는 사례를 보여주는 핵심 인물로 일제강점기에 '대구광문회'(김광제, 서상돈 주도)와 '대구광학회'(이일우, 이종면 주도)를 이끌며 국체보상운동을 협력 추진하였다.

그는 1904년 대구지역 최초의 사설 계몽교육기관인 '우현서루'를 개설하여 중국으로부터 많은 서책을 구입하여 강호제현에게 제공하며 강학을 할 수 있게 숙식을 제공함으로써 숱한 우국지사를 배출하였다. 1905년 이 우현서루는 시무학당인 강의원으로 사용하다가 교남학교 설립의 기초로 연결된 것이다. 이일우가 설립한 우현서루에 기반을 둔 '교남학교'는 1921년 9월 홍주일·김명지·정운기 등이 우현서루에서 출발하여 사립학교로 만들었다.

이일우는 달서소학교, 노동야학교 등을 설립하고 교원으로도 활약한 대구지역의 계몽교육을 선도한 선구자이며 구한말 대구를 중심으로 맏아들인 상악과 더불어 광산개발, 섬유산업, 주정회사, 금융기관, 언론기관 설립 투자와 운영을 통한 민족 자산을 축적하고 근대 상공업을 발전시킨 대구 근대 산업화의 핵심인물이다.

당시 대부분의 대구 지역에 지주와 자산가들이 소작농으로부터 비난의
대상이 되거나 일제에 야합하였지만 소남 이일우는 그의 아버지인 금남
이동진 공과 더불어 소작농들에게 가뭄이나 수해의 재난이 휩쓸고 가면
지세나 수세를 대납하거나 도지를 인하하는 호의를 베푼 모범적인 대지주
로서 대구사회에서 선행을 실천한 인물로 알려져 있다.

사설 계몽교육기관 우현서루

소남 이일우가 1904년 서울을 유람하고 돌아온 후에 대구에서도 계몽교
육기관의 설립이 절실하게 필요하다는 생각으로 그의 아버지 이동진 공이
대구 동변동에 설치했던 서고를 기반으로 하여 새롭게 우현서루를 세우고
많은 서책들을 갖추어 인재 교육을 하였다. 우현서루, 대구광학회, 광문사
등은 대구지역을 중심으로 근대지식 유통 공유 및 출판 보급과 관련된 활동
을 수행한 사설 기관 내지 단체들이다. 이들을 통해 근대 애국계몽운동과

경주이씨 금남공파 이장가 제실(대구 달성군 본리리 산 13-1 소재)

연결되면서 지역의 문화 운동을 추동하게 된다. 광문사의 김광제와 서상돈의 국채보상운동에 관한 활동은 유네스코 인류문화 유산으로 등제됨에 따라 학계로부터 주목받은 바 있으나 소남 이일우가 주도한 우현서루 와 광문사에 관한 연구는 아직 큰 진척을 보이지 못하고 있다(최재목 외, 「일제강점기 신지식의 요람대구 '우현서루'에 대하여」, 『동북아문화연구』 19, 2009).

우현서루와 광문사는 1910년 전후 대구지역의 문학 장에서 중요한 역할을 수행하였다. 우현서루는 교육기관의 역할 이외에도 신지식 보급 도서관으로 (우현서루의 서고에 남아 있던 장서의 일부는 경북대학교 고도서관에 기증되었다), 광문사는 근대와 관련된 각종 계몽서적을 출판함으로써 영남지역의 근대지식 유통과 보급에 큰 기여를 하였다고 한다. 당시 소남 이일우가 중국으로부터 수입해 온 서책들을 팔기 위한 서점(서포)을 약령시 부근에서 잠시 운영한 적도 있다. 우현서루는 1910년대를 전후한 근대계몽기 대구지역에서 지식 보급을 담당하게 되었으며, 이러한 문화적 기반이 1920년대 초기 동인지

고증의 잘못으로 우현서루 복원 그림(김일환 화백 작)이 기와집으로 그려져 있다.

문단을 주도했던 이상화·이상백·현진건·백기만 등을 탄생시킬 수 있었다.

　당시 대구에서는 우현서루를 중심으로 한 사설도서관 이외에도 남평문씨가에서 설립한 만권당도 지역의 지적 문화적 토대를 구축하는 기반을 제공하였다. 1910년 전후 대구를 중심으로 형성된 독특한 지적, 문화적 전통은 이 시기 지식인들뿐만 아니라 유소년기를 보내던 작가들의 삶 내지 문학의 방향성에 큰 영향을 미쳤다고 할 수 있다. 특히 대구는 이 시기 일제가 주도한 소상공도시 기반 위에 민족자산가들에게는 민족 자립기반을 열어내기 위한 눈을 뜨게 해 준 전통이 지식 유통과 보급과 함께 형성된 곳이다.

　1905년 2월 1일자, 동년 3월 14일자 『황성신문』에는 우현서루의 설립 과정을 잘 보여주고 있다.

> "대구거 리일우씨가 민지개발에 류의하야 자김을 자판하고 달성내에 시무학당을 설립하야 학문연박한 인으로 학당장을 연빙하고 내외국 신구서적의 지식 발달에 유익한 서책과 각종 신문 잡지 등을 광구구입하야 해학당에 저치하고 상중하 삼등 사회 중에 총준 유지ᄒᆞᆫ 인원을 모집하야 서적과 신문 잡지를 축일 열람 토론ᄒᆞᆯ 계획으로 학부에 청원하야 인허를 요한다니 여차 유지ᄒᆞᆫ 인은 정부에셔도 장려ᄒᆞᆯ만 하다더라"
>
> —「유지개명」(『황성신문』, 1905.2.1)

　소남 이일우가 1905년 초 대구사립 시무학당을 인허하기를 학부에 요청하여 사립 시무학당으로 우현서루에 설립하였음을 확인할 수 있다. 이일우는 국내외 신구서적 중 (시대에 맞추어 업무 추진을 하는) 시무를 잘 이해할 수 있게 해 주는 유익한 책을 구비해 놓고는 동시에 계몽 강습도 아울러 할 계획을 세웠다. 결국 우현서루는 1904년에 설립되어 1911년 일제에 의해 강제로 폐쇄되었다. 이 당시 발간된 『대한자강회월보』 4호에 실린 「본회 회보」를 살펴보자.

"기시에 대구광학회 회원 김선구씨가 해회강사로 겸청한 사에 응낙이 유ᄒ야 이십오일 치행 제정할 새 본회 고문대 원장부씨와 김선구씨로 작반하여 대구정차장에 도착ᄒ매 당지 유지신사 수십인이 김선구씨의 예선 통지ᄒ을 인하야 정차장에 출영ᄒ야 광학회사무실로 전도하니 즉 소위 우현서루요 해서루는 당지유지 리일우씨가 건축 경영ᄒ 빅이니 동변에 서고가 유ᄒ야 동서서적 수백 종을 저치ᄒ고 도서실 자격으로 지사의 종람을 허ᄒ야 신구학문을 수의 연구케 ᄒ 처이라."
―「본회 회보」(『대한자강회월보』 4, 1906.10.25)

이 글을 통해 우현서루의 설립 목적과 설립자와 운영 전반에 대한 내용을 알 수가 있다. 특히 우현서루가 국채보상운동을 추동한 대구광학회 사무소를 겸하고 있었다는 사실은 매우 중요하다. 대구광학회의 발기인은 최대림·이일우·윤영섭·김선구·윤필오·이종면·이쾌영·김봉업 등이다(「대구광학회 취지」, 『대한매일신보』, 1906.8.21). 또 다른 우현서루에 대한 중요한 기록으로 1908년 러시아 블라디보스토크에서 발간된 『해조신문』의 기사에서 소개하고 있다.

"대구 서문 밖 후동 사는 이일우 씨는 일향에 명망 있는 신사인데 학문을 넓히 미치게 하고 일반 동포의 지식을 개발코자 하여 자비로 도서관을 건축하고 국내에 각종 서적과 청국에 신학문책을 많이 구입하여 일반 인민으로 하여금 요금 없이 서적을 열람케 한다 하니 이씨의 문명사업은 흠탄할 바더라."
―「이씨문명사업」(『해조신문』, 1908.3.7)

무슨 연유로 블라디보스토크의 해외 교민들이 발간하는 『해조신문』에 대구의 이일우와 우현서루의 소식이 실려 있는가? 1905년 을사늑약 당시 「시일야방성대곡」이란 사설로 『황성신문사』에서 물러났던 장지연이 『해조신문』의 주필로 있었다. 장지연(1864~1921)은 경북 상주 출신으로 대구지역의 우현서루와 밀접한 관계가 있으며 또한 소남 이일우 가문에 대해 관심이 컸을 것이다. 최근 장지연이 이상악에게 보낸 편지(국립역사박물관 소장)가 여러 통 발굴되어 이 집안사람들과의 연계성을 확인할 수 있었다.

우현서루에 뿌리를 둔 교남·대륜학교에서는 김후식, 송명근, 이갑상, 이육사, 장적우, 이상쾌, 김승기 등 많은 독립운동 우국지사들을 배출하였으며 대부분 이상화와 밀접한 인물들이다.

1911년 우현서루는 일제의 압박으로 일본인에게 강제로 매각되었다. 최근 우현서루 지적도와 매각 관련 서류 일체가 발견되어 정확한 위치와 건물의 규모를 확인할 수 있다. "장지연, 박은식, 이동휘, 조성환" 등 제 선생과 '김지섭' 열사들이 이곳을 거쳐 나간 것으로 알려져 있지만 이를 실증할 근거는 거의 없고 다만 장지연과 김지섭은 충분한 개연성을 가지고 있다.

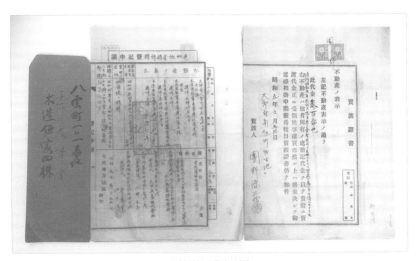

우현서루 매각 서류

다음의 사례로 『월간 조선』(2015년 8월호)에 실린 이상화의 둘째 아들이었던 고 이충희의 증언이 있으나 다소 부풀어진 것으로 보인다.

"우현서루와 인연을 맺은 인물이 많은데 「목 놓아 크게 소리 내어 통곡하노라」고 쓴 「시일야방성대곡(是日也放聲大哭)」의 장지연, 상해 임시정부 국무총리와 제2대 대통령을 역임한 박은식, 임시정부 초대 국무령으로 독립운동에 헌신한 이동휘 등이 대표적입니다. 이 우현서루에 인재들이 모여들자 1915년 일제는 폐쇄하고 말았어요."

—『월간 조선』, 2015년 8월호

이충희의 증언은 『상백이상백평전』(을유출판사, 1996)에 실린 박창암(1996: 49)의 기록을 보고난 이후의 진술이라고 판단되는데 매각 년도의 오류 등

우현서루 지적도(조선총독부)

이 진술이 과연 역사적 사실을 정확하게 반영하고 있는가는 검토되어야 할 것이다. 구술의 채택이 자칫 왜곡, 과장될 위험성이 얼마나 큰지 잘 판단 해야 할 문제이다.

우현서루는 대구지역을 대표하는 지성적인 애국담론의 중심지였다는 사실이 이처럼 왜곡되거나 과장되어서는 안 된다. 왜냐하면 우현서루가 개설되어 있던 1904~1910년 동안 박은식과 이동휘가 대구의 우현서루에 와서 기숙을 하며 학업을 닦을 만큼 여유가 있었던 것도 아니요 박은식은 당시 중국 상해 망명생활을, 이동휘는 블라디보스토크에서 공산주의 계열의 항일운동을 전개하고 있었던 기간이기 때문에 이들이 대구를 단순하게 방문한 것이 아니라 우현서루에 머물렀다는 증거를 제시할 수 있어야 이러한 논의가 성립될 수 있다. 이만열(한길사, 1980)이 지은 박은식 전기와 연보를 정밀하게 검토해 보아도 우현서루에서 학업을 연마했다는 내용을 찾아 볼 수 없었다. 이처럼 사료나 진술의 취사선택의 문제가 역사적 사실을 자칫 매우 심각하게 과장하거나 왜곡시킬 수 있다.

상화의 큰아버지 소남 이일우

소남 이일우는 상화의 큰아버지이지만 아버지가 일찍 돌아가신 탓에 친아버지처럼 상화의 네 형제들을 길러낸 분이다. 소남 이일우(1870~1936)의 아버지는 동진이고 호는 금남이며 모친은 광주 이씨 이학래의 따님이다. 동진 공 이후 이 집안을 '경주이장가'라고 하며 대한제국 시기에 이 집안의 기반을 닦은 분이다.

소남 이일우의 연보는 자신의 문집인 『성남세고』(경진출판, 2016)에 자세하게 나와 있으나 그 가운데 중요한 것만 간추려 보면 아래와 같다. 계몽교육에 눈을 일찍 뜬 그는 우현서루 건립과 함께 1906년 3월 29일 달명의숙을 설립하였다. 1906년 8월 대구광학회를 발기한 이일우는 1905년 우현서루에 대구시의소를 개설하였다.

1907년 7월 대한협회(대한자강회) 창립하여 계몽운동회를 구상하며 대한 제국 시기 계몽 운동을 전개하였다. 대한협회 대구지회에서 이일우는 동년에 국문야학교 설립 제안하고 이종면·서기하·김재열과 함께 설립 연구위원을 맡았으며 동년 6월 대한협회 대구지회에서 설립한 노동야학교에서 이일우는 교사로 활동하면서 협성학교 설립에도 참여하여 임원개선, 교과목 선정, 학사행정 등에 관여하였다. 1910년 달성친목회 사건(조선국권회복단 중앙총회)에 연루되어 일경에서 조사를 받았다. 이러한 이일우의 나라사랑 정신이 상화에게도 많은 영향을 끼친 것으로 보인다.

그는 또한 상공발전을 매우 중요하게 생각하고 1906년 6월 농공은행조례 제정에 따라 창립총회를 통한 농공은행을 주도 설립하였다. 당시 자본금이 20만원이었는데 이상악이 70주를 가진 주주로 참여하였다. 1912년 8월 26일 대구은행 주주, 그 외 전기, 운수, 섬유, 탄광, 주정, 출판 등 대구의 근대 산업발전에 크게 기여한 인물이다.

소남 이일우의 아내는 수원 백씨 백교근의 따님으로 공보다 십 년 앞선 1927년 9월 30일에 돌아가셨다. 5남 1녀를 낳았는데, 아들은 상악·상무·상간·상길·상성이고, 사위는 윤홍열이다.

큰집맏형 상공인 이상악

이상화 시인의 큰집맏형이었던 이상악(1886~1941)은 아버지 소남으로부터 1929년 무렵 경영권을 이어받아 조양무진회사의 주주가 되면서 경영 일선에 뛰어들었다. 그는 대구지역 근대 상공인이자 대지주로 요업공장, 무성영화 만경관 개관, 조선양조장, 동양염직, 대구산업조합 초대 조합장, 조양무진주식회사 취제역, 청도 흥업조로 구성한 대구지역의 현대 상공인의 한 사람으로 꼽을 수 있다.

이상악은 1886년 9월 20일 대구의 유명한 서예가인 석재 서병오의 딸 법경을 아내로 맞이하였으나 후세가 없어 재취로 전주 이씨 이영의 딸 이명득과 혼인하였다. 상악은 아버지 소남의 뒤를 이어 대구지역의 유력한 사업가로 존경을 받았다.

1928년 상악은 최남선이 경영하던 시대일보를 개편 창간한 중외일보사에 백산상회의 안희재, 이우식 등과 자본을 투자하였다. 이로써 중외일보에 상화에 대한 기사나 소남에 대한 기사가 많이 나온다. 그리고 상악의 딸 무희와 최한웅과 혼인을 맺어 최한웅의 아버지인 최남선과 사돈관계가 된다. 아마 최남선이 시대일보 사장을 맡은 것도 이와 관련이 있을 것이다. 대구지역의 영재육성에도 그리고 작은집의 상정, 상화, 상백, 상오의 유학과 생활 지원에 인심을 베푼 것으로 알려져 있다.

최근 이상화의 편지와 중국 국민혁명군 중장을 지낸 항일투사 이상정 장군이 큰집 큰아버지인 이일우에게 쓴 편지가 새로 발굴되었다. 이장가 종택에서 분실되었던 자료를 되찾은 물품 속에 섞여 있었던 것 가운데 일부이다. 이 자료에서도 소남을 대신하여 이상악은 작은 집 동생들의 유학비는 물론 특별한 일이 생기면 생계비는 물론 빚까지 불평도 없이 도와주었다는 사실을 알 수가 있다.

특히 이상정 장군이 중국 망명을 가기 전인 1921년 3월 28일 평양 광성고보에서 교편을 잡고 있을 때, 큰아버지인 소남 이일우에게 보낸 문안 편지 1통과 이상정이 일본에 유학을 했던 1912년 동경 세이죠 중학과정을 마치고 전문부로 입학하기 위해 학자금을 간곡히 요청한 내용의 편지 1통이 최근 발굴되었다. 이 자료는 이상정 장군의 평양 광성고보와 정주 오산학교에서 교원생활을 했던 시기를 입증해 줄 수 있으며, 일본 유학과정에서 세이죠 중학과정을 마치고 가쿠슈인대학에서 전문부 과정을 수료했음을 입증할 매우 중요한 자료이기도 하다.

큰아버지님 전에 외룁니다1)

　삼가엎드려 안부를 올립니다. 조모님2) 기체후 늘 여러 가지 안녕하시온지요. 큰아버지님3) 내외분 기체후 일향만강하시온지 꿇어엎드려 여쭈옵니다. 조카는 아울러 중형도4) 객지에서 편안히 주무시고 식사 잘하시는지 건강도 여전하신지 엎드려 안부 여쭈옵니다.

　삼가 사뢰올 말씀은 저의 학교 졸업5)이 이미 다되어 보름정도 남았는데 시간이 여의치 않아 일차로 글월 올리오니 내려 살피소서. 엎드려 생각하건데 근심거리가 끝이 없으니 이에 걱정마십시오. 이번 조카의 졸업은 중학과정 정도(세이쇼쿠 중학)이니 이 중학과정의 인정을 받아 전문과로 입학하기로 정해졌음을 들었습니다. 일전에 동경 조일신문에 말하기로 조선에 금전이 심히 귀하여 백미 일석에 칠원 정도라 함에 엎드려 생각하니 조선에 재정의 어려움을 상상할 수 있을 것 같습니다. 나머지 여러 가지 갖추지 못한 채 사뢰옵니다.

양 십이월 십육일

조카

상정 상서

이상정이 큰집 큰아버지에게 보낸 편지

---

1) 님(主)+전(前)님에게. 예편지에서는 '前', '處' 등이 사용되었는데 '전'은 수신자가 발신자보다 높은 지위에 있는 경우, '처'는 비하거나 하급자에게 붙인다.

이 편지는 이상정이 일본 세이쇼쿠 중학교를 졸업하고 전문부(상과 및 미술학교) 진학에 필요한 학비를 보내주기를 요청하는 내용의 편지이다. 큰아버지에게 보낸 편지글 가운데 은근히 맏형인 상악에게 유학 경비 지원을 요청하는 내용이 담겨 있다.

1939년 6월 이상백이 와세다대학 재외특별연구원 자격으로 2년 6개월 동안 체재 경비 700원의 거금을 요청하자 이일우는 흔쾌히 맏아들 상악을 통해 송금하였다. 이처럼 상화나 그의 형제 모두 큰집의 큰아버지나 맏형의 재정적 지원이 적지 않았을 것으로 보인다.

그뿐 아니라 대구고보를 졸업한 백기만은 3.1독립운동 이후 서울과 동경 유학을 하게 되는데 그 경위를 다음과 같이 설명하고 있다.

"그해(1919년) 5월 31일에 대구복심법원에서 고보와 계성의 주동자 전원이 1심에서 받은 1년 징역을 그대로 언도받았으나 전도 있는 학생들이라고 해서 3년간 집행유예로 출감하게 되었다. 출감은 하였으나 독립은 되지 않았고 가정이 빈한한 나는 다른 우인들이 잘도 가는 서울 유학도 동경 유학도 화중병에 지나지 못하였다. 울울한 시일을 보내다가 일대 용기를 내어 향리의 덕망가인

---

2) 조모는 소남 이일우의 어머니인데 상정의 조부는 금남공 이동진(1836.4.6~1905.3.21)이며 조모는 광주 이씨 이학래의 따님인 이씨(1841.10.12~1917.1.29)를 말한다. 여기서 조부의 안부가 생략된 것으로 보아 1905년 이후에 쓴 것이며 또 조모가 돌아가신 1917년 사이에 쓴 편지이다. 좀 더 구체적으로 이상정이 동경으로 유학을 가서 세이쇼쿠 중학을 졸업한 1913년 11월 16일 동경에서 쓴 편지임을 알 수가 있다.

3) 큰아버지님은 소남 이일우이고 내외분으로 큰어머니는 수원백씨 성희의 따님인 자화(1868.10.7~1927.9.30)를 가리킨다. 특히 이 편지의 수신자인 소남 이일우는 조카인 상정, 상화, 상백, 상오의 뒷바라지를 해 주었다.

4) 이상정에게 큰집 맏형은 이상악이고 중형은 이상무(1893.7.3~1960.1.30)가 있다. 특히 이상악은 동진공에서 소남 양대에 걸쳐 이룩한 가산 경영을 맡아 대구지역의 중요한 재계의 인물이었다. 아버지에 이어 상악도 인심이 아주 후덕하여 작은집 사촌들을 위해 많은 지원을 한 것으로 알려져 있다. 여기서 중형인 이상무도 대구 안동 간의 버스회사를 운영했던 경영인이었다.

5) '학교'는 전후 맥락에 따라 중등 과정인 세에쇼쿠중학교를 말한다.

한윤화씨와 이상악씨를 찾았다. 나의 지망을 말하고 학비를 요청하였더니 두 분이 다 쾌락하여 준 혜택으로 그해 8월에 상경하였다."

　　—백기만 편, 「상화와 고월의 회상」(『상화와 고월』, 청구출판사, 1951, 149~150쪽)

　　상악은 집안 동생들뿐만 아니라 수재로 이름난 경남 의령의 이극로와 대구고보를 다녔던 백기만에게도 유학에 필요한 재정적 지원을 아끼지 않았다. 백기만 역시 3.1독립운동 이후 일경에 피체되었다가 풀려 나와 일본 유학을 가기 위해 이상악에게 재정 지원 요청을 한 것으로 보이며 그 지원에 힘입어 유학길에 오르게 된다.

　　"신학기 시에 임하여 불가불 이학기 분 월사금 납입이오며 겸하여 대강당 신설보조금 이십원이 요하오며 서적 수삼권도 신학기에 필요하올 듯 하여 상달 하오니 오십원 하송하시여 주시옴 삼가 바라옵나이다. 여러 가지 예를 갖추지 못한 채 글월 올립니다. 구월 삼일 시생 백기만 상서"

　　—조선 대구부 본정 2정목 11번지 이상악에게 보낸 편지

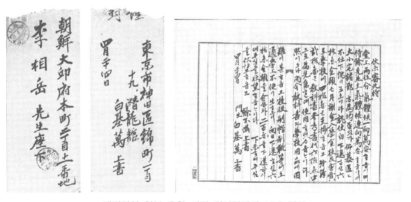

백기만이 일본 유학 시절 이상악에게 보낸 편지

백기만이 일본 동경 교외(동경시 간다구(神田區) 니시키정(錦町) 1정 19), 요규칸(暫龍館)에서 조선 대구부 본정 2정목 11번지(朝鮮 大邱府 本町 二丁目 十一) 이상악에게 보낸 편지에는 학비에 관한 백기만의 고민이 잘 나타나 있다. 이와 같이 당시 대구의 거부였던 이상악은 그리 인색하지 않게 지역 인재육성을 위해서도 재정지원을 한 인물이다.

상화의 아버지 우남 이시우와 어머니 김신자

아버지 우남 이시우(1877.3.4~1908.8.22)와 어머니 김해 김씨 도근의 딸 화수(1876~1947, 혹은 김신자) 사이에 상화는 둘째아들로 태어났다. 이상화와 그의 형제들은 일찍 아버지가 돌아가시자 큰집 큰아버지와 어머니의 훈도와 교화로 성장하였다. 특히 큰아버지인 소남 이일우는 일찍부터 계몽사상과 민족주의 정신이 투철하였는데 이러한 정신이 상화에게 많은 영향을 미친 것 같다.

상화는 이와 같이 어린 시절부터 계몽 구국정신의 자양을 받으면서 자랐다. 어머니 김화수는 1909년에 '교육부인회(여자교육회)'를 대구 및 달성 지역의 여성 100여 명과 함께 결성하였으며, 서상돈·이일우가 발기하여 설립한 '대구사립달서여학교'의 운영 지원을 하였을 뿐만 아니라 200원의 기금을 마련하여 달서여학교에 기부하고 부인야학교를 지원하며 20여 명의 부녀자들을 교육했을 만큼 당시 여성운동가로도 활동한 여걸이었다.

상화의 어머니 김화수가 1910년에 설립하였던 '부인야학교'는 대구 지역에서 부인을 대상으로 한글을 깨우치고 계몽을 하기 위해 설립된 야학교이

이상화의 호적에는 1902(명치35)년 4월 5일 생으로 되어 있는데 1901년 4월 5일(음)이 정확한 생년이다. 달성공원 시비에는 1900년, 조연현의 『한국현대문학사』, 인간사, 1962에서도 1900년으로 되어 있는데 이는 오류이다.

다. 교사 건물은 이상화의 생가 부근에 있었던 대구사립달서여학교를 빌려 사용하였다. 「부인야학교설립취지문」은 계산동 이상화 고택에 전시되어 있다. 대구광역시청 문화예술과 이강훈 씨의 배려로 이 설립취지문을 판독하

이상화의 어머니 김화수와 네 형제들(1908년 무렵)

여 자료집으로 학계에 소개할 예정이다. 이는 대구사립달서여학교가 재정난에 봉착했을 때 김화수가 여자교육회를 조직, 100여 회원으로부터 거둔 의연금을 이 학교에 기부금을 지원했으며 당시 부인학생 수는 20여 명에 달하였다고 한다.

상화의 네 형제를 '용봉인학'이라고 부르는데 이들을 키우는 과정에서 큰집 큰아버지와 어머니의 정신적 훈도와 교양이 얼마나 컸을지 짐작할 수 있을 것이다. 그러나 어릴 때부터 감성이 매우 섬세했던 상화에게 아버지의 부재는 엄청난 정신적 상실의 상흔이 되었으며 이 상흔이 문학 활동으로 점화된 것이다.

상화의 네 형제들, 용봉인학

1877년 3월 4일, 동진공의 둘째 아들 시우 공이 태어났다. 소남 이일우의 아우 이시우 공은 자는 내윤 호는 우남이며 김해 김씨 김화수(신자) 사이에

여기에서 보면 이상화는 1902(명치35)년 4월 5일 출생으로 되어 있으나 잘못이다.

상정·상화·상백·상오 네 아들을 두었다. 상화가 7살 되던 해에 아버지가 갑자기 돌아가시자 어머니 김화수는 혼자서 네 아들을 키웠다.

상화의 어머니인 김화수는 남다른 교육열로 네 아들 또한 훌륭한 인재로 키워낸 것이다. 맏이 상정은 일제에 항거하다가 중국 망명 후 중국혁명군에 가담하여 항일투쟁을 하였고 둘째 상화는 일제 저항 민족시인으로, 셋째 상백은 서울대 사회학교 교수와 우리나라 초대 IOC위원장으로 스포츠 발전

에 크게 기여하였다. 넷째 상오는 우리나라 수렵발전에 크게 기여한 인물이다. 상화의 네 형제를 가리켜 용봉인학이라고 칭송을 하고 있다. '용'은 이상정을 '봉'은 이상화를 '인'은 이상백을 '학'은 이상오를 가리킨다.

이상정은 1896년 6월 10일 태어나 어린 시절 우현서루 강의원에서 한문학과 신식 교육을 받은 후 일본 세이죠중학교와 국학원대학을 졸업하였다. 1919~1921년 사이에는 대구계성학교와 대구신명여학교에서 도화 담당 교

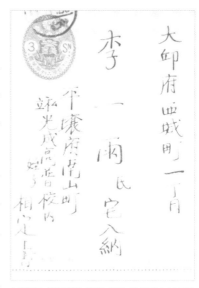

1920년 이상정이 평양 사립 광성고보 교사로 있을 때 큰집 큰아버지에게 보낸 엽서

원으로 있었다. 1921~1923년 서울 경신학교, 평양 광성고보, 평북 정주 오산학교 교원으로 있으면서 이여성과 함께 1923년 11월에 개최한 제2회 「대구미술전람회」에 서양화 18점을 출품도 하고 1922년 『개벽』 25호와 26호에 각각 시조 2편을 발표하였다.

> 紅塵에 저진 몸을 綠波에 맑이 씻고 一葉舟 벗을 삼아 五湖에 누엇스니 어저버 三春行樂이 꿈이런가 하노라
>
> 미워도 내님이요 고워도 내님이라 馳馬郞 輕薄子야 제 어찌 이를 알리 밤거의 鷄鳴晨할 제 擁衾코 우는 줄을.
>
> —『개벽』 제25호(1922년 7월 10일)

> 客窓에 비친 달은 부지럽시 드락나락 綿綿한 春秋夢은 恨이 업시 오락가락 이 中에 못 보는 이는 님뿐인가 하노라.

龍鳳麟鶴: 용(龍) 이상정, 봉(鳳) 이상화, 인(麟) 이상백, 학(鶴) 이상오

浿江에 배를 띄워 淸流壁 올라갈 제 牡丹峯 浮碧樓가 中流에 影婆娑라. 아마
도 關西勝地는 江上之平壤인저.

—『개벽』 제26호(1922년 8월 1일)

그가 남긴 『표박기』에는 시조 14여 편이 실려 있다(이상규, 「대구 최초의
현대 시조작가 청남 이상정: 장시조 5편과 단시조 9편 신발굴」(1)(2), 『대구문학』
141~142호, 2019). 그리고 '용진단'을 결성하여 항일투쟁을 벌이다가 '적기시
위' 사건으로 일경의 추적을 피해 중국으로 망명을 하였다. 1919년 이후부
터 만주지역을 넘나들던 이상정은 1925~1926년 사이에 북만주에서 독립운
동을 하고 있던 류동열과 신영삼의 안내로 동만주 북만주 일대에서 육영사
업과 독립운동에 종사하다가 1926~1927년 평위상(馮玉祥)의 국민혁명군
참모부 막료로 종군하게 된다. 우리나라 최초의 여자비행사로 알려진 평양
출신 권기옥을 중국 내몽골 수이위안 바오터우에서 만나 조촐하게 결혼식
을 올렸다.

권기옥(1901~1988)은 평양에서 태어났고 10대 소녀 시절 비밀결사대인
송죽회에 가입한 것을 계기로 독립운동에 투신한 이래 3.1만세운동 참가와
임시정부 독립운동자금 모금, 권총 운송 등의 역할을 맡았다가 체포돼 6개
월간 복역했다. 이후 평안남도 도청 폭파사건에 가담하고, 동지 규합을 목적
으로 '평양청년회 여자전도대'를 조직했다가 일경에 재구속 영장이 발부된

사실을 알고 1920년 중국 상해로 탈출했다. 권기옥은 상해에서 미국선교사가 운영하는 홍보여자중학교에 입학해 우수한 성적으로 졸업했고, 1923년에는 중국 변방의 운남육군항공학교 1기생으로 입학해 1925년 졸업함으로써 한국 최초의 여류비행사가 돼 중국 공군에 입대했다. 군복무 중 중일전쟁이 발발하자 충칭으로 이동해 국민정부 육군참모학교교관으로 활동했으며, 1943년에는 충칭 임시정부 직할의 '대한애국부인회'를 재조직해 사교부장으로 활동하며 여성들의 독립사상 고취에 진력했다. 1948년 8월 귀국하여 국방위원회 전문위원과 『한국연감』 발행인, 한중문화협회 부회장 등을 역임했으며 1988년 타계했다.

이상정은 1931년 10월호 『혜성』에 「남북만 일만리답사기」를, 1931년 11월호 『혜성』에 「대몽고탐험기」를 발표했으며 1931년 11월호 『혜성』에 투고했던 「동삼성감옥수인기」는 일제 검열에 전면 삭제되었다. 1932~1933

1943년 재건대한애국부인회 회원들
(왼쪽부터 최선화, 김현주, 김순애, 권기옥, 방순희. 사진=한국세데이트베이스)

년에는 난창 항공협진회위원으로, 1936~1942년에는 충칭 육군참모학교 소장 교관으로 활동하면서 중국전쟁기록에 대한 사료를 집성하여 교육하였다. 1938~1942년 화중군사령부 중장급 고급막료로 활동하면서 항일투쟁에 종사하였다.

1938년 재중동포들과 함께 신익희가 중심이 된 신한민주혁명당 조직, 중앙위원 겸 군사부장을 맡으면서 임시정부에 발을 딛고 활동하기 시작하였다. 1942~1945년 구이저우 성 유격대 훈련학교 교수로 활동하고 1945년 전후 일본진주군 사령부 중장 막료로 내정되었으나 국군 진주 중지로 하야하였다. 광복 후 바로 귀국하지 않고 1946~1947년 전후 재중 동포의 보호와 안전한 귀국을 위하여 힘을 쏟고 있었다. 그 무렵 어머님의 돌아가셨다는 부음을 받고 1947년 9월에 귀국하였다가 동년 10월 27일 갑자기 뇌출혈로 소천하였다.

34차 임시의정회의(1942.10.25)

둘째아들 상화는 어릴 때 강의원에서 사숙하였고 1915년 경성중앙학교에 입학하였다. 1917년에 백기만과 더불어 지방에서 최초로 결성된 문학동인『거화』를 간행하였으며 1918년 경성중앙학교 3년 수료 후 금강산 일대를 주류하다가 대구로 귀향하였다. 1919년 백기만·이곤희·허윤실·허범·아상쾌 등과 대구 3.1독립선언문 제작 시위를 주도한 후 일경의 수사를 피해 서울 박태원의 하숙집에 피신하면서 박태원·현진건 등과 가깝게 지내며, 박종화·나도향·김기진·박영희 등 경성 문인들과 교류를 하였다.

1922년 1월『백조』창간 동인이 되어 창간호에「말세의 희탄」,「단조」를 발표하면서 문단에 등단하게 된다. 1923년 9월『백조』3호에「나의 침실로」,「이중의 사망」,「마음의 꽃」을 발표하면서 일약 문단의 꽃으로 떠올랐다. 일본 동경에 알리앙스 프랑세와 메이지대학 불어학부 1년 과정 유학 동안 관동대지진을 만나게 되고 연이은 일제의 학살에 분노하면서 가난한 기층민들에 대한 연민을 그리고 나라를 잃어버린 농촌의 농민과 도시의 엿장수, 거지 등으로 문학적 시각이 확대된 것이다. 주체적인 시각에서 타자적 시각으로 확대된다.

1923년 김기진과 더불어 무산계급 문예운동단체인 '파스큐라'를, 1925년 박영희, 김기진과 더불어 '카프(KAFE, 조선프롤레타리아예술동맹)'를 결성하였다. 1925년『신여성』18호에 번역소설「단장」을 발표하면서 문학적 시각을 시에서 소설로 그리고 평론 등으로 더욱 확대시켰으며 1926년『계벽』65호에 평론인「무산작가와 무산작품」을 발표했는데 그의 사회주의 문학에 대한 식견과 자신의 이념적 견해에 대한 일면을 엿볼 수 있다. 1926년 6월『개벽』70호에「빼앗긴 들에도 봄은 오는가」,「비갠 아침」을 발표하면서 그의 항일 저항시의 정점을 찍으면서 자신의 문학적 지향성과 일관성을 선명하게 표방하게 된다.

1927년 ㄱ당 사건에 연루되어 일경에 피체되기도 하였다. 1934년 신간회

사건에 연루되기도 하였고 또 『조선일보』 경북총국 경영을 하다가 실패하면서 경제적으로 곤궁한 시간을 보내기도 하였다. 1937년 중국 북경에 맏형 이상정 장군을 만나러 난징과 상하이, 베이징 등을 돌아 귀국한 후에 1940년까지 대구교남학교(대륜고등학교 전신) 영어, 체육 교사를 하면서 민족정신을 아이들에게 심어주기 위해 혼신의 힘을 쏟는다. 거의 마지막 무렵의 작품인 「역천」을 통해 상화의 복잡하고 참담한 심경을 읽을 수가 있다. 하늘이 뒤집어지면 좋을 식민 시대의 아픔을 노래한 것이다.

1938년 이후 일제는 더욱 식민 조선인을 압박하고 특히 문화예술인들을 회유하였지만 꼿꼿한 자세로 일제에 항거하다 1943년 대구 계산동 2가 84번지(이상화 고택)에서 위암으로 꿈에도 그리던 조국광복의 기쁨도 보지 못하고 이승을 떠난다.

1919년 10월 13일 공주 출신의 서한보의 둘째 따님 서온순(다른 이름은 서순애)와 결혼하여 맏아들 용희, 둘째아들 충희(전 흥국공업사 대표)와 둘째 며느리 정태순 사이에 맏아들 재상과 둘째아들 재역, 딸 승은과 남편 강문석이 있다. 셋째아들 태희는 아내 강옥순과 그의 가족들은 현재 미국에 거주하고 있다. 맏아들 재성(재미), 여 윤선(재미)이 있다.

셋째 상백은 사회학자 겸 체육행정가이며 『금성』 동인으로 문필가이기도 하다. 국제올림픽위원회 위원이며 아호는 상백(想白), 백무일재(百無一齋)다. 오랫동안 혼자 살다가 1955년 3월 김정희와 결혼하였으나 아들이 없자 상오 씨의 아들을 양자로 들였다. 우리나라 출신의 두 번째 IOC(국제 올림픽 위원회) 위원이며 1903년 대구에서 태어나 대구고보를 졸업한 후 일본 와세다 대학을 거쳐 동 대학원 사회학과를 수료하였다. 해방 직후부터 서울대학교에서 사회학과 교수로 강의를 하는 한편, 동 대학교 박물관장 직을 겸했으며 1955년 동 대학교에서 문학박사 학위를 취득했다. 우리나라 전통문화와 역사에도 많은 관심을 쏟아 세종대왕이 만든 훈민정음 해례본 영인본과 해설을 처음으로 학계에 소개하기도 하였다.

그는 사회학자로서보다 체육인으로서 더욱 크게 공헌했는데, 일본 유학 시절부터 농구선수로 활약했으며, 1930년 일본이 처음으로 농구경기 단체를 조직할 때 뛰어난 역량을 발휘함으로써 28세에 일본체육회 이사, 일본농구협회 상무이사로 선임되었다. 1932년 제10회(로스앤젤레스) 올림픽 대회 일본선수단 본부 임원, 1935년 일본체육회 전임이사, 1936년 제11회(베를린) 올림픽대회 일본선수단 총무, 1937년 세계빙상연맹총회 일본 대표, 제12회(1940년 도쿄로 결정되었으나 제2차 세계대전으로 유회) 올림픽대회 도쿄 유치 위원 및 경기부 참사 겸 계획부 주임 등 일본 스포츠계의 중진으로 활약했다. 해방 직후인 1945년 9월 조선체육동지회를 결성하여 회장에 취임, 모국에서의 체육운동을 개시했다. 이 해 12월 조선체육회 상무이사, IOC 가입대책위원회 부위원장(1946년), 제14회(1948년 런던 개최) 올림픽대회 참가준비위원회 부위원장, 올림픽위원회 명예 총무(1948년), 대한체육회 부회장(1951년) 등을 역임했다. 그 후 올림픽 대표 선수단 총감독단장, 아시아경기대회 대표선수단 단장으로서 선수단을 이끌고 해외에 원정가기도 했고, 아시아경기연맹 집행위원이 되기도 했다. 1964년에는 우리나라 출신으로는 두 번째로 IOC 위원에 피선되었다. 당시 도쿄올림픽 입장 오륜기와 런던대회 입장 깃발 등 스포츠 관련 자료들이 소남이일우기념사업회에 고스란히 남아 있다.

1944년 10월 상백은 여운영이 이끄는 건국동맹에 가입하여 임시정부 수립을 위해 공헌하였고 동년 12월 조선독립연맹과의 연락을 담당하여 중국에 파견되기도 하였다. 1945년 8월 15일 상백은 여운영·이만규·이여성·김세용·이강국·박문규·양재하 등과 더불어 건국준비위원회 기획처를 구성하여 동 건국위 총무를 역임하는 등 광복을 전후한 건국 준비에도 많은 기여를 하였다. 주요 저서로 『한국 문화사 연구 논고』, 『이조 건국의 연구』,

1945년 8월 16일 휘문중 교정에서 군중연설 후 이상백, 이여성, 여운영, 몽양기념사업회

『정치사회학』, 『지도 농구의 이론과 실제』 등과 중국에서 구입한 청나라 관련 서책들과 그의 기록물은 서울대학교 도서관에 기증하여 보관되어 있다. 이상백도 『금성』 동인으로 시작품 「내 무덤」, 「어떤 날」과 기행문 「영동풍설」을 남겼다.

넷째 상오는 대구고보 출신으로 일본 호세이대학에 유학을 다녀왔다. 수렵가, 바둑인이다. 아호는 모남이다. 상오도 『취집』이라는 시작 노트를 남겼으며 이 안에 「마음」, 「시인」이라는 작품을 1924년 재일대구인 출신 모임인 「달성구락부회보」에 남겼다. 아내 배연희와의 사이에 맏아들 창희 아내 이홍자, 둘째 재하 아내 문선정 사이에 연진과 사위 김진영, 딸 화진이 있다. 둘째아들 영희는 상백 양자로 갔다. 셋째아들 광희와 아내 이윤숙 사이에 여 정진과 사위 죽산 박씨 박성준과 딸 성진이 있으며, 넷째아들 원오와 아내 최수연 사이에 맏아들 재준, 여 수진과 사위 이원희, 여 경진이 있다. 다섯째아들 종희 씨의 아내는 성산 배씨 배효경이고 그 사이에 맏아들 재화, 여 여진이 있다. 상오 씨의 딸로는 남희와 사위 윤온구, 딸 겸희와 사위 박창암이 있다.

경주 이장가와 밀접한 인연을 가진 사람들

석재 서병오(1862~1936)는 대구 출생으로 근대 최고의 서화가로 시서화 삼절로 명성이 자자했고, 거문고·바둑·장기·의술·구변에도 깊은 조예가 있어 팔능거사로 통한다. 석재는 이상화의 큰아버지인 소남 이일우와 사돈간이다. 소남의 맏아들 상악과 서병오 다섯째 딸인 법경이 혼인을 맺었다. 그런데 이 혼인이 그렇게 원만한 관계가 되지 못하였다. 후손들의 전해 오는 말로는 자식을 낳지 못하였을 뿐만 아니라 약간 신체적 결함으로 이별하고 전주 이씨 신영의 장녀 명득과 재혼을 하였다.

그는 1901년을 전후하여 중국 상해로 가서 그때 그곳에 망명 중이던 민영익(1860~1914)과 친밀히 교유하면서 그의 소개로 당시 상해에서 활동하던 유명한 중국인 서화가 포화(蒲華), 오창석 등과 가까이 접촉하면서 청나라의 화풍에 많은 영향을 받았다. 1909년에 상해와 일본을 여행하였고, 중국에 머무르는 동안, 특히 포화와 매우 밀접한 관계를 가지며, 그의 문인화법의 영향을 받은 사군자를 그리게 되었다. 글씨는 매우 격조 있는 행서 작품을 다수 남겼다.

석재는 영남 일원의 대표적 서화가로 전국적인 명성을 누렸으며 두 차례에 걸친 중국 서화 기행으로 국제적인 인맥을 형성하기도 하였다. 1907년 '교풍회'를 설립하고 1922년 대구에서 '교남서화연구회'를 발족시켜 회장이 된 뒤, 서화연구생들을 지도하였다. 이상정·이상화·서동균·성재휴가 그 시기의 그의 제자이다.

석재 서병오는 소남 이일우와 함께 광문사와 대한협회 대구지부 결성에도 참여하는 등 매우 친밀하게 지냈던 것으로 보인다. 최근 이인숙(2020)의 「석재 서병오(1862~1936)의 중국행에 대한 고찰」에서 중국 기행의 기년에 대해 다양한 견해를 소개하고 있다. 대체로 석재는 제자인 긍석 김진만과 동행하여 37세와 47세에 두 차례 중국에 다녀왔다."고 하였는데 소남이 석재와 함께 제2차 중국 기행에 동행했음을 확인할 수 있는 자료가 있다. 그와 함께 이 시를 쓴 시기를 추정할 수 있는 증언이 있다.

"정사년(1917)에 모친상을 당했는데 장례의 모든 절차를 부친상 때처럼 하였다. 예서를 읽는 여가에 선대의 유묵을 수합하였는데, 비록 조각조각의 조그마한 종이라도 하나하나 애호하여 비단으로 단장하였다. 『양세연묵첩』이라 이름을 짓고는 그것을 맡아서 지키지 못한 잘못을 자책하여 말미에 적었다. 상복을 벗고는 중국을 유람하며 만리장성을 보고 절구 한 수를 읊었는데, "만일 이 힘을 옮겨 하천 제방을 쌓았다면, 천년이 지난 지금까지 덕정이 어떠하겠는가?」라고 하였다. 명산과 대천을 두루 관람하고 한 달여를 지내고 돌아왔다."

—소남이일우기념사업회, 『성남세고』(경진출판, 2016)

라고 하여 소남의 어머님 탈상한 1920년 무렵이었으니 '교남시서화연구회'(1917) 결성 전후에 한 차례 더 중국 기행이 있었음을 알 수가 있다. 그가 남긴 수많은 작품 가운데 소남 고택에도 많이 소장되어 있었으나 도난과 유실로 그를 아끼고 사랑하는 소장가들에 손으로 흘러들어가 보존되고 있다. 김진혁의 『학강미술관』에는 많은 작품을 소장하여 특별전시회와 아울러 연구활동도 활발하게 펼치고 있다.

눈에 보이지 않게 이상화에게 엄청난 영향을 미친 인물이 바로 상화와 사돈간이었던 최남선이다. 당대 최고의 근대지식인이자 사상가였던 최남선은 상화에게 민족주의 정신과 불함문화론의 '검(熊)'사상의 영향을 주었다. 이상화의 시 「비음」, 「극단」, 「엿장수」, 「청량세계」, 「오늘의 노래」, 「도-교-」에서, 「본능의 노래」, 「쓸어져 가는 미술관」 등에서 '신령'이라는 시어가 여러 군데 등장한다. 그뿐만 아니라 이상화의 산문 「신년을 조상한다」(『시대일보』 시대문예란, 1926년 1월 4일자)에서 "그러나 우리 신령의 눈썹 사이에 쑤리를 박은 듯이 덥고 잇는 검은 구름을 한 겹 두 겹 빗길"뿐만 아니라 시에서도 여러 군데 '신령'이라는 시어가 등장한다. 이것은 아마 상화의 주요한 시어 소재인 '검아'는 최남선의 '불함문화론'의 영향으로 추정된다. 개회기 시대의 단군신화를 존중하던 지식인들의 과잉 민족주의 사상적 맥락과 맥을 같이하고 있다.

이상화의 문학사상의 기반을 '유학전통'(조두섭, 『대구경북현대시인의 생태학』, 역락, 2006), '선비정신'(이명례, 「현대시에 있어서 선비정신 연구: 이육사와 이상화를 중심으로」, 『인문과학논집』 23호, 청주대학교, 2001), '생명시학'(박종은, 「한국 연대시의 생명시학」, 경희대학교 박사논문, 2010), '무속신앙'(이용희, 『한국 현대시의 무속적 연구』, 집문당, 1990), '동학기반'(유신지, 「이상화 문학의 사상적 기반 연구」, 경북대학교 대학원, 2019) 등 여러 관점이 있다. 이 가운데 유신지(2019)는 이상화의 사상적 근거를 이상화와 함께 3.1독립운동을 하였고 또 교남학교 교원으로 활동하였던 홍주일의 사상적 영향을 받았던 것으로 보고 있다. 하지만 이보다 더 최고의 지식인이자 사돈이 된 최남선의 영향 관계나 최근에 발굴된 상화 어머니가 지은 내방가사에 나타나는 대종교 관련 자료를 고려해 보면 그 사상적 영향 관계를 좀 더 긴밀하게 추적할 수 있을 것으로 보인다.

최남선이 『시대일보』를 창간했을 때에 투자를 한 이상악은 경영에도 일부 참여하게 된다. 그와 함께 최남선은 종종 대구로 내려와서 우현서루에 있던 많은 서책들을 열람하거나 중국으로부터 많은 서책을 수입하는 데 이상악의 도움을 받았다고 알려져 있다. 또 육당 최남선은 대구와 서울의 교류 역할을 담당했던 것이다. 최남선은 1908년 근대적 인쇄소이자 출판사인 신문관을 설립하여 『소년』, 『청춘』, 『붉은 저고리』, 『아이들 보이』, 『새별』 등을 발행하는 한편, 십전총서, 육전소설 등의 기획, 여러 가지 한국학 관련 도서 등을 발간하였다. 이상악과 육당 최남선이 사돈을 맺었던 인연으로 이상악의 조카인 이합희는 육당 최남선이 만든 문예지 『소년』의 출판사인 '동명사'에서 장기간 부사장직을 맡는다. 상화에게는 비록 사돈 간이지만 당대에 최고의 지식인이었던 최남선의 영향이 적지 않았다. 상화의 민족과 조국의 의식이 형성되는 데 지대한 영향을 받았을 것이다.

일제 친일파로 대구읍성을 허무는 데 앞장섰던 '박짝때기'라는 별명을 가진 박중양(1872~1959)은 조선말의 관료이자 일제강점기에 간악한 친일반민족행위자 정치인이다. 특히 대구 판관 시절에는 일본 상공인들의 요청에 따라 대구읍성을 허물어 내린 장본인이다. 경기도 양주군 주내면에서 출생하였으며 구한말에 경상북도, 평안남도, 평안북도 관찰사를 지냈고, 일제강점기 때는 충청남도 도장관, 황해도 도지사, 충청북도 도지사 등을 지냈으며 중추원 참의, 중추원 부의장을 지냈다. 일본식 이름은 호추 시게요(朴忠重陽), 첫 이름은 박원근으로 1906년 무렵 대구 읍성 철거를 주도했다. 연이어 1906년 박중양이 대구 판관에서 경상북도 관찰사가 된 시점에 2차 대구 성벽 철거를 일본거류민단이 주도함으로써 완전하게 대구읍성은 자취를 감추게 되었다. 당시 대구의 상권은 성 안은 조선 상인들이, 성 밖은 일본인들이 장악했는데, 일본 상인들은 대구 읍성 안까지 진출하길 원하자 이를 받아들여 박중양은 대구 읍성을 헐어버렸다. 그런데 이상무의 셋째 아들 열희의 부인인 박부남의 아버지가 박문웅이고 그 아버지가 박중양이다. 그러니까 박중양과 소남은 사가 관계이지만 1936년 소남이 하세한 이후에 맺어진 인연이다. 대구적십자병원장을 지낸 열희의 아버지 상무와 박중양의 아들 박문웅은 사돈격이 된다.

소남의 장녀이자 이상화에게 사촌 여동생인 숙경은 파평 윤홍렬(1893~1947)에게 시집을 갔다. 윤홍렬은 대구 태생으로 달성학교 교장을 지낸 윤필오의 장남이다. 박정희 전 대통령과 대구사범 동기이며 호남정유 서정귀의 장인이기도 하다. 사립달성학교를 졸업하고 일본 와세다고등학원과 메이지대 법과를 다녔다. 윤홍렬은 일본 유학 당시 '토월회' 멤버로 연극활동을 하였다. 그는 끝까지 창씨개명을 거부하고 달성학교 동창인 동암 서상일과 조양회관을 건립하는 데 힘을 보탰다.

1928년 일왕 궁궐폭파 사건의 주범으로 사형된 김지섭 열사의 유해가 대구에 도착해 추도식을 하던 중 격문의 추도문을 읽은 죄목으로 윤홍렬이 일경에 연행되기도 했다. 이 무렵 이상화와도 매우 가깝게 지내면서 의기가 투합했다. 금오산과 경주에 함께 놀러간 사진도 남아 있다. 당시 요시찰 대상이었던 그는 1930년부터 일경의 감시를 피해 광복 때까지 칠곡군 약목면에서 광산업을 했다. 그러면서 만주에서도 광산을 경영했다.

광복 후 대구로 온 윤홍렬은 영천 출신인 이우백 등과 『대구시보』를 창간해 사장이 된다. 하지만 1945년 10월 신탁통치반대와 관련한 필화사건으로 미군정으로부터 탄압을 받아 신문사는 이듬해 폐간됐다. 그는 그 해 3월 경북광업주식회사를 설립해 상무 취체역을 하면서 건국활동을 했다. 1946년 10월 미군정청이 입법기구설치에 관한 법령을 발표하면서 도별로 입법의원을 뽑을 당시에 경북 1-2선거구에서 윤홍렬과 서상일이 각각 당선됐다. 하지만 이듬해 병을 얻어 웅지를 펴지 못하고 사망했다. 윤홍렬과 대구시장을 지낸 허억(1889~1957)은 사돈 간이다. 윤홍렬의 맏사위는 배만갑이고, 둘째사위는 서정귀(1919~1974)이다. 박정희 대통령과 대구사범 동기로 4대·5대 국회의원, 재무부 차관(1960년), 호남정유사 사장을 역임하였다.

박창암(1923~2003)은 함경남도 북청 출생으로 만주국립연길 (간도)사범학교를 졸업하고 1943년 만주국 군대인 간도특설대 출신으로 이상화의 동생인 이상오의 사위이다. 광복 후인 1949년 육군 중위로 임관해 6·25전쟁

금오산 등행(이상화와 윤홍렬)

중 빨치산을 토벌하는 작전과 대북 심리전 분야에 주로 참여했다. 1961년 박정희 소장이 주도한 5·16군사정변에 참여한 뒤 '혁명검찰부' 부장을 맡았다. 그 후 1968년 월간 『자유』지를 창간해 2002년까지 발행인으로 일했다.

경주 불국사, 이상화와 처남 서진(충남지사)

/

03

이상화 문학의 현장

/

이상화 문학의 현장

이상화 시인의 필명은 무량(無量), 상화(尙火), 상화(相火)이며, 1901년 5월 9일(양력) 출생으로, 현재의 대구광역시 중구 서문로 2가 11번지에서 태어나 유년기를 대구에서 보내다가 상경하여 20여 세 때부터 문필 활동을 시작하였으며, 27세 되던 해 대구로 되돌아와 살다가 1943년 4월 25일 43세의 젊은 나이로 세상을 떠났다.

1919년 3.1독립만세 운동이 전개될 무렵 그는 백기만·허범·허윤실·이호·이상쾌 등과 함께 일제 저항 만세운동에 참여한 뒤 일제 경찰의 추적을 피해 서울 박태원의 하숙집에 은거하였다.

상화의 맏형인 독립운동가 이상정도 문필에 아주 뛰어난 재능을 지니고 있어 『개벽』 제25·26호에 시조 4편을 발표하였고 동생인 이상백도 『금성』 동인으로 문단에 등단함으로써 한집의 형제들이 1920년대 우리 문단에 꽃을 피웠다. 지금까지 이상화의 시 세계에 대해 「나의 침실로」로 대표되는 초기 시작품의 경향이 퇴폐적 낭만적 세계관으로 치부되었다. 그러나 실제로는 농민과 노동자의 현실을 그린 「빈촌의 밤」이나 「가상」, 「비를 다고」, 「거러지」, 「엿장수」 등에서 보이는 기층민에 대한 열렬한 애정을 지나치게 과소평가해 온 것이다. 당시의 시대적 상황에서 운명공동체로서 민족 현실에 대해 이렇게 열망적으로 일제에 항거하며 호소한 시인이 어디 있었는가? 「빼앗긴 들에 도 봄은 오는가」의 작품에 대해 최동호(1981: 2~88)가 "이상화의 시에서 민족 현실에 대한 강한 자의식이 자연을 대상으로 하여 나타날 때면 격정적인 진술이 사라지고 현실의 왜곡된 삶을 회복할 수 있는 친화의 세계가 마련된다."라고 평가하듯 식민지 시대의 대표적 항일 저항시인으로 꼽을 수 있는 것이다. 이상화 문학 성과를 평가한 최동호는 한국근대문학사에서 산문시 시형을 형상화한 개척자로, '카프'를 통해 프로문학에 많은 영향을 준 점, 토박이말을 사용한 점 등을 꼽고 있는데 여기서 나아가 민족문학의 물꼬를 처음으로 열었다는 점을 결코 간과해서는 안 될 것이다. 그리고 이상화는 대구지방 토박이말을 그의 시에 구사하여 식민지 치하의 압박 속에서도 굴하지 않고 자신을 지키려는 주체적 삶의 의지를 잘 보여주고 있다. 이처럼 토박이말을 시에 많이 활용한 것뿐 아니라 출신 지역인 대구를 배경으로 한 작품이 많이 눈에 띈다. 대구 주변의 비슬산, 앞산, 팔공산, 금호강, 달구성, 도수원, 방천둑, 대구감영을 소재로 한 「대구행진곡」이라는 작품과 현재 대륜고등학교의 전신인 교남학교의 교가인 「교남학교교가」와 파계사 앞에 있는 용소를 배경으로 한 「지반전경」 등이 있다. 이와 더불어 너무나 유명한 이상화의 대표작인 「빼앗긴 들에도 봄은 오는가」라는 시와 「나의 침실로」의 작품 배경 현장 역시 대구 주변의 정경이다. 아도르노는 인류의 모든 예술은 사회와 역사 속의 체험과 경험을 통해 이루어진다고 했듯이 이상화의 시에서는 삶의 현실을 강제한 일제에 저항으로써 그 고통을 표현하고 억압을 고발하며 이질적이고 낯선 외세의 압박을 들춰낸 것이다.

동산과 청라언덕

네이버 포탈에서 소개한 내용을 간단히 추려보면 매일신문사 건너 동산에는 스윗츠 주택(선교박물관 대구유형문화재 제24호)이 들어서 있다. 대구에서 선교활동이 이루어지던 1906년부터 1910년경 사이에 지어진 건물로 전통 한식과 양식의 조화가 잘 어우러져 있다. 지붕은 한식기와를 이은 박공지붕이었으나 함석으로 개조되었다. 스윗츠 여사를 비롯해 계성학교 4대 교장인 핸더슨과 계명대 초대 학장인 캠벨 등의 선교사들이 이곳에 거주했는데 전재수 전 동산병원 원장이 이곳을 박물관으로 꾸몄다. 현재 1층에는 각종 성경책과 선교 유물, 기독교의 전래 과정 등의 사진 자료와 2층에는 성서 및 구약시대 자료가 전시되어 있다.

의료박물관(챔니스 주택, 대구유형문화재 제25호)은 붉은 벽돌로 된 2층집으로 꾸며져 있다. 지난날 1911년 계성학교 2대 교장인 레이너와 챔니스, 샤우텔 선교사 등에 이어 1948년부터는 마펫(마포화열) 선교사가 거주했다. 동산병원에 소장됐던 의료기기를 포함하여 1800년대부터 1900년대에 사용된 동·서양의 의료기기 등이 전시되어 있다. 교육·역사박물관(블레어 주택, 대구유형문화재 제26호)에는 근대에서 현대에 이르는 각종 교육역사와 민속사료들이 전시되어 있다.

대구를 능금의 도시, 사과의 도시라고 하는데 대구 최초로 동산병원 초대 병원장인 우드브릿지 존슨 원장이 미국 미주리주에서 사과 묘목을 가져와 아담스, 존슨, 브루언 세 사람이 밭에 심었다고 한다. 그 중에 존슨 박사가 1900년경 동산 위 정원에서 사과나무를 재배하여 교인들에게 보급한 것이 계기가 되어 대구지역에 사과재배가 널리 퍼졌다고 한다.

성모당이 있는 남산동 대주교 묘역 입구에는 "오늘은 나에게, 내일은 너에게(Hodie mihi, Cras tibi)"라는 명문이 새겨져 있다. 천주교 대구 대교구청 성직자 묘역과 함께 동산에는 "은혜의 정원"의 묘역에는 기독교를 전하러 왔다가 순교한 선교사들과 그들의 자녀들의 묘역이 마련되어 있다. 서울의 양화진 외국인 묘지와 같은 대구 경북 지방의 순교성지이다.

상화가 어린 시절 자랐던 곳에서 멀지 않은 곳에 동산이 있다. 그 동산에는 대구의 유지 장택상의 구택이 있었는데 지금은 헐려나가고 호텔이 들어서 있다. 이 동산에 우뚝 서 있는 제일교회 옆으로 오르는 계단이 있는 언덕을 '청라언덕'이라고 하는데 이 계단을 따라 현재 동산병원 담장을 따라 동산병원과 큰시장으로 통하는 오래된 골목이 있다. 이곳 입구에 「동무생각」 노래비가 서 있다. 상화의 친구인 박태원의 동생인 박태준이 곡을 단 가곡 「동무생각」을 기리는 비석이다. 동산 제일교회가 서 있는 언덕길은 박태준이 곡을 붙이고 이은상이 가사를 쓴 「동무생각」이 탄생한 가슴

동산 서편 청라언덕(이은상 작사, 박태준 작곡, 「동무생각」의 배경지)

설레는 장소이다. 박태준이 유학을 마치고 대구에 돌아와 신명학교 교사 시절의 추억을 노산 이은상에게 말하여 1922년에 만든 노래이다. "봄의 교향악이 울려 퍼지는 청라언덕 위에 백합 필적에……"라고 하는 이 노래의 원곡명은 「사우」였는데 「동무생각」으로 바꾸었다. 이것이 인연이 되어 박태준과 이은상은 사돈 관계로 발전한다. 국민동요인 「오빠생각」은 1925년 당시 12세였던 최순애(창원의 아동문학가 이원수의 아내)가 사회운동을 하며 일제의 요시찰 인물로 항상 감시를 받으며 서울로 떠났던 오빠 최영주를 생각하며 쓴 동시이다. 방정환이 설립한 어린이 잡지 『어린이』에 이 가사를 투고하여 입선작이 되었다. 이곳에 제일교회가 들어선 것은 1930년대 화강석 고딕건물 형식으로 청라언덕과 이 언덕을 오르는 계단과 잘 어울린다. 대구3.1독립운동의 숨결이 배어 있는 곳이기도 하다(최상대, 『대구의 건축문화가 되다』, 학이사, 2016).

「청라언덕」과 「동무생각」 노래비

상고예술학원의 추억

한국전쟁 전국에서 피란을 온 문인들이 대구로 모여들었다. 대구향촌동 백조, 모나미, 청포도, 백록, 호수, 상록 다방에서 그리고 감나무집, 석류나무집, 도루메기집, 말대가리집 등의 대폿집에 모여 전운에 휩싸인 나라를 걱정하며 공군종군문인회를 결성하기도 하였다. 대구에서 피난살이를 하는 도중 김동리·김윤성·마해송·오상순·박두진·전봉건·조지훈·백기만 등과 함께 최정희가 주도하여 고려다방 뒷골목 교남학교가 있던 자리에 '상고예술학교'를 설립하였다. 1970년대 무렵까지 반월당에서 남문시장 방향 언덕으로 올라오다가 오른편에 고려다방이 있던 뒤편 옛날 교남학교가 있던 자리를 빌려 설립한 것이다.

상화 이상화와 고월 이장희의 두 사람의 호를 따서 상고학원이라고 하여 상화와 고월을 기린다는 뜻에서 만든 예술학교이다. 곧 상화(尙火, 이상화)의 '尙'자와 고월(古月, 이장희)의 '古'자에서 두 자를 따 상고예술학원이라 이름 지었다. 6개월의 단기 강습원이었으며 문학과, 음악과, 미술과를 설치하였다. 한국전쟁으로 대구로 피란을 온 최정희를 비롯한 많은 문인들이 이곳을 중심으로 활동하면서 저녁 무렵에는 향교 부근에 있는 주막촌인 말대가리집에 마해송·최인욱·조지훈·구상·최정희 등이 모여 전란의 비애를 함께 나누기도 하다가 종전 이후 서울로 상경하여 김동리가 주축이 되어 설립한 서라벌예술학교 곧 현재 중앙대학교 예술대학의 모태가 되었다.

언제 이 땅에 진정한 통일의 봄이 오려는지 그 끝자락은 보이지 않는다. 창밖 잎이 피기 전에 만개한 봄꽃들이 지고 그 텅 빈 자리에 다시 이름 모를 갖가지 꽃들이 황사 바람에 일렁대고 있다. 한국전쟁이 한창이던 시절 낙동강까지 밀려든 위난의 시간, 대구는 전국에서 몰려든 피난인들과 문화예술인들로 붐볐다. 대구읍성에서 반월당 고개를 넘어 남문시장이 있는 곳까지 도로가 확장되어 앞산 영남대학교병원 로터리까지 길이 난 것은

1950년대 후반이다. 반월당 고갯마루에 옛날 유명한 고려다방이 있었고 그 뒷골목 안에 상고예술학교가 있었다. 그 고려다방은 남산병원 이인성 아틀리에에 있던 장식품을 입구에 설치하여 멋을 한껏 부렸던 유서 깊은 다방으로 대구의 많은 문화예술인들이 출입하였다.

홍주일과 김영서가 민족학교 설립의 꿈을 가지고 1921년 우현서루 자리에서 교남학원을 설립하고 초대 교장은 정운기가 맡았다. 1924년 5월 학교 이름을 교남학교로 바꾸어 반월당 고갯만댕이에 위치한 남산동 657번지로 이전하였다. 1929년에 김수균 교장이 부임하고 서동진·이상화·이효상·김상열 등이 이 학교 교사로 활동하면서 그 학교를 민족정신의 산실로 키워나갔다. 그러다가 1930년 무렵 일제 탄압이 가중되면서 이 학교 설립인가가 취소되자 이상화도 무보수 교사로 있다가 그만 두었다.

대구역에는 피난민들이 북새통을 이루었고 역 광장에는 국민총궐기대회가 열리고 피란을 온 국회가 구 한일극장 자리에서 임시국회가 열리기도 하였다.

그 수많은 피난민 사이에 밀려온 문화예술인들이 이곳저곳 다방을 전전하면서 전쟁 상황에 대한 우려와 근심 어린 시간을 보내고 있었다. 대구 최초로 그랜드 피아노가 있었던 백조다방, 한국전쟁기 문화예술인들의 만남의 장이었던 르네상스·백록·모나미·꽃자리·청포도·호수·상록·모카·향수·성좌·고려·낙양·가고파 등의 다방이 존재했던 곳이 향촌동이었다. 향촌동 막걸리집이나 구『영남일보』건너

한솔 이효상 시비(팔공산 동화사 입구)

편 감나무식당이나 동성로 해동라사 곁에 있던 석류나무, 향교 부근에 있던 말대가리집, 남산동 언덕 위에 있던 도루메기집을 전전하면서 전란의 우수를 달래고 있었다. 수백 명에 가까운 문화예술인들의 면면을 보면 너무나 유명한 김동리·최정희·김동사·김윤성·김종삼·김팔봉·구상·마해송·박두진·방인근·성기원·양주동·오상순·유주현·이상로·전봉건·전숙희·정비석·조지훈을 비롯한 문인들과, 김동진·김만복·김성태·김희조·나운영·임원석을 비롯한 음악인들과, 권옥연·김한기·이중섭 등의 미술가와, 김상옥·장민호·최은희 등 영화예술인들이 있었다.

그 가운데 1952년 첫 수필집 『사랑의 이력』을 펴냈던 소설가 최정희(1906~1990)가 주역이 되어서 상고예술학교를 설립했던 그 추억담을 남겨 놓고 있다. 그녀에게는 1930년 무렵 대구가 낳은 유명한 영화감독 김유영(1907~1939)과 결혼하여 반월당 백기만이 잠시 운영했던 과자점 인근에 신혼살림을 차렸던 첫사랑의 추억어린 대구이기도 했다.

한국전쟁기 혼란이 한창이던 먹고살기에도 바쁜 시절에 책을 낸다는 것은 생각하기도 힘들었던 때였지만 화가 김환기가 표지 장정 그림을 맡았고 계몽사가 출판을 맡아 최정희의 수필집 『사랑의 이력』을 간행하였다. 이 책에는 최정희가 대구에 피란 갔던 시절을 전하는 대목이 눈에 띈다.

"초라한 얼굴들을 하고 있다가도 해가 질 무렵 해서 석류나무집이 아니면 삼나무집에서, 니뭇잎이 뚝뚝 떨어지는 마당 우물가에 가마니를 깔고 막걸리를 마시기 시작했다. 그럴 대면 온통 내 세상 같은 자신 만만한 얼굴들을 하며 큰소리를 쳤다.

요새는 상고예술학원을 세울 계획을 하고, 교무처장인 최인욱 씨가 교사를 얻으러 분주히 돌아다니시고, 조지훈, 박기준, 박영준, 구상 같은 분들은 벌써부터 교수할 준비로 바쁘시다. 상고예술학원은 백기만 씨의 상화 이상화와 고월 이장희의 유고집(『상화와 고월』)이 나온 것을 계기로 하여 세운 예술전문교육 기관이다. 그 이름은 상화와 고월의 호 가운데서 '상'자와 '고'자를 따서 지었다. 뒷돈은 이곳 유지들이 담당하였고, 교수는 우리들이 담당하기로 하였다. 문학 외에 음악과도 두고, 미술과 두게 하였다. 하루 바삐 교사가 얻어지기를 모두들 기다리고 있었다. 그리고 우선 매주 토요일마다 문예 강좌를 열기로 하였다. 그뿐 아니라 쉬이 문화제도 열기로 하였다. 문학·음악·연극·무용인들이 한데 합쳐서 하기로 되었는데, 국민회 경북도본부 주최로 하였다.

　대구에 와 있는 우리 작가들은 하나 버성기는 일 없이 모두 만나면 한 덩어리 가 되었다. 혼자면 고단하 고생스럽기도 한데 모이면 다 잊어버리고 즐겁기만 하였다."

—최정희, 『사랑의 이력』(1952) 중에서

　지금은 그 흔적조차 찾기 어려운 이 학원을 기억하는 문인은 별로 없다. 권영민은 '상고예술학원'의 설립 취지를 보면 "선인들의 업적과 민족예술의 전통을 깨우치게 하여 뒷날의 대성이 있게 하고자 한다"는 점을 높이 평가 하였다. 전쟁의 와중에서 민족 예술과 문화의 불을 지핀 이 판단은 대단히 위대하다고 할 수 있다. 특히 대구가 낳은 민족시인 이상화와 불꽃처럼 살다간 이장희 두 사람의 예술혼을 기린 당대의 문화예술인들의 위대한 예술혼을 어찌 잊을 수 있을까? 한국전쟁 당시 '피란도시' 대구에 설립되었 던 이 학원은 당대 최고의 교수진을 갖춘 국내 최초의 본격적인 예술학원이 었다. 이 예술학원이 씨앗이 되어 전후에 이들이 서울로 귀향하여 서라벌예 술학교와 중앙대예술대학의 설립을 추진함으로써 한국의 문화예술학교의 설립 기초가 되었다고 할 수 있다.

　교무처장을 맡은 최인욱 씨가 교사를 얻으러 분주히 돌아다니시고, 조지 훈·박기준·박영준·구상은 일찍부터 학생들을 가르칠 준비에 바빴다. 학원

상고예술학원 1952년 2월 제1회 수료식(상록다방)

상고예술학원 창립 취지서와 발기인 명단

설립에 따른 뒷돈은 이곳 대구의 유지들, 특히 이효상·이윤수·왕학수·서동진 등이 마련하고, 교수는 아래 설립 위원들이 담당하였다고 김종욱(2017: 186)은 회고하고 있다.

상고예술학원에는 문학 외에 음악과도 두고 미술과도 두어 이른바 현대적 예술 교육의 첫 산실로 만든 것이다. 한국전쟁의 난리통 속에서 우리나라 최고의 문화예술인들이 직접 교육을 담당하게 되었으니 이른바 최고의 명문 예술학원인 셈이다.

매주 토요일마다 문예강좌가 끝나면 반월당 고갯길에서 걸어서 길 건너 향교 부근에 있는 말대가리 주점(주인인 말대가리를 쳐들 듯이 찔둑없는 모습을 비유하여 지은 이름)에 모여 전황을 이야기하며 전란의 슬픔을 토로하기도 하였다고 한다. 1951년 10월 대구 남산동 향교 북쪽 편 길 건너 모퉁이의 단골 막걸리집 말대가리집에 모인 문인들은 학원장에 마해송을 선임했다. 소설가 최인욱은 교무 담당, 시인 조지훈, 구상, 소설가 박영준, 최정희 등은 전임 강사가 됐다. 그리고 남산동 657 오르막길 옆에 있던 구교남학교를 학원 교사로 사용키로 결정했다.

대구·영남의 문인예술가들과 힘을 합쳐 결성한 이 학원에는 무려 90명의 당대 최고의 문화예술인이 발기인으로 참여했다. 소설가 박종화·김기진·김말봉·김동리·장덕조·최정희·정비석·최상덕·최인욱·박영준·김영수가 있고, 시인 이은상·오상순·유치환·구상·조지훈·박목월·박두진·양명문·김달진·박귀송이 뜻을 더했다. 국문학자로는 당시 청구대학교에서 강의를 하던 양주동, 이숭녕, 평론가 최재서, 아동문학가 마해송, 극작가 유치진, 연극인 이해랑, 수필가 전숙희, 음악가 김동진, 김성태 등 문학을 넘어 여러 문화예술 분야의 인사가 참여했다. 이 가운데 대구 문화예술인으로는 시인 백기만·이효상·이호우·이설주·이윤수와, 소설가 김동사, 국문학자 김사엽, 언론인 왕학수, 화가 서동진·박명조 등이 있다.

상고예술학원설립취지서

　인간이 창조한 문화라면 어느 것 하나 그렇지 않을 것이 없지만 특히 예술은 인간 생래의 근본적인 공통감정에 뿌리를 박고 있다. 그러므로 개인이나 한 민족의 성격은 예술을 통하여 가장 단적으로 나타날 뿐 아니라한 지역이나 한 국가의 생활감정은 예술을 통해서 세계문화의 화원에 그 전형과 전통을 이루어 가는 것이니 여기에 예술이 한 개인이나 민족이 또는 지역과 국가에만 멈출 수 없는 까닭이 있는 것이다.

　그러나 예술작품은 어디까지 개인이 창조하는 것이오 그 창작하는 예술인은 그 민족문화의 전통 안에서 생활하는 것이다. 그러므로 구경에 인류문화의 영역으로 동화되는 것이 예술의 바른 길이라 할지라도 이미 세계문화가 민족문화의 통합체인 듯이 예술은 그 민족의 전통과 개인의 재능을 떠나서는 생산되질을 지 않을 뿐 아니라 존재할 수도 없는 것이다.

　우리는 예술의 천부의 재질을 타고난 민족이라 이른다. 이는 우리의 자연과 또 역사가 그렇게 만든 바라 하더라도 지나간 날 각고부심하여 위대한 문화적 유산을 남긴 기령의 천재적 예술가를 이 나라가 배출했음에서 온 결실이라 할 것이다.

　아에 우리는 현하 인류문화의 새로운 구경에 가여할 예술문화운동의 요긴함과 우리 민족예술의 전통을 세계문화 속에 함께 호흡하고저 하는 의욕으로서 이 땅 고금의 문화사 속에 그 이름을 떨친 영남문화의 후예에서 그 선인의 업적을 그들로 하여금 이 나라 민족 예술의 전통을 깨우치게 하여 뒷날의 대성이 있게 하고 상고예술학원이라는 기관을 창설하고 그 방면의 영재를 얻어 기르는 낙을 아울러 누리고자 하는 바이다.

　상고예술학원은 이 나라 신문예 초창기의 구벽이던 상화와 고월 두 분의 아호를 따서 그들의 유업을 추모하는 동시에 온고지신의 실천을 꾀하고자 한다. 그럼으로써 영남에 고향을 둔 분이나 영남에 머물러 그 문화의 흥융를 염원하는 동호인의 절대한 협조가 있기를 기구하는 바이다.

1951(단기 4284)년 10월 일
상고예술학원발기인일동

상고예술학원은 전쟁의 혼란 속에서도 우리나라 최초의 문학예술 전문교육기관으로 자리 잡았다. 당시 전쟁은 국군의 서울 수복 후 중공군의 남하로 더욱 치열해진 상황이었지만 예술의 꽃을 피우고자 하던 뜨거운 열망도 가득했다. 서남지역에서는 공비토벌작전이 전개되면서 민심이 극도로 흉흉하였고, 국민 모두가 생계를 꾸리기 어려울 정도로 궁핍한 지경에 빠져 있었다. 그럼에도 불구하고 대구지역의 유지들은 피란 문인들의 뜻을 받들어 학원 설립 자금을 지원했다. 학원의 운영은 처음부터 적자를 면하기 어려웠겠지만 여기 참여한 강사들은 열의를 갖고 가르쳤다. 하지만 학원은 개교 후 2년 반을 채 넘기지 못하고 사실상 폐교되고 말았다. 가장 큰 이유는 물론 경영상의 적자였지만 1953년 휴전회담이 진전되면서 다시 서울로 돌아가는 문인과 학생들이 속출하면서 설립 당시의 열정이 식어버린 것도 한 이유였다고 김종욱(2017: 186)은 당시 상황을 전해 주고 있다.

교육기간은 6개월 단기강습으로 시작하여 1952년 2월에는 상록다방에서

상고예술학원발기인명부

[가나다순]

곽기종 구자균 권연구 김기진 김달진 김동사 김동리 김동진 김말봉 김봉산 김사엽 김성태 김영보 김구수 김윤정 김익진 김인수 김준묵 김진태 김흥교 김무원 나운경 마해송 박귀송 박기준 박두진 박명조 박목월 박영준 박종화 박일토 백기만 서동진 서종훈 석인수 송전도 송두환 신창휴 신현돈 심재원 양명문 양주동 여상원 오상순 왕학수 유치진 유치환 유근수 윤갑기 윤일도 이덕진 이휴우 이상오 이설주 이순희 이숭녕 이윤수 이은상 이정수 이종순 이해랑 이호근 이호석 이호우 이효상 이흥로 임병진 장덕조 전숙희 정비석 정상화 정하택 조약슬 조용기 조지훈 주덕근 채문식 최덕홍 최문순 최상덕 최성환 최인욱 최재서 최정희 최해룡 최해종 최광렬 홍영의

제1회 수료식을 가졌다. 당시 이설주 시인이 원장을 맡았는데 극심한 전란 상황 속에서의 경제적 어려움을 이겨내지 못하고 결국 문을 닫게 되었다. 김종욱(2017: 186)의 회고담에서도 이 당시 이 학원을 수료한 김만봉·문병선·박정배·배영태·신송민·홍사욱 등의 동문들은 아직도 성성한 흰 머리칼을 날리며 동창 모임을 하고『상고』라는 동문 문집도 만들어내고 있다고 전해 준다.

몇 년 전, 서울에서 권영민이 상고예술학교가 있었던 남산동 657 일대를 안내해 달라는 연락이 와서 필자는 권영민·이주형 교수와 함께 뒷골목길을 걸으면서 지난 시절을 회상하였다. 그 옛날 강사와 학생이 어울리던 뒷골목 싸구려 막걸리집도 다 사라졌고, 그 자리에는 주상복합아파트가 하늘을 찌를 듯 서 있다.

전쟁 속에서 생활고와 미래에 대한 불안 속에서도 예술에 매진했던 당시 예술인들의 뜻이 무위로 돌아간 것일까. 아니다. 비록 학원은 흔적조차 사라졌지만 그 취지는 이어졌다. 소설가 김동리 등이 중심이 되어 설립했던 '서라벌예술대학'이나 극작가 유치진이 세웠던 '서울예술전문학교' 등으로 그 전통이 이어졌다.

전국 최초로 세운 달성공원 이상화 시비

1948년 3월 14일 대구 달성공원 경내에 이상화가 1923년『백조』제3호에 발표한「나의 침실로」라는 시 몇 구절을 새긴 시비가 서 있다. 대구 서문로에서 시계포인 명금당을 운영하면서『죽순』잡지를 주관하던 이윤수 시인이 이상화 시비를 세우자고 의견을 내면서 마침 이 명금당에 들렀던 수필가 김소운이 시비 건립을 제안하고 두 사람이 의기투합해서 대구 달성공원에 이상화의 시비를 세울 것을 결정하였다.

이상화 시비는 충북에서 구입해 온 오석으로 높이가 1.8m이며, 폭은

1.2m 정도이다. 그 전면에는 그의 시 「나의 침실로」 중 11연인 "마돈나 밤이 주는 꿈 우리가 엮는 꿈 / 사람이 안고 궁그는 목숨의 꿈이 다르지 않느니 / 아 어린애 가슴처럼 세월 모르는 / 나의 침실로 가자 아름답고 오 랜 거기로"라는 구절을 상화의 셋째 아들 태희의 글씨체로 음각으로 새겨져 있다. 이 시비와 관련하여 몇 가지 되짚어 봐야 할 것이 있다. 먼저 이 시비가 어떤 연유로 세워졌는가의 문제이다.

요새는 시비도 많고, 자기 시비를 자신이 세우는 사람도 있지만 이상화는

대구 달성공원에 세워진 우리나라 최초의 이상화 시비

한국 현대문학 사상 최초로 세운 시비이다. 이 시비는 열혈 문인들의 후원으로 세워졌다. 김소운의 본명은 김교중이고 광복 후 김소운으로 개명하였으며, 호는 삼오당, 소운으로 경상남도 부산 출생으로 일본에서 오래 살았다. 그러니까 이상화와는 아무런 인연이 없는 사람이다. 김소운은 시비 설립 회고에서 이런 말을 한 바 있다.

> "상화와 나는 생전에 일면식이 있을 뿐이오(14~5년 전), 바른대로 말하자면 살림을 팔고 책을 없애 가면서까지 그를 위해 비 하나 세우도록 그렇게 친분이 두터운 배가 아니다. 설혹 내게 그런 마음의 동기가 있었다 하기로서니, 북쪽 길만 막히지 않았던들 나는 소월을 먼저 택했을 것이다."
>
> —「상화시비제막기」(『중외공보』, 1948.6; 『마이동품첩』, 고려서적, 1952, 110쪽)

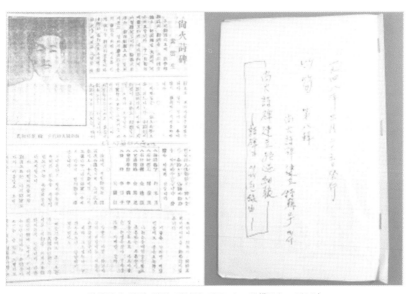

상화시비 건립 관련 기사와 메모 스크랩(『죽순』 제8호)

이상화 시비 제막식 초청장(1948.3.14)

김소운의 회고를 보면 생전에 큰 인연은 없었으나 1945년 이후 북으로 가는 길이 차단되자 소월의 시비 건립을 하지 못한 대신으로 상화 시비를 세우게 되었다는 말이다. 그는 상화와 소월을 매우 소중한 당대의 시인으로 생각했던 관계로 시비 건립에 나섰던 것으로 보인다.

친일 문학활동을 했던 김소운의 입장에서는 사욕을 버리고 사재를 털어 상화 시비를 세운 것이 민족의 운명에 대한 애정 때문이라는 말이다. 이것은 스스로 친일에 경도되었던 자신을 사죄한다는 의미로 생각할 수도 있다.

> "내 손으로 일역한 『조선시집선』이 두 권의 번역료를 조선 시단에 도로 물려 갚는다는 뜻에서도 알맞고 좋은 기회라는 생각이 들었다. 그 때의 그 생각이 3년 후에 대구에서 상화 시비를 세우게 된 하나의 복선이기도 하였다."
>
> —김소운, 「그 때 그 일들」(『중외공보』, 1948.6)

라고 하여 중국 하얼빈에서 청마 유치환을 만나서 시비 건립과 관련된 의견을 나눈 결과 김소월의 시비를 먼저 세울 계획도 있었지만 여의치 않아서 대구로 와서 상화시비를 세웠다고 한다. 이 글에서 이 시비를 건립한 재원은 자기가 일본 출판사로부터 받은 원고료였음을 강조하고 있다.

그런데 소설가 윤장근이 『대구예술』(1995년 12월호)에 「이윤수와 죽순 주변」이라는 글에서 『죽순』 주간을 맡고 있던 이윤수가 경영하던 명금당은 대구지역 문학인들뿐만이 아니라, 대구에 내려오는 타 지역 예술가들에게도 사랑방 같은 역할을 했다고 한다. 이 명금당에 비 오는 9월의 어느 날, 밤색 중절모를 쓴 손님이 찾아왔다. 바로 일본에서 활동했던 수필가 김소운이었다. 몇몇 문인들이 모여 술자리를 마련하게 됐고, 거기서 갑자기 김소운이 이상화 시비 건립을 제안해 만장일치로 합의를 보고 이듬해 세우게 된 것이라고 한다.

　여기서 이 시비 건립의 주체가 누구인지 그리고 소요 재원 마련은 어떻게 이루어졌는지 한 번 짚고 넘어가야 할 것 같다. 윤장근의 회고를 바탕으로 하면 제안자는 김소운이나 실재적으로 일을 추동한 것은 이윤수를 비롯한 『죽순』 동인들이라는 말이다. 김소운은 자기가 받은 원고료로 충당했다고 하지만 실재로는 여기 상화 시비 건립을 위해 성의껏 도운 사람들의 부조기에는 김소운에 대한 기록이 전혀 남아 있지 않다.

> "박종한 1만 원, 을유문화사 3천 원, 김기진 2천 원, 김광균, 안석주, 김용호 등의 문인이 1천 원씩 기부했고, 김동리, 서정주, 마해송은 5백 원, 유치환, 김용환, 이서구 등은 1백 원, 김영보와 조약술은 시비 석재 운반용에 쓸 휘발유 1드럼, 시조 시인 이호우는 시멘트 3포를 기부하였다."

김소운이 이렇게 이상화 시비 건립 과정에서 소용된 경비를 정리한 『정재록』을 남긴 이유를 "김소운이 시비를 빙자, 정재를 거두어 호유를 하고 다닌다"라는 풍설 때문이라고 변명을 했다. 다시 말하면 자기가 재원을 댄 것처럼 말해놓고 위와 같이 부조를 거둔 셈이니 함께 일을 시작했던 죽순 동인들이 약간의 불평을 내지 않을 수 없었을 것이다. 정작 김소운이 시비 건립에 돈을 얼마나 냈는지에 대한 기록은 보이지 않는다. 그러나 그 기록은 오늘날 애초의 의도와는 달리 상화 시비 건립을 모두 그만큼 여러 문인들이 성심성의로 도왔고, 축하했다는 의미로 읽힌다. 아마도 죽순 동인과 이윤수가 거들지 않았으면 불가능했던 일이 아니었을까? 다만 김소운을 발의자로 이름을 앞세워준 것으로 보인다. 다시 말하자면 시인 김소운이 발기인 대표로 일을 주선하고, 대구의 이윤수를 비롯한 『죽순』 동인들의 적극적인 협력으로 1943년 달성공원에 시비를 세웠던 것이다.

다음으로 이 시비에 왜 상화의 대표작이라고 하는 「빼앗긴 들에도 봄은 오는가」로 시비를 세우지 않고 「나의 침실로」라는 시를 썼는가라는 문제이다. 아마 백기만이 이 문제를 제기했을 것으로 보인다. 백기만은 「나의 침실로」를 김기진이나 박영희와 함께 손필연이나 혹은 유보화와의 짙은 염문과

전국 최초로 달성공원에 건립한 이상화 시비(이호우·박목월·조지훈 등)

농염한 사랑을 배경으로 한 유미주의적 퇴폐주의 작품이라고 생각하고 있었기 때문이다. 그의 『상화와 고월』에서도 상화 생시에 문하생이자 교남학교에 상화와 함께 근무하다가 월북한 이문기가 상화에게 물었다고 한다. "선생의 대표작은 「나의 침실로」입니까?", "그 작품이 시인집에 실려 다니나 불쾌하다. 「빼앗긴 들에도 봄은 오는가」와 「동경에서」를 더 아낀다."라고 상화 시인은 분명히 그렇게 답했다고 한다면서 넌지시 백기만이 「나의 침실로」를 시비에 새기자는 주장에 제동을 걸면서 논란까지 일어났던 것이다. 절친한 친구이자 시인이며 독립운동가였던 목우 백기만은 시인 김소운의 요청으로 시비건립 취지문을 쓰면서 분명히 밝혔다. "상화 시비에 「나의 침실로」를 새겨서는 안 된다. 「빼앗긴 들에도 봄은 오는가」를 새겨야 한다"라고 강력히 주장했지만 목우의 이런 주장은 시비 건립 발기인 대표를 맡았던 김소운 등에 의해 무시됐다.

물론 「나의 침실로」에서 '마돈나' 역시 대지, 곧 어머니, 조국이라는 의미

수성못 둑에 있는 이상화 시비

지를 가지고 있어 나라를 잃어버린 민족현실에 대한 극복 의지가 드러나기 때문에 「빼앗긴 들에도, 봄은 오는가」라는 작품의 미적 가치에 비교해도 조금도 손상이 없어 보인다. 현실의 왜곡된 삶을 회복하려는 꿈을 대지, 곧 벌판을 상징적 수단으로 표현해 내고 있다면 「나의 침실로」에서 천상의 마돈나를 통해 동굴의 부활을, 조국광복을 염원한 상징적 표현으로 해석할 수 있을 것이다. 김소운은 「나의 침실로」를 더 높이 평가했기 때문에 백기만의 주장을 수용하지 않았던 것이다.

끝내 친일 인사에 경도되지 않았던 이상화의 문학과 삶을 흠모했던 또한 사람이 있다. 대구고보 출신의 사회주의자 문인으로 「상화 시비 제막식」에 축하를 하러 달려온 박노아이다. 박노아는 이상화의 시비 제막식에 참가해서 시비 건립이 가지는 의미를 아주 높이 평가하였다.

> "소운이 허다한 일을 다 제쳐놓고 사재를 기우려 불우한 시인의 시비를 세우는 뜻은 오로지 도의가 땅에 떨어지고 인간성이 상실되고 민족혼이 자취를 감춘 오늘날에 있어 조선 민족의 전통과 체질 속에 깊이 숨 쉬고 있는 순일무사한 시 정신을 환기하자는 것이며 그것이 곧 우리 민족정신의 양식이 될 수 있으며 모리배와 정권 야욕배들의 미망을 깨워주는 경종이 될 수 있는 까닭이라고 말했다. 그리고 상화의 시에는 그 시대상이 반영되어 있으며, 그는 우리의 애수를 노래했고, 우리의 고민을 노래했고, 우리의 분노를 노래했고, 우리의 요구와 주장을 노래해 준 시인이었던 만치 그는 우리의 숭고한 민족정신과 시정신을 계승한 훌륭한 시인이었으며, 그의 짧은 일생을 통하여 그의 가슴 속에는 그의 시에서 풍기는 달콤한 아이러니와 퇴폐에도 불구하고 자유에 대한 요구가 열화와 같이 타고 있었으니 소운이 그의 시비를 세우게 된 것이 결코 우연이 아니라고 말했다. (…중략…) 상화 시비는 결코 상화 일 개인의 기념비가 되어서는 안 될 것이요 또 무슨 선정비와 같이 흐지부지 세인의 잊음을 받아서는 더구나 안 될 일이다.

적어도 상화 시비는 조선민족이 가지는 시 정신을 해내 해외에 선양한 것이기 때문이다. 이러한 점으로 보아 상화 시비를 가지고 여러 가지 말성이 많고 우리 문단에서도 정작 관심이 적은 것을 섭섭하게 여기는 반면에, 소운의 공적을 높이 평가하는 바이다. 그의 고고한 기개와 승벽이 아니고서는 오늘날 물질적으로나, 정신적으로나 도저히 그럴 일을 성취하지는 못했을 것이다."

―박로아, 「상화시비제막식 축사」(『신세대』, 1948년 5월호)에서

월탄 박종화가 하기로 했던 축사를 대신한 이가 바로 박노아이다. 박노아는 "이상화의 시가 우리의 애수, 고민, 분노, 요구와 주장을 노래했기에 가장 민족적인 시다"라고 말하고 있다. 박노아는 상화 시비 제막식에 참가할 당시 서울 소년원 원장이란 공무원 신분으로, 1948년 일련의 좌익 사건으로 검거된 남로당 맹원들의 옥중 편의와 월북을 도와준 혐의로 그 후 검찰에 기소되었다. 그러나 1949년 11월 징역 2년에 집행유예 3년의 언도를 받고 풀려났다. 그가 남로당을 도운 것은 공산당원으로서라기보다 평화적인 남북 통일을 갈망하는 연극배우들을 도운 것으로 인정되어 죄질이 가벼워졌다.

박노아도 대구에서 학창시절을 보냈기에 이상화와 면식이 있을지도 모르지만 그것보다 압박받는 민족을 대변해 울분을 토로한 민족주의 노선에 서 있는 시인을 기리기 위해 달려 왔던 것이다. 박노아의 이 축사는 상화의 문학적 성취에 대해 최초로 민족주의 시인이라고 공식적으로 발언한 셈이다. 이렇게 하여 여러 문인들과 유지들의 뜻을 모아 세운 이상화의 달성공원의 시비는 대구 지역의 매우 귀중한 문화유산으로 지정하여 길이 보전할 만하다고 오양호(「이상화의 문학사 자리」, 『이상화 시의 기억공간』, 수성문화원, 2015, 44쪽)는 밝히고 있다.

2002년 이상화 고택보존운동이 전개되어 시민의 문화운동으로 이상화가 마지막 거쳐했던 고택이 보존되었다. 이상화 고택과 서상돈 고택은 대구광

역시 중구 계산오거리 인근에 매일신문사와 계산성당 길 건너에 있는 동산에서 계명대학교 동산의료원까지 이르는 골목길이 대구시 문화재로 지정되어 있다. 대구광역시에서 진행하고 있는 근대골목체험코스에 이상화 고택과 서상돈 고택이 포함되어 있다. 대구 동대구로 수성구민운동장역 근처의 아파트인 궁전맨션에는 이상화의 벽화가 이육사·서상돈과 함께 그려져 있다. 대구광역시 수성구 수성못에 있는 「빼앗긴 들에도 봄은 오는가」라는 시비가 건립되었다. 그 곁에 이상화의 흉상이 세워져 있으나 조화를 이루지 못한 모습이다. 수성못 둘레에 이상화의 추모 장소가 있다. 대구광역시 달서구 대곡동과 상인동에도 이상화의 이름을 딴 상화로가 있으며 아파트 벽화가 있다. 최근 이상화의 후손들에 의해 이장가와 이상화 기념관(관장 이원호)이 그의 묘소 입구에 설립되었다. 이상화의 무덤은 대구광역시 달성군 화원읍 본리리 산 13-1번지에 있다. 대구 도시철도 1호선 대곡역 방향으로 가는 버스를 타고 대곡역 항목의 환승 가능한 시내버스 문단에 있는 버스 타고 대곡역 정류장에서 하차 후 10분 정도 걸으면 동쪽에 야산이 있다. 조금만 올라가면 경주 이씨 제실과 제각이 보이고 바로 뒷편으로 문중 묘소가 있다. 이곳에 이상화를 포함해 이상화의 아버지 이시우, 큰아버지 이일우, 형 이상정, 동생 이상백의 무덤이 있다.

조선인이 운영한 백화점 무영당

이근무가 세운 무영당은 대구의 신문물을 공급하는 통로였으며 특히 무영당 백화점 안에 서점을 설치하여 향토 지식인들에게 각종 도서들을 공급하였다. 상화도 이 무영당에서 영국의 마르크스주의 작가인 어빙의 작품을 구해서 번역 소설을 쓰기도 하였다. 무영당을 세운 이근무는 1923년 무렵 이상화와 이상쾌와 함께 일본에서 공부하였다. 이근무는 니혼대학을 다녔고 이상화는 와세다대학 불어학부 1년제를 다니며 동향의 유학생인 허윤실과 이상쾌, 백무, 이호 등과 자주 어울렸다.

일제강점기 1906년 대구읍성을 허물면서 성벽을 따라 서성로, 북성로 등의 신작로가 만들어지고, 1920년대 이후 북성로에 잡화점, 양화점, 다방, 백화점 등이 새롭게 들어섰다. 당시 대구의 백화점으로 1932년 동성로에 이비시아백화점(현 신라귀금속백화점 자리), 1934년 북성로 미나까이백화점(대우빌딩 주차 장자리), 1937년 서문로에 유명한 무영당이 들어선다. 개성

대구광역시 달성군 화원읍 본리리 산 13-1번지 이장가 제실과 이상화 가족 묘소

출신의 이근무는 이곳에 백화점과 함께 서점을 넣어 대구문화예술계에 활력을 불어 넣어주었다. 개성에서 고추씨 세 말을 짊어지고 대구에 정착하여 거상으로 성공한 인물이다. 그는 1923년 일본 동경에 상화와 함께 유학을 다녀온 후 대구 문화예술인들과 'ㅇ과회' 결성에 동참하면서 설립한 무영당과 북성로와 서성로 일대는 문화예술가들이 서로 교류하는 사교 공간의 역할을 하게 되었다. 인근에는 이상화·현진건·이장희·이효상·윤복진·박태준·이인성·이육사 등 많은 문화예술인들의 생가와 거주지가 밀집해 있으며, 문화예술인의 후원, 교류의 장 역할을 담당했던 곳이 바로 무영당백화점이었다. 지금은 중앙로가 대구역을 중심으로 한 시가지의 중심축이었지만 지난날에는 서성로가 혼마치(本町)로 불리는 중심로였다. 종로와 서성로가 만나는 교차로를 중심으로 경북도청(경상감영), 헌병대, 조선식산은행, 대구경찰서, 대구우체국, 전화국이 들어섰다.

1931년 윤복진이 가사를 짓고 박태준이 곡을 붙인 동요집 『중중떼떼중』을 그 이듬해에는 「양양범버궁」, 「겨울밤」, 「송아지」 등을 실은 민요작곡집 『양양범버궁』을 출판하여 여기서 판매하였다. 당시 이근무가 쓴 일기의 일부가 『삼천리』의 1933년 10월호에 실렸는데 이 글을 통해 당시 대구의 근대 문화예술이 꽃피운 향촌동의 모습을 회상할 수 있다.

무영당백화점은 1937년에 신축한 5층 건물로 현재까지 남아 있다. 개성 출신의 이근무가 서점을 시작하여 양품부와 잡화부로 사업을 넓혀나갔다. 사세가 커짐에 따라 이근무는 지역의 작가 및 문화예술인들과 교류하며 이 공간을 지역 문화행사인 향토회전과 문화예술인들을 위한 살롱, 작품발표장으로 후원하기도 하였다. 이근무는 개성 출신 상인답게 신용과 의리로 사업을 확장하면서 지역의 문화예술인들에게는 여러 가지 후원 사업도 게을리 하지 않았다. 백화점 2층에는 전시장을 만들어 미술인들이나 대구문화인들이 각종 전시나 강연장으로 활용할 수 있도록 하였으며 직접 출판업에까지 손을 댔다(김종욱, 「상고예술학원」, 『대문』 20호, 2017).

「나의 침실로」의 배경 현장

상화 시인은 「빼앗긴 들에도 봄은 오는가」라는 시작품을 1926년 천도교 재단에서 발간하던 잡지 『개벽』 70호에 발표하였다. 당시로는 놀랍고도 도전적인 작품으로 시단의 지축을 크게 흔들었다. 그런데 이상화의 대표작으로 알려진 이 「빼앗긴 들에도 봄은 오는가」라는 작품이 발표되기 이전에 『백조』 동인으로 활동하던 짧은 시기의 작품은 1920년대 시 창작 풍토의 일반적 흐름이었던 몽상적, 퇴폐적 성향에 휩쓸려 뚜렷한 방향성을 찾지 못했다는 평가가 일반적이다. 바로 1923년 9월 『백조』 3호에 발표한 탁월한 「나의 침실로」라는 작품을 소년 시절의 감상주의적 취향에 젖은 낭만적이며 퇴폐적인 작품으로 몰아쳐 넣거나 심지어는 「나의 침실로」가 일본 동경 유학시절 유보화와의 절절한 연애감정이 담긴 퇴폐적 연정시로 깎아내린 평론들이 줄을 잇게 된다. 한 작가가 불과 2~3년 사이에 낭만적 퇴폐주의적인 작품을 쓰다가 일탈하여 카프 동인이 되어 저항적 사실주의 경향파의 작품을 보여주었다는 터무니없는 평가로 작품의 본질을 호도하기도 하였다.

이상화는 언제 세례를 받았는지는 정확하지 않으나 가톨릭 신자로 세례명이 요제프 마리아 릴케였다. 이 「나의 침실로」라는 작품 역시 앞산을 향한 방향으로 계산동의 계산성당과 남문시장 인근의 언덕바지에 있는 성모당이 이 작품을 낳은 배경이다. 「빼앗긴 들에도 봄은 오는가」가 대지를 배경으로서 일제에 빼앗긴 이 민족의 터전에 봄이 오기를 고대하듯이 「나의 침실로」는 천상의 동정여 마리아가 천상을 향해 기도드리는 성모당의 동굴을 배경으로 한 "먼동이 트기 전으로 수밀도의 네 가슴에 이슬이 맺도록 달려오너라", "조국의 광복이여"라는 염원을 빈 작품으로 재해석을 해야 할 것이다.

김보록 바오로(Achille Paul Robert)가 프랑스에서 이곳으로 부임하였다.

남산동 성모당

1888년 겨울, 김보록 신부는 신나무골에서 대구읍내의 교회 진출을 위해서 죽전동 새방골(서구 상리동)로 옮겨 3년간 은신하면서 전교하였다고 한다. 당시 인교동 정규옥 승지댁에서 7년 동안 전교하면서 성당 부지를 물색하다 1897년 3월 현재의 계산동 성당 자리와 그 서편에 있는 동산 두 곳을 물색하였는데 노인층 신자들이 편하게 출입할 수 있는 평지를 선택해 성모성당(당시 이름)을 지었다. 그 후에 천주교가 '천주'를 모시지 않고 '성모 마리아'를 모신다는 신앙적 오해 때문에 계산성당으로 고쳤다고 전한다. 처음에는 1899년 한옥형 목조 2층을 십자 형태로 짓고는 성모성당이라 하였는데 1년 만인 1900년 2월 4일 지진으로 인해 촛대의 촛불이 넘어져 번져서 전소가 되었기 때문에 서상돈·김종학·정규옥 등의 후원으로 고딕양식의 현재의 모습으로 1902년 11월 25일 성모성당을 다시 건립하였다. 로베르

신부의 요청으로 중국 북경 건축기술자 26명을 데려와 지은 뒤에 1903년 낙성식을 거행했다. 우리나라에서 건립한 고딕양식의 성당으로는 서울, 평양에 이어 세 번째였고 영남지방에서는 최초의 것이었다.

이상화의 「나의 침실로」라는 작품은 1923년 9월 『백조』에 발표되었다. 이 시가 바로 대구에 있는 성모당을 배경으로 쓰인 작품임에도 지극히 세속적으로 관능적인 연애시로 평가하는 우를 범하고 있다. 이 시의 시적 발상의 배경에 대한 이해의 부족으로 인해 작품에 대한 평가는 시의 본질에서 너무나 멀어져 있다. 곧 마돈나를 오지 않는 애인을 애타게 부르는 환상적 요소로, 병적 관능적 속성으로 평가하는 오류를 범하고 있다.

나는 변학수 교수와 함께 종종 남산동 성모당에 올라 산책을 하면서 깊은 사색을 해 보았다. 상화와 마돈나 이를 평가하는 오류를 생각하며, 종교적 염원과 세속적 염원이 뭐 그리 다를까마는 그 경계는 전혀 다른 길이다.

「나의 침실로」에서 만나는 "마돈나 오너라 가자 앞산 그리자가 도깨비처럼 발도없이 가까이 오도다"라는 구절은 대구(달구벌)에 대한 진한 향수를 자극한다. 이 구절은 이상화의 탄생지이자 성장지인 향토 대구(달구벌 분지)를 감싸고 있는 지형을 아스라이 떠오르게 한다. 해 질 무렵 앞산 그리매가 무서운 속도로 들판을 덮쳐 오는 역동적인 달구벌 들판의 현장성을 상상할 수 있다.

특히 상화가 성장했던 서성로에서 남쪽 앞산을 향해 바라보면 현재 천주교 대구교구가 있는 성모당 언덕이 우뚝 솟아 있다. 1911년부터 1918년 사이에 이곳에 성모당이 지어졌다. 상화의 나이 19살 무렵 푸른 초원과 소나무로 들어차 있던 이 언덕에 김대성의 포교학당으로 골기와 집으로 지어진 성당 건물과 서양 선교사들이 들어와 붉은 벽돌로 지은 엄숙한 성당 건물과 어울리는 성모당은 상화의 눈에는 무척 신비하게 보였을 것이다.

대구사람들은 남(앞)으로 '앞산'의 능선과 북으로 팔공산의 자락을 바라보며 즐거움과 슬픔을, 꿈과 회한을 느끼며 살아왔고 살고 있다. 이 두 개의 높은 산 좌우는 부드럽고 나지막한 언덕이 차지하고 있고, 취락은 그 사이에 흩어져 있는 분지형 지대이다. 이 앞산은 일반적인 보통명사로서의 앞산이 아니라 고유명사로서의 '앞산'인 것이다.

나는 이 구절에서 화가 이인성이 남긴 팔공산 능선의 스케치를 떠올리지 않을 수 없다. 앞산과 팔공산 능선은 대구 사람들에게는 바깥 환경이 아니라 극히 자연스러운 자기 정신의 내부인 것이다. 그러나 이 앞산이란 고유명사가 가지는 친근의 무게를 이해하지 못하는 독자가 있는 것은 안타까운 일이다.

김소운의 『조선시집』(일본, 흥풍관, 1943)에 번역 수록되어 있는 「나의 침실로」에서도 이 '앞산'이 그냥 '산(야마)'으로 변역되어 있는 것도 그러한 사례의 하나이다. 또 이 유려하게 번역한 시에서 나의 침실로 첫 행에 나오는 '목거지'(모임, 잔치의 뜻으로 씌는 모꼬지의 사투리)란 단어가 위에서 언급했던 부제와 말미의 "-비음 가운데서"란 단어와 함께 번역에서 지워져 있는 점도 언젠가는 바로잡아야 할 우리들 숙제다.

이상화를 시인 이상화로 기억하는 것은 그의 일면을 보는 일에 지나지 않는다. 나는 그를 그 무렵 대구의 문화예술의 지적 활동의 한 중심인물로 이해해야 할 것으로 생각한다. 후일 천재소년 이인성이 어린 소학생으로 참여하고 있던 화가들 모임인 'ㅇ과회'에도 이상화가 동인들처럼 참여한 사실을 조양회관 앞에서 찍은 그 무렵 사진 한 장이 전해 주고 있다. 이런 관점에서 비로소 이상화 시의 사정은 더 명석한 것이 되고, 그 무렵 대구문화의 위상을 전국적인 차원에서 밝혀 볼 수 있는 거점을 확보하는 일이 된다.

이상화 시는 상화 개인이 창조한 작품이 아니라, 대구의 풍토가 상화라는 상상력의 몸을 빌려 태어난 것이라 해석할 수 있는 것이다. 고장은 사람에 의해서 이름이 난다는 뜻이다. 이 아포리즘에서 만나는 사람으로 이상화라는 이름 석 자가 우리들 뇌 속에 자연스럽게 떠오른다(허만하, 「앞산을 바라보고 서 있는 거인」, 『상화, 대구를 넘어 세계로』, 이상화기념사업회, 2015, 8~21쪽).

이상화는 우리들 현대시 초창기에 서구의 낭만주의 사조를 『백조』 동인과 더불어 선구적으로 수용하면서 사회주의적 문학 태도를 견지하며 국권 회복을 향한 뜨거운 열정을 토로했던 위대한 시인이다. 저항을 기조로 한 그의 시 정신의 토양이 되었던 비슬산의 자락인 앞산과 그가 살고 있었던 서성로에서 남쪽으로 바라보이는 성모당의 산구릉은 그의 문학의 산실이자 배경 역할을 하였을 것이다. 대구 분지라는 제한된 공간 속에서 뿜어 올린 상화의 시 정신은 대구를 모태로 하고 있지만, 그 목소리가 울려 퍼지는 사정거리는 실로 한반도를 건너 제3세계로 뻗쳐 있다.

허만하(2015: 15) 시인은 이상화의 시적 태도에 대해 "이 「빼앗긴 들에도 봄은 오는가」라는 시는 떳떳한 알몸이다. 행간에 허위의식이 끼어들 틈을 용서하지 않는 치밀성을 보인다. 상화의 시는 선행하는 관념을 시의 형식을 빌려 연역하는 것이 아니라 그의 실생활을 여실히 드러낸 정직성을 바탕으로 하고 있다"고 평가하고 있으며, 이설주의 『상화의 전기』(백기만 편, 『씨 뿌린 사람들』, 사조사, 1959)에서는 "소박한 어법으로 그렇게 말하고 있다. 「금 강송가」, 「역천」, 「이별을 하느니」 등의 작품이 젊은 시절의 상화가 꿈꾸던 프랑스 유학 및 사랑의 좌절과 유관한 것"이란 증언이 그것이다.

아도르노의 "서정시의 내실의 보편성은 본질적으로 사회적인 것이다."라는 말처럼 상화의 시적 기조는 서정적이지만 그의 시적 외연은 사회적 문제와의 거리에 밀접하게 다가서 있다고 할 수 있다. 그의 눈에는 대구 분지의 보리밭에서 나라를 잃어버린 봄기운을, 엿장수, 거지, 가뭄에 목이 타는 농민들과 도시 기층민들의 고단한 삶까지 함께 호흡하고 있으며, 성모당의 성녀를 통해 인간의 욕망이 가득담긴 나의 침실로 마돈나를 호명할 만큼 이상화 시의 정직성이 곧 그의 시가 가지는 사회적 보편성을 담보하는 열쇠가 되어 있음을 알 수가 있다.

모국어를 빼앗긴 시대를 살았던 시인 이상화에게 남은 것은 오로지 절망뿐이었을 것이다. 서정적 환희와 기쁨이 가득해야 할 상황이 어둠과 절망으로 가득 찬 상황에서 어쩌면 시를 쓴다는 일이 도리어 가식적이고 야만적인 행위일지 모를 일이었을 것이다. 살아 있음에 대한 양심의 가책과 분노가 가득한 암흑시대에 시를 쓰는 일의 본질은 무엇이었을까? 아마도 그 길은 성자가 걸어가는 길과 다르지 않았을 것이다.

우리는 많지 않은 그의 시작에서 다양한 사유의 스펙트럼을 읽어낸다. 거의 마지막 순교자의 목소리처럼 남긴 「역천」을 통해 그는 절필을 하게 된다. 아우슈비치 수용소에서 시를 쓴다는 일은 미친 짓이나 다름없었다고 한 절망 앞에 그는 발가벗은 알몸으로 대답하고 있다. 그 알몸을 허만하(2015)는 '시인의 정직성'이라 말하고 있다. 조두섭(2015)은 '시인의 양심'의 문제라고 말한다. 곧 시인의 정직성과 양심은 자신의 시적 균형을 유지하는 추였다. 그의 시 전편을 통해 흐르는 기류는 제국지배에 대한 저항과 몸부림이었고 기층민의 삶을 통해 인간 본연의 연민과 저항의식을 정직한 언어로 양심의 호소로 표현해낸 실천의 시인이었다.

이런 실천적 행동에도 불구하고 그의 시는 오히려 앙칼지고 전투적이거나 구호 같은 노골적인 저항시가 아닌, 로맨티시즘의 바탕에서 영양을 취하는 섬세한 감정으로 낳을 수 있는 심미적 표현의 극치를 보여주고 있는 점이 우리의 눈길을 끈다. 그의 시가 보여주는 희귀한 완성도는 그가 타고난 시인이거나 후천적인 시적 수련이 모진 것이었음을 증언한다. 더욱이 대표작 「빼앗긴 들에도 봄은 오는가」의 행간에서 보여주는 극도로 세련되고 토속적인 표현이 돋보인다. 대지의 부드러운 흙을 인체(여인)의 살에 비유하여, 흐르는 백뮤직이 되어 있는 점도 그의 시적 자질을 여실히 보여주는 대목이다.

허만하(2015)는 메를로 퐁티가 몸의 부활을 철학적으로 이룩하기 이전에 이상화는 극동의 한 구석 대구라는 마을에서 그것을 예언처럼 성취했던 것이라고 말한다. 인용하는 이 구절들을 앞세운 이 작품 전체에서 바슐라르가 말하는 "물질적 상상력"의 범례를 우리는 읽을 수 있다.

그의 또 하나의 대표작 「나의 침실로」가 보여주는 간절한 기다림의 정체는 말할 것 없이 농밀하고 탄력 있는 여인이 아니라 바로 조국의 독립이다. 관능적인 표현으로 위장되어 있는 이 작품의 본질은 「빼앗긴 들에도 봄은 오는가」와 서로 얼비치고 있다는 사실을 우리는 유념해야 한다. '마돈나'는 밤에서 광명으로 이행하는 뮤즈의 상징으로 읽어도 무방하다. 상화는 관능으로 사태를 사로잡는 방법을 아는 시인이었다. 기쁨과 쾌락을 향한 거짓 없는 열망은 결국 고통과 핍박받는 아픔에서 해방되려는 강렬한 의지와 맞닿아 있다. 어떤 도덕 관념과도 무관한 순수하고 어린이처럼 천진무구한 모습으로 대지 위에서 하늘의 별을 우러러 볼 수 있듯이. 상화는 카롤 융이 말하던 동굴에서 부활을 꿈꾸는 PERSONA였던 것이다. 그의 시어는 지적이며 귀족적이라고도 할 수 있다.

물론 기법적으로는 그가 일본 도쿄의 아테네 프랑세에서 익혔음직한 상징주의 탐미파의 영향을 무시할 수는 없지만, 핵심은 "먼동이 터기 전으로 수밀도의 네 가슴에 이슬이 맺도록 달려오너라"라는 명령조의 뜨거운 소망이다. 이 소망은 절대적이다. 이 시는 상화가 맞이했던 완벽한 어둠으로써 현실을 이해한 연후에 읽어야 표면에 서려 있는 안개와 땀방울이 걷히고 본연의 모습을 드러낼 것이다. 상화가 동굴의 침실을 설정하고 기다리는 관능이라는 수법을 쓴 이유로 나는 일제 관헌의 지속적인 감시하는 상황하에서 일정 수준의 시 쓰기의 자유를 확보하기 위한 방편이라는 해석도 가능하다고 생각한다. 그 가운데의 어디까지가 상화 개인의 경험이냐고 묻는 일은 무의미할뿐더러 어리석은 일이다. 시는 경험과 상상력의 융합 또는 겹침에서 성립하는 언어예술이기 때문이다. 이 작품의 "밤이 주는 꿈, 우리가 엮는 꿈, 사람이 안고 궁그는 목숨의 꿈이 다르지 않느니"가 말하다시피 꿈의 삼위일체의 현실에서 수동적인 꿈, 주체적으로 시인이 만들어내는 꿈, 민중들이 붙들고 놓지 못하는 꿈은 이 작품 부제(—가장 아름답고 오—랜 것은 꿈속에 있어라—내 말)의 꿈에 수렴하고 있다. 「빼앗긴 들에도 봄은 오는가」에서 읽었던 "꿈속을 가듯 걸어만 간다"는 꿈과 멀리서 조응하고 있다. 이상화의 실천적 행적에 비추어 그의 '마돈나'는 조선 독립의 다른 표현에 다름 아니다. 현실에서 가능하지 않음을 직시하고 있는 이상화의 시인의 예민한 촉각으로 꿈에서나마 실현해 보려는 몸짓이다.

상화의 시 속에는 서구적 가톨릭에 기댄 듯 하다가 어느새 불함문화의 냄새도 내다가 무산 계급의 시각을 갖다가도 다시 유자적인 엄숙한 모습으로 돌아와 있는 듯도 하다. 그러나 이 「나의 침실로」는 아주 파격적이다. 근대의 끝자락과 현대의 풍광이 나비 날갯짓하듯 겹쳐보이다가 미체가 말한 낙타의 격한 숨소리가 섞이기도 한다. 읽을수록 상화의 시는 시 이상의 실재다. 잔잔하게 울리는 위대한 개성이고 맑고 깨끗한 정신이다. 시대의 대변자였던 그는 스스로 하나의 폭약이었던 것이다. 그는 만고 청청한 민족의 긍지인 것이다. 수밀도 가슴으로 이 밤이 가기 전에 부활의 동굴, 나의 침실로 달려오라는 애틋하고 숨찬 그의 목소리에 무슨 불순물이 섞여 있는가? 세계의 모든 피압박 민족의 거울로 우리 시적 에너지의 한 중심으로 지금도 상화는 우리 앞에 우뚝 서 있다.

'빼앗긴 들'의 현장

민족시인 이상화의 시 「빼앗긴 들에도 봄은 오는가」라는 배경이 어딜까? 대구광역시에서는 이상화기념사업회를 사단법인으로 만들어 지원하고 있으며, 수성구에서는 수성문화원에서 십수 년 동안 매년 5월이 되면 이상화기념축제행사를 벌이고 있다. 그리고 달서구에서도 이상화기념관을 설립하는 데 지원을 아끼지 않았으며 본리동 이상화 묘소 부근의 길을 상화 길로 지정하는 등 지자체 여기저기에서 각종의 현창 사업을 펼치면서 경쟁을 하는 듯하다.

대구는 2.28의 학생민주화운동의 횃불을 최초로 당긴 지역이다. 이 2.28 학생민주화운동의 기반 또한 거슬러 올라가면 일제 저항 정신에서 용솟음쳐 올라온 것일 텐데. 역사적 사건은 결코 독립적으로 그리고 우연의 단절된 사건의 고리가 이어진 것이 아니다. 1980년대 한창 대학의 민주화 열기가 달아올랐을 무렵 양희은이 부른 「아침 이슬」이나 서정민갑의 「님을 향한 행진곡」이 DM송으로 널리 펴져 나갔다. 그 무렵 사실은 시인 이상화의 저항 시 「빼앗긴 들에도 봄은 오는가」도 변규백이 곡을 붙이고 안치환의 노래로 데모가로 퍼져나갔다. 2006년에 발표된 안치환의 독집 앨범 「Beyond Nostalgia」에 이 노래가 수록되어 있다. 그러나 그 노래의 원작 가사가 쉽지 않은 탓에 이 노래는 대중들에게 널리 보급이 되지 않았다. 그러나 민주화운동이 격정적으로 펼쳐지던 시기를 배경으로 이 노래는 다른 민중가요와 함께 널리 전파되기 시작하였다. 1987년 6월 항쟁은 우리나라 민주화운동의 분수령이 되었던 역사적 사건이었다. 이때 안치환이 불렀던 「빼앗긴 들에도 봄은 오는가」는 데모 현장에 가담한 젊은이들의 가슴에서 가슴으로 무겁게 전파되었다.

이 유명한 「빼앗긴 들에도 봄은 오는가」의 현장이 어딜까? 나의 고등학교 시절 여영택 선생님이 엮은 『시를 보는 눈』(1968)에 실린 이 시작품을 가르치면서 그 배경이 대구의 신천 방천을 넘어서 수성못 부근 들판이라고 알려주셨다. 아직 개발이 되지 않은 수성들판 군데군데 새로 지은 집들이 들어서면서 그 푸르던 밀보리 밭은 사라져갔다.

빼앗긴 들에도 봄은 오는가

이상화 시 변규백 곡

나 는 온 몸에 햇 살-을받 고
나 는 온 몸에 풋 내-를띠 고
나 비 제 비야 깝 치-지마 라

푸른 하 늘 푸-른들 이 맞 붙-는곳으 로
푸른 웃 음 푸-른설움이 어 울-린사이 로
맨드라 미 들-마 꽃에도 인 사-를해야 지

가르마 같 은 논길 따 - 라 꿈 속-을가- 듯
다리를절 며 하루걸 - 어 봄 신--명- 이
아-주까 리 기름바른이가 지 심--매- 던

정 처없 - 이- 걸 어-가네 걸 어-만간 다
가 슴에 - 도- 지 폈--네 지 폈-나보 다
그 들이라도- 보 고-싶네 보 고-만싶 네

그 러 나 지 금 은 들 을 빼-앗 겨

봄 조 차 빼 앗 네 빼 - 앗-기겠 네

노찾사 1집

244

이정수(1983: 223)는 자신이 쓴 소설 『마돈나 시인 이상화』(내외신서)에서 이 빼앗긴 들판의 현장이 서울 왕십리 부근의 보리밭이라고 하였다. 이기철(2015: 84)은 "이상화의 집이 서문로이다가 후에 계산동으로 옮겨 지금은 매일신문과 옛 고려 예식장 사이에 있었다. 그는 이 조그만 한옥에 기거하면서 맞은편 언덕 위를 자주 올라갔다고 전해진다. 맞은편 언덕이란 지금의 신명여고가 있는 동산이다. 그 동산에서 교남학교가 있는 동쪽과 넓디넓은 수성 들판을 바라보며 이 시를 착상했을 것이다"라며 동산 부근이라고 하다가 어느 날 현재의 수성못 아래 수성벌판으로 추정했다. 이것 또한 이기철이 수성문화원에서 개최하는 이상화축제위원장을 맡으면서 아전인수격으로 빼앗긴 들판의 현장을 이 수성벌로 옮겨온 것이 아닌가 판단된다.

희미한 기억으로 1960년대 무렵만 하더라도 수성들판 일대는 온통 보리밭과 밀밭이었다. 신천을 사이에 두고 40대 정치 기수 김대중과 김영삼이 수성 천변에서 유세를 할 무렵 수성 천변을 가득 메운 인파들이 넘쳐 수성벌판까지 이어졌다. 자유당에 이은 공화당 독재에 항거하던 정치 연설을 듣기위해 달려갔던 그 푸르디푸른 수성벌은 세월이 흐르면서 상가 및 주택지구로 개발이 가속화되었다. 눈 깜짝할 사이에 도시개발로 푸르던 논밭은 모두 사라졌다.

사실 필자는 일찍부터 이상화 시인의 저항시 「빼앗긴 들에도 봄은 오는가」의 배경 지역이 수성벌이 아니라 안지랑 앞산 앞의 넓은 들판으로 생각하고 있었는 데도 수성구청의 각종 행사들이 햇수를 더해가면서 「빼앗긴 들에도 봄은 오는가」의 창작 배경이 된 무대가 두산동 일대의 수성들판이었다는 사실로 완전히 굳어져가는 듯해서 안타까웠지만 '어디면 어떨까'라며 대수롭지 않게 지내고 있었다. 그 무렵 이동순(2019)은 아주 귀중한 자료를 소개하였다. 그 내용은 상화 시인의 아우 이상백(1904~1966)이 발표한 칼럼 「꿈같이 희미한 기억」(『동아일보』, 1962.3.11)이란 글이다. 그의 글에서 "사중

상화의 「빼앗긴 들에도 봄은 오는가」라는 시는 아직 앞산 밑이 일면 청정한 보리밭일 때의 실감이다"라는 대목을 남겼다.

내가 생각하고 있었던 바와 꼭 같이 「빼앗긴 들에도 봄은 오는가」의 창작 배경이 앞산 안지쟁이라 부르는 앞쪽으로 넓게 펼쳐져 있던 들판이었음을 입증해 주는 것이었다. 상화에게 앞산이란 매우 중요한 의미를 지니고 있다. 서서로에서 앞산을 바라다보면 계산동의 계산성당과 남문시장 옆 언덕에 성모당과 저 멀리 아련히 바라보이는 앞산 야싯골의 전경을 그리고 고개를 돌려 서쪽으로 바라보면 궁디산이라고 불렀던 두류공원이, 과수원과 보리 밭으로 펼쳐진 성당동에서 본리동, 그리고 서쪽으로 올망졸망한 산들이 겹쳐진 성서와 북쪽으로 팔공산과 파계사가 병풍처럼 둘러싼 1920년대의 대구의 모습이 한눈에 가득 담긴다. 상화 시인의 아우인 상백의 글에서

동아일보(1962.3.11)에 보도된 이상화 시인의 아우 이상백 박사의 칼럼

「빼앗긴 들에도 봄은 오는가」란 시의 창작 배경은 "대구 앞산 밑 보리밭이 아직 청청하던 시절의 실감"이라고 증언한 것으로 종래 추정해 온 수성벌이 배경이라는 주장을 완전히 뒤집어엎다. '상화문학제'를 해마다 개최하는 수성구청에서도 모두 구전 이야기를 바탕으로 한 부정확한 것이었다. 그 결과 수성못에 세워진 이상화비나 이상화 두상 등은 이제 정확한 사실을 토대로 하여 존립 근거와 의의를 새롭게 찾아야 할 것이다.

사실 우리나라 최초로 세워진 시비인 달성공원 경내에 있는 「나의 침실로」 시비(1948.3.14), 천안 독립기념관에 세워진 「빼앗긴 들에도 봄은 오는가」 시비(1966년), 김천 직지문화공원에 세워진 「빼앗긴 들에도 봄은 오는가」 시비(2004년), 수성못 북쪽 둑에 세워진 「빼앗긴 들에도 봄은 오는가」 시비(2006년), 상화가 다녔던 서울 중앙중고등학교 경내에 있는 「빼앗긴 들에도 봄은 오는가」 시비(2008.6.20), 이상화 고택 경내에 있는 「빼앗긴 들에도 봄은 오는가」, 「역천」, 「상화연보」 등의 시비(2008년), 국채보상운동기념공원 내 상화 어록비, 대구대륜고등학교 경내 '대구 교남학교 교가비', 두류공원 경내 인물동산에 세워진 이상화 좌상(1996년), 수성못 시비 곁에 이전

대구 남구 앞산 보리밭 들판(1950년대)

한 이상화 흉상(2018년), 달서구에 있는 이상화 묘소 앞 묘비(1943년), 수성범
어도서관 경내 표지판 등 여러 상징물과 비석들이 산재해 있다.

따라서 수성못둑에 세워진 비석이나 흉상 등도 허물이 될 수 있는 것은
아니다. 다만 「빼앗긴 들에도 봄은 오는가」의 작품 현장은 여기가 아니라
남구 안지랑이 야싯골 앞에 펼쳐진 들이라는 사실은 분명하게 해 둘 필요가
있다. 아무런 구체적 역사적 증거가 없이 단지 심증만으로 수성들판을 불쑥
창작무대였다고 규정하고 또 그렇게 잘못 알고 있었던 것이다. 그런 면에서
는 대구 남구청에서 새로 고증된 「빼앗긴 들에도 봄은 오는가」의 배경 현장
에 멋있는 비석을 건립하는 일도 한번쯤 생각해 볼 일이다.

상화가 당시로는 달성군(현 달서구) 본리동 선영이 있는 곳으로 이어지는
앞산 밑 안지랑이 아래로 펼쳐진 들판은 현재 대구시 남구 관할로 상화
시인이 거동했던 지역인데 보다 범위를 좁혀 보면 캠프워크 서쪽 미군기지
가 있는 일대에서 서쪽 지역이다. 과거 일제 강점기의 경비행기 활주로가
남아 있는데 현재는 미군기지로 포함되어 있다. 그곳은 1920년대 중반 일본
군 비행장으로 활용되던 곳이며 그 주변 보리밭이 넓게 펼쳐진 들판이 경술
국치 이후 제국주의자들에 의해 토지를 강제로 수탈당했던 현장이다.

『별건곤』 특집에 실린 「대구행진곡」

일제강점기 기간 일제는 교묘한 문화전략으로 한반도의 민족 결속을 해
체하려는 다양한 시도를 한다. 그 가운데 하나가 조센징은 모이면 「아리랑」
이라는 노래로 결속을 다진다고 하였다. 이미 전봉준의 동학난을 통해 전국
으로 확산된 「정선아리랑」, 「진도아리랑」, 「밀양아리랑」, 「영천아리랑」이라
는 전통적인 아리랑을 못내 못마땅하게 여긴 일본인들은 전국에 시군 단위
에 모두 아리랑을 지어 전국에 아리랑 노래가 난립하도록 만들기도 하였다.
이것이 교묘한 일제 문화말살 책략이었다.

아리랑 노래를 해체시키려는 일제 문화정책에 분노를 느꼈던 이상화는
1930년 『별건곤』 10월호에 「대구행진곡」을 발표하였다. 이에 일제는 즉각
조선총독부가 간행하던 『조선민보』를 통해 1932~1935년 사이에 대구 지역
에 왜색이 농후한 곡조를 붙여 「대구행진곡」(일본콜롬비아음반, 1932), 「대구
소패」(일본콜롬비아음반, 1932), 「대구부민가」(일본빅타음반, 1935)를 제작하여
서 유포함으로써 조선의 대동단결을 해체하려는 교묘한 일제의 문화말살
책략을 통해 우리 고유의 정서를 해체시키고 아리랑이라는 민중결속의 힘
과 정신을 짓밟는 문화적 유린정책을 펼쳤던 것이다.

1926년 개벽사에서 『개벽』의 폐간 이후 독자들의 취미와 가벼운 읽을거
리를 위하여 창간한 잡지가 『별건곤』이다. 1926년 11월 1일에 창간하여

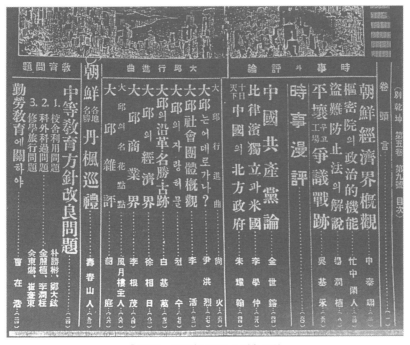

『별건곤』 33호(1930년 10월) 목차

1934년 7월 1일에 종간하였는데 총 발행분으로 제1호~제74호까지이다. 월간 취미 잡지이지만 『개벽』의 뒤를 이어 개벽사에서 월간으로 창간하였다. 그 창간호 여언(餘言)에, 취미라고 무책임한 읽을거리만을 싣거나 혹은 방탕한 오락물만을 기사로 쓰지 않고 순수한 지적 교양물을 싣는다고 하였다. 이 『별건곤』에 이상화는 「대구행진곡」이라는 시를 실었다.

앞으로는 비슬산 뒤로는 팔공산
그 복판을 흘러가는 금호강 물아
쓴 눈물 긴 한숨이 얼마나 쌨기에
밤에는 밤 낮에는 낮 이리도 우나

반 남아 무너진 달구성 옛터에나
숲 그늘 우거진 도수원 놀이터에
오고가는 사람이 많기야 하여도
방천둑 고목처럼 여윈 이 얼마랴

넓다는 대구 감영 아무리 좋대도
웃음도 소망도 빼앗긴 우리로야
님조차 못 가진 외로운 몸으로야
앞뒤 뜰 다 헤매도 가슴이 답답타

가을밤 별같이 어여쁜 이 있거든
착하고 귀여운 술이나 부어 다고
숨 가쁜 이 한밤은 잠자도 말고서
달 지고 해 돋도록 취해나 볼 테다.

―「대구행진곡」(『별건곤』 33호, 1930년 10월)

이상화의 「대구행진곡」은 「빼앗긴 들에도 봄은 오는가」나 「나의 침실로」와 마찬가지로 대구의 지리적 풍광이 실루엣처럼 드리워 있다. 칠성동 기차 굴다리가 지나가는 부근에 있었던 왜식 요릿집 도수원과 김광석거리가 있는 신천의 방천, 남산동의 성모당 등이 모두 빼앗긴 들판에 서 있는 추억어린 달구벌의 풍광들이다. 상화의 시 「빼앗긴 들에도 봄은 오는가」 안에 광복이 내재해 있었던 것이다. 그 안타까운 「나의 침실로」에 꿈속의 현실로 달구벌은 존재하고 있다. 웃음도 소망도 모두 빼앗긴 이 대지, 대구는 특히 상화가 머물고 있는 따사롭고 정이 든 공간이다.

"앞으로는 비슬산 뒤로는 팔공산 그 복판을 흘러가는 금호강 물아"라고 하여 남쪽에 있는 비슬산의 한 자락인 '앞산'과 뒤쪽에 우뚝 솟아 있는 팔공산이 감싸고 있는 분지의 대구 그 가운데로 흘러가는 금호강 물아, 이 나라의 국토와 시간마저 빼앗긴 한스러운 눈물이 얼마나 많기에 밤낮 왜 이렇게 울어야 하는가?

상화가 대구를 노래한 것은 지리적 공간의 상실뿐만 아니라 「빼앗긴 들에도 봄은 오는가」에서 찾아낸 시간 곧 봄의 상실을 이어낸 것이다. 시간과 공간의 텅빈 허상 속에 더군다나 아리랑의 민족 정서를 훼손하기 위해 온 동네방네 아리랑의 노래를 지어서 유포시킨 일제의 문화침략의 전략을 깨친 이상화는 자기가 기거하는 공간을 애찬하는 노래를 지어낸 것이다.

손태룡(1918: 361~362)은 이상화가 1930년 10월 「대구행진곡」을 지은 것에 놀란 일제가 이에 대응하기 위해 후지야마 토우이치로가 작사하고 고세키 유우지가 작곡하여 후지야마 이치로가 노래한 「대구행진곡」(일본콜롬비아음반, 1932), 스키하라가 작사하고 곤도 세이치로가 작곡하여 신바시미나미 지쿠루가 노래한 「대구소패」(일본콜롬비아음반, 1932), 쿠로키 슈헤이 작사, 나카야마 신페이 작곡 후지야마 이치로가 노래한 「대구부민가」(일본빅타음반, 1935)를 제작하여 유포한 것으로 설명하고 있지만 필자는 이와 달리 판단하고 있다.

이미 경성에서 지역의 노래를 유포시키는 동시에 아리랑을 지역적으로 해체시키려는 일제 문화침식의 전략을 꿰뚫고 있었던 이상화가 먼저 왜색이 짙은 지역노래가 아닌 토착의 노래 가사를 지은 것이라고 필자는 보고 있다.

1905년 11월 3일엔 천장절, 즉 일본 왕의 생일을 축하하는 의식의 하나로 달성공원 중앙에 일본신사까지 지어서 완공을 축하하는 성대한 행사를 펼치기도 하면서 친일의 행각을 부추기고 있었다. 마침 경부선 철도가 밀양에서 경산 다시 대구 김천 구간으로 이어지면서 전혀 예상치 못했던 일이 발생했다. 원래 설계도면에는 대구의 남문 쪽에 대구 역사를 짓기로 되어 있었는데, 어느 날 갑자기 북문 쪽으로 옮긴 것이다. 이것은 대구거주 일본인 거류민단과 당시 대구 군수였던 친일매국노 박중양이 함께 북문 쪽에 밀집해 있는 일본 상인들의 거점을 방해한다는 이유로 1907년부터 대구의 성곽을 허물기 시작한 것이다. 이동순(2020)의 「일본인의 눈에 비친 대구의 근대풍경」이라는 글에서 "북문 쪽 일본인 상권은 세력이 더욱 커지고, 부동산가격은 무려 10배가 넘게 폭등하게 되었습니다. 식민지시대 북성로 거리는 완전히 대구의 중심적 다운타운이었고, 미나카이를 비롯한 대형백화점이 생겨날 정도로 화려한 번성을 이루었습니다. 거대한 양품점, 목욕탕, 양복점, 장신구점, 철물점, 석유상, 양화점 등 각종 소비재 판매 중심의 상권이 형성되어 1970년대까지 성업을 이루었던 것"이라고 하여 일제 거류민들의 이익을 위해 갑자기 대구읍성을 허물어가면서 대구 역사를 북쪽으로 옮긴 것이다.

1930년에 이상화의 「대구행진곡」에 "반 남아 무너진 달구성 옛터에"라는 내용에서 아직 읍성이 완전하게 해체되지 못했음을 짐작할 수 있을 것이며 그 을씨년스러운 모습을 상상하기 어렵지 않다. 마지막 연 "가을밤 별같이

어여쁜 이 있거든 / 착하고 귀여운 술이나 부어 다고 / 숨 가쁜 이 한밤은
잠자도 말고서 / 달 지고 해 돋도록 취해나 볼 테다."라는 대목에서 이미
지치고 무력해진 한 시인의 어두운 그림자를 읽을 낼 수 있다. 「대구행진곡」에
는 지금은 흔적도 없이 사라져버린 유명한 요리집 기오노이에(靑乃家)의 별장
유원지 '도수원'에 대한 기록이 나온다. "반넘어 무너진 달구성 옛터에나
/ 숲그늘 우거진 도수원 놀이터에 / 오고가는 사람이 많기는 하여도 / 방천뚝
고목처럼 여윈이 얼마랴". 이 도수원은 지금의 칠성동에 있던 유원지 가운데
하나로 확인됐다. 당시 도수원 못바닥의 준설공사를 맡았던 건설업체의 현장
감독 강신진(대구시 남구 대명 6동) 옹은 1937년에 못물이 얕아져서 보수공사를
했으며, 도수원 못가에는 소공원이 있었고, 맑은 못물에 잉어떼들이 뛰놀았다
고 증언했다고 전한다(최미화, 「이상화 시의 현장」 『매일신문』, 2017).

칠성시장 부근에 있었던 일본식 요정인 도수원

상화는 시인이기 이전에 민족의 미래를 예견한 예언자였다. 조국의 독립은 「나의 침실에서」와 같은 밤의 공간에서 상화가 가슴 안에 품고 뒹굴었던 "어여쁜 여인"과 같은 '꿈' 안에 잠복해 있었다. 이룰 수 없는 그 강력한 갈망이 무의식 속에서 꿈으로 전환되는 바로 그 꿈의 현실이 '나의 침실'인 동시에 부활하는 공간이던 것이다. 그의 시는, 그의 시적 촉각은 현실의 어둠을 털어내려는 그의 꿈을 들추어낸 것이다. 그러한 1920년대의 예리한 촉각이 무뎌지고 신체적으로나 정신적으로 지쳐 있는 상화의 모습을 「대구행진곡」에서 읽어내야 할 것이다.

이상화의 시 「지반정경」은 파계사라는 절 입구에 있는 용소를 배경으로 한 작품이다. 지금은 그 입구가 개발이 되어 음식점과 여관 등이 즐비하게 들어차 있으나 불과 십수 년 전만 하더라도 이 부근은 매우 그윽하고 깊은 산사의 분위기를 맛볼 수 있는 곳이었다.

'달구벌성' 옛터는 현재 달성공원이고 또 '방천뚝'은 고유명사로 대구 중심을 지나가는 신천의 방천둑을 가리킨다. 대륜중·고등학교가 이전하기 전에는 수성방천 뚝가에 있었다. 또한 '대구감영'은 대구에서 유명한 향촌동 인근자리에 위치해 있는데 오랫동안 경상북도 도청으로 사용되다가 현재는 '대구감영공원'으로 개발되었다. 현재 대륜고등학교의 전신인 '교남학교 교가' 역시 상화가 남긴 작품이다. 현재 대륜고등학교 경내에 교남학교 교가비가 있다.

태백산이 높솟고
낙동강 내 다른 곳에
오는 세기 앞잡이들
손에 손을 잡았다.
높은 내 이상 굳은 너의 의지로

이상화가 작사한 대륜학교 교가 가사

나가자 가자 아아 나가자

예서 얻은 빛으로

삼천리 골 곬에 샛별이 되어라.

—「교남학교 교가」

1981년에 발간된 『대륜60년사』에서 "1936년 이상화선생은 자진하여 무보수로 본교에서 영어와 작문을 가르치며 민족정신, 민족사상을 일깨웠고 학생들에게 절대적인 영향을 주었다. 민족시인으로서 선생의 울분의 일단은 "피입빅민족은 주먹이라도 굶어야 하다"라는 주장 아래 본교에 권투부를 창설하여 식민지 아이들에게 힘을 길러주었다고 한다.

예쁜 인형들이 노는 호사스런 동경에서

상화가 동경으로 떠난 시기가 정확하게 밝혀지지는 않았다. 그러나 자신이 1933년에 쓴 이력서(교남학교 제출)를 참고하면 1923년 3월에 아테네 프

1923년 3월 아테네 프랑세 수료 기념

랑세를 5개월 단기 코스로 수료하고 그 해 4월에 메이지대학 불어학부에
입학하였다고 한다. 1923년 3월에서 5개월을 역산출하여 1922년 9월경
등록한 것으로 본다면 1922년 8월 말에서 9월 초에 동경으로 건너간 것임을
알 수 있다. 『이상화 탄생 백주년 기념 특별전』(대구문화방송, 2001)에서는
1923년 3월에 1년 과정을 수료한 것으로 되어 있으나 이것은 앞뒤가 맞지
않다. 초등예비과정에 5개월, 중등과 1년, 고등과 3년 과정이 있었었는데
이상화가 수료한 것은 단기 5개월 과정이다.

최근 1919년부터 1923년 경에 주고받은 이상화의 편지(엽서)가 여러 장
발굴되었다. 더욱 획기적인 것은 이상화의 편지가 1919년 4월 무렵에서
경성에 공부하러간 시절에 큰집 큰아버지에게 보낸 편지를 포함하여 일본
동경에서 보낸 22편의 새로운 자료가 발굴이 되어 그 동안 이정수가 쓴
소설에 기대어 쓴 평전이 대폭 수정되어야 한다. 특히 일본에서의 거주하던
주소가 확실하게 다 들어났으며 그의 삶의 행적을 추적할 결정적인 자료가
발굴된 것이다. 그 외에 이상화가 1932년 『조선일보』 경북총국 경영의 실패

로 매우 곤궁한 삶을 살면서 집을 팔았던 문서와 그의 이력서 등의 중요한 자료가 발굴되어 이상화의 문학과 전기연구에 획기적인 사료들을 이 책에 고스란히 담았다. 이 자료에 근거해서 본다면 상화가 일본 동경에 가자 말자 미리 유학을 와 있던 동생 이상백과 동경 시 간다구 3정목 9번지에 있는 미호칸(美豊館)에서 당분간 기숙하였음을 확인할 수가 있다. 그곳은 1913년 조셉 코트가 설립한 외국어선문학습원인 아테네 프랑세가 동경 치요타쿠(千代田區) 간다(神田) 수루가다이(駿河台)에 있었으니 멀지 않은 위치이다.

1923년 4월 9일자 엽서에 이상화는 일본 동경 시외 토츠카(上戸塚) 575번지에 살았음을 알 수 있는데 간다 미호칸 부근은 물가가 비싼 도심이기 때문에 생활비를 절약하기 위해 토츠카로 옮겨 친척동생인 이상렬과 함께 하숙생활을 하였다.

1923년 9월 관동대지진 사건이 발발하면서 이상화가 프랑스 유학의 꿈을 접지 않을 수 없게 되었다. 그러나 관동대지진이 수습될 무렵 곧바로 귀국하지 않은 이유는 그가 이미 등록했던 메이지대학 불어학부 1년 과정을 수료하기 위해서였을 것이다. 그러니까 1924년 메이지대학 1년 과정을 수료한

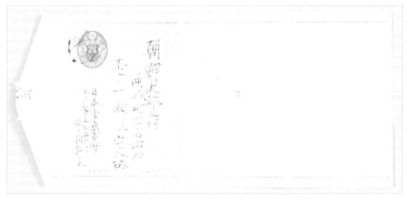

1923년 일본 체류 중에 이상화가 이일우에게 보낸 엽서

후인 3월말 무렵에 귀국하게 된다.

이상화의 동경 체류기간 메이지대학 조선 유학생들과 만났을 텐데 지금까지 알려지기로는 이용조·정열모를 비롯하여 동경에서 노동자운동을 전개하고 있던 이호·이상쾌·김정규·이여성·백무·박열 등 '북성회' 멤버들과 교류를 하고 있었다. 최근 이상화가 죽농 서동균에게 부탁하여 「금강산구곡담시」 10폭 병풍을 김정규(1899~1978)에게 선물하였는데, 김정규의 후손이 대구시에 다시 기증하였다. 이로서 이상화와 김정규의 인연을 확인할 수 있게 되었다.

> "오늘이 다되도록 일본의 서울을 헤매어도 / 나의 꿈은 문둥이 살끼같은 조선의 땅을 밟고 돈다. // 예쁜 인형들이 노는 이 도회의 호사로운 거리에서/나는 안 잊히는 조선의 하늘이 그리워 애닯은 마음에 노래만 부르노라. (…중략…) // 아 진흙과 짚풀로 얽맨 움밑에서 부처같이 벙어리로 사는 신령아/우리의 앞엔 가느나마 한 가닥 길이 뵈느냐–없느냐–어둠뿐이냐? // 거룩한 단순의 상징체인 흰옷 그 너머 사는 맑은 네 맘에 / 숯불에 손 덴 어린 아기의 쓰라림이 숨은 줄을 뉘라서 알랴! // 벽옥의 하늘은 오직 네게서만 볼 은총 받았던 조선의 하늘아 / 눈물도 땅속에 묻고 한숨의 구름만이 흐르는 네 얼굴이 보고 싶다. // 아 예쁘게 잘 사는 동경의 밝은 웃음 속을 왼데로 헤매나 / 내 눈은 어둠 속에서 별과 함께 우는 흐린 호롱불을 넋없이 볼 뿐이다."
>
> ─「도쿄에서」(1922년 작; 『문예운동』 창간호, 1926년 1월호 수록)

1922년 작인데 1926년 1월 『문예운동』 창간호에 발표한 「도쿄에서」라는 작품은 왠지 낯설고 물이 선 타국에서 헤매는 식민 조선인의 눈에 비친 화려한 동경의 모습을 보고 쓴 시이다. 나의 조국 조선은 문둥이 살결과 같이 허물고 짓뭉개진 아픔의 땅임을 애달픈 마음으로 조선의 푸른 하늘을 바라보고 있다. 이 작품을 쓴 시기가 그가 동경에 도착하고 그렇게 오래되지 않은 시점이었을 것 같다.

동경과 조선을 서로 대비한 미러 이미지의 관점이 매우 또렷하게 드러난다. 발전된 식민 내지의 땅은 예쁜 인형이 노는 호사스러운 곳이지만 조선은 진흙과 짚풀로 얽맨 움 밑에서 부처처럼 벙어리로 산다. 식민지배의 수도와 피식민지배인 조선의 어둠을 밝히는 어두운 호롱불빛과 화려한 동경시가의 불빛을 넋 없이 바라본다.

동경 간다(神田) 이사키초오(三崎町)에 있었던 아테네 프랑세

04
이상화의 문단활동과 동인지

지역과 경성을 연계한 문단 활동

일제강점기 무렵 최남선과 이광수의 2인 계몽문학 활동 시기를 지나면서 『창조』, 『폐허』, 『백조』, 『장미촌』, 『문장』, 『금성』, 『개벽』, 『태서신보』 등 동인지 활동을 주축으로 서구 문학사조가 일시에 밀려들어 왔다. 김동인이 주관하여 1919년 2월에 창간하였다가 1921년 5월 제9호까지 간행했던 『창조』와 염상섭이 주관한 1920년 7월에 창간하여 1921년 1월까지 제2호까지 나온 『폐허』나 홍사용이 주관하여 1921년 1월에 창간하여 1923년 9월 제3호까지 간행한 『백조』 등 재부분의 동인지들은 오래 가지 못하고 폐간되었다. 그리고 그러한 문예잡지들은 문예지로서 분명한 문예사조의 에꼴을 지녔다고 보기도 힘이 들며 서구문학 장르의 흐름을 제대로 읽어낸 문인들도 많지 않았다.

이상화는 1921년 잡지 『백조』의 동인으로 문단에 등단하였다. 이후 1922

년 일본으로 건너가 프랑스 유학을 준비하다가 관동대지진으로 프랑스 유학을 포기하고 귀국하였다. 시와 소설 등 작품 활동과 평론 활동을 『개벽』, 『문예운동』, 『여명』, 『신여성』, 『삼천리』, 『별건곤』, 『조선문단』, 『조선지광』과 『동아일보』 등의 언론을 통하여 활동하였다. 1922~1923년에는 주로 『백조』를 통해 낭만적 상징주의 경향을 표방한 동인지의 성격에 어느 정도 부합하는 시작 활동을 하다가 1924~1926년 사이에는 『개벽』에 작품을 발표하면서 서정적인 자유시와 함께 계급 문학 및 일제 식민에 저항적인 글을 발표하였다. 1925년에는 『여명』에 1926년도에는 프로문학 계열의 『문예운동』과 진보적 성향의 여성잡지인 『신여성』에도 작품을 발표하다가 1927년 이후에는 작품 활동이 뜸해진다. 『조선지광』, 『별건곤』, 『조선문단』, 『조광』, 『중앙』 등 다양한 잡지에 연간 많으면 서너 편 정도씩 발표를 한다. 그 외에 신문을 통해서도 작품 활동을 선보였는데 당시 민족주의 계열의 언론사였던 『동아일보』, 『시대일보』, 『조선중앙일보』 등이다.

1941년 폐간호가 된 『문장』에 발표한 「서러운 해조」가 이상화의 마지막 발표 작품이지만 1935년 『시원』에 발표한 「역천」이 상화의 후반기 작자의 심경을 고스란히 담아낸 무게가 실린 작품이다. 상화는 1922년부터 1926년까지 왕성한 작품 활동을 하다가 1927년부터 1941년까지는 거의 붓을 놓고 연간 서너 편 미만의 작품 발표를 한 것으로 보인다. 그러니까 실질적으로는 6년 정도 작품 활동을 한 것이며 길게 잡아도 19년 정도 작품 활동을 한 셈이다.

상화가 발표한 잡지의 성격과 상화의 시적 경향성의 궤도가 반드시 일치하지는 않지만 그가 본격적으로 작품을 발표한 6년 동안의 작품 성격과 발표 잡지의 경향성은 비교적 일치한다. 1922년에서 23년 사이에는 『백조』 동인으로 낭만적 상징주의적 색체가 농후한 상화의 작품적 성향과 잡지가 지향하려는 방향성이 거의 일치하고 있다. 그러나 몇 편 되지도 않는 이 작품을 기준으로 그 뒤에 발표한 작품들과 단층을 보인 것처럼 평가하는 일이 반드시 적절한 것인지 의문이다. 사실 상화는 그 당시 영어와 프랑스어를 비롯한 일본어에 능통했기 때문에 서구문학의 조류에 누구보다 민감했을 것이다. 그가 남긴 평론을 보면 매우 분명하고 뚜렷한 자신의 시론을 가지고서 문단사조를 시험하고 실천한다는 자의식 또한 강했다. 그런 면에서 이미『백조』시대의 작품 속에서 일제 저항의 흔적들이 파편화되어 자리를 잡고 있다고 볼 수 있다.

이상화의 작품 연보를 통해 몇 가지 중요한 사실을 읽을 수 있다. 이상화가 작품 활동을 가장 활발하게 했던 잡지는『개벽』이며 신문사는 주로 민족지 계열의 조선, 동아, 중앙지였다. 문단 데뷔 초창기에『백조』가 곧바로 폐간이 되자『개벽』지가 그의 주요한 활동 무대였으며 경향파 문학 활동지였던『문예운동』에도 발표를 하다가 문예지의 폐간으로『조선지광』,『별건곤』,『신여성』등의 개벽사에서 주관하는 잡지에 주로 작품을 실었다.

이상화는 최남선과의 교류를 통해 민족종교에 대한 관심과 함께 천도교 교단에서 간행한『개벽』에서 작품 활동을 하면서 상화의 문학적 시각이 확대된다. 가난한 기층민들에 대한 관심으로 그들에게 애정을 쏟으면서 서서히 계급문학 이론에도 심취하게 된다. 상화가 부유한 집 출신이라고 하지만 실재로는 큰집의 협력을 받아야 하는 면에서는 상화의 눈길이 머문 거지, 엿장수, 가난한 농민들과 애정어린 동류의식을 가지고 있었을 것이다. 그러니까『문예운동』을 통해 경향파에 속하는 '파스큐라'나 '카프' 그룹과도 가깝게 지내며 그러한 성향의 작품을 발표하기도 하였다.

김진화(1979: 77)의 대구경북 지역의 잡지 간행 현황에 대한 활동에 대해 살펴보자.

"일제시대 경북도내에서 발간을 보았던 간행물(잡지)을 보면 신문은 아니었지만 군위군의 서성렬씨가 발행한 문예지 『원예』(1923)가 있었고, 영천군에서 이우백씨가 발행한 문예잡지 『보』, 『잣나무』(1924)가 있었고 선산군에 김승묵씨가 발행한 『여명』(1925)이 있었고 같은 해에 서상일씨가 대구에서 발행한 『농촌』이 있었던 것으로 알려지고 있었다.”

—김진화, 『일제하 대구의 언론연구』(영남일보사, 1979)

이러한 상황을 참고해 보면 대구경북 지역에서 문예잡지가 여러 종류가 간행되었음을 알 수가 있다. 특히 대구에서 간행된 『여명』에도 「금강송가」, 「청량세계」를 게재하였는데 이 잡지의 간행에 상화가 상당한 영향력을 미치지 않았을까 판단된다. 이 『여명』은 『동아일보』 창간 발기인이면서 『조선일보』 대구지국을 경영했던, 선산군 호동의 소지주인 김현묵의 아들이자 열혈지사였던 김승묵(1903~1933)이 창간한 종합잡지다. 김승묵은 연극영화의 트렌드를 이끌어가던 김유영의 삼촌이기도 하다. 두 사람 모두 이상화와 매우 가까운 사이였다. 아직 『여명』 1호에서 4호까지 모두 발굴이 되지 않았는데 1925년 7월 1일에서 1927년 1월까지 간행했던 대구지역의 문예지였기 때문에 이상화의 작품이 발굴될 가능성이 있다. 상화가 1925년 『여명』 2호에 「금강송가」와 「청량세계」를 발표한다. 이것은 우연히 아니라 창간사에서 밝혀 놓았듯이 일제 ‘암흑’ 속에서 물러서지 않고 ‘여명의 빛’을 되살리겠다는 간행자의 취지가 담겨 있다. 김승묵과 이상화의 인연이 상당히 오래 이어져 1934년 조선일보 경북총국의 경영을 이상화가 맡게 된다. 이 과정에서 독립운동가이자 언론인 출신으로 조선어학회 33인의 한 분인 서승효(1927년경 조선일보 경상북도총국 경영)와 상화와 일족인 애산 이인과 그의 동생 이호(1903~?), 김천고보 2대 교장을 지낸 정열모와 백기만 등과 인맥을 쌓게 된다. 우리들 기억에서 잊어진 인물로 애산 이인 변호사의 동생인 이호는 이여성과 어울려 ‘북성회’를 조직하였으며 사회주의 문학단체인 '염군사' 멤버였던 그는 중구 사일동에서 태어나 대구 수창보통학교를 졸업한 뒤 1919년 3월 대구고보에서 맹휴를 주도하다가 퇴학당한 후 서울 휘문고보, 경성고등공업학교를 다녔다. 1922년 송영·이적효·박세영 등과 프로문학 동맹인 '염군사' 결성에 참여하여 주간을 맡았으며 1923년 5월 사회주의 사상단체 '토요회' 결성에 참여했고 8월 무산청년회 발기준비위원으로 선정되었다. 그 해 여름경 '조선노동연맹회'에 가입하여 고무직공파업을 지원하다가 구류 20일을 처분 받았다. 경남 마산에서 사회주의 사상단체인 '혜성회'를 비롯한 삼남지방 사회운동단체 규합에 주력하기도 했다. 1924년 2월 '신흥청년동맹' 결성에 참여하여 집행위원으로 선출되었고 그 해 11월 이여성과 백무, 김정규 등과 '북풍회' 결성에 참여했으며, 1925년 4월 조선공산당에 입당했다. 1925년 8월 '조선프롤레타리아예술동맹' 결성에 참여했으나 1927년 9월 조직 개편 이후 명단에서는 찾아볼 수 없다. 1926년 8월 조공 검거사건에 연루되어 검거되었으나 1928년 무죄로 인정되어 석방되었으나 그 후 종적을 알 수 없다. 최근 이호의 조카이자 애산 이인의 아들인 이정(전 연세대 교수)의 구술에 의하면 일제의 악랄한 고문으로 병고에 시달리다가 일찍 돌아가셨다고 한다. 안타까운 것은 그의 가족도 어디로 갔는지 찾을 수 없다고 한다.

또 한 가지 상화의 작품 연보를 보면 상화가 활발하게 작품 활동에 매달린 시기는 1922년부터 1926년 사이이며 그 기간 중에 일본 유학을 한 시기를 빼면 1925년부터 1926년 사이 가장 활발한 활동을 한 것을 알 수가 있다. 1928년 무렵은 일경에 2차례 체포를 당하여 구금되는 어려운 시기를 보냈던 관계로 작품 활동을 못하였다. 그리고 1934년 1년 동안은 완전 작품 활동의 공백기이다. 이러한 이유는 상화가 조선일보 경북총국의 경영을 맡아 동분서주했던 시기이기 때문이다. 그의 삶에서 가장 힘겹고 고난의 시기였을 것으로 보인다. 경제적인 어려움뿐만 아니라 일제로부터 더욱 강하게 조여 오는 탄압과 압박의 굴레 속에 1935년 「역천」이라는 상화의 심경이 고스란히 담긴 시를 『시원』 2호에 발표한다. 하늘이 뒤집어지면 좋을 만큼 암담한 현실의 심경을 담은 시이다.

1937년 1년 동안 아무런 작품도 발표하지 않았다. 중국 국민혁명군에 종군하면서 항일 투쟁을 하던 맏형 상정이 전사하였다는 소문이 전해졌다. 급히 상화는 형의 생사를 확인하기 위해 수소문하여 중국으로 향하였다. 근 서너 달 동안 두 형제는 권기옥과 함께 중국 난징에서 베이징까지 여행을 하였다. 그러나 귀국 즉시 간첩 협의로 3개월 동안 구금되어 수사를 받느라 단 한 편의 작품도 발표하지 못하게 된다. 그의 마지막 작품은 1941년 『문장』 25호에 「서러운 해조」라는 슬픈 식민지 압박 민족의 한이 담긴 시를 발표하고 문단 활동의 막을 내린다. 그와 함께 『문장』지도 폐간 조치를 당한다.

이상화가 문단 활동을 한 것은 1922년부터 1941년 19년이지만 본격적인 활동을 한 시기는 1922년부터 1927년까지 불과 5~6년에 지나지 않는다. 『백조』에 발표한 「나의 침실로」라는 작품에서는 조국 광복을 마돈나로 상징하여 이 밤이 새기 전에 나의 침실로 달려오라는 매우 생경하고 충격적인 시 작품을 발표함으로써 당대의 많은 문인들의 찬사와 비판적 관심을 한 몸에 받았다. 그는 서구의 다양한 문예사조에 대한 이해를 통하여 자유시라는 시의 영역을 개척할 역량을 갖춘 신선한 작가였다. 일본 동경 아테네 프랑세에서 단기간 수료와 메이지대학 프랑스학부 1년 수료를 통해 훨씬 성숙한 면모로 「빼앗긴 들에도 봄은 오는가」라는 불멸의 항일 저항시를 우리에게 선물한다. 하늘을 향해 민족 독립을 염원한 「나의 침실로」에 대비되는 「빼앗긴 들에도 봄은 오는가」에서는 대지를 향해 민족 독립의 염원을 빌게 된다. '하늘'에서는 '마돈나'를 '땅'에서는 '봄'을 조응시킨 탁월한 기법을 구사하였으며 두 편 모두 그 시 형식도 세심한 짜임새를 보여주고 있다.

일본 유학기간 일제에게 압박과 탄압을 당하는 우리 민족의 서러움과 비통한 한과 가난한 소작 농민이나 도심의 거지나 엿장수와 같은 기층민에 대한 뜨거운 애정을 교직하여 그의 작품 세계가 형성이 된다. 「가장 비통한 기욕」, 「엿장수」, 「거러지」, 「구루마꾼」 등의 작품을 통해 계급문학적 성향도 드러낸다. 상화는 당시 기층민의 가난과 고통을 지주와 피지주라는 조선 내부의 계급적 갈등 관계로 인식하지 않고 일제의 침탈로 곧 외부의 요인 때문이라고 인식한 것이다. '파스큐라'와 '카프' 동인과도 밀접한 관계를 맺지만 계급문학을 주도한 김기진과 박영희와는 계급투쟁의 방식이라는 면에서 생각이 서로 상당히 달랐다. 그가 남긴 두 편의 창작 소설은 기층 노동자의 삶을 소재로 한 것인데 운문으로 표현해내는 데 한계가 있었기 때문에 자신의 계급문학의 관점을 소설로 반영하기 위해 의도적으로 쓴 작품이다. 그러나 상화가 쓴 「숙자」와 「초동」이라는 작품은 문단으로부터 전혀 주목을 받지 못하고 도리어 상화의 창작 소설이라는 사실조차도 알려

1918년 무렵 경성중앙학교 수료 후 고향 친구들과 함께

지지 않았다가 이강언(2006)에 의해 「숙자」라는 작품이 상화 작으로 처음 알려졌으며 이기철(1982)이 「초동」을 상화작으로 소개하였으나 정진규(1981)는 「초동」의 작가 이름이 다르다고 상화의 작품이 아니라고 하였다. 필자의 견해로는 당시 사회주의 문학 작품에 대해서는 일제 검열이 워낙 까다로웠기 때문에 이름을 파자로 쓴 것일 뿐 소설에 나오는 어휘들이 대구 방언이 많이 나타나므로 상화의 작품이 분명하다고 본다.

이 시기에 이상화는 「무산작가와 무산작품(상)(하)」라는 앞서가는 문학 평론을 발표하기도 한다. 이 논평을 통해 알 수 있듯이 이상화는 계급문학의 유형을 A, B, C 세 유형으로 구분하고 있다. 따라서 상화는 이러한 문학이론을 바탕으로 독자적인 세계를 구축하고 있었던 것이다. 이상화가 동경에서 되돌아와 경성 취운정에 머문 1925~26년 두 해 동안이 작품을 가장 활발하게 쓴 시기이다. 시에서 평론 그리고 소설과 번역 소설에 이르기까지 문단 활동의 보폭이 엄청 넓어진 것이다.

1935년 「역천」은 그의 작품 활동 후기를 대변한다. 일제 탄압이 점증되고, 삶은 핍박해진 데에 대한 피로감과 실망감이 커졌다. 그로 인한 자신의 참담한 심리적 상황이 고스란히 반영되어 있다. 문단활동으로 최후의 작품은 『문장』 25호에 실은 「서로운 해조」이다. 상화 작품이 마지막 실린 잡지 『문장』지도 25호를 마지막으로 폐간 조치가 된다.

이상화의 육필 편지들을 종합해서 정리하면 총 22편이 남아 있는데 일본 체류 기간 이갑성이 이상화의 소식이 궁금하여 보낸 편지를 비롯한 수신된 편지도 매우 많이 남아 있다. 이상화가 발신한 편지는 대체로 큰아버지와 종백형(이상악)이 중심이 된다. 재정적인 원조가 필요했을 시에 지원 요청과 함께 시절 문안 인사가 주요한 내용이다. 향후 이들 자료에 대한 정밀한 분석과 함께 이상화가 수신한 편지들을 전부 수합하면 이상화의 행적을 재조합하는 데 매우 유효할 것으로 보인다.

지역문학 동인지의 뿌리 『거화』

상화는 1917년 동향의 친구 백기만, 소설가 현진건 등과 어울려 최초의 지역문학동인지 『거화』 동인을 결성하고 이어서 현진건의 소개로 『백조』 동인에 가입하면서 문단활동을 본격적으로 펼치게 된다.

상화가 만났던 인물들을 다시 추상해 보면 고향 친구인 백기만·이장희·현진건·이육사·박태원, 집안 친척 동생이었던 이설주, 미술 활동을 함께 지원했던 이여성·서동진·정유택·이인성, 경성에서 만난 나빈·박영희·박종화·홍사용·오상순·양주동·김기진·박영희·임화 등 『백조』 동인과, 항일 독립운동의 동지였던 이갑성·권오설·백남채·정원조·이만집·김태연·홍극일·성원조 등과, 일본 유학시절 만난 이용조·김정규, 대구 출신 이호, 백무, 문경 출신 박열, 나가이 가후우 등이 있다.

계몽주의적 신문학 운동에서 탈피하여 서구의 새로운 문학 경향을 흡입한 『백조』, 『금성』 등의 문학동인지에 발을 디딘 이상화·현진건·이육사·백기만·이장희 등 향토 출신의 시인과 작가들이야말로 우리 근대문학의 몇 안 되는 개척자들이라 할 수 있다. 그 뒤를 이어 1930년대에 '카프' 계열 강성주자였던 김기진, 박영희와 장혁주, 김문집 등은 일제 강점 하에서 친일 대열에 앞 다투어 뛰어들어 치욕적인 오명을 남기기도 했다.

광복 이후 좌우 이념대립은 지역 문학계에도 파급되었다. 식민지 시대의 청산과 새로운 민족문학 건설이라는 해방공간의 절실한 역사적 과제가 있음에도 불구하고 문학인들은 좌우로 갈라져 서로 반목하는 분열 양상을 보였다. 마르크스주의 입장을 취했던 좌익 진영의 '조선문학가동맹'(45년)에서 이원조·윤복진·이갑기·신고송·이병철·김용준 등이 활약을 하다가 자신들의 문학적인 신념에 따라 월북했다. 그에 비해 순수문학을 표방한 민족진영의 '전국청년문학가협회'(46년)에는 유치환·조지훈·장덕조·김동리·곽종원·박목월·이종환·이효상·홍영의·이설주·이윤수·이원수·이호우·이영도·황윤섭·김성도·윤백·최화국·김동사·김석진 등이 문학활동을 펼쳤다. 특히 1930년대 대구경북을 중심으로 조지훈과 박목월·박두진이 결성한 '청록파'는 우리 문학의 질적 수준을 일취월장시키는 역할을 하였다.

지역에서 동인지 결성이라는 햇불을 올린 『거화』가 전국에서 최초의 동인지 간행의 전통이 되었다. 이 『거화』는 1917년 프린트판으로 간행한 동인지로 시작했으며, 대구고보에 재학 중이던 백기만과 그의 친구인 이상화·현진건·이상백이 함께 참여했다. 『거화』라는 제목이 말해 주듯이 당시 청년들의 문예를 통한 사회 변혁에 대한 햇불을 든 열정을 읽을 수 있으며 또 그 방향성을 짐작할 수 있다. 경상북도 경찰부에서 편찬한 『고등경찰요사』의 기록에 의하면 백기만과 이상화가 1919년 대구 3.1만세운동 주동자로 지목되어 검거·수감되거나 피신한 것을 볼 때 일찍부터 혁명가적 기질이 그들에게 이미 내재해 있었다는 것을 알 수 있다. 『거화』에 첫발을 디딘 이상화는 그 이후 1920년대 『백조』 창간 동인 가운데 중심 시인으로 성장하

백기만, 『상화와고월』(1951)

백기만 편, 『씨 뿌린 사람들』(1959)

게 되었고, 이 동인지가 당시 문학도들의 문예활동의 시발점이 되었음을
보여주는 자료이기도 하다. 하지만 아쉽게도 아직까지 그『거화』라는 동인
지가 발견되지 않고 있다.

이『거화』는 대구지역 문학운동사에서 매우 중요한 의미를 띤다.『거화』
에 이어 백기만이 일본 유학 도중 귀국 후 양주동·유엽 등과 어울려 동인지
『금성』을 결성했다. 3호를 편찬하기 직전에 향토의 뛰어난 시인 이장희와
이상백을 동인으로 편입시키면서 문단에 등단시키기도 하였다. 그처럼『거
화』는『금성』으로 이어지는, 곧 지역과 서울을 연계하는 디딤돌 역할을
하였으며 대구지역의 독자적인 문학잡지 간행의 전통을 만들어 주었다.

이『거화』는 또한 1925년 7월 1일 대구에서 간행된 문예지『여명』을
낳게 하는 원동력이 되었다.『조선일보』경북총국을 경영했던 김승묵이
『여명』을 1927년 1월까지 펴내었다. 상화가 1925년『여명』2호에 산문시
「금강송가」와「청량세계」를 발표한다. 김승묵의 조카 김유영과도 상화는
'ㅇ과회'와 '카프' 동인 관계로 무척 가까웠다.『거화』와『여명』그리고『금
성』이 결코 우연하게 이루어진 지역문학 운동이 아님을 여실하게 입증해
준다. 이와 같은 전통이 광복과 함께 전국에서 최초의 시전문지『죽순』을
낳게 한 밑거름이 된 것이다.

2019년 3월 대구문학관에서 "거화(炬火)를 찾습니다"라는 주제로 동인지
『거화』를 재조명하는 전시가 열린 적이 있다. 그만큼 이『거화』는 대구지역
에서 현대문학의 운동의 촉매제가 되었을 만큼 중요한 지방문학사적인 의
미를 지닌 잡지이다. 이 잡지는 그 당시 20세가 되지 않은 젊은 청년들의
문학적 이상과 꿈과 지향성을 담아낸 그릇이기에 더욱 의미가 있다. 그뿐만
아니라 혈기 왕성한 청년 백기만·이상화·현진건·이상백의 작품과 그들이
경험했던 3.1독립만세운동 일화도 엿볼 수 있을 것이다. 동인지『거화』는
지금 볼 수 없지만 그 시대의 아픔과 너무도 간절한 식민조국의 염원을

간접적으로 느낄 수 있을 것이다.

이 『거화』가 '횃불 거(炬)', '불 화(火)' 곧 '횃불'이라는 뜻을 가진 만큼 일제 강점의 어두운 현실을 밝혀낼 청년들의 이상과 꿈을 담아낸 그런 동인잡지임을 짐작할 수 있다. 당시 청년 문학도들이 갖고 있던 어둡고 암담한 현실뿐만 아니라 나라 장래에 대한 희망과 꿈도 느낄 수 있다. 이하석 대구문학관장은 "암울했던 일제강점기에도 좌절하지 않고 희망과 낙관의 마음으로 저항했던 문인들을 통해 「횃불」의 의미를 새롭게 느꼈으면 한다"라며 대구문학관에서 "거화를 찾습니다"라는 주제의 전시행사를 한 의의를 밝혔다. 필자는 대구문학관을 찾아가서 행사의 전경을 살펴보았다. 전시장 안쪽에 『거화』의 가상 표지를 전시했다. 『거화』를 찾으면 보관 전시할 빈 유리관만 우두커니 있었다. 뒤편에는 백기만이 쓴 『상화와 고월』 중 일부를 사진으로 확대한 그림이 나온다. 3월 8일 300개의 태극기를 준비한 문인들의 일화를 바탕으로 태극기가 전시되어 있었고, 『거화』의 후속으로 이어진 『백조』, 『금성』, 『죽순』 등의 동인지 표지도 볼 수 있다. 나는 여기서 대구지방문학의 축적된 저력의 거대한 목소리가 우렁차게 들리는 것을 느꼈다.

이 행사와 함께 이상화·현진건·백기만·이장희 등 『거화』 동인 4인을 추모하는 「우국문인 대구추모제」가 25일 오후 대구 두류공원 인물동산에서 이상화기념사업회와 대구문인협회 공동 주최로 대구시, 대구시의회, 대구지방보훈청, 광복회 대구시지회 및 우국시인 유족과 시민 300여 명이 참가한 가운데 열리기도 하였다. 그러나 『거화』는 아직까지 우리들에게 얼굴을 드러내지 않고 있다.

김승묵이 창간한 『여명』과 『여명문예선집』

이상화가 한창 시작 활동에 불이 붙었던 1925년 무렵 『거화』에 이은 『여명』이라는 종합잡지가 또 대구에서 창간되었다. 나도향의 단편소설 「벙어리 삼룡이」가 처음 발표된 잡지이자 1920년대 대구지역에서 중심이 된 종합문예지 『여명』창간호가 1925년 7월에 창간하여 1927년 제4집까지 간행되었다. 제1호가 1925년 7월, 제2호가 1925년 9월, 제3호가 1926년 6월, 제4호가 1927년 1월에 나왔다. 김근수(1973: 402~403)는 『여명』이 총 제7호까지 나온 것으로 발표했으나 이는 잘못된 것으로 알려져 있다(박태일, 「여명문예선집」, 『어문론총』43, 한국문학언어연구회, 2005, 262쪽). 그런데 김학동 (2015: 247~248)은 『여명』이 "현재 1·7권만이 전해지고 있을 뿐이다."라고 하여 마치 이 잡지가 1~7권이 있는데 그 가운데 1권과 7권이 발굴된 것처럼 사실무근의 오류를 범하였다.

당시 민족주의 계열의 신문이었던 『동아일보』창간 발기인이기도 하면서 『조선일보』경북총국을 경영했던 구미 출신의 우국 열혈지사인 김승묵이 『여명』을 창간하였다. 이것은 결코 우연함이 아니라 창간사에서 밝혀 놓았

『여명』 1호

듯이 일제 '암흑' 속에서 물러서지 않고 '여명의 빛'을 되살리겠다는 뜻이 담겨 있다. 『거화』의 맥을 이은 잡지라는 말이다. 김승묵과 이상화는 이 잡지 간행을 두고 매우 긴밀하게 의견을 나누었던 것으로 보인다. 그리고 선산군 고아면 원호동 거부집 출신인 김승묵과 그의 조카인 김유영은 소설가 최명희와 1930년 무렵 대구에 신혼살림을 차리면서 지역 연극영화 발전에 노력하였다. 이 두 사람 모두 이상화와는 아주 긴밀한 관계를 맺고 있었다.

김승묵이 창간한 『여명』은 1집부터

4집까지 대구에서 편집하여 서울에서 인쇄한 대구지방 잡지였다. 4집 이후 더 이상 잡지 발행이 어려워지자 1925년부터 1927년 사이 『여명』에 실린 주요 내용을 뽑아내어 1927년에 『여명문예선집』을 꾸몄다. 총 370여 면에 달하는 방대한 분량으로 당시의 대구 향토 문학사를 밝히는데 매우 중요한 자료적 성격을 띠고 있다. 특히 사회주의 문화운동가들의 글이 대폭 실려 있는데, 고령 출신의 남형우와 함께 「다물단」을 결성했던 배천택, 중국에 서 민족유일당을 건설했던 장건상(1882~?), 항일 민족변호사 이인(1896~ 1979), 서상일(1887~1962), 교남학교 교장을 맡고 천도교 경북교구장을 지 냈던 홍주일(1875~1927), 대구노동공제회 농민대회를 주도했던 윤홍렬·서 만달·최해종·정명준·장하면·장적우·이상화·현진건 등 1920년대 대구를 대표하는 청년 활동가들이 거의 필자로 되어 있다.

이 『여명』도 총 4회 간행되다가 중단이 되었지만 나도향·이상화·이광수· 김억·오상순·김기진·박영희·염상섭·최서해·변영로·현진건 등 전국적으로 쟁쟁한 문인들의 작품을 실었다. 이것 또한 이상화가 눈에 보이지 않는 가교역할을 한 덕분이 아닐까 판단된다.

김정묵은 1921년 5월 김창숙·박순병·신채호와 함께 월간지 『천고』 발행 을 담당하기도 한 당대에 앞서간 지식인이었다. 상화가 1925년 『여명』 2호 에 「금강송가」와 「청량세계」를 발표하였는데 백기만이 이 작품을 자기 나 름대로 간략하게 간추려 『상화와 고월』(1951)에 실은 다음에 작품 끝에 「부 기」에다가 "이 시는 장편 산문시인데 실려 있는 『여명』 2호(1925년 6월)가 떨어지고 해져 그 절반은 알아보지 못하여 명백한 구절만 발췌한 것이다." 라고 밝혀두었다. 그런데 이 작품의 원시를 뒷부분을 누락시켰고 시 어휘도 임의대로 바꾸어서 완전히 훼손시켜 놓았다. 그 후 필자가 이 작품은 우리나 라 산문시로서 초창기 작품으로 창작 시점이 매우 중요한 의미를 가지기 때문에 원시를 찾아내어 확인해 본 결과 이 작품은 이미 1924년에 『시대일보』에 발표했던 것인데 『여명』 2호(1925.6)에 재수록한 것이었다.

얼마 전 전경수(근대서지학회 회장)가 『근대서지』 3호에서 1925년 7월 1일에 나온 대구지역 문예지 『여명』 창간호 표지와 함께 영인본을 처음 공개했다. 1925년 7월 창간, 1927년 1월까지 펴낸 종합잡지였는데 일제 탄압과 자금난으로 4회 만에 폐간되기 전까지 종합잡지 성격으로 독자투고까지 망라해 실었다. 박태일(2005)은 "『여명』 창간호의 발굴로 「벙어리 삼룡이」의 원본을 처음으로 볼 수 있게 됐다는 점에 의미가 있다"며 "그 동안 『여명』 창간호에 실렸다는 사실은 알려져 왔으나 원본은 확인할 길 없어 후대의 현대어 철자본만 나돌았다"라고 했다. 『여명』 잡지의 전모는 아직 드러나지 않았다. 아마 잡지 전체가 발견되면 이상화의 작품이 더 발굴될 가능성이 충분히 있어 보인다.

김승묵이 간행한 『여명문예선집』은 그 무렵 대구경북의 지역문학운동과 문예활동 상황을 이해하는 데 매우 중요한 자료이다. 이 『여명문예선집』은 현재 영남대학교 도서관 소장본과 박태일 소장본 2권이 알려져 있다. 특히 이상화와 아주 가까웠던 김승묵은 당시 사회주의 노선을 걸었던 지식인으로 영화감독 김유영의 삼촌인데 안타깝게도 대구 남산동에서 30세에 병고로 요절한 인물이다. 이 선집을 통해 지금까지 잘 알려지지 않았던 성주의 김창숙, 함안 출신인 양우정, 영주 풍기교회 목사였던 강병주(1882~1955), 배천택, 칠곡 출신의 장건상(1882~?), 소설가이자 신간회 대구지부 활동을 했던 장적우(1902~?), 서만달 등 민족주의자들의 문예활동을 추적하는 데 매우 소중한 정보를 제공해 주고 있다.

우리나라 최초의 사화집 『조선시인선집』

백기만이 주간하고 조태연이 펴낸 우리나라 최초의 엔솔로지 사화집으로 『조선시인전집』(조선통신중학교, 1926)이 있다. 조태연의 서문과 함께 대표

시인 28명의 시작품 138편을 수록하고 있는데 판형은 B6판이다. 그런데 이 시선집의 편자는 백기만으로 되어 있다. 각 유파를 초월하여 당시의 시인을 총망라한 성격을 띠고 있는데, 김기진·김정식·김동환·김억·김탄실·김형원·남궁벽·조명희·양주동·노자영·유춘섭·이광수·이상화·이은상·이일·이장희·박영희·박종화·박팔양·백기만·변영로·손진태·오상순·오천석·조운·주요한·홍사용·황석우 등과 같이 「가나다」 이름 순으로 편성하고 있다. 이와 같은 1920년대 이후 시인들의 엔솔로지를 묶어낸 전통이 백기만에서 시작되었다. 이 선집은 우리나라 최초의 사화집으로 1920년대 시문학 전반을 결산한 것이라고 할 수 있다. 여기에 이상화는 4편의 시를 실었다.

이 엔솔로지를 필두로 하여 1920~30년대 각종 시선집들의 전통이 이어지게 된다. 김승묵 간행의 『여명문예선집』(여명사, 1927), 오일도 편의 『을해명시선집』(시원사, 1936), 김동환의 「조선명작선집』(삼천리사, 1936), 이하윤 편의 『현대서정시선』(박문서관, 1939), 임화 편의 『현대조선시인선집』(학예사, 1939), 김소운 편의 『조선시집』(흥풍관, 1943) 등에서 이상화의 시는 지속적으로 정전화된다. 김소운 편은 백기만 편 『조선시인선집』을 일어판으로 번역한 시집이다. 이러한 점을 보더라도 1920~30년대 대구라는 지방의 문학 전통의 뿌리가 얼마나 깊은 곳인지 이해할 수 있을 것이다.

임화 편, 『현대조선시인선집』(학예사, 1939)

오일도가 간행한 『시원』

경북 영양 태생의 오일도(1901~1946)의 본명은 오희병이며 일도는 아호이다. 본관은 낙안이며 경성제1고등보통학교를 거쳐 일본 릿쿄대학교 철학과를 나왔다. 중학교 교사로 있다가 1931년 문단에 등장하여 『시문학』, 『문예월간』 등에 서정성이 높은 시를 발표하였다. 영양의 지주였던 맏형 희태가 자금을 대주어서 1934년 『시원』이라는 잡지를 창간하여 문단에 예술지상주의의 꽃을 피게 하였다. 「눈이여, 어서 내려 다오」, 「노변의 애가」 등 주로 식민시대의 슬픈 서정시를 발표하였다.

1935년 4월 『시원』 2호에 이상화의 말년의 작품인 「역천」을 발표하였다. 이 『시원』이라는 잡지는 오래 계속되지 않았지만 대구경북의 잡지 간행의 전통을 보여준다는 의미를 가지고 있다. 『거화』에서 『여명』 그리고 『시원』과 1945년 10월 죽순구락부에서 출발한 시전문지 『죽순』으로 이어지고 다시 1946년 4월 이영식(대구대학교 설립자) 시인이 간행한 아동전문잡지 『아동』과 그 해 6월에 최해태가 발행한 『새싹』 등 지방잡지로서 전국적인 명성을 이어주었다. 이러한 전통이 이어져 한국전쟁 기간 중에 대구에서 피난문인들이 주축이 된 문총구국대의 활동이 펼쳐졌다. 대구경북문총구국대는 중앙문총구국대와 합류하여 종군작가들의 작품을 모은 『전선시첩』의 간행으로 이어졌다.

오일도가 『시원』 잡지를 간행할 무렵이 바로 우리 문단이 동인지 발표시대에서 전문작가 시대로 전환되던 시점이었다. 그리고 대중잡지와 순수문학이 확연하게 갈리진 시대의 문화사적 변화기에 이르렀다. 이상화가 절필했던 시기에 이상화의 말년의 대표작으로 꼽을 수 있는 「역천」을 『시원』에 발표했던 것은 두 사람의 묵묵한 인연과 관계가 있었음을 말해 준다.

『시원』 창간호는 1935년 2월 1일 창간된 시 전문지로서, 그 해 12월까지 통권 5호를 발행했다. 판권장을 보면, 편집 겸 발행인 오희병(오일도), 한성도서(주) 인쇄, 발행소 시원사(서울·수송동 137), A5판 54면, 정가 20전이다.

이 『시원』의 제1호 목차를 살펴봄으로써 당시 어떤 작가들이 참여했는지를 알 수가 있다. 시 작품으로는 「월야자명」(박종화), 「단편」(박용철), 「나」(김상용), 「해변소곡」(김안서), 「내 청춘의 배는」(노천명), 「층층계(외 1편)」(김기림), 「겨울밤」(모윤숙), 「황혼」(황욱), 「잔디의 유언」(조백파), 「나는 어둠을 껴안는

1934년 오일도가 창간한 『시원』

다」(신석정), 「노변의 애가」(오일도), 시조 「무제」(1935.2.1), 「시원은 제」(김오남), 「밤」(이노산), 역시 「죠이스의 시」 2편(이하윤), 「감회」(조희순), 「파종」(이헌구), 「하이네 시초」(서항석), 「단장」(함대훈), 연구 논단으로 「한산의 삼언시」(이은상), 「오마 카이암의 루바이얄 연구」(김상용), 「현대시의 기술」(김기림), 「시인의 연애비화」(HS생), 삼대신문신춘현상당선시가초 동아일보·조선일보·조선중앙일보 신춘문예 당선작 시부 「님의 송가」(동아, 이혜숙), 「저녁의 지구」(조선, 안용만), 「노숙자」(조선, 임린), 「강동의 품」(조선중앙, 안용만), 시조 「초춘사」(조선, 이고려), 「도소주」(동아, 김비로), 민요 「포호송」(동아, 박계홍), 「가시는 님」(조선, 이영혜), 「베짜는 색시」(조선, 을파소), 「편집후기」 등이 게재되었다.

그는 창간호 「편집후기」에 이렇게 썼다.

"문학은 그 시대의 반영이라면 문학의 골수인 시는 그 시대의 대표적 울음일 것이다. 그러면 현재의 조선의 시인이 무엇을 노래하는가? 이것을 우리는 우리 여러 독자에게 그대로 전하여 주고자 한다. 여기 본지 『시원』 출생의 의의가 있다."

문학평론가 김문집이 『사해공론』(1938.8)에 쓴 「문단인물지」에 오일도 이야기를 이렇게 평하고 있다.

"혹 내가 월파 김상용 집에서 하룻밤을 같이 자는 일이 있으면, 그의 입으로부터 으레 황오의 이름과 일도의 이름이 나온다. 일도 오군은 너무 선인이고 너무 고독한 친구이기 때문에, 즉 그의 인생에서 나의 인생을 발견하기 때문에 나는 고통없이 군을 대하지 못한다. 방금도 『조광』의 내 글을 읽고, 어머니를 찾아 여수항으로 간 나의 유년 시대의 로맨스인 그 잡문을 읽고 눈물겨운 편지를 보낸 것이다. 이것을 받아 읽고 내가 되려 눈물겨워졌다. 이 친구는 눈물이 너무 많아서 시를 못 쓴다. 미제라블한 오일도"

아득한 추억 속에 잠겨버린 옛날이야기이다. 경북 영양 주실마을에 오일도의 시비와 그의 구가가 잘 단장되어 있다. 『음식디미방』을 지은 장씨 부인과 또 소설가 이문열의 문학관이 한 마을에서 옹기종기 모여 저녁연기에 찰랑찰랑 잠겨들고 있다.

짧았던 『백조』 동인 활동

1922년 1월 9일 순수문학 동인지 『백조』가 창간되었다. 『백조』는 『창조』, 『폐허』와 함께 3.1운동 후의 3대 동인지의 하나로 우리나라 1920년대 문학 운동의 견인 역할을 하였다. 1922년 1월 휘문의숙 출신의 박종화, 홍사용과 그리고 배재학당 출신의 나도향과 박영희 등의 문학청년들이 창간 주동역할을 하였다. 편집인은 홍사용, 발행인은 일제의 검열을 피하기 위해 외국인에게 맡겼다. 1호는 아펜젤러(미국인 선교사, 배제학당 교장), 2호는 보이스 부인(미국인 선교사), 3호는 훼루훼로(망명한 백인계 러시아인)이다. 김덕기와 홍사용의 재종형인 홍사중이 자금을 출자하여 경성문화사에서 발행하였다. 컷과 장정표지는 안석주와 원세하가 맡았다.

동인으로는 홍사용·박종화·현진건·이상화·나도향·노자영·박영희·안석영·원우전·이광수·오천석 등이 있으며, 『백조』 3호부터 김기진이 참가하였다. 『백조』가 지향했던 문예사조는 프랑스로부터 유입되어온 상징적 낭만주의였으나, 시대고로 인한 데카당스의 색조와 상징주의까지 띠었다. 격월로 계획된 것이나 발간이 순조롭지 못하여 1922년 5월에 2호, 1923년 9월에 3호를 내고 종간되었다. 이상화는 현진건의 소개로 이 『백조』 창간 동인이 되면서 자신의 문학적 보폭을 확대시키는 발판이 되었다. 이들 동인의 작품에는 3.1독립운동의 실패에서 온 절망감이 그대로 반영되어 애수와 한, 자포자기적인 영탄과 유미주의 색체가 강하게 나타나 있다.

『백조』 창간호에 이상화는 「말세의 희탄」 「단조」를 발표하여 신인 작가로서의 뛰어난 기량을 뽐내었으며 1922년 5월에 간행된 제2호에는 이상화의 「가을 풍경」과 영시 「To-」과 현진건의 「유린」을, 폐간호가 된 1923년 9월에 간행된 제3호에는 이상화의 「나의 침실로」라는 불멸의 시를 발표함으로써 문단의 총아로 우뚝 서게 된 것이다. 그러나 '백조파' 시의 특징은 애수, 비탄, 자포자기, 죽음의 동경, 정신적 자폐증 등 감상적 경향을 제대로 시로 승화하지 못한 채 격정적이거나 애상적인 어투로 표출한 것이라 평가하고 있다. 시대적 고뇌를 상징적인 수법으로 쓴 당대로는 획기적인 성공작이라고 할 수 있다.

상화가 중앙문단으로 진출하는 데에는 향토의 문우 현진건의 도움이 가장 컸을 것이다. 경성의 월탄 박종화와 이상화는 무척 가깝게 지냈다. 「흑방비곡의 시인에게」라는 1924(대정9)년 12월에 쓴 편지를 18년이나 훌쩍 뛰어넘은 1938년 10월 『삼천리』에 기고했다. 그 두 사람이 오고 간 편지글이 상당수 남아 있다.

이 시기 상화는 홍사용, 박종화와 아주 가까운 문인으로서 사귀었으며 다른 한편 박영희와의 교류를 통해 『백조』 3호부터 영입된 김기진과 카프계 임화와도 가까워지면서 상화의 시각이 기층민에 대한 애정과 사랑을 분출하는 경향파로 이전되는 계기도 되었다.

김기진이 『백조』에 영입되자말자 동인지의 문학 작품의 경향을 비판하면서 동인들 간에 유대가 흐트러지기 시작하였다. 특히 상화의 동의를 이끌어 낸 김기진은 박종화와 함께 '파스큐라'로 재결속하면서 구소련에서 지원하는 코민테른의 공산사상을 토대로 한 계급투쟁문학을 받아들이면서 문학활동의 좌표를 이동시킴으로써 『백조』 동인은 해체되었다. 그들의 활동 무대는 자연스럽게 『개벽』과 『문예운동』 등으로 옮아갔다.

일제의 검열제도를 피하기 위해 발행인으로 미국인인 배재학당 교장 아펜젤러의 이름, 미국 선교사 보이스 부인의 이름을 빌리는 등의 몸부림을 쳤지만 3호로 종간을 하지 않을 수 없게 되었다. 『백조』의 종간은 일제 탄압의 문제보다도 내부적으로 경향파 운동을 주도하던 김기진과 나도향 등과의 갈등으로 종언을 고하고 말았다고 보는 것이 더 타당하다. 당시 동인의 한 사람이었던 박영희는 "『백조』는 「무정」이나 「개척자」에서 보는 것과 같은 민족적 의식의 계몽성에 만족하지 않고 난숙한 세계문학과 자기를 견주어 보려는 욕망에서 다시 예술을 위한 예술, 문학을 위한 문학에서 이때까지 풀어보지 못한 정열을 그대로 현실의 협잡물 없이 마음껏 불붙여 보고 싶었던 것이다."라고 회고하고 있다. 김기진의 격렬한 비판에도 묵묵부답으로 마음에 상처만 안고 상화는 서울의 문단생활을 접고 1927년 대구로 낙향한다. 한 시인의 삶이 전환되는 순간이었다. 김기진, 박영희와 합세한 문학의 지향성과 계급투쟁론에 대한 이념적인 차이로 인해 이상화는 얼마가지 못하고 그들의 인연은 서서히 역사의 뒤안길로 사라진다.

시전문지 『금성』 창간과 고월 이장희의 죽음

향가 연구의 천재적 기량을 보여주었던 양주동은 자신이 쓴 『문주반생기』
(범우사, 1978)에 시 전문 잡지 『금성』의 태동과 함께 있었던 애환들을 전해
주고 있다. 양주동이 예과 3년 시절인 1923년 가을에 시 전문지 『금성』이
창간되었다. 무애와 함께 유엽이 발의한 『금성』이란 동인지 이름은 무애가
붙였다고 한다. 동인으론 무애와 유엽 외에 이상화의 동생인 이상백과 고월
이장희가 뒤에 가담하였다. 이렇게 해서 이장희는 『금성』을 통해 문단에
등단하게 된 것이다.

이 무렵 이상화는 동경에서 무애와도 교류를 했던 것으로 알려져 있는데
관동대지진이 발발했을 무렵 무애는 『금성』 간행일로 먼저 귀국하였고 상화
는 메이지대학 1년 과정 수료를 위해 그대로 일본에 잔류했던 관계로 동인에
상화가 참여하지 못하였다. 아마 「나의 침실로」를 발표하면서 문단의 스타덤
에 올라섰던 상화는 김기진과 함께 프
로문학으로 발길을 옮겨놓자 백기만으
로부터 약간의 견제를 받으며 동인 결
성에 제외되었던 것은 아닐까?

양주동이 회고하는 글에 "우리들의
당시 시풍이 자칭 상징주의요, 퇴폐적
임은 누술한 바와 같다. 그러나 세 사
람, 뒤에 고월까지를 합한 네 사람의
시풍은 결코 정말 세기말적·데카당적
은 아니었고, 차라리 모두 이상주의적,
낭만적, 감상적인 작품이었다."라는 말
에서 이 시기 곧 1925년 무렵의 앞선
지식인 시인들의 고뇌를 읽을 수가 있

양주동이 창간한 시전문지 『금성』(1923년 가을)

다. 이때는 이미 이상화는 『개벽』을 통해 경향파 경향의 작품을 발표하고 있었다.

섬세한 감각과 심미적인 이미지를 작품에 드러낸 시인 이장희는 1900년

1929년 고월 이장희 유고전(조양회관, 이상화·오상순·서상일·백기만 등과 함께)

대구의 거부 이병학의 아들로 태어났다. 그는 대구보통학교를 거쳐 1917년 일본 교토중학을 졸업했다. 교토중학 재학 때 교지에 시를 발표해 재능을 인정받았다. 이장희는 우울하고 사교적이지 못한 성격 때문에 친구도 적고 작품도 많이 남기지 않았다. 문단의 교우도 양주동·유엽·김영진·백기만·이상화 등 극히 제한되어 있을 정도로 고독한 생활을 즐겼고 세속적인 것을 싫어했다. 길을 걷더라도 남의 집 처마 밑으로 눈은 땅바닥에 내리깔고 다닐 정도로 세심하고 조심스러우며 말 수도 적었다고 전한다.

그의 작품 활동은 『금성』지의 동인으로 참여해 「실바람 지나간 뒤」, 「청천의 유방」, 「새 한 마리」, 「봄은 고양이로다」를 발표하면서부터 시작되었다. 이후 「연」, 「고양이의 꿈」, 「동경」 등을 발표해 쓸쓸하고 애달픈 서정적 느낌을 시에 담은 감각적이고 시각적 작품을 발표하였다. 대표작 「봄은 고양이로다」는 독자들에게 널리 회자된 작품이다. 그러나 복잡한 가정환경과 친일파인 부친 이병갑과의 갈등 때문에 고민하다가 1929년 서울집을 외롭게 지키며 고적한 생활을 하며 신경쇠약에 걸려 아깝게도 자살하고 말았다. 이 당시 양주동은 고월과 매우 가까웠다.

고월과 상화 그리고 가까이 지냈던 무애는 고월의 죽음을 애통하게 여기며 「고월의 추억」이라는 글에서 지금에도 잊지 못하는 애달픈 추억을 가진다며 이렇게 회고하고 있다.

"첫째는 그가 술도 마실 줄 모르면서 우리 주당 동인들을 늘 따라다니다가 안주만 많이 집어먹는다고 주로 웅군에게 몹시 핀잔을 받으며, 심지어 모자를 벗겨 땅에 굴려도 그저 빙그레 고운 미소만 띠던 얼굴, 둘째는 동경으로 떠날 때 혼자 역에 전송 나와서 끝내 말이 없이 홀로 플랫폼 구내를 왔다갔다 거닐다가 급기야 발차 벨이 울자, 문득 내가 앉은 자리 창밖에 와서 그 뒤 포켓 속에서 1원짜리 얇은 위스키 한 병을 꺼내어 창으로 들이밀고 말없이 돌아서 역으로 나가던 그 쓸쓸한 뒷모습, 그 맥고모자, 짤막한 키, 성큼성큼한 걸음걸이, 셋째는 내가 마지막 그를 그의 장사동 집 앞채 어두운 방에 찾았을 때 그가 마지못하여 보여주었던 「연」이라 제한 절필의 시, 그 시는 뒤에 연몰되어 전하지 않으나, 대강 내용만은 지금에도 기억한다.”

—백기만, 『상화와 고월』(청구출판사, 1951)

라고 하여 애잔하게 살다간 삶의 모습을 회상하게 해 준다. 무애는 「낙월애상: 고월 이장희 군을 곡함」(1929.11)이라는 글에서 동경 유학시절 관동대지진으로 일본으로 건너가지 못하고 빙허 댁에서 백기만의 소개로 이장희를 처음 만났다. 그때의 추억을 “군은 겸손하고, 침착하고, 단아한 성격임에 비하여 나는 오만하고, 조로하고, 호방한 듯한 그것이었다.”라고 고월의 성격을 자신과 대비하여 설명하고 있다. 두 사람 모두 예술지상주의적 예술관을 가지고 동양예술적 내지 상징주의적 예술관에 헤매고 있던 때라, 두 사람은 글자 그대로 시우가 되었고, 예술상의 공명자가 되었다. 무애 양주동이 회상하듯이 “도도한 시대적 경향이나 현실적 입장으로 보아서는 군의 예술, 그 초현실적 시풍은 시대적 한 ‘고도’일는지 모른다.”라고 했다. 소중한 시인 한 분을 너무나 일찍 안타깝게도 잃어버렸다. 『금성』지는 이장희라는 금성의 별빛과 같은 탁월한 시인을 낳았다.

『백조』 해체와 조선프롤레타리아예술동맹

1925년 8월에 결성되었던 사회주의 혁명을 위한 문학가들의 실천단체인 ‘카프(『카프』)’ 혹은 ‘무산계급 예술동맹’ 혹은 ‘조선프롤레타리아예술동맹’ 1926년 12월 26일 『중외일보』 「무산계급 예술동맹, 임시총회에서 위원 개선」에 대한 기사를 살펴보자.

「무산계급 예술동맹 임시총회에서 위원을 개선」(『중외일보』, 1926년 12월 26일자)

무산계급 예술동맹 림시총회에서 위원을 개선

신흥하는 무산계급이 가질 온갖 예술을 창조하는 조선의 예술가들로 작년 녀름에 창립된 「조선푸로레타리아예술동맹」에서는 금번에 일층 그 목표하는 바 예술운동을 하기 위하야 지난 이십 사일 저녁 닐곱시부터 시내 청진동 구십오번 지에서 림시총회를 개최하고 강령과 규약 등을 던개하는 동시에 위원선거를 하 얏는 바 그 씨명과 요령은 알애와 갓다더라.

△ 동맹원 이기영, 김영팔, 이량, 조명희, 홍기문, 김경태, 양명, 이호, 김온, 박용 대, 권구현, 이익상, 김기진, 이상화, 김복진, 최학송, 최승일, 박영진, 김동환, 안석주
△ 위원 김복진, 김기진, 이호, 박영희, 김경태, 최승일, 안석영
△ 우리는 단체로서 이호, 이적효, 김두수, 최승일, 박용대, 김영팔, 송영, 심대섭, 김홍파 등에 의하여 구성)와 문학가단체 "파스큐라"(PASKYULA : 김기진, 박영희, 김복진, 김형원, 안석영, 리익상, 연학년, 이상화 등

'카프(『KAPF』)'는 에스페란토식 표기인 'Korea Artista Proleta Federatio' 의 머리글자를 딴 약칭인데 1928년 8월에 결성해 그 이듬해인 1929년 무렵

개최된 임시총회 내용의 신문 기사이다.

1919년 3.1독립운동 이후 일제의 이른바 '문화정치'라는 미명 아래에서 더욱 압박이 강화된다. 조선인들은 민족 중심의 역사 인식이 강조되면서 한편으로는 러시아혁명 이후 세계적으로 확산되기 시작한 프롤레타리아의 문화예술 운동의 영향으로 마르크스 문학운동이 발흥하였다. 이러한 사회 변동의 물결 속에서 '카프'는 소련의 RAPP와 일본의 NAPF의 영향을 받은 동아시아의 프롤레타리아계급운동으로 전개된 것이다.

1920년대 초, 일본 유학을 통해 일본의 사회주의 운동이 전개되는 과정을 목도한 김기진을 비롯한 박영희·이상화 등 『백조』 동인에서 핵분열이 시작되어 낭만적인 예술지상주의를 반대하는 '생활을 위한 예술'이 소박하게 주장되었으나, 아직 관념적이고 심정적인 감정토로에 지나지 않았다. 그러나 이러한 논의가 『백조』 동인이 해체되는 결정적인 역할을 한 것이다.

"이러한 보헤미안들 가운데 점점 붕괴작용이 생기기 시작하였었다. 이것은 백조 3호에서 다소간 그 붕아가 표현되었었다. 김기진 군이 새로이 동인으로 추대되어서 군의 작품을 게재케 된 때를 한 형식적 계기로써 동인들 가운데는 커다란 회의의 흑운이 떠돌았다. 그것은 예술을 위한 예술―퇴색하여 가는 상아탑에 만족을 얻지 못할 만큼 사물에 대한 객관적인 관찰이 성장하기 시작하였다. 그전부터 김 군과 나는 이 점에서 많은 토론을 거듭하였으나 이때부터 정식으로 "아트 오우 아트"에 관한 한 개의 항의를 제출하였었다. 김 군이 불란스의 바르뷰스를 인용하고 「붉은 쥐」를 창작하였을 때는 다만 항의뿐이었다. 김 군은 거구에 루바쉬카를 입고 다니던 때다. 내 자신도 급격한 예술사상상 변화와 현세의 새로운 정당한 인식이 시작되었다. 여러 번이나 동인들과 구론하였었다. 그러나 동인들은 김 군 나 두 사람의 예술론에 그다지 반대는 아니했으나 내면으로는 증오가 생기기 시작하였으며 그러므로 김 군과 나는 『개벽』지로 필단을 옮기고 말았다. 여기서부터 신경향파의 문학이라는 한 매개적 계단이 시작되었다. 그 후로는 백조의 평온 미풍에 철럭이던 『백조』는 반발과 탁류로서 움직이게 된 것이며 이 백조시대의 진리는 신경향파의 진리로 지향된 것이었다."

—박영희, 「백조 화려하던 시절」(『조선일보』, 1933.9.17)

『백조』 3호로 문을 닫게 된 그리고 신경향파의 태동을 알려주는 매우 의미 있는 박영희가 남긴 회고의 글이다. 이 글의 문맥만으로는 이상화가 어떤 입장을 견지했는지 잘 드러나지는 않는다. 그러나 상화 역시 박영희나 김기진과 더불어 『개벽』으로 옮겨 갔으며 이와 동시에 파스큐라라는 신경 향파에 가담하였다가 다시 카프에 합류했던 것을 보면 이상화가 가진 문학 적 입장이나 사회의식이 어떠했는지 짐작이 간다. 그런데 당시 『백조』 3호에 실린 이상화의 「나의 침실로」에 대한 박영희의 입장에서 선의에 찬 비판과 이면에 감추어둔 질투를 읽어낼 수가 있다. 박영희는 1920년대 「백조 화려한 시절」이라는 회상한 글에서 이상화의 초기의 「말세의 희탄」은 물론 「나의 침실로」 역시 퇴폐적인 경향을 보여준 작품으로 비판을 하고 있다. 당대 문단의 지축을 흔들었던 「나의 침실로」에 대한 평가가 까칠까칠하기 짝이 없다. 박영희에 이은 김기진의 연이은 공격이 가해진다.

"이 같은 마돈나를 부르는 그의 저 유명한 시가, 비록 이것은 그의 나이가 18세 되던 해, 즉 1918년에 초고된 것으로 알리어져 있지만, 그리고 『백조』 창 간호에 이 시가 발표된 것은 1922년 경이오, 상화가 유보화 양과 서로 알게 된 것은 1923년 봄이므로 연대가 서로 어긋나기는 하지만, 이 시와 유보화 양과 는 신비스러운 연락을 지니고 있는 것으로 나는 생각한다."

—김팔봉, 「이상화 형」(『신천지』 9권 9호, 1954, 154쪽)

박영희와 달리 훨씬 노골적으로 그리고 사실과 달리 이상화의 「나의 침실로」를 유보화와 얽어매어 퇴폐적이고 육감적인 작품으로 반사회적인 시라는 점을 넌지시 암시하고 있다. 그리고 이처럼 상화의 시를 여성들과의 염문과 연계하여 퇴폐적인 시로 몰아간 것이다.

아마도 『백조』 시대가 막을 내리게 된 이유에는 눈에 보이지 않게 이상화의 「나의 침실로」가 예상 밖으로 이슈화하면서 그 반대급부로 신경향파가 급부상하게 된 것이 아닐까? 문제는 이상화가 이러한 신경향파들 문인들과 함께 결속하여 카프 동인으로 잠시 발을 딛게 된 것은 이들의 문학적 경향을 반대하지 않았던 때문일 것이다. 그러나 상화가 1927년 무렵 글쓰기를 중단한 것은 이상화가 쓴 「출가자의 유서」(『개벽』 57호, 1925.03)에서 말한 작가의 '양심'의 문제와 매우 긴밀한 관계가 있다.

> "이상화가 작품을 중단한 것은 주체가 계급성에 의하여 호명되는 타자를 발견하였기 때문이다. 그를 추동하는 담론구성체는 앞으로 밝혀지겠지만 이상화의 시적 주체를 구성하는 '양심'이다. 이상화에게 '양심'은 윤리적 차원에 있는 것이 아니라, 당시 진보적 지식인들이 포회하였던 아나키즘과 같은 차원에 있는 주체를 구성하는 담론이다. 이러한 '양심'이 타자의 담론에 의하여 '양심'으로 기능하지 못할 때 시인은 데카당스적이거나 극단적으로 나아가 시 쓰기를 포기하게 된다."
>
> —조두섭, 「이상화 시의 근대적 주체와 구성」(『이상화 시의 기억공간』, 수성문화원, 2015, 132쪽)

라고 하여 '카프'가 주도하는 노동자 투쟁을 선동하고 지시하는 프로파간다로서의 이데올로기의 격렬한 강직성과 경직성 그리고 문학의 정치화에 대한 양심적 거부 때문일 것이다.

이상화는 「무산작가와 무산작품(1)(2)」에서 밝힌 바와 같이 사회주의 계급문학을 선도했던 영국의 조지 기씽(Geoge Gissing, 1857~1903)의 경우 본인 스스로는 무산자 층의 삶을 기피하는 귀족주의자임을 알고 있었다. 문학적 이론과 작가 스스로의 삶의 불일치에 대한 모순성을 이상화는 진작부터 꿰뚫어보고 있었던 것이다. 덴마크의 애드워드 부란테스나 스웨덴의 크루트 함즌, 구소련의 막심 고르키(Maxim Gorky, 1868~1936)와 같은 마르크스─레닌 문학주의의 문학 작품과 그들의 이념에 대한 해박한 지식을 가지고 있었던 이상화는 '카프' 자체의 투쟁 담론이 조선에서의 자생적인 것이 아니라 일본 사회주의 문학의 담론을 추수한 것이라는 사실을 이미 알고 있었던 것이다.

이상화가 1927년 이후에는 작품을 발표하더라도 구고를 개작하거나 교가나 혹은 시조와 교가 등 소품을 발표하는 정도에 그친다. 1920년대 초·중반에 문단의 가장 중심에 서 있던 이상화가 작품 발표를 중단 한 이유는 '카프'를 둘러싼 동인들의 시기어린 비판과 특히 「나의 침실로」를 염문으로 도포하면서 자신의 문학적 경향을 비판하며 압박해 온 주변 인물들에 대한 혐오를 느낀 것 때문이었다. 그보다 더 중요한 것은 이념에 대한 실천의 문제와 자신의 양심적인 문제가 가장 큰 변수였을 것이다.

1927년 이후 이상화가 글쓰기를 포기한 것은 단순히 이상화 개인의 문제일 수도 있지만 그 당시 우리 문단에서 매우 중요한 위치에 서 있었던 시인이기에 그가 작품 활동을 중단한 원인이 문학사의 전개와 결코 무관하다고 할 수 없다. 이상화가 포기한 것은 시가 아니라 경직된 마르크스─레닌 투쟁문학론의 이념이었고 그 실천에 대한 양심의 문제가 핵심에 있었던 것이다.

사실 1922년 9월경에 무산계급 해방문학의 연구 및 운동을 목적으로 한 '염군사'가 이호·이적효·김두수·최승일·박용대·김영팔·송영·심대섭·김홍파 등에 의하여 구성된 적이 있었으나 큰 활동을 전개하지는 못하였다.

그 후 김기진과 박영희 그리고 이상화가 주도한 사회주의 실천 문학가단체 '파스큐라(PASKYULA)'(김기진·박영희·김복진·김형원·안석영·이익상·연학년·이상화 등의 두음자를 따서 명명)가 결성되었다가 다시 1925년 8월경 사회주의운동단체와 관련하여, 그리고 일본 프로문학의 영향 아래 '카프'로 통합된 것이다.

그러니까 1925년 이전에 이미 이상화는 사회주의 문학에 경도된 상황이었고 그의 문학 이상이 개인적인 삶의 문제에서 사회공동체로 확대되고 있었음을 말해 주는 것이다. 그러니까 이상화의 문학을 백조시대니 그 이후 신경향파시대니 구분하는 것은 지나친 자의적 인식에서 나온 발상이다. 그의 내면 의식에 깔려 있는 끊임없는 갈등의 분출은 저항성으로 이어져 있으며 그 정도의 강약의 차이가 있을 뿐이다.

'카프' 결성 뒤에도 두드러진 마르크스 문학주의의 창작 활동은 별로 이루어지지 않고 주로 평론을 통한 정론적 예술비평이 주조를 이루었다. 이 시기의 작품으로는 박영희·김기진·최재서 등의 단편소설이 있으며, 준기관지 『문예운동』(1926)을 발간하여 그들의 이념을 전파하였다.

이상화는 카프의 기관지 『문예운동』의 편집을 맡으면서 당시의 문학인들의 시대 인식에 대한 「문예의 시대적 변위와 작가의 의식적 태도론: 개고」(『문예운동』 1호, 1926)에서 자신의 입장을 밝히고 있다. 이 시기에 역시 「무산 작가와 무산 작품(상)(중)」에 문예 활동과 계급에 대한 의식을 가진 글을 발표하였다.

그는 근본적으로 사회주의적 경향에 선 마르크스문학 성향을 강하게 띤 시인이다. 그가 남긴 「가장 비통한 기욕」, 「빈촌의 밤」, 「구루마꾼」, 「엿장수」, 「비를 다오」, 「농촌의 집」과 같은 작품에서 기층민에 대한 온기를 느낄 수 있듯이 그가 1926년 1월호 『개벽』 65호에 남긴 평론 「무산 작가와 무산 작품(1)(2)」는 경향파 문학의 이론을 작품으로서 실천한 결과이다. 상화의 대표적인 작품들은 「빼앗긴 들에도 봄은 오는가」, 「나의 침실로」라고 말해 왔지만 실재 그의 작품 속에는 다양한 주제가 다양한 양상으로 나타난다. 일제 저항의 시인이면서 사회주의 시각에서 바라보는 삶의 애증을 노래한 시들로 채워져 있다. 1925년 3월 『개벽』 57호에 발표한 「폭풍우를 기다리는 마음」의 "감자와 기장에게 속 기름을 빼앗기인 / 산촌의 뼈만 남은 땅바닥 위에서 / 아직도 사람은 수확을 바라고 있다"는 시가 상화 시의 본질에 매우 근접해 있다고 판단된다. 식민 조국의 현실이 그에게는 우울함으로, 아픔으로, 미치고 싶은 비애로 다가와 마침내 세상을 전복시켜 버리고 싶은 충동으로 이어져 있다.

특히 「문예의 시대적 변위와 작가의 의식적 태도」라는 이상화의 대표적인 비평문을 통해 당시 조선 문예가 취미와 향락에 빠져 생활의 내면을 통찰하지 못한다고 보았다. 이러한 글의 취지로 보아 상화가 쓴 「나의 침실로」를 향락에 빠진 퇴폐적인 작품으로 과연 인정할 수 있겠는가?

상화는 문예가 정지된 공간의 태평스러운 겉모습에만 시선이 미치고, 그 이면에 내재하는 시대적인 변화에 인식이 미치지 못함으로써 창조력을 발휘하지 못하고 단순한 취미나 향락에 빠져버린 당대의 문단 현실을 통렬하게 비판하고 있다. 다가오는 시대와 사회를 전망하려면 현실에 대한 관찰과 비판적인 인식이 필수적이라고 말한다. 문예의 창조적인 역할은 시대와 사회에 대한 관찰을 통해 현실을 비판적으로 인식해야 한다는 현실주의 문학관이 잘 드러난다. 이 글을 통해 이 시기 이상화의 비평이 경향 문학에 뿌리를 내리고 있음을 확인해 준다.

상화는 『개벽』 1926년 1호와 2호에 연재한 「무산 작가와 무산 작품(1)(2)」라는 글을 통해 서구의 사회주의 계열의 가난한 작가와 빈곤한 생활을 내용으로 하는 작품들을 소개하고 있다. 본문에 들어가기 전에 필자는 "이것은 소개로보담도, 다만 독물턱으로 보기 바랍니다"라고 하였다. 이는 세계의 무산 작가와 무산 작품에 대한 소개라고 하기에는 작가 및 작품 선정에서 뚜렷한 기준이 없고, 전체를 망라하지 못했다는 뜻이다. 임의적인 것이니 가벼운 읽을거리로 봐달라는 자기 방어적인 언급이다. 또한 글을 쓴 사람을 표기함에 있어서도 '尙火 抄'라고 적었다. '抄'는 "어떤 글에서 필요한 부분을 가려 뽑는다"라는 의미다. 따라서 이 글은 이상화가 자신의 지식을 바탕으로 하여 직접 집필한 것이라기보다는 기존 문헌들로부터 초록한 것으로 볼 수 있다. 어쨌든 경제적 빈곤의 문제를 사회 계급과 연관한 문제로 인식하고 있었다는 점은 그의 문학관이 신경향파와 결코 무관하지 않음을 말해 준다.

한편 1926년 말부터 카프 내부에서 계급성을 강조하는 박영희와 형식의 중요성을 강조하는 김기진 사이에 '내용, 형식 논쟁'이 전개되었다. 이를 계기로 카프의 제1차 방향 전환은 계급투쟁의 문제로 발전된다. 1927년 말 카프 동경지부에서는 기관지 『예술운동』을 발간하면서 일본의 격렬한 사회주의 투쟁 방식의 영향 아래에 놓이게 된다. 제3차 조선공산당 선언과 관련된 『무산자사』를 통하여 1929년경부터 신진이론가들의 계급문예이론이 카프의 주도권을 장악하였다.

당시 일본 유학파인 임화, 김남천 등 소장파들은 당시 사회운동의 조류에 발맞추어 "예술운동의 볼셰비키화"를 주장하고, "소부르주아적 편향을 척결할" 목적으로 1930년 카프의 제2차 방향전환이 이루어진다. 연이어 이러한 카프의 활동은 영화 「지하촌」 사건으로 1931년 1차 검거, 1934년 신건설사 사건으로 2차 검거를 통한 일제의 극심한 탄압으로 와해되기 시작하였다. 그리하여 지속적인 일제의 탄압과 조직 내부의 갈등으로 인한 조직원들의 전향이 계기가 되어 1935년 5월 카프는 공식적으로 해체선언을 하게 된다.

격렬한 계급문학운동의 이론화 투쟁에 지쳐 이미 1927년부터 카프를 이탈한 이상화는 자신의 문예활동에 한계를 느끼고 대구경북 지역의 문화예술실천운동으로 나선다. 1925년 '파스큐라'와 '카프'의 결성을 주도했던 박영희·김기진·이상화가 문학을 계급투쟁으로 발전시켰는데, 프롤레타리아 혁명 투쟁의 수단으로 강력하게 밀어붙이던 박영희와 김기진에게 코너로 몰린 이상화는 결국 1927년 대구로 낙향한다. 일제 저항의 「빼앗긴 들에도 봄은 오는가」의 시인으로서 붓을 꺾는다. 그러나 문학 대신 신간회와 의혈단 후원과 근우회 지원을 비롯한 교육문화예술활동을 통한 항일투쟁을 죽는 날까지 변함없이 밀고 갔다.

문제는 프롤레타리아 계급문학 운동을 행동화해야 한다고 방방 뛰던 박영희와 김기진은 1938년 이후 친일파 문인으로 급선회하며 일제의 앞잡이인 식민 프로파간다로 변신했다. 임화나 이태준은 월북 이후 1957년 남로당 대숙청 때 친일파 간첩혐의로 이 세상의 무대 뒤로 사라져 버린다.

1927년 이후 상화에 대해 기생집이나 출입하며 여색에 빠진 반계급적이고 퇴폐적 작가로 치부하던 그들 자신은 변절과 변신으로 친일 노선의 길을 걷는다. 전혀 서로 다른 운명의 길이었다. 역사적 서술의 허구와 맹점을 여기에서 올바르게 찾아내어야 할 것이다. 문예의 힘으로 일제 저항의 한계에 부닥친 항일 민족시인 이상화의 시정신은 회월이나 팔봉과 같이 친일파처럼 결코 굴절하지 않았다는 사실이다. 한용운·이상화·이육사·윤동주가 이래서 일제 치하의 추운 겨울 하늘에 높이 반짝일 수 있는 별들이 된 것이다.

사상적 프로파간다로 전락한 썩은 돌멩이와 같은 친일파 시인은 결코 하늘에 반짝이는 별이 될 수 없다. 상화의 민족 수호의 정신과 혼을 높이 칭송해야 할 이유이다.

1934년 11월 1일 『삼천리』 제6권 제11호에 「문단잡사」에 실린 기사이다.

"대구의 이상화, 오상순, 또 서울의 홍로작 이 모든 녯날 사람들이 부활하여 주기를 바라는 심사 간절하다. 그래서 백화료란하든 그 한철을 짓고십다.

드른 즉 이상화는 학교에서 교편잡기에 분주하고 오상순은 소백화점을 경영한다든가."

—1934년 11월 01일 『삼천리』 제6권 제11호에 「문단잡사」

라고 소개하고 있다. 이렇게 상화는 문단에서 서서히 멀어지고 있었다.

1940년 3월 1일 『삼천리』 제12권 제3호에 장혁주가 쓴 「조선 문학의 신동향」이라는 글에

"그런가하고 보면 다른 작가 예를 들면 렴상섭, 라도향, 빙허 등 제씨의 문학에는 자연주의나 리상주의나 랑만주의가 동시에 잡거하야 있어서 조선 문학이 여하히 혼란한 시기을 것췄다는 것을 증명한다.

리상화, 주요한 등의 시인이 심미파적인 많은 시를 가지고 있는가 생각하면 백추 우정 또 그리고 몽이 등 시인까지가 있는 모양이였다. 그리하야 이상과 같은 혼란기를 것처 겨우 제사상의 통일된 어느 한 신방면이 발견되랴 할 즈음 대두하여 온 것이 푸레레타리아 문학이다. 푸로레타리아 문학은 거의 내지의 푸로 문학과 동 시기에 발생하야 동 시기에 끝났다. 조선 문학은 창생 당시로부터 기히 일본 문학의 일아류로써 발생키 시작되였다. 연이나 초기에 있어서는 서양의 영향이 많고 동시에 조선적 색채도 농후하였었다. 그것이 프로 문학기에 이르러 전혀 동일한 문학 이론이 통용되여 많은 유사의 작품이 생산된 것이다. 다만 표현 언어가 국어와 조선어란 차위뿐이다."

—『삼천리』 제12권 제3호에 장혁주가 쓴 「조선 문학의 신동향」

라고 하여 이상화의 프로문학적 경향 역시 일본 프로문학의 아류로 거쳐와야 할 하나의 과정에 있었음을 다만 주요한과 더불어 심미파적인 특성이 있었던 것으로 평가하고 있다.

1927년 이후 이상화는 대구로 낙향하면서 프로문학운동이 계급 문학투쟁 일변도로 나가던 김기진이나 박영희 등의 기억에서 멀어지게 된다. 대구지역의 프로문예운동에서 주목할 인물은 경북 선산 출신인 김유영(김영득)이다. 김유영은 선산보통학교를 거쳐 대구고보에 입학하였다. 대구고보에서 이갑기 등 학우들과 독서회를 조직하여 항일운동에 앞장섰다가 퇴학을 당하였다. 카프의 동맹자들 가운데 '염군사'에 가담했던 이호는 상화와 3.1독립운동에 함께 가담했던 동지이기도 하며 같은 경주 이씨로 일가였다. 이때 백기만과도 가깝게 지냈으며 이상화와도 서로 이기가 투합한 인물이었다. 김유영은 대구고보에서 퇴학처분을 받고 보성고보에 편입하여 1925년 3월 졸업하였다.

그 후 김기림·한설야·정지용·임화·이효석·이갑기·백기만 등과 '구인회'를 조직하였으며, 1927년 9월 조선프롤레타리아예술동맹에 가입하여 1930년 4월까지 활동하였다. 1931년 8월 서울에서 추완호·박영희 등과 함께 새로운 사회의 건설을 목적으로 이동극단 '신건설사'를 조직하여 문화운동을 전개하였다. 1934년 8월 26일 일본 경찰에 체포되었으며, 1935년 12월 9일 전주지방법원에서 치안유지법 위반 혐의로 1년 4개월 동안 옥고를 치렀다. 1937년 12월 극단 신건설사 사건으로 임화 등과 함께 전주경찰서에 체포되었으며, 치안유지법 위반으로 2년형을 받았으나 1년 만에 석방되었다. 이후 의정부에서 조선영화제작소를 설립하고 첫 작품으로 「수선화」를 완

『카프』의 기관지 형식인 『문예운동』은 통권 2호로 중단.

성하였으나, 개봉을 며칠 앞둔 1949년 1월 4일 42세를 일기로 세상을 떠났다. 대표적인 작품으로 일제의 압제 하에서 유랑하는 농민들의 고통을 사실적으로 묘사한 「유랑」과 노동자 계급의 비극적 운명과 해방 투쟁을 그린 「혼가」 등이 있다.

박영희(1901.12.20~미상)는 서울 출신으로 회월, 송은으로 불렸으며 1916년 배재고등보통학교에 입학, 1920년에 수료하였다. 1920년 일본으로 건너가 도쿄 세이소쿠(正則) 영어학교에서 수학한 뒤, 1921년 귀국하여 『신청년』, 『장미촌』, 『백조』 등의 동인지를 간행하였다. 『장미촌』 창간호에 시 「적의 비곡」, 「과거의 왕국」을 발표하며 작품 활동을 시작하였으며, 1923년에는 김기진·연학년·이상화 등과 더불어 '파스큐라'를 결성하며 계급의식에 눈을 돌리기 시작하였다. 1924년 『개벽』의 문예부 책임자가 되어 신경향파 건설에 주력하였으며, 1925년 '카프' 결성에 주도적인 역할을 담당하였다. 이 시기부터 시 창작보다는 소설과 평론에 전념, 소설 「사냥개」, 「철야」, 「지옥순례」 등과 평론 「신경향파의 문학과 그 문단적 지위」, 「신흥예술운동의 이론적 근거를 논하여 염상섭 군의 무지를 박함」 등을 발표하였다. 박영희는 소설을 통하여 계급사회의 모순을 비판하고 프롤레타리아에 의한 계급사회의 철폐를 주장하지만, 현실성을 확보하지 못하고 관념적이며 우화적인 색채가 짙다.

1926년 말부터 김기진과 '내용과 형식' 논쟁을 벌이며, 1927년에는 「문예운동의 방향전환」, 「문예운동의 목적 의식론」 등을 발표하며 카프의 제1차 방향전환을 주도하면서 '운동으로서의 문학'이라는 개념을 끌어들였을 뿐만 아니라 신간회의 간부를 지내기도 하였다. 1929년 무렵 임화와 김두용 등의 카프 도쿄지부의 '당의 문학'이라는 슬로건에 밀려 카프의 주도권을 상실하였으며, 1934년 「최근 문예이론의 신전개와 그 경향」이라는 전향선언문을 『동아일보』에 발표하면서 카프를 탈퇴하였다. 1938년 7월 전향자

대회에 참가하면서 친일활동을 시작, 1939년에는 조선문인협회 간사를 역임하는 한편, 「임전체제하의 문과 문학의 임전체제」, 「2천5백만 반도청년에게 격함」이라는 평론을 발표하기도 하였다. 이 때문에 광복 후에는 민족반역자 명단에 올랐다. 광복 후 서울대학교 사범대학에서 국문학사 강의를 맡았으며, 1950년 한국전쟁 중 납북되어 생사가 확인되지 않고 있다.

프로 문학의 핵심 리더였던 김기진(1903.6.29~1985.5.8)은 호를 팔봉이라 한다. 충청도 청원에서 황간, 제천, 영동군수를 지낸 김홍규가 부친이고, 조각가 김복진은 형이다. 1913년 부친의 영동군수 부임으로 영동공립보통학교에 입학, 1916년 졸업했다. 그 해 4월 형 김복진과 함께 배재고등보통학교에 입학했으나 재학 중 1920년 초 일본으로 건너갔으며, 그 해 4월 『동아일보』에 동쿄라는 필명으로 게재한 시 「가련아」로 등단했다. 1921년 도쿄의 릿쿄대학 영문학부 예과에 입학했고 사회주의 사상과 문학에 관심을 갖게 되었다. 1922년 5월 형인 김복진·박승희·이서구 등과 함께 재동경조선인유학생 연극단체인 '토월회'를 결성했다.

1923년 「프로므나드 상티망탈」(『개벽』, 1923.7)이라는 비평문을 발표하며 평론가로 정식 등단했고, 9월 문학동인지 『백조』의 창립 동인으로 참가했다. 1924년 새로운 경향의 문학을 제창하며 문예단체 '파스큐라'의 창립 회원으로 참가했고, 10월부터 『매일신보』 사회부 기자로 활동했다. 1925년 『시대일보』 기자로 이직했으며, 8월 문예단체 염군사와 '파스큐라'가 합쳐 조선프롤레타리아예술동맹(『카프』)이 발족할 때 창립회원으로 참여했다.

1926년 『시대일보』의 폐간과 『개벽』의 무기정간으로 『조선지광』으로 발표 지면을 옮겼고, 1926년부터 『중외일보』 기자로 취직했다. 1930년 『중외일보』 사회부장으로 입사했다가, 8월 『조선일보』 사회부장으로 근무하면서 처가가 있던 함경도 이원에서 하던 정어리 공장의 실패를 바탕으로 한 최초의 장편소설 「해조음」을 『조선일보』에 발표했다. 1931년 '카프 제1차 검거사건'으로 종로경찰서에 체포되었다가 자술서를 쓰고 10일 만에 석방되었다. 1934년 '카프 제2차 검거사건'(전주 사건 또는 신건설사 사건)으로 형 김복진과 함께 전주경찰부에서 조사를 받고 70여 일 동안 구금되었다가 석방되었다. 그토록 가열차게 프로문학 이론을 이끌어가던 김기진은 1938년 『매일신보』의 사회부장으로 있으면서 1938년 9월 조선총독 미나미 지로(南次郎)와 함께 호남과 남해안 시찰에 동행하여 기사 「남총독 수행기」를 썼다. 그리고 '조선문인협회'의 발기인으로 참여하면서 친일 문인의 대열에 들어섰다.

해방 이후 1934년 김복진과 함께 설립했다가 실패한 출판사 애지사를 재설립·운영했다. 1950년 6·25전쟁 당시 서울에 남았다가 7월 체포되어 인민재판에 회부, 즉결 처분을 받았으나 닷새 뒤에 다시 살아났다. 그는 변신을 거듭하여 1951년 5월 대구로 피난하여 '상고예술학원'의 발기인으로 육군종군작가단에 입대했고 이듬해 작가단 부단장으로 활약하며 금성화

랑무공훈장을 받았다. 1969년 재건국민운동중앙회 고문 등을 비롯하여 한국펜클럽·한국문화협회 고문, 세계복지연맹 한국본부 이사 등을 역임했다. 1985년 5월 8일 사망했다. 1989년 『김팔봉문학전집』(전7권)이 발간되었다.

프로문학을 주도했던 박영희나 김기진과 이상화의 삶을 대비해 보면 매우 흥미롭다. 그들은 볼셰비키 혁명문학론의 선두에 섰다가 어느날 극친일파에 합류한다. 개인의 의지가 바람에 흔들리는 촛불과 같던 지난 역사의 아이러니를 읽을 수 있다.

『동광』 제31호(1932.3.5) 「문인백태」에 안석주가 그린 이상화의 캐리커처

작두로 자근자근 썰어서 폐간한 『개벽』 제72호

이상화는 『백조』, 『개벽』, 『신여성』, 『여명』, 『조선문단』, 『신민』, 『문예운동』, 『조선지광』, 『별건곤』, 『조선문예』, 『만국부인』, 『신가정』, 『시원』, 『조선문단』, 『조광』, 『중앙』, 『문장』과 같은 잡지와 민족주의 계열의 신문 등 기타 통해 자신의 작품을 발표했다. 이 가운데 『개벽』에 13차례, 『개벽』의 폐간 이후 이를 이어받은 『별건곤』에 2차례, 『신여성』 등의 잡지에 도합 16차례에 걸쳐 발표하였다. 그 가운데 가장 많은 작품을 발표한 잡지가 바로 천도교당에서 주관하던 이 『개벽』 잡지이다. 1931~1935년에 개벽사에서 발행한 잡지는 『어린이』, 『별건곤』, 『신여성』, 『혜성』, 『제일선』 등이 있었는데 이들 모두 민족의식을 강하게 표방하는 잡지들이었다. 그 가운데 『개벽』은 이상화와 가장 인연이 깊은 문예지라고 할 수 있다.

이 『개벽』은 1920년대 천도교에서 천도교 청년회의 기관잡지로 1920년 6월에 창간할 당시 창간호와 임시호가 일제로부터 압수당하면서 호외 형식으로 창간호가 간행되었다. 그 출발부터 험난한 가시밭길을 걸었다. 천도교의 민족주의 이념과 광복운동을 위한 일종의 이념적 성격이 강한 탓이기도 하였다. 그 후 수십 차례의 발행 금지와 부분 삭제나 전면 삭제와 게재 불가라는 온갖 제약과 통제 속에서도 정기적으로 간행되다가 1926년 8월 통권 72호로 폐간되었다. 『개벽』이 일제에 의해 강제로 폐간이 되자 개벽사에서는 『별건곤』과 『혜성』지로 바꾸어 계속적으로 잡지를 간행하였다.

3.1독립운동 이후 소위 일제의 내선일체 문화정책에 따라 신문지법으로 잡지 발행이 가능해졌다. 당시의 잡지 중에서 『개벽』은 가장 많은 탄압을 받았지만 꾸준히 신문화 운동의 중추적인 역할을 다했다. 당시 문예면은 주로 계급문학의 대표 주자인 박영희와 김기진 등이 담당했다. 동인으로는 현진건·염상섭·방정환·변영로·김동인·김명순·나도향·주요섭·민태원·박영희·이익상·이기영·김기진·박종화·조명희·송영·최서혜·최승일·유완희

가 있고, 시분야 편집은 김형원·김억·김소월·황석우·노자영·방정환·김명
순·주요한·오상순·신태악·이상화·김동명·김창술·김기진·이은상·조명희
가, 평론 편집은 김억·현철·양건식·임노월·이광수·염상섭·운정생·김기진·
박영희·이상화·박종화·김소월이, 비평 편집은 현철·항석우·김유방·이익
상·박종화·박영희·김기진·이상화·염상섭·임정재·현진건·김억이, 희곡 편
집은 현철·김유방·박영희·김영팔·조명희·김운정·염상섭이 맡아 이른바
당대에 가장 큰 영향력을 지닌 문학잡지였다.

　1923년『백조』동인이 내부에 경향파 계열의 김기진과 박영희가 유미주
의적 순수시를 추구하는 나도향, 박종화와 이상화 계열과 눈에 보이지 않는
갈등으로 분열되면서 이상화는『개벽』동인으로 작품 활동의 주무대로 삼
으면서 경향 각지에 뛰어난 문인들과 폭넓은 교류를 갖게 된 것이다.

　서울 종로구 경운동 수운회관(지하철 3호선 안국역 바로 앞) 주차장 왼쪽
출입구 벽에 붙어 있는 "개벽사 터"라는 동판이 남아 있다. "남북을 뛰어넘
은 최고의 일제 저항시인 이상화"라고 일컬어지는 그의 불멸의 저항시「빼
앗긴 들에도 봄은 오는가」가『개벽』제70호(1926)에 실렸다. 천도교가 운영
했던『개벽』은 창간호부터 조선총독부로부터 엄청난 탄압을 받았다. 통권
72호를 마지막으로 강제 폐간당하기까지 일제로부터 압수가 무려 35회,
삭제 벌금 판금조치는 다반사였던 상황 속에서도 우리나라 현대문학 발전
에 금자탑을 쌓았다.

　1926년 8월『개벽』의 폐간 이유는 이상화와 밀접했던 안동 출신 권오설
(1897~1930)이 주동한 6.10만세운동에서 천도교와 사회주의 계열의 인사들
이 연합하여 활동했다는 점과 표면적으로는『개벽』72호에 실린 박춘우의
논설「모스코에 신설된 국제농학원」이 마르크스주의를 표방한 논설이었다
는 이유였다.『개벽』폐간 이후 사회주의 문학 활동의 거점은『조선지광』으
로 옮겨갔다. 폐간호인 1926년 8월호『개벽』잡지 전량을 조선총독부 경무

국에서 압수하여 작두로 자근자근 썰어서 폐기 처분했다.

  개벽사에서는 『개벽』 외에 후속으로 『혜성』이라는 잡지도 함께 운영하였다. 전자가 문예지라면 후자는 종합잡지의 성격을 띠었으나 둘 다 나란히 민족주의적 노선을 고수했던 잡지들이었다.

  이상화의 형인 이상정의 중국 망명 종군 여행기를 1931년 무렵 개벽사가 운영하던 『혜성』 잡지에 투고했다가 일제 검열로 싣지 못했다는 사고가 『혜성』지에 남아 있다. 1931년 『혜성』 10월호와 11월호에 실린 원본 육필 원고 가운데 「남으로」와 「장가구에서」, 「북경에서」에 해당되는 부분이 200자 원고지 62~63매 분량인데 원고는 1931년 10월호와 11월호 『혜성』에 연재하였다. 「동북삼성감옥수수기」라는 육필 원고는 일제의 검열에 강제 압수당하였다. 게재 금지 조처가 내려진 개벽사의 사고를 『혜성』에서 필자

「동삼성감옥수인기」 게재 불가 개벽사 사고(『혜성』, 1930.11)

心境一枚

尙火

本生敎誨合의 好一廂이다。
―（二月八日稿）―

이것은 筆鋒의힘이 偉大하다면 凡俗的意味에서 또는常識問題로 맞당이아니라 이것을따난 文筆의根底가된 思想의影響이 우리人生生活에 미리큰힘을 두고맘한것이다. 果然 全수까지의 내동무筆鋒이 阿片針보다 얼마나 그편느냐 되는 阿片針가려 靑年男女을 언마나만혼 戀愛幻境으로 誘引하엿느냐, 더욱이 近日의 頹敗되여가는 戀戀愛話가 그들로하여곰 正常한生活意識에서 身신어린진 岐路에서 彷徨케하엿느니 야? 다산 지금에도 그리게 삭히라 애쓸쓰는中이아니냐? 그러나 阿片中毒者들은 자긔갓못됫것을 아는모양이나 所謂精神잇는 參進病者들을 그니네의 그릇됫것조차 모르는모양이다. 享樂을主張하는 「戀愛쟁이」와 「阿片針쟁이」는 資

어제도 이모양이엿고 오늘도 이모양이니 리일인들 이모양아닐가 업슬것이다. 아모러한산짓이 활만한듯이 생
저나안흔 어제에서 어제가리 지나만갈 오늘이온것은 맛당한일이고, 便怒웃을 찻만한맘이 웃사나지안는 오늘에
서오흠가티 가고만말 런일이웃것도 맛당한일이다.
어릿섯어 그럼인지 슬기로워 그럼인지 국집어 맛은못하나 썻짓돈 사람의자유른 언제돈지 감나무미테 임을버
리고 누은생으로 기때리기만하면 나오리나하난 미눈수업든 「형마!」라는 욱모룰그것을 위대하게도
맛고지난다。실상인즉 잇는다른그것도 마음멀리조차 송도리채로 미눈거리勸앗아서 밋는것이아니고 한갓 그러게생
각함으로 달뜨는마음이 엇쯘 서까안켜보이는 부꾸엄그맛에 내멈읭손수 욱이다십히하는 그런것이니 이래케 사람
온 유들한것인가。
모를겟나. 이런짓이나 하엿기여 욱숨이부터왓고 이런노롯을 하여야만 욱숨이사라갈지는。하나 그러라면 용음이
업쉬도 됴흡것이고 웃유읍몰러도 잇업슬것이며 지체가―――생각이 업첫서도 됴흡것아닌가。부질업는 눈물은 웨가

『문예운동』 2집에 실린 수필 「심경일매」

가 발굴하였다. '双ㅈ生'은 검열을 피하기 위한 조치로 이상정의 이름을 파자로 쓴 것이다.

이처럼 1926년 8월 『개벽』이 통권 72호로 강제 폐간당한 지 5년 만인 1931년 3월 1일 『혜성』을 창간하였는데 차상찬이 주관했던 종합잡지이다. 『별건곤』은 약간 대중적인 성격을 띤 잡지이지만 순수문학을 지향한 『혜성』과 함께 『개벽』의 폐간 공백을 메워 주었다. 이 『혜성』 또한 일제의 압박과 경영난으로 제13호(1932.4)까지 내고 『제1선』으로 개편하여 발행했으나 그 또한 오래 가지 못하고 1933년 3월 통권 10호로 종간되었다.

순수문학을 표방한 『조선문단』과 계급문학을 지향한 『문예운동』

『조선문단』은 순수문예지로 이광수와 방인근이 1924년 10월에 조선문단사에서 창간하였다가 1936년 6월에 통권 26호로 종간되었다. 1~4호까지는 이광수가 주재하였고, 1~17호까지 방인근에 의하여 편집 겸 발행되다가 휴간되었다. 1927년 1월 18호부터 전주 출신 시인인 남진우에 의하여 속간되었으나 다시 휴간되었고, 1935년 2월 통권 21호가 속간 1호로 다시 발간되어 26호까지 발행되는 우여곡절을 겪었다. 이 조선문단은 『문예운동』과 달리 자연주의 문학을 성장시켰으며, 민족문학의 순수성을 옹호하고, 당시 문단을 휩쓸던 계급주의적 경향문학을 배격하였다.

이상화는 1925년 『조선문단』 6호에 「이별을 하느니」를, 12호에 「몽환병」, 1935년 4권 3호에 「병적 계절」이라는 시를 발표하였다. 한편으로는 카프 계열의 문예지인 『문예운동』의 창간을 주도하고 『조선문단』에 또 작품을 싣게 된 이유는 『백조』 폐간 이후 동인들이 대거로 『조선문단』에 활동했기 때문으로 보인다. 이 잡지를 통해 작가가 된 사람은 최학송·채만식·한병도·박화성·유도순·이은상·임영빈·송순일 등이고, 주요활동 문인은 이광수·방인근·염상섭·김억·주요한·김동인·전영택·현진건·박종화·나도향·이상화·김소월·김동환·양주동·이은상·노자영·진우촌·양백화·조운·이일·김여수 등이다.

『문예운동』은 1926년 2월 1일 백열사에서 양대종이 조선프롤레타리아예술동맹(『카프』)의 준 기관 잡지로 창간하였다가 1926년 6월에 종간하였는데 통권 3권까지 간행하다가 중단되었다. 이 문예지의 창간호에는 홍명희의 「신흥 문예의 운동」, 이상화의 「문예의 시대적 변위와 작가의 의식적 태도론」, 김복진의 「주관 강조의 현대 미술」 등의 비평과 이상화·조명희·이호의 시를 실었다. 소설로는 김기진의 「본능의 복수」, 이익상의 「위협의 채쭉」, 이기영의 「쥐 이야기」, 최서해의 「의사」 등을 실었다. 작품이 삭제되거나 복자가 많아 당시 일제의 출판 검열의 실상을 엿볼 수 있다. 현재 『문예운동』 창간호와 제2호의 일부만 발굴되었는데 제2호에는 이상화의 시가 2편 실려 있는 것은 확인이 되지만 전편은 알려지지 않았다. 이상화가 발표한 시 「도쿄에서」와 단평 「속사포」 그리고 평론 「문예의 시대적 변위와 작가의 태도론 일고찰」이 『문예운동』 제1집에 실렸다. 『문예운동』 2집에는 이상화의 시 2편과 수필 1편이 실렸는데 시는 제목과 1행만 남아서 전편을 확인할 수 없으며 수필 「심경일매」만 온전히 전한다. 2001년 탄생 100주년 문학인 기념문학제(대산문화재단/민족문학작가회의 주최)에서 김윤태가 발표한 이상화의 작품 연보에서 처음으로 이상화의 미발표 작으로 알려졌던 「설어운 조화」라는 시 제목과 첫 행이 공개되었다. "이 시들은 조사자가 새로이 찾은 자료들이다. 그러나 조사자가 소장하고 있던 『문예운동』 제2호는 복사 자료로서, 시 「설어운 조화」의 첫행(「일은 몸 말업는 한울은」, 27면)만 남은 채 그 뒷부분과 시 「머－ㄴ 기대」가 수록된 한 면(28면)이 사라지고 대신 광고로 채워져 있다. 시 두 편이 한 면 정도밖에 안 되는 것으로 보아 아주 짧은 시편들로 짐작될 뿐, 아쉽게도 시의 전문을 현재로서는 확인할 수가 없다. 다만 목차에서만 확인될 뿐이다(김윤태 님 작성: 자료집 102쪽 참조).

'파스큐라'가 기관지를 갖지 못한 채 해체되면서 '카프'가 결성되었는데 이 『문예운동』은 1926년 2월 1일 창간된 카프의 준기관지 성격을 띤 잡지이다. 다만 그 해 6월 통권 3호로 종간되는 단명의 운명을 맞았다. 현재 1권과 2권의 낙장본만 남아 있는데 판권에 편집 겸 발행인 양대종, 인쇄인 지카자와(近澤茂平), 인쇄소 지카자와상점 인쇄부, 발행소 백열사이다. 해득, 팔봉, 상화, 승일, 영희가 「편집후기」를 쓴 것으로 보면 이상화가 『문예운동』의 편집위원의 일원으로서 역할을 한 것으로 보인다. 이 창간호를 집필한 사람들은 홍명희·김복진·이상화·박영희·김기진·조명희·안석주·이익상·이기영·최서해 등이며 『문예운동』의 필자 거의가 1925년 8월에 결성된 카프(『카프』, 조선프롤레타리아예술동맹)의 발기인인 박영희·이호·김복진·김영팔·이익상·박용대·송영·최승일·이적효·김온·이상화·안석주·김기진 등이다. 여기서 전혀 낯선 인물이 대구 출신이자 이상화와 일족인 이호인데 애산 이인 변호사의 동생이자 이상화와 지근한 관계에 있었던 인물이다. 오랫동안 불온서적으로 분류되어 온 문예지 『문예운동』 2호가 앞으로 발견된다면 이상화의 시 2편이 새로 발굴될 가능성이 있다.

좌익진영에서는 1926년 2월 기관지 『문예운동』을 내었고, 1927년에는 일본 동경에서 발행하던 『제삼전선』을 흡수하여 통합하여 동경지부에서 『예술운동』이라는 기관지를 간행했다. 그리고 조선에서는 이상화가 주간이 되어 『조선문예』를 발행했다. 그러나 검열이 너무 가혹하여 표면으로는 일체 이름을 내지 않았고 어물어물하면서 간접적인 방법으로 그들의 임무를 수행하려고 했다. 그러므로 『조선문예』와 『문예공론』의 대립은 영리적으로만이 아니라, 이데올로기 대립에서 더욱 강렬했다고 말할 수 있겠다. 『문예공론』은 정면으로 무산계급문학에 도전하는 이외에 특히 「문예공론란」에 털어놓고 비판하며 조소하는 기사를 매호 발표했다. 이에 대하여 『조선문예』에서는 「특급차」와 「조선문예 수신국」란을 설치하고 이에 대응했던 것이다. 그런데 『조선문예』는 비판이나 도전이 아니라, 그 도전에 대한 직접 공격이었으니, 말하자면 인신공격이라고 할 수 있을 정도의 것이었다. 이에 대하여 무애는 『조선문예』의 편집 겸 발행인에게 최후통첩을 보냈다. 결국 『문예공론』은 통권 3호로, 『조선문예』는 2호로 폐간되고 말았다.

『별건곤』과 대구의 노래

1926년 개벽사에서 『개벽』의 폐간 이후 독자들의 취미와 가벼운 읽을거리를 위하여 월간으로 창간한 잡지가 『별건곤』이다. 1926년 11월 1일에 창간하여 1934년 7월 1일에 종간하였는데 총 발행분이 제74호까지이다. 월간 취미 잡지이지만 『개벽』의 뒤를 이은 잡지로 개벽사에서 창간하였다. 그 창간호 여언(餘言)에, 취미라고 무책임한 읽을거리만을 싣거나 혹은 방탕한 오락물만을 기사로 쓰지 않고 순수한 지적 교양물을 싣는다고 하였다. 창간 초기에는 A5판 150면 내외였으나, 6권 3호(1931.3.1)부터 B5판 30여 면의 잡지로 변하였다. 1934년 7월 1일에 9권 6호, 통권 74호로 종간되었다.

1926년 11월 1일자로 창간된 대중잡지 『별건곤』

『별건곤』이란 제호를 보면 '건곤(乾坤)'은 '천지(天地)'와 같은 뜻이고 보니 '별천지(別天地)·별세계(別世界)'라는 뜻이 되겠다. 『별건곤』은 거의 8년이라는 상당히 긴 기간 펴냈는데 1932년 2월까지 200쪽 가량의 분량으로 한 권에 50전에 판매되다가, 1931년 3월부터 60쪽 정도 분량의 5전 잡지로 발행되다가 결국 1934년 8월에 종간되었다. 당시 『별건곤』의 발행 부수를 확인할 수는 없지만, 값을 5전으로 내린 뒤 독자층이 지식인 중심에서 일반 대중으로 급격히 퍼졌고, 『별건곤』은 매월 간행 3일 만에 절판된다고 하여 '삼일 잡지', '절판 잡지'라는 별명이 붙을 정도로 인기가 대단했다고 한다.

『별건곤』에 이상화는 두 편의 시를 싣고 있다. 1926년 11월 『별건곤』 창간호에 「지구흑점의 노래」와 1930년 10월 『별건곤』 33호에 「대구행진곡」을 실었다. 특히 『별건곤』 33호에는 대구특집 형식으로 「대구행진곡」 상화의 시, 「대구는 어듸로 가나?」 앙소생, 「대구 회사단체 개관」 대구 이육사, 「대구대구대구, 연혁 명승고적」 백기만, 「자랑과 허물」 천수, 「대구상공계 일별」 서상일, 「신흥하는 대구상업계」 K·M·L(이근무), 「대구잡평」 운정, 「대구명화점점」 풍월루 주인의 글이 실려 있다.

이 내용은 1930년대 대구의 경제 상황이라든지, 대구의 명승고적, 대구의 상공 발달, 대구의 기방 등 문화 전반을 이해할 수 있는 주요한 글이다. 대구를 대표하는 이상화 시인, 일제저항 민족시인 이육사, 백기만, 독립운동가 서상일, 대구 상공계 이근무(무영당 백화점 대표) 등의 글과 달성번에 소속된 기녀인 풍월루 주인의 글까지 다양한 내용을 싣고 있다.

이상화 생가 자리는 사성로 2가 11번지와 12번지 자리였는데 1956년 토지가 네 필지로 11-1(담교장), 11-2, 11-3(라일락 뜨락), 11-4가 되었다. 현재 생가터는 서성로 11-3(현재 라일락 뜨락 1956이 있는 자리)이며 주변은 모두 개별주택이 들어서 있다.

이상화의 고택 전경

이상화 생가 전경(사진 권도훈)

제2부 이상화 시인의 저항과 좌절

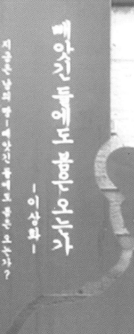

빼앗긴 들에도 봄은 오는가

— 이상화 —

지금은 남의 땅 — 빼앗긴 들에도 봄은 오는가?

나는 온몸에 햇살을 받고
푸른 하늘 푸른 들이 맞붙은 곳으로
가르마 같은 논길을 따라 꿈속을 가듯 걸어만 간다.

입술을 다문 하늘아 들아
내 맘에는 내 혼자 온 것 같지를 않구나
네가 끌었느냐 누가 부르더냐 답답워라 말을 해 다오.

바람은 내 귀에 속삭이며
한 자국도 섰지 마라 옷자락을 흔들고
종다리는 울타리 너머 아씨같이 구름 뒤에서 반갑다 웃네.

고맙게 잘 자란 보리밭아
간밤 자정이 넘어 내리던 고운 비로
너는 삼단 같은 머리털을 감았구나 내 머리조차 가뿐하다.

혼자라도 가쁘게나 가자

나비 제비야 깝치지 마라
맨드라미 들마꽃에도 인사를 해야지
아주까리 기름을 바른 이가 지심 매던 그 들이라 다 보고 싶다.

내 손에 호미를 쥐어 다오
살진 젖가슴과 같은 부드러운 이 흙을
발목이 시도록 밟아도 보고 좋은 땀조차 흘리고 싶다.

강가에 나온 아이와 같이
짬도 모르고 끝도 없이 닫는 내 혼아
무엇을 찾느냐 어디로 가느냐 우스웡다 답을 하려무나.

나는 온몸에 풋내를 띠고
푸른 웃음 푸른 설움이 어우러진 사이로
다리를 절며 하루를 걷는다 아마도 봄 신령이 지폈나 보다.

외롭고 쓸쓸한 식민 시대, 시인 이상화

내가 상화를 만난 어느 봄날

상화는 내가 살고 있는 대구(달구벌)라는 공간에서 태어난 시인이라는 점과 그가 다니며 숨 쉬었던 공간 속에 시간차를 두고 내가 함께 살고 있다는 큰 인연이 운명처럼 맞닿았다. 대구, 지금처럼 발전하지 않았던 시절에 시가지 중심을 이루었던 대구읍성을 벗어나면 보리밭과 뽕나무밭 그리고 과수원이 유난히 많았다. 청보리밭과 노란 장다리 무꽃이 들판에 물결을 이루고 복숭아꽃 살구꽃이 만발한 앞산 「빼앗긴 들에도 봄은 오는가」의 시적 무대가 되었던 진달래꽃이 만발했던 앞산 그 아래 펼쳐진 아싯골 넓은 보리밭, 그 한가운데로 일제가 만든 경비행기장 활주로가 길을 가로 막고 있다. 일제 강점기에 경비행기 활주로가 동서로 길게 뻗어 있던 들판은 지금 또 다시 미군 군부대 캠프워커가 진주하고 있다.

노랑나비 흰나비가 춤추며 날아다니던 추억서린 전경이 지금도 눈에 밟힌다. 중앙로에서 남서쪽을 바라보면 멀리 계명대학교 구 대명동 캠퍼스 본관의 붉은 벽돌로 쌓은 웅장한 건물이 찰랑이는 저녁노을에 잠겨서 아주 멋진 관경을 펼쳐주었다. 북쪽으로 멀리 팔공산에 흩어져 있는 구름을 푸른 하늘로 흘려보내고 그 구름 흘러간 빈자리를 따라 금호강이 유유히 낙동강을 만나 시가지 서남쪽을 휘감고 돌아 낙동강 물길에 몸을 섞는다.

현재 남구청 부근에 있는 미군부대 캠프헨리가 있는 부근에는 큰 저수지인 감삼못이 있었고, 대구교육대학교 부근의 영선못 자리에는 영선시장이, 달서구 성당못 자리에는 대구문화예술회관이 들어서서 옛날의 흔적은 아릿한 기억으로만 남아 있다. 5월이 되면 봄보리가 누렇게 익어 황금물결을 이루었고 탱자나무 가지 사이로 과수원의 반발한 능금 꽃이 햇살에 반짝이며 꽃잎 사이로 구름 같은 세월을 흘러 보냈다. 여름이 되면 비슬산 기슭에서 가창을 경유하여 발원한 물줄기가 앞산 용두암 용수와 몸을 섞어 시내를 관통하는 신천에 나가 물장구를 치며 잠자리를 잡던 추억어린 기억들이 새롭다.

일제 식민에 저항했던 이상화는 1920년대 한국 현대시의 기반을 세련된 은유와 상징으로 탄탄히 다진 한편 모국어로 조선의 전통적인 리듬을 계승한 자유시의 형식을 일구어낸 시인이다. 그는 서구의 문학사조를 깊이 이해하고 이를 실천하려고 했던 1920년대 문단 선두에 우뚝 섰던 분이다. 문학 활동을 통한 항일의 한계를 뼈저리게 느낀 그는 1927년 이후부터는 대구지역 미술, 음악, 연극, 영화인들과 함께 문화예술 사회운동으로서 한편으로는 대구경북 신간회 활동과 근우회 지원과 교남학교 교원으로서 교육활동을 통해 항일운동을 펼쳤던 인물이기도 하다. 지금까지 그의 문학에 대한 평가에만 치우쳐 문화예술 사회운동으로서의 사회 활동에 대해서는 너무 소극적으로 평가된 아쉬움이 없지 않다. 역사는 사실(facts) 그 자체일 수도 있지만 해석의 결과일 수도 있다.

따라서 모든 역사는 기록한 사람의 해석에 따른 눈높이의 굴절된 결과라고 할 수도 있다. 찰스 비어드(Charies A. Beard)의 말처럼 역사를 기술하는 행위는 신념을 기록하는 행위(Act of faith)이기 때문이다. 그래서 이 책에서는 그의 문학 활동을 새로운 시각으로 재평가하면서 지금까지 별로 조망하지 않은 그의 문화예술 사회운동과 사회운동으로서 항일운동의 발자취를 추적해 보았다.

　　그는 일제 치하라는 상황 아래, 기층민들의 고단한 삶을 가져온 일제의 국권 침탈의 벽을 뛰어넘기 위한 저항의 시 정신으로 온몸을 불태웠다. 필리핀의 국민작가 프란시스코 시오닐 호세(Jose F. Sionil)는 필리핀에서 모국어로 쓰지 않은 문학 작품은 결코 필리핀 문학이 될 수 없다고 했듯이 상화는 조선의 말과 글로 조선의 정신을 일깨웠다. 변절과 모반을 꿈꾸며 일제의 노예가 되어 갔던 다수의 문화예술인들이나 지식인들과 달리 이상화는 끝까지 일제에 저항했던 고절한 항일 민족시인이다.

　　상화는 우리문학사에서 1920년대를 이끈 선두 주자들의 대열에 선 시인, 소설가이자 평론가이기도 하였다. 나라를 잃어버린 상황에서 모국어인 조선어로 문학적 행위를 하는 것은 조선인을 하나의 상상적 공동체로 묶어서 조선의 정신과 자아의 지향점을 마련해 주는 것이다. 그 어둡고 가파른 역사의 능선에서 우리말과 글을 일치시키고자 하였고, 이로써 일제에 대한 저항의 목소리로 사랑하는 친구와 아들의 주검을 부여안고 때로는 동족을 살상하는 일제의 만행에 분노하며, 간도로 내쫓기는 가난한 조선인들의 아픔을 노래하다가 하늘이 땅으로 땅이 하늘로, 역천되기를 바라기도 했다. 사랑하던 친구나 애인의 죽음 앞에서, 도시 길거리의 거지나 엿장수나 물장수나 구루마꾼을 보면서 가난한 이웃의 아픔을 호소하며 몸부림쳤던 그였다.

　　글을 썼던 길지 않은 시간들, 그는 좌절하고 지쳤다. 끝내 글쓰기로 이룰 수 없는 항일 투쟁의 한계에 부닥치자 글쓰기를 포기하고 험난했던 시대 속으로 온몸을 던졌다. 3.1독립운동에 가담, 이종암 의열단 사건과 연루되었던 ㄱ당 사건, 대구경북 신간회 사건, '근우회'와 노동단체 지원을 통한 실천적 독립운동과 민족의 앞날을 지키기 위해 청년회 활동을 지원하거나 교육활동에 뛰어들었지만 조국 광복의 희망과 꿈은 결실을 보지 못한 채 광복을 두 해 앞둔 43세의 나이로 좌초된다.

상화가 보았던 식민 조선의 땅은 결코 밝은 희망이 보이지 않았다. 간도로 쫓겨 가는 빈촌 농민들의 어려운 삶을 비켜서서 보지 않고 고뇌한 통곡과 몽환으로 조선의 고통을 호소하면서 한편으로 희망을 노래하였다. 1930년 대에 들어서자 일본 천황을 옹립하고 일제 군국주의 파시즘의 이념을 찬양하며 제국주의적 침략 전쟁을 옹위하며 민족적 허무주의를 외치며 식민 정당성을 주장하고 예찬하며 일제식민을 선동하는 문화예술인들이 프로파간다로서 친일 대열에 속속 가담하였다. 노일전쟁에 승리한 일제의 압박이 가중되었던 1938년 이후 대다수 문학인들이 친일파의 노선으로 전향하였지만 그는 외롭게 일제 암흑으로부터 벗어나려고 몸부림을 치며 끝까지 일제에 저항한 고절한 시인으로 남았다. 볼셰비키 혁명의 영향을 받은 구소련의 마르크스—볼셰비키 공산계급투쟁 문학을 맹종하던 박영희와 김기진조차 일제의 회유로 끌려들어가 내선일체와 세계대전을 찬양하는 앞잡이가 되었지만 그는 끝내 변절하지 않았다.

이상화는 참으로 외롭고 쓸쓸한 시대를 한 편의 대하드라마의 주인공같이 처절하게 살다간 시인 가운데 한 사람이었다. 이상화는 1901년 음력 4월 5일 경상북도 대구부 서문로 11번지에서 태어났다. 아버지는 경주 이씨 이시우이며, 어머니는 김해 김씨 김신자이다. 상정, 상백, 상오와 함께 4형제 중 둘째이다. 그는 대구 명문가의 집안에서 태어나 아버지를 일찍 여의고 큰아버지인 이일우의 가르침을 받으며 성장하였다. 할아버지 금남 이동진과 큰아버지 소남 이일우는 집안의 재산을 출연하여 신식 계몽학교인 우현서루를 열어 장지연과 김지섭 등 많은 우국지사들을 배출하였다. 어린 시절부터 큰아버지가 운영하던 우현서루에 설치한 강의원에서 한학과 신식 교육을 함께 받은 뒤 1915년 경성부의 중앙학교(지금의 서울 중앙고등학교)에 입학했으나 1918년 봄, 3학년 무렵에 경성중앙학교를 그만두고 그 해 8월 강원도 금강산 일대를 방랑하었다.

열아홉 되던 1919년 대구에서 백기만 등 친구들과 함께 대구 3.1독립만세운동 거사를 한 뒤에 백기만 등의 주요 인물들이 잡혀가자 상화는 일제 경찰의 추적을 피해 경성에 있는 박태원의 하숙집으로 피신하여 한동안 은신하였다. 1917년 『거화』 동인, 그 후 1921년에 동향의 친구인 현진건의 소개로 월탄 박종화와 만나 한국의 낭만파 『백조』 동인 창립에 참여하면서 홍사용·나도향·나혜석·박영희·김기진 등 문인들을 만났다. 1922년 파리 유학을 준비하기 위하여 일본 동경의 아테네 프랑세에서 단기간의 프랑스어 연수를 받고 1923~1924년에 동경 메이지대학 불어학부에서 1년 수료를 하였다. 일본 유학 중에도 틈틈이 작품 활동을 하며 칼럼과 글을 국내의 잡지사로 송고하였다.

1923년 9월 관동대지진이 나자 불령선인으로 몰려 일본인 폭도들로부터 죽음의 위협을 겪는 위기에서 극적으로 어느 일본인의 배려로 그 수난을 피하고 그 이듬해에 귀국했다. 물론 프랑스 유학도 포기할 수밖에 없었다. 상화에게는 조선인의 무자비한 대학살의 현장을 지켜봐야 했던 실로 엄청나게 충격적이고 고통스러운 시간이었다. 나라를 잃어버린 식민지의 지식인으로 가난과 탄압의 고초를 겪으며 문학이라는 고독하고 외로운 길을 걸으며 고단한 삶으로 문학 탐구의 허기를 채웠다. 그리고 이 시기에 영국과 프랑스 그리고 러시아의 사회주의 문학을 탐독하며 그 이론을 수용하였다. 당시 그가 쓴 「무산 작가와 무산 작품(1)(2)」와 「세계 삼시야」라는 계급문학론에 대한 글에서 그의 지식수준을 가늠할 수 있다.

1922년 『백조』 창간호에 「말세의 희탄」, 「단조」를 발표하면서 등단했다. 당시 일본을 경유하여 밀려들어온 퇴폐주의와 낭만주의의 파고를 헤치고 이상화는 문학을 통해 새로운 조선의 생명을 일깨우고 가난한 농민과 도회의 길거리 엿장수와 물장수와 거지들까지 자신의 시각 안으로 끌어 들였다. 당대의 사회를 시의 언어를 매개로 똑똑히 들여다볼 수 있도록, 그리고 영원한 울림으로 기억하도록 만들어 주었다.

『백조』 창간 동인이었던 이상화는 박영희, 김기진과 함께 도쿄 유학파 출신의 프로 문인들이 모여 1923년에 '파스큐라'를 결성하여 사회주의 프로 문학 동인을 형성하였는데 후에 '카프'로 발전되었다. 이미 그 이전에 이적효·이호·김홍파·김두수·최승일·김영팔·박용대·송영이 주도하여 조직한 '염군사'는 행동파로서 사회적 참여도는 높았던 것에 비해 '파스큐라'는 문화적 교양 측면에서 '염군사'보다 깊이가 있었다. 두 단체가 결합하여 1925년에 조선프롤레타리아예술동맹(카프)을 탄생시켰으며 '파스큐라' 출신 문인들이 '카프'에서 주도적인 구실을 했다. 이상화를 통상 민족주의 시인으로만 평가하는데 이것은 지극히 평면적인 측면에서의 바라본 평가에 지나지 않는다. 그는 근본적으로 사회주의적 프로문학의 성향도 함께 띤 시인이다. 그가 남긴 「가장 비통한 기욕」, 「빈촌의 밤」, 「구루마꾼」, 「엿장수」, 「비를 다오」, 「농촌의 집」과 같은 작품에서 기층민에 대한 애정 어린 눈길과 온기를 느낄 수 있었다. 계급 차등에 대한 내부 계급 투쟁적 전의는 약했다는 점이 한계점으로 지적을 받기도 한다. 하지만 그는 1926년 1월호 『개벽』 65호에 남긴 평론 「무산작가와 무산 작품(1)(2)」와 「세계 삼시야」는 서구의 프로문학 이론에서는 상당히 앞서간 글이었다. 다만 상화의 문학적 성과가 격렬한 계급투쟁으로까지 발전되지 못했다는 한계를 지니고 있지만 결코 퇴폐적 낭만에만 눈이 먼 그런 우둔한 시인이 아니었다. 문학운동이 뭐 그리 큰 의미가 있을까? 그러니까 일제 식민 하에서 조선 내부의 계급투쟁을 전개하고자 했던 김기진이나 김단야와는 달리 상화는 내부적 계급투쟁보다는 당면한 일제 식민 침탈의 극복 문제를 더욱 중요한 과제로 인식했던 항일 민족시인이었다.

그의 생전에 출간된 시집은 없으며, 1926년 10월에 조태연이 간행하고 백기만이 당대의 대표시인 28명의 시작품 138편을 편집한 『조선시인선집』(조선통신중학관)에 이상화의 시가 4편 실렸다. 그 후 이 책을 김소운이 일본어로 번역하여 1940년에 『조선시인선집』(河出出版社)으로 출판하였다. 백기만이 1951년 청구출판사에서 펴낸 『상화와 고월』에 시 18편이 실렸고, 이기철 편 『이상화 전집』(문장사, 1982)과 김학동 편 『이상화 전집』(새문사, 1987), 대구문인협회 편 『이상화 전집』(그루, 1998), 이상규·김용락 편 『이상화시전집』(정림사, 2002), 이상규 엮음 『이상화문학전집』(경진출판, 2015) 등을 통하여 이상화의 문학텍스트가 차츰 추록되면서 정전화한 양질의 시집 간행으로 이어졌다.

지금까지 다양한 이상화 시집들이 줄을 이어 간행되고 있다. 이상화시집 『빼앗긴 들에도 봄은 오는가』(디자인이음, 2016)에 61편, 『이상화시집』(작은고니, 2016)에 52편, 『빼앗긴 들에도 봄은 오는가』(시인생각, 2013)에 51편, 『이상화시집』(알바룩스, 2017) 59편, 『이상화시집』(키메이커, 2020) 60편, 『나의 침실로』(하북스, 2020) 50편, 『빼앗긴 들에도 봄은 오는가』(인터파크, 2017)에 59편, 『이상화시집』(광보사, 2009) 59편, 『빼

朝鮮
詩人選集
二十八文士合作

1926

北京 朝鮮通信中學館 發行

『조선시인선집』(조선통신중학관, 1926년 10월에 조태연 간행, 백기만 편집)

앗긴 들에도 봄은 오는가』(우즈워커, 2014)에 62편, 『빼앗긴 들에도 봄은 오는가』(창작시대, 2011)에 59편 등 시집마다 실려진 작품의 수가 들쭉날쭉하지만 내용은 오류가 너무 많아 매우 심각하다. 그 이후 계속 발굴된 새로운 자료를 모두 포함한 변변한 이상화 정본시집과 문학전집의 간행을 더 이상 뒤로 미루어 둘 일이 결코 아니다. 이 책에 연이어 이상화 문학전집 출간을 준비 중에 있다.

　이상화의 대표적인 작품은 「나의 침실로」와 「빼앗긴 들에도 봄은 오는가」라고 말할 수 있지만 실재 전 70편의 시작품 속에는 다양한 주제가 있고, 작품 양상 또한 다층적인 모습을 보인다. 낭만주의적 색채에서부터 프로문학적 경향을 띠기도 하고 한편으로는 식민 저항의 내용으로 노래한 시들과 가까운 친구의 죽음을 애도한 시들로 채워져 있다. 그의 불멸의 작인 「빼앗긴 들에도 봄은 오는가」는 1926년 『개벽』에 발표되었다. 작가의 항일 민족의식을 표현한 작품으로 비탄과 허무, 저항과 애탄이 내면에 깔려 있다. 가난한 식민 조선의, 장돌뱅이, 봇짐장수, 엿장수, 물장수, 구루마꾼, 가난한 농민들과 도시 변두리 사람들의 뼈 저리는 가난의 아픔을 상화는 문학이라는 유로를 통해 함께 느끼며 호소하고 고발하고 있다. 1925년 3월 『개벽』 57호에 발표한 「폭풍우를 기다리는 마음」의 "감자와 기장에게 속 기름을 빼앗기인 / 산촌의 뼈만 남은 땅바닥 위에서 / 아직도 사람은 수확을 바라고 있다"에서는 자신의 문제 의식에서 벗어나 타자인 가난한 식민 조선 사람들 전체로 확산된 모습을 보여준다. 이러한 식민 조선의 숙명적인 현실이 그에게는 우울로, 아픔으로, 비애로 다가와 식민 세상을 전복시켜 버리고 싶다고 호소하며 몸부림친다. 그의 문학적 성과로 1920년 한국의 자유시를 한 단계 더 높은 차원으로 발전시켰다고 할 수 있고, 그의 시정신의 내면을 관통하고 있는 것은 순도 높은 항일의식이라고 말할 수 있다.

　이상화의 시에는 어둠과 죽음으로 상징화된 식민 현실과 가난이라는 가로줄과 대종교와 가톨릭이 표방하는 '별'이나 대종교의 '검'과 혼용된 복합적인 종교의식이 세로로 교직을 이루고 있다. 당시 최남선을 비롯한 식민 시대 지식인들의 과잉민족주의의 부산물로 잉태한 검사상과 불함문화론에 심취하거나 혹은 가톨릭에 귀종하면서 기독교의 인식이 직조해낸 사회계급의 불평등에 대한 내용이 1925년 『개벽』 6월호에 발표된 「거지」에서 그 정점을 보여주고 있다. 이상화의 시 「비음」, 「극단」, 「엿장수」, 「청량세계」, 「오늘의 노래」, 「도-쿄-」, 「본능의 노래」, 「쓸어져 가는 미술관」 등에서 대종교의 영향을 받은 '신령'이라는 시어가 여러 군데 등장한다. 그뿐만 아니라 이상화의 산문 「신년을 조상한다」(『시대일보』 '시대문예란', 1926년 1월 4일)에서도 "그러나 우리 신령의 눈썹 사이에 쐐리를 박은 듯이 덥고 잇는 검은 구름을 한 겹 두 겹 빗길"에서도 여러 군데 '신령'이 등장한다. 이것은 상화의 종교적 소재인 '검아'와 더불어 최남선의 "불함문화론"의 영향으로 추정된다. 최근 유신지(2019)의 「이상화 문학의 사상적 기반」(경북대학교 석사논문)에서는 이상화의 종교적 사상의 기반을 동학사상으로 규정하면서 그러한 사상적 영향은 교남학교를 설립하고 대구경북 신간회지부 창립 활동을 이상화와 함께 한 홍주일에 있다고 보고 있다. 유신지(2019)의 글은 향후 이상화의 종교사상에 대한 다양한 연구의 가능성을 보여주고 있다. 개화기 시대 단군신화를 존중하던 지식인들의 과잉민족주의 사상적 맥락과 같이하고 있다. 『백조』 시대에서도 단순히 낭만적 유미주의적 경향성을 가진 것이 아니라 내면 속으로 도도하게 항일의식이 흐르고 있었다. 일본 유학 시절 관동대지진의 참상을 경험하면서 더욱 완강해진 항일정신과 사회주의적 의식으로 일제 저항과 기층민들의 아픔을 고발하는 작품 활동을 활발히 전개하였다.

1925~26년 무렵 경성의 취운정(경성 가회동 1번지 5) 생활을 하면서 '파스큐라'와 '카프'를 결성하여 왕성하게 문학활동을 이어가다가 그는 돌연

1927년 대구로 귀환하면서 붓을 꺾게 된다. 왜 이 무렵 상화가 글쓰기를 중단했는지를 이해하는 일은 이상화 문학을 온전하게 이해하는 매우 중요한 고리 역할을 한다. 혹자는 이 기간 일본 동경에서 만난 함경도 출신의 유보화와의 연애와 이별, 죽음으로 인한 실연의 아픔 때문이라고 설명하지만 실은 그렇지 않다. 이보다도 훨씬 더 복잡 미묘한 문제가 그의 내면에 깔려 있었다. 결론적으로 말하자면 강경해진 '카프' 동인 간의 눈에 보이지 않는 갈등과 이념에 대한 회의와 스스로의 양심의 불일치라는 절벽에 부닥친 결과가 아니었을까? 『백조』의 해체 기간 박영희와 김기진과의 이념 노선 차이와 갈등이 훨씬 더 큰 문제였던 것이다. 1920년 초 문단에 혜성처럼 나타난 이상화에 대한 시기와 질투가 그리고 비판과 견제가 그들의 문학 평론에서 노골적으로 드러나기 시작했고 특히 유보화의 이성문제를 연계시켜 상화의 초기 시작품을 퇴폐적이고 유미적 관능적인 작품으로 몰아가는 주변 비판의 눈길을 참고 이겨내기에 힘에 겨웠을 것이다. 이것이 상화가 문학을 포기해야 하는 매우 중요한 빌미가 되었다고 보지 않을 수 없다.

또 다른 한편 문학 본질에 대한 회의와 한계 때문이 아니었을까? 문학 행위를 통해 가파른 식민의 현실을 극복해내기란 물리적으로 도저히 불가능하다는 한계점을 뼈저리게 느꼈을 것이다. 그래서 그가 선택한 길은 문화 예술 사회운동과 신간회 등 사회운동과 교육운동으로 방향을 바꾸어 행동으로 항일의 선단에 나선 것이다. 1927년 이후 그가 죽기까지의 기간을 백기만은 비웃기라도 하듯이 대구에 낙향하여 자신의 집에 마련된 사랑방인 담교장에서 친구들과 어울리고 방탕하게 요정 출입이나 하며, 기생들과 농락에 빠졌다고 비꼬았다. 그러나 그 시간들이 상화에게는 시인의 참 길이 무엇인가, 문인이라는 양심의 문제를 고뇌하며 방황했던 시간이었을 것이다. 참회의 시간이면서 희망의 지푸라기를 잡으려 바둥거렸던 시간이었다. 그래서 스스로 방황하면서 찾아낸 길이 곧 상실한 조국의 광복을 위해 행동으로 매진하는 길이었다. 그 점에서 보여준 인간적인 참 모습이 숨겨져 있음을 간과해서는 아니 될 것이다. 백기만의 눈에는 상화의 담교장에 모여 술판을 벌였던 일제를 부정하는 무정부주의자들이나 사회주의자들의 모습이 곱게 느껴지지 않았을지도 모르지만 앞으로 이상화 문학에 대한 외연 확대를 위해 눈여겨 살펴보아야 할 문젯거리들을 몇 가지 들어보자.

첫째, 우리나라 최초의 산문시로 손을 꼽는 주요한의 「불놀이」는 1919년 2월 『창조』 창간호에 발표되었고, 1925년 첫 시집 『아름다운 새벽』에 재수록 되었다. 그런데 상화가 쓴 「금강송가」라는 산문시가 1925년 6월 『여명』에 발표한 작품이지만 이 「금강송가」는 상화가 1918년 봄에 경성중앙학교를 수료한 직후 강원도 금강산 일대를 방랑하면서 쓴 작품으로 본다면 주요한보다 더 이른 시기에 우리나라 산문시를 개척한 시인으로 볼 수 있다. 상화는 「금강송가」의 부기에 "인상기를 쓰라는 주문에 그것은 수응치 못하고 이 산문시를 내는 것은 미안한 일이다. 인상기를 쓴대도 독자의 금강산에 대한 감흥을 일으키기에는 동일하겠다기보다 오히려 나을까 하여 지난해 어느 신문에 한 번 내었던 것을 다시 내면서 핑계 비슷한 이 말을 붙여둔다." 라고 하여 스스로 '산문시'라는 용어를 사용하고 있다. 이어서 「청량세계」와 함께 『여명』에 1925년 10월 『조선문단』 12호에 「몽환병」을, 1926년 3월 『개벽』 67호에 「원시적 읍울」을 발표함으로써 본격적인 산문시의 장르를 개척한 시인으로 재평가되어야 할 것이다. 이러한 것이 입증된다면 우리나라에 신문시를 포함한 자유시를 도입한 대표적인 시인으로 꼽을 수 있다. 그의 자유시 작품 가운데 행의 길이가 유난히 길며 관형절을 안고 있는 내포문과 주술구조의 산문적 흔적이 남아 있는 특징을 예사로 보고 넘어갈 일이 아니다.

둘째, 상화는 시의 은유와 상징의 기법을 일찍 도입한 시인이면서 수준 높은 수사법을 사용한 동시에 시의 형식에서도 운율을 고려한 쉼표나 줄표,

경성중학교 시절의 이상화 모습

마침표, 느낌표와 같은 문장 부호를 활용한 시인이다. 당시 맞춤법통일안이 나오기 이전인데도 자유시의 운율을 각종 문장 부호를 시의 텍스트에 반영한 것이다. 시의 텍스트 자체도 화법을 반영하거나 지방색의 어투 곧 이동순(2015: 69)의 표현대로 '농민형화법'을 구사한 점 등에 대해 보다 더 깊이 있게 연구할 필요가 있다.

셋째, 그의 문학정신이 저항의 실천이라는 면에 대해 더욱 천착해야 할 것이다. 식민 시대의 지식인으로, 자신의 양심에 따른 사명감으로 일제의 회유에 타협하지 않은 절조를 상화의 예술적 성과와 함께 높이 평가해야 할 것이다. 특히 1927년 이후 대구지역의 문화예술 사회운동의 한 중심에서 일제 저항의 문화예술 사회운동과 항일을 위한 조직 활동을 펼쳐나갔다.

넷째, 지금까지 상화의 문학 세계를 『백조』 시절의 퇴폐적이며 유미주의적이다가 『개벽』 시절에 항일 민족시인으로, 그리고 잠시 '파스큐라'와 '카프'를 통한 프로문학에 발을 디딘 단계적인 변모를 보여준 시인으로 평가하고 있다. 이러한 시기별 문단과 동인이라는 관점에서 관찰한 결과는 파편적인 관점이 아닐 수 없다. 그 근거는 「나의 침실로」를 유보화와 연관된 연시로 해석한 결과이다. 필자는 「나의 침실로」가 「빼앗긴 들에도 봄은 오는가」와 동일한 맥락으로 된 일제 저항시로 재해석함으로써 그의 시문학 전반을 일제 저항에 초점을 두어야 한다는 관점을 갖고 있다. 이 문제는 1920년대 이상화의 시사적 위치를 다시 매김하는 매우 주요한 근거가 된다.

그뿐만 아니라 상화는 문학을 통해 잃어버린 조선의 대지와 조선의 혼에 대한 상심과 가난한 식민 동포들에 대한 연민으로 문학의 혼불을 지폈다. 1919년 대구지역 3.1독립운동에 뛰어들었으며 1927년 대구로 돌아온 후 ㄱ당 사건에 연루되어 대구경찰서에 수감되었다가 풀려났다. 그는 이렇게 행동과 실천을 통해 대구지역의 문화예술 사회운동을 지속하였다.

다섯째, 그 동안 가려진 그의 삶의 흔적들에 대한 연구와 자료 발굴에 노력해야 할 것이다. 상화와 함께 활동했던 사회주의자 이문기(교남학교)의 행적에 대해 관심을 갖고 추적해 볼 필요성도 있다. 그가 유독 상화의 「나의 침실로」를 반사회주의적 부르주아적 퇴폐주의 작품으로 악평했던 것에서 당대 사회의 이념적 갈등의 단면을 읽어낼 수 있을 것 같다. 그의 개인적인 삶은 그렇게 평탄하지 못했다. 가정의 재정 문제뿐만 아니라 이성들과 연루된 일들에 대해서도 좀 더 정밀한 탐색이 필요하다. 1933년 교남학교(지금의 대륜고등학교) 교사로 있다가, 1934년에 『조선일보사』 경상북도총국의 경영 실패로 다시 교남학교에서 영어, 작문담당 교사로 복직하였다. 이상화와 가깝게 지냈던 이문기(월북)의 맏따님인 해인사 우체국장을 2001년 무렵 만나보았으나 남겨놓은 문서나 문학 작품은 흔적조차도 없다고 하였다. 이문기는 상화 시인이 타계한 뒤, 스승인 상화 문집을 만들려고 원고 뭉치들을 넘겨받았지만 미처 문집을 만들기도 전에 가족들과 헤어져 이념의 부름에 따라 북으로 갔던 터였다. 아버지(이문기)와 헤어질 당시 8세였던 딸 이석희 씨는 2001년 내가 만났던 그 해에 이미 이순이었다. "아버지가 누군가에게 상화 시인의 원고 등을 넘겼다는 얘기는 들었지만 그 사람이 누구인지는 모릅니다." 상화 시인이 남긴 육필 한 두 점이나 빛바랜 사진 한 장, 상화시인이 남겼다는 아리랑 곡조라도 만날 수 있을까 했지만 이런 기대는 쉽사리 채워지지 않았다. 그 후 필자는 겨레말큰사전 편찬이사로 2007년 평양을 방문했을 때 사회과학원에 이문기에 대해 알아 봐 달라고 했지만 그를 기억하는 북쪽 사람은 아무도 없었다. 냉랭한 역사의 행간에 묻혀 버린 기억의 문은 결코 열리지 않았다.

흔히들 이상화와 백기만은 가장 가까운 친구라고 하지만 오히려 임화의 눈에 이상화의 시가 눈에 들어왔던 것이다. 임화가 편집한 『현대조선시인선집』(학예사, 1939)에 이상화의 시편을 매우 소중하게 뽑아 실었다. 조두섭(2015: 131~132)은

"이상화 시의 주체를 꿰뚫어 본 것은 죽마고우 시인이었던 백기만이 아니라 임화였다. 카프 서기장 임화는 미목수려한 장발시인, 이상화에게서 분명히 시인을 보았다고(임화, 「어느 청년의 참회」, 『문장』, 1940.12, 23쪽) 고백한 바 있다. 임화가 시인 이상화를 시인으로 보았다는 함의는 무엇인가. 그것은 김기진이 하룻밤을 감격의 울음을 쏟으며 계급문학의 대중화 논거로 제시한 임화의 「우리 오빠와 화로」와 이상화의 「나의 침실로」의 상호텍스트성일 수 있다. 또 임화가 「나의 침실로」의 전언 중심의 시적 기법을 전이하여 계급문학을 대중화하는 효과를 극대화한 시적 효과일 수 있다. 그러나 그것은 시적 방법론을 넘어선다. 임화가 「나의 침실로」에서 발견한 이상화의 시적 주체는 당대의 평균적인 현실적 가치를 넘어서 문학에 몸을 던지는 신명이다. 다다이즘적인 시와 아나키즘적인 시를 습작하던 임화가 이상화에게서 발견한 신명을 바칠 처소로 삼은 것이 카프이고, 그 신명을 계급성으로 전이한 것이 「우리 오빠와 화로」 계열의 작품이다."

—조두섭, 「이상화 시의 근대적 주체와 역구성」(『이상화 시의 기억공간』, 수성문화원, 2015)

임화가 쓴 「어느 청년의 참회」(『문장』, 1940.12, 23쪽)의 글을 인용하며 이상화 시의 일관성을 옹호하고 있다. 곧 이상화의 초기 시 역시 눈물과 감상의 데카당스에서 출발한 문학이 아니라 「말세의 희탄」이나 「나의 침실로」가 전언 중심의 호소력의 울림이 큰 계급문학의 대중화를 노린 작품임을 알아차린 이가 바로 임화였다. 또한 초창기 임화의 계급문학의 바탕에 상화의 영향력이 상당했음을 암시하고 있다. 이처럼 임화는 이상화에 대한 매우 호의적인 평론을 남기며 상화의 작품을 수합하여 1950년 무렵 시집으로 내려고 했지만 그도 또한 월북하면서 모든 자취는 사라져버렸다.

『여명』, 『문예중앙』이나 각종 신문 등에서 아직 더 많은 상화의 문학텍스트를 발굴할 가능성이 많다. 최근 이상화와 관련된 다량의 편지들이 발굴되

교남학교에서 활동할 당시의 모습

기도 한 사실에서도 알 수 있다. 박용찬의 말로는 대구에 있다가 문을 닫은 고서점 문흥서림에 이상화의 육필 편지들이 많이 있는 것을 보았으며 그 당시 몇 편의 편지를 채록하여 논문으로 발표한 적이 있다고 하였다(박용찬, 「이상화가의 서간들과 동행」, 『어문논총』 62, 한국문학언어학회, 2014). 그 자료는 일부 밀양에 있는 고서점으로 팔려나갔다는 이야기도 들은 적이 있다고 전한다.

여섯째, 이상화에 대한 비평의 영역을 확장시키고 많은 연구자들의 참여를 유도할 필요가 있다. 이상화는 1920년대를 대표하는 시인인가? 그리고 일제강점기 항일 저항시인인가? 1920년대 계급문학을 대표하는 시인인가? 민족시인의 대표인가? 「나의 침실로」에 나타나는 마돈나의 정체는 무엇인가? 그의 종교적·사상적 근원은 어디에 있는가? 이러한 다항의 의문이 여전히 남아 있다. 그 동안 상화에 대한 평가가 민족주의적 경향과 퇴폐적 유미주의적인 작품을 남겼다고 하는 도식적이고 파편화된 것으로 일관되어 왔다. 종전의 이와 같은 상투적인 평가가 범했던 오류에서 벗어나 그늘진 1920년대 시인의 한 사람으로서 그의 시적 역량에 대한 새로운 조명이 절실하다. 상화는 프로문학의 가능성을 시도했던 뛰어난 시인으로 민족주의나 유미주의라는 거울 이미지에서 어서 해방시켜야 할 역량 있는 시인 가운데 한 사람이었으며 우리 현대문학사의 흐름에서 현대적 산문시를 시도한 시인으로 자리 매김을 새롭게 할 필요가 있다.

일곱째, 상화의 작품 분석은 먼저 텍스트 분석이 전제가 되어야 하며 「나의 침실로」나 「빼앗긴 들에도 봄은 오는가」 등 대표적인 작품만을 한정해서 연구 대상으로 삼는 편협한 시각에서 벗어나서 상화의 작품 전체에서 뿜어져 나오는 시인의 시 정신을 관찰하려는 노력이 필요하다. 30여 종의 시집을 촘촘하게 대조해 보면 쉽잖게 오류들을 찾아낼 수 있을 정도이다. 그리고 시집마다 실려 있는 작품의 숫자도 들쭉날쭉하다. 이상화가 우리들에게 남겨준 문학 유산이 얼마인지 그리고 총제적인 텍스트 비판도 제대로 한 적 없이 수십 편의 박사학위 논문이 쏟아져 나왔다. 그 동안 이상화 시작품의 정보화와 문학텍스트를 총체적으로 수집 연구해 온 성과들이 많이 있지만 그 가운데 필자가 2002년에 조사한 바로는 시작품 67편, 창작소설 2편, 번역소설 5편, 평론 12편, 수필 7편, 기타 3편 정도였다. 그 가운데 이상화의 작품 유무에 대한 시비도 없지 않았다. 정진규에 의해 창작소설 「초동」이 이상화의 작품이 아니라는 논의나 이기철(1982)이나 김학동(2015)에 와서도 이상화의 문학 작품의 총량이 확정되지 못했다.

최근 1935년 『삼천리』 제7권 1호에 실린 이상화의 시(「나의 침실로」의 축약)와 『동아일보』에 실린 동요 1편과 이상화의 으로 알려진 구전 「망향가」가 추가되어 70편이 되었으며 번역소설 「노동-사-질병」이 한편 추가되어 번역소설 6편, 문학평론도 『중외일보』에 실린 「문단제가의 견해(6)」이 추가되어 총 13편, 수필 기타가 「민간교육 특질은 사재간 거리」라는 글이 추가되어 13편으로 늘어났다.

여덟째, 그의 삶에 대한 편견과 오해들 그리고 그의 삶과 연관하여 지어낸 이야기들이 너무나 많이 떠돌고 있다. 1937년 경성 종로 3가 141번지에 사는 신태삼이 기생과의 러브스토리를 주제로 하여 쓴 신파조 소설인 『기생의 눈물』(세창서관)이라는 딱지본이 조선총독부 검열에 걸려 일부 삭제 명령을 받았다는 사실이 최근 확인되었다. 이와 같은 흥미 위주의 스토리가 확산되면서 특히 백기만이 남긴 『상화와 고월』과 이정수의 소설을 배경으로 그리고 사실적 근거가 없는 각색된 고 윤장근이 전파한 구전 스토리들을 다 지워내고 정확한 사실을 바탕으로 한 그의 전기를 새롭게 써야할 것이다.

끝으로 일제에 의한 검열 과정에서 삭제되고 게재불가 처분된 자료와 광복 후에도 사상적인 문제와 관련되어 변개되고 삭제된 원문 텍스트에 대한 정밀한 조사와 함께 자료 발굴에 대한 지속적인 연구가 이루어져야할 것이다.

가장 중요한 점은 지금까지 이상화 문학 연구가 대표작 중심으로나 시대별 변개가 되었다는 가정 아래에 진행되어 왔기 때문에 전체를 조망하지 못하고 파편화된 논의들이 난립되어 있다. 이상화의 문학은 근대 계몽주의에 대응된 그의 삶과 연계한 연구, 상화의 사상과 사유 분석을 통한 연구, 자신의 시각에서 타자의 시각으로 확대되는 인식의 이동과 관련한 연구, 문단과 동인들과의 유기적 관계망 속에 그의 문학적 성과들이 차지해야할 공간이 어디인가 깊은 관찰이 필요하다.

02
상화의 대구지역 문화예술활동을 통한 일제 저항

    상화는 1927년 대구로 낙향하면서 문학을 포기하고 의열단 지원, 신간회 대구지회 설립, 1928년 이후 근우회 지원과 'ㅇ과회'와 '향토회'의 미술·연극영화인들과 힘을 합쳐 본격적으로 지역문화예술 사회운동을 통한 항일운동으로 자신의 삶의 방향을 바꾼 것이다. 이러한 과정에서 때로는 담교장에서 아나키스트나 볼셰비키 추종자들과 밤을 새며 술을 마시고 기생집을 다니며 가산을 탕진한 결과 경제적인 파국에 이르게 된다.

    이 무렵 1927년 의열단과 연계된 ㄱ당 사건이 발생하지 피의자로 일경에 피체되었을 뿐만 아니라 일경의 감시와 사찰로 몸과 마음이 전혀 자유롭지 못한 상황이 되었다. 상화는 당시에 신간회 대구지부 결성에 따라 출판간사를 맡으면서 경북 일역에 신간회지부 설립에 동분서주하면서 자매 여성단체인 근우회 지원을 위해서 영남 지역을 순회하기도 하였다. 또 이상화는 'ㅇ과회'라는 미술단체에 가담하여 진보적 인사들과 어울려 문화예술 사회운동으로 사회활동의 영역을 넓혔다. 화가이며 카프 동인이었던 이상춘과 어울리며 대구의 연극영화운동을 펼치면서 그의 항일운동의 영역을 문화예술 사회운동 전반으로 넓혀나갔다. 청년단체와 노동자 단체에도 가담하여 사회운동의 보폭을 넓혀나갔다.

1937년 중국 난징에서 국민혁명군에 종군하고 있던 형 이상정을 만나러 3개월 동안 다녀온 그 해 8월에 다시 일경에 체포되는 어려움을 겪었다. 중국을 다녀 온 이후 교남학교 무보수 교원으로서 아이들을 가르치면서 민족의식 강화를 위해 권투부를 육성하여 정신적으로 강한 인물을 키우는 데 힘을 기울였으며 교육이 구국의 길임을 알고 전국을 돌아다니며 교육지원 활동을 하였다.

백기만(1951)은 이 기간에 이상화가 송소옥이라는 달성권번 출신 기생과 금호관에서 만나 아이를 가졌다고 회고하고 있는데 이는 무엇을 근거로 한 것인지 불분명하다. 특히 백기만이 이 기간 중국 만주로 가 있었던 상황인데 이런 사실을 어떻게 확인하였는지 알 수 없다. 상화의 「곡자사」에 언급된 죽은 '응희'는 1927년 5월 태생이며 태어난 지 석 달 만인 그 해 8월에 죽었다. 그 사이에 ㄱ당 사건으로 그리고 장진홍 의열단에 연루되어 두 차례 감옥에 갇히기도 하였다. 송옥경(소옥)과 만난 것은 1933년 무렵이기 때문에 '응희'의 태생 시기와 전혀 일치하지 않는다. 상화가 소옥이라는 기생을 만나게 된 것은 소옥이 금호관에서 나와 만경관 부근에 백송정이라는 요릿집을 경영할 무렵이다. 상화가 1927년 서울에서 대구로 내려온 때에는 대구 내당동에 사는 김백희라는 여인과 가설주점에서 만난 시기이기 때문에 앞뒤가 전혀 맞지 않는다.

1940년 교남학교 재단이 바뀌면서 학교에서 물러나와 춘향전의 영역과 국문학사 집필, 프랑스 명시 평석에 몰두하면서 사회활동도 주춤했는데 이미 상화에게는 깊은 병마가 밀어 닥친 때였다. 1943년 2월 경성제대병원에서 위암 진단을 받고 곧 바로 대구로 내려와 3월 21일 오전 9시 대구 명치정 자택에서 고요히 눈을 감았다.

이처럼 이상화 삶의 분기점이었던 고비가 여럿이 있다. 청년기의 방랑과 대구 3.1독립운동, 그리고 『백조』 동인이 되어 문단에 떠오르는 혜성이 되어 「나의 침실로」를 발표하던 시절, 그리고 아테네 프랑세에 프랑스어를 공부하려고 동경에 체류하면서 만난 관동대지진과 『개벽』에 「빼앗긴 들이도 봄은 오는가」를 발표하여 1920년대 문단을 대표하는 항일 민족시인으로 우리의 기억 속에 자리를 차지하고 있다. 그러나 실재로는 1927년부터 밀어닥친 일제의 수난과 고통을 우리는 기억하지 못하고 있다. 시 문학으로 이 시대사의 변곡점을 만들 수 없다는 한계에 부닥치면서 상화는 대구지역을 중심으로 미술과 연극, 영화계 사람들과 문화예술 사회운동을 전개한 부분과 노동야학교와 교남학교 교원 활동을 통한 항일 투쟁운동 부분이 지금까지 크게 조명되지 못하였다.

이상화의 일제 저항 시문학 활동을 기준으로 「나의 침실로」를 발표했던 『백조』 시대와 「빼앗긴 들에도 봄은 오는가」를 중심으로 한 『개벽』 시대로 2대 구분하거나 혹은 동경 유학을 기준으로는 「나의 침실로」를 중심으로 한 낭만 퇴폐주의적 유미주의 시대에서 「거지」 등을 중심으로 한 신경향파 시대와 「빼앗긴 들에도 봄은 오는가」를 중심으로 한 일제 저항시대와 같은 3대 구분을 하는 등으로 설명하고 있지만 필자는 이상화의 「나의 침실로」를 종래와 같은 유미적 퇴폐주의적 작품이 아니라 일제 저항의 시로 해석하여 그의 작품 세계 전반을 일제 저항에 초점을 둔 것으로 해석되어야 한다고 판단한다.

특히 1927년 이후 작품 활동이 눈에 띄게 줄어든 시기는 일제 저항을 위한 대구지역 문화예술 사회운동을 전개한 시기로 해석해야 한다고 본다. 이러한 시각은 지금까지 논의되지 않았다. 다만 한정된 이상화의 문학텍스트만으로 평가해 온 종래의 방식을 뛰어넘어 이상화의 예술세계 전반에 대한 온전한 이해가 필요하다. 그런 측면에서 이상화가 일제에 어떤 방식으로 어떻게 저항하였는지 살펴보는 일 또한 그의 문학 세계를 올바로 이해하는데 도움이 될 것이 아닌가? 시인 이상화가 일제 강점기를 살아가면서 저항하며 투쟁한 사건들을 중심으로 살펴보면 다음과 같다.

1. 대구 3.1독립운동 주도, 2. 무산계급 예술동맹 활동과 민족의식, 3. 의혈단 이종암사건 피의자 구금(상화의 자형인 윤홍렬과 연계된 이종암의 의혈단 조직에 연루되어 피금), 4. 장지필 정진홍 조선은행 대구지점 폭탄투척 사건 구금, 5. 1929년 신간회 사건과 도일, 6. 'ㅇ과회'를 비롯한 항일 문화예술 사회운동과 노동야학교, 7. 1937년 중국 이상정 방문 후의 일련의 구금과 시련 과정이 바로 이상화의 삶 전부라고 할 수 있다.

이상화의 문학 자산은 자신이 가지고 있었던 역사의식을 반영한 결정체라고 할 수 있다. 1920년대, 특히 지식인들이 각성하기 시작했던 '조선'의 '민족'과 '문화'에 대한 자의식이 강화된 이유는 일제 식민에 의한 지배가 그것을 촉발한 큰 이유가 되었을 것이다. 이러한 상황 속에서 이상화는 문학 행위를 통해 누구를 향해 이야기를 하고 있었고 또 그 청중은 누구였을까? 1920년부터 1926년까지 길어도 5~6년이라는 짧은 기간 문학을 통해 호명한 조국의 광복의 메아리는 허공에 흩어져 버리고 텅 빈 벌판에 외롭게 추방되었음을 왜 스스로 몰랐을 리가 있을까?

1919년 대구 3.1독립운동과 상화

상화의 삶에서 일찍 아버지를 여읜 것은 그의 성격이나 정신세계에 상당한 영향을 미쳤을 것으로 보인다. 부유한 집안에서 태어서 귀하게 자라나다가 어린 나이에 아버지를 여의게 되면서 상화는 편모 슬하에서 큰집 큰아버지와 종형의 경제적 지원에 기대어 살았다. 여기서 상화는 어린 나이에 아버지가 없는 심리적인 위축과 함께 큰집으로부터 의존해야 하는 경제 지원으로 인한 심리적 압박감과 불편함이 없지 않았을 것이다. 점점 자라면서 조선의 상실이라는 식민 치하의 나라를 잃은 환경으로 인해 그로부터 엄청난 저항심이 내면에 무럭무럭 자랐을 것이다. 그러나 상화에게 저항은 매우 감성적이고 여성적 경향을 띠지 않을 수 없었다. 눈에 보이지 않는 잃어버린 아버지와 조국의 결손된 상흔이 그의 문학텍스트에 젖어 있음을 읽어낼 수가 있다.

1919년 3월 1일을 기해 독립만세 시위를 전개하였는데 그 불꽃은 전국으로 훨훨 번져나갔다. 대구경북에서는 1919년 3월 8일 대구 만세시위 운동이 전개되었다. 독립선언 33인 가운데 한 사람인 대구 출신의 이갑성은 주로 학생조직을 이용하여 전국으로 파급시켰으며 한용운 등 불교계 인사들은 영천 출신의 김법린을 통해 부산 동래범어사를 거점으로 만세시위를 전개하였다. 이상화의 족친이자 3살 많은 형벌인 이갑성은 대구고보 출신으로 백기만의 선배이기도 하였다. 이갑성과 연계된 백기만은 대구고보 학생들을 중심으로, 이상화는 계성학교와 신명학교를 거점으로 대구독립운동 시위를 주도하였다. 교남학교의 이상쾌, 장적우, 이육사 등도 적극 가담하였다. 이여성은 칠곡을 중심으로 해서 주변 지역으로 확산시키는 역할을 하였다. 이상화와 밀접했던 이여성은 달성과 칠곡 지역을 중심으로 '혜성단'을 조직하여 만세운동 시위를 점화하여 3월 8일과 3월 10일 두 차례에 걸쳐 만세 시위를 전개하였다.

백기만은 자신이 재학 중인 대구고보(지금의 경북고)의 학생 동원을 맡고, 상화는 계성학교에 대한 연락책을 자청하면서 굳게 손을 잡았다. 번잡한 상화의 사랑방 담교장이 위험하다고 판단, 운동본부를 이상쾌의 사랑으로 옮긴 주동자들은 이만집 목사(남성정교회, 현 제일교회 구교회)가 보낸 계성학교의 정원조와 논의 끝에 거사 일을 큰 장(서문시장)날인 8일 오후 1시 정각으로 잡았다. 7일 상화는 「독립선언문」의 등사를 맡았고, 백기만·이곤희·허범·허윤실·김주천 등은 이상쾌의 사랑에서 300여 장의 태극기를 찍어냈다. 시위행진이 벌어지면 학생들에게 나눠줄 것들이었다. 이미 1919년 7월에는 고령 출신 박광은 임시정부 통신원 황대벽으로부터 고유문, 독립신문, 임시정부 각원개조서 등의 문서를 교부받고 송재기로 하여금 이 문서들을 국내에 배포하게 했다. 그러자 대구고보, 계성, 신명 등의 학교는 휴교령이 내려지고 보병 80연대가 삼엄한 경비와 함께 관계자 색출 소탕작전에 나섰다.

그런데 대구독립운동의 거사는 백기만과 이상화가 교회목사들과 연계하여 매우 조직적으로 치밀하게 전개되었다. 1919년 3.1독립운동의 거사를 위해 상화는 당시 대구고보를 다니던 백기만·이상쾌와 함께 자신의 집 사랑방인 담교장에 모여 치밀하게 거사 준비를 하였다. 경성중앙학교 시절 민족의식을 가진 이들과 종횡적인 연계가 되어 있던 상화는 백기만과 함께 대구고보 허범·김재소·허윤실·김수천, 신명학교 교사였던 이재인·박봉선, 학생 이선애, 그리고 계성학교 학생인 이차돌·정원조 등과 연계하기로 하였다. 교회계통과 성교학교 학생들과도 연계하기로 계획을 짰다. 특히 최재화 목사(선산 해평 월호예배당)는 이상화와 함께 대구를 비롯하여 시군부를 돌아다니며 독립선언문을 배포하며 열렬한 운동을 전개하였다.

일설에는 서울보다는 며칠 늦어진 3월 6일 남산정 예배당(재일교회) 목사인 이만집이 정원조를 이상화에게 보내어 8일 날을 기점으로 큰장(서문시장) 장날을 이용하여 독립선언서를 낭독하고 유인물을 뿌리며 시위를 하도록 긴밀하게 계획을 수립하였다. 거사를 하기 전날인 7일 밤 상화는 밤을 새워서 독립선언서 등사물을 제작하고 백기만화 허범은 태극기 300매를 박아내었다. 방명원(장로), 최재화(집사), 이종식(곡물상), 이수건(무직), 이명건(이여성, 화가), 이영옥(무직), 김수길(학생), 이덕생(학생), 이영식(학생), 허성도(학생), 이기면(학생), 이종헌(학생), 권성우, 박제원 등은 이상화가 밤을 새워

제작한 유인물을 나누어 뿌렸다. 이때 만든 「동정표시경고문」을 서문시장 상인들에게 나누어주어 일시 상가를 철시하도록 하였다. 이중희(2019: 47)에 따르면 4월 6일부터 이영옥, 이여성(이명건), 이수건 등이 1919년 4월 17일에 결사한 '혜성단'이 중심이 되어 대구부경 시라이 요시사부로(白井義三朗)에게는 '암살협박문'을 시내 곳곳에 붙이고 김천의 안동규에게는 「독립운동자금보조요구탄원서」를 자제단에 가입을 강요하는 친일 조선인들에게도 '암살협박문'을 발송하는 등의 항일 투쟁을 계속 이어나갔다.

백기만이 먼저 일경에 체포되자 이상화는 그들의 감시를 피해 서울 박태원의 하숙집에 은신하였다. 일제는 3.1독립운동 확산 저지를 위해 대구부내 조선인들을 중심으로 자제회단을 결성하여 3.1독립만세운동의 확산을 저지하려고 하였다. 단장으로는 경상도관찰사인 박중양, 발기인으로 이병학·이장우·정해붕·이일우·이영면·정재학·한익동·김홍조·서경순·장상철·서철규·서병원 등이었다. 대구를 대표하는 계몽운동의 지도자이자 재계의 유력 인사와 일제 협력단체인 교풍회 회원으로 구성되었다. 이 사건과 연루되어 소남 이일우는 일제의 강압으로 대구의 토호들 대부분과 함께 자제단에 이름을 올렸으나 일제를 위한 일체의 친일 행동은 하지 않았다. 이 기간 소남 이일우는 조카 상정과 상화의 반일활동과 관련하여 일제로부터 강압적 탄압과 회유를 받았다.

이상화와 그의 형 이상정이 연루된 항일 투쟁의 결과 1919년 6월 상화의 큰아버지인 이일우는 「제령7호 위반」 사건과 관련하여 일경의 신문을 당하였다.

"죽은 동생의 아들 이상정이란 자는 일본에서 부기 공부를 했다는데, 그는 원래가 방탕무뢰하여 항상 내가 감독은 하고 있으나 지금부터 한 달 쯤 전에 가출하여 현재 행방을 알 수 없는 상태인데, 혹은 그와 신문하는 것과 같은 말이 있었는지는 모르겠다. 그도 3~4만원의 재산이 있다."

—『한국민족독립운동사료집』 7, 44쪽

라고 진술하였다. 특히 이상정이 이여성과 연루된 '혜성단' 사건으로 그해 5월 중순부터 주요 인물이 대거로 체포 구금되어 대구복심재판에서 김수길 징역 4년, 이종성·이영옥·이여성은 징역 3년, 이영식은 1년, 권성우는 징역 6월을 언도받았다. 이여성은 그 후 1923년 11월 대구에서 개최된 제2회 대구미술전람회에 이상정과 함께 작품을 출품하게 된다. 상화는 3.1독립운동 이후 크나큰 정신적 내상을 입었을 것이다. 나라를 잃어버린 상처는 일본 동경 유학을 거치면서 당시 어떤 지식인보다 더욱 예민하게 시대 현실에 반응할 수밖에 없었다. 그와 함께 문학에 대한 뜨거운 사랑과 굽힐 줄 모르는 민족적 의지와 주변의 가난한 사람들에 대한 따사한 마음을 지닌 그는 조숙한 문학청년이었다.

상화에게 비쳐진 당대의 사회 현실을 통해 누구보다 깊은 고뇌와 사랑 그리고 저항의식이 자라난 배경은 무엇일까? 그의 큰아버지가 경영한 우현 서루를 통해 맺어진 장지연·장지필·김지섭 등 우국지사들의 영향과 특히 큰아버지 이일우의 엄격한 훈도와 어머니 김신자의 신교육에 대한 의식이 어린 상화에게는 매우 주요한 삶의 기본이 묵언으로 전수되었을 것이다. 그 후 강의원을 통해 만난 홍주일과 노상건, 경성중앙학교 시절의 민족주의 노선을 걸었던 교사들과 주위 친구들은 상화의 예술정신이나 비판적 시대정신을 키우는 데 많은 영향을 미쳤을 것이다.

대구의 독립운동 시위 이후 일제 군경의 강경한 탄압으로 시위주동자는 거의 대부분 경찰에 연행 투옥되었다. 이때 백기만은 구금되었으나 이상화는 즉시 서울로 탈출하여 냉동 92번지에 하숙하고 있던 박태원의 집에 함께 기숙하는 동안 박태원과 우정이 깊어졌지만 그는 폐병으로 먼저 세상을 떠난다.

이중의 사망
—가서 못 오는 박태원(朴泰元)의 애틋한 영혼에게 바침

죽음일다!
성난 해가 이빨을 갈고
입술은 붉으락 푸르락 소리 없이 훌쩍이녀
유린 받은 계집같이 검은 무릎에 곤두치고 죽음일다!

만종의 소리에 마구를 그리워 우는 소-
피난민의 마음으로 보금자리를 찾는 새-
다- 검은 농무의 속으로 매장이 되고
대지는 침묵한 뭉텅이 구름과 같이 되다!

「아, 길 잃은 어린 양아, 어디로 가려느냐
아, 어미 잃은 새 새끼야, 어디로 가려느냐」
비극의 서곡을 리프레인 하듯
허공을 지나는 숨결이 말하더라.

아, 도적놈의 죽일 숨 쉬 듯한 미풍에 부딪쳐도
설움의 실패+리를 풀기 쉬운 나의 마음은
하늘 끝과 지평선이 어둔 비밀실에서 입맞추다.
죽은 듯한 그 벌판을 지나려 할 때 누가 알랴,

어여쁜 계집의 씹는 말과 같이
제 혼자 지즐대며 어둠에 끓는 여울은 다시 고요히

농무에 휩싸여 맥 풀린 내 눈에서 껌덕이다.

바람결을 안으려 나부끼는 거미줄같이

헛웃음 웃는 미친 계집의 머리털로 묶은ー

아, 이내 신령의 낡은 거문고 줄은

청철의 옛 성문으로 닫힌 듯한 얼빠진 내 귀를 뚫고

울어 들다ー울어 들다ー울다가는 다시 웃다ー

악마가 야호같이 춤추는 깊은 밤에

물방앗간의 풍차가 미친 듯 돌며

곰팡이 슬은 성대로 목 메인 노래를 하듯……!

저녁 바다의 끝도 없이 몽롱한 머ーㄴ 길을

운명의 악지 바른 손에 끄을려 나는 방황해 가는도다.

남풍에 돛대 꺾인 목선과 같이 나는 방황해 가는도다.

아, 인생의 쓴 향연에 부름 받은 나는 젊은 환몽의 속에서

청상의 마음, 위와 같이 적막한 빛의 음지에서

구차(柩車)를 따르며 장식의 애곡을 듣는 호상객처럼ー

털 빠지고 힘없는 개의 목을 나도 드리우고

나는 넘어지다ー나는 거꾸러지다!

죽음일다!

부드럽게 뛰노는 나의 가슴이

주린 빈랑의 미친 발톱에 찢어지고

아우성치는 거친 어금니에 깨물려 죽음일다!

―『백조』 3호(「비음」 가운데서, 1923년 9월)

이 작품의 배경이 바로 박태원의 죽음이며 그를 애도한 시이다. 이 시를 혹자는 상화의 첫사랑인 신명여학교를 다니던 인숙의 죽음과 포개어 이중의 사망으로 해석하고 있는데 이는 전혀 억측에 지나지 않는다. 너의 죽음은 곧 나의 죽음, "나는 넘어지다―나는 거꾸러지다!"라는 가장 가까웠던 친구의 죽음을 애통하게 울부짖는 의미라고 하겠다.

오늘을 넘어선 가리지 말라!
슬픔이든 기쁨이든 무엇이든
오는 때를 보려는 미리의 근심도―

아, 침묵을 품은 사람아 목을 열어라.
우리는 아무래도 가고는 말 나그넬러라.
젊음의 어둔 온천에 입을 적셔라.

춤추어라, 오늘만의 젖가슴에서
사람아, 앞뒤로 헤매지 말고
짓태워 버려라!
그을려 버려라!
오늘의 생명은 오늘의 끝까지만―

아, 밤이 어두워 오도다.
사람은 헛것일러라.

때는 지나가다

울음의 먼 길 가는 모르는 사이로―

우리의 가슴 복판에 숨어사는

열푸른 마음의 꽃아 피어버려라.

우리는 오늘을 기리며 먼 길 가는 나그넬러라.

　　　　―「마음의 꽃―청춘에 상뇌되신 동무를 위하여」(『백조』 3호, 1923년 9월)

　상화가 『백조』 3호(1923년 9월)에 발표한 「마음의 꽃―청춘에 상뇌되신 동무를 위하여」라는 시도 역시 일찍 잃어버린 친구 박태원의 죽음을 애통하게 여기며 쓴 시이다. 상화의 절친한 형이자 가까운 친구였던 박태원(1897~1921)은 「오빠생각」 등을 작곡한 박태준(1900~1986)의 맏형으로 3남 1녀의 장남으로 태어나 대구의 대남소학교(희도초등학교)와 남정교회(남성로 제일교회)에 다니면서 찬가대 활동을 하면서 일찍 음악에 눈을 떴다. 기독교계 계성학교를 거쳐 1916년 서울 연희전문을 다닐 무렵 이상화가 상경하여 함께 생활하면서 정을 나누었다. 박태원은 1918년 김영환 선생 아래에서 합창단으로도 활동하였으며 「이별가」, 「내사랑」을 비롯하여 「클레멘타인」, 「켄터키 옛집」 등의 번역 가사에 곡을 붙여 널리 알려졌다. 박태원은 일찍 합창단원으로 연마한 성악의 실력을 1920년 5월 25일 연희전문학교 학생기독청년회 주최 자선음악회에 출연하여 레이가 작곡한 「파라다이스의 꿈」과 「저 멀리 티페레리」를 불러 상당한 호응을 일으키기도 하였다(손태룡, 『대구의 전통음악과 근대음악』, 영남대학교 출판부, 2018).

　박태준은 마산 창신학교에서 교직생활을 하며 시인 이은상과 함께 「미풍」, 「님과 함께」, 「소나기」, 「동무생각」, 「순례자」 등의 예술가곡 형태의 노래를 작곡하였다. 작곡 형식은 1920년대 초반에는 진취적이고 시의 선택도 가곡에서 자유스러운 형태를 채택하여 우리나라 예술가곡류의 문을 열었다. 1924년에서 1931년까지 모교인 대구 계성중학교에 재직하면서 「오빠생각」, 「오뚝이」, 「하얀밤」, 「맴맴」 등의 우리나라 동요의 대표적인 작품들을 작곡 하였으나, 이 가운데 윤복진의 작사에 곡을 붙인 50여 곡의 작품들은 윤복진 의 월북관계로 1945년 이후 가사가 바뀌거나 또는 금지되기도 하였다. 아동 문학가 이원수의 아내인 최순애(1914~1998)가 12살 때인 1925년 11월 그의 친오빠 최영주를 그리는 동시 「오빠생각」을 써 잡지 『어린이』에 투고해 입선하였다. 작곡가 박태준이 5년 후 이 시에 곡을 붙여 만든 것이 동요 「오빠생각」이다. 이원수는 최순애의 입선 다음해인 1926년 같은 잡지 『어 린이』에 「고향의 봄」으로 당선됐으며, 이 시에는 홍난파가 곡을 붙였다.

중국 이상정 장군을 찾아

1919년 무렵부터 중국 만주 일대를 드나들던 이상정은 1925년 중국으로 망명을 떠난다. 망명 기간 중에 사회주의자 혐의로 또는 일본 스파이혐의로 두 차례나 중국 경찰에 체포되어 구금된다. 1928년 1월 무렵 국민혁명당 좌우파가 연합한 통합정부가 난징에 들어섰다. 국민혁명당 정부의 수립과 함께 국민당 소속 항공부대원들이 난징으로 옮겨왔다. 이여성의 사촌동생 이영무와 더불어 박태하·김공집·손두환이 난징으로 들어오자 이들을 만난 이상정과 권기옥은 공산당과 연계되었다는 혐의로 1928년 3월 18일 난징에 이상정이 살고 있는 중국인 집 주인의 밀고로 이상정과 권기옥은 의열단과 긴밀했던 손두환과 조념석, 주취천과 함께 공산주의자 혐의로 체포되어 40여 일 감옥에 구치되었다. 생생한 감옥 생활의 기록은 그가 쓴 『표박기』에 고스란히 남아 있다.

이 사건과 연류된 도인권을 비롯한 권기옥·이상정·주취천·조념석 등이 체포되어 평양으로 함께 이송된 것으로 『신한민보』(1928년 7월 5일) 「도인권 양과 의열단 평양에 호송」과 같은 기사가 실렸다.

「도인권 양과 의렬단 평양에 호송」

긔부한 바어니와 즁국 광동 정부 치보부에 잇다가 못코바(모스코바)을 단녀와서 남경에 잇든 녀류 비힝사가 권기옥 양과 손두환과 의렬단원 쥬취천 리샹뎡 조념석은 다스명이 즁국 남경에서 지난 삼월 십팔일에 공산당 혐의로 즁국 관헌 손에 체포되어 일본령사관을 거쳐 평양으로 호송되어 불구에 평양에 도착이 되리라는데 이에 뒤하여

「도인권 양과 의열단 평양에 호송」
(『신한민보』, 1928년 7월 5일)

평양 경찰셔에서는 젼긔 다숫명의 도착 시일 등을 일체 비밀에 붓치여 반일을 념녀하는 형편으로 자못 즁대 사건이 잠직한듯시 임즁히 하다더라

―「도인권 양과 의열단 평양에 호송」(『신한민보』, 1928년 7월 5일)

그러나 이 기사는 사실과 달리 도인권 양만 평양으로 호송되고 나머지는 40여 일 중국 난징 형무소에 구감되어 있다가 풀려났다. 이러하듯 당시 중국에서 활동하던 독립운동가들의 활동 상황이 신속하고 정확히 국내에 전달되지 않았다.

이상정 장군은 1936년에 중일전쟁이 발발하자 충칭(重慶)에 있는 임시정부의 의정원 의원에 선출되었으나 중국 육군 참모학교의 교관으로 계속 활동하다가 또다시 1936년 8월에 이상정은 권기옥과 함께 일본 스파이 혐의로 다시 체포되면서 군복을 벗게 되었다. 이 무렵 이상정과 권기옥이 중국 정부에 스파이혐의로 체포되었다는 소식이 국내로 전해졌다. 또한 이상정이 사망했다는 오보가 전달되는 등의 혼선을 빚었다.

1937년 3월 8개월 동안 금릉 감옥소에 구금되었다가 그 해 8월에 무혐의로 출소하였다. 이때 감옥 기록은 당시 개벽사에서 운영하는『혜성』지에 보냈으나 일제의 검열로 싣지 못하고 그 원고도 유실되어 버렸다. 당시 이상정의 소문을 정확하게 알려준 것은 이상화의 일족이었던 이설주가 중국 티엔진에 있었는데 이때 이상정과 만난 것으로 알려져 있다.

　　1919년 3.1운동 후 우리나라에서 중국 만주 서간도로 이주한 한인 인구는 25만 명에 달했다. 특히 동북 삼성으로 이주하거나 독립운동을 위해 망명한 인사들 가운데 유독 영남 사람들의 숫자가 매우 많다. 그 이유가 무엇일까? 대구를 중심으로 한 독립운동가 중에 매우 중요한 인물인 이상정과 이상화를 꼽지 않을 수 없다. 이상정 장군의 큰아버지 소남 이일우가 경영하던 우현서루를 거쳐 간 김지섭, 김동삼 지사를 비롯하여 이상정이 조직한 '용진단'의 최원택, 서상욱을 비롯하여 그의 아우 시인 이상화가 관여되었던 ㄱ당 사건 등이 그와 연관된 매우 중요한 사건임에 틀림이 없다. 이상정은 경북 칠곡(현 대구광역시 지천) 출신의 화가 이여성과 소설가 현진건의 형 읍민 현정건, 이종암, 양규열, 최윤동 등의 진보 계열의 인사들과 매우 긴밀한 관계를 가지고 있었다. 그런데 결정적으로 이상정이 중국으로 망명하게 된 계기가 어디에 있었으며 어떤 연줄을 가지고 중국으로 갔는지에 대해 이 그가 쓴『표박기』를 통해 유추해 볼 수 있게 되었다.

　　이상정은 1919년 기미만세사건 당시에 행방이 묘연하다가 1923년도에는 대구에 내려와서 이여성과 함께 미술전시회에 참여하고 또『벽동사』라는 미술연구소 문을 여는 등의 활동을 펼치면서 대구계성학교와 경성에 경신학교, 평양 광성고보, 평북 정주 오산학교 교원을 하면서 진보 계열의 인사들과 접촉이 많았을 것이다. 특히 중국 망명의 길잡이 역할을 해 준 이는 유동열과 손두환, 의사였던 신영삼 등이었다. 그런데 결정적으로 1925년 중국으로 떠난 계기는 소위 '적기시위 사건' 때문이다. 아마 1919년 경부터 만주지역을 건너다니며 독립운동을 전개했던 것으로 보인다. 1923년 대구미술전람회에 이여성과 함께 출품한 이상정의 그림에는 중국의 풍경화가 여러 점 실렸던 것으로 그의 동정을 유추해 볼 수가 있다.

이상정의 중국 망명의 결정적인 계기가 된 것은 '용진단' 사건이 터진 것 때문일 것이다. 『시대일보』 1925년 1월 8일 「용진단 창립식, 개조소년단과 연맹」이라는 기사에 다르면 이상정·안달득·정운해·최원택·김영기·신재모 등이 모여 민족해방운동을 위한 '용진단' 창립을 하면서 대구부에 있는 청년운동단체인 개조소년단과 연맹하기로 하였다고 한다. 이상정이 1925년 1월 12일에 결성한 '용진단'의 위원장으로 활동했는데 이 단체는 사회주의적 성향의 독립운동단체였다(「용진단창립식」, 『시대일보』, 1925.1.8 기사 참조; 「용진단 위원회」, 동 신문의 1925.1.12 기사 참조). 그도 그럴 것이 이 시기에 이미 이여성과 같은 독실한 사회주의자들과의 교분이 많았던 그로서는 당연히 진보적인 색체를 지닌 활동을 하지 않을 수 없었을 것이다. 1925년 1월 이상정은 대구에서 사회주의 성향의 독립운동 단체인 '용진단' 결성, 위원장을 맡고 있었다. 그런데 그 조직 부원이었던 서상욱이 경성 종로에서 붉은 깃발을 흔들며 독립 만세를 부르다 체포된 소위 이 '적기만세 사건'이 발생하자 일제로부터 신변의 위협을 느낀 이상정이 중국 망명을 결심한 것으로 보인다. 이때 만주 퉁허현에 있던 유동열과의 사전 연락이 있었을 것으로 보인다. 대구 출신 의혈단원이었던 이여성·최원택·이덕생·현정건·이종암·최윤동·신철휴 등과 이상정이 밀접한 교류가 없었다면 중국 망명이 쉬 이루어질 수 없었을 것이다.

현재 후손(이장가 소남기념사업회)에서 소장하고 있는 필사본 『표박기』에는 「남으로」와 「장가구에서」, 「북경에셔」가 누락되었다. 아마도 1931년 『혜성』 10월호와 11월호에 실린 원본 육필 원고 가운데 「남으로」와 「장가구에서」에 해당되는 부분, 200자 원고지 62~63매 분량인데 이 부분에 해당하는 원고를 1931년 10월호와 11월호 『혜성』에 연재하면서 출판사에 보낸 부분만큼 원래 육필 원고가 없어진 것으로 보인다. 그런데 어떤 경로로 중국에서 우리나라로 이 원고를 보냈는지도 불확실하다. 의혈단원 인편으로 대구에 있는 동생인 이상화에게 전달하여 잡지사로 보냈을 가능성이 크다.

원본이 없는 분분에 대한 보유는 1931년 10월호 『혜성』에 실린 「남북만일만리답사기」에서도 원문의 「남으로」이고, 동년 11월호 『혜성』에 실린 「동양의 신비국 몽고탐험기」가 원문의 「장가구에서」에 해당되는데 여기서도 「장가구에서」와 「북경에서」는 누락되었다. 따라서 뒤편 부록에 1931년 『혜성』 10월호와 11월호에 실린 누락된 원고 부분의 외의 내용을 추록해 두었다. 장제스와 펑위샹이 이끄는 서북군벌이 베이징에 진격하여 입성하였으나 즉각 서북군벌의 장쭤린과 산시군벌의 리징린과 합작으로 역습하자 펑위샹 부대는 베이징에서 몽골로 퇴각하였다. 펑위샹은 내몽골로 퇴각

1937년 10월경 중국 난징에서 이상화와 이상정

하였다가 러시아로 떠났다. 그 과정을 설명한 내용으로 추정되는 「장가구에서」와 「북경에서」의 내용은 일제 검열에서 압수당했을 것으로 보인다. 서북군벌의 장쭤린이 당시 일제의 만주 괴래국의 지원을 받고 있었기 때문일 것이다.

1937년 중국 난징을 방문했던 동생 이상화가 일제 관원의 눈을 피해 중국에서 이상정의 육필 원고 『표박기』 수고본을 국내로 반입하였다고 한다. 이상정의 맏아들 고 이중희가 생전에 이 『표박기』 수고본을 철끈으로 묶어 제책본을 만들면서 쓴 머리말 글에 매우 중요한 정보가 담겨 있다.

"중국 북경을 찾아 형제 상봉하고 귀국시 전권 맡아 지참했는 2권의 선고 망명 생활기는 숙부가 귀국 직시 형제 밀회의 정보가 일경에 감지되어 대구형무소에 투옥시 압류 당하고 말았다. 기후 해방과 더불어 경찰 지하창고를 연 5일간이나 수색하였으나 그 원고는 행방불명으로 발견치 못하여 처음 기획했는 이 세 권을 찾아 모아서 『표박기』라는 제목으로 선고의 망명사를 간직하려 하였으나 이것은 수포로 돌아가고, 급기는 선고의 귀국 3개년만에 급서로 이 1권만이라도 출간하자는 중의에 따라 고 백기만 씨가 내용을 요약 정리하고 청구출판사의 도움으로 『중국유기』라는 제목으로 1940년(오류)에 출판한 바 있다."

먼저 이상화가 1937년 중국에 가서 가져온 수고본이 2권이라고 하였는데 이것은 모두 일경에 압류당하여 그 원고를 찾지 못한 것으로 기억하고 있다. 그러니까 현재 남아 있는 1권과 도합 3권임은 분명하다. 그런데 시간적으로 봐서 현재 남아 있는 것이 1925년부터 1930년대까지니 제1권뿐이다. 이것은 이상화가 가지고 온 원고로 추정되며 나머지 2권과 3권은 유실되었는지 그 유실 과정이 어떠했는지는 확실치 않다. 그렇다면 1930년에서 1947년 사이에 쓴 원고도 아마 『표박기』의 두 배 가량의 분량인 원고가 남아 있을 텐데 현재 찾을 수 없어 무척 안타깝다. 지금 남아 있는『표박기』의 내용은 중국에서 각 지역의 군벌과의 용호상박하던 시기인 1925년에서 1930년 사이, 국공합작의 시대사를 조명하고 있어 사료적 가치도 매우 크다. 특히 태평천하 시기에 대한 역사 기록은 이보다 더 소상한 기록을 찾을 수 없을 정도이다. 그리고 그 이후의 글들은 국공합작이 파기되고 공산당의 결성과 국민당의 혈투 과정과 공산당의 대장정으로 이어지는 파란만장한 중국 현대사를 조명한 자료일 텐데 현재 남아 있지 않아서 무척 아쉽다.

현재 소남이일우기념사업회에서 보관 관리하고 있는 이『표박기』수고본은 이미 1950년 정하택 씨와 이상정 장군을 기리며 추모했던 허억(대구시 내무국장), 서동진(경북후생회회장) 등이 주선하여『중국유기』(이상정,『중국유기』, 청구출판사, 1950, 155쪽)라는 유고집을 상재한 바가 있다. 그러나 이『중국유기』는 육필 원고와는 달리 첨삭된 내용이 많고 심지어는 내용이 변형되거나 누락된 부분이 많이 있다. 이것은 아마 당시의 정서법에 맞추어 발간하려는 의도와 또 원래 제목인『표박기』곧 중국에서의 유랑생활의 모습을 기록한 글이라는 제목을『중국유기』로 바꿈으로써 이상정 장군의 개인적인 글 예를 들면「큰어머니의 별세!」와 같은 내용은 완전히 누락되었다. 그리고 200자 원고지(東京原稿用紙 양식)에 기록된 이상정의 육필 원고에는 1950년 당시 출판하는 과정에 손을 댄 교정과 수정을 한 부분이 매우 많이 있다.

그 후 교남학교(대륜고)의 무보수 교사를 자청한 상화는 학생들에게 3.1운동과 관동대지진 체험담을 들려주다가 다시 영어의 신세가 됐다. 상화의 제자인 손만호 전 대구상고 교장은 "당시 2학년 급장으로 민족의식이 높았던 선생님께 독립운동 이야기를 해달라는 학생들이 간청을 자주 하곤 했다"며 "그 일로 선생이 출근길에 포박되어 끌려갔으며 건강악화로 이어진 것 같아 평생 가슴이 아팠다"라고 했다. 목우 백기만 시인은 생전에 "상화는 무척 인내심이 있는 사람이었다. 경찰에 붙잡혀가도 자백을 않는 사람으로 정평이 나 있었다"고 회고했다.

1927년 붓을 꺾고 문화예술 사회운동으로

이상화가 1927년 대구로 내려온 이후 문학활동이 뜸해지면서 거의 절필의 상황에 이른다. 지금까지 이 기간에 대한 평가가 단순히 요정을 출입하면서 기생들과 어울려 타락한 삶을 살았던 것처럼 묘사하고 있지만 이것은 크나큰 오류이다. 그는 갈수록 개인의 삶이 핍박해지자 문학을 통한 일제 저항의 한계에 봉착했을 것으로 보인다. 1927년 이전까지는 문학을 통한 일제 저항의 시기였다면 그 이후의 시기는 절망의 늪에서 헤쳐 나오기 위한 문학의 생활화와 실천이라는 측면에서 대구지역의 진보적인 미술가 연극 영화인들과 문화예술활동을 통한 일제 저항의 시기였다.

상화는 큰집 큰아버지와 사돈 간이었던 서병오와의 연연으로 어릴 때부터 집안에 숱한 시서화를 보면서 자랐다. 특히 상화의 맏형인 이상정도 1922년『개벽』창간 2주년 기념호에 시조 2수를 발표한 현대시조작가로서 (이상규, 「대구 최초의 현대 시조작가 청남 이상정(1)」, 『대구문학』141호, 대구문인협회, 2019; 「대구 최초의 현대 시조작가 청남 이상정(2)」, 『대구문학』142호, 대구문인협회, 2019 참조) 그리고 서예 및 전각에 능한 서예가로, 대구 최초의 서양화가로 1917년부터 1919년까지 대구계성학교에서 도화(미술)교사로서 근무하였고 1921년 평양 광성고등학교 교유로 근무하였다(이상규, 「달구벌이 낳은 예술가이자 독립운동가 이상정과 이여성」, 『때와 땅』 전시도록, 대구미술관, 2021). 최근 이상정이 평양 광성고보에서 근무할 무렵 그의 큰아버지에게 보낸 엽서가 발굴되어 그 시기를 분명히 밝힐 수가 있게 되었다. 1921년에는 수채화개인전을 개최하였고 1923년에는 『벽동사』라는 미술연구소를 설립하기도 하였다. 이 당시 의혈단으로 중국에서 활동했던 칠곡 지천 출신의 이여성과의 교류를 통해 1923년 11월 12~17일 사이에 "대구미술전람회"에 이여성 18점, 이상정 18점, 박명조 5점 등의 작품을 전시하였다. 이처럼 다방면에서 근대 대구문화예술계의 여명기에 큰 영향을 끼친 선각자로 알려져 있다. 이상정이 평양 광성고등학교 도화선생으로 근무할 당시 평양의 광성고보 2학년을 중퇴한 판화가 최지원(?~1939)과 평양에서 활동하던 박수근, 장리석 등과 연계하여 활동하였을 가능성이 있다.

이러한 환경에서 성장한 상화 역시 미술에 상당한 관심을 가지고 있었다. 1957년 9월에 대구에서 개최된 작고 예술과 추모전에 추모 대상으로 이장희·이상화·현진건·이활·이인성·김용조·백신애·오일도·조세림이 선정되었듯이 근현대 지역 문화예술계는 장르를 뛰어넘은 활동으로 이어지고 있었다. 앞에서도 언급했듯이 대구화단의 거목인 서병오·이상정·이여성·황윤수·박명조·박기돈·배효원·김진만·서동균 등으로 대구화단의 계보가 이어진다. 칠곡 신동에서 거부의 아들로 태어난 이여성(이명건)은 경성중앙중학교를 나와 1919년 3.1독립만세운동에 가담하면서 '혜성단'을 조직하여 일찍부터 일제 저항운동에 깊이 뛰어 들었다.

1927년 서동진·이상화·김용준·배명학·박명조·최화수·이상춘·이갑기·주정환·김성암·서병이 등이 중심이 된 'ㅇ과회'의 결성은 문학, 미술과 연극 영화가 함께 어우러진 문화예술 사회운동으로 발전해 나가게 된다. 특히 이상춘·이갑기 등은 이상화와 함께 이미 1925년 무렵 '카프' 활동을 통하여 사회주의 민족문화예술 활동을 하였다. 이어서 1930년 서동진·최화수·김용준 등이 중심이 된 '향토회'가 결성되었다. '향토회' 2회전(1931)에는 이상화도 출품하였다(이상규, 『달구벌이 낳은 예술가이자 독립운동가 이상정과 이여성』, 민속원, 2021).

이 시기 상화는 문화활동보다 출판, 신문사 총국 운영을 비롯한 문화예술 활동에 전력을 기울인 시기로 상화 자신의 문예관과 그의 문학의 본질적 이해를 위해 매우 소중한 기간이라고 할 수 있다.

대구경북 신간회 ㄱ당 사건

신간회 대구지회 간부인 노차용·장택원·정대봉·이상화·문상직 등이 1928년 4월 결사의 필요성에 대해 의견을 교환했고, 같은 해 5월 20일 신간회 부산지회의 이강희, 의성지회의 유상묵 등의 대구 방문을 계기로 비밀 결사체인 대구경북신간회지회의 하부 조직인 ㄱ당을 조직했다. 이때 재무부 임원에 노차용·장택원, 조사부 임원에 이강희·유상묵, 연구부 임원에 정대봉·문상직 등이 각각 선임됐다. ㄱ당은 비밀 보장을 위해 지은 정체불명의 '줄임말'이다. 당시는 1927년 2월 좌우합작 독립운동단체인 신간회의 출범에도 불구하고 민족주의와 사회주의 계열의 이념 차이, 사회주의 세력 내부의 노선투쟁으로 통일적이고 효율적인 항일운동을 펼치지 못하는 상황이었다. 조선은 물론 해외에 지부를 두고 회원 수가 3만~4만여 명에 이르렀던 신간회는 '민족단일당 민족협동전선'이라는 표어 아래 조선민족운동의 대표 단체임을 자임했으나 구성원의 이념적 통일성을 확보하지는 못했다. 이런 상황을 극복해보자는 게 ㄱ당의 창립 취지였다.

이상화는 독립운동 자금 마련을 위하여 지하에서 운동했던 ㄱ당 사건으로 일제 경찰에 구금되어 조사를 받은 일뿐만 아니라, 조선프롤레타리아예술가동맹에 발기인으로 참여한 후 기관지 『문예운동』 주간을 맡아 항일의 일선에 섰다. 『조선일보』 경북총국을 경영했던 일은 단순한 언론사업 이상의 일이라 해석할 수 있다. 육사도 대구 시절 『조선일보』에서 일했던 일로 미루어 그 무렵 조선의 지식인들이 항일운동의 간접적인 방식으로 택했던 길이 언론 사업이란 형식이 아니었을까 생각하는 것이다.

상화는 일생을 통한 항일운동가요 민족지사였다. 일제에 의해 구금되고 고문을 당하며 숱한 고초를 겪으면서도 형극의 세월을 독야청청한 민족시인이었다. 상화의 독립운동은 기미(1919)년 8월의 대구 독립만세운동에서 비롯된다.

本籍　慶尙北道漆谷郡仁同面新洞五八八

住所　不定

新幹會大邱支會幹事

無職　何　鳴　コト　張　澤　達　（二十八年）

本籍　慶尙北道達城郡瑜伽面佳泰洞四四〇

住所　不定

無職　彈宇　コト　郭　東　英　（二十八年）

本籍　慶尙南道釜山府賣水町一丁目七七

新幹會釜山支會總務幹事

釜山勞友會庶務幹事

釜山協同組合長

無職（政）　李　康　熙　（三十九年）

本籍　慶尙北道高靈郡高靈面中化洞二六五

住所　不定

無職（政）文白　コト　文　相　直　（三十六年）

本籍　慶尙北道義城郡點谷面東邊洞一一九六

住所　不定

無職（政）　柳　尙　默　（三十四年）

本籍　全羅南道和順郡同福面漆井洞二六九

住所　大邱府西城町二丁目三九

新幹會大邱支會幹事

無職　鄭贊　コト　鄭　大　鳳　（二十六年）

本籍　慶尙北道義城郡義城面中里洞八一八

住所　慶尙北道義城郡義城面上里洞

元義城青年同盟幹部

元義城正義社執行委員

印刷業吳　進　文　（三十四年）

本籍　右同

新幹會大邱支會出版部庶務幹事

印刷業　尙火　コト　李　相　和　（二十八年）

本籍　大邱府南山町三一一

住所　右同

無職　萬恢　コト　李　相　快　（二十七年）

二四六

一、東京留學生ノ獨立運動事件

朝鮮留學生等ハ大正八年二月二十三日夜朝鮮青年獨立團民

族大會召集促進部趣旨書ナル不穩文書ヲ密ニ印刷シ翌二十四

日、日比谷公園ニ於テ之ヲ配布セルヲ以テ印刷物ノ署

名セル者及其ノ關係者ト認ムル者ニ對シ二十四日以來取調中

ノ處署名者ノ内崔承万、姜宗燮ハ趣旨書ノ作製ニ下照療、張

仁懷ハ之力印刷費用ハ崔在字之ヲ負擔スルコトニ協定シ又金

熈述外數名ハ印刷擔任者下熙療等ノ依頼ヲ受ケ二十三日夜金

熈述方ニ於テ印刷シ翌二十四日朝之ヲ下熙療ニ交付シ同人ハ

更ニ崔在字ニ交付シ崔在字ハ鮮文ノ分ハ之ヲ日比谷公園ニ於

テ配布ヲ企テ日文ニ獨スル分ハ金曽達ニ保管方ヲ依託セルモ

ノナルコト判明セルモ何レモ微罪ト認メ二十五日説諭ノ上放

서울에서 3.1독립만세운동이 일어난 것을 2일 저녁에야 듣고 흥분을 감추지 못한 목우 백기만(대구고보 3년)이 3일 날이 밝자마자 상화를 찾았다. 이미 서울에서 독립선언 33인 가운데 한 사람인 이갑성(대구고보)을 통해 백기만과 이상화와 연계하여 대구지역 학생들의 독립만세 운동의 확산을 위한 연락이 이루어져 있었다.

대구 독립만세운동의 핵심역할을 맡았던 백기만은 후일 『상화와 고월』(청구출판사, 1951)에서 이렇게 회고했다. "상화는 우리들이 감옥으로 넘어간 후로도 최재화(전 전국장로교총회장, 현 최성구 안과원장 부친)와 군부 지역까지 돌아다니며 선언문을 뿌리고 독립운동자금을 조달하다가 다행히 검거망을 벗어나 경성으로 달아났다."라고 하고 있다.

상화는 3.1운동 이후 이념을 초월한 전 민족적 항일 단체였던 신간회의 대구 비밀결사 조직인 ㄱ당의 핵심간부로 활동하다가 1928년 7월 24일 검찰에 송치되기에 이른다. 1934년 경상북도 경찰부가 발행한 『고등경찰요사』(244~246쪽) 「ㄱ당 사건 기록」에 따르면 노차용·장택원·이강희 등이 상화와 함께 치안유지법위반 등으로 경찰에 체포된 ㄱ당 사건 관련자는 10명이다. 상화의 인적 사항에는 "신간회 대구지회 출판부 서무간사, 인쇄업, 28세, 대구부 남성정 311"로 기록되어 있다. 1928년 4월에 조직된 ㄱ당은 그 운동 방침에서 보듯 "만주의 농지를 개척하여 농민을 이주시키고, 청년 동지를 중국 광동군관학교에 유학시켜 무장투쟁을 준비하는 한편 이를 위한 국내의 자금모집과 일제에 대한 경고 및 대중 각성을 위해 친일파와 일제관리를 처단하는" 것이나.

이 무렵 대구에서 이러한 항일 조직이 결성된 배후에는 1927년 신간회와 연관된 ㄱ당 사건과 매우 긴밀한 관계를 가지고 전개된 것이다. 3.1독립운동을 전개할 당시부터 이종암·이여성 등과 탄탄한 인맥으로 연결되어 있었던 것이다. 특히 1927년 이후 상화가 대구 지역의 미술, 연극, 영화인들과 연계한 예술문화활동을 펼치면서 항일 투쟁에 나선 것으로 판단된다. 독립운동 지원 활동무대를 만주에 두고 무장 투쟁 노선을 지향한 비밀결사운동으로 발전시켜 나가려는 야심찬 일제 저항운동 단체였다. 일제 경찰의 이목을 피하기 위해 한글의 첫 글자인 'ㄱ'을 사용해 비밀결사의 이름을 정한 'ㄱ당'의 조직 멤버였던 노차용과 곽동영이 1928년 6월 11일 둔산동(현 대구광역시)의 부호 김교식 집에 들어가 잡지 발행 비용이라는 명목으로 위협하여 5천 원의 약속어음을 적게 했다. 김교식은 도장을 숙부가 가지고 있으니 후일 등기 우편으로 보낼 것을 약속해 밤을 세우고 12일 아침에 나왔으나 정보를 입수한 대구경찰서의 경찰에 의해 검거되면서 조직이 해체되고 말았다.

일제는 이 사건을 빌미로 안동, 고령 등 대구경북 지역의 신간회에 대한 탄압을 본격화했다. 일제 경찰은 ㄱ당 사건을 빌미로 신간회 대구지회에 대한 탄압을 가했으며, 1927년 7월 무렵 곽동영(달성군 유가면 가태리, 28세), 노차용(경남, 당시 대구 거주, 25세), 문상직(고령군 고령면 중화동, 36세), 유상묵(의성군 점곡면 동변동, 34세), 장택원(칠곡군 인동면 신동, 28세), 정대봉(전남, 당시 대구 거주, 26세) 등 관련자 10여 명을 검찰에 송치하였다.

이때 민족주의 비밀결사사건을 『동아일보』의 1928년 7월 13일자 「대구 서 활동맹렬… 각처에서 청년검거」란 기사에서 이상화와 이상쾌 두 청년 등을 검거하야 극비밀리에 엄중 취조중이라고 보도하고 있다. 특히 이상쾌 는 1919년 독립만세사건에서부터 서로 연계되었었고 그는 밀양의 김원봉 이 주도하는 의혈단원이었기 때문에 이 사선이 이종암 사건과 연계되어 있다고 추정할 수 있다. 아래에 「경북 모사건 익 확대」라는 『동아일보』는 1928년 7월 13일자 기사를 먼저 읽어 보자.

민족주의의 비밀결사 사건으로 각 방면에 해치어 계속활동 중인 대구서 고등 계에서는 일량 일편신간안동지회장 리술상(신간안동지회장)을 부내 모 려관에

大邱署活動猛烈

各處에서 青年檢擧

◇검거의 손은쉬칠줄몰라◇

慶北某事件益擴大

道廳當局 休校

「경북 모사건 익 확대」
(『동아일보』, 1928년 7월 13일자)

묵고 잇는 것을 검거하고 쏘 서울서
활동 초긔에 검거해 와서 취조 중인
리강희의 백씨가 경영하는 경부 수야
샹덤의 가택을 수색하는 한편 그 샹덤
주 리경희 씨의 장남 소재를 찾는 것
을 비롯하야 지안 10일 오후에는 돌연
히 부내에 거주하는 리상화 리상쾌 두
청년과 의성군 출경 오진문 등을 검거
하야 그비밀리에 엄중 취조 중인 모양
이라는데 이러케 검거하기는 십이일
대구에 도착하야 도내를 일순하고 돌

아갈 산리총독(山梨總督)의 래구로 말미암은 엇던 경계 검거라 전하기도 하나
그것보담 샹긔한 목하 동서의 활동 중인 민족주의 비밀결사 사건의 확대로 인한
검거임이 틀림업슬 듯 하다 하며 그 비밀결사 사건은 의리에 각 방면으로 더욱
확대되어 각서에서 련루자의 검거를 보게 되었다는 바 아즉도 검거의 손은 어대
까지 해치일는지 사건의 진척은 주목되는 바이다더라(대구)

ㄱ당의 재무부를 담당한 칠곡 출신의 장택원(1901~?), 노차용(1904~?)
등은 1928년 6월 17일 체포되었고, 달성군 유가읍 가태리에서 태어난 곽동
영(1901~?)과 고령 출신인 문상직(1893~?)은 7월 24일 「치안유지법」 위반
등으로 기소되어 5년형을 선고받고 투옥되었다. 곽동영은 치안 유지법 위반
으로 기소 당했지만 대구지방법원에서 1928년 8월 2일 증거 불충분으로
불기소 처분을 받았다. 이 사건은 신간회 조직원을 대상으로 경북 의성읍
상리 출신의 오진문(1895~?)이 1919년 8월부터 대구에서 오기수 등과 함께
임시정부의 군자금 모집 및 친일파 폭살 계획을 수립하고 활동하던 중인

1920년 1월 의성 출신 오기수·김영우 등과 함께 조선규로부터 독립운동 자금 740원을 제공받은 사건이다. 그러다 일경에 체포되어 1920년 7월 24일 소위 제령 위반 및 총포 화약 취체령 위반으로 기소되어 옥고를 치렀다. 1923년 4월 10일에는 오기수 등과 함께 의성에서 '북풍회'와 연결된 사회운동 단체인 '정의사'를 조직하고 집행위원을 역임하였으며 1927년경 의성청년동맹 회원으로 활동하다가 1928년 6월 대구 달성공원에서 노차용 등과 함께 독립운동 단체 ㄱ당을 결성하였다가 일본 경찰에 체포되어 1928년 7월 24일 소위 치안유지법 위반으로 기소되어 옥고를 치렀다.

당시 관련자들의 신변 기록은 다음과 같다.

노차용(25세) 경상남도 창녕군 리방면 동산동 109 출신인 신간회 대구지회 간
　　사이자 대구청년동맹원 무직)
장택원(28세) 경상북도 칠곡군 인동면 신동 588, 주소 부정 신간회 대구지회
　　간사
곽동영(28세), 경상북도 달성군 유가면 가태동 440, 주소 부정
이강희(29세), 경상남도 부산부 보수정 일정목 77 신간회 부산지회 총무간사
문상직(36세), 경상북도 고령군 고령면 중화동 265, 주소 부정
류상묵(34세), 경상북도 의성군 점곡면 동변동 1196, 주소 부정
정윤택(정대봉)(26세), 전라남도 화순군 동복면 칠정동 269, 주소 대구부 서성
　　정 이정목 삼구, 신간회 대구지회 간사
오진문(34세), 경상북도 의성군 의성면 중리동 818, 경상북도 의성군 의성면
　　상리동, 의성청년동맹 간부, 의성정의사 집행위원
이상화(28세), 대구 본정 이정목 11 신간회 대구지회 출판부 서무간사
이상쾌(28세), 대구부 남산정 311 무직

ㄱ당 사건은 3.1독립만세운동 사건과 일연의 연계관계를 맺고 있다.

조선은행 대구지점 폭파 사건

이상화는 다시 1927년 10월 무렵 일경에 체포되었는데 장진홍의 1927년 10월 16일 조선은행 대구지점 폭파 사건을 주도한 혐의로 2차로 일제에 구금이 되었다.

칠곡 출신인 장진홍(1895~1930)은 1927년 10월 16일 칠곡 집에서 폭탄을 제조하여 선물 상자로 위장한 채 심부름꾼을 시켜 조선은행 대구지점에 전달했으나 은행원이 눈치를 채고 경찰을 부르면서 바깥에 옮겨둔 폭탄 상자가 폭발하여 경찰 4명을 포함한 6명이 부상을 입었고, 장진홍은 무사히 달아났다.

그는 여기서 그치지 않고 친척인 장용희에게 안동의 주요 시설을 폭파할 수 있도록 폭탄을 제조하여 전달했으며, 친구 김사실과 함께 영천에서의 거사를 위한 폭탄도 제조했다. 이 두 번의 후속 폭탄 테러 계획은 실행에 옮겨지지 않아 미수에 그쳤다.

장진홍 의사

경찰의 수사망이 점점 죄여오자 장진홍은 일본으로 피신하여 오사카의 동생 집에 은신해 있다가 최석현 등을 앞세운 일경의 끈질긴 추적 끝에 1929년 체포되었다. 이듬해 사형 선고를 받았고, 최종심에서도 사형이 확정되자 대구 형무소에서 자결했다.

이육사는 '카프' 동인이기도 하였으며 대구에서 살았지만 1925년 20대 초반에 가족이 대구 남산동으로 이사한 뒤 형제들과 함께 이종암과 연계되어 의열단에 가입하였고, 1927년 10월 18일 일어난 장진홍의 조선은행 대구지점 폭파 사건에 연루된 혐의로 큰형인 원기, 맏동생 원일과 함께 처음 투옥되었다. ㄱ당의 멤버인 장진홍의 1927년 조선은행 대구지점 폭파 사건에 이육사도 연루되어 대구형무소에서 3년 간 옥고를 치르면서 그때의 대구형무소에 수감되어 있을 때 받은 수인번호인 264를 따서 호를 '이육사'라고 지었다. 출옥한 후 다시 베이징대학 사회학과에 입학하여 수학 중 루쉰(魯迅) 등과 사귀면서 독립운동을 계속 전개했다. 1930년 1월 3일 이활이라는 이름으로 처녀 작품인 시 「말」을 『조선일보』에 발표한다. 중국 활동 중, 후에 교보생명을 창업하게 되는 신용호에게도 영향을 미쳐 독립운동 자금을 지원하게 하고, 나아가 교육보험사업에 설립하는 데 영향을 미쳤다고 한다.

대구 달성 이종암이 1919년 3.1독립운동 이후 동년 11월 10일 중국 지린에서 김원봉·윤세주·이성우 등 12명과 함께 일제에 대한 전면적 폭력투쟁을 목적으로 하는 의열단을 창립하여 활동하였다. 이종암은 독립군 군자금을 모집하기 위해 1925년 7월 잠입하여 1927년 대구에서 자금모집 활동을 하다가 일본경찰에 붙잡혔다. 이종암과 백기만, 이상화가 함께 연루되어 상화가 구금되었다. 이종암은 달성 출신으로 1908년 경상북도 대구고보를 다니다가 1910년 대구농림학교 전퇴를 거쳐 부산상업학교에 전입을 하여 다니다가 결국 중퇴하였다. 그는 1917년 12월, 대구은행 출납 담당 행원으로 있다가 금고 속에 있는 만구백 원의 돈을 탈취하여 중국 장쑤성 상하이를 거쳐 둥베이 지방 지린으로 탈출하였다.

1917년 5월, 중화민국 둥베이 지방을 왕래하며 대한 독립 운동에 뜻을 둔 동지와 함께 대한 조국 광복 투쟁을 결의, 비밀결사를 조직하여 경남 밀양에 거주하던 김대지·구영필 등의 동지를 만났다. 그 후 그는 1918년 2월에 중국 둥베이 펑톈성 퉁화현에 있는 무관학교에 입학하여 교관인 대구 출신 서상락·강세우·이성우 등의 동지를 만나 무관학교를 그만두고 독립투쟁에 뛰어들었다.

1919년 11월 9일 김원봉·황상규·한봉근·신철휴·이종암·이성우·윤소룡·서상락·한봉인·배중선·이낙준·강세우·곽재기 등 13명으로 결사조직인 의열단을 결성하였다. 1925년 9월 신채호는 미리 작성한 의열단 선언서를 지참하고 대구로 잠입하였다. 이병호의 안내를 받아 이병태를 만나 그전에 예치했던 돈을 받기로 하였으나 일제 경찰의 추적을 받고 달성군 달성면 노곡동에 있던 이기양의 산장에서 은거해 있다가 1925년 11월 5일에 일경에 피체되었다. 결국 그는 1926년 12월 28일에 대구지방법원에서 징역 13년형을 언도받고 옥고를 치르던 중 1930년 5월 28일에 대구형무소에서 병으로 옥사하였다(피고인 이종암에 대한 재판 문서(773457) 참조).

1928년 민족주의와 사회주의 좌우 합작으로 민족정기를 바로 세우기 위해 모인 신간회가 대구지부를 결성하고 이상화는 여기서 출판간사를 맡게 된다. 그러나 소위 ㄱ당 사건으로 일제에 일망타진 구금되었다가 풀려났다.

'재일본조선노동총동맹'의 주도자와 연계

1925년 무렵 사회운동단체, 노동단체로 결성되어 1929년 해체된 「제일본노동총동맹」을 주도한 사람으로 백무·안광천·이여성·김상철 외 여러 명이 있다. 그런데 이 단체를 주도한 백무는 상화가 1923년 일본 체류 중에 만난 친구이다. 백기만(1951: 175~176)은 매우 귀중한 정보를 우리에게 제공해 주고 있다. 관동대지진으로 인해 극도로 흥분했던 일본 극우파들이 조선인을 학살 현장에서 겨우 풀려난 상화가 자기 하숙집으로 와 보니 "마루장 아래에 백무(白武)라는 동지가 숨어 있었다"고 전한다. 바로 이 백무는 1919년 대구에서 3.1운동에 백기만과 상화와 함께 참가하여 1개월간 투옥되었던 인물이다. 출옥한 후 동경으로 건너가 1920년 박열 등과 함께 조선고학생동우회를 결성하고 1921년 사상단체인 '흑도회'의 일원이 되었다. 1922년 도쿄 조선노동동맹회가 조직되자 그 조직에 간부로서 활동하였다. 그리고 1923년 8월 '학우회' 멤버들과 후세 다쓰지(布施辰治), 김약수 등과 함께 부산·김해·대구·서울·광주·전주 등을 순회하며 연설회를 하였다. 그러니까 상화가 일본에서 아테네 프랑세에서 공부하면서도 도쿄조선무산청년동맹회에 활동하였던 백무와 지속적인 연계가 되었음을 알 수가 있다. 상화의 사상적 변화를 보여준 시 작품의 변화가 이미 일본 동경 유학시절부터 생겨난 것이다.

1925년부터 1929년까지 일본 지역에 결성된 재일조선인 노동운동단체인 '제일본노동총동맹'은 백무·안광천·이여성·김상철·이헌 등은 동경에 있던 평문사에서 조선노동공제회장 박장길과 공제회 이지영 등이 무산청년과 노동자의 대동단결을 도모할 목적으로 일본 내 통일기관인 재일본조선노동총동맹을 결성하기로 하고 이헌·김상철·이지영·박장길·김길섭·지후근·김치 외 6명으로 준비회를 구성했다. 1925년 2월 22일 동경도 나카다(高田) 소재 일화일선청년회관에서 동경조선노동동맹회와 대판조선노동동맹회를 비롯한 12개 단체 대표 63명 등 150여 명이 참석한 가운데 재일본조선노동총동맹 결성대회가 열렸다. 이 단체는 결성 직후부터 해산 때까지 일관되게 노동 투쟁을 전개했을 뿐만 아니라 조선의 수해이재민 구제운동, 조선인학살과 탄압사건 등 재일조선인에 대한 보호운동을 전개했다. 일부의 반대에도 불구하고 해체운동은 1930년 1월에 이르러 더욱 본격적으로 전개되어 그 해 2월 1일 교토 지부의 해체를 필두로 각 지부가 해체과정을 밟았다.

재일 노동운동을 선도했던 백무와의 인연이 닿은 상화가 일본에 있는 동안 일본에서의 사회주의 운동의 방향과 전개에 대한 깊은 인상을 받았을 것으로 보인다. 최근 일본에서 노동자 운동을 전개하던 김정규에게 이상화가 서동균의 글씨를 받아 선물한 병풍을 김정규의 후손이 대구시에 기증하였다. 그래서 이상화가 1923년 일본에서 교류했던 노동운동가들과의 관계가 확인된 것이다. 그러한 체일 기간 동안의 경험과 체험을 토대로 하여 1924년 귀국 이후 무산계급에 대한 관심이 더욱 공고화된 계기가 된 것으로 보인다. 그 후 1926년 12월 26일『중외일보』에「무산계급 예술동맹, 임시총회에서 위원을 개선」이라는 기사가 실렸다. 파스큐라 결성 이후 사회주의 문학운동 단체를 통합한 진보 계열의 문화예술인들인 이기영·김영팔·이량·조명희·홍기문·김경태·양명·이호·김온·박용대·권구현·김기한·이상화·최학송·최승일·박영희·김동환·안석주·김기진·안석주 등이 경성부 청진동에 모여 '조선프롤레타리아예술동맹'을 결성하였다. 6.10만세운동의 주동자로 체포되어 산화한 안동의 권오설이 이상화에게 보낸 편지가 발견됨으로써 당시 이상화 시인이 진보적 인사들과 폭넓은 교류가 이루어졌음을 알 수 있다. 이러한 일련의 맥락으로 보면 이상화의 활동 영역이 문학활동에서 차츰 문화예술과 사회단체활동으로 변화되었음을 알 수 있다.

신간회 대구지부 출판간사, 근우회 활동 지원

신간회는 1927년 2월 15일에 사회주의, 민족주의 세력들이 결집해서 창립한 항일 단체이다. 1931년 5월까지 지속한 좌우합작 독립운동단체로 전국적인 조직은 물론 해외 지부까지 두고 있었다. 창립 당시 회장 이상재, 부회장 권동진, 그리고 안재홍·신석우·문일평을 비롯한 간사 35명을 선출하고, 전국적인 조직으로 확대되었는데 1928년 말경에는 지회 수 143개, 회원 수 2만 명에 달하는 전국적 조직으로 성장했다.

신간회지회(新幹會支會) 1927년 7월 26일자『중외일보』「신간대구지회: 설치준비회」라는 기사에

대구의 각 방면을 망라한 유지들이 신간회대구지회를 설치코저 얼마 전부터 연일 활동하며 비공식으로

일,이차의 회합이 잇섯스나 회의 성립을 보지 못하엿든 바 지난 이십삼일 오후 사시부터 중외일보 지국 내에서 신간회대구지회 설치준비회를 개하고 약 이십명의 동지들이 회합하야 준비회를 개하고 이경희씨 사회 하에 제반 사항을 토의한 후 회의 성립이 완전히 되어 준비위원을 선거한 결과 씨명은 여좌하며 또한 총회소집 시까지 일체 권리를 준비위원에게 일임하고 동 육시 경에 폐회하엿다더라(대구)

◇ 준비위원

이경희, 김태련, 장적우, 곽진영, 박진형, 이재영, 송기찬, 이능식, 박제원, 김회용, 김하정, 장인환, 최윤동, 허병률, 이상화, 홍주일, 서민달, 김성국, 장하명, 송두환

◇ 임시상무

최윤동, 곽진영, 장인환

이라 하여 신간회 대구지회 설립 준비가 이경희가 주도하여 상당한 진척이 이루어졌음을 알 수가 있다. 제2회 신간회 준비 소식도 1927년 8월 14일자

「大邱에도 新幹支會創設: 準備에 奔忙」(「매일신보」, 1927년 7월 25일자)

『중외일보』에 「신간준비 대구지회」에 소식이 실려 있다.

기보=대구에서는 각방면의 유지가 회합하야 신간대구지회를 설치코저 준비위
원 이십명을 선정한 후 제1회로 준비위원회를 소집 개회하고 당무위원 3인을
택하야 준비에 급급하다 함은 당시 본보에 보도한 바와 갓거니와 지난 십일
하오4시에 제2회준비회가 중외일보 대구지국에서 개회된 바 창립대회는 8월
하순이나 또는 9월 상순으로 소집할 것과 상무위원 7명을 선정하야 창립대회
소집 시까지 사무 처리할 것과 준비 장소는 중외일보대구지국으로 할 것과 준비
위원은 대회까지 회원 1인 이상을 모집할 것을 결의하고 동5시 30분경에 폐회
하엿는 바 선정된 상무위원은 좌와 갓다더라(대구)
◇ 상무위원
　최윤동, 이상화, 장적우, 장인환, 이능식, 송기찬, 곽진영

이라 하여 신간회 대구지회 창립 준비에 대한 내용을 소상하게 전한다.
여기서 이상화는 상무위원을 맡았다가 창립 이후 출판간사를 담당하게 된
다. 1927년 9월 8일자 동보에 「대구신간 제1회 간사회 부서 결정」이라는
기사에

대구신간지회를 지난 3일에 성대히 설립된 것은 당시 본보에 보도한 바와 갓거
니와 지난 6일 오후부터 제일1간사회를 중외일보 지국내에서 개최한 바 회장
이경희씨 사회로회의를 진행하야 각부 총무 간사급 상무간사를 선거하고 실립
총회에서 위임 마튼 예산안 작성은 총무간사회에 일임하고 회관은 서성정 이정
목에 잇는 대구천도교 정실로 정하고 유급 간사 1인을 둘 것은 예산 성입 후
결정 하기로 한 후 동7시경에 폐회 하엿는바 선정된 각부 총무간사 급 상무간사
는 다음과 갓다더라(대구)

◇ 부서

△ 서무 송두환, 정뢰 △ 재무 곽진영, 장적우 △ 출판 김하승, 이상화 △ 정치문화 최익준, 김리용 △ 조사 서만달, 송하찬 △ 조직 박해돈, 김월천 △ 선전 장인환, 허홍제

1929년 6월 말 간사제를 없애고 집행위원회 체제로 개편, 중앙집행위원 장에 허헌이 선임되면서 경성 신간회에서는 전국 조직 확대와 활동 역량 강화에 따라 신간대구지회 설치 준비위원회가 1927년 7월 26일에 개최되었다. 이경희·김태석·최윤영·김하정·곽진형·장인환·최윤동·허병률·이상화·송기찬·홍주일·서만달·이재영·김성국·장하명·송두환·박제원·장적우·이능식이 모여 신간회(대구지회)를 결성하였다. 이어서 신간회대구지회 제1회 간사회가 1928년 1월 1일 개최되었는데 여기서 최홍익(신간회 대구지회 서무부 총무간사), 박광세(신간회 대구지회 서무부 총무간사), 서영로(신간회 대구지회 재정부 총무간사), 장하명(신간회 대구지회 재정부 상무간사), 박승(신간회 대구지회 재정부 상무간사), 권승종(신간회 대구지회 재정부 상무간사), 이상화(신간회 대구지회 출판부 상무간사), 장적우(신간회 대구지회 출판부 상무간사), 최익준(신간회 대구지회 정치문화부 총무간사) 등을 선임하였는데 이상화가 출판간사를 담당하게 되었다. 상화는 대구에서 출판업에도 손을 댔다가 실패를 하였고 신간회와의 인연으로 1934년 조선일보 경북총국을 맡았다가 실패를 거듭한다. 문제는 이 신간회 활동은 상회가 시를 통한 독립운동의 한계를 뼈저리게 느낀 반대급부로 사회운동에 뛰어든 결과인 것이다. 따라서 상화의 신간회 활동은 그의 삶에서 매우 중요했던 시간이라고 할 수 있다.

신간회 활동을 통해 청년동맹과의 결속과 자매단체인 여성 근우회의 지원활동에 상화가 직접 뛰었다는 기록들을 확인할 수가 있다. 1929년 11월 19일자 『중외일보』에 실린 「진주근지 임시대회」라는 제하의 글을 보면 신

간회의 여성 중심 자매단체인 '근우회'가 전국 지방 조직을 강화하고 있었다는 것을 알 수가 있다.

이 '근우회'의 발기를 주도한 정칠성(1897~1958)은 대구에서 태어난 기녀 금죽이다. 1919년 3.1만세운동을 계기로 사회운동에 참여하였고, 여성운동에도 적극 참여하였다. 1924년 허정숙·정종명·오수덕 등과 함께 사회주의자와 공산주의 여성들의 여성단체인 '조선여성동우회', 1925년 도쿄에서 여자유학생단체인 '삼월회'와 1927년에는 '신간회'와 '근우회'의 창립에 참여하였다.

1923년 10월 17일 조영수·이춘수 등과 함께 대구 명신여학교 강당에서 기독교 등 종교모임의 부녀단체와 여성단체를 본떠 '대구여자청년회'를 창립 발기하였다. 대구여자청년회의 창립은 당시 종교단체 외에 여성운동을 조직적으로 하는 단체가 없던 상황에서 여성 대중을 대상으로 조직을 결성한 첫 시도였다. 정칠성은 전국적인 여성 단체, 여성 청년 단체 조직의 필요성을 역설한다. 이후 대구여자청년회 집행위원이 되어 1925년 3월까지 대

허정숙·주세죽·고명자(사진출처: 네이버 블로그 비단공주)

구여청에서 활동하였다. 1925년 3월 22일에는 대구청년회관에서 경북 지역 인사들이 모인 사회주의 연구 사상단체 사합동맹에 창립발기인으로 참여, 맹원으로 활동하였다. 3월 31일 다시 유학차 일본으로 건너갔다. 일본으로 건너간 그는 도쿄 여자기예학교에 복학하였다.

정철성은 1927년 2월 신간회 창립발기인으로 참여하여 신간회 경성지회 조직에도 참여하여 대구지역 신간회 결성을 추진하는 데 상화와 연계되었음을 확인할 수가 있다. 1927년 4월 26일에 경성 중앙유치원에서 좌우합작의 여성단체인 '근우회'가 창설될 때 유각경·황신덕·김선·허정숙·주세죽 등과 함께 근우회 창립발기인으로 참여하면서 민족주의와 사회주의 운동의 연합체인 신간회의 자매단체로의 결연을 주선하였다(조선희, 2017, 『세여자』, 한겨레출판). 1927년 4월 28일 근우회가 발족되자 근우회 회원모집부 부원이 되어 대구로 내려가 홍보, 회원을 모집하고 근우회 경상북도지회 조직을 주관하였는데 전국에서 가장 많은 집행위원(당시 21명)을 구성하는 데까지

「대구청년도 대합동실현! 회명은 '대구청년동맹'」(『중외일보』, 1927년 7월 26일자)

활약하였다. 그는 각지를 돌아다니며 가사노동 등으로부터 여성의 해방을 주장하였고, 경찰의 감시망에 오르게 되었다.

정칠성은 1928년 5월 12일 경성부 경운동 천도교기념관에서 근우회 창립1주년 기념식 때 사회자이자 연사로 활동했다. 이때 그는 '근우회 창립 일주년 기념식을 맞으며'라는 주제로 강연하였다. 6월 5일에는 경상북도 영천에 파견되어 근우회 영천지회 조직에 착수하였다. 6월 7일에는 근우회 영천지회 창립발기식을 지원하고 근우회 조직 취지를 설명하였다.

이상화는 1929년 8월 14일자 『중외일보』에 「동래유학생 학술강연회」라는 제하에 "8월 18일에 동내유학생학우회(東萊留學生學友會)"에서는 동래청년동맹 동래지부의 후원으로 제2회 학술강연회를 "내 18일 하오 8시 반에 동래유치원 중에서 개최하리라는데 연사와 연제는 알에와 갓다더라(동래) ◇ 연사와 연제 일, 자아(自我) 이상화, 일, 미정(未定) 허영호, 일, 계(契)에 관한 고찰 최정해, 일, 종교는 규중의 아편 한일철"로 한다.

1929년 11월 19일자 『중외일보』에 따르면 경상남도 진주 지역 진주근우지회, 신간하동지회, 진주청년동맹, 마산청년동맹의 연대 모임에서 정칠성을 비롯한 근우회 최영실, 강두석(진주농민조합 대표), 김순제, 김장환, 장두석, 강수영, 심순희, 황금옥, 김인, 최성희, 송정숙을 비롯한 이상화가 함께 동참하고 있음을 알 수 있다. 1928년 5월 25일자 『중외일보』를 보면 근우회 대구지회, 신간회 대구지회, 대구청년동맹 등 대구부에 있던 진보단체들이 함께 모여 '시민위안음악대회'를 개최하였다고 한다. 정운기·송두환·이춘수·강정임·장백우·장인환·박명조·조병렬·니순금·최윤동·심선기·이봉순·이희경·노진출·김차곤·이활·이상화 등이 주도한 행사였다. 이 무렵 이상화는 다양한 사회단체 활동을 통한 사회운동에 깊이 관여하고 있음을 확인할 수 있다.

대구소년동맹과 프로예맹 중앙위원을 맡아 청소년 교육에도 관심을 보였다. 1929년 2월 23일자 『중외일보』에 「대구소년동맹 확대위원회」 개최 소식이 실려 있다.

> 지난 16일 하오 8시반에 「대구소년동맹」에서 정기대회 개최 준비로 위원회를 개한다함은 기보하엿거니와 대회개최에 대하야서는 당국에서 금지함으로 부득기 확대위원회를 개최하고 규약에 의하야 제반 사항을 토의하엿더라(대구)
> ◇ 결의안
> 일. 강령 개정의 건
> 일. 소년총연맹에 관한 건
> 일. 본부 급 분맹 지부 위원 개선 위원장 원영희, 검사위원장 김봉은, 위원 신희섭, 주창근, 서무부장 이승우, 위원 이규완, 이명덕, 교양부장 홍순명, 위원 신철, 김범태, 선전조직부장 문영식, 위원 서간기, 이영호, 조사연구부장 박병철, 위원 박삼조, 구정서, 연락부장 노영근, 위원 심종섭, 채원석 지도부 이상화, 이상훈, 김봉기

이다. 이상화는 여기서 지도부위원을 맡았다.

한편 1930년 4월 29일자 『중외일보』 「조선 푸로예맹 서면 대회소집」 기사에 의하면 4월 26일에 조선프롤레타리아 예술동맹 본부에서는 재동 100번지에서 중앙집행위원회를 열어 회 운영 전반에 걸친 결의를 하였다고 한다. 여기서 이상화를 중앙위원으로 추대되었다. 이날 중앙위원으로 추대된 분은 "김기진, 박영희, 임화, 이북만, 이기영, 한설야, 이상화, 박용대, 윤기정, 안막 외에 신규로 권환, 송영, 엄흥섭"이다.

인재양성과 독립운동

상화는 1928년 5월 7일 『중외일보』 「함창공보 부형회」라는 기사에 권중

희·김한봉·소한옥·박명득·이상필·김상태·이상화 등이 경북 함창공립보통학교에서 학부형들과 교육 당면 과제를 토론하였다는 기사와 1935년 1월 1일 『조선중앙일보』에 「우리의 당면한 새 과제, 교육의 대중적 보급책(1)」이라는 기사에, 모든 기회 이용해서 무식한 동포를 구하라, 야학·하기강습소 등 모든 필요성에 대해 원한경(연희전문교장), 민간교육 특질은 사제간 거리 근접에 대해 이상화(대구교남학교), 자기 몸을 바쳐서 남 위해 일할 사람에 대해 신봉조(배재고보교), 우리 학교에서 양성하는 인물, 무산아동에게 수업료 면제 필요에 대해 김관식(함흥영생고보교장), 장기보통교육보다 단기 전문교육에 치중하여 보편화 도모에 대해 오병주(원산해성보교장), 학령초과자는 사회기관에서 교육을 하여야 한다는 아펜젤아(亞扁薜羅, 이화여전교장)가 공동으로 당시의 교육 현안에 대한 기사를 발표하였다. 1935년 1월 4일

1919년 무렵 노동학교에서 개최된 춘기 청년회의소 행사 기념사진(최희수·현진건·이상화)

에도『조선중앙일보』에「전조선 민간교육자 지상좌담회, 우리의 당면한 새 과제 교육의 대중적 보급책(4)」를 실었다.

이 무렵 이상화가 교남학교에서 식민지 아이들은 주먹 힘이라도 키워야 한다면서 권투부를 구성하여 학생들을 지도하였다. 1935년 6월 5일『조선중앙일보』에「아마추어 권투대회, 10개 단체가 참가, 지방에서 우세로 참가하여, 공전의 성황을 예기」라는 기사와 1935년 9월 26일『조선중앙일보』에「약진! 또 약진! 갱생의 대구 교남교, 각계 유지로 천6백 의연금 환지, 맹렬활동 수 주효」라는 기사에 당시 학교장 이효상과 김준기·김상열·이상화·서동진·박유관·김교식·김태열·박종규 등의 후원과 빅영기·구춘득·박명규·윤철균·장적우·박광길·김두옥·이동우·박원길·小野元太 등 교남학교 권투부의 활동 상황이 보도되었다.

1935년 9월 26일『조선중앙일보』

이러한 노력에도 학교 경영에 한계를 느낀 교남학교는 1940년 문을 닫고 새로운 경영진이 구성되면서 이상화도 학교에서 물러나와 혼자 집필에 몰입하였다.

'ㅇ과회'와 문화예술활동

이상화의 사진 가운데 1928년 제2회 'ㅇ과회' 사진과 리플릿이 남아 있다. 'ㅇ과회'는 순수예술론적 입장에 있던 서동진·최화수·박명조·김용준·김성암·배명학 등 향토작가 중심으로 결성되었다. 그러나 1928년에 개최된 제2회 'ㅇ과회'에는 이인서·이상춘·배명학·주정환·이갑기·김용준·이상화·서동진·이근무·최화수·박명조 등 민족주의 계열의 작가들이 대거로 참여하였음을 알 수가 있다. 이때 이상화 역시 미술계 인사들과 긴밀한 접촉을 하고 있었다. 1931년 10월에 개최된 제2회 '향토회' 미술전에 이상화는 「아씨와

제2회 'ㅇ과회' 기념사진
(이인성·이상춘·배명학·주정환·이갑기·김용준·이상화·서동진·이근무·최화수·박명조 등)

복숭아」라는 작품을 출품하였다.

대구 남산동 174번지가 본적인 김용준은 1904년 경북 선산에서 태어나 경중중앙고보를 졸업하고 1926년 동경미술학교에 입학하여 줄곧 사회주의와 민족주의 미술 활동을 한 인물인데 대구에서 잠시 살았던 1927년 무렵 'ㅇ과회'와 '향토회'에 작품을 출품하였고, 특히 '향토회'를 서동진·최화수·박명조 등과 함께 결성하였다. 이 무렵 상화와 김용준은 사회주의 경향의 예술의 생활화라는 측면에서 서로 뜻이 통하는 민족문화예술활동가였다. 김용준은 대구 출신의 현진건과 각별한 관계에 있었는데, 그가 남긴 「원수원과 정판교와 빙허와 나와」, 「생각나는 화우들」이라는 글을 남기기도 하였다. 이상정과 이여성 그리고 김용준·이상화·현진건으로 이어진 민족문화예술활동가의 계보가 실거미줄처럼 엉켜 있었다.

상화는 ㄱ당 사건 이후 연이은 일제 구금, 내사, 사찰의 고통과 함께 큰집 큰아버지의 죽음으로 개인의 삶도 점점 궁핍해졌다. 이 기간에 무려 집을 세 차례나 이사를 할 만큼 경제 사정도 만만치 않았으며 하는 일도 녹녹하게 풀려지지 않았다.

이상화는 시문학을 통한 항일저항운동만을 전개한 것이 아니라 일제 강점기 대구 지역의 연극과 미술 등 문화예술운동을 포함한 노동야학교 등을 이용하여 저항운동을 확대시켜나갔다. 이 시기에 그는 대구신간회 출판 간사를 맡아 독립군 자금 마련을 위한 활동을 하다가 소위 말하는 ㄱ당 사건으로 일경에 일망타진 체포되어 구금된 시기이기도 하다.

'대구청년동맹'과 문화예술활동

1927년 7월 25일 대구청년단의 회명인 '대구청년동맹'이 결성되었다. 이미 1924년 대구부에서 박광세·장적우·최응록·권창조·오정영·배혁·이상화·조병렬·추성해·박무·이중훈·김선기·박명줄이 '대구청년회'를 중심으로 '대구청년동맹', '대구아구청년동맹', '대구무산청년동맹'이라는 소그룹 단체들과 연대를 하기 시작하였다.

1910년 무렵 전국을 떠도는 악극 유랑극단이 형성되었는데 계몽기 전통 신파극에서 크게 벗어나지 못하고 전통 판소리나 무용, 음악, 창극 등이 공연 예술의 주류를 이루고 있었다. 비슷한 시기 대구에는 1907년 '금좌'를 비롯해 '대구구락부', '칠성관', '대구좌' 등의 극장들이 잇달아 문을 열면서 전통적 연극, 판소리, 전통 연희 등 다양한 장르의 공연들이 열리면서 새로운 문화예술의 트렌드를 열어나갔다.

1913년도부터 유일단(이기세), 문수성(윤백남), 혁신단(임성구) 등이 유일단·예성좌·문예단 등을 조직하여 신극 공연을 올리고 있었는데 여기에 영향을 받아 지방 극단의 탄생을 자극했다. 1918년 김도산이 대구에서 '신극좌'라는 극단을 설립한 다음 1919년 10월 27일 최초의 한국영화 〈의리적 구토〉를 개봉하였다. 김도산이 문을 연 '신극좌'는 〈조수〉, 〈혈루〉, 〈흑진주〉, 〈덕국토산〉, 〈천리마〉 등의 작품을 연극과 영화를 같은 무대에서 뒤섞어 상연하는 특수한 극으로 제작하였는데 우리나라 최초의 영화로 손꼽히기도 한다.

1925년 8월 10일 『시대일보』는 「민중의 위하야」라는 제목으로 '대구 무대협회'의 창립 소식과 함께 1929년 12월 대구에서는 연극 공연을 통해 노동자, 농민의 계급적 정체성을 확립하려는 연극운동단체 '가두극장'이 설립을 알린다. '대구 무대협회'는 1925년 8월 8일 김춘강·안종화·배병철 등이 민족문제를 무대에서 형상화할 목적으로 지방 극단을 만들었다. 이 극단은 청년, 교원, 기자, 대구기독교여자청년회 회원 등이 주요 구성원으로 민중들의 생활환경을 토대로 연극을 통해 압박에 시달리는 조선 민중이 처한 모순을 해소한다는 목표로 만들어진 극단으로 비판적 사회극을 공연할 수 있는 기반을 마련하였다.

이상화와 함께 카프에 가담했던 신고송(申鼓頌 또는 申孤松)이 대구 지역의 이상춘·이갑기 등이 주도한 '무대협회'에서 연출을 담당하였으며 이어 1929년 12월 '가두극장'의 문을 열게 된다. 이 '가두극장'은 노동자, 농민과 연락하여 무산계급을 위한 연극을 하는 동시에 전국적으로 연극운동을 통일, 규합하기 위해 만들었는데 일종의 신파극단을 뛰어넘는 항일적 민중지향 프로극단의 성격을 띤 것이다.

상화는 1919년 경 대구 서성로 2가에 있던 노동학교에서 최화수·현진건과 함께 교사로 일하면서 식민시대의 가난하고 헐벗은 청소년들을 가르치는데 열의를 가지고 있었을 뿐만 아니라 1927년 이후에는 본격적으로 미술 연극 영화인들과 모여 문화예술활동을 통한 항일운동에 앞장섰다.

이갑기는 일본에서 무대장치를 독습해 온 이후 프로미술운동에 가담하여 무대미술을 비롯한 연극운동을 주도한 예술인의 한사람이다. 1930년에 문인이자 화가인 이갑기와 함께 프롤레타리아 연극단체인 '가두극장'을 만들어 연극활동에 매진하였으며, 1934년에 박진명과 함께 조형미술연구소를 설립하여 조선프롤레타리아예술동맹(이하 프로예맹 약칭)의 활동을 이끌었다.

경성의 동양극장 청춘좌에서는 〈사랑에 속고 돈에 울고〉가 크게 유행하면서 1939년에 이명우 감독의 영화로 제작되어 동양극장 무대에 올렸다. 그 영화의 출연진은 배역 그대로 영화에 출연하였는데 홍도 역의 차홍녀는 엄청난 인기를 누렸으나 인기의 절정에 있었던 1939년 겨울, 22세의 꽃다운 나이로 요절하고 만다.

1936년 9월 11일 『조선일보』에 실린 기사를 보면 '문학동호회'가 대구에서 창립되었다고 한다.

"대구에서는 이상화, 이효상, 조용기, 구자균, 윤복진 씨 등이 중심이 되여 지난 오일 군방각(群芳閣)에서 「대구문학동호회」를 조직하얏다는 데 동일 출석

자는 십여명이엿고 사무소는 대구부 경정 일정목 이십육지(大邱府京町一丁目
二十六地)에 두엇다 한다."

아마도 대륜학교 무보수 교사로 활동할 당시 함께 활동했던 한솔 이효상
(나중에 교장)과 국문학자 구자균, 아동문학가 윤복진, 영천 출신의 조용기
등이 모여서 대구에서 '문학동호회'를 결성하고 구체적으로 사무실까지 마
련한 것을 보면 '문학동호회'가 이들의 사랑방 역할을 한 것으로 보인다.

홍해성 신극운동에 가담하다

대구 출신의 연극인 홍해성과 함께 상화는 신극운동에도 가담하였다.
홍해성이 1930년 9월 4일에 『동아일보』에 발표한 「극장창립과 신극운동」
이라는 글을 소개한다.

"우리 조선에도 일즉 극예술을 세우려고 신극운동가들이 오래 전에 출현하야
민중으로 하야금 신문화에 기여할 사명을 가지고 행복다운 미래를 꿈꾸며 개척
자 또는 수난자의 길을 거러왓습니다. 그들의 거룩한 『씨를 뿌리든 그 시대를
제1기라 하면 제1기에서 제2기로 새로운 싹을 생장식키든 현과정에서 침체시기
몰락기에 잇습니다. 일반 민중은 극에 대한 표준이 의급한 취미의 연극을 전부
용허하야 하등의 관심과 성찰함도 업시 우리 생활의 현실성을 탐구치 아니하며
인간적 성소이라야 할 극장을 음남음녀의 중매소로 변하야 가며 단순한 오락의
장소에 불과한 현극계에셔 미력하나마 이러한 위기에서 진정한 우리의 신극을
수립하야 우리도 극단을 가젓다할만한 우리 생략의 표현적 기관을 가지기 위하
야 금번에 새로히 조직된 것이외다. 7월무터 8월 중순까지 준비에 분망하얏습니
다. 준비란 것은 먼저 동지를 두합할 일이엿습니다. 우리 극단의 동지가 각금

집합하기 시작하고 매일처름 의논이 잇게 되며 숙의 거듭하야 비로소 창립된 것이 우리들의 극단이외다. 조선극단에 공인인 이기세씨를 고문으로 극계의 숙장인 윤백남씨와 극단 토월회에 지도자이든 신인 박승희씨와 외우 김을한 이상화씨가 동인이외다. 우리들 동인은 이 극단에 대한 예술상 전책임과 경영유지에 동일한 책임과 의무를 가젓습니다. 최초에는 제1기 연구생을 모집하야 기초적 교양을 식히겠습니다. 근본적 토대인 극장인을 교양하야 우리의 사회형태와 극예술의 다각적 기능과 시대적 요망에 적합할만한 건전한 인격자−새로운 생활력을 민중의게 교화할 만한 극장인으로 새로운 정신과 기술 우리가 가저야 할 극예술창조에 신기원을 건설함으로써 우리들의 운동을 조선극단에 주류로 완전한 극단을 수립하고 우리의 창작극을 통하야 사회에 대한 성찰과 우리 생활의 미를 개척하야 망각한 인간성을 다시금 소리처 조선민족성의 표현이라 할만한 그러한 사업이 우리들 동인의 두합한 의도입니다. 압길에 미지의 동지와 새로운 민중과 악수하야 무대예술창조에 전진하겠습니다. 우리들의 사업에 만은 지도와 후원을 바랍니다."

"조선극단에 공인인 이기세를 고문으로 극계의 숙장인 윤백남과 극단 토월회에 지도자이던 신인 박승희와 외우 김을한, 이상화 씨가 동인이외다."라는 이 글을 통해 이상화가 같은 동인으로 활동했음을 알 수 있다.

경성에서는 이미 잊힌 인물이 된 이상화에 대하여 1934년 11월 1일 『삼천리』 제6권 제11호 「문단잡사」에 다음과 같은 기사가 실렸다.

"대구의 이상화, 오상순, 또 서울의 홍로작이 모든 날 사람들이 부활하여 주기를 바라는 심사 간절하다. 그래서 백화료란 하든 그 한철을 짓고 십다. 드른 즉 이상화는 학교에서 교편 잡기에 분주하고 오상순은 소백화점를 경영한다든가."

　　　　　　　　　　　　　　　　　　　　−「문단잡사」(『삼천리』 제6권 제11호, 1934년 11월 1일)

라고 소개하고 있다. 이렇게 상화는 문단에서 서서히 멀어지고 있었다. 쓸쓸한 저녁노을 속에 한 시대의 시인의 모습이 점점 짙어지는 검은 밤하늘에 몸을 섞으며 세속의 기억에서 차츰 멀어져 간 것이다.

이상화의 번역소설 「노동(勞働)—사(死)—질병(疾病)」(『조선일보』, 1926.1.2)

제3부 이상화 문학텍스트 읽기

「나의 침실로」와 「빼앗긴 들에도 봄은 오는가」의 조응

이상화 문학, 변화의 시기 구분

이상화의 결코 길지 않았던 작품 활동 기간을 다시 습작기, 백조 동인 활동기, 카프 동인 활동기 등으로 세분할 만큼 다양하고 레디컬한 문학적 변화가 있었는지 자못 의문스럽다. 그러나 많은 연구자들이 이상화의 문학적 성과를 대표작 중심으로 혹은 시기별, 주제별로 구분하여 평가함으로써 그 결론은 매우 혼란스러울 정도로 복잡한 모습으로 상화 시인을 평가하고 있다. 항일 민족시인인가? 낭만주의 시인인가? 혹은 계급문학 시인인가? 민족주의 시인인가? 퇴폐주의적 낭만주의 시인인가? 계급주의 문학에 경도되었던 신경향파 시인인가? 등 이처럼 한 시인을 대상으로 한 파편화된 주관적 교차 오류를 계속 하는 시행착오로 인해 오히려 그의 문학성과를 일관된 관점에서 온전하게 관찰하는 데 도리어 방해가 된다.

그뿐만 아니라 1920년대 혼선을 빚었던 특정 문학 그룹이나 문예사조에 소속시키려는 입장이나 태도로 인해 오히려 상화의 문학적 본질을 흩트려 놓은 것이 아닐까? 특히 문학사 기술을 일방적이고 임의적인 잣대로 그의 짧았던 작품 활동 시기를 여러 단락으로 구분해 온 것은 이상화의 문학 전체를 꿰뚫고 있는 일관된 문학적 경향을 조망하는 데 장애가 되는 것이다. 이러한 반성적 입장에서 이상화의 문학 전반을 일관된 보편적 특성을 규명하기 위해 전혀 새로운 방법을 모색해야 한다는 입장에서 이 글을 전개하고자 한다. 그 전제는 아도르노의 시문학 분석에서 자율성을 존중한, 시 그 자체로 관찰해야 한다는 입장이다. 특히 종래의 연구자들 대부분이 상화의 대표작으로 알려진 「나의 침실로」와 「빼앗긴 들에도 봄은 오는가」를 완전 분리시켜 놓았다. 따라서 그의 삶 전반을 연계하고 그의 사유체계와 사회와 시대에 대한 상관성 속에서 서로 어떻게 조응하고 있는지 다시 살펴보려고 한다.

이상화는 1922년 1월 『백조』 창간호에 「말세의 희탄」을 발표하면서 문단에 등단한 이후 1941년 2월 『문장』 25호 폐간호에 「서러운 해조」를 발표한 19년 4개월 동안 작품 활동을 하였지만 실질적으로는 1927년 이후로는 글쓰기를 그만둔 소강기였다. 그러니까 습작기를 제외하고 본격적으로 작품 활동을 한 기간이 불과 5~6년으로 무척 짧았음에도 불구하고 마치 큰 산을 넘고, 망망대해를 건너오듯 많은 문학적 변동이 있었다는 전제가 과연 타당하기나 한가?

1925년, 1926년 두 해 동안 상화는 자신이 쓴 전체 작품 70편의 시 가운데 절반 이상에 가까운 37편을 쏟아낸 것으로 본다면 그의 작품 변화가 시기적인 분절 단위를 두고 있었다고 보기에는 매우 어려운 점이 있다. 거기에다가 일본을 경유하여 유입된 서구의 문예사조에 덧칠까지 하여 그의 작품적 경향을 낭만주의나 신경향파라는 문예사조의 유파로 매듭지어 시대를 구분한다는 것은 별로 큰 의미가 없을 것이다.

김용직(1982: 1~49)은 이상화의 작품이 신경향파로 탈바꿈한 시기를 기점으로 하여 전기와 후기로 구분하고 있는데 이와 비슷한 입장을 취한 이성교(2015: 34)도 이상화의 문학 활동을 두 시기로 구분하여 「나의 침실로」로 대표되는 초기시와 「빼앗긴 들에도 봄은 오는가」로 대표되는 후기시로 구분하고 있다. 이러한 방법과 조금 달리 박용찬(2015: 128)은 동경의 장소 체험을 매우 중요한 기점으로 잡고 1923년을 기준으로 하여 그 전과 후로 구분하는 2구분법을 제안하고 있다. 이명재(1982: 11~48)는 1925년을 기준으로 전기와 후기 그리고 1927년 이후 소강기를 말기로 구분한 3구분법을 제안하기도 하였다. 강희근(2015: 188)은 상화의 작품적 경향이 일단 변이된 양상을 중심으로 감상주의 시, 경향파 시, 민족주의적 저항시의 시기로 3구분하기도 한다. 이상화는 이미 18세 무렵 백기만과 함께 『거화』를 간행하고 금강산 유람을 거치면서 젊은 시절의 성장기를 거쳤다고 보고 습작기와 계급적 의식이 반영된 시점을 전후하여 다시 2구분을 하고 1927년 이후 낙향기를 넣어 전체를 4구분으로 한 차한수(1993: 33)도 성장기(1901~1920), 백조기(1921~1923), 카프기(1924~1926), 낙향기(1927~1943)로 나누어 4구분한다. 차한수와 비슷한 구분을 한 장현숙(2014: 158)은 '성숙기'(1901~1920), '백조기'(1921~1923), '카프기'(1924~1926), '낙향기'(1927~1943)로 나누었다. 이러한 관점 가운데 대표적으로 박철희(1981: 2~91)는 이상화는 초기 감상적인 시에서 현실적인 시로 눈길을 돌린 변화가 이루어진 것으로 초기적 특징을 '눈물, 원한, 밤, 죽음'과 같은 충동적 개임 감정의 절규에서 보편적 집단적 절규로 전환되었다고 설명하고 있다.

"「나의 침실로」의 기다림의 지향은 개인적 여체 '마돈나'는 「빼앗긴 들에도 봄은 오느가」에 이르러 '살찐 젖가슴' 같은 국토화로 확대 하여 감상할 수 있다."
―박철희, 「이상화 시의 정체」(『이상화의 서정시와 그 아름다움』, 새문사, 1981, 2~105쪽)

초기의 시각이 개인적 자아에 머물다가 후기에 민족적 자아로 확대된 것으로 설명하고 있지만, 이상화의 초기 시에서도 식민 회복과 그 상처에 대한 치유 가능성의 기대감을 곳곳에서 노출하고 있기 때문에 이상화 시의 정체성이 단계적 변동이 이루어졌다는 설명은 납득하기 어렵다.

문제는 이처럼 문예사조의 흐름에 대한 의식이나 당대의 시대적 역사의 식 등 미세한 차이가 반영된 시적 다양성을 마치 누진적인 차이나 시적 변화가 뒤따른 것으로 분석하는 일이 과연 옳은 방식일까? 필자는 매우 회의적으로 판단하고 있다. 상화가 보인 시인의 역할에 대한 자의식이 반영 된 몇몇 산문이나 자전적 작품인 「시인에게」를 통해서 보면 상화가 지향했 던 시적 지향성의 과녁이 결코 그렇게 다양했던 것이라고 보기 어렵다. 하나의 과녁을 향해 처음부터 끝까지 질주했던 자신의 시적 논리 체계는 반식민 저항이라는 역사 인식에 대한 호소와 갈망을 시로 표현하면서 행동 으로 자신의 양심과 문학적 믿음을 실천하면서 살아왔던 시인이다.

특히 1927년 서울에서 고향인 대구로 낙향한 상화는 거의 절필하다시피 했다. 문학을 통한 사회 변화를 추동하는 특히 일제에 항거하는 것은 불가능 하다는 판단을 하게 된 것이다. 그는 문학의 무력함을 뼈저리게 체험한 결과 그 이후 붓을 드는 대신 문화예술 사회운동으로 일제에 저항하는 실천 행동으로 이어가면서 부닥친 경제적인 어려움과 일제로부터 피할 수 없는 감시와 구속으로부터 도피하기 위해 몸부림친 실천적 항일 민족시인으로 오롯이 매김할 수 있다. 이러한 필자의 논리를 입증하기 위해 그가 문단에 등단했던 『백조』 시기의 작품에서 과연 항일적 저항성을 찾아낼 수 있는지 가 관건이 될 것이다.

여기서 상화가 '카프'에 가담하기 이전 『백조』 시기의 작품이 과연 낭만적 퇴폐주의에 사로 잡혔는지의 유무를 밝혀내어 등단 전후와 동경을 다녀 온 이후 프로문학적 인식이 공고해진 시기와의 세계관이 연장선상에 있었는지 확연히 달라졌는지의 그 유무를 밝혀내는 일이 매우 중요하다.

> 저녁의 피 묻은 동굴 속으로
> 아—밑 없는 그 동굴 속으로
> 끝도 모르고
> 끝도 모르고
> 나는 꺼꾸러지련다.
> 나는 파묻히련다.
>
> 가을의 병든 미풍의 품에다
> 아—꿈꾸는 미풍의 품에다
> 낮도 모르고
> 밤도 모르고
> 나는 술 취한 집을 세우련다.
> 나는 속 아픈 웃음을 빚으련다.
> ─「말세의 희탄」 '비음' 가운데서(『백조』 창간호, 1922년 1월)

　상화의 문단 등단작인 「말세의 희탄」을 퇴폐적 낭만주의를 어설프게 표방했던 『백조』 동인지를 통해 발표했던 이유로 이 작품에 대한 문예미학적 깊이를 가늠하지 않은 채 '피 묻은 동굴', '꺼꾸러지련다', '술 취한 집을', '속 아픈 웃음' 등의 시어를 문제로 심아 아직 청소년 티를 못 벗어난 깊이 없는 작품으로 휘몰아 붙였다. 그뿐 아니라 프랑스의 세기말적 데카당한 낭만주의에 사로잡힌 작품으로 평가함으로써 「나의 침실로」와 함께 그 이후의 작품들과 이단의 단층을 이루는 듯 해독해 왔다.
　이 작품은 1920년대 관점에서 대단히 성공적인 시도를 보이며 문단에 등단한 작품으로 판단된다. 시어의 은유와 특히 시형식의 짜임은 매우 공을 들인, 결코 아무렇게나 흥청거리면서 쓴 작품이 아니라고 할 수 있다. 조동일(2015: 15~16)은 『백조』의 다른 창간 동인들의 작품과 비교해서 "시인은 자기의 위치를 낮출 대로 낮추었다. 일어나서 살아가는 자세를 유지할 수 없어 피 묻은 동굴이라고 한, 낮고 좁고 험악한 곳으로 꺼꾸러진다고 하고, 가을의 병든 미풍에다 실어 취한 노래를 부르고, 속 아픈 웃음을 웃는다고 했다". 시적 자아와 시인과의 거리를 정확하게 포착한 설명이다. 그냥 흥청 거리며 술에 취해 비틀거리며 비탄하고 자학하는 내가 아니라 나를 둘러싼 적대적 세계와의 대립에서 질 수밖에 없는 식민 현실을 도발적으로 하소연한 작품이다. 여기에 나오는 '동굴'과 '피 묻은'이라는 이미지는 「나의 침실로」에서 다시 부활하여 나타난다.

　이 「말세의 희탄」은 문단 데뷔 이전에 쓴 「그날이 그립다」라는 시와도 조응을 하고 있다. 전체 2연으로 구성하면서 1연의 1~2행과 2연의 1~2행은 서로 '동굴'과 '미풍'으로 이상적 희원의 세계를 의미하는 의미 연계망을 이루도록 해 두었다. "낮도 모르고 / 밤도 모르고"와 같은 일종의 병렬적 반복을 형용모순(Oxymoron)의 수사기법으로 자신의 중요한 시 문법으로 활용하였다. 그리고 두 연에서 3~4행은 또 1 : 1의 대응이 되도록 미러 이미지로 배치하였고 5~6행은 마치 말세의 어둠을 극복하지 못한 채 좌절하고 실패한 모습인 것 같지만 실제로는 이 암흑과 어두운 좌절의 현실을 극복하려는 의도를 내밀하게 잠복시켜 둔 상황이다. 앞뒤의 행의 길이와 시어의 배치에 이르기까지 세심하게 고려하여 당대의 비참한 식민 현실을 이처럼 강하게 고발하고 있는 것이다.

　여기에 어디, 어떤 점이 좌절이며 퇴폐적이라고만 할 수 있을까? 시를 통해 시인의 고통을 덜어내는 위안물임을 곧 시의 생활화를 실천하는 방식임을 드러내주고 있는 것이다.

내 생명의 새벽이 사라지도다.

그립다 내 생명의 새벽—서러워라 나 어릴 그때도 지나간 검은 밤들과 같이 사라지려는도다.

성여의 피수포처럼 더러움의 손 입으로는 감히 대이기도 부끄럽던 아가씨의 목— 젖가슴 빛 같은 그때의 생명!

아, 그날 그때에는 낮도 모르고 밤도 모르고 봄빛을 머금고 움 돋던 나의 영이 저녁의 여울 위로 곤두박질치는 고기가 되어

술 취한 물결처럼 갈모로 춤을 추고 꽃심의 냄새를 뿜는 숨결로 아무 가림도 없는 노래를 잇대어 불렀다.

아, 그날 그때에는 낮도 없이 밤도 없이 행복의 시내가 내게로 흘러서 은칠한 웃음을 만들어만 내며 혼자 있어도 외롭지 않았고 눈물이 나와도 쓰린 줄 몰랐다.

네 목숨의 모두가 봄빛이기 때문에 울던 이도 나만 보면 웃어들 주었다.

아 그립다. 내 생명의 새벽—서러워라 나 어릴 그때도 지나간 검은 밤들과 같이 사라지려도다.

오늘 성경 속의 생명수에 아무리 조출하게 씻은 손으로도 감히 만지기에 부끄럽던 아가씨의 목— 젖가슴 빛 같은 그때의 생명!

—「그날이 그립다」(1920년 작, 『상화와 고월』, 1951년 9월)

「나의 침실로」라는 작품으로 전이되기 이전 1920년 작품인 메타시로 보이는 「그날이 그립다」와 시어의 은유적 알레고리가 흡사하다. '성여', '아가씨', '젖가슴', '밤'과 같은 시어가 가진 제약적이거나 제한적인 의미망이 이미 1920년 습작 시절에 사용되었음을 알 수 있다. 백기만(1951)이 「나의

침실로」라는 작품이 『백조』 창간호에 실렸고 실제 창작 시기는 그 이전으로 오인하게 된 것도 이러한 이유가 아니었을까? 백기만은 「나의 침실로」라는 작품을 유보화라는 여인을 등장시켜 마치 고혹적인 연애 갈망과 성을 소재로 한 퇴폐적인 작품처럼 해석하고 싶었던 것이다. 그러한 해석의 오류를 유발하게 한 것이 큰 잘못이라는 점을 「그날이 그립다」와 연관시켜 본다면 쉽게 이해를 할 수 있다. 또한 그 동안의 평가들이 얼마나 인상주의적 비평이었는지 충분하게 납득할 수 있을 것이다. 1920년대의 유보화를 만나기 이전에 이미 '성여', '아가씨', '젖가슴', '밤'과 같은 시어들이 나타나고 있다. 그러면 「그날이 그립다」에 나타나는 이들 시어에 투사된 대상은 다른 여성이어야 한다. 그러니까 백기만은 「나의 침실로」를 『백조』 창간호에 실렸느니, 그 대상이 유보화가 아닌 손필연이라느니 앞뒤가 맞지 않게 횡설수설하게 된 것이다. 이것을 이설주(1959)가 백기만의 말을 그대로 앵무새처럼 옮겨온 것이다. 김학동(2015)은 이렇게 논리가 불일치하니까 손필연이라는 여성을 끌고 와서 이 작품의 여성 상징 모티브라는 등 궁상스러운 변명을 한다. 상화는 시의 창조를 새로운 생명의 창조라고 하였다. 그런데 이 작품에 불순한 성적 뮤즈를 대입시킬 틈이 어디에 있는가?

생명은 살아있음이다. 경건한 존재로서 나와 너의 삶을 말한다. 그러나 그 건강한 생명은 과거에 존재했던 추억 속에 숨어 있다. 지금은 검은 밤, 곧 일제의 식민이라는 암흑 속에 존재할 뿐이다. 일제의 암울한 현실을 뛰어넘기 위한 징검다리의 기능을 해 준 은유적 알레고리로서 재생과 환희로의 전환을 희구하려는 노력은 1925년 이전에 이미 이상화의 시세계의 밑바닥에 깔려 있었다. 정한모(1981: 2~117)는

"「나의 침실로」에서 상화가 설정한 '마리아'는 그가 애써 도달하려고 했던 사람다운 '생명의식' 곧 사람다운 '개성'을 지닌 자기 모습, 곧 근대적인 자화상

이 아닐까?"

―정한모, 「이상화 시와 그 문학사적 의의」(『이상화의 서정시와 그 아름다움』, 새문사, 1981)

이라고 하면서 「나의 침실로」에서의 '침실'과 '동굴'은 식민지 상황이 강요한 삶의 실존적 고통을 해소할 수 있는 열락의 세계라고 하여 이상화 시가갖는 저항성과 퇴폐적 관능적인 데카당스를 아울러 갖는 것으로 파악하고있다. 이러한 감성에 기댄 상화시의 특질은 당대의 지식인들이 일시에 나라를 상실한 정신적 상흔을 풀어내기 위해 지나치게 감상에 기댄 탓으로 보고있다.

「말세의 희탄」도 결코 이명재(1981)가 말하듯이 『백조』 시대의 감상주의시로만 몰아넣어서는 안 될 것이다. 『백조』 2호에 실린 「To-, S.W.Lee」에서도 "But't was in vain, thy country was too dark and ruin."에서와 같이항일의 의지를 강하게 내 비치고 있다. "시내가 내게로 흘러서 은칠한 웃음을 만들어"에서 맑은 물 속 곤두박질치는 나의 영혼 꽃냄새를 뿜으며 노래하는 모습을 그려내고 있다. 은칠한 웃음을 만드는 봄빛이 지나간 밤들처럼사라지려고 하는 칠흙 같은 이 암흑의 현실 속에 시인은 다시 이전의 생명으로 회복되기를 염원하며 노래하고 있다. 여기에 무슨 퇴폐가 병든 낭만이깃들어 있다는 말인가? 정해 놓은 화살이 날아가는 위치로 과녁을 옮겨가는인상주의적 시평의 오류와 한계를 이제 이해할 수 있을 것이다.

이상화는 시어의 선택에서뿐만 아니라 고도의 비유를 사용하면서 특히세련된 시의 형식에서도 단연 앞서가는 시인이었음을 가늠해 주는 작품으로 「말세의 희탄」을 꼽을 수 있다. 상화는 일찍부터 시가 아무렇게나 쓴것이 아니라 술 취한 마음으로 웃어대는 마음속 웃음도 그냥 흩어버리지않고 적절한 시 형식 속에 가다듬어서 배치할 줄 아는 앞서간 자유시 시인이었던 것이다.

「말세의 희탄」에서 시작된 『백조』 시대에서부터 이미 동경 유학 이후에 전개될 시의 시계가 펼쳐져 있었던 것이다. 그러니까 불과 2~3년이라는 짧은 기간 쓴 몇 편 안 되는 시를 대상으로 '파스큐라'나 '카프'에 가맹 이후의 작품과 마치 엄청난 시 세계의 변화가 이루어졌으리라는 선입관을 가진 것이 잘못이다. 그 결과는 상화가 가졌던 기본적 시세계를 전면 해체하여 도저히 양립하지 못할 퇴폐, 유미주의와 경향, 계급문학 내지는 항일 저항 혹은 민족시인이라고 정의해 온 것이다. 마치 여러 가지 문학사조가 한꺼번에 밀어닥친 여파로 어느 한 가지도 제대로 소화하지 못한 소화불량의 모습으로 그의 시적 정체성을 다양하게 정의해 온 것이다. 선행모순의 한계 속에 계속 허우적거려온 것이다. 결국 이러한 견해는 이상화 문학의 본질을 이해하는 데 도리어 방해가 될 뿐이다. 심지어 상화가 연애했던 인물까지 동원해서 상화의 시의 본질을 왜곡하는 문학 평가의 자율성을 위배해서는 안 될 것이다.

이상화의 문학과 사회성의 문제

문학을 바라보는 기본 입장이 현상학에 바탕을 둔 해석학 방식으로 순수 문학을 옹호하거나 지향하려는 방향과 앙가주망이라는 이름으로 전개된 사르트르의 문학이론, 문학을 어떤 틀이나 이념구조가 아닌 자율성이란 관점에서 바라보려는 입장으로 크게 나누어 볼 수 있다(이병탁, 『아도르노의 경험의 반란』, 북코리아, 2013). 그런 면에서 이상화의 문학적 해석이 지금까지 지나치게 타율적인 요소, 곧 서구문학 사조의 영향이나 혹은 실증주의, 민족주의, 사회주의의 이데올로기의 관점에서나 혹은 그의 개인적인 삶 특히 여성과의 관계에 대입하여 작품을 해석하려는 앙가주망의 방편에 섰던 것이 주류를 차지하였다. '이상화는 과연 낭만주의 시를 대표하는 시인인가? 일제강점기 시기의 대표적인 항일 저항시인인가? 이상화는 1920년대 중·

후반 계급주의 문학의 대표자인가? 민족주의 시인의 대표자인가? 이상화 시의 페미니즘의 정체는 무엇인가? 이상화는 여성을 애욕의 대상으로 바라보았는가, 숭배의 대상으로 바라보았는가?'처럼 너무나 다양한 의문의 꼬리표가 따라다녔던 것이다. 이런 태도들은 상화의 시에 대한 올바른 접근 방법이 아닐뿐더러 오히려 그의 문학성을 축소시키는 데 일조했다. 이러한 의문들이 교차 모순적이기 때문에 어떤 것이 맞고 어떤 것이 틀린 것이 아닌 자율적 관점에서 판단해야 하는 문제인 것이다. 따라서 이런 해석 방법에서 상화의 시를 자유롭게 해석할 수 있도록 해방시켜야 할 이유는 앞에서 살펴본 바와 같이 너무나 당연한 것이다.

이상화의 대표적인 시 「빼앗긴 들에도 봄은 오는가」에서 들을 빼앗은 사람을 조선 말엽의 토착지주라고 본다면 민족주의적 해석과는 전혀 다른 해석의 결과가 된다. 지주와 마름 그리고 소작농 간의 계급적 갈등(김기진·박영희·김용락)을 노래한 것으로도 해석이 가능하지만 그 들을 빼앗은 주체를 일제(이상화)라고 본다면 일제 저항의 시로 해석될 수밖에 없다.

「나의 침실로」라는 작품에서 '침실'과 '동굴'의 상징 주체가 무엇인가의 해석 차이로 전혀 다른 작품으로 재해석이 가능하게 된다. 결국 상화의 시는 해석의 방법에 따라 곧 타율적 분석 시각에 따라서 전혀 다른 시로 해석될 수 있다. 그러나 「빼앗긴 들에도 봄은 오는가」에서 이러한 계급적 대립이나 갈등적 요소는 전혀 찾아볼 수 없다. 다만 빼앗긴 들은 일제 식민으로 인한 조국 상실을 회복 혹은 환원시키고자 하는 작가 인식만 뚜렷하다. 코민테른에서 주창한 계급문학론의 입장에서는 그래서 이 시가 계급 투쟁 의식이 결여되었다고 비판할 수 있을지 모르지만 본래 시는 시 그 자체의 미학적 완성도나 독자의 수용성의 문제가 훨씬 더 중요한 것이다. 「빼앗긴 들에도 봄은 오는가」라는 시가 지닌 시적 리듬의 운율성이나 시 문법에서 빼어난 은유와 수사, 그리고 시를 구성하는 연과 행의 치밀한 조직의 완성도가 당대의 어떤 시보다 더 우수한 시라는 미학적 근거에 따라 우수한 시라고 평가할 수 있는 것이다. 그럼에도 불구하고 빼앗긴 들판에 가난한 농민들을 지배자인 지주층의 약탈에 의한 것으로 설정하고 계급투쟁을 선동하는 계급투쟁 문학론은 무엇인가 생뚱맞기 짝이 없다. 상화가 인식한 것은 이러한 기층민들의 가난과 고통이 우선 일제 식민의 강탈에 기인한 것으로 인식하고 있었던 이유로 '카프' 동인들과 현격한 시각 차이를 드러낸 것이다.

단지 이 시가 계급적 투쟁 의식이 낮다는 비평은 가능하지만 이것은 니체가 말한 역사의 회색 뫼비우스의 띠와 같이 다른 시각으로 보면 검게 또 다른 시각으로 보면 희게 보일 수 있을 뿐이다. 시 본래의 미학적 성과를 팽개치고 시의 주변적 에피소드들을 가진 경험적 판단에 따라 시를 해석하다가보면 이상화는 민족주의 맥락으로 유미주의적 퇴폐주의 등등 뒤죽박죽으로 끌려갈 것이다.

본질은 1920년대 이상화라는 시인이 생산하고 창조해낸 서정시적 자유시가 그 이전의 시작품들이나 더 나가서 산문과 달리 리듬과 운율이 반복되고, 두운이나 각운을 사용하고 행갈이를 하였으며 길이가 길지 않은 행과 연을 배치한 시 형식뿐만 아니라 참신한 은유와 비유와 상징적 기법을 이끌어내었다. 이 점이 당대의 시인들을 문예미학적인 관점에서 압도하고 있다는 점이 중요하다.

상화의 시가 비록 민족의식을 고취하기 위해 쓴 시라고 하더라도 혹은 계급투쟁이라는 이데올로기로 쓴 앙가주망의 시라고 하더라도 보다 더 본질적인 문제는 미학적으로 시로서의 자율적인 내용과 형식의 갖춤이 어떠한가에 대해 우선적으로 먼저 논의가 되어야 한다.

백기만(1951), 이설주(1959), 이기철(2015), 이정수(1985), 김학동(2015) 등 이상화의 개인적 일화를 상화의 문학텍스트 위에 얹어 읽음으로써 엄청난 상상적 오류를 양산하게 되었던 것이다. 올바른 문학텍스트를 기반으로 하지 않고 고 윤장근(이상화기념사업회 회장)이나 문화 해설가들이 흥미 위주로 유포한 상화를 둘러싼 일상의 에피소드들이 그의 문학텍스트 연구를 엄청나게 왜곡시키는 악영향을 끼친 것이다. 상화의 초기 작품인 「말세의 희탄」에 대해 박영희의 말을 인용한 백철(1949: 28)은

> "박영희는 「말세의 희탄」에서 이상화 군은 그의 뮤즈를 깨웠다. 저녁의 피 무든 동굴, 나는 술 취한 집을 세우련다라고 하여 퇴폐적 정열을 표현했다고 하면서 이상화 시를 퇴폐적인 시로 평하고 있다."
>
> —백철, 『조선신문학사조사』(수선사, 1949)

라고 하면서 「나의 침실로」의 창작 시기에 대해서는 상화가 18세 금강산 유람을 하던 시기에 쓴 퇴폐적인 작품으로 평가한 것이 단초를 제공해 주었다.

> "상화, 18세 되던 봄, 중앙 3년을 수료하고는 학교를 그만 두고 금강산 유랑을 하고 3달 뒤에 돌아왔는데 그는 금강산 유랑 중 무인지경에서 끼니를 굶으며 풍찬노숙했던 적도 여러 번 있었다. 명시 「나의 침실로」는 이 방랑 중에서 완성된 시편이다."
>
> —백기만, 『상화와 고월』(청구출판사, 1951)

라는 백기만(1951: 145)의 이와 같은 설명이 계속 와전이 되어 이기철(2015b: 80)에 와서는

> "18살의 청년, 중앙학교를 수료한 인텔리, 열정을 지닌 젊은 가슴, 명산 금강산 유랑이 이 낭만시를 낳았다고 보는 것은 무리가 아니다. 그러나 그러한 성격

화 기분으로 명작 '나의 침실로」를 낳았다고 말하는 것은 유추에 불과하다. 그것보다는 이 시의 시적 정조로 보아 직접적인 이유가 있었을 것이다. 그것은 첫사랑 손필련과의 관계다. 손필련은 이상화가 박태원과 한방에 하숙하고 있을 때 알게 된 여인이다. 상화는 독립문 바로 옆인 이갑성(33인 중 한 사람)의 집에서 필련을 알게 된 뒤 서로 연모하게 된 사이이다. 필련은 재원으로 미모와 온정을 겸한 여류 지성이었다. 상화가 필련을 만난 것은 1919년의 일이다. 그러나 그 해 10월, 상화는 큰아버지의 엄명에 못 이겨 공주로 장가들고 말았고 상화의 첫사랑은 마침내 비극으로 막을 내리고 말았다."

—백기만, 『상화와 고월』(청구출판사, 1951, 154~157쪽)

재인용되면서 오류들이 재생산 확대되고 있다. 백기만은 상화의 첫사랑을 인순이라고 하다가 여기서는 다시 손필연으로 바꿔치기를 하였다. 이러한 부정적인 논리들이 이상화의 문학의 본질을 파악하는데 얼마나 큰 장애물이 되는지 우리는 쉽게 알 수가 있다. 심지어 이기철(2015b: 80)은 다음과 같이 말하였다.

"이러한 맥락에서 「나의 침실로」와 「이별을 하느니」를 읽으면 창작 동기가 보다 선명해지고 시의 이해도 분명해진다. 그렇다면 왜 각 연 첫 구에 '필련아' 라 하지 않고 '마돈나'라고 했을까 하는 의문이 제기된다. 그것은 아마도 당시의 상화가 유럽 문명을 동경하고 있었고 일본을 거쳐 프랑스 유학을 하는 것이 꿈이었고 또 당시 지식인이면 누구나 가졌을 기독교에 대한 이해가 있었을 것이다. 그러한 여러 사정이 스스로의 정열과 연정으로 침윤되어 이 시를 탄생시킨 것이라 생각해 볼 수 있다. 마돈나는 사랑하는 연인의 비유적 통칭으로 볼 수 있다."

—이기철, 「일화로 재구해 본 이상화의 시 읽기」(『이상화 시의 기억공간』, 수성문화원, 2015)

이처럼 「나의 침실로」라는 작품에 대한 본질적인 해석의 문제는 뒤로 재껴둔 채 그 '마돈나'의 주체가 손필연이냐 일본 동경 유학 시절에 만났던 유보화냐라는 문제로 진전될 정도로 문학 외적인 문제가 더욱 중시되는 듯한 상황이 된 것이다. 시의 자율성은 실종되고 시인의 혹은 평론자의 상상이나 혹은 현실의 상상적 경험으로 시의 본래 모습을 왜곡시킨 대표적인 사례로 거론될 수 있게 된 것이다.

웅히야! 너는 갓구나 / 엄마가 뉜지 아버지가 뉜지 / 너는 모르고 어데로 갓구나

불상한 어미를 가젓기 때문에 / 가난한 아비를 두었기 때문에 / 오자마자 네가 갓구나

달보다 잘낫던 우리 웅히야 / 부처님보다도 착하던 웅히야 / 너를 언제나 안아나 줄꼬

그럭게 팔월에 네가 간 뒤 / 그해 십월에 내가 갓치어 / 네 머미 간장을 태웠더니라

지내간 오월에 너를 엇고서 / 네 어미가 정신도 못차린 첫 칠날 / 네 아비는 또다시 갓 치엇더니라

그런 뒤 오은 한 해도 못되어 / 가진 꿈 온갖 힘 다 쓰려든 / 이 아비를 바리고 너는 갓구나

— 「곡자사」 전반부(『조선문예』, 1929년 6월호)

이기철은 「곡자사」라는 시에서 '웅히'가 누구의 소생인가 문제를 삼았다. 그런데 이 '웅희'가 누구의 소생인가가 중요한 것이 아니라 이 시가 가진 미학적 가치가 더 중요함에도 불구하고 시 해석에 불필요한 논의를 끌고와 논란을 불러 일으켰다. 이 문제가 김학동(2015: 246~247)에 이르러서는 참으로 어처구니없는 논의로 발전된다.

"1926년에 태어난 상화의 장남 용희의 사망에 대한 문제이다. 어떤 자료에서
는 장남 용희가 어려서 죽었다고 하는데, 그 시기가 정확하지 않다. (…중략…)
용희의 출생연도를 1927년으로 하고 있으니 이는 잘못이다. 상화가 장남의 출
생 소식을 유보화와 사벼랗고 서울 취운정에서 홀로 머물러 있을 때에 듣게
된 것으로 보아 1926년으로 생각한다."

이 무슨 뚱딴지같은 소리를 하고 있는가? 상화의 맏아들 '용희'와 「곡자사」
의 '응희'는 전혀 다른 아이라는 사실조차 혼동한 이야기이다. 상화의 「곡자
사」는 둘째 아들 응희의 슬픈 죽음을 주제로 한 시이다. 이 시를 통해 상화가
1927년 이후 대구로 낙향하여 일체 글쓰기를 중단했던 시기에 그의 삶을
해독할 수 있는 매우 중요한 작품임에도 불구하고 오히려 그 시각은 '응희'
가 누구의 자식이냐에 쏠려 있다(이기철, 2015b: 84).

　"시의 내용대로 이 시는 응희의 죽음을 슬퍼하며 쓴 것이다. 응희는 이상화의
둘째 아들로 태어났으나 첫째 아들 용희가 소년 시절에 죽었듯이 응희 역시
태어나 얼마 안 되어 사망했다. 그것을 시인은 "귀여운 네 발에 흙도 못 묻히고
갔다"고 했다. 응희는 호적상에 나타난 것으로 보면 이상화의 서자이며, 서자라
면 이 시기에 사귀던 송소옥과의 사이에 태어난 아이이다. 소옥과의 관계도 슬
픈 연정 관계이지만 그 사이에 태어난 응희마저 사망했으니 그 슬픔은 더 비극
적이다. 그것을 이 시는 말해 주고 있다."
　—이기철, 「일화로 재구해 본 이상화의 시 읽기」(『이상화 시의 기억공간』, 수성문화원, 2015)

실재 상화가 일본 동경에 가 있는 동안 지금까지 이정수의 소설의 내용처
럼 유보화와 사랑에 빠져 있을 시간적 겨를이 없었다. 최근 새롭게 발굴된
그의 편지를 통해서도 1922년 10월 경 일본으로 건너가 동경시 간다구

3정목 9번지 미호칸(東京市 神田區 三丁目 九番地 美豊館)에서 상화와 상백이 함께 기거하다가 대정 12년 4월 9일 무렵 일본 동경시외 토즈카 575(日本 東京市外 上戶塚 五七五)번지로 이사해서는 상렬이와 함께 살았다. 지금까지 상화의 동경 생활의 거주지도 모두 엉터리이라는 사실이 밝혀졌다. 그리고 상화는 1922년 10월부터 1923년 3월까지 5개월 단기로 아테네 프랑세에서 수료한 다음 그 해 3월에 동경 메이지대 불어학부에 입학하였다. 그리고 일본 유학생들 가운데 사회주의 노선에서 노동자 운동을 하던 이여성, 백무(白晩祚)와 박열(朴烈) 등 '북성회' 회원들과 함께 사회주의 노동자 운동에도 열성적으로 가담한 것으로 보이는데 이러한 것들은 전부 묻어버리고 마치 유보화와 혼돈된 사랑에 빠졌던 것으로 밀쳐낸 세상에 떠도는 껄끄러운 꾸며낸 이야기들이 결국 상화가 문단을 떠나도록 한 요인이 아니었을까?

그보다 이상화의 시를 평가하는데 유보화면 어떻고 손필연이면 어떨까? 이러한 간접적 경험들이 문학의 본질적인 미학을 평가하는 데 무슨 소용이 된다는 말인가? 최근 변학수(2015: 282)는 지금까지의 이상화 시의 해석 방식에 대한 비판과 함께 새로운 조망이 필요하다고 역설하고 있다.

"그간 상화 시에 대한 해석을 보면 동일률적인 텍스트 비평에 국한되어 있다는 것을 알 수 있다. 그러나 아도르노는 예술의 자율성을, 그 예술을 생산한 사회라는 비교적 객관적 준거를 취하여 설명한다는 점이다. 그간 상화 시의 미학을 성찰함에 있어서 주로 많이 행해진 민족주의나 앙가주망의 비평에서 그를 온당히 구조하기 위해서는 자율성 이론을 끌어들이지 않으면 안 된다. 필자는 다소 난해한 그의 이론을 통해서라도 문학의 자율성에 따른 상화 시에 대한 미학을 좀 더 분명하게 성찰하고 나아가 합리성이 더 많이 요구되는 현실에서 상화의 시에 대한 객관성을 조명하고자 한다."

—변학수 「시의 자율성과 상화 시의 해석」(『이상화 시의 기억공간』, 수성문화원, 2015)

변학수는 여기서 지금까지 기형적인 방식으로 관조해 온 상화의 시문학에 대한 새로운 연구 방식을 제안하고 있다. 특히 서구의 아도르노와 샤르트르식의 서정시에 대한 앙가주망의 참여와 실천에 대한 해석 방식으로 시의 자율성을 존중해야 한다는 해석 방식이 당위성을 갖는다고 해야 할 것이다.

「나의 침실로」의 수밀도 같은 젖가슴

시가 사물을 직접적 혹은 직설적으로 묘사하면 이미지의 생성이 불가능하며 일상어와 구별되지 않는다. 그런 만큼 사물의 실체와 언어는 명명하는 순간 또 다시 유리되어 버린다. 자유시의 문학적 효과는 바로 이미지를 유발할 수 있는 시어와 화법을 만드는 동시에 그 형식이 리듬과 운율에 적합하도록 구성됨으로써 일상의 언어와 차별이 난다. 산문을 행과 연 같이를 한다고 시가 되는 것이 아니다. 운문시(poem in verse)로서 운율과 리듬이 살아 있는 동시에 시의 언어가 일상의 언어가 아닌 은유와 상징으로 반짝여야 한다. 그러니까 수사적인 언어 사용과 그 구성 곧 행과 연을 구분하여 짜임새 있게 갖추어져야 한다는 말이다.

시인의 언어는 주관성에 따라 시적 현실성을 보장해 줄 어떤 무의식이 산출되며 여기에 독자들의 참여적 동기를 유발할 수 있어야 한다. 따라서 상화의 시를 우리는 특수한 사회 곧 일제 식민이나, 유보화와의 연정 따위의 비자율적 경험에 연계해서 추론해서는 안 되고, 상화 시의 사회적 내용은 그때그때 상황에서 직접 도출되지 않는 무의식적인 것에서 도출할 뿐이다. 시를 포함한 예술의 창조성은 반경험적 토대 위에서 존재하는 것이기 때문이다.

상화의 시 「나의 침실로」는 자유시로서 종래의 시들을 능가하는 뛰어난 하나의 작품으로서 어떻게 사회와의 관계 속에서 미학적 근거를 보장 받을 수 있는가? 이 작품이 언제 쓰였으며 그 시에 등장하는 '마돈나'가 손필연이냐 유보화냐라는 문제는 시의 본질적 가치문제와는 별반 관계가 없는 주변적인 문제일 뿐이다. 그리고 그 동안 많은 비평가들이 상화의 시 「나의 침실로」가 「빼앗긴 들에도 봄은 오는가」에 비해 사회성 곧 계급 투쟁성이 배제되어 있다는 점에서 작품의 질을 낮추어 평가하고 있는데 그렇게 될 아무런 정당한 근거가 없다. 다시 말하면 「나의 침실로」는 현대시의 특징으로 말할 수 있는 시적 언어나 형식의 미학적 근거가 있는가 없는가의 문제가 더욱 중요하다.

일찍 임화(1940)는 상화의 시적 주체에 대해 꿰뚫어보고 있었다. 카프 서기장이었던 임화는 "미목수려한 장발시인, 이상화에게서 분명히 시인을 보았다"(임화, 「어느 청년의 참회」, 『문장』, 1940.12, 23쪽)라고 고백한 바 있다. 조두섭(2015: 131~132)은

"임화가 시인 이상화를 시인으로 보았다는 함의는 무엇인가. 그것은 김기진이 하룻밤을 감격의 울음을 쏟으며 계급문학의 대중화 논거로 제시한 임화의 「우리 오빠와 화로」와 이상화의 「나의 침실로」의 상호텍스트성일 수 있다. 또 임화가 「나의 침실로」의 전언 중심의 시적 기법을 전이하여 계급문학을 대중화하는 효과를 극대화한 시적 효과일 수 있다. 그러나 그것은 시적 방법론을 넘어선다. 임화가 「나의 침실로」에서 발견한 이상화의 시적 주체는 당대의 평균적인 현실적 가치를 넘어서 문학에 몸을 던지는 신명이다."

—조두섭, 「이상화 시의 근대적 주체와 역구성」(『이상화 시의 기억공간』, 수성문화원, 2015)

라고 하여 이상화가 『백조』에서 '카프'로 이동하면서 문단에서 어느 누구보다 왕성하게 활동하다가 갑자기 붓을 꺾은 이유가 유보화의 죽음과 이별로 인한 실연이라는 개인사가 그 이유가 된 것으로 보았다. 조두섭(2015)은 계급투쟁과 선동으로 치닫던 당시의 경직된 계급이데올로기에 대응되는

자신의 양심의 불일치가 더욱 큰 문제가 되었을 것이라고 주장하고 있다. 상화는 이미 노동자 계급이 다시 지배 계급이 되어도 큰 변화가 없을 것임을 자각하면서 자신의 생활 자체를 존중한 시인이었던 것이다. 임화는 이상화의 그러한 내면을 꿰뚫어 읽고 있었으며 일본으로부터 불어 닥친 마르크스 계급문학 담론의 정체성을 알고 있었던 것이다. 그래서 그 무렵 임화가 이상화의 시적 성취도를 최상급으로 여기고 있었다.

1927년 무렵 이상화가 대구로 낙향하면서 그는 문학을 포기한 것이 아니라 엄격하게 말하면 카프로부터 계급문학의 투쟁 대열에서 스스로 일탈을 한 것이다. 박영희의 관념적 계급문학과, 김기진의 계급 투쟁적 문학과 결별하게 해 준 것이 바로 이 「나의 침실로」였다. 이 작품을 계기로 『백조』가 해체되고 또 '카프'의 1차 방향 전환을 가져오게 하였다. 그러나 그는 그의 시작을 통해 실현하려던 시인의 양심을 지키기 위해 시를 포기하고 현실 생활 행동으로 매진하게 된다. 의열단, 신간회, 사회주의 문화예술 사회운동과 교육운동으로 그의 후반기 삶을 외롭게 걷는다.

상화의 시 「나의 침실로」에서 '동굴'이나 '침실'을 가져온 것은 시적 구성을 통한 '죽음'의 '부활'을 곧 현실의 재생을 구성하기 위한 자신의 양심을 고스란히 드러낸 시적 태도일 뿐이다. 여기에 무슨 데카당스가 있고, 여성과의 성적 문제가 개입될 틈이 어디에 있는가? 이 시의 생명은 바로 시인 이상화 스스로 현실에 대한 무기력함의 솔직한 형상화에 있다. 변학수(2015: 284~285)는 다음과 같이 말한다.

"말하자면 이미 예견된 오지 않는 마돈나에 대한 실망이 아니라, 마돈나를 부르는 마법의 실패에서 온 것이다. 성취되지 않을 계시가 육체와 관능이라는 축제 속에서 현시적으로 등장하는 것이 바로 상화 시가 부리는 낭만의 마법이다."
—변학수, 「시의 자율성과 상화 시의 해석」(『이상화 시의 기억공간』, 수성문화원, 2015)

실패할 것을 예견하면서 애타게 마돈나를 호명하는 절망의 상황에 놓인 시인은 그런 기대들이 다만 꿈속에서라도 실현되기를 바라는 시인의 애절한 갈망이 담긴 양심의 호소였다. 신라 향가 「서동요」는 백제 무왕과 신라의 진평왕 사이의 외교적인 껄끄러움을 해소하기 위해 전 왕조였던 등성왕과 소지왕 시절에 신라와 백제 간의 화친을 동경하면서 만들어진 작품이다. 양국의 화친이라는 소망이 담긴 신라 진평왕의 공주와 백제의 서동과의 국혼을 서사화한 것이다. 5.18 이후 대구와 광주 간에 88고속도로가 역사적인 사실과는 전혀 무관한 화해를 시도한 무대 장치였듯이 이 「나의 침실로」도 역시 상화가 당시 암흑의 일제 식민을 벗어나려는 서원을 담아낸 것이다. 「서동요」에서 역사성과 문학적 서사성을 혼동하면 안 되듯이 「나의 침실로」 역시 시적 현실인 일제 식민의 가난과 고통을 건너 상상의 마돈나를 호명하는 일을 시인 개인의 일상성에 대비해서는 안 될 것이다.

마돈나, 가엾어라, 나는 미치고 말았는가, 없는 소리를 내 귀가 들음은ㅡ.
내 몸에 파란 피ㅡ가슴의 샘이 말라 버린 듯 마음과 목이 타려는도다.

따라서 '없는 소리'가 환청으로 들려온다. 이 환청은 정신분열증적인 병적 현상이 아니라 현실에 대한 저항의 알레고리가 된다. 따라서 당대에 어떤 시인도 시도하지 못했던 고도의 수사를 사용함으로써 그의 시는 당대의 어떤 다른 시들보다 우뚝하게 돋보인다. 독자에게 환호와 감동을 전달해 준다. 이상화의 『백조』 시절의 시 작품이 동경 유학 이후의 『개벽』에서 계급적 시 작품들과 성층이 생긴 것이 결코 아니다. 『백조』 시절에 이미 시대와 식민사회를 탈출하고자 하는 기원과 양심적인 바람이 있었고 그것은 약간의 변주에 지나지 않았던 것이다.

상화는 「나의 침실로」와 「빼앗긴 들에도 봄은 오는가」가 마치 전혀 다른 세계로 변형되거나 전이된 것처럼 문학사에서 평가하는 것은 큰 오류이다.

> "제자 이문기와의 대담에서 그의 대표작으로 「빼앗긴 들에도 봄은 오는가」와 「도-교-에서」를 들고, 「역천」을 가장 발전한 시라고 자찬하였다."
>
> —이문기, 「상화의 시와 시대의식」(『무궁화』, 1948.4)

에서처럼 이문기가 「나의 침실로」를 상화의 대표작에서 제외시킨 이유도 이데올로기적 앙가주망의 해석 결과이다. 이상화가 가진 양심적 저항의 문제 정도에 대한 심각성의 차이일 뿐 그는 결코 시대에 완전 포위된 저항하는 포로가 아니었다. 1927년 상화에게 시의 생활화를 실천하는 계기를 만들어 준 것도 바로 「나의 침실로」에서 그 단초가 시작된 것이다. 관념화된 계급문학론에 대한 또 다른 저항, 시인 자신의 삶에 직접적, 우회적으로 날아든 비판들이 삶의 일상으로 되돌려 놓은 계기가 된 것이다.

「나의 침실로」를 유보화와 연계하는 시적 소재로 민감하게 인식한 김학동(2015: 195)은 "표현이 관능적이고 환상적인 요소들이 그 특색을 이룬다"라고 했고, 이기철은 "'나의 아씨'와 '침실'은 정신적 피안이요 육체적 안식처임을 우원한 방법으로 반복 강조하고 있다"라 하여 화자와 마돈나와의 이성적 연애에다 연결하였다. 상화는 「나의 침실로」를 통해 못다 이룬 사랑을 노래한 저급한 시가 아니라 그의 구원인 마돈나는 더 이상 존재하지 않는 시적 계시를 통해 우리에게서 무엇이 상실되었는지를 분명하게 인식시켜 주는 대상이다.

상화의 시가 자연이나 인간에 봉사하는 시로서 현실 지배에 대한 '저항'을 표현한 심각한 기호라는 것을 보여 주는 대목이다. 그렇기 때문에 우리는 상화의 「나의 침실로」에서 보이는 목거지, 피곤함, 수밀도, 가슴, 진주, 별, 촛불, 침실, 바람, 연기, 그리매, 쇠북, 물결, 안개와 같은 이미지들을 어떤 것도 있는 그대로 받아들여서는 안 된다. 그리고 어떤 것도 그의 원의적인 개념에 귀속시킬 수 없다. 창의적인 언어의 목거지에 초대를 한 이는 바로 독자 여러분이거나 마돈나일 뿐이다.

변학수(2015: 284~285)는 여기에 '마리아'는 단순한 소재가 아니라 다양한 이미지들을 한 곳으로 끌어 모으는 결정적인 알레고리적 매체라고 한다. 곧 알레고리적 수단이란 다소 불분명한 말이기는 하나 아도르노는 다른 곳에서 "사회적 투쟁, 계급 상황이 예술작품의 구조 내에 압인되어 있다"(*Ästhetische Theorie*, 344)라는 말과 맥을 같이 한다고 한다(변학수, 2015: 284~285). 말하자면 상화의 시는 단순한 자연시가 아니라는 뜻이다. 화자는 마돈나에게 수밀도 같은 가슴에 이슬이 맺도록 달려오라고 말하지만 이 소원은 끝내 이루어지지 않는다. 이것이야말로 부정성의 체현이요, 사회적 지배구조에 대한 알레고리적 형상화임에 틀림없다. 시가 부릴 수 있는 마법이다. 신라시대로 치면 「서동요」이다.

이 시의 부제가 이를 뒷받침해 주고 있다. "―가장 아름답고 오랜 것은 오직 꿈속에만 있어라―「내말」"이라고 하여 이 시는 자신의 목소리가 아닌 꿈에 의탁한 시임을 말해 주고 있다. 3연의 "아, 어느덧 첫닭이 울고―뭇개가 짖도다"에서 4연의 "낡은 달은 빠지려하는데"로 다시 5연에 "짧은 심지를 더우 잡고"에서 촉박하게 흐르는 시간과 9연에 "내 몸에 파란 피―"라고 하여 환상속의 꿈이자 11연에서 말하는 "마돈나 밤이 주는 꿈"으로 현실 세계의 이야기가 아닌 판타지 세계를 꿈의 이야기로 전개하고 있다.

이 꿈에서 유보화와의 성적으로 에로틱한 스토리가 배경이 된 것이라는 현실적 근거를 포착할 수 있는 단서가 전혀 보이지 않는다. 변학수(2015: 284~285)는 "전근대의 시가 신을 전제하였고 그에 대한 봉사가 이루어졌다면 근대의 문제적 자아는 그것이 이루어질 수 없음을 탈마법화를 매개로 하여 가상적인 실현을 기원하는 식으로 표현하고 있다고 말한다. 마돈나에 대한 꿈을 꾸는 이는 그것이 이루어지지 않는다는 것, 또한 의식하고 있기에 이 시는 탁월한 자유시다. 이 시를 민족주의와 관련지어 읽는 것도, 이 시를 민족주의와 관련 없는 퇴폐주의로 읽는 것도 무리인 것은 바로 이 예술 작품이 그 스스로 말을 하기 때문이다. 이런 상황은 마치 브레히트가 「후세 들에게」라는 시에서 노래하듯이 어떤 힘을 무력하게 만드는 상황을 말한 다."라고 매우 적절하게 평가하고 있다.

어린 시절부터 이상화는 교회당에서 울려오는 은은한 종소리를 들으며 석양 무렵 황혼에 잠겨 있는 남산동 기슭의 성당과 성모당을 바라보며 자라 났다. 그가 꿈을 꾼 '마돈나'는 나라를 잃어버린 이들을 위한 부활의 메시지 로 하늘을 향해 초조하게 올린 기도이자 메시지의 현현이라고 할 수 있다. 시인의 상상은 그렇기 때문에 위대한 것이다. 그러니까 이 「나의 침실로」는 「빼앗긴 들에도 봄은 오는가」와 동일한 맥락 위에 있는 상호 조응물이라는 사실을 일찍 시인 임화는 읽고 있었던 것이다. 전자는 하늘을 향한, 후자는 대지에 서서 올린 마법의 제의 현장이며 그 제의를 주제로 한 시인이 이끌고 기원하며 축수하고 있다. 김준오(2018: 51)도 "1920년대 초기 낭만시에서 많이 나타나고 있는 동굴의 이미지처럼 이 작품의 화자가 애타게 갈망하는 "아름답고 오랜 거기"의 세계는 존재하지도 존재할 수도 없는 공헌한 세계, 이런 파토스적인 감동을 본질로 하는 시는 저항시가 될 수 있다"(김준오. 『시론』, 삼지원, 2018)고 말했다. 필자가 관찰한 바와 같이 「나의 침실로」는 「빼앗긴들에도 봄은 오는가」와 동일한 일제에 대한 탄원과 조국 광복을 염원한 저항시라는 점에서 김준오(2018: 51)도 필자와 같은 생각을 피력 한 것이다.

   1. '마돈나' 지금은밤도, 모든목거지에, 다니노라피곤하야돌아가려는도다.

     아, 너도, 먼동이트기전으로, 수밀도의네가슴에, 이슬이맷도록달려오너라.

2. '마돈나' 오렴으나, 네집에서눈으로유전하든진주는, 다두고몸만오느라.
   빨리가자, 우리는밝음이오면, 어댄지모르게숨는두별이어라

3. '마돈나' 구석지고도어둔마음의거리에서, 나는두려워떨며기다리노라,
   아, 어느듯첫닭이울고-뭇개가짓도다. 나의아씨여, 너도듯느냐?

4. '마돈나' 지난밤이새도록, 내손수닥가둔 침실로가자, 침실로!
   낡은달은빠지려는데, 내귀가듯는발자욱-오, 너의것이냐?

5. '마돈나' 짧은 심지를, 더우잡고, 눈물도업시하소연하는내맘의 촉불을 봐라,
   양털가튼바람결에도질식이되어, 얄푸른연긔로써지려는도다.

6. '마돈나' 오느라가자, 압산그름애가, 독갑이처럼, 발도업시이곳갓가이오도다.
   아, 행여나, 누가볼는지-가슴이뛰누나, 나의아씨여, 너를 부른다.

7. '마돈나' 날이새련다. 빨리오렴으나,사원의쇠북이,우리를비웃기전에
   네손이내목을안어라, 우리도이밤가티, 오랜나라로가고말ㄷ자.

8. '마돈나' 뉘우침과두려움의외나무다리건너잇는내침실열이도업느니!
   아, 바람이불도다. 그와가티가볍게오렴으나, 나의아씨여, 네가오느냐?

9. '마돈나' 가엽서라, 나는미치고말앗는가, 업는소리를내귀가들음은-
   내몸에피란피-가슴의샘이, 말라버린듯, 마음과목이타려는도다.

10. '마돈나' 언젠들안갈수잇스랴. 갈테면, 우리가가자, 끄을려가지말고!
    너는내말을밋는'마리아'- 내침실이부활의동굴임을네야알년만…….

11. '마돈나' 밤이주는꿈, 우리가얽는꿈, 사람이안고궁그는목숨의꿈이다르지안
    흐니.
    아, 어린애가슴처럼세월모르는나의침실로가자, 아름답고오랜거긔로.

12. '마돈나' 별들의웃음도흐려지려하고, 어둔밤물결도자자지려는도다.
    아, 안개가살아지기전으로, 네가와야지, 나의아씨여, 너를부른다.

-「나의 침실로」(『백조』 3호, 1923.09)

절실한 기원, 시인이 기도한 것은 벌거벗은 여인의 나체가 아니라 시인의 기원을 구원으로 이끌어줄 '마돈나'이고 그 마돈나가 머물러 있는 성모당의 깊은 동굴 어둡고 음침한 그곳에 한 자루의 촛불이 타들어가는 침실로 달려오라고 호명하고 있다. 이 시에서 '목거지'라는 사람들이 여럿 모인 모임잔치도 이젠 피로로 시들해져 밤과 함께 되돌아가려는 상황이다. 늦은 밤에서 시작하여 어둔 밤물결이 잦아지는 안개가 사라지기 전인 새벽까지 설정된 꿈의 순차적인 진행을 신비하고 화려한 제단의 무대 안으로 이끌고 있다.

1920년대 실루엣이 드리워진 침대며 달콤한 수밀도와 같은 대상은 매우 생경한 서구적인 풍광이다. 이 시에서 가장 중요한 것은 시간과 공간의 이동이 매우 정교하게 이미지 연결이 이루어져 있고 약간의 호흡이 급박하게 구르도록 호흡 단락을 끊어 만듦으로써 그 기원을 이루고자 하는 긴박감과 절박함을 잘 살려주고 있다. 리듬 처리를 위해 행간과 어휘 하나하나에 얼마나 세심한 손질을 했는가를 느낄 수 있다. 이미지를 적재적소에 배치한 섬세한 형식을 갖춘 것으로 당대에 이만한 작품의 자유시를 찾아보기 어렵다.

이 시에서 구성면을 얼마나 철저하고 정교하게 만들었는지 살펴보자. 하나의 행이 하나의 주술구조의 문장으로, 2행이 하나의 연으로 전체 12연으로 구성되어 있다. 이 12연은 다시 기-승-전-결의 4단 형식으로, 3연이 모여서 하나의 시 단락을 이루고 있다. 1단락은 몸-어둠, 2단락은 불-욕망, 3단락은 피-생명, 4단락은 물-부활이라는 핵심 이미지들이 마돈나로 귀환이 된다. 탄력성이 뛰어난 탄탄한 구성은 그의 데뷔작인「말세의 희탄」에서부터 이미 나타난다. 상화는 초기 습작기에 산문시에서 시작하여 자유시로 옮겨간 때문인지 그의 정형적 시형식의 측면에서도 자신의 확실한 시적 지향성을 향해 질주했던 남달리 뛰어난 시인이었다.

세월이 지나『삼천리』에 이 시를 간추려 다시 수록하였다.

「마돈나」 지난밤이 새도록, 내 손수 닥가둔 침실로 가자,

침실로―

낡은 달은 빠지려는데, 내 귀가 듯는 발자욱―오 너의 것이냐.

「마돈나」 짧은 심지를 더우 잡고, 눈물도 업시 하소연하는 내 맘의 촉불을

봐라.

양털가튼 바람결에도 질식이 되어, 얄푸른 연긔로 꺼지려는도다.

「마돈나」 오르라 가자, 압산 그름애가, 독갑이처럼. 발도 업시 갓가히 오도다.

아, 행여나, 누가 볼는지―가슴에 뛰누나, 나의 아씨여 너를 부른다.

「마돈나」 밤이 주는 꿈, 우리가 얽는 꿈, 사람이 안고 궁그는 목숨의 꿈이

다르지 안으니, 아, 어린애 가슴처럼 세월 모르는 나의 침실로 가자, 아름답고

오랜 거긔로.

「마돈나」 별들의 웃음도 흐려지려 하고 어둔 밤 물결도 살라지려는도다.

아, 안개가 살아지기 전으로, 네가 와야지, 나의 아씨여, 너를 부른다.

―「나의 침실로」(『삼천리』 제7권 제1호, 1935년 1월 1일)

「나의 침실로」가 백기만(1951)의 말대로 18세 무렵에 쓴 작품이라는 말이
결코 틀린 추측은 아니었다. 필자가 판단하기로는 그가 1920년에 쓴 「그날
이 그립다」라는 시가 메타시로 「나의 침실로」로 발전해 가는 습작품이었을
것이다. '생명', '성여', '아가씨', '목―', '젖가슴' 등의 이미지들이 겹쳐 있다.
그러니까 「나의 침실로」가 유보화를 연계한 천박한 시로 해석하려면 유보
화를 만나지도 않았던 1920년에 쓴 「그날이 그립다」를 어떻게 해석해야

할 것인가?

「나의 침실로」는 산문을 운문 스텝으로 바꾼 시이기 때문에 한 행의 길이가 매우 길어 음보를 맞추어 주기 위해 시인은 여러 가지 부호로 음보와 음장을 표시하려고 애쓴 흔적을 볼 수 있다. 한 행이 몇 개의 단어나 단문이 아니라 주어절을 관형절로 만든 산문성 운문시이다. 아마 상화가 문단에 등단하기 이전 실험했던 산문시에서 운문으로 발전하는 징검다리 역할을 하는 시가 「나의 침실로」와 「빼앗긴 들에도 봄은 오는가」인 것 같다. 이 두 작품에서 시어의 화법도 매우 변화무쌍하다. 명령과 청유를 섞어 애잔함과 애절한 호소를 잔잔하게 구사하고 있어 더욱 효과가 돋보인다.

시인이 이미 절필한 시점인 1935년 1월 1일 잡지사에서 신년 원고 청탁을 했을 것이다. 시인은 그 해 1월호인 『삼천리』 제7권 제1호에 「나의 침실로」의 핵심 구절인 4연, 5연, 6연과 11연과 12연을 골라 뽑고 약간의 손질을 하여 지난 시절의 '꿈' 식민조국의 광복을 새해 첫날의 메시지로 다시 발표하게 된 것이다. 그에게는 오로지 빼앗긴 들판에 봄을 부르듯 하늘을 우러러 새해 첫날 자신의 소망이 담긴 '마돈나'를 호명한 것이다.

「빼앗긴 들에도 봄은 오는가」의 부드러운 젖가슴

상화는 '파스큐라'와 '카프'에 몸담기 이전부터 매우 뚜렷한 식민에 대한 저항의 주체를 인식하고 있었지만 그 주체를 극복하는 것은 문학으로서는 거의 불가능하다는 인식을 가지고 있었기에 끊임없는 1인칭 주어의 호소와 고백 그리고 탄원으로 이루어진 작품들을 쏟아내었다. 제의적 탄원이자 주술이었다. 그 절정에 「나의 침실로」가 자리를 잡고 있다. 마돈나를 통한 구원과 바람의 호소에 대한 화답이 시작된 것이다. 엿장수, 거지, 구루마꾼, 물장수 등이 1인칭인 나를 밀어내고 제3의 대상이 주체의 자리에 들어섬으로써 훨씬 넓어진 시적 시야를 확보하여 객관화된 담론을 독자들에게 전달할 수 있는 시적 자각을 가져왔다. 큰 변화라면 변화이지만 그 내면에 도도히 흐르는 저류는 잃어버린 조선의 혼과 땅을 되찾아야 한다는 점이다. 상화에게 엿장수나 거지들은 지주나 관료와 같은 당대 지배계급의 투쟁 대상으로서가 아닌 일제 치하에 약탈에 시달린 기층민으로 인각되었던 것이다. 일제 저항이 1인칭의 호소나 주술적 탄원의 방식에서 3인칭 곧 타자의 범주로 확대된 것이다. 여기서 한 계단 더 올라서서 하늘과 땅이 맞닿은 식민 조선이라는 들판으로 나선 외침이 「빼앗긴 들에도 봄은 오는가」인 것이다. 이것은 「나의 침실로」에 대한 화답이자 조응인 것이다. 「나의 침실로」가 닫힌 공간이라면 「빼앗긴 들에도 봄은 오는가」는 활짝 열린 공간이다. 전자가 내향적이었다면 후자는 외향적인 서로 마주 보고 서 있는 한 쌍이라고 할 수 있다.

변학수(2015: 284~285)는 아도르노의 말을 빌려 상화는 그저 "현실적인 것의 암시"(Noten, 41)에 불과한 리얼리즘을 겨냥하지 않았다고 한다. 현실적인 긴장 관계를 잃지 않으면서도 아주 편안하게 자신의 감정을 막힘없이 「빼앗긴 들에도 봄은 오는가」를 통해 전달해 주고 있다. 그만큼 시작의 수준이 높다는 말이다. 그 사이에 「비음」, 「조선병」, 「초혼」을 거치면서 저항적 현실에 대한 고도의 시적 암시를 은유와 수사를 통해 아주 편안하게 독자에게 던져주고 있다. '조선의 밤', "숨결이 막히는 조선 사람들의 병든 상황"에서 "서울의 혼을 부르고"며 마침내 민족적 실천 저항에 이른 것이다.

1. 지금은 남의 땅   빼앗긴들에도 봄은오는가!

2. 나는 온몸에 해살을 밧고
   푸른한울 푸른들이 맛부튼 곳으로
   가름아가튼 논길을따라 꿈속을가듯 거러만간다.

3. 입술을 다문 한울아 들아

　　내맘에는 내혼자온것 갓지를 안쿠나

　　네가끌었느냐 누가부르드냐 답답워라 말을해다오

4. 바람은 내귀에 속삭이며

　　한자욱도 섯지마라 옷자락을 흔들고

　　종조리는 울타리넘의 아씨가티 구름뒤에서 반갑다웃네.

5. 고맙게 잘자란 보리밧아

　　간밤 자정이넘어 나리든 곱운비로

　　너는 삼단가튼머리를 깜앗구나 내머리조차 갑븐하다.

6. 혼자라도 갓부게나 가자

　　마른논을 안고도는 착한도랑이

　　젓먹이달래는 노래를하고 제혼자 엇게춤만 추고가네.

7. 나비제비야 깝치지마라

　　맨드램이 들마꼿에도 인사를해야지

　　아주까리 기름을바른이가 지심매든 그들이라 다보고십다.

8. 내손에 호미를 쥐여다오

　　살찐 젓가슴가튼 부드러운 이흙을

　　발목이시도록 밟어도보고 조흔땀조차 흘리고십다.

9. 강가에 나온 아해와가티

짬도모르고 끗도업시 닷는 내혼아

　　무엇을찻느냐 어데로가느냐 웃어웁다 답을하려무나.

10. 나는 온몸에 풋내를 띄고

　　푸른웃슴 푸른설움이 어우러진사이로

　　다리를절며 하로를것는다 아마도 봄신령이 접혓나보다.

11. 그러나 지금은— 들을빼앗겨 봄조차 빼앗기것네

　　　　　　　　　—「빼앗긴 들에도 봄은 오는가」 전문(연 번호는 인용자)

　「나의 침실로」에서 화자 일방의 요청과 청원을 '마돈나'에게 의탁하던 방식과는 완전히 다르다. 화자의 감정이 전혀 배제된 "지금은 남의 땅"이라는 현실적 인식과 "빼앗긴 들에도 봄은 오는가"라는 화자의 물음만 청자 혹은 독자들에게 던져 주었을 뿐이다. 어떠한 종용도 강요도 없다. "푸른 하늘과 들이 맞붙은 곳"은 이른바 비록 "빼앗긴 들이지만", "빼앗기지 않은 푸른 하늘"이 함께 맞닿은 곳이 곧 지향점이다.

　1연과 11연이 서로 마주하면서 현재 상황에서 미래에 대한 기원을 배치하여 수미상관으로 이 시에 대한 기대감을 불어넣어 준다. '빼앗긴' '들'과 '봄'이라는 공간과 시간의 대립을 시간과 공간으로 되돌려 긴장감을 더해 준다. 왠지 모를 긴장과 기대감에서 '빼앗긴'의 주체와 여기에 등장하지 않은 타자를 은폐해 두었지만 누구나 쉽게 알아차린다.

　'들'과 '봄'의 시공간 속에 있는 '나'는 '빼앗김'에 대한 해결 주체이다. 2연에서 깊숙이 봄이라는 시간 속에 있는 푸른 하늘이 맞붙은 들판 속으로 걸어간다. 3연은 공간 속에 등장하는 '들'과 그 들을 덮고 있는 '하늘'과 대화한다. 이 하늘은 내가 왜 이 들판을 걸어가고 있는지 알고 있음직하다.

4연에서는 '바람'과 '종다리'와 '구름'을 통한 부드러운 촉감과 시각과 청각을 동원한 이 땅의 아름다움을 배경 장치로 가져왔다. 상화의 시어 사용 감각이 뛰어난 점을 바로 시각과 청각 그리고 촉각과 후각과 같은 감각 기능을 훌륭하게 활용하고 있다는 데서 알 수 있다. 「반딧불이」라는 작품에서도

> 아, 철없이 뒤따라 잡으려 마라.
> 장미꽃 향내와 함께 듣기만 하여라.
> 아낙네의 예쁨과 함께 맡기만 하여라.
>
> ―「반딧불이」

"장미꽃–향내와 함께 (반딧불이 소리를) 듣기만 하여라"라고 하여 후각과 청각을 이끌어내고 "아낙네의 예쁨과 함께 (냄새를) 맡기만 하여라"라고 하여 시각을 후각으로 결합해 내고 있다. 이와 같이 이미지의 뒤섞음 방식은 상화가 지닌 탁월한 시적 재주 가운데 한 가지이다.

5연에서는 빼앗긴 땅임에도 불구하고 곱게 잘 자란 보리의 생명감과 보리 열매에 난 골이 마치 삼단 같은 머리로 비유하고 있다. 아주 세련되고 유연한 표현이다. 6연은 갑자기 마른 논을 감고 도는 착한 도랑이 나타난다. 봄보리는 격년으로 갈이를 하기 때문에 빈 들판은 '마른 논'이다 그 마른 논 물꼬에는 맑은 물이 철철 넘쳐흐르며 노래를 하고 있다. 빼앗긴 들이지만 활달한 생명력을 잃지 않고 있다.

7연에는 다시 땅에서 하늘로 시각을 옮겨 간다. 나비와 제비 그리고 맨드라미와 들마꽃이 등장한다. 하이데거의 존재론에서 말한 하늘과 땅 사이에 즉자 존재인 사람과 타자적 존재인 새와 꽃이 등장한다. 대지 위에 뿌리를 깊게 박고 있는 꽃과 나무와 허공을 무한히 비행하는 새에 비하여 인간은

쉽게 넘어지는 존재론적으로 불완전하다. 그런 존재적 불완전한 나는 타자들에게 이 봄이 빨리 지나가지 않게 해달라고 애원도 해보고 이 땅을 지키며 곱게 아주까리기름을 바르고 김을 매는 조선의 여인을 보고 싶다고도 한다. 이 7연에서는 예쁘고 보석 같은 대구방언이 쏟아져 나온다. '깝치다'는 대구방언에서 '재촉(催促)하다'라는 의미며 동음이의어로서 "손목이나 발목을 접치다"라는 의미로도 사용된다. 이 '깝치다'라는 방언형이 아직 『표준국어대사전』에 실려 있지 않다. '맨드램이'를 『표준국어대사전』에서 장황하게 설명하고 있다. "7~8월에 닭의 볏 모양의 붉은색. 노란색, 흰색 따위의 아름다운 꽃"으로 풀이하고 있다. 그런데 맨드라미는 7~8월에 꽃이 피니까 이 작품의 시간적 배경이 되는 이른 봄이라는 상황에 맞지 않는다. 경성사범에서 학생들이 만든 『방언집』(1937)에는 '민들레(蒲公英)'의 영남방언형으로 '씬냉이', '둥글내'는 있으나 '맨드라미'를 '민들래'로 지칭하지는 않았으나 다만 '민들레'를 '맨드래미'로 부른다. 아마도 '맨드램이'는 '민들레'가 아닐까? 다음으로는 '들마꽃'이 문제다. 이 '들마꽃'을 '들꽃' 혹은 '들(入口)+마(마을)+꽃(花)', 곧 '마을 입구에 피어 있는 꽃'으로 해석하는 견해(이상규: 2002)도 있다. 이 들마꽃을 '메꽃'이라고 하는 이도 있다. '들마꽃'이 『신통』라는 잡지(1925년 7월호, 88~89쪽)에 녹성(綠聲)이라는 필명의 시인의 작품 "버들과 들마꼿(菫)"에 나타난다. "한가한 근심에 / 느러진 버들 / 봄바람 어즈러워 / 부댓기도다 // 도홍색에빗최여 / 눈을뜬버들 / 그마암에머리숙인 / 어린들마꽃"에서 '버들'과 '들마꽃'이 서로 만나지 못하는 이별의 아쉬움을 노래하는 이 작품에 나타난 '들마꽃'은 이상화의 시에 나타난 '들마꼿'과 같은 종임을 확인할 수 있다. 봄에 피었다가 금방 져버리는 생명력이 길지 않은 꽃이다. 이 '들마꼿(菫)'은 한자어로 '근화(菫花)'이며 이 꽃이 의미하는 '제비꽃, 씀바귀꽃, 무궁화꽃' 가운데 '제비꽃'으로 규정하고 있다(육근웅, 2000). 이제야 겨우 '들마꽃'의 정체가 밝혀진 셈이다. 이외에도 '아주까리',

'지심'과 같은 맛갈나는 대구방언이 점점이 박혀 있다.

8연은 백기만(1951)이 엄청 훼손시켜 원래의 시와 전혀 다르게 만들었다. 이 대지를 '살찐 젖가슴'같이 부드럽다고 하였다. 대단히 감각적이고 여성적인 비유이다. 이 풍성한 나의 땅을 호미로 메고 싶기도 하고 발목이 시도록 밟고 싶지만 지금 이 땅은 나의 땅이 아니다. 9연에서 갑자기 내 혼을 찾고 있다. 주체 상실의 현실이다. 이 땅을 밟고 싶어도 밟을 수 없고 이 땅을 메고 싶어도 멜 수 없는 이 땅의 주인인 내가 도대체 무엇을 상실하고 무엇을 찾아 이렇게 헤매고 있는가? 스스로에게 답을 하라고 다그친다. 그래서 답답한 것이다. 10연이 매우 절묘하다. 절망 속에서 절망으로 주저앉은 것이 아니라 풋내를 띠고 푸른 웃음으로 푸른 설움이 어우러진 취각과 시각과 감성이 하나로 푸르다. 푸른 희망이 있기 때문에 비록 피로에 젖어 다리가 아프더라도 걷는다. 봄 신령이 지폈던 모양이다. 11연은 갑자기 현실로 되돌아온다. 땅과 푸른 하늘이 맞닿은 저 공간 속으로 봄이라는 시간에 되돌아온 '지금은' 이 들을 빼앗긴 현실이며 따라서 봄이라는 시간조차 빼앗기겠다고 각성을 한다.

순환열차를 타고 잃어버린 조선의 들판을 가로질러 다시 원점으로 되돌아 온 것이다. 이 시에서 "하늘, 햇살, 바람, 종다리, 나비, 제비"와 같이 통제에서 벗어난 이미지들이지만 "땅—논길, 울타리, 도랑, 들마꽃, 젖가슴" 등의 이미지는 속박과 통제 속에 있는 것이다. 하늘과 땅 그 사이에 서 있는 인간의 존재, 곧 시적 화자의 존재가 불완전하다는 암시를, 불화한 관계이므로 이는 달리 표현하면 땅으로 구성된 조선이라는 나라와 하늘이라는 추상적인 공간의 조선이라는 나라에 조선 사람과 인습과 전통이 떨어져 있는 부조화를 회복하기 위해 봄이 오기를 기다리며 호명하고 있다. 마치 나의 침실에서 수밀도 같은 젖가슴으로 어둠이 다가기 전에 달려오라는 희망의 전언과 전혀 다름이 없다.

이 시에서 말하는 '빼앗긴 들'의 기표를 우리는 이미 눈치를 채고 있다. 그러나 그것을 역사적—현실적으로 구체적인 현실로 볼 경우, 이 땅을 빼앗아 간 주체는 일제나 혹은 지주가 될 수 있다. 그러나 일제는 이 땅 전체를 빼앗았지만 지주는 이 땅 전체를 빼앗아 간 것은 아니다. 그런데도 이것을 지주의 탓, 계급의 탓으로 일방적으로 돌리는 것은 아도르노의 표현에 따르면 이것은 시의 해석에 동원되는 폭력구조의 일반이 된다.

　세월이 훨씬 지난 현재에도 아니 많은 역사적 시간이 흐른 뒤에도 "빼앗긴 들"은 그런 구조로 존재하고 또 그것은 일제의 의한 식민지배라는 암시와 신호로 읽을 수 있다. 변학수(2015: 284~285)는 이처럼 문학이 현실에 참여한다면 그것이 구체적인 참여라기보다는 호소구조(Appelstruktur)를 통해 참여한다고 말한다. 다시 말하면 시인이 나서서 행동으로 식민 지배를 물러나라고 행동하거나 생경한 혁명적 목소리로 외치거나 돌팔매를 던지는 것이 아니다. 시인은 곧 나라는 주체가 시의 행간 속에서 잃어버린 땅으로 뛰어들어 호흡하면서 잃어버린 공간과 시간을 연출해 보여줌으로써 독자들에게 친근한 호소력을 얻게 된다. 그래서 문학이 존재할 근거와 시인의 거처를 확보할 수 있는 것이다.

　상화의 시에 방언이 자주 등장하는 살갑고 정겨운 소재들을 자주 만날 수 있다. 시인은 이런 토속의 언어를 등장시킴으로써 생경한 환기력을 부여해 더욱 흡입력을 갖도록 해 준다. 이처럼 독자들을 조롱하듯 놀라게 하는 시적 마법은 「나의 침실로」에서는 예기치 않은 마리아, 침실로, 수밀도 같은 가슴, 침실을 등징시키는 수법과 다르지 않다.

　수밀도 같은 젖가슴을 가진 마돈나 부드러운 흙을 가는 가르마 탄 여인과 무엇이 다른가? 시인의 상상적 두 호응물이 우연하게든 우연하지 않게든 서로 조응하고 있다. 마치 거울 앞에 비치는 두 가지 다른 실체와 영상의 관계처럼 이로서 이상화의 시적 미학은 대단히 성공한 것이다.

이상화 시의 시적 실험

이상화가 남겨놓은 시작품은 모두 70편이다. 영시 1편, 번역시 3편, 동요(동시) 2편, 교가 1편, 시조 1편을 제외하면 60여 편이 순수한 시 작품이다. 그 가운데 산문시는 「금강송가」, 「청량세계」, 「몽환병」, 「원시적 읍울」, 「지구흑점의 노래」 5편이며 나머지가 운문시 55편이다.

그의 번역시 3편 가운데 영국 작가 Washington Irvin(1778~1859) 원작소설 『단장』을 번역하기 전 번역가인 이상화의 말을 싣는 글 가운데 시인 미들래톤 시를 번역하여 인용한 작품에서 발췌한 부분이 있다. 이상규(2001), 『이상화시전집』(정림사)에서 처음으로 발굴하여 새로 소개한 작품인데 「제목미상」의 작품이다. 또 다른 한편은 이상화의 번역소설 『단장』의 머리말 격인 "역자의 말" 뒤에 실린 토마스 무어(Thomas Moore, 1779~1852), 「She is Far From the Land(머나먼 곳에 있는 님에게)」라는 작품을 이상화가 번역한 시가 한 편이 있다.

운문시 55편 가운데 1편은 제목과 단 1행만 그리고 다른 1편은 제목만 남아 있다. 이상화가 직접 편집을 담당했던 『문예운동』 2호에 실린 작품으로 시 2편(「설어운 조화」, 「머ㅡㄴ 기대」)과 수필 1편(「심경일매」)이 낙장으로 발견되었으나 그 가운데 「설어운 조화」는 제목과 시 1행만 남아 있고 다른 「머ㅡㄴ 기대」는 작품 이름만 남아 있다. 오랫동안 불온서적으로 분류되어 온 문예지 『문예운동』 2호가 앞으로 그 전모가 발견된다면 이상화의 시 2편이 새로 발굴될 가능성이 있다. 그러니까 실재로는 53편만 온전한 운문시라고 할 수 있지만 「청년」과 「만주벌」 32편은 좀 불완전한 작품이다. 한 부분이 삭제되었거나 작품 전체가 아닌 것으로 판단된다. 따라서 이상화 시에서 51편 정도가 온전한 작품으로 여겨진다.

이상화가 남긴 시 작품 전체를 주제별로 구분해 보면

1. 일제 식민의 현실과 저항 시: 「말세의 희탄」, 「To-, S.W. Lee」, 「나의 침실로」,
「독백」, 「허무교도의 찬송가」, 「방문거절」, 「비음」, 「가장 비통한 기욕」, 「빈
촌의 밤」, 「조소」, 「선구자의 노래」, 「구루마꾼」, 「엿장수」, 「거지」, 「도쿄에서」,
「통곡」, 「비 갠 아침」, 「빼앗긴 들에도 봄은 오는가」, 「지구 흑점의 노래」,
「병적 계절」, 「비를 다오」, 「역천」, 「무제」, 「만주벌」

2. 역사성에 대한 시: 「폭풍우를 기다리는 마음」, 「금강송가」, 「오늘의 노래」,
「몽환병」, 「조선병」, 「겨울의 마음」, 「초혼」

3. 생명을 노래한 시: 「마다의 노래」, 「극단」, 「청량세계」, 「시인에게」, 「그날이
그립다」

4. 풍경을 묘사한 서정적 서경시: 「단조」, 「가을의 풍경」, 「지반정경」, 「원시적
읍울」, 「달아」, 「달밤, 도회」, 「예지」, 「반딧불이」, 「나는 해를 먹고」, 「서러운
해조」, 「눈이 오시네」

5. 죽음이나 이별의 시: 「이중의 사망」, 「마음의 꽃」, 「이별을 하느니」, 「곡자사」, 「쓰러져 가는 미술관」

6. 신년시, 송시: 「본능의 노래」, 「이 해를 보내는 노래」

7. 여성시: 「어머니의 웃음」, 「파란피」, 「기미년」

8. 기타: 「새세계」, 「저무는 놀 안에서」, 「대구행진곡」, 「농촌의 집」, 「청년」, 「교남학교 교가」, 「대구무영당에서(번역시)」, 「머나먼 곳에 있는 님에게(번역시)」, 「서러운 조화」, 「머ー ㄴ 기대」

등으로 나눌 수가 있다. 서로 겹치기도 하고 또 주제를 더 세분할 수 있기 때문에 이러한 분류가 절대적 분류는 아니다. 그러나 이상화 시 의식의 주제 별 흐름을 이해하는 데는 도움이 될 것이다. 대체로 1~3은 서로 긴밀한 관계가 있다. 조선의 역사와 건강한 생명력을 기반으로 그 국토를 잃어버린 데 대한 고발과 저항을 노래한 시가 절대적인 수를 차지하고 있다. 그 짬짬이 서정적 서경시가 그 다음을 차지하고 있다.

주제별로 본 이상화의 시에서 그가 밝힌 시론에 입각한 시의 생활화 곧 삶과 시대와 사회에 대한 관찰의 핵심이 바로 일제 식민에 대한 항거와 저항이며, 때로는 앞이 보이지 않는 단순한 절망이다가 때로는 희망의 여운을 남긴 시들이 주종을 이루고 있다. 특히 그의 작품에서 시의 수사 곧 시적 이미지 처리에 대한 세심함이나 시의 형식에 대한 시험이 도드라지게 관찰이 된다. 산문시에서 운문시로 넘어가는 그래서 그 경계선이 불명료한 작품도 있다. 그러는 만큼 그는 1920년대 우리나라 현대시의 여명기에 가장 앞서가는 실험적 시인이며 또 역사의식이 아주 투철했던 뛰어난 시인으로 자리를 매김 할 수가 있다.

지금까지 이상화의 시 세계를 분석하는데 그의 대표작으로 꼽던 몇몇 편의 한정된 작품만을 대상으로 하거나 문단 사조를 고려하여 『백조』 동인에서 '카프'로 변신한 점을 들어서 그의 시 작품이 마치 큰 파도를 타넘고 가듯 변동이 있었던 것처럼 분석한 것은 이상화 작품 분석의 일관성을 잃게 한 주요한 이유가 된다. 그리고 또 한 가지 이상화 시작품의 텍스트 정본화가 더뎌짐으로써 그의 문학사적 위치가 매우 흔들린 면도 없지 않다.

가장 큰 문제는 「나의 침실로」를 둘러싼 여성 유보화와 얽어맨 시 해석이 이상화의 시 읽기를 어렵게 만든 가장 큰 이유이다. 일제로부터 나라를 빼앗긴 조선 사람들의 여망을 '침실로', 혹은 부활의 '동굴'로 꾸며서 사랑을 이루고자 갈망하는 고단수의 시적 서사를 해독하지 못한 체, 일개 여성과의 염문에 휩싸인 것으로 역사적 현실과 개인적 현실을 혼착함으로써 완전히 엉뚱한 시 해석을 낳은 것이다.

상화의 시에서 페미니즘적 관점에서 관찰해야 할 부분은 일찍 아버지를 여읜 이유로 내면에 성장한 모성성과 또 어린 시절부터 나라를 잃어버린 식민의 상흔이 그리고 개인적으로 큰 집에 의탁해야 했던 재정적인 위축감이 그의 삶 속에서 어떻게 굴절되었는지의 문제이지 이러한 문제를 직접 시 작품에 대입하여 그가 사랑했던 여성이 몇 명이며 그의 사생활이 어떠했는가의 문제는 문학 작품 분석에서 그렇게 중요한 의미를 가지는 것이 아니다.

본고에서는 이상화의 시작 속에 어떤 일관성이 개재되어 있는가? 특히 작품의 주제와 시의 언어와 형식이라는 두 가지 측면에서 개괄적으로 살펴보려고 한다. 따라서 그의 길지 않은 작품 활동 기간을 마치 큰 변화를 겪은 듯이 전기 후기 등으로 시기 구분을 하지 않을 것이며 이러한 시기 구분이 도리어 이상화 시 작품 세계를 이해하는 데 분열을 일으킬 뿐이라는 점을 누누이 강조해 둔다.

이상화의 문단 등단작인 「말세의 희탄」은 세기말이 아닌 식민의 암울한 현실을 비탄하면서 재생과 환희로 전환함으로써 식민극복을 열망하는 메시지를 담아낸 뛰어난 작품이다. 작품 형식의 짜임새도 정성을 들인 치밀함을 보여준다. 1연과 2연의 거울이미지 대응(contrast on the mirror image)은 시어의 음절까지 일치시킨 작품으로 감상주의적이라거나 세기말적 퇴폐적인 작품이라는 종전의 평가들은 전면 재고가 되어야 할 것이다. 상화의 시 창작은 이처럼 훌륭한 시적 실험성의 가능성을 과시한데서 출발했던 것이다.

「말세의 희탄」과 함께 1922년 1월 『백조』 창간호에 실은 「단조」는 고도의 은유적 수사의 기교를 한껏 부린 한편 형식적 처리 또한 매우 세심하고 뛰어난 실험작이다. 전 10연으로 된 「단조」는 그 제목의 분위기와 일치하는 연 배치를 시험하고 있다. 전경 1연 ↔ 빗소리 2연, 전경 3연 ↔ 피리소리 4연, 한낮 5연 ↔ 소리 고요 6연, 무언 7연 ↔ 적멸 8연, 전경 9연 ↔ 속살거림 10연의 구성으로 홀수 연은 전경을 배치하고 그 전경에 맞는 소리의 고요함을 짝수 연으로 대응해서 배치하고 있다. 1, 3, 5, 7, 9연은 전경으로 2, 4, 6, 8, 10은 전경에 대응하는 소리를 독자들이 마치 듣는 듯이 고요로움의 분위기로 대응시킨 자유시로서 완성도가 매우 높은 시를 선보였다.

「나의 침실로」로에서도 아주 정치한 연행의 의미적 구조를 구축하고 있다. 전체 12연으로 구성되어 있는데

> 1연~3연은 봄 ↔ 어둠 [나의 아씨여 너도 듣는가?]
> 4연~6연은 불 ↔ 욕망 [나의 아씨여 너를 부른다]
> 7연~9연은 피 ↔ 생명 [나의 아씨여 네가 오는가?]
> 10연~12연 물 ↔ 부활 [나의 아씨여 너를 부른다]

와 같이 연행을 치밀하게 의미구조로 연갈이와 행갈이를 배치하면서 의문구조는 "1연~3연+7연~9연"으로 청유설명형의 구조는 "4연~6연+10연~

12연"으로 구성하여 변화와 함께 전체 짜임의 완성도를 높여주고 있다.

1925년 5월에 『조선문단』 6호에 발표한 「이별을 하느니」라는 작품 또한 「나의 침실로」와 유사한 구조로 짜여 있다. 1연~3연, 4연~6연, 7연~9연, 11연~12연의 기승전결의 구조로 짜여 있는데 이러한 형식 구조는 「빼앗긴 들에도 봄은 오는가」에 이어진다. 「이별을 하느니」는 노골적으로 유보화와의 이별 이후 못 다한 사랑을 소재로 한 작품으로 평가하고 있으나 이는 전혀 잘못된 해석이다. 지극히 사랑했던 여인에 대한 은폐할 수 없는 호소라고 할지언정 자신의 삶의 일부일 뿐이다. 유보화, 그로 인해 현실적인 눈을 뜨고 귀를 열어낸 영매의 역할일 뿐 윤리와 도덕 이전의 문제이며 이는 자신의 내면적인 꿈인 일제 저항이라는 역사적 현실과 사랑했던 여인과의 별리라는 현실이 겹쳐져 만들어낸 내러티브한 스토리이다. 신라 향가에서 「서동요」의 역사적 맥락과 현실적 맥락의 차이가 문제가 되는 것과 같이 「나의 침실로」나 「이별을 하느니」를 유보화라는 현실 속의 사랑의 문제로 포획해서는 문학이 갖는 서사적 창조성을 무시하는 결과를 가져올 뿐이다.

1923년 9월 17일 『동아일보』에 발표한 「독백」이라는 작품도 단순히 죽음을 애찬한 데카당의 시가 아니라 삶의 현재성 곧 타자로부터의 억압에서 벗어나려는 모습을 보여준다.

나는 살련다, 나는 살련다.
바른 맘으로 살지 못하면 미쳐서도 살고 말련다.
님의 입에서 세상의 입에서
사람 영혼의 목숨까지 끊으려는 비웃음의 살이
내 송장의 불쌍스런 그 꼴 위로
소낙비같이 내려 쏟을지라도 —짓퍼부울지라도
나는 살련다, 내 뜻대로 살련다.

그래도 살 수 없다면—

나는 제 목숨이 아까운 줄 모르는

벙어리의 붉은 울음 속에서라도 살고는 말련다.

원한이란 이름도 얼굴도 모르는

장마진 냇물의 여울 속에 빠져서 나는 살련다.

게서 팔과 다리를 허둥거리고

부끄럼 없이 몸살을 쳐보다

죽으면—죽으면—죽어서라도 살고는 말련다.

　　　　　　　　　　　　　　　　—「독백」(『동아일보』, 1923년 10월 26일)

　이 시에서 '영혼'은 일제의 식민 상황을 그리고 '벙어리'는 조선어를 입에 올리지 못하는 언어적 식민지배로 이어진 참혹한 현실 속에서 단순히 '죽음'을 노래한 것이 아니라 영혼의 지배에 대한 시인의 의지인 "내 뜻대로 살련다."에서 벙어리에 대한 시인의 의지인 "죽어서라도 살고는 말련다."라는 마지막 행에서 뚜렷한 극복의 의지를 보여준 반전을 꾀한 작품이다. 『개벽』 54호(1924년 11월) 「방문거절」도 「단조」와 「나의 침실로」에 연이어서 연을 적절하게 내용에 따라 안배하여 구성한 시 형식을 실험한 시다.

　　[불완전한 삶의 구조]

　　① 식민(마음 문) – 명예 – 마음

　　② 식민(벙어리 입) – 생명 – 언어

　　③ 식민(문 두드림) – 예련 – 폐쇄

　'명예', '생명', '예련'은 일제 식민이라는 불완전한 삶의 구조 속에서 소통의 문은 곧 마음의 문이다. 이러한 대응관계를 시의 연행에 종횡으로 구조화한 뛰어난 실험정신이 돋보인다. 1926년 1월 4일 『시대일보』에 발표한 「본능의 노래」는 신년을 축하하는 신년시에 해당한다. 그런데 이 작품 또한 그 형식적 짜임새가 매우 돋보이는 작품이다.

밤새도록 하늘의 꽃밭이 세상으로 옵시사 비는 입에서나
날삯에 팔려, 과년해진 몸을 모시는 흙마루에서나
앓는 이의 조으는 숨결에서나, 다시는
모든 것을 시들프게 아는 늙은 마음 위에서나
어디서 언제일는지
사람의 가슴에 뛰놀던 가락이 너무나 고달파지면
「목숨은 가엾은 부림꾼이라」 곱게도 살찌게 쓰다듬어 주려
입으론 하품이 흐르더니 – 이는 신령의 풍류이어라.
몸에선 기지개가 켜이더니 – 이는 신령의 춤이어라.

이 풍류의 소리가 네 입에서 사라지기 전
이 춤의 발자국이 네 몸에서 떠나기 전
(그때는 가려운 옴 자리를 긁음보다도
밤마다 꿈만 꾸던 두 입술이 비로소 맞붙는 그때일러라)
그때의 네 눈엔 간악한 것이 없고
죄로운 생각은 네 맘을 밟지 못하도다.
아, 만입을 내가 가진 듯 거룩한 이 동안을 나는 기리노라.
때마다 흘겨보고 꿈에도 싸우든 넋과 몸이 어우러지는 때다.
나는 무덤 속에 가서도 이같이 거룩한 때에 살고프노라.
　　　　　　　　　　　　　—「본능의 노래」(『시대일보』, 1926년 1월 4일)

1연의 마지막 2행과 2연의 마지막 2행은 "넋-입-신령"과 "몸-몸-신령의 춤"이 어우러지는 '꿈'이 생명의 본능을 일깨운다. 이처럼 시의 맥락을 시 형태에 효율적으로 배치한 치밀함을 엿볼 수가 있다.

계급문학에 대한 인식

이상화가 동경에서 되돌아 온 후인 1925년 1월 『개벽』 55호에 발표한 「비음」, 「가장 비통한 기욕」, 「빈촌의 밤」, 「조소」는 '카프'에 가맹한 시기에 발표한 작품들이다. 변화라면 변화라고도 할 수 있다.

「비음」에서는 암흑 같은 조선의 식민 현실을 부각하고 있다. 그러나 이 암흑의 조선 현실이 조선 내부의 계급 차이 예컨대 지주와 피지주와의 착취에 의한 가난의 고통이 아니라 식민 현실이라는 위난이 가져다 준 것으로 인식하고 있다. 하느님의 말씀이 배부른 소리로 들리는 조선의 현실, 조선의 밤은 햇볕이 깃들 틈도 없는 답답한 현실이다. 그 식민 현실에는 "비틀거리는 자국엔 핏물이 흐른다". 그러나 광명의 목거지라는 이름도 모르는 두더지 같은 신령에게나 기대어 볼 수밖에 없는 참으로 딱한 현실이다. 이러한 이상화의 현실 인식에 대해 김기진이나 박영희는 계급투쟁의 의지가 보이지 않는다고 비판하였지만 이상화는 이미 계급문학 투쟁 또한 무력하며 그러한 주장을 하는 자체가 자신의 양심과 괴리된 것으로 인식하였다.

> "그 무산자들은 법률과 도덕에 대한 공포를 늑기지 안는 사람이며 그만한 믿도 업는 증오를 포악한 자본가에게 던지든 사람들이엇다."
> ―이상화, 「무산작가와 무산작품(2)」(『이상화 문학전집』, 경진출판, 2015, 215쪽)

영국의 죠지 기싱의 예를 들었다. 죠지 기싱은 스스로 자신의 작품은 빈궁을 주제로 했지만 작가 스스로는 마음속 깊이 빈민을 싫어했다는 모순성을 가지고 있다는 점을 알고 있었던 것이다. 따라서 이상화는 사회주의 문학에서 말하는 계급투쟁이 조선의 현실과는 전혀 차원이 다르다는 인식을 하고 있었던 것이다. 계급투쟁 이후 변동된 계급투쟁의 한계를 그리고 내재적 모순을 상화는 이미 읽고 있었던 것이니 코민테른에서 하달하는 교조적 계급투쟁에 동원되는 문학을 프로파간다로서의 투쟁문학론을 스스로 수용할 수 없었던 것이다.

「가장 비통한 기욕」에서 식민 조선에서 가난에 찌든 농민들이 간도로 쫓겨 가는 농민의 현실 문제가 지주와 소작인 간의 계급적 문제가 아닌 식민이라는 굴레 때문에 자갈을 밥으로 먹고 해체(시궁창 물)를 국으로 마셔야 하는 기층 농민들의 아픔도 가난의 굴레를 극복하려는 것도 '검아'라는 종교적인 요청을 해보지만 그 역시 한계가 있음을 자각하고 있었다. "말 없는 돌을 안고 피울음"을 울 수밖에 없는 문학의 위력에 한계를 깨닫고 있었던 것이다. 뒤에 나오는 「조소」에서 그 좌절과 문학의 무력증과 한계를 봇짐장수의 헐떡이는 숨결이 나를 보고, 나를 보고 비웃으며 지나간다고 소리치고 있다.

나는 남 보기에 미친 사람이란다마는
내 알기엔 참된 사람이노라.

나를 아니꼽게 여길 이 세상에는
실려는 사람이 낳기도 하여라.

오, 두려워라 부끄러워라.
그들의 꽃다운 살이가 눈에 보인다.

행여나 내 목숨이 있기 때문에

그 살림을 못살까─ 아 죄롭다.

내가 알음이 적은가 모름이 많은가,

내가 너무 어리석은가 슬기로운가.

아무래도 내 하고저움은 미친 짓뿐이라

남의 꿀 듣는 집을 문훌지 나도 모른다.

사람아, 미친 내 뒤를 따라만 오너라

나는 미친 흥에 겨워 죽음도 보여 줄 테다.

─「선구자의 노래」(『개벽』 59호, 1925년 5월)

시인에게 창조자라는 영예로운 계관을 허락하는 것은 시인의 예지로 모든 사물을 새로운 영감으로 본질에 가깝게 호명한 언어에 생명을 부여해 주기 때문이다. 시인은 1925년 5월에 발표한 「선구자의 노래」에서 이미 문학적 한계에 대한 주위의 시선에 눈을 돌리고 있음을 알 수 있다. 눈에 보이지 않는 시기와 질투에 대한 내면적 갈등을 "미친 사람이 아님을", 그래서 '부끄럽고', '죄롭고', '어리석고', 그래서 "나는 미친 흥에 겨워 죽음도 뵈 줄 테다"라고 문학의 제단 앞에서 시의 목소리로 고개를 숙이고 고백하고 있다.

1927년 이후 이상화가 글쓰기를 포기하는 중요한 요인으로 계급문학론의 투쟁 노선의 허구성을 읽으면서 스스로의 양심에 대한 가책을 이미 느끼고 있었음을 알 수가 있다. 「빈촌의 밤」도 역시 같은 맥락이다. 그러나 이 작품은 고도의 수사를 활용한 일제 식민 수탈을 당한 가난한 조선 농민의 삶을 노래하고 있다. 1925년 3월 『개벽』 57호에 발표한 「폭풍우를 기다리는 마음」도 앞에서 살펴본 「비음」, 「가장 비통한 기욕」, 「빈촌의 밤」, 「조소」와 함께 조선의 역사와 전통에 바탕을 둔 가난한 농민, 노동에 찌든 농민은 가난에 굴종된, 가난으로부터 헤쳐 나올 기력도 힘도 없이 현실에 얽매여 있다는 시각이다. 여기서 그 시간대를 앞으로 거슬러 올라가 조선의 지배층과 피지배층의 계급갈등의 문제로 이해하기에는 서구적 기반과 너무나 다른 차이가 있다는 점을 이상화는 알고 있었던 것이다.

1925년 6월 『개벽』 60호에 발표한 「구루마꾼」, 「엿장수」, 「거지」에서는 도시 기층민으로 눈을 돌린다. 화려한 동경의 도심과 대조되는 조선 경성에서 쉽게 바라볼 수 있는 구루마꾼, 엿장수, 거지 등에 관심을 기울이지만 당시 김기진이나 박영희가 추구하던 레디컬한 계급 투쟁론에 대해서는 동의를 하지 않았던 것 같다.

> "무산계급을 관찰한 작품에서도 대개 그 시야야가 삼계로 난호여 잇는"
>
> ─이상화, 「무산작가와 무산작품(2)」(『이상화문학전집』, 경진출판, 2015, 215쪽)

이라고 하여 무산 계급의 문학도 3유형으로 나누어 관찰할 수 있음을 밝히고 있다. 상화가 인식한 무산 계급의 가난과 고통을 보선이라는 사회 내부의 구조 곧 지주와 소작농과의 관계로 계급적 문제를 투쟁으로 전환하는 '카프' 계 인사들과 달리 인식하고 있었다. 상화는 바로 당면한 일제의 식민 지배의 틀을 깨는 것을 더 우선적인 것이라는 자신의 양심적 신념을 끝까지 지켜낸 일제 저항 민족시인으로 자리매김을 할 수 있다.

우리문학사에 1920년대 이상화라는 시인이 들어설 자리가 어떤 자리인가? 「나의 침실로」가 작자와 주체가 동화적이었다면 「빼앗긴 들에도 봄은 오는가」는 자아를 세계에 투사한 방식을 사용하였다. 이상화는 우리 현대시에 메타시를 도입한 자유시를 개척한 시인이다. 「나의 침실로」가 번역시를 모델로 한 「그날이 그립다」를 메타시로 변용한 뛰어난 작품이다. 일찍 김춘수(1971)와 오세영(1981) 등이 제기했던 앤드류 마벨(Andrew Marvell)의 「수줍은 애인」을 메타시로 하여 패러디한 작품으로 논의 한 바가 있지만 「나의 침실로」의 형성 과정은 상화가 럿셀(G. W. Russel)의 번역시 「새 세계」에서 시작하여 「그날이 그립다」를 거쳐 완성된 작품으로 보인다.

상화는 우리나라 현대문학사의 초기에 패러디 시의 창작 기반의 문을 일찍부터 열어준 뛰어난 시인이다. 그리고 시적 장르 속에 독백과 명령과 지시를 삽입한 바흐친(M. M. Bakhtin)이 말한 시적 대화의 방법을 일찍 도입한 성과를 가져왔다.

이상화는 산문시와 운문시의 경계를 오고간 탈장르의 형식적 특징을 보여준다. 의도적이었든 무의식적이었든 간에 자유시로서의 연행 꾸밈이나 리듬을 살려내기 위한 여러 가지 문장부호와 띄어쓰기를 의식했던 시인이다. 자유시가 되도록 율격과 비유 등 여러 가지 수사적 장치들, 곧 언어의 모든 특질을 동원해 온 시인이다. 이상화는 포엠인 벌스로서 어조와 persona를 시에 도입한 시인으로 '카프' 동인활동을 통한 무산계급에 대한 사회역사적 환경에 능동적인 대응을 하였지만 마르크스주의적 맹목적 계급투쟁의 문학 운동에 대해서는 일정한 거리를 유지했던 시인이다.

상화의 문학텍스트 전모조차 몰라

부끄럽다. 한 시대의 항일 저항시인에게 덮친 불행의 고통을 단순히 우리들은 타인의 운명으로 관망하면서 스쳐 지내야 할 것인가? 그의 삶을 관통하는 시대사의 단면조차도 부서진 퍼즐조각을 제대로 꿰어 맞추지 못하면서 이상화의 이름을 부르고나 있지 않는가? 그가 남긴 문학적 성과들을 과연 온전하게 읽어내고 있는가? 그의 문학적 텍스트를 오류로 읽고 해석하면서도 그 사실조차도 모르는 채 그를 칭송하는 부끄러운 짓을 하지는 않았는가? 역사 앞에 죄스럽고 부끄럽다.

우리는. 그냥 이제라도 시인 이상화가 걸어갔던 길, 그 길 위에 잠시라도 멈추고 쉬면서 그가 남긴 서러움에 사무친 대구의 봄 길을 함께 걸어 가보자. 그가 남긴 문학 작품을 새로 조합하여 꼼꼼히 음미하며 그가 살았던 그 시대의 공간 속에, 그리고 그 시절의 사람들을 만나 어떤 고뇌와 아픔을 이야기하고 나누었는지 살펴야 하는 일이 우리의 몫이 아닌가? 이상화 시낭송회, 시화전, 이상화문학상 등 푸석푸석하고 건조무미한 이벤트에 매달려 진정으로 해야 할 과업을 놓치고 있지는 않는가? 고택보존운동 이후 이상화의 현창 사업이 제 길을 가고 있는지? 이 동네 저 동네 지방단체의 기념사업으로 현창 추모하는 행사판이 벌어진 장터에는 반듯한 그의 정본 시집 한 권 마련되지 않고 또 그의 문학 평론에 대한 변변한 책 한 권 없는 현실이 아닌가? 그래서 부끄럽고 슬프다는 말이다.

시인 이상화에 대한 온전한 문학전집 한 권 갖추지 못한 채, 그리고 제대로 된 이상화 평론집 한 권 없는 이 불모의 대지에 과연 이상화는 무슨 의미로 해석되어야 할 것인가? 이상화의 문학이 무엇이며, 그의 삶이 우리에게 무슨 의미를 갖는 것인가? 가슴에 와 안긴 이상화의 흔적이 우리들에게 과연 무슨 의미가 있는가? 광복의 기쁨도 잠깐, 밀려닥친 남북 분단, 그마저 우리의 힘이 아닌 타자의 힘으로 조형된 역사가 단절되지 않고 계속 이어져 오고 있다. 온전한 줄로만 알았던 비탈에 서 있는 이 땅의 역사, 다시 두 권력 패거리로 나뉘고 이념과 주장이 협잡과 결합한 뒤숭숭한 이 땅에 과연 봄이 오기는 왔는가? 4만 달러 국민소득의 나라, 외제차 즐비한 고층 도심이 우뚝한 달구, 달구언덕에 이상화는 어떤 의미여야 할 것인가?

그 동안 늘 외발로 달려온 민주화 운동은 '반공독재'의 오류를 재물로 삼아 철저하게 깨물고 쥐어뜯어 흩트려놓은 현대사가 피를 흘리고 있다. 유혈낭자한 분열, 대립, 갈등의 붉은 피가 이 땅을 흠뻑 적시고 있다. 빼앗긴 들에도 봄은 오리라 기대했던 상화가 그렸던 광복된 이 땅에는 다시 봄이 아닌 이념 갈등의 핏물로 얼룩진 상처가 가득한 차디찬 빙토이다.

현대사의 역사적 비대칭성은 정치권력의 부침에 따라 일방적 지배 방식으로 만들어지고 길들어진 역사에 문학사가 곁달려 있다. 뭐가 과연 옳은 것인가? 독자에 따라 시대에 따라 역사의 문맥은 새롭게 탈의를 하고 있다.

한민족, 단일민족을 외치면서 독재 권력들이 저질러 놓은 과거 진실에 대한 규명은 거의 손을 놓은 채 한국 현대사를 기술한다. 오류의 깊은 늪에 빠져 있듯이 항일 민족시인 이상화에 대한 인식도 마찬가지이다.

이상화는 모국어를 버리고 일본어로 통합하라는 강요된 식민동화를 거부한 시인이다. 그러나 그를 우리는 지금까지 어떻게 호명하고 있는가? 시인 이상화, 그가 남긴 시와 소설, 산문과 편지 등 기록을 토대로 평가하고 호명하여 문학사의 한 계단에 자리를 매김을 해야 함에도 무지막지한 문화권력 패거리들이 그의 본질에 대한 성찰은 안중에도 두지 않고 이념적 비판과 칼질을 해 오지 않았던가? 이상화가 남긴 문학 작품의 전모를 알고 있는 이가 과연 몇 사람일까? 그의 문학 작품의 수준에 대해서는 더 불문가지이며, 그의 시어의 오류들이 왜 생겨났으며, 어떤 유통방식으로 확대 재생산이 되어 왔는지 진지하게 알고 있는 이는 누구일까? 진정 이상화를 일제 저항 민족시인이라고 호명할 수 있는가? 아니면 사회주의 계급문학가라고 해야 할 것인가? 유미주의 데카당스한 문학가라고 해야 할 것인가? 아직 정리된 이상화의 호명 방식조차도 제 자리를 잡지 못하고 흔들리고 있다.

상화 문학의 텍스트에 대한 정확한 비판 없이 어떻게 문학사상의 위치를 논할 수 있는지 궁금하기 짝이 없다. 최근까지 확인된 이상화의 시는 모두 70편으로 알려 졌다. 이 70편의 시를 가지고 무려 수십여 명의 박사학위 논문도 쏟아져 나왔다. 그런데 놀랍게도 이상화 시의 텍스트가 엉터리인 채로 연구를 한 박사학위 논문이 발표된 것도 있다. '괴이(고양이)'를 '개'로, '낍지다(죄속하다)'를 '까물다', '해채(하수구물)'를 '미역(海菜)'으로 오역한 것뿐 아니라 연행 구분의 오류, 표기법의 오류, 시어의 누락 등 이상화의 문학 작품이 정본화되지 않고 흔들리고 있다. 그러니까 자연히 이상화 시 작품의 완결성이 뒤떨어진 것으로 연구했으니 그의 작품의 성과에 대한 평가도 나쁠 수밖에 없다. 공공연하게 대구수성문화원의 이상화 기념사업을 주관하는 이조차도 "이상화 시 작품의 질이 떨어진다."라는 말을 부끄럼 없이 내뱉고 있는 것을 보았다. 부끄럽고 창피하여 얼굴을 들 수 없다. 문학 작품을 대하는 진지함이나 정밀함이 부족하거나 무관심한 이들이 상화 주변에 몰려들어 푸른 파리처럼 왕왕대고 있다. 그래서 부끄럽다.

이상규(2002)는 그 동안 이상화의 문학텍스트를 발굴하기 위해 꾸준히 관찰하며 오류투성이의 시어를 교열하여 정본 시로 만들기 위한 준비를 다해 왔다. 김학동(1979) 이후 알려진 63편의 시 외에 번역시 2편과 『문예운동』 2호(잔본)에 남아 있는 「서러운 조화」라는 시 제목과 단 한 줄 남아 있는 시 한 행, 그리고 「먼 기대」라는 시 제목만 남은 것을 찾기도 하였다. 그리고 창작소설 「초동」이 정진규에 의해 상화 작품이 아니라는 평가가 있었으나 사회주의 경향의 문학 작품에 대한 검열을 피하기 위해 파자 이름으로 쓴 것으로 확인되기 때문에 그대로 이상화의 창작 소설로 인정하지 않을 수 없다. 김학동(2015)이 1926년 1월 2일자 『조선일보』에 이상화가 「노동—사—질병」라는 번역소설 발표하였다고 하는데 최근 그 원문을 확인하였다.

「초동」 작가 이름을 일제 검열을 피하기 위해 '相'자를 '木'+'目'으로 파자한 표기.

새롭게 발굴된 이상화의 문학 작품과 다량의 편지글을 모두 정리하여 이상화 문학전집을 만들어야 하는 일, 또한 우리가 제일 우선해야 할 과제이지 않을까? 그런데 이상화의 시나 문학적 텍스트를 어떻게 더 발굴할 것인지, 그리고 이들을 모아 그의 텍스트를 어떻게 확장할 것인지는 아무도 고민하지도, 관심도 없다. 그래서 필자가 이러한 근본적인 문제를 제기하고 이상화 문학정본화 작업을 하자고 제의한다.

2019년 대구광역시에서는 3.1독립운동 100주년 기념사업으로 기념사업회에 의뢰하여 만든 『하늘은 부끄럽게 푸릅니다』에 실린 이상화의 대표작으로 알려져 온 「빼앗긴 들에도 봄은 오는가」에 "나비야 제비야 깝치지 마라 / 맨드라미 들마꽃에도 인사를 해야지 / 아주까리 기름을 바른 이가 {지심} 매던 그 들이라 / 다 보고 싶다"에서 '지심'을 누락 시켜 두었다. 그리고 마지막 행 "그러나 {지금은} 들을 빼앗겨 봄조차 빼앗기 겠네"에서도 역시 {지금은}이 누락되어 시의 본래 형태를 완전히 망쳐 놓았다. 그리고 제6연의 4행은 몽땅 누락시켰으며 제7연 역시 "내 손에 호미를 쥐여다오 / 살찐 젖가슴같은 부드러운 이 흙을 / 팔목이 시도록 매고 {밟아도 보고} / {좋은} 땀조차 흘리고 싶다"에서 {발목}을 {팔목}으로 둔갑시켜 놓았고 또 {밟아도 보고}와 {좋은}이 어디로 달아나 버렸다. 1951년 백기만이 왜곡 시킨 사실도 알지 못하고 버젓하게 100주년 기념사업 시집으로 간행한 것이다. 「금강송가」는 『여명』 2호에 싣기 전에 『시대일보』에 발표했던 작품으로 그 원문을 확인할 수 있다. 이 「금강송가」를 백기만이 『상화와 고월』에 실으면서 작품 내용뿐만 아니라 일부분을 삭제해 버린 채로 실었다. 그런데 이 부분을 필자가 고스란히 복원하여 실어놓은 『정본이상화시전집』의 자료를 인용 표시도 없이 그대로 실었다.

　　이상화에 대한 사랑과 열정이 아무리 열렬해도 이상화의 시정신의 분신인 시 작품을 이처럼 소홀하게 다룬다면 상화의 작품에 대한 평가, 역시 온전할 수 없다. 그뿐 아니라 서울 유명출판사에서는 아예 이상화 시집 출판을 거부하고 있다. 말썽에 시달리기 싫은 이유 때문이 아닐까? 진정한 사랑은 바닥을 쳐야 지고한 진실이 보인다고 했다.

　　시인 이상화의 문학 정신은 그가 남겨놓은 시와 소설 그리고 산문 텍스트 속에 고스란히 남아 있다. 행간 속에 숨겨놓은 문학적 본질과 인간적 고뇌와 여린 삶의 무늬를 드러내야 할 것 아닌가? 도대체 변변한 그의 작품 정본을 정리하지도 않은 채 무슨 그의 시 정신을 이야기할 수 있는가? 그냥 표피적인 이야기로 그의 삶의 궤적을 함부로 논단해서는 안 된다.

부끄럽다. 진짜 부끄럽다. 필자가 2000년에 그 동안 미공개된 이상화 시와 산문을 새롭게 발굴하여 책을 간행했는데 난데없이 13년 후에 이 내용을 염철이라는 자가 자기가 발굴한 것처럼 서지학회지에 논문으로 싣고 또 언론에 공개한 내용이 『매일신문』에 기사로 실려 있었다. 새벽에 우연히 검색하다가 깜짝 놀라지 않을 수 없었다. 학계나 언론 모두 신중하지 못한 지식 약탈 행위가 아닌가?

이상화의 문학텍스트 현황

육당과 춘원이 이끈 계몽문학시대에 이어 서구 시와 문학이론을 도입한 김억의 『폐허』(1920)와 주요한이 주도한 『창조』(1919), 황석우와 변영로의 『장미촌』(1921.5), 박종화와 홍사용의 『백조』(1921.12)와 박영희와 김기진의 '카프'(1925)가 활동하던 1922년 이상화는 『백조』 창간호에 「말세의 비탄」을 시작으로 1941년 『문장』 폐간호에 마지막 작품인 「서러운 해조」를 발표하며 19년 4개월 동안 작품 발표를 통해 근대시문학의 끝자락에서 현대시의 문을 열어준 횃불을 밝혔다.

이상화는 『백조』에 데뷔하기 이전 1917년에 백기만과 어울려 『거화』라는 동인지를 내었을 만큼 이른 나이에 문학 활동을 한 것으로 알려져 있다. 1925년 서울 취운정 생활을 하는 동안 고향 친구 현진건의 사랑방에 많은 문인들이 모여 『백조』 동인으로서 그리고 신경향파 '파스큐라'의 구성과 '카프' 동인으로 활발하게 교류를 한 시기이다. 특히 이 기간 일본 유학시절에 만난 함경도 출신 유보화와 서러운 사랑의 이야기가 함께 엮어지면서 박영희와 김기림 등 카프 동인들의 견제와 시기를 받았던 시기이기도 하다.

1927년 대구로 귀환한 이상화는 거의 절필한 상태로 문학에 대한 회의와 한계를 절실하게 느꼈을 뿐만 아니라 경제적으로도 매우 궁핍해진 상황이 되었다. 또한 의혈단과 연루된 ㄱ당 사건과 대구신간회 사건에 연루되어 일제에 피체되거나 감시와 탄압을 극심하게 받았던 시기이다. 이상화는 이를 계기로 대구지역 사회주의 문화예술운동을 활발하게 전개한다. 'ㅇ과회'와 '향토회' 활동을 계기로 당시 진보적인 사회주의자였던 이상춘·이갑기·김용준·김유경·김준묵·김정규 등과 미술과 연극 영화의 영역까지 폭넓은 문화예술 운동을 펼친다. 마침 사촌형인 이상악이 대구 만경관 운영권을 가지게 된 것과 무연하지는 않았을 것이다.

이상화는 그리 길지 않는 기간 『백조』, 『개벽』, 『신여성』, 『조선문단』, 『여명』, 『신민』, 『문예운동』, 『조선지광』, 『별건곤』, 『만국부인』, 『신가정』, 『시원』, 『조광』, 『중앙』, 『문장』을 비롯한 『동아일보』, 『조선일보』, 『시대일보』, 『조선중앙일보』, 『중외일보』 등에 작품을 발표하였다. 'ㅇ과회' 시가부에 서화부에 전시했다는 제목만 알려진 「없는 이의 손」, 「아시와 복숭아」라는 시 2편이 더 있다. 『여명』 잡지도 완전히 다 발굴되지 않아서 상화 시 작품이 더 발굴될 가능성도 없지 않다. 그리고 잡지나 신문에 미발표된

이상화의 육필 시 원고(현재 행방을 알 수 없음)

작품도 상당수가 있었었던 것으로 보이는데 일경에 의해 여러 차례 원고를 빼앗긴 것으로 알려져 있다. 이 가운데 백기만(1951)이 잡지에 실지 않은 5편의 작품을 우리에게 소개해 준 것도 있다. 특히 최남선이 잠시 경영했던 『시대일보』와 그 후속 『중외일보』는 상화의 사촌 형인 이상악이 경영이사였던 관계로 언론의 지면을 상당히 많이 할애를 받았다.

아직까지 이상화 시인이 남긴 문학 자료가 얼마나 발굴되었는지 제대로 알려지지 않았다. 이상화 시인이 남긴 문학 유산의 총량이 얼마나 되는지 아직 정리하지 못하고 있다. 그가 남긴 문학 유산은 먼저 시를 꼽을 수 있으며, 소설과 평론 그리고 수필, 편지글 등으로 나눌 수 있다. 2020년 필자가 발굴한 이상화 편지 글만 해도 22편 이상이다. 이처럼 이상화의 작품이 계속 발굴되고 있지만 이를 제대로 정리하지 않은 결과 시 작품이 연구자마다 달리 평가되고 있다. 이성교(2015: 24)는 "상화의 작품은 오늘까지 본격 시로 알려져 있는 것이 모두 56편이 남아 있다". 또 이동순(2015: 69)은 "이상화는 60여 편 남짓한 그리 많지 않은 작품을 문학사에 남겼다". 김학동(2015: 217)은 "상화가 1921년 백조 동인으로 출발하여 약 20년간 문단활동을 하였을 뿐만 아니라, 그의 시작품만도 『상화와 고월』에 수록되어 있는 16편을 포함하여 60편 가깝게 당시의 신문이나 잡지에 발표하고 있다."라고 하여 시 작품의 정확하게 몇 편인지도 모르고 있다. 김용직(2015: 157)은 "지금 우리가 알고 있는 이상화의 작품은 도합 40여 편 안팎이다."라고 하여 이상화가 남긴 시 작품의 숫자가 40여 편에서 60여 편으로 추정하고 있을 뿐이다.

이상화가 살아 있던 당시에 출간된 시집은 없다. 다만 1926년 10월에 조태연이 간행하고 백기만이 편집한 당대의 대표시인 28명의 시작품 138편을 수록한 『조선시인선집』(조선통신중학관)에 이상화의 시가 4편 실렸다. 오일도 편 『을해명시선집』(시원사, 1936), 김동환의 『조선명작선집』(삼천리사,

1936), 이하윤 편 『현대서정시선』(박문서관, 1939), 임화 편 『현대조선시인선집』(학예사, 1939), 백기만이 묶은 선집을 일본어로 김소운이 번역한 『조선시인선집』(河出出版社, 1940)과 김소운 편 『조선시집』(흥풍관, 1943) 등에서 이상화의 시는 지속적으로 정전화되었다. 그 동안 이상화 문학의 텍스트 전모에 대해 밝혀지지 않은 중요한 이유가 바로 그의 생전에 문학전집이 단 한 번도 묶여지지 않았다는데서 그 원인을 찾을 수 있다.

그 후 1951년 백기만이 청구출판사에서 펴낸 『상화와 고월』에 「새벽의 빛」이라는 제목으로 시 18편이 실렸는데 그 가운데 잡지나 신문에 게재하지 않은 5편을 제외한 작품도 여기서 어쩐 일인지 원래 발표된 시와 상당히 다르게 변개된 상태로 실려 유전되면서 그 치명적 오류가 수정되지 않고 그대로 전해지게 되었다. 1959년 백기만 편 『씨 뿌린 사람들』(사조사, 1959)에도 역시 이상화의 시가 오류 투성이인 채로 시 3편과 18편이 제목이 실렸는데 그 가운데 2편의 제목은 엉터리로 실려 있다. 1971년에 들어서서 김학동이 「상화의 문학유산」(『현대시학』 3권 6호, 1971.5)에 시작품 30편, 소설 1편, 평론 6편, 번역 3편을 모은 것이 이상화 문학텍스트의 정전화 작업의 시작이었다. 다만 작품의 어휘나 형식상의 오류는 그대로 잔존해 있었다. 이어서 1973년 문학사상사에서 『이상화 미정리작 29편, 폭풍우를 기다리는 마음 외』(『문학사상』 제7호, 1973.4)에서 미정리작 29편이 새로 소개되었고, 1973년 문학사상사에서 『이상화 미정리작

『상화와 고월』의 이상화 시편 「새벽의 빛」

「곡자사」외 5편』(『문학사상』제10호, 1973.7)에서 미정리작 5편이 새로 소개되었다. 1975년 정한모·김용직 편 『한국현대시요람』(박영사, 1975)에 이어서 1982년 김학동이 『이상화작품집』(형설출판사, 1982)을 문고본으로 출판하였다. 1982년 이기철 편 『이상화전집』(문장사, 1982)이 이상화 작품을 일일이 대교하여 전집으로 꾸몄다. 김학동 편 『이상화 전집』(새문사, 1987), 1981년 정진규의 『이상화전집, 평전 마돈나, 언젠들 안 갈 수 있으랴』(문학세계사, 1981)에서 상화의 시 62편, 산문 21편을 실으면서 「초동」이라는 작품이 상화의 창작소설이 아니라는 점을 처음으로 문제 제기를 하였다. 1981년 신동욱 편 『이상화의 서정시와 그 아름다움』(새문사, 1981)에 11편의 시를 싣고 있다. 1991년 차한수는 『이상화 시 연구』(시와시학사, 1991)의 「이상화 작품연보」에 시 65편, 평론 9편, 번역 6편, 창작소설 1편, 수필 4편, 시조 2편, 기타잡문 3편을 소개하였다. 1996년 김재홍의 『이상화』(건국대학교 출판부, 1996)에 대표시 감상이라고 하여 시 18편과 대표평론 2편을 싣고 있다. 1998년 대구문인협회 편 『이상화 전집』(그루, 1998)에 이어 2002년 이상규·김용락 편 『이상화시집』(홍익포럼), 이상규 엮음 『이상화문학전집』(경진출판, 2015)에서 이상화의 시작품이 총 67편임을 확정하였다. 그런데 2001년 상화 탄신100주년기념사업으로 대구문인협회와 죽순문학회에서 간행한 『이상화탄생 100주년 기념특별전 도록』(2001: 56)에서는 시(가사 시조 포함) 64편, 소설7편(창작 2편, 번역 5편), 평론(단평 포함) 16편, 수상 2편, 기타 4편이라고 하였다.

그 사이에 이상화의 시 작품을 단권 시집으로 처음 간행한 것은 1973년 정음사에서 간행한 『상화시집』(정음사, 1973)이다. 이 시집에도 역시 엄청난 오류가 교열되지 않은 채 출판이 되면서 이상화 시 작품이 걷잡을 수 없을 정도로 오류투성이인 상태로 꼬리를 물고 출간 보급되었다. 1985년 범우사에서 『이상화시집』, 1989년 선영사에서 『빼앗긴 들에도 봄은 오는가』, 1991

년 미래사의 『빼앗긴 들에도 봄은 오는가』, 1991년 상아에서 『빼앗긴 들에도 봄은 오는가』, 1994년 청년사에서 『빼앗긴 들에도 봄은 오는가』, 1994년 청목사에서 『빼앗긴 들에도 봄은 오는가』, 1997년 인문출판사, 『빼앗긴 들에도 봄은 오는가』, 1998년 대구문협에서 『빼앗긴 들에도 봄은 오는가』(그루), 1999년 신라출판사에서 『빼앗긴 들에도 봄은 오는가』와 시선집으로 장현숙이 엮은 『이상화·이장희 시선』(지식을만드는지식, 2014)에서 비교적 원본에 근접하는 시집을 출판하였다. 이어서 이상규·김용락의 『새롭게 교열한 이상화 정본 시집, 빼앗긴 들에도 봄은 오는가』에서 시 67수(영역시 포함)로 2편의 시를 추가로 발굴하였다. 이미 이상규(2001), 『이상화시전집』(정림사)에 필자가 새로 발굴한 문학 작품에 대해 소개한 바가 있으며 이를 바탕으로 하여 이상규·김용락의 『새롭게 교열한 빼앗긴 들에도 봄은 오는가』(민족시인이상화고택보존운동본부, 2001), 이상규·신재기의 『이상화문학전집』(이상화기념사업회, 2009)에 그 동안 새롭게 발굴한 작품의 발굴 경위와 작품을 소개한 바가 있다.

『신여성』 18호(1925년 1월)에 실린 「제목미상(미들래톤 지음)」은 Washington Irvin(영국의 작가, 1778~1859) 원작소설 『단장』을 번역하기 전 번역가의 말을 싣는 글 가운데 이상화가 시인 미들래톤 시를 번역하여 인용한 작품에서 발취한 것이다. 이상규(2001), 『이상화시전집』(정림사)에서 처음으로 발굴 소개한 작품이다. 『신여성』 18호에 실린 「머나먼 곳에 있는 님에게」는 이상화의 번역소설 『단장』의 머리말 격인 "역자의 말" 뒤에 실린 무어의 시를 번역한 것이다. 이 작품의 원전을 찾기 위해 필자가 경북대 영문과 김철수 교수에게 부탁하여 오리곤주립대학에 가서 연구 중인 경북대 영문과 최재헌 교수의 도움으로 원전 「She is Far From the Land」를 찾았다. 따라서 번역시의 제목은 달려 있지 않았으나 필자가 원전 제목을 번역하여 「머나먼 곳에 있는 님에게」로 달아두었음을 밝혀 둔다. 이상규(2001), 『이상화시전집』

(정림사)에서 처음으로 발굴 소개한 작품이다. 아울러 경북대 김철수 교수와 최재헌 교수의 협조로 원작시를 찾아 이상규(2001), 『이상화시전집』(정림사)에 발표하였음을 밝혀 둔다. 『문예운동』 2호(1926년 5월)에 실린 「설어운 조화」 한 줄(2001년 탄생 100주년 문학인 기념문학제, 대산문화재단/민족문학작가회의 주최)에서 김윤태 님이 발표한 작품연보에서 처음 공개되었다.

그 후 이상규·신재기의 『이상화문학전집』(2009)에서 문학평론 12편, 창작소설 2편, 번역소설 5편, 수필 9편, 서한 1편을 실어서 앞에서 밝힌 바와 같이 이상화가 남긴 문학 작품이 어느 정도 정리가 된 듯하였으나 그 이후 이상화의 편지가 계속 새로 발굴되고 있으며 그 외에 가족 간에 맺은 가옥 매매 문서 등이 발굴되고 있어서 이상화 문학 연구에 한 걸음 더 가까이 다가설 수 있는 여건이 마련되고 있다.

추모 시집 『하늘은 부끄럽게 푸릅니다』의 오류

(사)이상화기념사업회에서 3.1독립운동 100주년 기념사업의 일환으로 제작하여 배포한 『하늘은 부끄럽게 푸릅니다』(시요일, 2019년 4월 15일)의 간행 과정에서 엄청난 이상화 시 텍스트의 오류를 저질렀고 한편으로는 필자가 교열한 정보 이상화시집을 인용도 하지 않고 전면 표절하는 일이 발생하였다.

전문성이 결여된 기념사업회에서는 대구광역시의 교부금에 현혹되어 가장 중시해야 할 시 작품의 텍스트에 대한 엄정한 검증과정을 거치지 않고 오류와 표절한 내용의 작품집을 간행하여 100주년 기념사업을 한 것이다. 3.1독립운동 100주년 기념사업으로 간행한 『하늘은 부끄럽게 푸릅니다』(시요일, 2019년 4월 15일)라는 시집은 필자가 간행하여 보급한 정본 시집을 기준으로 「빼앗긴 들에도 봄은 오는가」라는 시 한 작품에 무려 22곳의 오류를 범하였다. 이상화가 발표했던 『개벽』 제26호에 게재된 내용 전문 가운데

아예 제6년은 전부 누락되었고 「나의 침실로」는 정본 시집을 기준으로 하여 무려 58곳에 오류가, 「단조」라는 작품은 28곳, 「이중의 사망」이라는 작품은 44곳, 「가을 풍경」이라는 작품은 24곳, 「이별을 하느니」라는 작품에서는 제목을 포함하여 70곳의 오류가 있는 채로 작품집을 만들어 보급하였다.

아연 통탄만 할 일이 아니다. 이상화 시 정신이나 그의 시 작품에 최소한의 지식이라도 갖추었다면 이러한 불상사를 미리 막을 수도 있었겠지만 그 단체의 대표는 아예 백기만의 『상화와 고월』(1951)에 기대어 만든 것이라며 눈 하나 깜짝하지 않았다. 이상화 시인의 대표작이라고 할 수 있는 「빼앗긴 들에도 봄은 오는가」라는 작품을 중심으로 핵심적인 오류를 간추려 보면 다음과 같다.

첫째, 띄어쓰기나 방언형이나 한자어 표기의 오류를 제외하고 시어를 누락시키거나 연(Stanza)을 완전 누락시킨 사례로 제7연에서 "아주까리 기름을 바른 이가 {지심} 매던 그들이라", 제11연에서 "그러나 {지금은} 들을 빼앗겨 봄조차 빼앗기겠네"와 같이 {지심}이나 {지금은}이라는 시어 누락으로 인해 시의 텍스트는 완전 망가져 버린 결과가 되었다. 앞에서도 지적했듯이 제6연은 전부 누락되었다.

둘째, 한 행(Line)이 완전 누락된 경우로 제8연에 "팔목이 시도록 매고 {밟아도 보고 좋은} 땀조차 흘리고 싶다"에서 {밟아도 보고 좋은}이 몽땅 누락되었다.

셋째, 시어를 바꿔치기 한 사례로 제

『하늘은 부끄럽게 푸릅니다』(시요일, 2019년 4월 15일), 3.1독립운동 100주년 기념사업 (이상화기념사업회).

7연에서 "살진 젓가슴같은 부드러운 이 흙을 / {팔목이 / 발목이} 시도록 메고"로 수정하였다. 원본 시에는 "살진 젖가슴과 같은 부드러운 이 {흙을 / 발목이} 시도록 밟아도 보고 / 좋은 땀조차 흘리고 싶다."인데 이 대목을 줄여서 "살진 젖가슴과 같은 부드러운 이 {흙을 / 팔목이} 시도록 메고"로 수정하면서 {발로}는 멜 수 없으니 {팔목}으로 바꾼 것인데 이것은 바로 백기만의 『상화와 고월』(1951)의 오류를 그대로 답습한 결과이다.

넷째 연 구분의 오류 등을 들 수 있다.

다섯째 시 제목의 오류이다. 「이별을 하느니」를 「이별」로, 「말세의 희탄」을 「미래의 희탄」으로 바꾼 오류 등을 들 수 있다.

왜 이러한 오류가 발생했는가? 3.1독립운동 100주년 기념사업으로 간행한 『하늘은 부끄럽게 푸릅니다』(시요일, 2019년 4월 15일)라는 시집은 시요사 출판사에서 간행할 때 백기만의 『상화와 고월』(1951)을 기준으로 제작했다는 사실을 「일러두기」에 밝혀 두고 있지만 실은 백기만의 『상화와 고월』(1951)과도 약간의 차이가 있을 뿐만 아니라 「금강송가」는 이상화기념사업회서 간행한 『빼앗긴 들에도 봄은 오는가』(2017년 5월 26일), 이상규·김용락의 『이상화시전집』(2002)의 내용을 그대로 표절하여 실은 결과이다.

3.1독립운동 100주년 기념사업으로 추진된 대구문협, 대구시협 등의 단체와 협의하여 추진키로 한 우국문인 현창 사업은 다른 문학단체와 전혀 협의를 거치지 않고 (사)이상화기념사업회의 일방적인 사업추진으로 빚어진 결과이다. 항일 민족시인 이상화의 시 정신을 올바로 기리기 위해서는 무엇보다 시 원전에 대한 철저한 고증을 통해 연구가 이루어져야 함에도 불구하고 이러한 성찰을 하지 못한 강단 학자들이나 추모사업 단체 모두가 깊이 반성해야 할 일이다.

백기만의 『상화와 고월』이 남긴 왜곡

이상화 시인은 1920년대 전반기에 혜성처럼 반짝인 시론과 시작의 탄탄한 기반을 갖추고 등장한 1920년대 우리 문단의 대표주자 가운데 한 분이었다. 그러나 1930년대 이후 일제 투쟁의 한계와 『조선일보』 경북총국 경영의 실패 등으로 인해 시인이 가졌던 문학적 천재성을 꽃 피우지 못한 체 이승을 떠난, 고난의 중심에서 헤매다가 떠난 시인이다.

이상화 시인이 생존해 있는 동안 시집이 출판되지 못했으니 그의 사후 백기만이 여기저기 잡지사에 발표했던 작품 13편과 미발표작 5편을 모아서 『상화와 고월』(청구출판사, 1951)이라는 상화와 고월의 공동 시평집을 엮었다. 그런데 이상화가 작품을 발표했던 시기는 한글맞춤법통일안이 제정된 1933년 이전에 발표된 시가 대부분이다. 따라서 띄어쓰기가 전혀 되지 않았고 맞춤법 또한 차이가 많이 난다. 더군다나 이상화의 시에는 대구방언이 곳곳에 나타나기 때문에 이를 현대어에 맞게 표준화하는 데에는 한계가 있을 수밖에 없었다. 백기만이 이러한 한계를 안고 이상화의 시를 정본화하는 과정에 엄청난 잘못을 물려주었다. 이러한 잘못된 교열이 단순히 오자나 철자법 오류나 띄어쓰기의 문제가 아니라 연의 구분, 시어의 누락, 행이나 연의 누락을 비롯하여 시 제목 변화 등의 오류를 남김에 따라 그 이후에 여러 출판사에서 간행된 시집에서는 그런 오류를 반복하거나 일부 교열을 했더라도 상당한 잘못을 남기게 된 것이다.

백기만의 『상화와 고월』(청구출판사, 1951)과 『씨 뿌린 사람들』(사조사, 1959)을 출판하여 대구 초창기 문단의 역사를 조명하는 귀중한 자료를 제공하면서 많은 공적을 남기기도 했다. 그 외에도 이상화의 맏형의 중국 기행기인 『중국유기』(청구출판사, 1950) 간행에 관여하기도 하였다. 먼저 백기만의 『상화와 고월』(청구출판사, 1951)은 이상화와 이장희 시를 함께 묶어서 당시 대구시 동성로 3가 12에 있던 청구출판사(대표 이형우)에서 간행한 시와 평론을 포함한 시평론집이다. 여기에 실린 이상화의 시는 「빼앗긴 들에도 봄은 오는가」, 「나의 침실로」, 「단조」, 「반디불」, 「이중의 사망」, 「가을의 풍경」, 「미래의(말세의) 희탄」, 「이별(이별을 하느니)」, 「쓸어져 가는 미술관」, 「서러운 해조」, 「역천」, 「가장 비통한 기욕」, 「말세의 희탄」, 「청년」, 「무제」, 「청년」, 「그날이 그립다」, 「금강송가」 18편이다. 백기만 시인이 어떤 절차와 과정으로 이 18편의 시를 뽑았는지에 대해서도 언급하지 않아서 정확한 내용을 확인할 길이 없다. 다만 이들 작품이 실린 잡지를 통해 원작품을 골라내고 시화전용 육필원고 미발표작인 5편을 합쳐서 만들었을 가능성이 크다. 「미래의(말세의) 희탄」, 「이별(이별을 하느니)」에서처럼 시 제목도 오류를 범하고 있는데 『씨 뿌린 사람들』에 이 오류가 그대로 전승된다.

우선 『개벽』 70호(1926년 6월)에 실렸던 「빼앗긴 들에도 봄은 오는가」라는 작품을 이상규(2001: 149)가 정본화한 내용을 소개하면 다음과 같다.

　빼앗긴 들에도 봄은 오는가

　지금은 남의 땅─빼앗긴 들에도 봄은 오는가?

　나는 온몸에 햇살을 받고
　푸른 하늘 푸른 들이 맞붙은 곳으로
　가르마 같은 논길을 따라 꿈속을 가듯 걸어만 간다.

　입술을 다문 하늘아 들아
　내 맘에는 내 혼자 온 것 같지를 않구나.
　네가 끌었느냐 누가 부르더냐 답답워라 말을 해다오.

바람은 내 귀에 속삭이며

한 자욱도 섰지 마라 옷자락을 흔들고

종다리는 울타리 너머에 아씨같이 구름 뒤에서 반갑다 웃네.

고맙게 잘 자란 보리밭아

간밤 자정이 넘어 내리던 고운 비로

너는 삼단 같은 머리를 감았구나, 내 머리조차 가뿐하다.

혼자라도 가쁘게나 가자

마른 논을 안고 도는 착한 도랑이

젖먹이 달래는 노래를 하고 제 혼자 어깨춤만 추고 가네.

나비 제비야 깝치지 마라

맨드라미 들마꽃에도 인사를 해야지

아주까리 기름을 바른 이가 지심매던 그들이라 다 보고 싶다.

내 손에 호미를 쥐어다오

살찐 젖가슴과 같은 부드러운 이 흙을

발목이 시도록 밟아도 보고 좋은 땀조차 흘리고 싶다.

강가에 나온 아이와 같이

짬도 모르고 끝도 없이 닫는 내 혼아

무엇을 찾느냐 어디로 가느냐 우스웁다 답을 하려무나.

나는 온몸에 풋내를 띠고

푸른 웃음 푸른 설움이 어우러진 사이로
다리를 절며 하루를 걷는다 아마도 봄 신령이 집혔나보다.

그러나 지금은―들을 빼앗겨 봄조차 빼앗기겠네.

이 작품을 백기만은 『상화와 고월』(1951: 11~15)에 다음과 같이 싣고 있다. 원본을 토대로 한 정본 시집과 차이가 나는 부분은 { }로 나타내어 차이가 나도록 하였다.

빼앗긴 들에도 봄은 오는가

지금은 남의 땅
빼앗긴 들에도 봄은 오는가

나는 온몸에 햇살을 받고
푸른하늘 푸른들이 맞닿은 곳으로
가르마같은 논길을 따라
꿈속을 가듯 걸어만간다

입술을 다문 하늘아 들아
내맘에는 나혼자 온것 같지를않구나
네가 끄을었느냐 누가 부르더냐
{답답해라} 말을 해다오

바람은 {산귀에} 속삭이며

한자욱도 섰지마라 옷자락을 흔들고
종다리는 울타리 넘어
아씨같이 (구름뒤에서) 반갑다 (웃네)

고맙게 잘자란 보리밭아
간밤 자정이 넘어 나리던 고운비로
너는 삼단같은 머리를 감았구나
(내머리조차) 가뿐하다

(6연 전체 누락)

혼자라도 가쁘게나 가자
마른 논을 안고 도는 착한 도랑이
젖먹이 달래는 노래를 하고 제 혼자 어깨춤만 추고 가네

나비 제비야 깝치지마라
맨두라미 들마꽃에도 인사를 해야지
아주까리기름을 바른이가 (지심) 매던 그들이라
다 보고 싶다

내손에 호미를 쥐어다오
살진 젖가슴과 같은 부드러운 이흙을
(팔목이) 시도록 (매고) (밟아도 보고 좋은)
땀조차 흘리고 싶다

강가에 나온 아이와같이

짬도 모르고 끝도없이 닫는 내혼아

무엇을 찾느냐 어디로 가느냐

우스웁다 답을 하려무나

나는 온몸에 풋내를 띠고

푸른웃음 푸른 {서름이} 어울어진 사이로

다리를 절며 하로를 걷는다

아마도 봄 신령이 집혔나보다.

그러나 {지금은} ─들을 빼앗겨 봄조차 빼앗기겠네

─1926년 『개벽』 6월호 소재

이 두 작품을 비교하면 원본에서 얼마나 일탈했는지 금방 알 수 있다. 형식적인 측면에서 11연으로 구성되었던 작품이 6연이 완전 누락되어 10연의 시로 되었으며 거의 대부분의 연마다 마지막 행이 별도로 구분되어 있다. 표기법에서 띄어쓰기 문제를 논외로 하더라도 "바람은 {산귀에} 속삭이며", "{팔목이 시도록 매고} 삽입", "{밟아도 보고 좋은} 누락", "푸른 웃음 푸른 서름이 어울어진 사이로", "그러나 {지금은} ─들을 빼앗겨 봄조차 빼앗기겠네"에서처럼 시어의 교체와 누락이 심각하게 원 작품과 달리 이루어져 있다. 특히 제8연은 아래와 같이 아예 시작품을 완전히 바꾸어 놓았다.

내손에 호미를 쥐어다오

살진 젖가슴과 같은 부드러운 이 흙을

{팔목이} 시도록 {매고} {밟아도 보고 좋은}

제8연 3행에서 '발목이'를 '팔목이'로 바꾼 이유가 "밟아도 보고 좋은"을 제거하고 '매고'를 넣으니까 호응이 되지 않기 때문에 새로 삽입한 '매고'와 호응될 수 있도록 '발목'을 '팔목'으로 바꾼 것으로 보면 백기만의 의도가 드러난다. 이처럼 이미 이상화는 죽고 없는 마당에 친구였던 상화 시인의 시를 자기의 안목에 맞추어 제6연도 완전히 삭제해 버린 것이다. 이 외에 전면적인 검토를 해 본 결과 백기만은 친구 상화의 시를 자기 입맛에 맞게 변개시킨 것이 많다.

방연승이 지은 북한의 중학교 4학년 문학 교과서에 실린 「빼앗긴 들에도 봄은 오는가」에서 '깝치다'라는 시어 풀이를 보면 '까불다'라고 풀이해 놓았다. 그러나 남한에서는 '깝치다'라는 말을 '재촉하다'라는 말로 풀이하였다. 참고로 다른 시어 풀이를 소개하면 다음과 같다. "가리마ー머리털을 량쪽으로 갈라붙일 때 생기는 골.", "종조리ー{종달새}의 옛말", "깝치다ー까불다.", "봄신령ー:{봄의 신령}" 즉 "봄 귀신이라는 뜻"으로서 "봄의 싱싱한 정경"을 이르는 말이라고 정의를 내려 두었다. 농부들은 이른 봄에 겨우내 들 떠 있는 보리(밭)를 밟아 준다. 그래야만 보리가 땅에 뿌리를 잘 내린다(방연승, 『리상화의 시문학과정에 대하여』, 조선작가동맹출판사, 1957). 어쩌다 형편이 이 지경이 되었을까?

백기만의 『상화와 고월』(1951)에 실린 「금강송가」는 『여명』 2호에 실린 작품인데 이 발표본의 상태가 워낙 낡아서 전문을 수록하지 않고 보이는 부분만 발췌 수록하였다고 한다. 이것은 편자의 변명으로 보인다. 그 이유를 이동순(2015: 64)은 "왜냐하면 이 책이 발간되었던 당시는 한국전쟁이 아직 휴전 조인에 이르기 전인 초긴장 상태의 냉전체제로 '조선'이란 단어는 모두 북한과 관련된 정치적 금기어로 규정되었다."라고 하였다. 그러한 이유로 백기만은 이 작품의 원문에서 '조선'이란 대목을 모두 삭제하고, 대신 '이 나라'로 바꾸어 수록하였을 뿐만 아니라 작품도 전문을 싣지 않고 발췌해서 실은 것이다. 비록 냉전 시대의 불가피한 조치였다고는 하나, 편자에 의한 원작 텍스트 훼손은 결과적으로 후대의 이상화 시문학 연구자들에게 커다란 불편과 장애를 초래하였다. 이처럼 우리가 알고 있기로는 백기만이 이상화와 이상정에 대한 많은 추억어린 기록을 남겨 주었지만 그 텍스트를 면밀하게 재검토하지 않으면 대단히 위험하다는 점을 분명히 밝혀 둔다.

백기만 편, 『씨 뿌린 사람들』의 왜곡

2020년 12월에 대구문학관에 '씨 뿌린 사람들' 특별 전시가 있다고 해서 가 보았다. '씨 뿌린 사람들' 근대 대구 문화예술의 인물들에 관해서 여러 사람이 나누어 쓰고 백기만이 편집한 책이다. 최근 꼼꼼히 읽어보니 여기저기 오류가 적지 않다. 기획 전시도 기대에 못 미쳐 아쉬웠다. 대구의 연극과 영화의 씨를 뿌린 김유영이 전혀 반영되지 않았다. 1920년대 연극 영화 이론을 이끈 선산 출신의 인물로 소설가 최정희의 첫 남편이었으며 대구에서 잠시 신혼을 보냈다. 그의 삼촌 김준묵은 대구에서 잡지 『여명』을 간행한 카프 멤버로 이상화와 함께 대구문화예술 사회운동을 펼쳤던 인물이다.

대구의 근현대를 이어온 주요 문화예술인 11명에 대한 전기를 13명의 필자들이 쓴 글인데 1959년 2월에 이형우가 대구에서 운영하던 사조사에서 간행하였다. 이 책은 대구의 근현대 문화예술 발전을 조망하는데 매우 중요한 길잡이 역할을 해 준다. 목차는 서문(이상백), 빙허의 생애(백기만), 상화의 전기(이설주), 고월 낙월애상(양주동), 육사소전(이은상), 제오일도문(권영철), 백신애여사의 전기(이윤수), 악단의 선구자 박태원(김성도), 사백의 추억(박태준), 김유영의 생활 연보(이형우), 이인성의 생애와 작품(이원식), 화백 김용조의 전기(최해룡)로 구성되어 있다.

여기서는 이설주가 쓴 「상화의 전기」 부분에 한정하여 어떤 오류들이 있는지 살펴보려고 한다. 이설주(1908~2001)는 이상화와 일족 동생으로 일본 니혼대학 재학시절 사상범으로 체포되어 중퇴하고 중국 만주 등지를 방랑하며 「들국화」, 「방랑기」 등의 시를 발표하였다. 이설주가 쓴 글은 아마도 백기만의 『상화와 고월』을 약간 베끼고 개인적 경험을 섞어서 쓴 것으로 보인다. 글 뒤편에 작품 제목 16편의 제목까지 동일하며 「빼앗긴 들에도 봄은 오는가」, 「나의 침실로」, 「금강송가」의 내용의 오류까지 완전 일치한다.

먼저 「나의 침실로」라는 작품이 1922년 『백조』 창간호에 발표되었으며 18세 작이라고 하여 백기만(1951)의 내용을 그대로 옮겨둔 듯하다. 다음으로는 『백조』 동인 시대의 이상화의 사생활에 대해

"백조시대에는 상화는 거의 데카단에 가까운 생활을 하였으며 때로는 기생들과 술로서 세월을 허비하고 독주를 마구 드리키고는 이성을 잃은 행동을 자행했으나"

—이설주, 「상화전기」(『씨 뿌린 사람들』, 문화서점, 1959, 40쪽)

라고 하여 이상화를 마치 공격이라도 하는 듯한 인상이다. 실은 그 당시 현진건을 비롯한 백조 동인들과 어울려 술을 많이 마시며 시인의 치기를 부렸을 가능성은 매우 높지만 이처럼 혹독하게 비판할 이유가 무엇이었을까? 이설주가 1929년 대구고보 졸업 때 사진첩에 "풍랑에 일리던 배 / 어디 매로……"라는 시조를 소개하였는데 이후 김용성이 새로 발굴한 시조로 오해하고 「무제」라는 제목으로 다시 실었으며, 이기철(1982: 241)이 서경덕의 작품을 변용한 것일 뿐 이상화의 작품이 아님을 밝힌 바가 있다. 이설주가 한 일가이면서도 이상화의 아버지가 돌아가신 시점을 상화의 나이 네

2020년 12월에 대구문학관 '씨 뿌린 사람들' 특별 전시 부스 영상

살이라는 오류를 백기만에 이어 그대로 소개하였다.

그 다음 이상화가 대구에서 3.1독립만세운동 사건 이후 서울로 도피하여 서울 서대문 밖 냉동 92번지 박태원의 집에 기거하였다고 하나 박태원은 상화보다 3살 위인 형이다. 그런데 그 집에 계속 머물지 않았다. 그 박태원에 대한 기술도 매우 엉성하다. "1922년 박태원은 더 큰 뜻을 품고 동경제대에서 영문학을 연구하려고 도일하였으나 가난하여 뜻을 이루지 못하고 서거하고 말았다."라고 하였는데 이미 이때 박태원은 폐병으로 학업을 계속하지 못하고 급거 상경하여 죽었다. 상화의의 여성문제에 대하여 전혀 정확하지 않은 손필연과의 관계와 유보화와의 스캔들을 크게 부각시키고 있다. 「역천」, 「이별(을 하느니)」 등의 시도 아무런 근거도 들지 않고 유보화와의 애끊는 사랑을 노래한 것이라 하였다. 이상화의 일본 생활에서 1923년 9월 관동대지진이 발생한 위험 속에서 즉각 귀국하지 않고 1924년 3월에 귀국한 이유라든지 일본에서 교류하였던 인물에 대한 정밀한 관찰이 필요한 데도 전혀 언급하지 않고 1927년 대구로 귀향한 이후 다시 상화를 방탕 무뢰배의 삶을 살았던 것처럼 묘사하고 있다.

또 상화가 이상정 장군을 만나러 중국으로 간 것은 1937년임에도 불구하고 1935년 이설주가 따롄(大連)에 있을 때라고 밝히면서 하룻밤을 따롄 부근 싱푸(星浦)에서 함께 하루를 보냈다고 하면서 다시 상화가 중국에 1년을 주유하였다는 전혀 근거 없는 오류를 생산한 것이다.

일어 번역의 오류와 일제 검열의 문제

백기만이 저지른 오류가 1950년대에서 1980년대까지 지속적으로 상화 시 텍스트의 잘못을 낳게 했다. 그 후 정진규(1981), 이기철(1982), 차한수(1991), 김재홍(1996), 이상규(2000), 김학동(2015), 장현숙(2014) 등이 이상화의 작품을 새로 발굴하여 전정화 작업을 진행해 왔지만 여전히 상화 시어가 대구방언으로 구사된 예들이 많기 때문에 이상화 시집에는 엄청난 오류가 노정되었다. 이러한 문제를 교정하여 정본화를 처음으로 시도한 시집이 이상규(2000)에서였다.

백기만 편의 『조선시인선집』을 일본어로 번역한 김소운 편, 『조선시집』(흥풍관, 1943)에 번역 수록된 「나의 침실로」에 나타나는 "「마돈나」 오너라 가자. 앞산 그리메가 도깨비처럼 발도 없이 이곳 가까이 오도다. / 아, 행여나 누가 볼는지 – 가슴이 뛰누나, 나의 아씨여 너를 부른다."라는 대목의 '앞산'이 그냥 '山(やま)'으로 번역되어 있다. 이 '앞산'은 상화가 매일 성모당 너머 남쪽 비슬산 줄기가 빼앗긴 들판을 감싼 앞산이다. 이러한 문제가 어떻게 소홀히 다룰 수 있는 문제인가?

이상화의 작품에서 백기만이 엮은 『상화와 고월』(1951)에는 시 「금강송가」 발표본의 상태가 워낙 험하여 전문을 수록하지 않고 보이는 부분만 발췌 수록하였다고 변명하고 있지만 실재는 밝힐 수 없는 문제가 있었음을 알 수가 있다. 광복이 되자 백기만인 자신이 몸을 담았던 남노당 경북도당의 조직원이었던 것을 비롯하여 사회주의 계열에 종사했던 것을 감추지 않을 수 없었다. 거기에다가 사회주의와 관련된 용어나 '조선' 등의 낱말 사용이 금지되었기 때문에 1951년 무렵 초긴장 상태의 냉전체제로써 '조선'이란 단어는 모두 북한과 관련된 정치적 금기어로 규정되었다. 그러한 시대적 상황 때문에 백기만은 이상화의 「금강송가」에 나오는 작품의 원문을 대폭 손질을 하고 또 '조선'이란 시어를 모두 삭제하는 대신 '이 나라'로 바꾸어놓았다.

　비록 반공이데올로기라는 냉전 시대에 불가피한 조치였다고는 하나, 원본의 작품 훼손은 결과적으로 후대의 이상화 시문학 연구자들에게 커다란 불편과 장애를 초래하였다.

　이상화가 쓴 「숙자」라는 창작 소설이 『신여성』 6월호(1926년 6월)에 실렸는데 엄청나게 많은 부분을 ××××××××××××로 지워버렸다. 발표 당시 일제의 검열에 의한 결과라고 할 수 있다.

　　"당신과 나는 이 세상의 모든 거리낌을 써나 당신의 침방에서 오직 단 둘이 안젓슬 째 당신은 붓그러움을 다 니저바리고 내 가슴에 꼭 앵기여서 렬정에 쓸어오는 음성으로 "내 몸은 벌서 당신씌 맷겻스니 당신의 맘대로×××. 나는 당신을 거줏이 업는 참으로 사랑합니다—당신은—" 할 째에 나는 아츰 이슬에 물으익은 앵도 가티 쌜갓코 쪼 말낭말낭하는 당신의 쌤에×××××××
××××××으며 "오—숙자씨! 당신은 나의 영원한 사랑이올시다"라고 부르짓든 일이요. 숙자, 성신은 이 W군 ××××에 참예할 겸 숙자를 맛나려 ○○동에 왓섯다.

　　펄펄 나리는 힌눈과 닥처부는 찬바람이 온 세상을 차듸찬 어름으로 화하여 버리는 듯한 십이월 이십구일 밤이엿다. 숙자와 성신은 이 세상의 모든 거리낌을 써나 ×××××××××××××××××××××××××××××××××

××××××××××××××××××××××××××××××××××× 실로
이 긔회야말로 두 사람의 가슴에 파뭇고 혼자 혼자 썩이든 모든 생각을 서로
쏘다 노코 나는 이럭케 당신을 사모하여 왓슴니다라고 할 만한 둘이 업는 긔회
이엿다. 숙자는 지금 북그러운지 슬푼지 깃분××××××××××××××××
×××××××××××××××××××××××××××××××××××
×××××××××××××××××××××××××××××××××××
××××××××××××××××××××

　"아! 성신 씨! 당신도 물론 짐작하실 줄 암니다. 하여튼 지금 저는 성신 씨가
업시는 살 수가 업슬 것 갓슴니다. 참으로 당신을 사랑합니다……………………
그러면 성신씨 당신은 저를……?" ××××××××××××××××××××
××××××××××××××× 성신은 가장 엄숙한 말로한숨을 휴─내쉬며
　"숙자 씨! 고맙슴니다."

─「수자」(『신여성』 6월호, 1926년 6월)

　비단 이 작품 이외에도 이상화의 평론에서도 곳곳에 삭제와 수정이 가해
진 것을 볼 수가 있다. 앞으로 이상화의 시뿐만 아니라 문학텍스트 전반에
걸친 일제 검열과 광복 후 사상 검열로 인해 삭제되고 지워진 문학텍스트
복원을 위한 연구가 반드시 따라야 할 것이다.

이정수의 소설이 김학동의 평전으로 둔갑

　1983년 내외신서 출판사에서 소설가 이정수의 장편 소설 『마돈나 시인
이상화』가 간행되었다. 이 소설은 이상화의 평전적 소설이라고 알려졌는데
작가의 상상력이 많이 삽입된 재미로 쓰인 대중소설이다. 문제는 이 소설은
이후 이상화 연구자들에게 엄청남 영향을 미쳤는데 마치 정확한 팩트로
쓴 이상화의 전기로 채택된 듯한 인상을 주고 있다. 그리고 이 이정수의

영향을 받은 이상화기념사업회 초대 회장인 윤장근 소설가는 거의 대부분 이 소설을 근거로 하여 마치 이상화의 생전의 모습을 훤히 알고 있는 듯이 주변에 이야기를 퍼뜨린 결과 상당한 오류와 왜곡된 사실이 마치 진실인양 알려지게 된 것이다.

먼저 이정수는 1938년에 대구사범을 졸업하고 1948년 일본 신문학원을 수료한 이듬해 『대구일보』 편집국장과 논설위원을 지내면서 신문소설을 연재한 대중소설가이다. 1950년대 『영남일보』(1952.7.23~11.29)에 연재한 「여배우」라는 소설은 영화로 제작된 바도 있으며 『영광』(영웅, 1953), 『허영의 과실』(새문사, 1953), 『후방도시』(광명사, 1953) 등의 장편소설을 발표하였으며 그 후에도 『검은 구름 흰 구름』(1958), 『윤전』(삼성문고, 1975), 『감정여행』(신조사, 1978), 『소설삼국지』(내외신서, 1983) 등의 작품을 발표하였다. 특히 『마돈나의 시인 이상화』(내외신서, 1983)는 그 동안 발표된 이상화의 평론이나 논문을 거의 섭렵한 다음 이를 소설로 구상화는 1935년 세창서관에서

출판되었다가 조선총독부의 검열에 삭제 결정이 났던 신태삼의 육전 염정소설 『기생의 눈물』에서 상당한 영향을 받았을 가능성을 배제할 수가 없다.

다만 이정수도 소설을 쓰는 과정에서 나치게 대중성을 고려하여 이상화와 성들과의 관계를 농밀하게 기술하면서 실제 시 작품과 연계시킴으로써 자칫 이상화 시 작품 해석에 크나큰 오류나 왜곡을 시킨 것으로 보인다.

상화 시 연구를 통해 학위를 받은 이기철의 오류는 우선 상화의 시어 해독

1983년 내외신서에서 출판한 이정수 소설

의 오류을 지적하지 않을 수 없다. 그 가운데 결정적인 사례를 들어보면 다음과 같다.

맥 풀린 햇살에 반짝이는 나무는 선명하기 동양화일러라.
흙은 아낙네를 감은 천아융 허리띠 같이도 따스워라.

무거워가는 나비 날개는 드물고도 쇄하여라.
아, 멀리서 부는 피리소린가! 하늘 바다에서 헤엄질하다.

병들어 힘 없이도 서 있는 잔디 풀−나뭇가지로
미풍의 한숨은 가는 목을 매고 껄떡이어라.

참새소리는 제 소리의 몸짓과 함께 가볍게 놀고
온실 같은 마루 끝에 누운 검은 괴이 등은 부드럽게도 기름져라.

청춘을 잃어버린 낙엽은 미친 듯 나부끼어라.
서럽게도 즐겁게 조름 오는 적멸이 더부렁거리다.
　　　　　　　　　　　−「가을의 풍경」(벙어리 노래에서, 『백조』 2호, 1922년 5월)

이 시의 4연에 '괴이'가 대구방언으로 '고양이'임에도 불구하고 이것을 '개'로 만들어 놓았다. 마루 끝에 누운 검은 고양이와 검은 개는 전혀 시의 분위기를 바꾸어 놓는다. 이처럼 상화 작품 텍스트에 대해 철저한 점검을 하지 않은 탓에 생겨난 잘못이다.

이상화 도록에 나타난 오류

이상화 관련 도록과 앨범은 지금까지 3종이 출판되었다. 2001년 상화탄신100주년기념사업으로 대구문인협회와 죽순문학회에서 간행한 『이상화 탄생 100주년 기념특별전 도록』과 2008년에 이상화기념사업회가 엮은 『문학앨범 이상화』와 2015년에 역시 이상화기념사업회가 엮어낸 『상화, 대구를 넘어 세계로』라는 책이 있다. 내용의 큰 변화 없이 만들어진 홍보용 책자이지만 파급효과는 매우 크기 때문에 이 책에 나타난 각종 오류를 지적해 두지 않을 수 없다. 문제는 이 세 종류의 홍보용 책자는 사진 중심으로 만들어진 것으로 이 책 편집에 깊이 관여한 초대 이상화기념사업회 고 윤장근 회장의 견해가 그대로 반영되어 있어 오류가 개선되지 않고 계속된 점을 우선 지적하지 않을 수 없다.

첫째, 2001년 상화탄신100주년기념사업으로 대구문인협회와 죽순문학회에서 간행한 『이상화탄생 100주년 기념특별전 도록』에 나타난 오류에 대해 살펴보자. 이 책 9쪽에 이상화 생가 투시도에 대한 설명 부분에 "만년의 상화는 주로 서성로의 큰댁 사랑에서 소일했다."라고 하였는데 근거가 없는 내용이다. 1927년 이후 대구로 낙향한 이상화는 재정적 어려움으로 이사를 다녔으며 마지막으로 1939년 6월 계산동 2가 84번지 현 이상화고택에서 집필에 몰두하였음에도 불구하고 서성로의 큰댁 사랑에서 소일했다는 것은 근거 없는 내용이다. 10쪽에 「부인 친목 취지서」를 "대한부인회 취지서"라고 한 부분도 오류이다. 16쪽 우현서루의 투시도도 완전 엉터리이다. 최근 발굴된 우현서루 매각 문서에 따르면 4동으로 된 양철지붕으로 이은 목조건물인데 건물 동수가 다를 뿐만 아니라 지붕이 기와형식으로 되어 있다. 17쪽에 하단 사진이 교남학교 교실로 사용되었던 구 우현서루의 도서관 건물을 참조하면 우현서루의 옛모습을 그릴 수 있다.

28쪽의 『개벽』에 실린 상화의 캐리커처는 안석주가 그린 것이다. 30쪽에

"상화는 1923년 1년 과정의 중등과를 나왔다."라고 되어 있는데 이 또한 오류이다. 1933년에 쓴 상화 자신의 이력서를 참조하면 상화가 동경으로 간 시기는 1922년 9월 무렵이고 1923년 3월에 아테네 프랑세에서 5개월 단기 과정을 졸업하고 그 해에 메이지대 불어학부 1년 과정에 입학하여 1924년 3월에 수료하게 된다. 최근 발굴된 상화의 편지 자료를 통해 그의 동경 생활의 일부를 확인할 수 있다.

49쪽의 유명한 사진 또한 그 배경이 북경이 아니라 난징의 고궁 부근으로 추정되는데 여기서는 '북경'이라고 하였다. 75쪽 상화의 연보에 1922년 항에 "백조 창간호에 「말세의 희탄」, 「단조」, 「가을의 풍경」 등을 연달아 발표한 후 도일"이라고 했는데 「가을의 풍경」을 발표한 것은 1922년 5월이다. 그러면 5월 이후에 동경으로 갔다면 그 이듬해 3월 아테네 프랑세에 1년 과정 수료라는 설명은 앞과 뒤가 맞지 않게 된다.

둘째, 2008년에 이상화기념사업회가 엮은 『문학앨범 이상화』에 나타난 오류에 대해 살펴보자. 39쪽의 사진 설명에 "1929년 아우 이상오가 자취하고 있던 도쓰카를 찾아, 좌측에 서 있는 사람이 이상화"라고 하고 있는데 년도 판독이 잘못되었다. 1923년이며 1929년에 이상화는 일본에 가지 않았다.

최근 이 기간 동안 거주지를 추정할 수 있는 편지가 무더기로 발굴되어 일본 동경에서의 이상화 삶의 궤적을 추정하는 데 결정적인 자료가 된다. 1922년 9월 경 일본 동경으로 건너가 동경 간다(神田)구 3정목 9번지에 있는 미호칸(美豊館)에 먼저 유학을 와 있던 와사대(早稲田) 제일고등학원을 다니던 동생 상백과 함께 거처를 잡았다가 그 주변의 물가가 너무 비싸기서 그 해 12월에 동경시외 도츠카(上戶塚) 575번지로 옮겨 친척동생인 상렬과 더불어 자취를 한다. 그 무렵에 찍은 사진이다. 45쪽에 그림 설명이 "조양회관 현관 앞에서. 앞줄 우측 서상일, 맨 뒷줄 좌측 이상화의 맏형 이상정(1925

이상화 관련 도록

년”으로 되어 있는데 이 사진을 언제 찍었는지 확인되지 않는다. 46쪽 사진 설명에서도 “중국 가기 전의 이상정(1932년)”으로 되어 있는데 이상정은 1925년에 중국을 갔다. 이 사진은 이상화의 사진인데 이상화가 맏형 이상정을 만나러 간 시기도 1932년이 아닌 1937년이다. 48쪽 그림 설명에 “남산동 교남학교”로 되어 있는데 그림사진은 고급 벽돌로 지은 교사이니 “수성벌로 이전한 대륜학교 사진”임을 알 수 있다. 59쪽 하단의 사진은 이상화가 1937년 이상정을 만나러가서 중국 난징 이상정 집에서 짝은 사진이다. 그런데 65쪽에 이 사진에 대한 설명으로 “1940년대의 이상화”로 잘못 기재하였다. 이 마주 보는 두 개의 의자를 대비해 보면 이 사진은 “1940년 만년의 상화”의 사진이 아닌 1937년 중국 난징의 부자묘 부근에 정원이 딸린 집에서 찍은 사진인 것이다.

98쪽 연보 설명 가운데 1914년 “한문 수학을 마친 후 1년간 신학문(일어·산술·박물 등 초등학교 과정)을 배움”으로 되어 있는데 대성학원을 수료한 것이다.

1937년 이상화가 중국을 찾아가서 난징 형님 집에서 소파에서 마주 앉은 사진이다. 그런데 이 사진을 별개로 설명하면서 도록에 년도 설명이 잘못된 곳이 있다. 정혜주 작가가 사진 이미지를 제공하였으며 이 두 사진 대응이 가능하도록 도와주었다. 감사를 드린다.

상화 시 평론에 드러난 왜곡

상화 시 텍스트에 대한 오독으로 인해 잘못된 평가에 대해서는 이동순 (2015: 56)이 이미 지적한 바가 있지만 사실은 매우 심각한 상황이라고 하지 않을 수 없다. 상화 시 텍스트 전반에 걸친 이해 없이 달랑 몇 편의 시를 가지고 이상화 시 전체를 평가하여 폄훼하거나 그동안 누적되어 온 주관적 평론에 의한 잘못된 해석들이 만연한 상황이다.

"이상화의 시작품을 1920년대의 만해나 소월의 작품과 단순 비교를 하면서 그들보다 상대적으로 저급하게 평가를 하는 위험한 시각을 드러내기도 한다. 만해나 소월 시와 비교할 때 저자(백철: 필자 주)가 주류라고 정의한 낭만주의 나 퇴폐주의에서 거론한 박종화, 오상순, 황석우, 이상화, 홍노작, 박영희의 소작들은 거의가 문학 이전의 습작수준이다. 이것은 많은 시간이 지나간 뒤에는 힘들이지 않고 얻어지는 뒷 지혜라는 특권적 관점에서 하는 얘기가 아니다."

—유종호, 「문학사와 가치판단」(『현대한국문학 100년』, 민음사, 1999, 677쪽)

이 글은 백철의 『조선신문학사조사』를 비판하면서 1920년대 대표시인을 만해 소월 두 사람만으로 제약하고 있다. 이러한 서술은 평자 자신의 왜곡된 관점을 드러낸 것일 뿐 아니라 문학사 연구의 객관성 확보를 위하여 무책임한 태도를 나타낸 것이다. 백철의 『조선신문학사조사』에 서술된 이상화의 작품 목록은 모두 다섯 편이다. 근대편에는 「말세의 희탄」, 「나의 침실로」, 「이중의 사망」 등 세 편, 현대편에는 「가상」, 「빼앗긴 들에도 봄은 오는가」 등 두 편이다. 이 작품들을 어떻게 아무런 비평적 검증이 없이 "문학 이전의 습작 수준"이라고 함부로 매도할 수 있는가.

또 한 가지 우려할 만한 사실은 이상화 시의 오독이 지닌 문제점이다. 이른바 '전집'이란 이름으로 그 동안 발간된 여러 권의 자료들이 교열의 불성실을 드러냄으로써 이상화 시 작품의 원형을 훼손시키는 일에 오히려 상당한 일조를 하고 있다. 이런 아이러니를 극복하기 위해서라도 제대로 된 정본 전집의 확정과 발간은 시급하다. 한국문학사에서 이상화 문학이 지니는 중요성에 비해 볼 때 그 동안 출간된 문학사 연구 자료들은 텍스트에 대한 본격적인 연구가 대체로 소홀한 것이 사실이었다. 이런 여러 가지 주변적인 상념들을 정리해 볼 때 이상화 문학 다시 읽기는 오늘의 우리들에게 매우 필요한 과제 중의 하나라 하겠다.

그러면서 아무런 논증도 없이 이기철(2015b: 79)은 뜬금없이 "이상화의 초기 시들은 시에 대한 지향점이나 인식이 결여된 상태에서 기분만으로 시를 썼던 흔적을 볼 수 있다."라고 단정하면서 단순히 병적인 센티멘털리즘을 시로 인식하고 있었다면서 이상화의 시 자체를 크게 부정하기도 하였다. 평론자들이 인상주의적인 이런 식의 비평은 독자를 도리어 혼란에 빠뜨리게 된다.

특히 「나의 침실로」의 창작 시기에 대해서는 백기만, 『상화와 고월』, 145쪽과 이설주, 『씨 뿌린 사람들』, 44쪽의 글을 인용하면서 금강산에 3개월 동안 방랑하던 시절에 쓴 작품으로 보고 보다 더 정확하게 김학동(1974: 167)에 기대어

> "산문시 「그날이 그립다」, 「몽환병」, 「금강송가」 등은 1920년과 1921년이라는 창작 년대를 밝힌 것으로 보아 처녀작이라 일컬어지는 「말세의 희탄」보다 먼저 이루어진 것을 부인할 수 없다."
>
> —김학동, 「상화, 이상화론」(『한국 그대시인 연구』, 일조각, 1974)

라고 김학동(1974)의 논의에 따라 18살 곧 1918년 무렵 쓴 것으로 추정하는 것은 유추에 지나지 않는다고 비판하다가 더 큰 실수를 저지르게 된다.

> "그것보다는 이 시의 시적 정조로 보아 직접적인 이유가 있었을 것이다. 그것은 첫사랑 손필련과의 관계다. 손필련은 이상화가 박태원과 한방에 하숙하고 있을 때 알게 된 여인이다. 상화는 독립문 바로 옆인 이갑성(33인 중 한 사람)의 집에서 필련을 알게 된 뒤 서로 연모하게 된 사이이다. 필련은 재원으로 미모와 온정을 겸한 여류 지성이었다. 상화가 필련을 만난 것은 1919년의 일이다. 그러나 그 해 10월, 상화는 큰아버지의 엄명에 못 이겨 공주로 장가들고 말았고 상화의 첫사랑은 마침내 비극으로 막을 내리고 말았다(백기만, 앞의 책, 154~157쪽). 이러한 맥락에서 「나의 침실로」와 「이별을 하느니」를 읽으면 창작 동기가 보다 선명해지고 시의 이해도 분명해진다. 그렇다면 왜 각 연 첫 구에 '필련아'라 하지 않고 '마돈나'라고 했을까 하는 의문이 제기된다. 그것은 아마도 당시의

상화가 유럽 문명을 동경하고 있었고 일본을 거쳐 프랑스 유학을 하는 것이 꿈이었고 또 당시 지식인이면 누구나 가졌을 기독교에 대한 이해가 있었을 것이다. 그러한 여러 사정이 스스로의 정열과 연정으로 침윤되어 이 시를 탄생시킨 것이라 생각해 볼 수 있다. 마돈나는 사랑하는 연인의 비유적 통칭으로 볼 수 있다."

—김학동, 「상화, 이상화론」(『한국 그대시인 연구』, 일조각, 1974, 167쪽)

상화가 일본 동경으로 떠난 것이 1922년이며 「나의 침실로」는 1923년 『백조』 3호에 실린 작품이다. 따라서 '마돈나'가 자신이 해석하는 것처럼 사랑하는 여성이었다면 '손필연'이 아닌 '유보화'가 되어야 할 것이다. 이처럼 시의 텍스트에 대한 정밀한 관찰과 동시에 시적 배경 등을 충분히 고려하지 않고 조국의 독립을 염원하고 갈등하며 몸부림쳤던 시인을 오입쟁이로 만들어 놓았다. 상화에게는 '빼앗긴 들'이 "지금은 남의 땅"이요, 이 공간은 "피 묻은 동굴"이며 지금은 "조선이 죽었고", "문둥이 살기 같은 조선"이지만 "조선의 하늘이 그리워 애달픈 마음"을 가진 '조선병'에 사무친 시인이다. "두 팔을 못 뻗는 이 땅이 애달파」하며 "죽음과 삶이 숨박꼭질 하는 위태로운 땅덩이"의 "감옥 방 판자벽이 얼마나 울었던지" 가난한 기민들의 아픔을 아름다운 시로 일으켜 세운 시인이다.

그럼에도 불구하고

"이상화의 연인 관계는 다섯 사람이다. 백기만에 의하면 손필련, 유보화, 송소옥, 김백희, 임학복이 그들이다. 3번째 여인이었던 송소옥은 이지적으로 생긴 예쁘장한 여인이지만 기생이었다. 오입쟁이들이 그를 서울 기생으로 아는 것만으로도 소옥의 용모를 짐작할 수 있다. 상화는 정열이 풍부한 사람이라 소옥과의 사랑도 열렬하였다. 소옥과 이상화의 사이에는 소생까지 있었다. 상화가 가산을 탕진할 때까지 5년간이나 떨어지지 못하였으니 상화의 연애로는 최장기의 것이었다."

—백기만 편, 『상화와 고월』(청구출판사, 1951), 174쪽

　백기만 역시 이상화에게 혼외 자식이 있었다고 단정한 것을 그대로 비판 없이 옮겨 왔다. 『경주 이씨 익재공 소경공후 논복공파보』(대보사간, 2013)에 따르면 상화의 자식은 이용희(1926~1950), 충희(1934~2018), 태희(1938~)로 세 아들이 있는 것으로 확인된다. 이 세 아들은 상화가 1943년 3월 21일 하세하던 날 모두 아버지의 임종을 보았다고 한다. 용희와 중희 사이에 상당한 터울이 있는 것으로 보아 1929년 5월에 '응희'가 태어났지만 8월에 죽게 되었음을 『조선문예』 1929년 6월호에 실린 「곡자사」를 통해 알 수가 있다. 「곡자사」는 응희의 죽음을 슬퍼하며 쓴 것이다. 그런데 이기철(2015: 84)은

　"응희는 이상화의 둘째 아들로 태어났으나 첫째 아들 용희가 소년 시절에 죽었듯이 응희 역시 태어나 얼마 안 되어 사망했다. (…중략…) 그것을 시인은 "귀여운 네 발에 흙도 못 묻히고 갔다"고 했다. 응희는 호적상에 나타난 것으로 보면 이상화의 서자이며, 서자라면 이 시기에 사귀던 송소옥과의 사이에 태어난 아이이다. 소옥과의 관계도 슬픈 연정 관계이지만 그 사이에 태어난 응희마저 사망했으니 그 슬픔은 더 비극적이다. 그것을 이 시는 말해 주고 있다."

—이기철(2015: 84)

라고 하여 전혀 엉뚱한 이야기를 하고 있다. 1929년 5월에 태어나서 석 달 만에 죽은 아이 '응희'가 호적상에 올라 시간적 여유도 없었을 뿐만 아니라 그 기간 두 차례나 감옥에 들어간 사실을 확인할 수 있다. 이 '응희'를

서자라며 당시 대구 백송정 요정의 마담이었던 송옥경(기명 송소옥)과의 사이에 태어난 자식이라는 앞뒤가 맞지 않는 서술을 했다.

「곡자사」를 통해 보면 이상화는 1929년 한 해 동안 일제에 항거하다가 두 번의 감옥살이를 한 것으로 확인된다. 응희가 태어나던 그 해 5월에 한 차례 구금이 되었고 다시 응희가 죽은 8월 이후에 2차로 갇혔음을 확인할 수 있다. 이 무렵 상화는 신간회 대구지부 출판부장으로 활동하면서 ㄱ당 사건에 연루되었던 것으로 추정된다. 그보다 1년 전 1928년 6월 11일 신간회 대구지회 소속인 곽동영, 노차용 등과 함께 달성군 해안면 모 지주 집에 침입하여 독립군 자금 마련을 위해 권총으로 협박하여 실패한 사건에 연루된 이유로 일정에 피체된다. 「고등경찰요서」에 따르면 이 사건을 조사 중이던 일제 경찰이 당시 신간회의 멤버였던 이상화·노차용·이강희·장택원·정대봉·문상직·유상묵·곽동영·오진문 등 9명을 체포한 것으로 보인다.

그럼에도 불구하고 이기철(2015: 84)은 "이상화의 감옥살이는 정확한 연대가 밝혀지지 않고 있지만 첫 번째 감옥살이는 1929년이고, 두 번째 감옥살이는 1936년으로 추정할 수 있다. 첫 번째 감옥살이를 1929년으로 추정하는 것은 이때 이상화가 감옥살이를 하면서 쓴 「곡자사」가 있기 때문이고, 두 번째 감옥살이를 1936년으로 추정하는 것은 이상화가 맏형 이상정 장군을 만나러 중국에 갔다가 돌아와 체포되어 구속된 사실이 연보상에 나타나기 때문이다."라고 하여 독자들에게 상당한 오해와 잘못된 정황을 전달하고 있다.

1927년 서울 생활을 접고 대구로 내려 왔는데 일경에 의해 여러 차례 가택수사와 함께 원고도 압수당했다고 한다. 상화의 사촌 자형인 윤홍렬이 의혈단 부단장인 이종암과 연루되어 있었는데 이 사건에 상화도 연루되어 일제 경찰에 수차례 조사를 받았던 것으로 상화의 맏조카인 이중희가 진술한 바가 있으나 여기에 대한 구체적인 조사 자료가 아직 밝혀지지는 않았다.

이 사건과 독립지사 장진홍의 대구지점 폭탄 투척사건과도 연계된 것으로 추정된다. 1937년 상화가 중국에서 활동하던 맏형 이상정 장군을 만나고 난 후 귀국하였는데 8월 3일 일경에 구금되어 조사와 고문을 받고 그 해 11월에 풀려 나왔다.

상화가 1915년 서울 계동 32번지에 하숙하다가 1918년 경성중앙학교 3년을 다니다가 중단하고 그 해 7월 금강산으로 무전 유행길에 올랐다. 그 무렵 학교를 중단하게 된 이유에 대해서 이동순(2015)은 "당시 상화에게 방랑의 의미는 무엇이었을까? 진리를 찾아 떠나는 구도자적 심정이었을 것이다. 일생을 방랑으로 살았던 일본 에도시대의 마쓰오 바쇼(松尾芭蕉, 1644~1694)는 '방랑규칙'이란 것을 만들어서 삶의 덕목으로 실천했거니와, 17세의 조숙한 소년 상화는 이 방랑을 통하여 땅과 시간, 그리고 그곳에 깃들여 사는 인간에 대한 관점을 조금씩 깨닫게 된다."라고 하여 마치 일본의 영향으로 구도자의 길을 간 것으로 평가하고 있다.

조선 유가의 기풍으로 주자의 '무이구곡'의 유산기행을 본받은 조선 후기 유림들의 전통으로 입산입도(入山入道)의 정신으로 명산대천과 준령을 찾는 것으로 금강산은 매우 중요한 입도처(入道處)의 하나였다. 그러한 유가의 유습을 본받아 떠난 여행임에도 이를 일본식 유행인 "방랑규칙"을 본받았다고 하고 있다. 도리어 중국의 유산기행의 풍습이 조선을 거쳐 일본으로 건너간 것으로 해석해야 할 것이다.

아마도 이 수행과정을 통해 상화는 식민지 하의 피폐한 농촌의 농민들이나 시골 장터에서 만난 거지와 엿장수, 구루마꾼 등 기민들의 삶의 참상을 몸으로 느끼면서 거룩한 조선의 기상을 다시 회복해야 한다는 결심을 굳혔을 것이다. 이동순(2015)은 상화의 금강산 기행의 배경과 목적을 간명하게 "시인으로서의 문학 수업을 위하여 이보다 더 훌륭하고 직접적인 현장체험이 어디에 있으랴."라고 하였다.

일제는 경술국치와 동시에 착수한 한반도 전역의 토지조사 사업을 1918년에 이르러 드디어 완료하게 되었다. 이것은 식민지 체제의 고착화를 위한 작업의 하나였다 상화는 이듬해 봄 전국적으로 펼쳐졌던 독립만세운동에 직접 참가하게 되었는데, 이 경험은 민족과 역사에 대한 자각과 신념을 일깨워 주게 되었다고 정리하고 있다.

소설가 이수정(1983)은 상화가 표훈사, 정양사, 비로봉, 마하연, 백운대, 외금강, 구룡폭포, 온정리를 거쳐 만물상으로 돌아나온 일정까지 상상으로 그리는 과정에 그 중간에 프랑스에서 여행을 온 여성을 만나 릴케의 시집 선물을 받았던 것으로 픽션처럼 그리고 있다. 문제는 이수정의 소설을 토대로 한 이상화와의 여인의 문제를 아무런 검토도 없이 고스란히 옮겨온 것과 다를 바 없는 상상의 이야기이다.

이상화 시인의 삶에 대한 기록들의 치명적 오류

이상화의 삶을 문학활동을 중심으로 장현숙(2014: 158)은 '성숙기'(1901~1920), '백조기'(1921~1923), '카프기'(1924~1926), '낙향기'(1927~1943)로 구분하고 있다. 장현숙(2014: 157)은 또 "초기 단계에는 감상적 낭만주의적 경향의 시를 쓰다가 1924년 후반에는 프로문학에 가담하여 현실인식을 바탕으로 한 저항시, 민중시를 쓰게 되며 또 1926년 이후에는 저항의식과 더불어 자연을 소재로 해서 향토적 정서를 담은 시"를 쓴 것으로 평가하고 있는데 문제는 이 짧은 기간 마치 시적 시험을 하듯이 그러한 굴절과 변개가 과연 가능이나 한 것인가?

문제는 '낙향기'에 대한 문제를 지금까지 언급한 글이 많지 않다. 그러나 장현숙(2014: 161)은 다음과 같이 말하고 있다.

"1926년 가을, 연인이었던 유보화가 폐병으로 사망하자 1927년, 이상화는 향리인 대구로 낙향해 카프나 중앙 문단과는 거리를 두게 된다. 서울 생활을 청산한 이상화는 대구에서 실의와 절망의 나날을 보내며 애정 행각을 벌이고 창작 활동을 하지 못해 작고하기까지 14년간 침묵기로 진입하게 된다. 그런 상황에서도 1928년 6월, 독립운동 자금을 마련하기 위한 신간회에서 출판간사직에 있던 이상화는 여러 차례 가택 수색을 당하고 구금되기도 한다."

이 글을 얼핏 읽어보면 1927년부터 대구에 낙향하여 흥청망청 애정행각이나 하며 폐인처럼 살았던 것으로 오해를 받기 안성맞춤이다. 마치 그의 친구 백기만의 생각처럼. 그러나 이 기간 상화는 대구지역의 미술, 연극, 영화인들과 함께 본격적으로 문화예술 사회운동을 펼쳤다. 대구지역의 연극운동단체인 '가두극장'의 신고송, 이상춘과 연계되어 있었다. 이상춘은 카프에 가담하게 된다. 'ㅇ과회'를 중심으로 이상춘·이갑기·김용준을 비롯한 서동진·이근무·최화수·박명조 등과 지역문화예술활동을 통한 항일운동을 지속적으로 펼친 시기임에도 불구하고 시작이 뜸했다는 이유로 흥청망청 술이나 마시며 애정행각을 펼쳤던 시기로 설명하는 것은 아주 결정적이고 치명적인 오류라 아니할 수 없다.

1929년에는 일제 적색 요 사찰 인물이 되어 두세 차례나 일경에 구금되는 과정을 거치며 극도로 실의에 빠진 기간이라고는 할 수 있다. 그리고 1934년에는 조선일보 경북총국을 경영하다 1년 만에 도산하여 경제적으로도 매우 힘든 시기였다. 이 기간 무려 3차례나 집을 처분하여 이사를 다니다가 1937년 중간혁명군으로 종군하고 있던 만형인 이상정을 만나 3개월 동안 중국을 주류하고 돌아오자 다시 일제 경찰의 사찰과 조사를 받게 된다. 이 시기의 이상화의 심정을 가장 정확하게 반영하고 있는 작품이 바로 「역천」이다.

1928년 무렵 쓴 시로 추정되는 「곡자사」 곧 어린 아들 응희를 잃어버린 아비의 침통한 마음이 쓰며 있는 작품이다. "그러께 팔월에 네가 간 뒤 그 해 시월에 내가 갇히어"라는 대목에서 1928년 8월에 응희가 죽고 그 두 달 뒤인 10월에 일제에 구감되어 갇혔음을 알 수가 있다. "지내간 오월에 너를 얻고서 / 네 어미가 정신도 못 차린 첫 칠 날 / 네 아비는 또다시 갇히었더니라."라는 대목을 통해 응희가 1928년 5월에 태어났는데 첫 돌이 되기 전인 5월 중에 일제에 갇혔음을 알 수가 있다. 시간의 순서가 바뀌어 있는데 정리하면 1928년 5월에 응희가 태어나고 첫 칠일이 가기 전에 감옥에 갇혔다가 그 해 8월 응희가 죽은 두 달 뒤인 10월에 또 갇혔음을 알 수가 있다.

술이나 마시며 기생집에서 흥청망청했다면 일제가 왜 이상화를 가두었겠는가? 지금까지 상화의 1927년 이후의 문학 공백기를 너무 소홀하게 다루

1937년 10월 무렵 난징에서 상화와 상정의 실루엣 사진

었기 때문이다. 바로 이 기간 상화는 시로 울분과 갈등을 도저히 풀어낼 수 없는 임계점에 도달해 있었던 것이다. 한 시인으로서 자신의 시 정신을 행동으로 구현하기 위해 대구지역의 문화예술 사회운동으로 이어간 것이며 그 결과 일제는 끊임없는 사찰과 구금을 강행했을 것이다.

문제는 '응희'의 출생 비밀에 관해 당시 상화의 맏아들 용희(1926~1950)와 둘째 충희(1934~2018) 사이에 터울이 길다. 이 동안 일본을 다녀오고 또 서울에 머물렀다. 대체로 1925년부터 1926년 사이에 서울 취운정에서 작품에 전력을 다할 당시 놀랍게도 상화는 시 34편, 평론 7편, 단편 2편, 감상문 4편 등 50여 편에 이르는 방대한 작품을 쏟아냈다. 1926년 사랑했던 유보화의 사망으로 상화는 엄청난 상처와 함께 아마도 방황의 긴 시간을 보냈을 것이다. 문제는 이 죽은 둘째였던 '응희'를 또렷한 근거도 없이 3.1독립운동 후 서울 박태원의 하숙집에 머물면서 잠시 만났던 '손필연'의 아들, 혹은 대구의 금호관의 마담 '송옥경(송소희)'의 아들이라는 어처구니없는 온갖 루머들이 퍼져나간 것이다.

당시 상화가 술집에 출입하면서 만난 '춘심', 내당동 언덕배기에 있던 요정 마담 '김백희', 금호관(백송정) 마담 '송옥경(송소희)' 등이 있다고 알려져 있지만 상화가 그처럼 철면피하게 서자 자식의 죽음을 애통해 하면서 공개적으로 사회주의 또는 경향적 성격을 띤 문인들이 편집에 참여한 잡지인 『조선문예』 2호에 버젓이 이 작품을 발표했을 까닭이 없다. 숭고한 예술은 사탄과 같은 열애의 치맛자락을 끌고 있는지도 모른다. 그러나 영적으로 직조한 위대한 예술은 육체적인 문제로 풀어낼 수도 풀어내려고 해서도 안 될 일이다. 「파우스트」를 16세 먹은 어린 여성에 탐닉했던 괴테의 육체적 영욕으로 다루지 않듯이 상화를 스쳐간 여인들은 예술의 독버섯 같은 예술적 영매였을 뿐이다.

상화는 누구보다 일찍 나라를 잃어버린 아픔과 식민 조선의 참담한 현실에 대해 아파하고, 그것을 치유하고 회복하려는 의지를 가졌던 시인이다. 그의 내적 상처에 대한 반동으로 휘청거렸던 그에게 예술의 영매였던 이성의 문제를 지나치게 부각하여 그의 삶의 후반부를 형편없게 평가한 오류는 시정되어야 할 것이다.

03
이상화 시 다시 읽기

상화 시 세계의 일관성

이상화는 대구의 이름난 부잣집에서 태어났다고 알려져 있다. 사실이긴 하다. 그러나 그는 7살 때 아버지를 잃었다. 그러나 큰집 큰아버지의 훈도와 경제적 지원을 받으며 유복하게 성장하였다. 어린 시절, 그가 태어난 조선은 일제로부터 국권을 상실한 상황이었다. 그리고 어린 시절 아버지를 잃었던 마음의 상처는 그의 문학 행간행간에 상실과 절망의 어둠으로 묻어 있다. 송목(1963: 389)이 상화의 초기 문학 작품을 "사춘기적 문학 소년의 소산이" 라고 했다. 무엇을 근거로 쉽게 그런 말을 했는지 잘 모르겠다. 그는 늘 엄전하게 세상 물정을 일찍 깨친 정열적인 시인으로 다양한 시적 실험을 통해 그려낸 멋진 작품을 발표하면서 등단하였다. 그가 남긴 시에서 남다른 열망, 어둠을 빛으로 혹은 하나님의 말씀으로 혹은 신령의 힘으로 마돈나를 호명하고 빼앗긴 들에 봄을 초대하는 일이 가능하지 않았던 시대의 어두움을 깨쳐내려는 희망을 시로 노래한 매우 지적인 시인이었다.

상화는 남들이 알고 있듯이 부잣집 귀공자가 아니라 편모슬하에서 큰집으로부터 경제적 지원을 받으며 살았는데, 그것이 그렇게 녹록하지만은 않았다. 특히 감수성이 남달리 뛰어났던 그의 심사가 뭐 그렇게 편했을까? 상화 내면의 상처가 된 것은 일찍 아버지를 상실한 것과 일일이 큰집에 의존해야 했던 경제적인 문제와 자라면서 점점 현실로 다가온 조국 식민의 아픔이 아니었을까? 유년기에 아버지의 상실이라는 내상을 겪음으로써 여성성 편향적인 촉각이 일찍 남달리 발달하였을 것이다. 그는 저항을 온건하고 과격한 행동화로 드러내지 못하였다. 또한 경제적 궁핍을 차등과 차별에 대한 인식과 시야가 자기 자신에서부터 무산계급의 타인으로 확대되는 동시에 시공간적으로도 확대되는 과정을 그의 시 작품에서 확인할 수가 있다. 바로 그러한 세 가지 심리적 억압이 그로 하여금 시를 짓게 만들었을 것이다.

그는 대구시 중구 서성로 생가를 팔고 1933년 대구시 중구 장관동(대구부 西千代田町) 50번지에 세를 들어 살다가 다시, 조선일보 경북총국 경영의 파산으로 1934년에는 대구시 중구 남성로(대구부 남성정) 35번지에, 다시 1938년에는 대구시 중구 종로(대구부 경정) 2가 72번지로, 1940년에는 마지막 거처가 된 대구시 중구 계산동 2가(대구부 명치정 2정목) 84번지로 쫓겨나듯이 이사를 다니는 곡절을 겪게 됐다. 1936년 8월 15일 큰아버지가 돌아가시고 사촌형으로부터 더 이상 손을 내밀지 못하게 된 처지에서 상화의 심경은 어떠했을까?

그는 민족의 역사와 문화 그리고 언어마저 부정되고 박탈당한 식민 현실 속에서 태어나 성장하였다. 아버지의 상실과 경제적인 어려움과 함께 식민 조선이라는 굴레를 평생의 운명처럼 짊어지고 살았다. 이상화의 문학은 이 세 가지 운명적인 고행의 형틀에서 벗어나려는 처절한 몸부림이었다. 처음에는 자신 중심에서 세상을 내다보다가 차츰 성숙하면서 타자 곧 식민에 속박된 가난한 이웃과 조선이라는 나라로 아니면 그 역의 방법으로 그의 눈길이 확산되었던 시인이다. 인간으로서의 무력함을 극복하기 위하여 의지하려던 문학 역시 그를 구원하지 못했다.

이상화의 시에 대해 일찍 박종화(1948: 28)는 "퇴폐적 시인의 정열을" 그리고 "「나의 침실로」에서 그 극치를 보였다"라는 평가로부터 최동호(1981: 2~99)는 "관능적이고 참신하면서도 미숙하고 생경한 언어"를 사용하고 또 "시의 논리 구조가 허약하여 의미가 흐려져 있으며, 시의 수준도 매우 진폭이 크다"라는 평가로부터 정한모(1981: 5)는 "1920년대 문학의 하나의 유형을 이루고 있으며 (…중략…) 자기 나름의 문학론을 지닌" 시인으로 오세영(1981: 1~27)은 「나의 침실로」를 기준으로 "한국 데카당스문학의 한 전형이었으며" 또 "미학적으로 성공을 거둔 작품"으로 평가하는 등 그의 시작에 대한 평가가 평자의 시각에 따라 긍정적으로 혹은 부정적으로 엄청나게 진폭의 차이를 보이고 있다.

그 동안 상화의 시작품에 대한 평가가 주로 그를 대표하는 대표작 2편을 중심으로 이루어진 다양한 평가들을 되돌아본 후 상화 시의 에너지가 되었던 내상의 진원지가 무엇인지 그리고 그 갈망의 시각이 어떻게 확대되어 가는지 살펴보아야 한다. 상화의 시에서 발견되는 여성성의 경향, 종교적 지향, 죽음과 삶의 대칭성, 하늘과 대지의 대칭 속에서 그가 꿈꾼 갈등의 저항적 속성을 분명하게 드러낼 필요가 있다.

그는 일제 시대의 암울한 상황 속에서 자라나면서 일찍 아버지를 여의고 큰집 큰아버지와 어머니의 훈도 아래에서 자라면서 늘 부족한 무엇, 나라를 상실한 민족, 일제의 등살에 힘들게 살아가는 기층민 편에서 강한 자에 대항 하는 저항시인이었지만 매우 섬세한 감각으로 여성적인 목소리를 은유와 상징으로 문학 텍스트를 구축해 온 시인이다. 따라서 일제 저항 곧 광복을 향한 염원은 가난한 기층민들에 보내는 따뜻한 눈길과 별개일 수 없으니 이러한 관점에서는 『카프』 동인들과는 조금 다른 관점의 계급주의 문학에 경도되었다고도 할 수 있었다. 그러나 계급투쟁이라는 자신의 보폭에 어울리지 않게 거칠고 앙칼진 목소리로 항거할 수 없었던 본성을 지니고 있었다. 유가적 가풍에서 가족적이면서 따뜻한 눈길로 이웃과 민족에 이르기까지 그의 시적 눈길이 가 닿을 수밖에 없었던 것이다. 그는 그렇게 온화한 방식으로 저항한 민족주의자로서 처음부터 끝까지 항일을 포기하지 않았다. 상화는 총이나 횃불이 아닌 붓을 든 저항주의자였다.

그러나 이상화를 특정의 그룹이나 문예사조에 소속시키려는 종래의 입장에서 『백조』 동인에서 보여준 대표적인 시 「나의 침실로」와 불과 2년 뒤인 『개벽』에서 보여준 「빼앗긴 들에도 봄은 오는가」를 전혀 상반된 시각으로 낭만적 퇴폐적 유미주의 시각에서 저항 시로 혹은 경향파로 전환했다는 레디컬한 시사적 해석의 오류와 편견을 쏟아내게 된 것이다. 이러한 구분은 문학 본질에 대한 고찰을 소홀히 한 채 문학사의 편의를 위해 일방적이고 임의적으로 기술한 방편일 따름이다. 무슨 작가가 일이년 내에 문학사적 태도가 일변할 수 있는가? 문학사를 기술할 때 이처럼 지나친 이분법적 사고로 시인이나 작가를 편 가르기 하는 편의적인 오류를 그 동안 많은 비평가들이 스스럼없이 저질러 온 것이다.

몇 가지 서로 다른 시각

오세영(1981)은 「나의 침실로」를 종래 평가해 온 방식인 '육체', '관능', '퇴폐', '탐닉'에 빠진 단순 감상주의적 시도 아니요, 상실한 조선의 광복을 노래한 사회 지향적 관점의 시도 아닌 "죽음과 재생의 신화적 구조"라는 관점에서 이 작품에 접근함으로써 이전과는 전혀 다른 새로운 비평의 문을 열어주었다.

> "「나의 침실로」는 물론 조국의 상실을 노래한 사회 지향적인 시는 아니다
> 그러나 동시에 그것은 시대나 상황에 전격적으로 담을 쌓고 오로지 개인주의의
> 쾌락에만 탐닉했던 시도 아니었다."
>
> —오세영, 「어두운 빛의 미학」(『이상화 시의 서정시와 그 아름다움』, 새문사, 1981).

라고 평가하면서 식민지 "지식인의 허무의식"이 잠재되어 있지만 지나친
감상주의, 형태상의 단순성, 산만한 어구, 단조로운 이미지 전개, 고문체
사용 등의 문제점도 있지만 상대적으로 프랑스의 상징주의와 데카당스를
모방한 미학적으로 성공한 작품으로 평가함으로써 월탄 박종화, 회월 박영
희와 같은 "퇴폐주의 시인의 정열"의 시로 평가하던 종래의 족쇄에서 풀려
나게 해 주었으며 또 이 작품을 전혀 다른 시각으로 분석할 수 있는 가능성
의 문을 열어주었다.

김용직(1981)은 오세영과 같은 시기에 역시 상화 시를 편협하게 퇴폐니
쾌락이니 관능주의로 평가할 것이 아니라 『백조』 동인들이 지향하였던 데
카당스적 감상주의 시이지만 1920년대 미학적으로 성공한 최고의 시로 손
꼽을 수 있다고 평가하였다.

> "「나의 침실로」의 침실은 부활의 동굴이다. 이것으로 우리는 이 작품의 침실이
> 세속적인 생활을 청산하는 곳, 곧 죽음을 위한 장소임을 짐작하게 된다. 왜냐 하면
> 자신의 부활이란 일차적으로 지난날을 부정, 소멸시키는 것을 뜻하기 때문이다.
> 이렇게 보면 「나의 침실로」의 중요 의도가 정사와 상관관계에 있음이 짐작된다."
>
> —김용직, 「식민 시대의 창조적 감각, 「빼앗긴 들에도 봄은 오는가」의 이해」
>
> (『이상화 시의 서정시와 그 아름다움』, 새문사, 1981)

라고 하여 역시 퇴폐적 데카당스에서 크게 벗어나지 못한 남녀 정사와 관계

가 있는 작품으로 평가함으로써 이 작품에 대한 비평의 다양성을 기대할 수 있는 활로를 열어준 역할을 하게 된다.

이 무렵 조동일(1981)은 「나의 침실로」라는 작품을 종래 다른 평자들이 시도하지 않은 시의 형식적인 측면 곧 형태적 운율과 율격을 분석하면서 "이 시는 말이 헤픈 것 같지만 형식이 아주 잘 다듬어져 있다."(조동일, 「이상화의 「나의 침실로」 분석과 이해」, 『이상화 시의 서정시와 그 아름다움』, 새문사, 1918, 1~38쪽)며 1920년대 가장 탁월한 서정시라 자리 매김을 해 주었다. 조동일의 논의는 행의 길이와 띄어쓰기가 없던 시대에 '一'(긴 쉼표), '丨'(휴지)의 사용이나 ','(쉼표), '.'(마침표)를 활용한 율격 조절을 시도한 점, '아', '마돈나'와 같은 단어의 고정적 배치, '파―아란'과 같이 음을 늘여쓰기, '―너라/―가자'와 같은 시적 화법을 고려한 청유와 명령을 사용하고 있다는 점을 논의하면서 상화의 시 평론의 영역을 내용적인 면에서 더 확대시켜 형태적인 율격의 문제로 넓혀 주었다. 그리고 시적 주제의 의미적 맥락에서 조동일은 이 시에서 사회적 지향성도 없지 않다고 주장하면서 이 시에 대한 다양한 연구의 개연성을 제시해 주었다. 김춘수(1981)나 송목(1981)과 같이 사춘기 소년 문학으로 "정열에 압도된 향략주의에 빠진 상태에서 정신의 동경과 육체의 동경이 함께 존재한다"(김춘수, 「「나의 침실로」의 내용 전개와 구조」, 『이상화 시의 서정시와 그 아름다움』, 새문사, 1918, 1~48쪽)는 식의 초기 비평의 평가를 뛰어넘게 해 준 것이다.

상화가 문단에 데뷔한 이래 세간의 주목을 이끌어낸 「나의 침실로」는 『백조』 3호(1923.9)에 실린 작품이다. 그런데 이 작품을 김팔봉(1954)처럼 퇴폐적인 관능에 빠진 시로 그 시적 대상이 유보화라는 인물을 내세워 도덕적으로 상당히 문란한 시인으로 그리고 시작품으로 격하시켜 놓은 것을 많은 평자들이 그대로 답습해 온 지 오래되었다.

"「마돈나」를 부르는 그의 저 유명한 시가, 비록 이것은 그의 나이가 18세 되던 해, 즉 1918년에 초고된 것으로 말하어져 있지만 그리고 『백조』 창간호에 이 시가 발표된 것은 1922년 말경이오, 상화가 유보화 양과 서로 알게 된 것은 1923년 봄이므로 연대가 서로 어긋나기는 하지만, 이 시와 유보화 양과는 신미스러운 연락을 지니고 있는 것으로 나는 생각한다."

—김팔봉, 「이상화 형」(『신천지』 9권 9호, 1954, 154쪽)

실로 객관적 근거가 부실한 오류투성이의 평가가 아닐 수 없다. 김학동(1981)이 김팔봉의 견해 가운데 「나의 침실로」가 『백조』 창간호가 아닌 『백조』 3호에 실린 것으로 유보화와 만난 년대가 차이가 난다는 해명을 했지만 역시 이 시의 배경에는 유보화가 존재하는 것으로 퇴폐적인 경향과 관능적이고 환상적인 작품으로 그 시의 시사적 자리 매김을 하였다.

김학동(1981)이 상화 시 연구에 상당한 기여를 하였다. 이상화의 문학 텍스트를 면밀하게 조사하고 그 토대 위에 연구 영역을 확대시켜 백기만의 『상화와 고월』에 나타난 일부 오류들을 정정한 점, 산문시에 대한 새로운 평가 등의 공로가 없지 않다(김학동, 「낭만과 저항의 한계성」, 『이상화 시의 서정시와 그 아름다움』, 새문사, 1981, 3~4쪽). 그러나 김학동(2015)의 연구에서 중요한 문제가 바로 소설가 이정수의 작품 『마돈나 시인 이상화』(내외신서, 1983)를 모델로 그의 생애와 작품을 연계하여 서술함으로써 곳곳에 오류를 노출하게 된다.

그런데 문제는 1923년에 발표한 「나의 침실로」가 퇴폐적이고 유미적인 작품이었다면 불과 1년 뒤인 1925년 1월에 발표한 「비음」이라는 작품에 대해 "우리 사회의 암담한 환경과 이 민족의 비운"(김학동, 「낭만과 저항의 한계성」, 『이상화 시의 서정시와 그 아름다움』, 새문사, 1981, 11~16쪽)을 노래한 시이며 이것이 「빼앗긴 들에도 봄은 오는가」로 연결되어 낭만에서 저항으로 일시에 전환되었다는 설명이다. 이러한 설명처럼 레디컬한 시적 전환이 이루어지게 된 여러 가지 배경이 전혀 설명되지 않고 마치 계단을 훌쩍 뛰어넘듯이 변개되었다는 그의 시 세계에 대한 기술의 논리가 좀처럼 이해되지 않는다.

이상화 시에 나타나는 도상성과 양극성

지금까지 이상화 시의 텍스트에 대한 정밀한 검토와 반성이 없이 오류로 재해석된 것이 가장 먼저 지적되어야 할 문제이다. 이러한 불완전한 텍스트 읽기를 통한 평론 또한 온전할 리가 없다. 다음으로는 상화의 문학을 정밀하고 꼼꼼히 시어와 행간을 분석하지 않고 그냥 항일 민족 시인인가, 낭만주의 시인인가, 혹은 계급주의 시인인가, 민족주의 시인인가? 라는 상투적인 인상 비평으로는 그의 문학 본질을 온전하게 파악하기 어렵다.

시인 이상화의 시작 활동 기간은 전부 합쳐도 20년도 안 되며 본격적인 활동은 불과 6년 정도밖에 안 된다. 1920년대 문학동인 시대가 펼쳐지면서 서구에서 밀려든 낭만주의와 사실주의의 정교한 문학사조의 이해와 소화불량 상태로 밀려든 문예사조를 일방 수용한 여타 다른 문인과는 달리 다양한 언어 해독 능력을 갖춘 이상화는 프랑스 상징주의와 낭만주의 색조를 받아들이면서 한편으로는 사회주의 문학에도 깊이 있는 의식을 가지고 자신의 문학 세계를 정립한 우리나라 최초로 자유시를 개척한 사람이다.

이상화 시어의 양극성에 대해 살펴보자. 「나의 침실로」로 대표되는 『백조』 동인시대의 작품들을 몰밀어 연애 지상주의적 풍조와 탐미적, 퇴폐적, 유미적 감상주의의 열정으로 이루어진 시로 평가하면서 이상화의 연인 관계를 지나치게 부각시켜 놓음으로써 상화시를 관통하는 순순한 저항적 시 정신을 몹시 희석시켜 놓았다.

상화의 초기 시를 뚜렷한 근거도 없이 단순히 인습과 도덕을 초월한 맹

목적인 사랑이나 혹 초월적인 사랑에 탐닉된 시로 파악해서는 안 된다. 상화는「시인에게」라는 작품에서 자신의 시적 에콜이 "한 편의 시가 새로운 세계 하나를 낳아야 한다"라는 신념으로 문학에 매달렸던 작가이다. 그의 시 전편에 '꿈'이라는 별과 같은 투명한 시어의 이미지가 더욱 밝게 느껴지는 것은 그가 처한 '현실'이 너무나 어둡기 때문이었다. 사랑 또한 마돈나를 향해 꾸는 꿈과 갈망이 너무나 어두운 현실 속에 처해 있기 때문에 더욱 돋보인다.

상화의 시 텍스트 전편에 나타나는 시어의 반복과 함께 시어의 양극성(polarity)의 이미지를 대립시켜 자신의 흥분된 상황분위기를 고양하거나, 심지어는 불안이나 과대망상의 상황으로 분출된다. 특히「나의 침실로는」이러한 과대망상이 제어되지 못한 노출로 인한 우울감, 무기력, 자책감이 팽팽하게 드러난 예이기도 하다. 우선 상화의 시 텍스트 전반에 나타나는 이러한 양극성의 사례를 살펴보자.

"낮도 모르고 / 밤도 모르고"(「말세의 희탄」), "낮에도 밤 밤에도 밤"(「비음」), "오늘 밤이 아니면 새는 아침부터는 아마도 이 비가 개이곤 말 것이다"(「청량세계」), "오를지어다. 있다는 너희들의 천국으로 / 내려보아라. 있다는 너희들의 지옥으로"(「허무교도의 찬송가」), "하늘에도 게으른 구름이 돌고 / 땅에서도 고달픈 침묵이 깔아진"(「폭풍우를 기다리는 마음」), "하늘을 보아라 야윈 구름이 떠돌아다니네 / 땅 위를 보아라 젊은 조선이 떠돌아 다니네"(「병적 계절」), "그 밤의 어둠이 스며난, 두더지 같은 신령은 / 광명의 목거지란 이름도 모르고"(「비음」), "나는 남 보기에 미친 사람이란다마는 / 내 알기엔 참된 사람이노라"(「선구자의 노래」), "내가 알음이 적은가 모름이 많은가 / 내가 너무 어리석은가 슬기로운가"(「선구자의 노래」), "하늘을 보아라 험상스런 구름떼가 빈틈없이 덮여 있고 땅을 보알 분념이 꼭두로 오를 때처럼"(「청량세계」), "때마다 흘겨보고, 꿈에도 싸우던 넋과 몸이 어우러지는 때다"(「본능의 노래」),

"산머리에서 늦여름의 한낮 숲을 보는 듯—조으는 얼굴일러라 / 짜증나게도 늘어진 봄날—오후의 하늘이야 희기도 하여라"(「원시적 읍울」), "해야 웃지 마라 / 달도 뜨지 마라"(「통곡」), "하늘을 우러러……. / 두 발을 못 뻗는 이 땅이 애달파"(「통곡」), "해는 점잖게 돌아 오른다 // 눈부시는 이땅"(「비 갠 아침」)에서 상화 시에는 '밝음—어둠', '삶—죽음', '밤—낮', '하늘—땅'과 같 이 양극성의 시어를 절묘하게 대응시켜 시적 갈등 요소의 지향성을 이끌어 내는 데 이용하고 있다.

영영 변하지 않는다 믿던 해 속에도 검은 점이 돋쳐
  —세상은 쉬 식고 말려 여름철부터 모르리라—
맞거나 말거나 덩달아 걱정은 하나마
죽음과 삶이 숨바꼭질하는 위태로운 땅덩이에서도
어째 여기만은 눈 빠진 그믐밤조차 더 내려 깔려
애달픈 목숨들이—길욱하게도 못 살 가엾은 목숨들이
무엇을 보고 어찌 살꼬, 앙가슴을 뚜드리다 미쳐나 보았던가.
아, 사람의 힘은 보잘 것 없다 건방지게 비웃고
구만 층 높은 하늘로 올라가 사는 해 걱정을 함이야말로 주제넘다.
대대로 흙만 파먹으면 한결같이 살려니 하던 것도
  —우스꽝스런 도깨비에게 흘린 긴 꿈이었구나—
알아도 겪어도 예사로 여겨만 지는가.
이미 밤이면 반딧불 같은 별이나마 나오는 주어야지
어째 여기만은 숨통 막는 구름조차 또 겹쳐 끼여
울어도 쓸데없이 —단 하루라도 살뜰이 살아 볼 꺼리 없이
무엇을 믿고 잊어 볼꼬 땅바닥에 뒤궁글다 죽고나 말 것인가
아, 사람의 맘은 두려울 것 없다 만만하게 생각고

천 가지 갖은 지랄로 잘 까불이는 저 하늘을 둠이야말로 속 터진다

—「지구 흑점의 노래」(1925년 작), 『별건곤』 1호(1925년 11월)

「지구 흑점의 노래」에서 상화가 즐겨 사용하는 양극성 시어를 곳곳에 포진시켜두고 있다. '죽음-삶', '하늘-땅', '별-구름' 등의 양극성의 시어 배치를 통해 해 속에 있는 검은 짐, 곧 사라져 버리릴 해의 흑점을 위태로운 이 땅에, 가난하고 힘겨운 이 땅의 애달픈 목숨들이 바라던 "흙만 파먹으면 한결같이 살녀니 하던 것도", "우스꽝스런 도깨비에 홀린 긴 꿈이었구나"라는 결과가 기다리고 있음을 이미 자각하고 있는 것이다. 결국 빼앗긴 이 나라의 식민 백성들의 모진 삶은 "땅바닥에 뒤궁글다 죽고나 말것인가"라는 자조적인 절망에 빠져 있다. 이 작품에서 행의 길이도 "주절+서술절" 형식으로 비교적 길다. 주절 자리에는 대부분 관형절이 안긴절 형식을 갖고 있기 때문이다. 그래서 자칫 운율을 놓쳐버릴 위험성도 없지 않다. 이것이 바로 이상화 시인이 가진 자신의 시 화법인 것이다. 산문에서 운문 사이를 조심스럽게 줄타기를 하는 것 같다. 스텝이 보일까 아슬아슬 하기조차 하다. 그래서 독자들은 긴장되며 불안하다.

상화의 시에서 이 양극성의 절정은 '하늘'이다. 그래도 기대하고 바라는 희망의 꼭지가 바로 하늘이며 우리의 삶의 현장은 '땅'이다. 이 양극성의 시어들은 하늘과 땅이라는 이원적 구조 속에 모두 결속된다. 「지구 흑점의 노래」에서 그래도 마지막 남아 있는 피안의 하늘이 이 땅의 고통을 해결할 줄 알았으나 결코 이루어지지 않으니 "천 가지 갖은 지랄로 잘 까불이는 저 하늘을 둠이야말로 속 터진다"라고 하소연할 수밖에 없는 것이다.

이러한 양극성은 시어와 시어 간에 그리고 행과 행 간에서도 이루어지면서 작품과 작품 간에서도 이루어질 수 있으리라는 관점에서 「나의 침실로」와 「빼앗긴 들에도 봄은 오는가」가 별도의 궤도를 달리는 기차가 아니라

동일한 목표를 향해 달려가는 두 개의 양극성의 성격을 지닌 작품으로 파악할 수 있다.

「나의 침실로」도 그 동안 일반적으로 인식해 온 단순하게 여성과의 이루지 못한 섹슈얼한 심리를 반영한 퇴폐적 유미적 시가 아니라 대단히 엄숙하고 고매한 제의적 상징성을 활용한 동굴의 새벽은 곧 빼앗긴 봄에 대응하는 조국 광복의 부활로 해석될 수 있다. 종래에 「나의 침실로」의 시 분석에 전제되었던 상화와의 여성(백기만, 1951), 성 충동(김재홍, 1997)의 시로 해석하는 방식은 시어의 은유와 감추어진 양극성의 장치를 온전하게 이해하지 못한 결과일 뿐이다.

상화가 가진 '하늘−땅'의 두 양극은 '하늘'은 곧 아버지를 '땅'은 곧 어머니를 상징한다. '하늘'의 자리에 누락된 아버지의 상실은 일종의 절름발이로 그 균형을 잃게 되자 이 자리에 '하나님', '마돈나', '검', '신령'이 차지하게 된다. '땅'에는 자신을 포함한 식민 백성이나 가난한 농민이나 도시의 거지, 엿장수와 같은 기층민이 자리를 차지하게 된다. 다만 상화는 농민들과 같은 기층민에 대한 대립적 위치에 놓이는 수탈자에 대한 계급투쟁이라는 인식에까지는 도달하지 못하고 그 자리에는 항상 수탈 지주나 봉건적 군주가 아닌 일제가 차지하게 된다.

「나의 침실로」의 핵심인 '마돈나'를 '유보화'로, '동굴'을 '여성의 자궁'으로, '침실'을 '도피의 현장'으로 혹은 '부활의 동굴'로 해석하여 "이 시는 가상적인 성행위를 통해 성 충동을 해소하면서, 사랑의 의미를 새롭게 발견하고 그 속에서 삶의 근거를 확인하여 정신의 부활을 성취하는 노력에 바탕을 두고 있음"(김재홍, 1997: 40)이라는 얼토당토 않는 해설로 마무리할 수 없다. 이 시는 그 다음 2년 뒤에 발표한 「빼앗긴 들에도 봄은 오는가」와 전혀 다르지 않은 시의 지향점인 조국 광복의 희망과 갈망을 담은 시로 새롭게 해석되어야 한다.

곧 전자는 하늘에서 수밀도 같은 젖가슴에 이슬이 맺도록 달려오라는 마돈나가 동정녀 마리아일 뿐 아니라 빼앗긴 들의 봄과 같은 존재이다. 하늘의 마돈나와 식민 땅에 발목이 시리도록 밭을 메는 조선의 여인이라는 양극성으로 해석되어야 한다. 상화가 마돈나를 유보화와의 일상적 사랑으로 착각한 성도착적 광인이었다면 모르지만 상화는 가톨릭 세례를 받은 성도이면서 아울러 멀리 보이는 남산동 성모당의 은은한 종소리를 들으며 성장한 고결한 시인이기 때문에 그리고 1~2년 사이에 퇴폐적 유미주의적 시인이 민족 저항시인으로 돌발적으로 변신했다는 해석의 논리성이 너무나 부족하다.

송명희(2015: 92)는 밤이라는 시간과 내밀한 공간으로의 도피가 이루어지지 않았기 때문에 "도피조차 허용되지 않은 일제 하의 조선과 민족이 처한 암울하고 절망적인 상황인식과 위기 의식을 「나의 침실로」는 반복적으로 표현"하고 있다. 필자와 거의 같은 생각이지만 이 작품이 「빼앗긴 들에도 봄은 오는가」와 양극적인 '하늘-땅', '마돈나-상상의 애모', '삶-죽음', '넋-몸'과 같은 대응구조 속에서 결국 이루어지지 못한 폐쇄된 공간과 시간은 바로 식민지화한 조선의 현실이며 그 식민지화한 조선을 극복하려는 광복 의지가 담겨진 작품으로 평가된다.

낭만적 저항 「나의 침실로」

골목은 사람과 사람 사이의 정을 이어주는 소통 공간이었다. 기쁨과 분노, 만남과 헤어짐이 공존하며, 숱한 인간적 이야기가 이어지는 곳이었다. 지금은 그런 흔적을 찾기가 쉽지 않기에 골목에 대한 향수를 품고 있는 사람들도 적지 않다.

남산동 일대의 한적한 골목길을 따라 걷다 보면 도심 속 명소로 자리 잡은 가톨릭 성지를 만날 수 있다. 천주교대구대교구 성유스티노신학교를 비롯해 성모당, 성직자 묘역, 성김대건기념관, 샬트르 성바오로수녀원 등의 건물들이 유럽 중세 풍경처럼 다가온다. 특히 성지 맨 위쪽에 위치한 성모당은 공원처럼 잘 가꾸어져 있어 사람들의 발길이 끊이지 않는다. 가톨릭 신자가 아니더라도 종교적 신념과는 무관하게 번잡한 일상에서 잠시 머리를 식힐 휴식과 평안, 치유의 공간이 되기에 충분하다.

이 성모당은 1911년 초대 교구장인 드망즈 주교의 허원(許願, 하느님에게 하는 서원)으로 이루어졌다. 프랑스의 루르드 성모 동굴을 본떠 지은 성모당은 붉은 벽돌 건물로, 내부는 암굴처럼 꾸미고 그 안에 마리아상을 배치했다. 각 부분의 비례 구성이 아름답고 벽돌의 짜임이 정교해 100년이 지난 지금까지도 그 모습을 잘 간직하고 있다. 건물 윗부분에는 "1911 EX VOTO IMMACULATAE CONCEPTIONI 1918"이라고 쓰여 있다. '1911'은 대구대교구청이 처음 생긴 해이고, '1918'은 드망즈 주교가 하느님께 청한 소원이 모두 이루어져 성모당이 완성되었음을 밝힌 것이라고 한다.

2020년 늦은 가을 필자는 재기가 넘치는 평론가인 변학수와 함께 남산 성모당 뜰을 거닐고 벤취에 앉아 붉은 고추잠자리가 물헤엄치는 푸른 하늘을 바라보며 긴 시간 상화 생각에 잠겼다. 그의 문학에 대한 이야기를 나누면서 이루어지지 못한 서원을 하였다.

김재홍(1997: 40)은 "이 시가 성 충동의 개방 또는 성행위의 가상적 체험이라는 의미와 관련되어 있음을 알 수 있게 해 준다"며 이 시의 핵심을 환상적 관능미를 추구한 시라고 규정하고 있다. 그러나 앞에서 살펴본 바와 같이 이 시는 중층 구조로 된 시이지 결코 단선적인 애정 관계를 기초로 한 비련의 사랑을 모티프로 한 시라는 평가는 본질에서 너무나 멀리 빗나가 있다고 단도직입적으로 말할 수 있다. 「나의 침실로」는 일본 동경에서 만난 유보화를 매개로 한 시가 아니라 그보다 더 이른 시기에 씌여진 작품으로 보인다. 상화의 초기 낭만적 시들을 좌절과 에로티시즘에 흠뻑 젖은 시로 보면 마치 그럴

듯 해 보인다. 그러나 곰곰이 들여다보면 좌절과 함께 희망의 별빛과 혹독한 겨울을 지낸 봄을 고대하고 고대하는 장치들이 대립적으로 숨겨져 있다.

상화는 1920년대 정서법이 마련되기 이전의 작가들 가운데 시의 형태의 중요성을 일찍 자각한 시인 가운데 한 사람이다. 띄어쓰기가 없던 시절에 상화는 쉼표와 맞춤표와 연과 행을 구분하였으며 말줄임표와 느낌표와 물음표를 활용하여 시의 리듬과 템포 그리고 긴장감의 율격을 반영한 면에서 초기 자유시 형성 단계에 상당한 수준에 올라 서 있었던 작품을 썼다. 수사적으로도 반복법이 대립의 방식이나 시상의 흐름을 교묘하게 적용시키는 실험을 성공시키고 있다. 그러면서 이상화는 시의 내용적인 면에서뿐만 아니라 형식적인 면에서 앞서간 자유시 형식을 시험하여 완성화의 단계를 높여주었다고 할 수 있다.

「나의 침실로」는 연(Line), 행(Stanza)을 매 2행씩 총 12연 24행으로 이루어진 자유시인데 연행 구분이 없으면 산문시라고도 할 수 있을 정도이지만 형식적인 방식을 이용하여 시의 율격을 높여 리듬감을 살려주고 있다. 이 작품은 한국 현대시의 초기 단계에서 자유시의 형성 과정을 이해하는 데도 도움을 준다. 그리고 1연이 2행으로 12연 총 24행으로 구성되어 있는데 이는 다시 3연이 한 묶음으로 총 4묶음 곧 기(1연~3연)－승(4연~6연)－전(7연~9연)－결(10~12연)의 단락구조를 지니고 있다. 이러한 단락 구성이 의도한 것인지 아닌지는 그렇게 중요하지 않은 문제이지만 매우 조직적인 결합 구성(coupling)의 완성도를 높여주기 때문에 구성적인 면에서도 매우 뛰어난 작품이라고 할 수 있다. 또 이 네 결합 구조는 "밤 / 어둠 → 동굴 → 침실 → 부활"이라는 재생 곧 빼앗긴 나라를 되찾는 회복을 염원하는 시적 맥락을 덧씌워놓은 구성이며 "몸 / 육체 → 불 → 피 → 땀방울"로 이어지는 대상 곧 「마돈나」를 호명하는 방식이 "명령의 오너라 → 동행 청유의 가자 → 갈망의 청유 오려무나 → 명령의 가자"의 구성으로 "명령 → 청유 → 청유 →

명령"의 구조로 이루어져 있다. 박동감 넘치는 이상화의 시 문법이 가지는 특유함을 그의 재주를 고스란히 보여준다.

상화 시에 나타나는 종교적 의지

상화는 일찍 가톨릭에 감화를 받고 요제프 마리아 릴케라는 세례명을 가진 가톨릭 신자이다. 그러면서 어린 시절에는 독실한 불교 신자였던 어머니의 영향과 계몽기에 민족주의와 함께 확장된 천도교와 특히 최남선 등이 주창하던 불함문화론의 영향으로 '검', '신령'의 믿음 또한 적지 않았음을 그의 작품 곳곳에서 볼 수 있다.

그러나 그의 종교적 신념이 그렇게 강하지는 못했던 것같다. 자신의 열망과 민족의 염원인 탈식민의 기대와 기도는 번번이 엇나가는 현실 속에서 「나의 침실로」에서는 마돈나를 통한 애원적 상상계를 마치 실재 현현하는 세계로 착각하여 뛰어든다. 마돈나라는 에로스의 비밀은 고도의 은유와

먹구름이 가득한 들판에 앉아

상징, 환청, 환상을 통해 갈등과 염원을 초월하려는 시도를 하게 된다. 그러나 "더 나은 세상", "더 좋은 세상"인 조국의 광복은 나타나지 않는다. 종교적으로 기대던 염원의 문이 결코 열리지 않는 그 답답한 상황은 「빼앗긴 들에도 봄은 오는가」에서는 상실한 에로스의 대상, 곧 신앙적 믿음에서 분노하면서 실상의 세계, 곧 들판으로 이동한 모습을 보여주게 된다.

상화의 시 텍스트에서의 저항과 항거는 폭력에 대응하는 대항 폭력이 아니라 은유와 상징의 장치를 통해 이루어낸 미학적 저항이라고 할 수 있다. 강희근(2015)은 상화 시의 미학적 위치에 대해 정확하게 에로스적 저항에서 인간적인, 특히 거지, 엿장수, 가난한 농민과 같은 계급적 불평등에 대한 예수, 고민, 분노, 항거로 변하게 된 기저가 어디에 있는가? 곧 종교적으로 염원하고 희망하던 것이 좀처럼 이루어지지지 않은 결과 종교적 항거의 외침을 보여준다"고 말한다. 매우 적절한 평가라 할 수 있다.

상화의 의식 속에는 가톨릭과 천도교의 두 절대 믿음에 대한 종교적 지향성이 교직으로 짜이게 되면서 그의 시적 지향성이 사회주의적 계급성의 문제에까지 이르지 못하고 좌절함으로써 글쓰기와 멀어지게 된다. 글쓰기의 믿음에 대한 좌절을 가져온 것은 주변 환경의 변화보다 종교적 신앙적인 자신의 양심의 문제가 더 결정적으로 작용했을 것이다.

"금강! 오늘의 역사가 보인 바와 같이 조선이 죽었고 석가가 죽었고 지장미륵 모든 보살이 죽었다."(「금강송가」)

"다리를 절며 하루를 걷는다 아마도 봄 신령이 지쳤나보다."(「빼앗긴 들에도 봄은 오는가」)

"아, 이 내 신령의 낡은 거문고 줄은"(「이중의 사망」)

"그 밤의 어둠에서 스며난, 두더지 같은 신령은 / 광명의 목거지란 이름도 모르고"(「비음」)

"펄떡이는 내 신령이 몸 부림치며"(「극단」)

"열정의 세례를 받지도 않고서 자연의 성과만 기다리는 신령아! / (…중략…) 살려는 신령들아! 살려는 네 심원도 나무같이 뿌리 깊게"(「청량세계」)

"나의 신령! / 우울을 헤칠 그날이 왔다! / (…중략…) 나의 신령아! / 우울을 헤칠 그날이 왔다! / 나의 목숨아!"(「오늘의 노래」)

"잠도 아니오고 죽음도 아닌 침울이 쏟아지며 그 뒤를 이어선 신비로운 변화가 나의 심령 위로 덮쳐 왔다."(「몽환병」)

"사람을 만든 검아 하루 일찍 / 차라리 주린 목숨 빼앗아 가거라! (…중략…) 사람을 만든 검아 하루 일찍 차라리 취한 목숨 죽여버려라!"(「가장 비통한 기욕」)

"검아 나의 신령을 돌맹이로 만들어 다오 / 개천 바닥에 썩고 있는 돌멩이로 만들어 다오"(「극단」)

"입으론 하품이 흐르더니 — 이는 신령의 풍류이어라 / 몸에선 기지개개 켜이더니 — 이는 신령의 춤이어라"(「본능의 노래」)

"하느님의 말씀이, 배부른 군소리로 들리노라"(「비음」)

"묵은 철리와 낡은 성교는 다 잊어버리고 / (…중략…) 하느님을 비웃을 자유가 여기에 있고 / 늙어지지 않는 청춘도 여기에 있다"(「바다의 노래」)

"상아의 십자가 같은 네 허리만 더위잡는 내 팔 안으로 달려 오너라"(「이별을 하느니……」)

"하느님 아들의 죄록인 거러지야! / 그들은 벼락맞을 저들을 가엽게 여겨"(「거지」)

"오 하느님 — 사람의 약한 마음이 만든 도개비가 아니라 누리에게 힘을 주는 자연의 영정인 하나뿐인 사람의 예지를 불러 말하노니 / (…중략…) 하느님! 나는 당「신께 돌려보냅니다. (…중략…) / 당신이 보낸 이해는 목마르던 나를 물에 빠뜨려 죽이려다가 누더기로 겨우 가린 헐벗은 몸을 태우려도 하였고 / 주리고 주려서 사람기리 원망타가 굶어 죽고만 이해를 돌려 보냅니다. / 하느님! 나는 당신께 묻조려 합니다."(「이해를 보내는 노래」)

"하늘의 하느님도 쫓아낸 목숨을 그들은 기른다 / (…중략…) 하느님 무덤 속에서 살아옴에다 어찌 견주랴. / (…중략…) 사람이 세상의 하느님을 알고 섬기게스리 나는 노래를 부른다."(「저무는 놀 안에서」)

"마돈나 지금은 밤도 모든 목거지에 다니노라 피곤하여 돌아가려는 도다"
(「나의 침실로」)

불교적인 내용은 초창기에 쓴 「금강송가」에 등장한다. 상화가 1918년 석 달 동안 금강산을 방황하며 찾은 사찰에서 영감을 받았을 텐데 이 시의 창작 시기가 발표 시기보다 한참이나 빨랐음을 짐작하게 해 준다. 김학동(2015: 167)도 상화의 산문시 「그날이 그립다」, 「몽환병」, 「금강송가」, 「청량세계」 등의 산문시들의 시험이 상당히 빨랐음을 말해 주고 있다고 한다. 앞으로 이상화의 산문시에 대한 새로운 연구는 꼭 필요하다. 근대 자유시로서 산문시를 개척한 선두주자에 속하기 때문이기도 하다.

최남선을 비롯한 민족종교인 천도교에서 조선의 역사적 연원을 백산(白山)이 백(白)이 조선의 'ㅂ·ㄹ'의 대응어로서 'ㅂ·ㄹ'은 고대로부터 태양을 부르는 성스러운 말이었고, 하늘과 하느님을 상징하는 천신(天神)의 의미로 사용되어 왔다는 사상에 상당한 감화를 받았던 것으로 보인다. 그래서인지 상화의 시 곳곳에 'ㄱ·ㅁ(熊神)', '검', '감' 사상의 영향을 받은 시어들이 등장한다. 대체로 조선 민족과 역사의 자긍심을 나타내며 인간과 만물의 창조주로서 인식하고 있다. 따라서 「하느님」은 상화의 시를 이해하는 데 매우 중요한 요소이다.

상화가 바랐던 조국의 빼앗긴 봄이 다시 오기를 비천한 하층인들의 벌거벗은 얼굴을 타자적인 입장에서 "더 나은 세상"으로의 회복을 염원했지만 종교적 상상계와 현실적 현실계의 괴리를 「이해를 보내는 노래」나 「허무교도의 찬송가」에서 뼈저리게 느끼게 된다.

오를지어다. 있다는 너희들의 천국으로—
내려 보내라, 있다는 너희들의 지옥으로—
나는 하느님과 운명에게 사로잡힌 세상을 떠난,
너희들의 보지 못할 머—ㄴ 길 가는 나그네일다!

죽음을 가진 뭇떼여! 나를 따라라!
너희들의 청춘도 새 송장의 눈알처럼 쉬 꺼지리라.
아! 모든 신명이여, 사기사들이여, 자취를 감추어라.
허무를 깨달은 그때의 칼날이 네게로 가리라.

나는 만상을 가리운 가장 너머를 보았다.
다시 나는 이 세상의 비부를 혼자 보았다.
그는 이 땅을 만들고 인생을 처음으로 만든 미지의 요정이 저에게 반역할까
하는 어리석은 뜻으로
「모든 것이 헛것이다」 적어둔 그 비부를

아! 세상에 있는 무리여! 나를 믿어라.
나를 따르지 않거든, 속 썩은 너희들의 사랑을 가져가거라.
나는 이 세상에서 빌어 입은 「숨기는 옷」을 벗고
내 집 가는 어렴풋한 직선의 위를 이제야 가려함이다.

사람아! 목숨과 행복이 모르는 새 나라에만 있도다.
세상은 죄악을 뉘우치는 마당이니

게서 얻은 모ー든 것은 목숨과 함께 던져버려라.

그때야, 우리를 기다리던 우리 목숨이 참으로 오리라.

—「허무교도의 찬송가」(『개벽』 54호, 1924년 12월)

하느님에 대한 반역자가 된 허무교도, 그것이 곧 자신의 초라한 모습인 것을 깨달은 것이다. 이 작품이 발표되기 1년 전에 나온 「나의 침실로」에서 보여준 현란한 수사와 은유로 빚어낸 마돈나가 이 밤이 다가기 전 나의 침실로, 부활의 동굴로 달려오라는 염원과 희망이 무너지면서 새로운 세계로 이전하는 저항을 보여준다. 코페르니쿠스와 같은 전환을 일으킨 하느님은 새로운 미학적 저항의 상징물이라 할 수 있는 것이다.

조국 광복의 열쇠를 쥔 '마돈나'가 빼앗긴 들판에 부드러운 흙을 밟는 '농민'으로 전환되면서 '하늘'에서 '땅'으로 그의 시각 이동이 불가피하게 이루어지게 된다. 그 중심에 다시 사람이 개입되면서 하느님을 비웃을 자유가 있는 "봄 신령이 지핀 농민", "말세를 향해 술에 취해 비틀거리는 사람", '벙어리', "미친 계집", "장돌림 봇짐장수", "미친 사람", '구루마꾼', '엿장수', '거지'와 같은 기층 사람으로 그 시각이 옮아간 것이다. 다만 그 이후 이들에 대한 계급투쟁으로서의 사회적 모순과 일제 식민 투쟁으로 연결하지 못하고 좌절함으로써 그의 글쓰기는 중단된다. 그리고 그 마지막 좌절의 수사학의 단면을 보이는 작품이 「역천」이다. 하이데카의 실존론에서 말하는 하늘과 땅 사이에 두 발로 걷는 인간 존재의 근원적 불완전성을 이상화는 자각하고 있었던 것이다. 하늘을 비상하는 나비와 제비 그리고 이 땅에 뿌리를 깊게 내린 푸르디 푸른 청보리보다 더 연약한 인간 존재의 실존성을 그의 작품 행간에서 종종 만날 수가 있다.

좌절의 수사학, 「전복」, 「역천」의 시적 패러독스

「역천」은 1935년 4월 『시원』 2호에 발표된 이상화의 내면세계를 판독할 수 있는 대표적 작품이다. 하늘을 거슬러야 할 만큼, 아니 하늘과 땅을 뒤엎어 버리고 싶을 만큼 스스로 혼돈을 자초하고자 했던 실체는 무엇이었을까?

"시는 선택받은 자들의 빵이자 저주받은 자들의 양식이다"라는 옥타비오 파스(Octavio Pas)의 말처럼 1920년대 나라를 잃어버린 한 저항적 시인이자 지식인이었던 상화의 시는 한 편 한 편 모두 나라를 상실한 아픈 시대사를 고뇌했던 서러운 주문이자 탄원이며, 광기가 담겨 있다. 비판 없이 역사의 주류에 편승하여 살아가는 통속적인 삶은 또한 하나의 가면이자 헛됨의 증거라는 점을 절실하게 깨달았던 상화는 몇 편의 시를 남기고 이젠 가고 없다. 무한 공간의 침묵만 남아 있다. 남겨 놓은 시의 텍스트에는 실루엣처럼 그려진 상상의 아우라만 남아 있다. 그의 영혼을 둘러싸고 남아 있는 것은 철저한 외로움이라고나 할까, 사람들의 세속적인 무관심과 같은 푸석거리는 허구들만 가득한 것 같다. 상화의 시와 그의 언어는 털끝같이 가벼운 세속적 무관심 속에 버려져 있었다고 할 만큼 그의 시사적 위치에 대한 정당한 평가가 이루어지지 않고 있다. 상화 시에 대한 온전한 해석을 위해 1) 상화의 시어, 2) 상화와 여성, 3) 상화와 사상과 종교에 대한 이해가 선행되어야 한다.

왜 그는 그토록 주옥같은 대구방언을 고집하였을까? 그의 지극한 향토에 대한 사랑하는 마음이 그의 시 속에 보석처럼 알알이 박혀 있다. 그의 시 문법과 수사의 탁월함은 당대 어떤 시인보다 앞서갔다.

부유한 가정에서 태어났지만 그는 오만하지 않았고, 일제에 경도된 많은 지식인들이 걷던 길을 가지 않고 홀로 외로운 저항과 비판의 어두운 길을 선택하였다. 이 「역천」이라는 작품을 통해 그의 시 세계와 조우할 수 있다는 것만 해도 현재로서는 행복한 일이다. 그가 살았던 일제의 시대적 상황은 내선일체 정책이 강화되던 무렵이었다. 이 시 작품이 발표되기 전후해서 그 개인의 삶 또한 매우 복잡했던 시기이다. 상화의 대표작의 하나인, 피압박 민족의 비애와 일제에 대한 강력한 저항 의식을 바탕으로 하고 있는 것으로 평가되고 있는 「빼앗긴 들에도 봄은 오는가」를 발표했던 시기이기도 하다. 1927년에는 신간회와 연관된 ㄱ당 사건과 장진홍 조선은행 지점 폭탄 투척 사건에도 연루되어 여러 차례 조사를 당하기도 하였다. 그는 서울 생활을 접고 고향 대구로 낙향하였으나 일제 관헌의 감시와 가택 수색 등이 계속되면서 행동이 제한된 생활을 할 수밖에 없었다. 그때 상화의 사랑방은 담교장이라 하여 독립운동을 하는 진보적 지사들을 비롯한 많은 우국지사와 문우들이 모여들어 날마다 조국 광복의 실천을 토로하면서 한편으로는 피압박 민족으로서의 울분을 달래기 위한 술자리가 밤낮없이 벌어지고 있었다. 이로 인하여 상화는 결국 가산을 탕진하고 명치정, 현재의 그의 고택이 있는 계산동 2가 84번지로 이사했다. 이 시기는 일제 치하라는 현실과 그의 이상이 충돌되어 결렬되고 파편화됨으로써 좌절의 나날을 보내던 시기이다.

또 하나의 고리는 이상화와 여성의 문제이다. 이상화가 26세가 되던 1926년 가을에는 그가 사랑하던 유보화가 위독하다는 소식을 듣게 된다. 함흥으로 줄달음으로 달려가 한 달 남짓 그녀의 곁에서 직접 간호했으나 아무 보람도 없이 결국 영원한 이별을 맞게 되었다고 한다. 시대적으로는 일제 치하에 대한 저항과 갈등으로 또 개인적으로는 인간적인 사랑의 좌절과 마주하게 된다. 그의 나이 34세 되던 해인 1934년에는 향우들의 권고와 현실적인 생계 유지를 위하여 『조선일보』 경북총국을 맡아 경영하였다. 그러나 그것마저도 뜻대로 경영이 잘 되지 않아서 1년 만에 포기하고 말았다(이상규, 『조선어학회 33인 열전』, 역락, 2015, 252쪽 참조). 『조선일보』 경북총국을 조선어학회 33인 가운데 한분인 서승효가 선산 출신 김승묵을 거쳐 1932년 무렵 이육사에게 넘겼다가 다시 상화가 이어 맡게 된다. 서승효를 중심으로 이극로와 이우식 등 백산상회 항일 인맥과 연계가 이루어진 것으로 보인다. 이와 같은 현실적인 삶의 격동은 그가 꿈꾸던 이상과 현실이 전복되고 그 파편들이 포개어진 현실을 시의 언어로 직조한 것이「역천」으로 투영된 것이다.

또 하나의 고리는 이상화와 사상과 종교의 문제이다. 상화의 종교관에 대한 해석 방식은 상화의 시를 올바르게 이해하는 데 매우 중요한 고리 역할을 한다. 그의 대표적인 시작으로 꼽는「나의 침실로」,「바다의 노래」,「허무교도의 찬송가」등에서는 상화의 기독교적 사유와 현실적 이상이 모순된 충돌로 도드라져 있다. 상화는 가족적으로도 가톨릭 신앙을 가졌으며, 그의 대표작인「나의 침실로」도 그러한 배경 아래에서 이루어진 성과이다. 그와 함께 그가 말년에 살고 있었던 계산동과 남산동 일대, 전 대건고등학교 부근의 성모당은 그의 산책길의 현장이었으며, 시작의 산실 역할을 했을 것으로 추정된다. 그의 시 작품 곳곳에는 종교적 이상과 현실적인 괴리가 가져다 준 갈등이 무채색 무늬로 교직되어 있다. 또 당시 지식인의 한 사람으로서의 신앙에 가까운 사유의 기반을 차지한 것으로 볼 수 있는 대종교와 불함문화론이 그의 시,「극단」에 비쳐져 있다.

> 언제든지 헛웃음 속에만 살려거든
> 검아 나의 신령을 돌멩이로 만들어 다고
> 개천 바닥에 썩고 있는 돌멩이로 만들어 다고.
> ─「극단」에서

최남선을 중심으로 동방문화의 연원과 발자취를 밝히려 한 불함문화론은 일제에 저항하는 사유 세계를 키워 냈다. 또 한민족의 역사적 우월성에 대한 믿음이 그의 시적 사유의 틀로 그의 시 작품 곳곳에 내재해 있다. 가톨릭 사상과 민족주의적 불함문화론은 자신을 둘러싼 현실 인식과의 갈등으로 증폭되었으며, 이러한 인식은 상화의 시 세계에서 매우 주요한 본질을 이루고 있다. 즉 가톨릭 사상이 세로로 축을 이루고 불함문화론은 가로로 축을 이루고 있는 것이다. 현실의 괴리와 갈등은 그가 신뢰하던 사상과 믿음을 전복시키지 않을 수없는 뇌관으로 작동되면서 가로와 세로로 교직된 신앙과 지식의 결속 무늬로 짜여 있다. 이 민족이 당면하고 있던 시대사에 대해 휘청거리며 갈등하고 고뇌했던 상화의 시퍼런 영혼이 그의 시를 통해 그 무늬가 어떻게 교직되어 있는지 살펴보자.

「역천」은 전체 6연으로 구성되어 있다. 1-3-5연으로 연결되는 상황과 2-4-6연으로 연결되는 삽입 구조는 서로 대조를 보이며, 갈등의 서사적 역할을 하고 있다.

(1) 이 때야말로 이 나라의 보배로운 가을철이다
　　더구나 그림도 같고 꿈과도 같은 좋은 밤이다
　　초가을 열나흘 밤 열푸른 유리로 천정을한 밤
　　거기서 달은 마종왔다 얼굴을 쳐들고 별은 기대린다 눈짓을 한다
　　그리고 실낫같은 바람은 길을 끄으려 바래노라 이따금 성화를 하지 않은가.

(2) 그러나 나는 오늘밤에 조하라 가고프지가 않다
　　아니다 나는 오늘밤에 조하라 보고프지도 않다.

(3) 이런 때 이런 밤 이 나라까지 복지게 보이는 저편 하늘을
　　해쌀이 못 쪼이는 그 따에 나서 가슴 밑바닥으로 못 웃어본 나는 선듯만 보아도
　　철모르는 나의 마음 홀아비 자식 아비를 따리 듯 불본 나비가 되야
　　꾀우는 얼굴과 같은 달에게로 웃는 닛발같은 별에게로
　　앞도 모르고 뒤도 모르고 곤두치듯 줄다름질을 쳐서가더니.

(4) 그리하야 지금 내가 어데서 무엇 때문에 이짓을 하는지
　　그것조차 잊고서도 낮이나 밤이나 노닐 것이 두려웁다.

(5) 걸림없이 사는듯 하면서도 걸림뿐인 사람의 세상ー
　　아름다운 때가 오면 아름다운 그때와 어울려 한뭉텅이가 못 되여지는 이사리ー
　　꿈과도 같고 그림 같고 어린이 마음 우와 같은 나라가 있어
　　아모리 불러도 멋대로 못 가고 생각조차 못 하게 지쳤을 떄는 이설음
　　벙어리같은 이 아픈 설음이 츩넝쿨같이 몇 날 몇 해나 얽히여 트러진다.

(6) 보아라 오늘밤에 하늘이 사람 배반하는 줄 알았다
　　아니다 오늘밤에 사람이 하늘 배반하는 줄도 알았다.

ー「역천」

　「역천」의 제1연은 시간적 배경을 점강적 기법으로 「가을(초가을)ー밤(열흘밤)」의 시간적 무대에 유리 천장으로 꾸며진 공간적 배경에는 「달ー바람ー(별)」을 배치해 두고 그가 꿈꾸던 이상향인 별을 애타게 기다리는데 실낱같은 바람이 그 사이를 지나간다.

　제2연은 달이 마중 나오고 별은 나를 기다린다고 눈짓하지만 오늘밤은 가고 싶지 않다. 제1연의 무대 장치에 가담하지 않고 부정함으로써 제1연의 배경을 전복시키고 있다.

　제3연은 가을밤 훤한 달과 초롱초롱한 별빛이 뜬 저편 하늘은 낮이 되어도 햇살 한 점 쬐지 못하는 빙토(氷土)이다. 그 땅에서 단 한 번도 선뜻 웃어 보지 못한 나는 얼핏 보아도 나도 모르게 불을 본 듯한 나비처럼 달과 별을 향해 곤두박질치면서 달려간다. 제3연은 제2연에서 전복한 판단을 다시 거의 무의식적으로 복원시키고 있다.

제4연은 내가 왜 이러는지 무엇 때문인지, 내 스스로 이러는 내가 두렵다고 한다. 제3연의 무의식 전복에 대한 또 다른 회의의 모습을 연출함으로써 제3연의 판단을 후회하는 갈등의 모습을 보여 준다.

제5연은 반복되는 모순, 전복시켜 버리고 싶은 이 세상은 온통 걸릴 것밖에 없는 답답한 세상이다. 아름다운 때가 되어도 어울려 한 뭉치가 되지 못하는 현실이다. 이는 자아(自我)와 비아(非我)의 괴리일 수도 있다. 현실과 자신의 일치할 수 없는 갈등의 연속이다. 현실과 화합하지 못하는 시인의 현실을 자신은 냉철하게 인식하고 있다. 불러도 못가고 생각조차 지쳤을 벌벌 떠는 이 서러움, 이 서러움마저 차마 입 밖으로 뱉어 낼 수 없는 벙어리 냉가슴 앓듯한 서러움이 이제는 칡넝쿨처럼 얽히고 뒤틀려 있다. 제6연은 하늘과 사람, 사람과 하늘 누가 누구를 배반하는 것인가?

「역천」은 전체 6연으로 구성되어 있는데 2-4-6연과 1-3-5연이 대응구조로 되어 있다. 점강적으로 순환·반복하는 갈등 구조를 효과적으로 형상화하고 있다. 그리고 반복적·동위적인 시어를 배치한 1-3-5연에서는 갈등을 연속적으로 재역전시킴으로써 새로운 시적 분위기를 환기하는 역할을 하고 있다. 시어의 제목처럼 1-3-5연의 구조를 뒤집는, 곧 하늘을 전복시키고자 하는 시인의 포개지고 누적된 갈등을 하나의 견고한 고리로 만들어서 전체 작품의 축으로 연결시키고 있다.

상화의 시 작품 곳곳에는 하늘과 땅이 대립 구조를 이루고 있으며, 또 태양과 달 그리고 별이 이상의 세계인 하늘에 무늬를 이루고 있다. 시인이 딛고 서 있는 이곳의 땅은 이미 나의 땅이 아닌 식민의 땅이니까 하는 수 없이 하늘을 동경할 수밖에 없고 그 하늘조차 어둠이 가득 차 있는 현실이니 달이나 별을 쫓을 수밖에 없다. 그 별이나 달이 그리운 조국의 광복이 되기도 하고 또는 이별한 사랑일 수도 있다. 그러나 늘 별이나 달은 저 멀리 있다. 그것은 「역천」의 시적 구조에서 나타나는 상황과 의식의 전복이다.

이 구조적 갈등은 의도된 시적 계획으로 나타난 것이 아니라 자신의 삶 그 자체가 끊임없이 이상과 동떨어질 수밖에 없는 시대적, 상황적 현실에 기인되는 것이다. 상화에게 '하늘'이라는 이미지는 조국의 광복이자, 유보화이기도 하고, 그의 종교적 꿈이기도 하다. 그러나 그의 현실 속에서 그가 꿈꾸던 그 이상은 늘 비켜서 있기만 하였다. 그만큼 그의 삶은 갈등의 연속이었으며 시에 자신이 가지고 있는 갈등을 거짓 없이 토로한다. 위장된 가식이 아니라 있는 그대로의 모습이다. 이 점을 상화가 극복하지 못한 문학적 한계라고 평가할 수 있다.

상화의 시적 텍스트만 분석 대상으로 삼는다면 대단히 불완전하다고 말할 수 있다. 「역천」의 구조는 "행－불행－행－불행"의 단순 구조이지만 자신의 삶에 대한 구원을 찾기 위해 방황과 삶의 전복을 꾀했다는 측면에서 그는 가장 성실하고 정직한 리얼리스트였다. 시적 구원 또는 시적 비전을 만들지 못한 채 모순된 시대와 모순 구조 속에 살았던 자신의 삶을 가장 솔직하게 자신의 시 속에 투사하고 있다는 점에서 그는 하늘을 전복할 만큼 소중한 시인 가운데 유일한 한 사람이었다. 한때는 발표도 할 수 없었던 상화의 「무산 작가와 무산 작품」이라는 시론에는 영국 요크셔 웨이크필드에서 태어나 사회주의 운동에 참가하여 『새벽 노동자들(Workers in the Dawn)』(1880), 『신판 가난한 문인들의 거리(New Grub Street)』(1891) 등의 소설을 쓴 조지 기싱(George Robert Gissing, 1857~1903)을 이해하고 있었던 식민지 당대의 지식인이자 시인이었다. 그 지적 고독이 얼마나 컸을까? 빈한한 계층의 생활을 사실적으로 그린 영국 대표적 소설가였던 George Robert Gissing과 마찬가지로 후기에는 사회주의에서 일정한 거리를 둔 비관주의적 경향을 보였던 면에서 상화는 기싱과 비슷한 길을 걸었던 예술가였다.

그가 사상적으로 방황했던 모습을 상화가 사랑했던 여인에 초점을 두고 시적 불완전성을 논하는 현대 비평가들이 많지만 시간과 공간의 역사성을 고려하지 않은 단면적인 평가라고 하지 않을 수 없다. 한 시대를 이끈 탁월한 시인이 결코 우연히 나오지는 않는다. 처절할 만큼 솔직함, 주변 사람들의 눈에 보이지 않는 헌신, 본인의 뛰어난 자질과 인류애를 향한 끊임없는 투쟁 등 모든 요소들이 배합될 때 걸출한 인물은 태어난다. 상화 역시 마찬가지이다.

나라를 잃은 민족으로서 결코 놓아서는 안 될 유일한 희망의 싹인 '저항정신'을 접은 채 짧은 생을 마감하기까지 간직하고 실천했던 상화 시인을 우리 곁에 두기까지 여러 사람들이 영향을 미쳤지만 특히 상화를 둘러싼 여성들의 역할도 적지 않았다. 상화가 사랑했던 여성의 이야기를 도덕적 관점에서 접근한다든지 식민 시대에 대한 비전의 부재니 하는 왜곡된 시각이야말로 도리어 가식적인 수사일 수 있다. 시가 왜 계획된 도덕성을 실천하고 노래해야 하는가? 시인이 절제된 삶을 사는 신부여야 할 이유는 없다. 부딪혀 깨어질 수 있는 진실은 상화를 둘러싼 여성에서 비롯된다. 상화의 어머니 김신자 여사, 아내 서온순 그리고 상화와 사랑을 주고받았던 숱한 연인들은 상화의 시적 리얼리스틱한 사유를 전복하도록 역할을 했고 그렇게 함으로써 자신의 상흔을 회복할 수 있었으리라.

상실의 시대에 상화가 방황했던 모습에 초점을 둘 수 있다면 그것은 바로 상화가 만났던 여러 여성들이다. 조금 더 상화의 시적 세계를 천착해 보면 그 이전에 그가 중동학교에서 유학하던 시절 그가 태어난 마을 언덕에서 사춘기의 첫사랑을 이루지 못한 상실의 상처를 극대화하고 스스로 상처를 덧냄으로써 완결하려는 진실한 리얼리스트 지식인이자 상처 받은 시인이었다. 상화의 시에서 보여 주는 관능의 세계나 현실 속에서 방황하며 만났던 여성의 편력 문제를 단순한 도덕률로 평가할 대상이 아니다.

상화는 스스로 전복될 수밖에 없었던 현실을 냉철하게 직시하고 있었기에 당당하고 자신감을 가지고 있었다. 그리고 시의 영역에서 사실적으로 노래 할 수 있었다. 만일 상화가 의도적으로 시적 극복을 연출하고, 자의적으로 도덕적인 담론을 만들 줄 몰라서 하지 않은 것이 아니다. 절망의 저쪽 끝자락을 뻔히 알면서 달려갈 수밖에 없었던 모습이 어쩌면 자신의 지적 오만이었을 수도 있지만 그가 보여 준 위대한 현실의 사실적 묘사였다. 이 시대에도 그처럼 당당한 시인들이 몇몇이나 될까? 그래서 그는 하늘이 뒤집힐 것을 바랐던 매우 안타까운 삶을 살아간 좌절한 혁명 시인이자, 슬픈 시인이었다. 그러나 그의 좌절은 실패한 좌절이 아니고 그의 저항의 슬픔은 가면적인 술수의 좌절과 슬픔이 결코 아닌 가장 아름답고 솔직했다.

상화 시의 레토릭

이상화는 온존한 우리의 토착어를 그리고 고유한 조선의 화법으로 구사하면서 1920년대의 현대적 서정적 자유시의 영역을 개척한 시인이다. 특히 서정시로서 자유시가 갖는 형식이나 고도의 은유와 상징을 활용한 레토릭의 수준을 한 단계 끌어 올린 동시에 가장 서민적인 화법으로 시적 주체의 화법을 구사하는 동시에 토착적인 방언을 활용하였다.

사실 이상화가 문학 활동을 하던 시기에는 계몽적 문체가 유행했던 시기이기도 하며 맞춤법이 통일되기 이전이기 때문에 정서법이나 문장 부호가 표준식으로 활용되기 이전이기도 하였다. 그러나 상화는 자유시로서의 시적 정형에 맞추기 위해 반복되는 리듬과 운율을 살리기 위해 쉼표와 느낌표 등을 사용하고 행갈이를 하였으며 '이미지를 사용한 감성적 표현'이나 '시인의 내면적 고백'을 드러어내기 위해 호격이나 청유와 명령법을 즐겨 사용하였던 만큼 자유시 형식을 개척한 선도적 위치를 고수한 시인이다. 이러한 상화의 시적 기법은 고대 제의적 수사에 맥이 닿아 있고 광기의 주술과 닮아 있다고 할 수 있다. 그의 시는 한 행이 산문처럼 길기도 하지만 운율이

일정 간격으로 살아 숨 쉬도록 행과 연을 조직적으로 배열하고 있다.

자유시가 갖추어야 할 일은 단순한 줄글로 된 산문 형식과 달리 운율을 배치하기 위한 연과 행의 구성과 배치가 제일 우선되어야 한다. 줄글을 그냥 행과 연 길이를 구분한다고 해서 시적 구성이 이루어지는 것이 결코 아니라 산문적인 운문시(poem in verse)로서 시적인 운율을 갖춘 산문형식까지도 포괄직인 운문의 영역에 속하게 된다.

이상화는 문단 등단 이전에 이미 산문시로 시작 훈련이 시작된 것으로 보인다. 산문시인 「금강송가」, 「청량세계」, 「몽환병」 외에 「원시적 읍울」이나 「이해를 보내는 노래」는 산문시를 넘나들고 있다. 심지어 「나의 침실로」와 「빼앗긴 들에도 봄은 오는가」조차 행의 길이가 너무나 길기 때문에 산문시로 다룰 수도 있을 것 같지만 결코 그렇지 않다. 이상화의 습작기는 이처럼 산문시에서 출발했기 때문에 그의 시작 문법은 "맥 풀린 햇살에 반짝이는 나무는 선명하기 동양화일러라."와 같은 "관형절(어)+주어+서술절"이라는 패턴을 가지고 출발한다.

조동일(2015)은 이상화의 시 형식에서 찾아낸 운율에 대한 인식을 "김억, 김소월 등 동시대 다른 시인들은 널리 사용되던 네 토막 형식을 버리고 비주류가 된 세 토막 형식을 이으려고 했다. 보행 대신 무용을 택했다고 할 수 있다. 그런데 이상화는 이 작품에서 걸어간다는 동작과 합치되는 율격을 다시 사용하면서 전에 볼 수 없던 변형을 했다. 율격 토막을 이루는 글자 수가 처음에는 짧았다가 예사롭게 되고, 그 다음에는 길어지게 해서 더욱더 뻗어 나고자 하는 의지를 나타냈다. 그래도 탈출구를 찾지 못해 갑갑하기만 하다는 것을 개념화된 단어를 배격하고 한자는 한 자도 쓰지 않고 누구나 이해할 수 있는 쉬운 말로 절실하게 나타냈다."라고 하여 매우 실험적이었음을 일러주고 있다.

이상화는 그의 문단 등단 작품인 「말세의 희탄」이나 「단조」에서부터 시의 형식면을 엄청나게 고려했음을 알 수 있다. 그러나 「가을의 풍경」에서는 아직 산문시적 숨 가쁜 발걸음을 만나게 된다.

맥 풀린 햇살에 반짝이는 나무는 선명하기 동양화일러라.
흙은 아낙네를 감은 천아융 허리띠 같이도 따스워라.

무거워가는 나비 날개는 드물고도 쇄하여라.
아, 멀리서 부는 피리소린가! 하늘 바다에서 헤엄질하다.

병들어 힘 없이도 서 있는 잔디 풀―나뭇가지로
미풍의 한숨은 가는 목을 매고 껄떡이어라.
　　　　　　　―「가을의 풍경」('벙어리 노래'에서, 『백조』 2호, 1922년 5월)

「가을의 풍경」에서는 이상화의 독특한 시 문법이 나타난다. "[[[맥 풀린 햇살에 반짝이는] 나무는] 선명하기 동양화일러라.]"라고 하여 [주+술] 구조 가운데 주어절이 관형절로 길어진다. 따라서 "맥 풀린 햇살에 // 반짝이는 나무는 // 선명하기 동양화일러라."라는 전통적인 율격과 호흡이 중단되어야 할 문맥과 일치되지 않는다. 이처럼 세토막 내지는 네토막으로 한 행을 구성하게 된 까닭에 보행 대신 무용의 보폭을 선택한 결과가 된다.

이상화의 성곡작인 「나의 침실로」나 「빼앗긴 들에도 봄은 오는가」는 모두 「가을의 풍경」에서와 같이 한 행의 길이가 그의 독특한 시 문법으로 인해 무척 길어지게 된다. 그래서 연 구분을 없애면 마치 산문시로 오해할 수도 있을 정도이다. 그래서 이상화는 길어진 행의 운율을 살리기 위해 기막힌 연의 배치를 통해 작품의 운율의 미를 살려내고 있다. 조동일(2015)은 "들에 나가 땅을 밟으며 봄날 하루 걷는다고 하고, 농사지으며 사는 사람들의 감격을 누리고, 땅을 빼앗긴 울분을 토로했다. 중간 대목에서는 첫째 의미가 두드러지게 하고, 앞뒤를 둘째 의미로 감쌌다. 기쁨이 절정에 이른 가운데의 제6연은 중심축으로 삼아 제2·10연, 제3·9연, 제4·8연, 제5· 7연이 포개지도록 했다. 첫줄에서는 빼앗긴 들에도 자연의 봄은 온다고 하고, 마지막 줄에서는 땅을 빼앗겨 희망의 봄마저 빼앗기겠다고 해서 봄이 또한 두 가지 의미를 지니게 했다."라고 하여 시의 형식과 내용을 절묘하게 합치시키는 이상적인 경지에 이르렀다고 평가하고 있다.

「나의 침실로」에서는 전체 12연은 3연씩 한 묶음으로 만들어 '봄−어둠', '불−욕망', '피−생명', '물−부활'이라는 의미단락으로 엮은 다음 매연의 시작은 '마돈나'로 그리고 단락 연에서는 1~3연은 "나의 아씨여 너도 듣는 냐", 4~6연은 "나의 아씨여 너를 부른다", 7~8연에서는 "나의 아씨여 네가 오느냐?", 9~12연에 너는 "나의 아씨여 너를 부른다"로 꾸며 빈틈없는 형식 을 이끌어내었다. 「이별을 하느니……」에서도 마찬가지의 형식 실험을 하 고 있다.

달아!
하늘 가득히 서러운 안개 속에
꿈 모다기 같이 떠도는 달아
나는 혼자
고요한 오늘밤을 들창에 기대어
처음으로 안 잊히는 그이만 생각한다.

달아!
너의 얼굴이 그이와 같네
언제 보아도 웃던 그이와 같네

착해도 보이는 달아

만저 보고 저운 달아

잘도 자는 풀과 나무가 예사롭지 않네.

달아!

나도 나도

문틈으로 너를 보고

그이 가깝게 있는 듯이

야릇한 이 마음 안은 이대로

다른 꿈은 꾸지도 말고 단잠에 들고 싶다.

달아!

너는 나를 보네

밤마다 솟치는 그이 눈으로—

달아 달아

즐거운 이 가슴이 아프기 전에

잠 재워 다오—내가 내가 자야겠네.

—「달아」(「동여심초」에서, 『신여성』, 1926년 6월)

「달아」에서는 또 '달아!'라는 부호를 끼워 넣은 시어 하나를 하나의 행으로 배치하는 형식적인 변화를 시도하기도 한다. 「맞춤법통일안」이 발표되기 이전에 이미 이상화는 자신의 시형에 각종 문장 부호와 띄어쓰기 등의 기법을 이용하고 있는데 이것은 전통시 율격을 자기 나름대로의 방식으로 재조정하는 과정에 만들어낸 결과이다. 또한 그는 독자적인 운율의 형성을 위하여 독창적인 요소들을 사용하였다. 「단조」, 「나의 침실로」, 「이중의 사망」 등에서 그는 쉼표나 줄표 등의 문장부호, 짧은 문장이 여러 개 연결된 긴 행, 음절 늘여쓰기, 감각적 이미지 등을 통하여 다양한 운율적 요소들을 실험하고 있다. 이러한 것들은 주로 율독—낭송을 통해 그 효과를 발생시킬 수 있다. 또, 띄어쓰기가 체계화되지 않은 그 시기에 시인들은 어느 정도 자신의 의도에 따라 띄어쓰기를 결정할 수 있었으며, 상화는 이를 이용하여 답답해 보일 만큼 붙여 쓴 문장들을 통해 긴장되고 급박한 호흡을 전달하기 위한 전략으로 쓴 것임을 알 수가 있다.

눈이 오시면—
내 마음은 미치나니
내 마음은 달뜨나니
오, 눈 오시는 오늘 밤에
그리운 그이는 가시네
그리운 그이는 가시고
눈은 자꾸 오시네

눈이 오시면—
내 마음은 달뜨나니
내 마음은 미치나니
오 눈 오시는 이 밤에
그리운 그이는 가시네
그리운 그이는 가시고
눈은 오시네!

—「눈이 오시면」(고 이윤수 씨 소장 모필 필사본에서)

이상화가 소옥이라는 기생에게 쓴 시로 알려진 작품인데 제목이 없어 가칭 「무제」로 알려졌으나 상화의 다른 작품 가운데 「무제」라는 제목을 가진 작품이 있기 때문에 작품의 첫 행을 활용하여 「눈이 오시면」으로 제목을 새로 정했다. 이 작품은 2연으로 구성되어 있는데 각 연의 행이 마치 짜 맞춘 듯이 서로 대응되고 있다. 이것은 그의 문단 등단 작품인 「말세의 희탄」과도 서로 대조를 보인다. 연과 연의 조응(correspondance)을 건너뛰어 연과 연이 상호 마주보는 조응의 레토릭을 과감하게 구사하고 있다.

이처럼 이상화는 시를 가지런하고 아름답게 다듬으려고 노력했음을 말해 주고 있다. 1920년대 자유시에서 상화와 같은 활달한 시 형식의 변주를 보여준 시인이 과연 누가 있는가? 항상 상화를 압박해 온 일제 식민에 대한 현실 문제를 고뇌한 시인으로 현실의 억압과 맞서려다가 보면 자연 말이 거칠어지고 짜임새가 산만해지게 마련이지만 그러한 한계를 뛰어넘으려고 고민했던 흔적들이 곳곳에 남아 있다.

이상화 시에서 비유와 상징

1920년대 근대에서 현대로의 이행 기간 한국의 시문학이 어떻게 발전되었는가? 특히 자유시가 가진 시의 언어는 고도의 은유와 비유 그리고 상징으로 이행되는 단계를 보인다. 『창조』가 나온 것이 1919년 2월 동경에서였고 『폐허』가 나온 것은 1920년 서울에서였다. 그러나 2년 후 나온 『백조』는 그 부피나 장정 등에 있어 『창조』나 『폐허』를 크게 능가할 뿐 아니라 육당, 춘원의 2인 계몽주의 문학시대를 벗어나 서구문예사조인 탐미주의나 낭만주의의 꽃을 피웠다는 점에서도 그 문학사적 의의는 크다. 일종의 서술적 심상에서 은유적 심상으로 시어의 고도화로 발걸음을 옮기는 것을 뚜렷하게 보여준 시인이 바로 이상화이다. 탐미적인 예술의 행보는 철저한 고독과 외로움에서 사랑의 열매가 잉태될 수 있다. 1920년대 그의 시를 통해 그가 얼마나 철저한 탐미주의자였던가를 알 수가 있다. 단어와 문장 부호 하나하나 적절한 배치를 위해 얼마나 세심한 실험을 했는지 확인할 수 있다.

『백조』 시대에 발표한 시를 보면 시의 리듬과 연행의 짜임새를 매우 치밀하게 시험한 흔적을 볼 수 있다. 그리고 수사적인 비유법이나 시너더키(synecodoche)를 활용한 매우 민감한 시적 실험의 흔적들을 발견할 수가 있다. 그와 아울러 그의 문학은 처음부터 끝까지 식민 상황에 대한 저항과 탄식을 그리고 식민 청산의 희망을 노래했다. 또 「말세의 희탄」은 문단 데뷔 이전에 쓴 「그날이 그립다」라는 시와도 조응을 하고 있다. 전체 2연으로 구성하면서 1연의 1~2행과 2연의 1~2행은 서로 '동굴'과 '미풍'으로 이상향의 희원의 세계를 의미하는 의미적 연계망을 이루도록 해 두었다. "낮도 모르고 / 밤도 모르고"와 같은 일종의 병렬적 반복을 형용모순(Oxymoron)의 수사기법을 자신의 주요한 시 문법으로 활용하였다. 2인 계몽주의 문학의 바톤을 이어받아 『백조』 동인이었던 상화는 고급스러운 비유와 환유와 제유 그리고 형용모순 기법과 또 행과 연을 잇는 은유와 비유인 교량 은유(Bridge metaphor)의 화려한 수사 기법을 이용한 자유시로서의 완결된 형태를 이끌어낸 선두 주자였다.

상화의 등단 작품인 「말세의 희탄」에서 "저녁의 피 묻은 동굴 속으로"에서 '동굴'은 그냥 동굴이 아닌 '피 묻은' '동굴'이다. 이 '동굴'은 "저녁의 피 묻은 동굴 속으로", 「말세의 희탄」에서와 마찬가지로 일제강점기의 암울한 현실을 재생과 환원으로의 진환을 비유하는 제의 통로인 '재생'의 동굴인 것이다.

[1] 전경

    비 오는 밤

    가라앉은 하늘이

    꿈꾸듯 어두워라.

[2] 빗소리

　　나무잎마다에서

　　젖은 속살거림이

　　끊이지 않을 때일러라.

[3] 전경

　　마음의 막다른

　　낡은 띠집에선

　　뉜지 모르나 까닭도 없어라.

[4] 피리소리

　　눈물 흘리는 적(笛) 소리만

　　가없는 마음으로

　　고요히 밤을 지우다.

[5] 전경

　　저−편에 늘어 섰는

　　백양나무 숲의 살찐 그림자에는

　　잊어버린 기억이 떠돎과 같이

　　침울−몽롱한

　　「캔버스」 위에서 흐느끼다.

[6] 소리−고요

　　아! 야릇도 하여라.

　　야밤의 고요함은

내 가슴에도 깃들이다.

[7] 전경

벙어리 입술로
떠도는 침묵은
추억의 녹 낀 창을
죽일 숨 쉬며 엿보아라.

[8] 홑짐

아! 자취도 없이
나를 껴안는
이 밤의 홑짐이 서러워라.

[9] 전경

비 오는 밤
가라앉은 영혼이
죽은 듯 고요도 하여라.

[10] 작은 속살거림 소리

내 생각의
거미줄 끝마다에서도
적은 속살거림은
줄곧 쉬지 않아라.

—「단조」('비음' 가운데서, 『백조』 창간호, 1922년 1월)

역시 그의 등단 작품의 하나인 「단조」에서는 각 연을 고도의 은유와 수사를 형식과 대치 시켜두었다. "전경과 소리"라는 프레임으로 전경과에 대응되는 청각적 이미지로 구성된 연으로 만드는 고도의 기법을 구사하고 있다.

「나의 침실로」에서 보여주는 "수밀도 네 가슴에 이슬이 맺도록 달려오너라"와 같은 탁월한 비유적 수사는 당대의 어떤 시인도 감히 흉내낼 수 없는 뛰어난 시적 기교라고 할 수 있다. "앞산 그리매가 도깨비처럼 말도 없이 이곳 가까이 오도다"에서 산이 보여주는 산의 해 그림자의 실루엣이 내려깔리는 그 앞산이 보이는 "내 침실의 동굴"은 바로 부활의 동굴이며 '나의 아씨'와 '마돈나'와 같은 시인의 희망을 절규로 호소한 것이 아닐까? 여기에 어떤 잡스러운 생각이 끼어들 틈이 있을까? 김재홍(1996: 40)이 "단적으로 말해서 이 시가 성 충동의 개방 또는 성행위의 가상적 체험이라는 의미와 관련되어 있음을 알 수 있게 해 준다."라는 해석을 도데체 어떻게 이해해야 할까?

「나의 침실로」도 역시 「단조」와 같이 각 연별 이미지 배치를 미리 설계하여 쓴 작품이다. 1~3연에서 몸―어둠, 4~6연에서 불―욕망, 7~9연에서 피―생명, 10~12연에서 물―부활의 이미지를 배치하고 단락마다 "나의 아씨여, 너도 듣는가"라는 방식의 후렴구를 적절하게 미리 배치하여 설계한 작품인 것이다.

「독백」에서도 "벙어리의 붉은 울음 속에서라도 / 살고는 말리다"라고 하여 일제로부터의 영혼의 억압을 언어의 제약으로 환원한 "벙어리의 붉은 울음"이라고 타자로부터의 억압을 청각적으로는 소리로 시각적으로는 붉은 색으로 비유를 한 것이다. 그리고 이상화가 가고자 했던 정직한 참 생명의 문학적 이데아를 "내 집 가는 어렴풋한 직선의 위를 이제야 가려함이다."(「허무교도의 찬송가」)라고 표현하고 있다. 이상화의 초창기 작품 어디에서 세기말적인 데카당스나 유미적 퇴폐주의적 경향을 찾아낼 수 있는가?

「방문 거절」이라는 작품도 철저한 식민에 대한 상처를 "잠긴 문", "벙어리 입", "문 두드리는" 등 폐쇄된 일제 식민 공간을 상징하고 있음에도 불구하고 이를 퇴폐주의 시로 해석하는 것은 무리하다고 하지 않을 수 없다.

1925년에 발표한 「단장오편」에 연작으로 실은 「비음」, 「가장 비통한 기욕」, 「조소」, 「빈촌의 밤」 등에서는 조선 내부의 계급적 계층적 차이보다 더 현실적으로 급박한 일제 식민지배에 의한 기층민들의 가난과 고통을 노래한 것이다. 이 점에서 내부 계급투쟁이 아닌 자탄에 머물고 있다는 현실 인식의 한계는 없지 않지만 고도의 수사적 표현이 보석처럼 곳곳에 박혀 있다. "자갈을 밥으로 햇채를 마셔도"(「가장 비통한 기욕」), "어둔 밤 말없는 돌을 안고서 / 피울음을 울었더라면"(「가장 비통한 기욕」), "햇빛을 꺼리는 늙은 눈알"(「빈촌의 밤」)에서의 시어의 수사는 눈에 띄는 대목이다. 「조소」에서 봇짐장수의 숨결이 "나를 보고, 나를 / 비웃으며 지난다"라는 시인 스스로의 무력함을 읽어내고 있다. 단순한 좌절이 아니라 그 좌절의 한계를 극복하려는 의지를 읽을 수가 있다.

상화의 「이별을 하느니……」라는 작품을 「나의 침실로」와 함께 유보화와 얽어매어 사랑에 굶주린 실연한 모습으로 연출하고 있지만 기승전결 4단락으로 나눌 수 있는, 12연으로 구성된 고난도의 수사를 활용한 시적 언어를 실험한 작품으로 평가할 수 있다. 상화는 사랑을 은폐하거나 숨기는 대상이 아니라 정직하게 그대로 고백하고 호소하는 자신의 정직한 삶의 일부였기 때문에 윤리나 도덕의 문제로 해석될 수 없음을 알아야 할 것이다. "애인아, 말 해다오 벙어리 입이 말하는 침묵의 말을 내 눈에 일러 다오."(「이별을 하느니……」)에서 '벙어리'는 나라의 말을 잃은 조선의 사람과 지극히 사랑하는 여인 앞에 입을 떼지 못하는 벙어리 같은 순수한 모습이 겹쳐지지 않는가?

「폭풍우를 기다리는 마음」은 이상화가 조선의 역사와 전통이라는 토대 위에서 농민들의 가혹한 노동과 숙명적인 가난과 굴종을 외적인 계급 혹은 지주와 피지주라는 무산계층의 피해자라는 관점에서 본 것이 아니라 "호미와 가래에게 등살을 벗기우고 / 감자와 기장에게 속 기름을 빼앗긴" 것으로 곧 농민 스스로의 자족과 굴종의 결과로 읽고 있었다. 『카프』의 다른 맹원들과 이러한 시각의 차이로 인해 결국 김기진이나 박영희와는 결별할 수밖에 없었으나 그 이후 임화라는 뛰어난 프로문학가의 눈에 이상화는 외경의 눈을 가지고 다가서는 존재였다. 상화는 주변 비평가들의 시선에 어떤 항변도 하지 않았지만 『카프』 동인이나 가까운 친구 백기만마저도 곱잖은 시선이었다는 것을 몰랐을 리가 없었다. 자신에 대한 변명에 가까운 문학의 한계를 「선구자의 노래」에서 잘 보여주고 있다. 식민 일제 하에서의 굴종의 삶에 대한 내면적인 갈등을 "내가 알음이 적은가 모름이 많은가,/내가 너무 어리석은가 슬기로운가."(「선구자의 노래」)에서 잘 보여주고 있다.

「가상」이라는 제하의 「구루마꾼」, 「엿장수」, 「거지」에서 핵심적 의미를 환기시키는 알레고리의 방식으로 시도하고 있다. 매우 다양한 이미지 배치의 전략이라고 아니할 수 없다. 구루마꾼의 외침이 "네거리 위에서 소 흉내를 낸다"로 엿장수의 단맛이 "주는 것이란 어찌 단맛뿐이랴", 거지에서 "벼락맞을 저들을 가엽게 여겨"라는 알레고리로 독자들에게 해석할 수 있도록 던져 주고 있다.

> 어제나 오늘 보이는 사람마다 숨결이 막힌다.
> 오래간만에 만나는 반가움도 없이
> 참외 꽃 같은 얼굴에 선웃음의 집을 짓더라.
> 눈보라 몰아치는 겨울 맛도 없이
> 고사리 같은 주먹에 진땀물이 굽이치더라.
> 저 하늘에다 봉창이나 뚫으랴 숨결이 막힌다.
>
> ―「조선병」(「시삼편」(1925년 작)에서, 『개벽』 65호, 1926년 1월)

「조선병」에서 하늘에 봉창문을 열고 싶다고 외칠 만큼 갑갑하고 답답한 식민 조선의 현실을 노래하고 있다. "참외꽃 같은 얼굴"에서 조선 사람의 외양을 적확한 직유로 표현하면서 "고사리같은 주먹에 진땀물이 굽이치더라"는 신의 혜안을 볼 수 있다. 고사리 같은 작은 주먹, 욕망 없는 어린 아이 손에 긴장한 진땀물이 굽이치는 것을 볼 수 있는 것은 시인만이 가능한 일이 아니겠는가? 「겨울마음」에서는 "물장수가 귓속으로 들어와 내 눈을 열었다."라는 고도의 수사를 「초혼」에서는 "서울아 반역이 낳은 도회야"라고 하여 일제로부터 역사와 전통을 잃어버린 죽음과 단절을 일깨워 부르는 '초혼제'를 지내고 있다. 이렇게 화려한 레토릭을 1920년대 어떤 다른 시인에게서 찾아볼 수 있는가?

　　오늘이 다 되도록 일본의 서울을 헤매어도
　　나의 꿈은 문둥이 살기같은 조선의 땅을 밟고 돈다.

　　예쁜 인형들이 노는 이 도회의 호사로운 거리에서
　　나는 안 잊히는 조선의 하늘이 그리워 애달픈 마음에 노래만 부르노라.

　　「동경」의 밤이 밝기는 낮이다―그러나 내게 무엇이랴!
　　나의 기억은 자연이 준 등불 해금강의 달을 새로이 솟친다.

　　색채와 음향이 생활의 화려로운 아롱사를 짜는―
　　예쁜 일본의 서울에서도 나는 암멸을 서럽게―달게 꿈 꾸노라.

　　아, 진흙과 짚풀로 얽맨 움 밑에서 부처 같이 벙어리로 사는 신령아
　　우리의 앞엔 가느나마 한 가닥 길이 뵈느냐―없느냐―어둠뿐이냐?

거룩한 단순의 상징체인 흰옷 그 너머 사는 맑은 네 맘에
숯불에 손 데인 어린 아기의 쓰라림이 숨은 줄을 뉘라서 알랴!

벽옥의 하늘은 오직 네게서만 볼 은총 받았던 조선의 하늘아
눈물도 땅속에 묻고 한숨의 구름만이 흐르는 네 얼굴이 보고 싶다.

아, 예쁘게 잘 사는 「동경」의 밝은 웃음 속을 온 데로 헤매나
내 눈은 어둠 속에서 별과 함께 우는 흐린 호롱불을 넋 없이 볼 뿐이다.
　　　　　　　　—「도–쿄에서」(1922년 가을; 『문예운동』 창간호, 1926년 1월)

「도–쿄에서]는 이상화가 일본에 도착한 1922년 가을에 쓴 시이다. 생경한 동경의 화려한 문명을 바라보며 식민 조선의 암울한 어둠에 대비하여 기름끼가 다 빠져 버린 조선의 땅을 "문둥이 살기같은"이라고 하고 "색채의 음향"이 "화려한 아롱사"로 청각을 시각으로 다시 시각으로 전환하는 기묘한 수사를 이용하고 있다. 「반딧불이」라는 시에서도 "장미꽃 향내와 함께 듣기만 하여라/아낙네의 예쁨과 함께 맞기만 하여라"라고 하여 취각을 시각으로 다시 청각으로 전환하는 이미지 배열을 하고 있다.

그렇게 화려한 동경에 대비한 조선은 "아 진흙과 짚풀로 얽맨 움 밑"으로 표현하면서 조선을 그리고 자신의 현재 위치를 자각한 결과가 "거룩한 단순의 상징체인 흰옷"으로 그 희망의 길을 "눈물도 땅속에 묻고 한숨의 구름만 흐르는 네 얼굴"은 미래의 조선이다. 「시인에게」에서 자신은 "한편의 시 그것으로/새로운 세계 하나를 낳아야 할"그러한 존재임을 그러면서 「통곡」에서 "두 발을 못 뻗는 이 땅이 애달파" "달도 뜨지 마라"고 호소한다.

1926년 6월 『개벽』 70호에 그의 불멸의 작품 「빼앗긴 들에도 봄은 오는가」는 이렇게 탄생된다. "지금은 남의 땅 – 빼앗긴 들에도 봄은 오는가"(「빼앗긴

들에도 봄은 오는가」), "고맙게 잘 자란 보리밭아 / 간밤 자정이 넘어 내리던 고운 비로 / 너는 삼단 같은 머리를 감았구나"(「빼앗긴 들에도 봄은 오는가」) 곳곳에 지뢰처럼 숨겨놓은 은유와 상징의 시어들이 꼭 알맞은 제자리에 자리를 잡고 있다.

「파란 비」에서 상화의 시각이 더욱 확대된다. 주로 1인칭 주체의 시각에서 쓰던 시편들이 나를 3인칭의 타자적 시각으로 되돌려놓으면서 동시에 여성의 입장에서 "이슬비가 속눈썹에 듣는고나"와 같이 「달아」에서는 타자적 주체의 자리에 '달'을 배치한다. 그리고 「달밤, 도회」에서는 "거리 뒷간 유리창에도/달은 내려와 꿈꾸고 있네"라며 서정적 공간을 확보하기도 한다. 그러나 이상화에게 보이는 서경은 "저 하늘을 둠이야 말로 속 터진다"(「지국 흑점의 노래」), "땅 위를 보아라 젊은 조선이 떠돌아다닌다"(「병적인 계절」), "남의 일 해주고 겨우 사는 이 목숨"(「비를 다오」), "춤추어라, 오늘만의 젖가슴에서/사람아, 앞뒤로 헤매지 말고"(「마음의 꽃」)에서와 같이 식민 조선의 헐벗은 이들에서 잠시도 벗어나지 못한다. 결국 "웃음도 소망도 빼앗긴 우리로야" "가을밤 별같이 어여쁜 이 있거든 / 착하고 귀여운 술이나 부어다고 / 숨가쁜 이 한밤은 잠자도 말고서 / 달 지고 해 돋도록 취해나 볼 테다."(「대구행진곡」)에서처럼 술에 취해 나둥그러질 수밖에 없다.

일몰의 전경을 보며 젊은 열정도 곪은 굼벵이집으로 비유한 텅빈 허무와 젊은 날의 허무한 기억을 소재로 한 「서러운 해조」에서 "하얗던 해는 / 피뭉텅이가 되다"라고 하여 이상화의 시 문법이 만들어진다. 관형어절이 수식하는 주어와 서술절로 구성되는 그의 시어 문법이 이상화 시에서 주조를 이룬다. 그래서 그의 시에서는 산문시의 분위기 속에 자유시라는 독특한 개성을 보여준다.

이상화의 작품 가운데 「그날이 그립다」라는 작품은 1920년 작으로 되어 있으며 백기만의 『상화와 고월』에만 실려 있다. 문제는 이 작품에서 나타나는 "성여의 피수포", "부끄럽던 아가씨의 목—젖가슴 빛 같은 그때의 생명!"과 같은 「나의 침실로」와 매우 유사한 이미지를 전개하고 있음을 알 수가 있다. 아마도 백기만이 「나의 침실로」가 1923년 『백조』 3호에 실렸지만 그보다 더 이른 시기에 지어진 것으로 추정한 근거가 아닐까? 여기서 지금까지 「나의 침실로」를 유보화라는 여인을 연계시켜 탐미적이고 관능적인 작품으로 평가하는 것이 얼마나 위험한 것인지를 암시해 주지 않을까 판단한다.

이상화의 시 문법과 수사

이상화가 1922년 5월 『백조』 2호에 발표한 「가을의 풍경」이라는 시는 한 행의 길이가 무척 길어서 산문시로 착각할 정도이다. 이러한 기법은 「나의 침실로」를 비롯한 여러 작품에 그대로 반복된다. 행갈이만 없으면 마치 산문시라고도 할 수 있을 만큼 시행이 긴 산문적 운문(poem in verse)의 모습이다. 그래서 이상화를 우리나라에서 자유시를 최초로 본 궤도에 올려 놓은 시인으로 손꼽을 수가 있다.

> 맥 풀린 햇살에 반짝이는 // 나무는 선명하기 동양화일러라.
> 흙은 아낙네를 감은 // 천아융 허리띠 같이도 따스워라.
>
> 무거워가는 나비 날개는 // 드물고도 쇄하여라.
> 아, 멀리서 부는 // 피리소린가! 하늘 바다에서 헤엄질하다.
>
> 병들어 힘 없이도 서 있는 // 잔디 풀—나뭇가지로
> 미풍의 한숨은 가는 // 목을 매고 껄떡이어라.
>
> —「가을의 풍경」

상화의 시문법의 첫 번째 유형은 "맥 풀린 햇살에 반짝이는 나무는 / 선명하기 동양화일러라."는 주절과 서술절로 구성되어 있으며 주절은 다시 하나의 관형절이나 접속절이나 조건절 구성되어 있어서 행 길이가 자연스럽게 길어질 수밖에 없다. 이것을 도식화하면 아래의 도식과 같다.

주절S	-은/는 -으로 -면	서술절V
S+V		

이러한 이상화의 시 문법은 매우 독특하며 개인적으로 채득한 시 문법이다. 이것은 아마도 상화가 문단에 등단하기 이전 산문시 습작 기간이 오래되었던 것에서 기인하는 것이 아닐까 판단된다. 산문적 형식에서 차츰 운율을 의식함으로써 당대의 다른 시인들과 달리 다양한 문장부호와 띄어쓰기 그리고 스스로 고안한 부호를 이용하여 시의 형식적 호흡단락을 깨우쳤던 것이다. 산문인 줄글을 행갈이 한다고 시가 되는 것이 아니라 시의 행간 속에 운율이 살아 있어야 한다는 이유를 깨달았던 것이다.

두 번째 이상화 시문법의 유형은 「나의 침실로」로 이어진다. 이상화는 시의 의미적 단락구조를 화법구조에 대응시키면서 산문시를 변용한 것이다. 이 두 번째는 주술 구조가 반복된다. 이를 도식하면 아래와 같다.

선행문	후행문
S+V	S+V

「마돈나」 지금은 // 밤도 모든 목거지에 다니노라 피곤하여 돌아가려는도다.
아, 너도 먼동이 트기 전으로 // 수밀도의 네 가슴에 이슬이 맺도록 달려오

너라.

　「마돈나」 오려무나. /// 네 집에서 눈으로 유전하던 // 진주는 다 두고 몸만
오너라.
　빨리 가자. /// 우리는 밝음이 오면 // 어딘지도 모르게 숨는 두 별이어라.

　「마돈나」 구석지고도 어둔 // 마음의 거리에서 나는 두려워 떨며 기다리노라.
　아, 어느덧 첫닭이 울고 - 뭇개가 짖도다. /// 나의 아씨여 너도 듣느냐.

　「나의 침실로」에서는 첫 번째 유형(//)과 두 번째 유형(///)을 번갈아가면
서 사용하고 있다. 따라서 산문적이면서도 운문적인 자유시형이 만들어진다.
　이상화의 시적 수사법은 서술적 심상이나 비유적 심상의 방식을 두루
사용하는데 특히 그의 초기 작품들은 행이 길이가 비교적 길기 때문에 직유
법을 주로 사용하고 있다. 다만 직유의 방식도 이미지의 연결방식이 매우
참신하기 때문에 당시의 다른 시인들보다 훨씬 격조가 높다고 할 수 있으며
비유적 심상으로는 주로 제유법을 매우 효과적으로 사용하고 있다.
　서술적 심상의 경우 "나는 술 취한 집을 세우련다"(「말세의 희탄」)에서
"술 취한 집"과 같이 일제의 암울한 현실의 존재를 비탄의 형식으로 나타내
기 위해 비틀거리는 술 취한 집을 세운다는 말이다. 이처럼 서술적 심상을
사용하는 방식은 산문시의 훈련과정을 거친 이상화 자신의 독특한 시 문법
과 연결된다. "무거워가는 나비 날개는 // 드물고도 쇄하여라"(「가을의 풍경」)
에서처럼 주어 자리가 관형절로 주로 구성된다. 따라서 행의 길이가 전반적
으로 길어진다.
　「나의 침실로」는 전체 12연인데 한 연이 2행으로 구성되어 있으며 한
행의 길이가 매루 길다. "네 집에서 눈으로 유전하던 // 진주는 다 두고 몸만

오너라"(「나의 침실로」) 주어인 '진주'도 고도로 세련된 은유법을 사용하고 있는데 그 주어를 수식하는 관형절이 서술적 심상으로 복잡한 비유이다. 겹쳐지고 겹쳐진 비유이기 때문에 무척 당황스럽다. 네 집에서 귀하게 여겨 눈으로만 바라보던 진주, 곧 귀중한 보물은 다두고 몸만 오너라고 했다. 여기서 "몸만 오너라"를 직설로 해석하면 발가벗고 오라는 말인데 과연 그럴까? 여기서 '진주'가 '몸'보다 덜 귀중한 보석이란 뜻이 아닐까?

역시 「나의 침실로」에서는 행과 행 사이에 이미지가 서술적으로 연결되도록 해 두었다. "아, 어느듯 첫닭이 울고"와 "낡은 달은 빠지려는데"에서 시간의 흐름을 청각적 인상으로 또 하나는 시각적 인상으로 비유하고 있다. 여기서 '달'을 수식하는 '낡은'은 촌철살인의 수사이다. 새벽 동이 틀 무렵 달이 희미해져 너덜너덜해진 모습의 달을 "낡은 달"로 비유를 한 것이다. 아주 근사한 은유가 아닐 수 없다. 그러한 시간의 흐름에 대해 초조한 심경을 "짧은 심지를 더우 잡고"라고 하여 심지가 닳지 않도록 덧붙잡는다는 서술적 심상 속에 울어나는 시간의 초조함을 절묘하게 나타내고 있다. 여기서 끝나지 않는다. 시간의 흐름은 나 자신의 힘에 의해 조절되는 것이 아니다. "앞산 그리마가 도깨비처럼 발도 없이 이곳 가까 오도다"라고 하여 슬그머니 시간의 흐름에 따라 다가서는 앞산 그림자를 활유법으로 발도 없이 이곳 가까이 다가선 모습을 표현하고 있다. "내 몸에 파란 피― 가슴의 샘이 말라 버린 듯"에서는 멋진 은유법을 사용하여 시간 흐름의 빠름에 놀라 붉은 피가 파란 피로 바뀌고 가슴의 샘도 메말라 버렸다. "별들의 웃음도 흐려지려하고, 어둔 밤 물결도 잦아지려는도다"에서 역시 시간의 흐름을 "별들의 웃음도 흐려지려" 한다고 하였다. 반짝거리는 별의 시각적인 이미지를 청각적인 이미지인 '웃음'으로 돌려 두었다. 그래서 흐려지는 시간 흐름의 촉박함과 긴장감을 서술적 비유적 심상을 서로 중첩하면서 시적 긴장감과 호흡 빠르기를 조절해 내고 있다.

「독백」에서는 "사람 영혼의 목숨까지 끊으려는 / 비웃음 살이"라고 하여 영혼을 지배하는 주체를 외세 곧 일제 침략으로 비유하면서 "벙어리 붉은 울음 속에서라도 // 살고는 말련다"라고 하여 '벙어리'는 말을 하지 못하는 그의 울음을 붉은 울음이라고 했다. 일제 침략에 의한 언어에 대한 제약과 통제를 주체가 타자로부터 받아야 하는 압력과 제약이 곧 일제 식민의 현실임을 나타내고 있다. 이와 비슷한 예로 「방문 거절」에서는 "아, 내 맘의 잠근 문"과 "아, 벙어리 입", "아, 아직도 문을 두드리는"이라는 동일한 식민 상황의 "경색된 마음", "폐쇄된 언어", "닫힌 마음의 문"이라는 대등한 상징적 이미지를 서술적 심상으로 배치시키고 있다.

그런가 하면 두 이미지를 서로 조응시키는 방식으로 "자갈을 밥으로 햇채를 마셔도"(「가장 비통한 기욕」)에서는 먹지 못하는 자갈로 지은 밥과 하수구 물로 마시는 전혀 불가한 기가 막히는 일제 치하의 아픔을 호소한다. 「조소」에서는 행간을 뛰어넘어 이미지를 충돌 시킨다.

두터운 이불을

포개 덮어도

아직 추운

이 겨울밤에

언 길을 밟고 가는

장돌림, 봇짐장수

재 너머 마을

저자 보려

중얼거리며,

헐떡이는 숨결이

아—

나를 보고, 나를

비웃으며 지난다.

—「조소」

"언 길을 밟고 가는 / 장돌림, 봇짐장수"의 헐떡이는 숨결이 "나를 보고, 나를 / 비웃으며 지난다."라고 하여 시인의 무력함을 장돌림 봇짐장수의 조롱 대상으로 전락시킨다. 이러한 환기방식은 「구루만꾼」이나 「엿장수」에서도 활용하고 있다. 도시에 구루만꾼의 모습을 "네거리 위에서 소 흉내를 낸다"라고 심상을 환기시키는 것처럼 「엿장수」에서는 엿장수가 단맛만을 주는 게 아니라 도시 한 복판에서 가위를 찰각거리며 목탁을 치는 즐거움을 선사하고 있다. 곧 이것을 "주는 것이 어찌 엿뿐이랴"라고 분위기를 일시에 전복시킨다.

고사리 같은 주먹에 진땀물이 굽이치더라.

저 하늘에다 봉창이나 뚫으랴 숨결이 막힌다.

—「조선병」

「조선병」에서는 단절된 조선 역사의 폐쇄된 갑갑함을 참고 견디는 모습을 "고사리 같은 주먹에 진땀물이 굽이치더라."라고 하였다. 촌철살인의 수사이다. 얼마나 긴상하고 견디기 힘든 현실이었을까? 고사리 같은 주먹에 진땀물이 굽이친다고 하였다. 그 갑갑하고 폐쇄된 식민 상황을 벗어나기 위해서 "하늘에다 봉창이나 뚫으랴"라고 외친다.

호미와 가래에게 등심살을 벗기우고

감자와 기장에게 속기름을 빼앗기인

산촌의 뼈만 남은 땅바닥 위에서

아직도 사람은 수확을 바라고 있다.

　　　　　　　　　　　　　　　　　　　—「폭풍우를 기다리는 마음」

　조선의 가난한 농민들의 핍팍한 삶을 "감자와 기장에게 속기름을 빼앗긴"이라고 하여 숙명적이고 운명적인 노동에 시달리는 현실을 서술적인 심상으로 처리하고 연이어 "산촌에 뼈만 남은 땅바닥 위"라는 척박한 산촌의 현실을 뼈만 남은 땅바닥이라고 하였다.

　　물장수가 귓속으로 들어와 내 눈을 열었다.

　　보아라!

　　까치가 뼈만 남은 나뭇가지에서 울음을 운다.

　　왜 이래?

　　서리가 덩달아 추녀 끝으로 눈물을 흘리는가.

　　내야 반가웁기만 하다 오늘은 따습겠구나.

　　　　　　　　　　　　　　　　　　　—「겨울마음」

　「겨울마음」에서는 청각 이미지를 시각 이미지로 다시 시각이미지를 청각 이미지로 순환하는 고도의 수사방식을 사용하고 있다. "물장수 소리가 귓속으로 들어와 내 눈을 열었다"라고 하다가 이를 완전 전환하여 "가치가 뼈만 남은 나뭇가지에서 울음을 운다."라고 하였다.

　이상화는 시에서 시간과 공간의 변화뿐만 아니라 이처럼 감각적 이미지를 활용한 예가 여기저기에서 보인다. 「도쿄에서」에서도 "색채의 음향", "화려로운 아룽사"와 같이 시각과 청각을 충돌시키는 레디컬 이미지 기법을 사용하고 있다. 「빼앗긴 들에도 봄은 오는가」에서도 "나는 온몸에 풋내를 띠고 / 푸른 웃음 푸른 설움이 어우러진 사이로"처럼 '풋내'와 '푸른 웃음', '푸른 설움'이라고 하여 색채와 청각의 이미지를 충돌시키고 있다.

> 아, 철없이 뒤따라 잡으려 마라.
> 장미꽃 향내와 함께 듣기만 하여라.
> 아낙네의 예쁨과 함께 맞기만 하여라.
>
> ―「반딧불이」

시각적 이미지인 '장미꽃'을 취각으로 이것을 다시 청각으로 전환하여 '듣기만 하라'라고 하였다. '아낙네의 예쁨'은 시각적 이미지인데 '맞기만 하라'는 후각의 이미지로 전화하고 있다. 대상 가운에 어느 한 특정 부분을 들어 전체를 나타내는 환유법을 곧잘 활용하기도 한다. 「빼앗긴 들에도 봄은 오는가」에서 '들'은 국토의 일부로서 '국토' 곧 '조선'을 나타내는 것과 같은 비유법도 탁월하게 사용하고 있다. 이상화의 시문학의 문학사적 성과는 시 형식뿐만 아니라 시의 비유법이 당대 어느 누구보다도 더 탁월했다.

1920년대 이상화와 같은 시인이 우리 문학사에 행간을 차지하고 있다는 것이 우리들에게 무한한 기쁨과 행복을 전해 준다. 1920년대 자유시가 시험하고 펼치는 언어와 수사의 멋진 춤사위뿐만 아니라 그러한 시를 창작해낸 고결한 시 정신, 고난의 식민이라는 가파른 역사의 능선에서 결코 좌절하지 않고 순결한 양심을 지켜낸 시인이 늘 우리 곁에 함께 하고 있다는 것이 얼마나 고마운 일인가?

04

상화시에 나타나는 토속어

문학 작품에 나타나는 방언연구

국어학 연구는 국어학의 개별 영역별 이론적 체계화와 정밀화에 상당한 성과를 이룩하였다. 그 동안 국어학의 개별적 이론적 정밀화와 체계화라는 선결과제에 힘을 쏟다가보니 자연히 인접 학문인 문학 작품에 나타난 언어 분석과 같은 연구 분야 간의 통합화 과정에 다소 소홀함이 있었다. 최근 학제간(inter-disciplinary) 연구의 중요성이 어느 때보다 강조되고 있는 상황이다. 국어학의 영역과 국문학 영역 간의 연계적인 연구 결과물, 곧 문학 작품에 나타난 방언에 대한 분석을 시도한 주제의 논문들이 최근 많이 발표되고 있다. 그 동안 문학과 어학의 연구 관점을 접목시키려는 몇몇 국어학자들의 노력들이 일어나고 있어 다행스럽다.

방언은 민중들의 언어이다. 민중들의 언어는 삶속에 살아있는 생동하는 언어라는 점에서 민중성과 지방성을 그리고 현장성을 지니고 있어 문학 작품에 심미적 충격을 주는 데 이용되기도 한다. 다시 말하면 "향토적 특성, 심미성, 민족의식 등 정서적 층위를 들어내는 효과와 함께 형식적 측면에서 시어, 율격, 음운 등의 표현적 효과를 노리는 데 이용되기도 한다"(김영철, 2002). 문학 작품 특히 시나 소설 작품에서 향토색이 짙은 분위기를 연출하거나 향토적인 인물의 개성적 성격을 묘사하기 위해서 지역방언(regional dialect)을 많이 활용해 왔다. 외국의 경우 문학 작품에 나타난 방언을 "가시방언(Eye Dialect)" 또는 "문학방언(Literary Dialect)"이라고 하여 소설, 시, 희곡 등의 문학 작품 속에 나타나는 방언에 대한 텍스트분석을 시도하는 예는 Sumner Ives(1971), Paul Hull Browdre 등이 있다. 우리나라에서는 본격적으로 문학 작품에서 사용되는 방언이 등장인물의 성격이나 지역적 배경과 어떤 상관 관계가 있는지에 대한 본격적인 연구나 원전에 대한 언어학적 비평 분야는 미개척의 상황이라고 할 수 있어 앞으로 이 방면의 연구자들의 활발한 연구가 기대되기도 한다. 최근 김완진(1998, 2000)의 일련의 성과는 언어연구와 문학연구의 틈새를 좁혀주는 선언적인 의미가 있다고 할 수 있다. 이어서 문학과 어학의 연구 관점을 접목시키려는 노력들이 있어서 다행스럽다. 곧 김소월의 시에 나타난 평안방언에 대한 이기문(1998)의 「소월시의 언어에 대하여」, 김영배(1987)의 「백석 시의 방언에 대하여」, 김용직(1996)의 「방언과 한국문학: 문학작품에 나타난 방언 문제」, 이상규(1998)의 「멋대로 고쳐진 이상화의 시」, 곽충구(1999)의 「이용악 시의 시어에 나타난 방언과 문법의식」, 최전승(1999)의 「시어와 방언: '기룹다'와 '하냥'의 방언 형태론과 의미론」, 권인한(1999)의 「만해시의 언어에 대한 보유」, 『문학과 언어의 만남』, 그 외에도 김흥수(2000)의 「소설의 방언에 대하여」, 이태영(2000)의 「채만식 소설 『천하태평춘』에 나타난 방언의 특징」, 강정희(2001)의 「소설 속에 만난 낯선 제주방언」, 전정구(2001)의 「토속어의 활용과 관용적 표현」 등의 논문이 있다. 그리고 최근에 이기문·이상규(공편)(2001), 「문학과 방언」이라는 단권으로 이들 주요 논문을 함께 엮어 출판되기도 하였다.

우리나라에서 초창기 문학방언에 대한 관심은 주로 개몽주의적 시각에서 벗어나지 못했다. 이태준의『문장강화』에서는 시인이나 작가는 "언문통일"을 위해 방언을 사용하는 역기능을 줄여나가야 한다는 개몽주의적 입장을 견지했다. 1950년대 이후 대학에서 국어학과 국문학연구는 세분화되는 과정을 겪으며, 문학 작품에 나타나는 방언에 대한 연구는 사소한 것으로 인식할 뿐이었다. 그러나 문학연구를 위해 국어학적 시각이 절실하게 필요하다는 인식은 김완진(1975)에 와서 본격화되었다. 그 이후 김용직(1996)은 방언에 대한 인식을 단순히 지역적 방언이라는 측면에서가 아니라 사회계층적인 측면에서 문학에 반영되는 방언에 대한 인식을 새롭게 하였다. 곧 지배 계층어는 주로 문어적 특징을 갖는 반면에 기층민들의 문학에는 계층방언이 사용되고 있음을 지적하였다.

개화기 이전 시기를 "공용어형과 방언의 병행기 내지는 공존기"로 개화기를 "구어체 중심의 공용어형과 방언의 병행 형태가 극복된 시기"로 시대구분을 할 수 있다. 그러나 개화기 역시 지방문학에서는 계층방언 내지는 지역방언의 사용 한계를 극복하지 못했기 때문에 "개화기에 접어들면서 우리 문학은 방언형과 표준어형의 대립, 병행 상태를 극복하게 되었다."라는 김용직(1996) 교수의 단언은 성급한 추론이라 아니할 수 없다.

일제 침략기에 들면서 현대문학 양식은 여전히 문학 작품에서 사용하는 문어가 표준화되지 않은 상태였으나 역시 지난 시대의 낡은 어투(accent)를 버리고 근대적 감각을 지닌 말을 선호하려는 의지는 매우 뚜렷했다. 1920~30년대 소설로는 김동인의『감자』,『배따라기』이나 홍명희의『임거정』이나 박태원의『천변풍경』그리고 시로는 이상화, 이육사, 김소월, 김영랑, 한용운, 백석, 이용악 등에서 방언이 반영된 문학 작품이 쏟아져 나왔다. 작품의 향토색을 가장 잘 부각시킬 수 있는 기법은 방언을 이용하는 것이라고 주장하지만 실재로 1930년대 이전에는 표준어라는 뚜렷한 잣대가 없었다는 점에서 "공통어와 방언의 병행하여 사용했다는 시기"였다는 규정을 하기 힘든다.

특히 1930년대 이전 시기의 작가가 쓴 작품의 원전을 현대어로 옮기는 과정에 방언의 의미해석을 잘못하여 원전의 해석을 그르치게 하는 수가 매우 많았다. 따라서 1933년 「한글맞춤법 통일안」이 제정되기 이전 시기인 1920~30년대 작가나 시인들의 작품에서 나타나는 방언을 일괄해서 문학적 효용성을 높이기 위한 목적으로 사용되었다고 보기는 힘든다. 개인적 습관에 의해 문학 작품에 방언형이 나타난 것으로 보는 것이 옳을 것이다. 그러다가 1930년대 이후 미당이나 목월을 중심으로 방언을 고도로 계획된 목적으로 문학 작품에 활용하는 전통이 생겨난 것이다. 이러한 전통이 1970년대 참여문학 내지는 노동문학이 활발하게 전개되면서 다시 창작 활동에서 방언의 사용이 정당화되는 전향적 분위기가 확산되었다. 특히 시와 희곡 분야에서보다 소설 분야에서 작중인물의 성격을 표출하는 기법으로 방언 구어가 대량으로 쏟아져 나오게 되었다.

문학 언어로서 방언

상화의 시에는 대구방언이 많이 나타난다. 이를 두고 이동순(2015: 69)은 구어체 형식의 "농민 화법"의 구사를 위한 효과를 거두기 위한 것이라고 말하기도 한다. 실은 그가 문필활동을 하던 시기는 맞춤법통일안이 마련되기 이전이다. 1933년 표준어와 맞춤법의 기획이 확정되기 이전 단계에서 문필 활동을 함으로써 상화가 쓴 방언은 방언이 아닌 자연스러운 자신의 문학 언어였다.

모든 방언은 토착지역의 고도의 토착지식과 정서적 자산은 물론이고 다양한 표현력과 아름다움을 지니고 있다. 흔히들 세계의 언어와 방언이 그토록 많은 것은 경제적으로 낭비라는데 사실 세계의 다양한 언어와 방언의 원활한 소통을 위해서 엄청난 노력과 비용이 들어가는 것이 사실이지만 그 방언의 다종성이 가져다주는 다양한 지적 축적 가능성이나 문화 창조의 위력적인 힘에 비하면 그것은 아무것도 아니라는 말이다. 특히 시와 소설을 창작하는데 방언은 놀라우리만치 위력적인 힘을 가지고 있다. 오탁번의 『헛똑똑이의 시 읽기』(고려대학교 출판부, 2008: 228)에서 "사실 시라는 장르에서 '표준어'라는 개념은 무의미할 뿐만 아니라 좀 야만적이기까지 한 것이다. 지방 사람들이 쌓아온 고유한 사상, 토착정서, 토착 지적, 그들의 경험이나 혹은 그들의 사랑과 슬픔을 어떻게 문법적으로 표준어에 맞추어 정확하게 전달할 수 있겠는가. 표준어라는 것은 사회적 규범으로서 필요한 것이지 오밀조밀하고 변화무쌍한 정서를 토로하고 시의 도구로 하는데 아무래도 최적이라고 우길 수는 없기 때문이다"라고 방언의 효용성을 강변하고 있다.

우리말과 글의 마지막 지킴이가 시인과 작가라고 생각한다. 문학 언어의 표준적 획일화가 몰고 올 위기에 대해 전성태(2004)는 "모국어라는 큰 숲이 서울말 일색으로 바뀐다면 그건 소나무만 무성한 숲이거나 아까시아만 무성한 숲이 되기 쉽다. 그것을 두고 풍성하고 안정된 숲이라고 말하기는 곤란하다. 세계의 언어들이 사멸해가는 현상을 보면서 우리 모국어의 최후를 상상하기는 어렵지 않다. 언젠가는 제주 방언을 사용하는 어떤 이가 문화재처럼 보존되다가 그 언어나 방언 소멸의 부음이 전해질지도 모른다. 더 나아가 한국어도 영어의 위세에 밀려 그런 식으로 소멸할지도 모른다. 사실 이것은 우리의 역사적 체험 속에서도 가능한 상상이다. 일제의 식민지 역사가 지금까지 계속되고 있다면 지금쯤 거의 모든 문학 작품이 일본어로 창작되고, 모국어의 흔적은 연변 등지로 나가야 겨우 찾을 수 있을지 모른다"(전성태, 「방언의 상상력」, 『내일을 여는 작가』 34호, 한울, 2004).

지난 세기에 비해 21세기는 언어적 억압을 받는 사람이 기하급수로 증가

하고 있다. 제국지배의 시대에 소수 민족이나 부족의 언어를 조직적으로 멸시하고 짓밟는 언어 식민지화에 대해서는 일말의 문제점도 의식하지 않고 언어의 미시구조의 체계화에 골몰해 왔던 학자들은 이제 지난 시대를 한번쯤 되돌아보아야 한다. 이 내용은 필자가 2006년도 AA(asia africa)문학 페스티벌에 발제자로 참여하여 발표한 주제 발표문 「Linguistic Imperialism and Trans-language」(2007 Asia Africa Literature Festival in Jeonju), 『asia africa』(2007, 150~155쪽, 영문 논문)을 수정 보완하여 2008년 8월 제18차 세계언어학자대회에서 「절멸위기의 언어」 분과에서 발표한 내용을 요약한 것이다. 그러한 측면에서 지방색이 짙은 작품에 대해서 문학적 비평을 하기에 앞서서 반드시 언어학적인 원전 분석이 절실하게 필요하다는 점은 아무리 강조되어도 지나침이 없다.

근현대문학의 기점에서 정서법이 제정되어 공용어로 자리 잡기 이전과 그 이후의 상황은 적어도 우리나라의 특수한 상황이기 때문에 이를 분리하여 생각하지 않을 수 없다. 정확한 시기 구분은 어렵지만 1930년대를 전후하여 그 이전은 표준어라는 개념이 정착되기 이전 상황이어서 방언 사용이 의도성이 없었던 시기이다. 그러나 1930년대 이후에는 시작품에 사용된 방언은 때로는 의도적으로 활용되었던 것이다. 이상화, 이장희, 오일도, 백기만, 이설주, 이육사와 같은 시인들은 표준어가 정착되기 이전 단계에는 의도적으로 방언을 사용한 것으로 보기는 힘들다. 자연스러운 목소리로 방언이 활용되던 시기라고 할 수 있다. 물론 이들 작가들 가운데 특히 이상화나 이육사의 시에서는 비교적 방언형이 많이 나타나는데 이들은 시에서 방언형을 활용한다는 의식 없이 자연스럽게 작품을 쓴 것으로 추정된다.

표준어 규정과 정서법이 확정되기 이전 시기에 특히 방언이 대거로 반영된 작품들에 대한 정본을 보다 정확하게 확정하기 위해 원전과의 대교 및 방언에 대한 분석이 선행되지 않은 텍스트를 전제로 한 문학적 비평은 엄청난 오류를 범할 수밖에 없다. 특히 대구방언으로 된 시 어휘를 잘못 해석하여 본래의 시가 가지고 있는 맛깔과 전혀 다르게 현대어로 뒤바뀐 오류들이 너무도 많다. 따라서 지방색이 높은 방언을 많이 활용한 문학 작품에 대해서는 그 지역 방언학자들에 의한 텍스트 분석 및 확정 작업이 선행되어야 할 것이다.

상화 시의 어휘 해석에서 가장 논란이 많았던 것이 바로 '목거지'이다. 먼저 상화의 시에서 '목거지'라는 어휘가 나타나는 대목을 간추려 보면 다음과 같다.

(1) 낮에도 밤―밤에도 밤―
    그 밤의 어둠에서 스며난, 두더지 같은 산신령은
    광명의 목거지란 이름도 모르고
    술 취한 장님이 머―ㄴ 길을 가듯
    비틀거리는 자국엔 핏물이 흐른다!

    ―「비음」 부분

(2) 「마돈나」 지금은 밤도 모든 목거지에 다니노라 피곤하여 돌아가려는도다.
    아, 너도 먼동이 트기 전으로 수밀도의 네 가슴에 이슬이 맺도록 달려오너라.

    ―「나의 침실로」 부분

(3) 온몸이 아니 넋조차 깨온―아찔 하여지도록
    뼈저리는 좋은맛에 자스러지기는
    보기좋게 잘도자란 과수원의 목거지다.

    ―「나는 해를 먹다」 부분

‘목거지’라는 어휘에 대해 김춘수(1981: 41)는 “이 시는 표현이 모호한 데가 있어 해석하기가 곤란한 부분이 있다. 우선 제1연의 ‘목거지’라든가 제2연 제1행의 “눈으로 유전하던 진주” 등만 해도 그렇다. ‘목거지’라는 말은 무슨 말인지 의미 불통”이라고 하여 의미를 해석할 수 없는 어휘로 다루었다. 역시 『문학사상』에서도 ☆를 표시하여 미상의 어휘로 처리하여 오랫동안 이 단어가 뜻하는 바가 무엇인지 해석하지 못했다. 그러나 김용직(1974: 132~133)이 처음으로 ‘목거지’는 모꼬지라고도 발음되는 대구 지방의 사투리로서, “여러 사람이 모여 흥청대는 잔치마당”으로 풀이를 하였다. 이후 이기철(1982)도 김용직(1974)의 논의를 답습하여 ‘목거지’를 “향연, 잔치마당, 모임”의 뜻을 가진 경상지방의 방언으로 처리하였다. 특히 김용직(1974)이 ‘목거지’를 “향연, 잔치마당, 모임”의 뜻으로 확정하는 근거로 “잔치, 모임, 연회”라는 뜻을 가지고 있는 ‘몯ᄀ지’라는 어휘에서 ‘목거지’가 발달되었다는 논거 위에서 출발하였다. 이러한 논점은 상당히 실증적인 타당성을 가지고 있다고 할 수 있다. “몯ᄀ지 〉 몯그지 〉 몯고지 〉 목고지”와 같은 변화를 고려하여 ‘목고지’가 “향연, 잔치마당, 모임”의 뜻을 가진 것으로 판단할 수 있다. 따라서 최근에는 상화 시에 나타나는 ‘목거지’라는 어휘에 대해 “향연, 잔치마당, 모임”의 뜻을 가진 것으로 해석하는 데 아무도 주저하지 않는다.

　이상규(2000)에서는 상화 시에서 여러 군데 등장하는 ‘목거지’라는 어휘를 일괄적으로 “향연, 잔치마당, 모임”의 뜻으로 해석하는 데에는 많은 문제가 따른다고 해석상의 의의를 아래와 같이 제기하였다. 먼저 「비음」이라는 시에서 “낮에도 밤―밤에도 밤― / 그 밤의 어둠에서 스며난, 두더지 같은 산신령은 / 광명의 목거지란 이름도 모르고 / 술 취한 장님이 머―ㄴ 길을 가듯 / 비틀거리는 자국엔 핏물이 흐른다!”에서 “‘광명의 향연이란 이름도 모르고’라고 해석을 해도 전후 이미지가 전혀 닿지 않는다.”라고 하여 “「마돈나」 지금은 밤도 모든 한계에 도달하여 다니노라"로 해석할 수 있는 가능성을 제시하였다. 곧 '목전'이라는 뜻으로 곧 대구방언에서 "어떤 일이 임박하여 다되어 가는 상황을 가르켜 목전에 다달았다"라고 한다. 바로 이 '목전'은 '목+전(前)'의 합성어인데 '전(前)' 대신에 '−까지, −꺼지'라는 특수조사가 결합하여 '목거지'라는 단어가 합성된 것으로 해석하였다. 그러나 이상화의 산문자료를 검토하는 과정에서 '목거지'라는 어휘가 그의 단편소설 「단장」에서 여러 차례 나타난다. 여기서는 김용직(1974)이 제안한 '목거지'를 "향연, 잔치마당, 모임"의 뜻으로 확정할 필요가 있다고 본다. 곧 필자의 견해를 이 자리에서 수정하고자 한다. 곧 '목거지'는 '잔치, 모임, 연회'라는 뜻을 가지고 있는 '몯ㄱ지'라는 어휘에서 '목거지'가 발달되었다고 할 수 있다.

> (4) 아, 가도다 가도다 쫓아 가도다.
>   잊음 속에 있는 간도와 요동벌로
>   주린 목숨 움켜쥐고 쫓아 가도다.
>   진흙을 밥으로 햇채물을 마셔도
>   마구나 가졌더라면 단잠은 얽맬 것을−
>
> ─「가장 비통한 기욕」 부분

(4)의 '쫓아가다'라는 의미의 '쏘처가도다'를 '좇겨가도다'로 교정한 것은 잘못이다. 그런데 방언형 '햇채'를 '해채(海菜, 미역)'로 자칫 잘못 해석하기가 쉽다. '햇채'는 대구방언에서 '햇추', '힛추'와 같은 분화형이 있는데 '더러운 물'의 의미로 '햇채구딩이'이라면 '더러운 물구덩이' 또는 '시궁창'이라는 뜻이다.

이와 같이 경상방언인 '햇채', '해채'라는 어휘가 정확하게 해석되지 못함으로 개벽, 형설사, 정음사, 그루, 미래사에서 간행한 이상화 시집에 전부 '햇채물'을 그대로 '햇채물'로 교열하여 '해채물' 곧 "바다 해조류로 만든 국물"이라는 정도의 의미로 해석하여 왔다. 이 '햇채'는 김형규(1980)에서 뜻을 밝혀 놓은 '수채(下水溝)'의 의미로 해석되어야 한다. 곧 '햇채'란 대구 방언에서 '햇추', '힛추'와 같은 방언분화형이 있는데 "더러운 개울 또는 시궁창물, 수채"라는 뜻이다. '해체구딩이'라면 '더러운 물구덩이' 또는 '시궁창'이라는 뜻이다. 그러니까 "진흙을 밥으로 햇채물 곧 시궁창물을 마시더라도 마구나 가졌더라면 단잠이라도 얽맬 수 있었을 터인데"라는 의미로 해석이 가능한 것처럼 백기만(1951)의 『상화와 고월』에서부터 많은 오류를 보이지 시작했으며 이를 아무른 비판도 없이 따랐던 여러 시집에 아직도 그 오류가 그대로 이어지고 있다. 이와 같이 '해채'라는 시 어휘에 대한 해석이 불명료함으로써 「오늘의 노래」라는 원전의 시 (5)의 대목이 (6)과 같이 전혀 시의 의미가 통하지 않는 모습으로 교열된 것이다.

(5) 붓그러워라제입으로도거룩하다자랑하는나의 몸은

　　안흘수업는이괴롬을피하려이즈려

　　선웃음치고하품만하며해채속에서 조을고잇다.

　　그러나아즉도―

　　쉴사이업시올머가는自然의變化가 내눈에내눈에보이고

―「오늘의 노래」 부분

(6) 부끄러워라 제 입으로도 거룩하다 자랑하는 나의 몸은 안을 수 없는 이 괴롬을

　　피하려 잊으려

　　선웃음치고 하품만 몇 해째 속에서 조을고 있다.

그러나 아직도—

쉴 사이 없이 옮아가는 자연의 변화가 내 눈에 내 눈에 보이고

—「오늘의 노래」 부분

⑺ 부끄러워라 제 입으로도 거룩하다 자랑하는 나의 몸은 안을 수 없는 이
괴롬을 피하려 잊으려
선웃음치고 하품만 하며 시궁창 속에서 조을고 있다.
그러나 아직도—
쉴 사이 없이 옮아가는 자연의 변화가 내 눈에 내 눈에 보이고

—「오늘의 노래」 부분

⑹은 대구문인협회에서 교열한 것인데 원시의 "선웃음치고하품만하며
해채속에서 조을고잇다"를 "선웃음치고 하품만 몇 해째 속에서 조을고 있
다"로 완전히 엉뚱하게 끼워 맞추기식으로 교열함으로써 시의 문맥이 흐르
지 않는다. 따라서 이 대목의 '해채'의 의미를 온전하게 이해한 경우 ⑻과
같이 교열할 수 있는 것이다.

상화 시에서 비교적 반복적으로 여러 번 출현하는 어휘로 '검아'라는 어
휘가 있다. 그런데 이 시 어휘에 대한 해석의 문제는 어느 누구도 언급하지
않고 쉽게 '검(劍)'의 의미 정도로만 이해하고 넘어온 것이다.

⑻ 아, 가도다 가도다 쫓아 가도다.
잊음 속에 있는 간도와 요동벌로
주린 목숨 움켜쥐고 쫓아 가도다.
진흙을 밥으로 시궁창물을 마셔도
마구나 가졌더라면 단잠은 얽맬 것을—

사람을 만든 검아 하루 일찍

차라리 주린 목숨 빼앗아 가거라!

―「가장 비통한 기욕」 부분

(9) 어둔 밤 말없는 돌을 안고서

피울음을 울었더라면 설음은 풀릴 것을―

사람을 만든 검아 하루 일찍

차라리 취한 목숨 죽여버려라!

―「가장 비통한 기욕」 부분

(10) 가서는 오지 못할 이 목숨으로

언제든지 헛웃음 속에만 살려거든

검아 나의 신령을 돌멩이로 만들어 다고

개천 바닥에 썩고 있는 돌멩이로 만들어 다고.

―「극단」 부분

(11) 헛 웃음속에 세상이 잊어지고

끄꾸을리는데 사람이 산다면

검아 나의 신령을 돌맹이로 만들어다고

제 사리의 길은 제 찾으려는 그를 죽여다고

―「무제」 부분

(8)에서 (11)의 시에서 나타나는 '검'을 과연 '劍'의 의미 정도로 해석해도
될 일인가? (11)의 「가장 비통한 기욕」이라는 시의 "사람을 만든 검아 하루
일찍"에서 "사람을 만든 칼아"로 해석해서는 전혀 앞뒤의 이미지 연결이

불가능하다는 사실이 분명해진다.

　이처럼 이상화의 시에 나타나는 방언형을 표준어로 바꾸는 과정에 변개가 나타나게 된다. 「비음」의 한 구절인 여기서 '물고 너흐는'을 각 출판사들은 '몰고 넣는'으로 해석하는 오류를 범했다. 대구방언 '물고 너흐는'이 '물어뜯으며, 뒤흔들며 놓지 않는다'는 의미를 가진 사실을 모른 탓이다. 대구문협과 고교 교과서에서는 「빼앗긴 들에도 봄은 오는가」에 나타나는 '갓부게나'를 '가뿟이나'로 바꿔놓았지만 실제로 '갓부게나'는 대구방언 '갓부든동'에서 나온 말이거나 결국 '혼자라도 가버리든지'로 해석해야 의미가 제대로 통한다.

　「이별을 하느니」에서 '얼어보고 싶다'를 대구문협은 '어울러 보고 싶다'로, 청구와 미래사는 '엮어보고 싶다'로 고쳐놓았다. 그러나 대구방언 '얼다'는 '교합하다'는 뜻이니 얼마나 엉터리로 바꾸어 버렸는지 알 수가 있다. 「선구자의 노래」에서 'ㅅㅓㅡㄹ듯는'은 대구방언에서는 '쥐어뜯다' 또는 "남을 좋지 않게 평가하여 말을 하다"는 의미를 가졌음에도 '꿀 들다'로 곧 '꿀이 떨어지다'라는 터무니없는 표준 어휘로 바꾸어 놓았다.

　이런 어처구니없는 일이 벌어져 있어도 어느 누구 한 사람 이를 바로잡으려는 관심도 노력도 보이지 않은 결과 이상화의 문학성에 대한 김주연(2015: 217)의 평가가 "이상화는 20세기 한국 시문학사에서 가장 중요한 몇몇 시인들의 반열에 편입되어 있지 못한 느낌을 주는 시인"으로 낮게 조망되기도 하는 결과를 가져 온 것이 아닐까?

　그 동안 상화의 시에 나타난 방언이 제대로 조명되지 못했던 관계로 표준어로 전환한 시집으로 만드는 과정에서 여러 가지 시어의 오류를 저질러왔다. 예를 들면 「역천」에서도 '보배롭다', '열푸르다', '가고+프다'와 같은 독특한 조어형이 나타나는데 '보배+롭다'의 구성이나 '열+푸르다', '가고+프다'와 같은 파생이나 합성 형식은 당시 대구방언의 특색이라고 볼 수 있다.

'곤두치다', '줄달음', '뭉텅이' 등의 대구방언형이 그의 시 안에 곳곳에서 나타난다.

　상화의 육필 원고는 일제의 검열과 압수로 대부분 유실되었다. 그러나 각종 잡지사에 발표한 자료를 대상으로 하지 않을 수 없다. 그런데 잡지나 신문 등에 발표된 일차 자료라도 충실하게 검토한 뒤에 교열시집을 출간했더라면 큰 문제가 되지 않았을 것이다. 맞춤법통일안이 발표되기 이전 1920년대 작가들 가운데 방언을 사용한 작품의 경우, 방언에 대한 아무런 검토 없이 현재 통용되는 표준어로 바꾸기를 하는 과정에서 작가의 의도와 전혀 빗나가는 표현으로 왜곡된 것은 물론이요, 전혀 엉뚱한 시어로 바꾸어 버린 경우가 허다하다. 특히 이상화의 시는 더욱 대구방언이 많이 사용되어 있어서 그 동안 잘못 교열된 시집들이 널리 유포되었다. 또 이상화 문학 연구자들도 이렇게 왜곡된 교열본 시집을 연구 대상으로 삼은 사례가 매우 많이 있어 이에 대한 문제를 제기하지 않을 수 없다. 특히 시중에 나와 있는 많은 이상화 시전집이나 시집류를 보면 작품 가운데 방언으로 된 시어를 표준어로 바꾸는 과정에서 방언 자체의 정확한 의미를 잘못 해석하여 본래의 시가 가지고 있는 맛깔과는 전혀 다른 표준어로 변형시켜 놓은 오류들이 종종 눈에 띤다. 방언으로 된 상화의 시어를 어디까지 현대어로 바꿀 것인가? 그렇지 않으면 그대로 방언을 살려둘 것인가? 그리고 얼마나 정확하게 방언의 의미를 파악한 후에 적절하게 표준어로 바꾸는 작업을 해야 할 것이다. 그 동안 이상화 시인에 대한 연구성과가 질량적으로 매우 많은 것을 고려해 보더라도 지금까지 텍스트에 대한 검증이나 논의를 한 사례는 거의 눈에 띠지 않는다. 정밀한 정본을 만들기 위한 정밀한 검증이 없이 이루어진 연구 성과들은 거의 무용지물이라고 해도 과언이 아닐 것이다. 원본에 대한 정확한 판독 작업이 선행되지 않은 상태에서의 원전에 대한 해석 작업을 행해 온 국내 문학 연구의 방식에 대해 냉혹한 자기반성이 있어야 할 것이다.

대구방언을 모르고는 상화의 시를 제대로 감상할 수 없다. 따라서 지방색이 짙고 또 지방 방언을 많이 활용한 문학 작품에 대해서는 그 지역 방언학자들에 의한 텍스트분석이 절실히 필요하다. 이러한 텍스트 분석을 거친 다음 문학 작품의 개별적, 총체적 해석 작업이 뒤따라야 할 것이다. 지금까지 무비판적으로 쏟아져 나온 상화 시의 교열본에서 나타난 이러한 문제점의 일단을 정효구(1985)는 1926년 『개벽』 70호에 실린 「빼앗긴 들에도 봄은 오는가」를 대상으로 하여 시집마다 왜곡된 실상의 예를 9가지 유형으로 구분하여 제시하고 있을 뿐 상화 시에 나타나는 방언에 대한 전반적인 연구는 거의 없었다.

백기만 편, 『상화와 고월』(청구출판사, 1951)은 학계에서 비판없이 많이 이용해 온 자료이다. 총 18편이 수록되어 있는데 오류 투성이이다. 그러한 문제점을 인식하기 시작한 것은 김학동의 「이상화 미정리작 29편」(『문학사상』 제7호, 1973)과 「상화의 미정리 「곡자사」 외 5편」(『문학사상』 제10호, 1973)에서 시작되어 김학동 편 『이상화 시집』(형설사, 1977)과 이기철 편, 『이상화 전집』(문장사, 1982)에서 정본화와 교열화가 어느정도 진척이 이루어졌다. 상화의 작품의 원본은 1차 발표된 발표지(대구문협 편저, 이상화 작품 연보는 『이상화 전집, 빼앗긴 들에도 봄은 오는가』, 대구문협, 1998, 300~303쪽)를 근간으로 하여 표기법에 맞추어 교정한 여러 가지 교열본(정효구, 「빼앗긴 들에도 봄은 오는가」의 구조 시학적 분석」, 『관악어문연구』 10, 1985, 238쪽 참조)을 대조하며, 발표 당시의 작가 가지고 있었던 표기법의 기준이나 원리를 충분히 고려하여 원본에서 최대한 근접할 수 있는 정본이 복원될 수 있도록 방언분석을 통한 텍스트 분석을 시도한 이상규 편, 『이상화시전집』(정림사, 2001)에서 정본화가 거의 완결 단계였지만 아직 간간이 오류가 보인다. 그리고 이상화 시에 대한 방언 실태를 분석한 글로는 이상규의 「멋대로 고쳐진 이상화의 시」(『문학사상』 9월호, 1998)가 있다.

현재까지 출간된 주요한 이상화 시집류들은 다음과 같다.

김학동 편, 『이상화시집』, 형설사, 1977.

김학동, 「상화의 미정리 「곡자사(곡자사) 외 5편」, 『문학사상』 제10호, 1973.

김학동, 「이상화 미정리작 29편」, 『문학사상』 제7호, 1973.

김학동, 『이상화 미정리작 29편』, 『문학사상』 제7호, 1973.

대구문협, 『이상화 전집, 빼앗긴 들에도 봄은 오는가』, 대구문협, 1998.

백기만 편, 「상화와 고월의 회상」, 『상화와 고월』, 청구출판사, 1951.

이기철 편, 『이상화전집』, 문장사, 1982

이상규 편, 『이상화시전집』, 정림사, 2001.

이상규 편, 『이상화 문학전집』, 경진출판, 2015.

이상화, 『나의 침실로』, 신영사, 1989.

이상화, 『나의 침실로』, 자유문학사, 1989.

이상화, 『빼앗긴 들에도 봄은 오는가』, 고려서원, 1990.

이상화, 『빼앗긴 들에도 봄은 오는가』, 글로벌콘텐츠, 2015.

이상화, 『빼앗긴 들에도 봄은 오는가』, 디자인이글, 2018.

이상화, 『빼앗긴 들에도 봄은 오는가』, 문지사, 1988.

이상화, 『빼앗긴 들에도 봄은 오는가』, 문현사, 1988.

이상화, 『빼앗긴 들에도 봄은 오는가』, 미래사, 1991.

이상화, 『빼앗긴 들에도 봄은 오는가』, 범우사, 1991.

이상화, 『빼앗긴 들에도 봄은 오는가』, 상아, 1991.

이상화, 『빼앗긴 들에도 봄은 오는가』, 선영사, 1989.

이상화, 『빼앗긴 들에도 봄은 오는가』, 신라출판사, 1990.

이상화, 『빼앗긴 들에도 봄은 오는가』, 우즈워커, 2014.

이상화, 『빼앗긴 들에도 봄은 오는가』, 인문출판사, 1997.

이상화, 『빼앗긴 들에도 봄은 오는가』, 인문콘텐츠, 2014.

이상화, 『빼앗긴 들에도 봄은 오는가』, 창작시대, 2011.

이상화, 『빼앗긴 들에도 봄은 오는가』, 청년사, 992.

이상화, 『빼앗긴 들에도 봄은 오는가』, 청목, 1994.

이상화, 『상화시선』, 정음사, 1973.

이상화, 『이상화시집』, 범우사, 1985.

이상화, 『이상화시집』, 앱북, 2011.

이상화, 『이상화시집』, 페이퍼문, 2018.

이상화, 『빼앗긴 들에도 봄은 오는가, 이상화전집』, 미래사, 1991.

이설주 편, 「상화전기」, 『사조사사람들』, 사조사, 1959

정한모·김용직 편, 『한국현대시요람』, 박영사, 1975.

정확한 문학 작품의 해독은 올바른 문학 작품에 대한 이해를 위해 필연성을 갖는다. 그러니까 문학 작품에 대한 국어학적 연구가 국문학연구와 협력해야 한다. 김완진(2000: 4)은 향가에 대한 국어학적 연구의 필연성에 대해 "해독의 정밀화가 어학적 내지 문학적 문제를 제기하여 주는 반면, 어학적인 의문이, 그리고 문학적인 논의가 해독을 반성케도 하는 것이기 때문에 해독이 완성된 다음에 어학적인 연구를 해야 한다든지, 어학적인 정리가 끝난 다음에 문학 작품으로서의 향가를 논해야 한다든지 하는 말은 성립되지 않는 것이다."라고 지적하여 문학 작품의 올바른 이해와 해독을 위해 국어학적 연구가 상보적인 관계가 있음을 역설하고 있다.

문학 작품에 대한 국어학적 연구가 어학도의 계명을 거스르거나 문학 연구자들에게 주제 넘는 일이라고 지적 받을 수 있다는 측면이 있다는 것을 잘 알고 있다. 그러나 해방 공간 이전에 활동한 작가들에 대한 문학 작품 텍스트에 대한 정밀한 분석은 그들의 문학 세계를 보다 올바르게 이해하는 전제 조건이 된다는 사실을 망각할 수 없는 일이다. 앙드레 마르티네의 말처럼 언어학자는 분명하고 적절한 자료를 가지고 그들의 구조와 그 구조의 원리 파악에 전념해야 한다는 계율에만 복종할 수 없는 일이다. 따라서 국어학과 국문학 사이에 놓인 깊은 골을 메우고 화해의 이음새를 메우는 다리를 놓아야 한다. 본고는 어쩌면 상화 작품에 나타난 시어의 오류를 바로 잡기나 해석상의 오류를 밝히는 단순한 목적이 아니라 국어학과 국문학 연구 영역의 새로운 해체를 선언하려는 의미가 더욱 크다고 할 수 있다.

이상화 시집 교열본 텍스트의 오류의 실태

상화가 시작 활동을 주로 한 시기는 1920년대여서 「맞춤법통일안」 규정이 마련되지 않은 상황이었다. 당시의 작가의 육필 원고도 전부 전하지 않기 때문에 처음으로 활자화되어 발표된 작품이나 육필원고를 1차 텍스트로 채택하지 않을 수 없다. 그러나 이것이 절대적인 것이 될 수 없다. 개고 과정이나 작가의 치밀성의 결여에 따른 오류, 조판상의 오자, 탈자 등의 문제가 있을 수도 있으므로 먼저 1차 발표된 텍스트에 대한 정밀한 분석이 필요하다. 육필 원고가 전부 전하지 않는 상황에서 1차로 활자화된 텍스트를 원본으로 기대지 않을 수 없기도 하지만 그 자체를 원본 텍스트로 그대로 인정할 수 없는 경우도 많이 있다.

이명재는 "상화는 실제 시작에서 비교적 은유와 의인법, 활유법 등을 다양하게 구사했던 것인데 이와 직결되는 일제 치하 당시의 상회상을 비롯해서 출판계의 여건과 검열 시책에 이르는 문제와 함께 그대 誌, 紙에 활자화된 그 작품들보다는 상화 자신의 육필초고나 시고가 활자화 과정에서 삭제, 수정 혹은 압수 내지 폐기되거나 또는 사장되어 있는 실원고가 확인되어 총체적으로 재평가되기 전에는 엄밀한 의미에서 이상화 시의 실체에 대한 몽타즈적인 성격을 완전 탈피하기는 불가는 하기 때문이다."(이명재,

「이상화의 시와 저항의식 연구」,『이상화의 서정시와 그 아름다움』, 새문사, 1981)라고
한다. 그러 차원에서 1차 텍스트에 대한 오류의 문제도 만만찮은 문제라고
할 수 있다. 우선 원본을 확정하기 위한 단계로 먼저 1차 텍스트에 대한
오류에 대해 살펴보자.

　　나무입 마다에셔
　　저즌 속살그림이
　　스니지 안흘 째 글너라

—「단조」(백조)

　　그들은 벼락마질제들을 가엽게 겨

—「거러지」(개벽)

　「단조」의 예는 '글너라'는 탈자이다. 그러니 1차 발표 텍스트의 분명한
오류이다. 그뿐만 아니라 「거러지」의 예 '겨'는 탈자로 인한 오류이다. '가엽
게 ( )겨'에서 '여겨'의 '여'자가 조판 상에서 탈락된 것이다. 곧 '가없게
여겨'라는 뜻이다.

　　나는남보기에 미친사람이란다
　　마는 내 알기엔 참된사람이노라.

—「선구자의 노래」

　「선구자의 노래」에는 "미친 사람이란다 / 마는"으로 행 구분이 되어 있어
시의 의미의 단락과 호흡의 단락을 깨뜨린 결과가 된다. 따라서 "나는 남
보기에 미친 사람이란다마는 / 내 알기엔 참된 사람이노라."와 같이 교열되

어야 할 것이다.

> 언길을, 밟고가는
> 장돌림, 보짐장사,
> 재넘어마을,
> 저자보려
>
> ―「조소」(개벽)

「조소」에서 '넘어'는 '너머'의 오류이다. 대구방언에서 '넘어'와 '너머'의 의미 분화가 명확하게 이루어지지 않았기도 하지만 상화의 시 여러 곳에서 이러한 오류들이 발견된다.

> 한우님! 나는 당신쎄 뭇조려합니다
> ……
> 창자비―ㄴ소리로
> 밉게드를지 섫게드를지
> 모르는 당신쎄뭇조려합니다.
>
> ―「이해를 보내는 노래」(개벽, 형설사)
>
> 묻잡으려 합니다(문학사상, 정음사)
> 뭇조려 합니다(미래사)
> 여쭈려 합니다(그루)

'뭇조려합니다'는 '묻잡오려합니다'라는 통사적인 존대법의 범주가 아니라 어휘적인 존대범주에 속하는 것이다. 곧 '묻다'에 대한 존대어휘로 '여쭙다'가 있다. 어휘적 존대범주에 속하는 것을 '묻―+―줍(존대선어말어미)―+

'─으려'와 같은 통사적 존대 범주로 표현함으로써 원본 자체의 오류를 범한 예이다.

> 비오는밤
> 싸라안즌 하날이
> 숨쑥듯어두어라.
>
> ─「단조」(백조, 조선시, 형설사)
>
> 어두워라(청구, 정음사, 대구문협)

> 네가싈엇느냐 누가부르드냐 답답워라 말을해다오.
>
> ─「빼앗긴들에도, 봄은오는가」(개벽, 청구, 사조사, 정음사, 형설사, 대구문협, 미래사, 고등국어)

'어두어라'는 경북방언에서는 '어둡─+어라'로 'ㅂ'정칙활용이 되기 때문에 '어두버라'로 표기되든지 중부방언 형처럼 'ㅂ'불규칙활용이 된 표기라도 '어두워라'로 표기되어야 할 것이다. '고요롭은'「지반정경」(개벽, 형설사), '슬기롭은가'「선구자의 노래」(개벽, 형설사)의 표기처럼 원본에서도 혼란을 보여주고 있다.

윤동주, 이육사와 더불어 일제에 항거하는 민족시의 대표작으로 손꼽히는 상화의 수작인 「빼앗긴 들에도 봄은 오는가」에서 원본의 오류가 교열본까지 그리고 고등학교 교과서에서까지 답습되어 온 대표적인 사례가 '답답워라'이다. 대구방언에서는 '답답다', '답답하다'가 쌍형어간을 가진 방언형으로 'ㅂ'정칙활용을 하기 때문에 중부방언과 차이를 보여준다. 곧 대구방언에서는 '답답(형용사어간)─+─어라(설명형어미)'의 구성으로 '답답어라'가 올바른 표현이다. 그런데 중부방언에서 'ㅂ'불규칙활용의 흔적인 '우'가 이중으로 들어가 '답답워라'로 잘못 표기된 것이다. 곧 방언형으로 '답답어라'로 표기되어야 하며, 표준어형으로는 '답다워라'로 표기되어야 함에도 불구하고 모든 교열본에서 원본의 잘못을 그대로 답습하고 있다. 심지어는 당시 검인 중고등학교 각종 교과서에 이르기까지 오류가 고쳐지지 않았다. 이처럼 원본의 텍스트에도 작가의 의도와는 달리 많은 오류들이 발견되기 때문에 원본을 확정하기 위해서는 원본의 텍스트에 대한 정밀한 분석이 필요하다.

상화의 시 가운데 창작 발표 당시의 작품을 원본 텍스트로 삼고 그 이후 제정된 표기법에 맞도록 고치거나 방언 어휘를 표준어휘로 교정하여 발표 한 작품을 교열본 텍스트라고 규정하고 초기 원본 텍스트와 그 이후 발간된 여러 종의 교열본 텍스트 간의 대교를 통해 교열본 텍스트에 어떠한 오류가 있는지 살펴보고자 한다. 상화 시에 나타난 방언 어휘에 대한 이해 부족으로 교합본에서 전혀 다른 어휘로 뒤바뀐 오류의 예를 중심으로 살펴보자.

이 세기를 물고 너흐는, 어둔밤에서

—「비음」(개벽)

몰고 넣는(정음사, 문학사상, 형설사, 그루)

「비음」에서 "물어뜯으며, 뒤흔들며 놓지 않는다"라는 의미를 가진 대구 방언인 '물고 너흘다'라는 어휘를 잘못 이해하여 '몰고 넣는'(문학사상, 정음 사, 형설사, 그루)으로 교정하여 오류를 범하고 있다.

'마돈나' 밤이 주는 쑴, 우리가 얽는 쑴

—「나의 침실로」(백조, 조선시, 형설사)

얽는 꿈(정음사, 대구문협)

엮는 꿈(청구, 사조사, 정음사)

「나의 침실로」에서 '얽는꿈'을 '엮는 꿈'으로 교정한 '청구, 사조사, 정음사'는 잘못이다. 곧 '엮다'와 '얽다'가 유의어의 관계이지만 원본 텍스트의 어휘를 유의어인 이형태로 바꾼 것은 작자의 의도성을 깨뜨린 오류이다.

> 우리는 오늘을 지리며, 먼길 가는 나그넬너라.
>
> —「마음의 꽃」(백조, 정음사, 대구문협)

☆(문학사상사)

지키며(형설사)

기리며(문장)

「마음의 꽃」에서 '지리다'는 "기대하거나 흠모하면서 예찬하다"라는 뜻의 방언형인데 '기리다'가 ㄱ구개음화에 적용되어 '지리다'로 실현된 것이다. 이 방언형의 의미가 파악되지 않아 문학사상사에서는 뜻을 알 수 없는 미상의 어휘(☆)로 처리하였으며, 형설사에서는 얼토당토않은 '지키며'로 교정하는 오류를 범하고 있다.

> 마음이 막다른
> 날근 쒸집에선
>
> —「단조」(백조, 조선시, 형설사)

뒤집에선(청구, 정음사)

띳집에선(그루)

「단조」에서 '쒸집에선'이라는 어휘에서 '쒸'는 '쒯불휘'(모근, 『방약 8』)이라는 기록에서처럼 풀이름이라는 의미를 가지고 있다. 대구방언에서도 '띠', '떼'는 '풀', '잔디'를 의미한다. 그러니까 '풀로 이은 집'을 '띠집'이라고 하는

데 바로 이러한 의미를 지닌 '쒸집에선'을 '뒤집에서'(청구, 정음사)로 교정한 것은 잘못이다.

> 벙어리입설로
> 써도는 침묵은
> 추억의 녹긴창을
> 죽일숨쉬며 엿보아라.
>
> —「단조」(백조, 조선시, 형설사, 대구문협)
> 병아리(청구, 정음사, 미래사)

「단조」에서 "말을 듣지도 하지도 못하는 사람"의 뜻을 가진 대구방언의 '버버리', '벙어리', '버부리', '벌보'를 '병아리'로 교정한 것은 엄청난 잘못이다. "벙어리 입술로 / 떠도는 침묵은"이라는 구절을 "병아리 입술로 / 떠도는 침묵"이라고 바꾸어 놓았으니 이 얼마나 얼토당토않은 일인가.

> 온실갓흔 마루 싯에 누은 검은 괴의 등은, 부드럽게도, 기름저라
>
> —「가을의 풍경」(백조, 조선시, 상고, 정음사, 형설사, 미래사)
> 고양이(그루)

「가을의 풍경」에서의 '괴의'에 대해서 그루 교열본을 제외한 모든 교열본에서는 원본과 동일하게 '괴'로 표기하고 있다. 아마 '괴'의 방언형에 대한 의미를 올바르게 파악하지 못한 결과라고 보인다. 이기철(1982: 110)은 각주에서 '괴'는 '개(狗)'를 잘못 표기한 결과로 이해하고 있으나 이것 역시 전혀 엉뚱한 해석이다(『한국방언자료집 7 경상북도편』, 한국정신문화연구원, 187쪽. 고양이의 방언형 '괘', '괭이, (경북)달성, '괘:, (경북)안동으로 분포지역을 밝히고 있는데

'괴,형은 구형(old form)으로 경북 전역에 분포되어 있는 방언형이다). 대구방언에서 '고양이'가 '굉이', '괴이', '살찡이', '살찡이' 등으로 실현되는데 이 '괴'는 '고양이'를 뜻한다. 따라서 "온실 같은 마루 끝에 누운 검은 고양이의 등은" 으로 해석할 수 있다.

> 오렴으나 더 갓가히 내 가삼을 안으라 두 마음 한 가닥으로 얼어 보고십다.
> ―「이별을 하느니」(조선문예)

얼어보고싶다(조선문, 형설사, 정음사)

엮어 보고싶다(청구, 미래사)

어울러 보고 싶다(그루)

「이별을 하느니」에서 '얼어보고십다'에서 '얼다'란 '교합하다'의 의미를 가지고 있다. 경상방언이 반영되어 있는 『칠대만법』에서도 "이붓짓 머섬과 사괴야 남진도 어러 가문도 더러이며"(『칠대만법』: 21)에서와 같이 '교합하다'의 의미로 사용되었다. 이것을 '엮어보다' 또는 '어울러보다'로 교정하는 것은 잘못이다.

> 아모래도 내 하고저움은 미친 짓쑌이라
> 남의 쓸듯는 집을 문훌지 나도 모른다
> ―「선구자의 노래」(개벽, 형설사, 문장)

무늘지(문학사상, 정음사)

문흘지(형설사, 미래사)

무너뜨릴지(그루)

「선구자의 노래」에서 '문훌지'도 '무너뜨리다도'라는 뜻으로 '문후다',

'문우다', '뭉   다'와 같은 대구방언 분화형이 있다. "우리 집 담도 여러 돌림이 믄허져시니"(『박신해』1: 10)에서 처럼 '믄허지다도'라는 어형이 나타난다. 그러니 "남에 끌뜯는 집을 무너뜨릴지 나도 모른다"라는 의미로 해석이 가능하다. 따라서 '무늘지'나 '문흘지'로 교정하는 것은 유의어인 방언분화형으로 다시 씀으로써 원래의 시의 의미를 왜곡시킬 수도 있는 것이다.

> 아 서리 마즌 배암가튼 이 목숨이나마 숭허 지기 전에
>
> 입김을 부러 너차 핏물을 듸뤄보자
>
> —「오늘의 노래」(개벽, 형설사, 문장)
>
> 들여보자(문학사상, 정음사, 미래사)
>
> 드리워 보자(그루)

「오늘의 노래」에서 '듸뤄보자'라는 어휘는 대구방언에서 '드리우다'라는 의미로 '디루다'의 권유형이다. '디루다'라는 어휘는 경상방언의 영향을 받은 초간본 『두시언해』에도 '드렷다(垂)'라는 어형이 실현되는데 사동형 '드리―+―우―+―다'와 같은 어휘구성에 뿌리를 두고 있는 어형이다. 따라서 '듸뤄보자'라는 어휘는 그루 교열본과 같이 '드리워 보자'로 교정하는 것이 옳다. 이를 '들여보자'로 교정한 것은 원본의 의미를 엄청나게 바꾸는 결과가 될 것이다.

> 감음 든 논쎄에는 청개고리의 울음이 잇서야하듯
>
> —「시인에게」(개벽, 문장사, 형설사)
>
> 논에게는(문학사상, 정음사, 미래사, 대구문협)
>
> 논물어귀에는(필자)

「시인에게」에서 '논쎄에는'는 대구방언에서 흔히 사용되는 어휘이다. 곧 "논에서 물을 대는 어귀"라는 의미로 '물끼', '논끼'라는 방언형이 사용된다. 곧 "논에서 물을 대는 어귀"를 '논께'라고 한다. 곧 "가뭄이 든 논물 어귀에는"으로 교정되어야 할 것이다. 그런데 이것을 '논에게는'으로 교정한 것은 잘못이라고 할 수 있다.

혼자라도 갓부게나 가자
마른 논을 안고 도는 착한 도랑이
젖먹이 달래는 노래를 하고

—「쌔앗긴들에도 봄은 오는가」(개벽, 문장사)

갓부게 나가자(정음사)

갑부게나 가자(형설사, 미래사)

가뿟이나 가자(대구문협, 고교교과서)

「빼앗긴 들에도 봄은 오는가」에서 '갓부게나'를 '갓부게#나가자'로 띄어쓰기의 교정으로나 기저형을 '갑부다' 또는 '갓붓-' 등으로 잡고 있으나 대구방언에는 이러한 기저형을 가진 어휘들이 존재하지 않는다. 그렇다면 원본의 '갓부게나'는 무엇인가? 우선 어미 '-게나'는 '무선택'의 의미를 가지며 '-든동'과 바꾸어 쓸 수 있다.

따라서 원본의 '갓부게나'는 '갓부든동'으로 바꾸어 보면 뜻이 명확해진다. "혼자라도 갓부든 동"으로 바꾸어보면 대구방언에서 "혼자라도 가버리든지"라는 의미로 해석이 된다. 따라서 고등학교 교과서에 「빼앗긴 들에도 봄은 오는가」라는 작품에 실린 '가뿟이나'도 잘못된 것임이 확실하다. 「빼앗긴 들에도 봄은 오는가」에서 '맨드램이'와 '들마꽃'의 정체가 무엇인가? '맨드라미'는 『만선식물자휘』에서는 '계두화(鷄頭花)', '계관화(鷄冠花)', '맨

도라미' 등으로 불리고 있다. 「빼앗긴 들에도 봄은 오는가」라는 시는 이른 봄 들판을 배경으로 한 작품이기 때문에 7~8월에 꽃이 피는 '맨드라미'와 이 시에 나타나는 '맨드램이'는 전후 상황에 걸맞지 않는다. 이처럼 '맨드램이'를 '맨드라미'로 해석하는 경우 문제가 생긴다. 따라서 이 부분을 시인이 착각한 것으로 해석할 수도 있고 적어도 '맨드라미'로 그대로 인정하는 경우 꽃이 피지 않은 '맨드라미'도 흔히 '맨드라미 꽃'으로 부를 수 있기 때문에 굳이 꽃이 핀 '맨드라미'를 지칭하지 않는 것으로 볼 수도 있다.

이것을 봄에 피는 '민들레'로 바꾸어 놓은 시집도 많다. '민들레'를 '맨드라미'로 혼동하여 썼다고 보기에는 문제점이 너무나 많다. 1937년 경성제국대학 조선어문연구부에서 만든 『방언집』에 '민들레(포공영)'의 대구경북방언형으로 '씬냉이', '둥글내'는 있으나 '민들래'는 전혀 나타나지 않는다. '민들레'가 '맨드라미'의 대구경북방언형이라는 가정은 전혀 터무니가 없는 억설이다.

'들마꼿'에 대한 해석은 매우 구구하다. 먼저 '들에 핀 마꽃', 혹은 '들메나무'(문덕수, 1982)로 해석하고 있으나 이는 잘못이다. '들메나무'는 야산에 자생하는 키가 매우 큰 나무이니 앞에서 든 '맨드라미'와 조응이 되지 않는다. 한편으로 '들마꽃'을 '들꽃'으로 해석하거나 '들(입구)+마(마을)+꽃(花)', 곧 "들마꽃을 입구에 피어 있는 꽃"로 해석하는 견해(이상규, 2001; 전정구, 2001)도 있다. 들마꽃은 '매꽃'으로 대구방언형이라는 증언을 해 준 이가 있었다. '메꽃'은 『표준국어대사전』에 "메꽃과의 여러해살이 덩굴풀로, 줄기는 가늘고 길며 다른 것에 감겨 올라간다. 잎은 어긋나고 타원형 피침 모양이며 양쪽 밑에 귀 같은 돌기가 있다. 여름에 나팔꽃 모양의 큰 꽃이 낮에만 엷은 붉은 색으로 피고 저녁에 시든다. 뿌리줄기는 '메, 또는 '속근근'이라 하여 약용하거나 어린잎과 함께 식용한다. 들에 저절로 나며, 한국, 일본, 중국 등지에 분포한다."라고 한다. 이러한 '메꽃'이 여름살이라는 측면에서 그 설득력이 떨어진다.

필자도 이 부분에 대해 고민하고 있는데 '들마꽃'의 정체를 밝힌 육근웅의 논문에 대한 정보를 알려 주었다. 곧 『신통』라는 잡지(1925년 7월호, 88~89쪽)에 녹성(綠聲)이라는 필명의 시인의 작품 '버들과 들마꼿(菫)'에 '들마꼿'이 나타난다. "한가한 근심에 / 느러진 버들 / 봄바람 어즈러워 / 부댓기도다 // 도홍색에빗최여 / 눈을뜬버들 / 그마암에머리숙인 / 어린들마꽃"에서 '버들'과 '들마꽃'이 서로 만나지 못하는 이별의 아쉬움을 노래하는 이 작품에 나타난 '들마꽃'은 이상화의 시에 나타난 '들마꼿'과 동종임을 확인할 수 있다. 곧 봄에 피었다 곧 져버리는 생명력이 길지 않은 꽃이다. 이 '들마꼿(菫)'은 한자어로 '근화(菫花)'이며 이 꽃이 의미하는 '제비꽃, 씀바귀꽃, 무궁화꽃' 가운데 '제비꽃'으로 규정하고 있다(육근웅, 2000). 이제야 겨우 '들마꽃'의 정체가 밝혀진 셈이다.

「빼앗긴 들에도 봄은 오는가」 제9연의 "쌈도모르고 쏫도업시 닷는 내혼아"에서 '쌈'에 대한 해석 또한 매우 이설이 분분한 실정이다. 「빼앗긴 들에도 봄은 오는가」 작품 외에도 「시인에게」, 「병적 계절」에서도 '쌈'이라는 시어가 사용되고 있다.

강가에 나온 아이와 같이

쌈도 모르고 끝도 없이 닫는 내 혼아

무엇을 찾느냐 어디로 가느냐 우스웁다 답을 하려무나.

—「빼앗긴 들에도 봄은 오는가」

시인(시인)아 너의 영광(영광)은

미친개 꼬리도 밟는 어린애의 쌈 없는 그 마음이 되어

밤이라도 낮이라도

—「시인에게」

가없는 생각 짬 모를 꿈이 그만 하나 둘 잦아지려는가,

홀아비같이 헤매는 바람 떼가 한 배 가득 굽이치네.

가을은 구슬픈 마음이 앓다 못해 날뛸 시절인가 보다.

—「병적 계절」

'짬'이 '쪽(방향)', "어떤 시간적 여유" 등의 다의적인 의미로 사용되고 있다. 정한모·김용직의 『한국현대시요람』에서는 '짬'을 '셈'으로 교열하기도 하였으며 육근웅은 '철'로 해석하여 '철없는'으로 해석하고 있다. 대구경북 방언에서 '짬'의 의미는 주로 "어떠한 일이 일어난 영문이나 사건의 앞과 뒤" 또는 "겨를이 없음을 모르는"인데 이러한 의미로는 이 시를 온전하게 이해할 수 없다. 이상화의 산문 「문단측면관」에 "그러타구두 한 개식 가진 눈을 세개 네개나 가지라든지 한아 썣인 머리를 둘식셋식 가지라는 짬 업는 요안은 아니다"에서와 「시인에게」라는 시에서도 "시인아 너의 영광은 / 밋친개 소리로도 밟는 어린애의 짬 업는 그 마음이 되야 / 밤이라도 낫이라도/새 세계를 나흐려 소댄 자욱이 시가 될 째에–잇다 / 초ㅅ불로 날라드러 죽어도 아름다운 나비를 보아라"에서도 '짬'이라는 어휘의 예를 찾아 볼 수 있다. 여기에서는 "영문이나 까닭도 모르고 대중이 없이"라는 의미로 사용된 것이다. 곧 '짬'이라는 시어는 "아무 영문도 모르고, 사리분별이나 철이 없음"이라는 의미로 사용되었음을 알 수 있다. '짬'이라는 어휘는 환경에 따라서는 "시도 때도 없이"라는 의미로도 사용되고 있다.

쓴눈물 긴한숨이 얼마나 　기에

—「대구행진곡」(별건곤, 대구문협)

쎄기에(미래사)

「대구행진곡」에서 '쌨:다'라는 어휘는 '매우 많다'라는 의미를 지니고 있다. 이승재(1992: 64)는 전라방언에서 '샜-(多)'은 기원적으로 '쌓-+-이-(접사)+-어(부동사형어미)#이(有)-'가 융합(fusion)하여 형성된 어형임을 밝히고 있다. '쌨기에'라는 원본의 의미를 전혀 다르게 '쎄기에'로 왜곡시킨 재미있는 사례라고 할 수 있다. 곧 '얼마나 많기'에'라는 구절이 '얼마나 쎄기'에'로 변했으니 시의 원의가 완전히 뒤바뀐 꼴이다.

> 켜젓다 꺼젓다 깜작이는 반듸불!
>
> —「반딧불」(신가정, 형설사, 문장사, 미래사)
>
> 깜박이는(정음사, 대구문협)

「반딧불」에서 "눈을 살짝 감았다 떴다 하다"의 의미를 지닌 원본의 '깜작이는'을 정음사, 그루에서는 "작은 등불, 별빛 따위가 매우 갑작스레 잠깐 비쳤다가 꺼졌다가 하다"라는 의미를 지닌 '깜박이는'으로 교정하였다. 그런데 작자가 눈을 깜짝이며 깜박이는 반디불을 묘사한 경우인지? 그렇지 않으면 반딧불 자체가 깜빡이는지에 따라 원본의 '깜작이는'을 오류로 보고 '깜박이는'으로 교정할 수 있다. 이와 같이 실제로 원본에 나타나는 시어 '깜작이다'는 대구방언에서는 '깜박이다'와 의미 차이를 보여주지 않는 유의어이다. 그러니까 원본을 그대로 살려서 '깜작이는'으로 교정을 하는 것이 옳겠다.

> 비틀거리는자욱엔, 피물이흐른다!
>
> —「비음」(개벽, 형설사, 대구문협)
>
> 자국엔(문학사상, 정음사)

내 귀가 듯는 발자욱

―「나의 침실로」(백조, 조선시, 정음사, 청구, 사조사, 형설사, 대구문협)

발자국(정음사)

두 발을 못 썻는 이 쌍이 애닯어 한울을 흘끼니 울음이 터진다.

―「통곡」(개벽, 형설사)

애닯아(미래사)

애달파(정음사, 대구문협)

애달퍼(문학사상)

「비음」의 '자욱'은 대구방언형도 '자욱'이다. 따라서 교열본에서 반드시 표준어형인 '자국'으로 교정할 필요성이 있는지? '발자욱'과 '발자국'도 마찬가지로 대구방언에서는 유의어이다. 이러한 방언형을 어디까지 표준어형으로 바꾸어야 할 것이냐는 문제를 해결하기 위해 「통곡」의 예문을 검토해 보자.

'애닯다'와 '애달프다'는 대구방언이나 중부방언에서도 유의어이다. 그러니까 '애닯어'를 모음조화 규칙에 따라 '애닯아'로 표기법만 바꾸면 될 것인데 '애달파', '애달퍼'와 같은 교정을 할 필요가 없는 것이다.

압산 그름매가 독갑이처럼

―「나의 침실로」(백조, 조선시, 형설사)

압산 그르매가 독갑이처럼

―「나의 침실로」(백조, 조선시, 정음사, 형설사)

애인아 검은 거름애가 오르락나르락

―「이별을 하느니」(조문, 조선문, 형설사)

그림자(청구, 정음사, 대구문협, 미래)

「나의 침실로」에서 '그름매'는 대구방언에서 '그림자'라는 의미를 가진 '그렁지', '그리매'와 같은 방언형이다. 원본의 '그름매'를 '그르매'(정음사), '그림자'(청구, 사조사), '그리매'(그루)에서처럼 다양하게 교정함으로써 혼란을 야기하고 있다. '그름매'를 표준어형인 '그림자'로 교정할 것인지, 또는 어떤 방언 분화형으로 바꾸어야 할 것인지 문제이다. '독갑이'도 마찬가지이다. '도까비'(청구, 사조사, 정음사), '도깨비'(그루)처럼 교정함으로써 혼란을 야기할 수도 있다.

호미와 가래에게 등심 살을 빗기우고

— 「폭풍우를 기다리는 마음」(개벽, 형설사)

등살을(그루)

등심살을(미래사)

벗기우고(문학사상, 정음사, 대구문협, 미래사)

아 진흙과 집풀로 얽맨 움미테서

— 「도 – 교 – 에서」(문운 형설사, 대구문협, 미래)

지푸라기(문학사상, 정음사)

위의 「폭풍우를 기다리는 마음」에서처럼 '등심살을'은 띄어쓰기가 안 되었기 때문에 방언어휘의 의미를 파악하지 못한 것 같다. '등 심살을'은 '등어리의 힘살'이라는 뜻이 된다. 대구방언에서 '힘살'은 '심살'처럼 h-구개음화된 어휘이다. 따라서 이 어휘를 '등살을', 또는 '등심살을'로 교정함으로써 오류를 범하고 있다.

「폭풍우를 기다리는 마음」에서 '벗기다'형이 대구방언에서는 움라우트 현상으로 '빗기다'로 실현된다. 이러한 경우에도 정확하게 대구방언형에 대한 이해를 하는 경우는 문제가 없지만 대구방언화자가 아닌 경우 시어의 이해가 힘든 것이다. 역으로 '빗기우고'를 '벗기우고'로 바꾼다고 하더라도 시어의 의미에 손상이 가지 않는다.

「도－교－에서」에서 '지푸라기'의 의미를 지닌 대구방언형인 '집풀'을 '지푸라기'로 바꾸거나 '우'를 '위'로 바꾸더라도 결정적인 시어의 의미에 손상이 가지 않는다. 따라서 대구방언권 화자들이 아닌 경우에도 시어의 이해를 돕기 위해 표준어형으로 바꾸어도 될 것이다.

> 큰 가새로 목탁 치는 네가 주는 것이 엇재 엿쌘이랴
>
> —「엿장사」(개벽, 문학사상, 정음사, 형설사, 대구문협, 미래사)

「엿장사」에서 '가새'는 '가위(剪)'의 대구방언형이다. 일반적으로 독자들에게 '가새'라고 하면 이해를 하지 못하는 경우가 훨씬 많을 것이다. 그리고 이 시에서 '가새'를 '가위'로 바꾸더라도 시의 의미나 분위기가 달라지지 않기 때문에 표준어형으로 바꾸어주어도 될 것이다.

> 달아! 한울 갓득이 서러운 안개 속에 숨 모닥이가티 써도는 달아
>
> —「달아」(신여, 형설사)

꿈 모닥이같이(미래사)

꿈 무더기같이(그루)

> 착해도 보이는 달아 만저 보고저운 달아
>
> —「달아」(신여, 형설사, 미래사)

만져 보고 싶은(그루)

「달아」에서 '모닥이'는 '무더기'보다 어감이 훨씬 적은 말씨이다. 따라서 이것을 '무더기'로 교정하는 것을 잘못이다. 그리고 '보고저운'이라는 표현은 대구방언다운 표현이다. 곧 '싶다'의 의미로 '접다'라는 방언형이 있다. '보고접어, 알고접어'와 같이 이 방언은 특별한 뉘앙스를 갖는 말이기 때문에 어의 차이가 없더라도 '만져 보고저운'으로 교정해도 무방할 것이다.

알는 이의 조으는 숨결에서나 모든 것을 시들프게 아는, 늙은 마음 우에서나
　　　　　　　　　　　　　　—「본능의 놀애」(시대일보, 정음사, 형설사, 미래사)
시들하게(그루)

「본능의 놀애」에서 '시들프게'는 '시들프다'로 교정해도 무방할 것이다. '고닳-브-', '애닳-+-브-'와 같이 형용사 파생접사의 결합형이 '시들하다'라는 형용사에 보충법(complement)으로 '시들프다'라는 방언형이 조어가 된 결과이다. 이를 '시들하게'로 수정할 경우 시어의 맛을 잃게 될지도 모른다.

홀아비같이 헤매는 바람 떼가 한배 갓들 구비치네.
　　　　　　　　　　　　　　　　　　　—「병적 계절」(조선문단)

「병적 계절」에서 '갓들'은 "술을 한잔 가뜰, 따라라"의 예에서처럼 '가득'이라는 의미를 가진 대구방언형이다. 그런데 이기철(1982: 187)은 '한배갓들'이란 말이 "한 배 가득"이라고 해석해서는 안 된다고 주장하고 있다. 곧 앞 뒤 문맥으로 봐서 갑자기 '배(舟)'라는 말이 갑자기 나오는 것도 이상하다. 오히려 대구지방 방언에 '바깥'을 '배갓'이라 하는 것을 따라 '한 배갓들

(한 바깥을)', 즉 "온 들판을 구비치네"로 보면 어떨지라고 밝히고 있으나 의역에 지나지 않는다. '한배갓들'은 '한 배 가득'으로 해석할 수 있다.

아, 가도다. 가도다. 쏘처가도다
진흙을밥으로, 햇채를 마서도
— 「가장 비통한 기욕」(개벽, 형설사)

쫓아(청구, 정음사)

쫓겨가도다(대구문협, 미래사)

방두쎄 살자는 영예여! 너거든 오지 말어라
— 「방문거절」(개벽, 형설사)

방두깨(문학사상, 정음사, 대구문협, 미래사)

「방문 거절」에서 '쫓아가다'라는 의미의 '쏘처가도다'를 '쫓겨가도다'로 교정한 것은 잘못이다.

'방두쎄'란 대구방언에서 '소꿉질', '소꿉놀이'라는 뜻이다. '방두깨미', '빵갱이' 등과 같은 방언분화형이 있는데 이를 국어사전에도 없는 '방두깨'로 교정한 교열본은 잘못이다. 『한국방언자료집』에서 '소꿉질'에 대한 경북지역의 방언형은 '동도깨비', '동두깨비', '동더까래', '동더깨미', '동디깨미', '동대깨비', '동지깨미', '방두깨미', '방두깽이', '방즈깽이', '방주깽이', '방더깽이', '방뜨깽이', '빵드깨미', '빵주깽이', '빵또깽이', '빵깽이', '새간살이'와 같은 방언형이 분포하고 있다. 따라서 대구방언에 대한 이해가 없다면 자칫 잘못 이해할 수도 있는 대목이다. 이러한 예는 적절한 각주를 달아주는 방안도 고려해 볼 수 있을 것이다. 곧 미세한 뉘앙스 정도의 차이일지라도 원본 시의 의미를 정확하게 전달하기 위해서는 방언형을 그대로 살려

두는 것이 더 옳을 것이다.

어쩌면 이상화와 같은 시인들은 손가락으로 바위에 모국어로 홈을 새기는 것처럼 한민족의 언어를 갈고 닦아온 분들이다. 그러나 우리의 현실은 어떠한가? 어떤 사전에서도 이러한 민족 언어인 방언 시어가 실려 있지 않기 때문에 일반 독자들은 이 시어의 의미를 확인해 볼 방법이 없다. 이제부터라도 많은 문학 작품에 살아남은 방언들을 모으고 정리를 해 둘 필요가 있지 않을까?

문학 감상적 입장에서는 정확한 문학 작품의 해독과 올바른 문학 작품에 대한 이해는 상호 필연성과 상보성을 가져야 한다. 그러니까 문학 작품에 대한 국어학적 연구가 국어학으로부터 그리고 국어학적 연구가 문학 연구로부터 해방되어야 한다. 곧 국문학 작품의 올바른 이해와 해독을 위해 국어학적 연구와 상호 상보적인 관계가 있음에도 불구하고 그 동안 영역의 침범이라는 불문율 때문에 연구의 공동화 현상이 나타난 게 사실이다.

이상화 산문에서 보이는 문학정신[※]

이상화의 문학 유산

이상화 시인의 삶의 중심에는 문학이 가장 큰 자리를 차지하고 있다. 조선어로 투시하는 시의 유리창너머 뿌옇게 서려 있는 일제 식민지 현실은 사물을 명명하고 바라보는 데에 가장 큰 걸림돌이 된 높은 벽이었을 것이다. 그 벽을 허물기 위해 항거를 하는 한 운명적으로 좌절하고 방황하지 않을 수 없었을 것이다. 광복의 희망이 좀처럼 보이지 않았지만 그는 희망을 결코 포기하지 않았다. 그의 문학을 온전히 이해하기 위해서는 그를 둘러싼 현실의 유리벽과 그것을 투과하려 노력한 고난의 삶 전체를 온전하게 이해할 필요가 있다.

이상화는 문단에 정식으로 데뷔한 1922년 1월 『백조』 창간호에서 발표한

[※] 산문 해설은 이상규·신재기 엮음, 『이상화문학전집』(산문편)(이상화기념사업회, 2009)에 실은 내용을 일부 수정하여 재수록하였음을 밝혀둔다.

「말세의 비탄」, 「단조」에서 1941년 1월 폐간호 『문장』 제25호에 발표한 「서러운 해조」까지 19년이라는 시간 동안 문학 활동을 펼쳤지만 실재로는 1922년부터 1926년까지 불과 5~6년이라는 짧았지만 불같은 기간 「나의 침실로」와 「빼앗긴 들에도 봄은 오는가」라는 주옥같은 시를 남긴 항일 저항 민족시인이다. 그의 길지 않은 본격적인 작품 활동 시기인 1920년대는 일본을 경유한 서구의 문예사조가 일시에 밀어닥친 시기, 현대 자유시의 탄생을 이끈 선두주자로서 시의 형식과 내용 전반에 걸친 혁혁한 공로를 헤아려 볼 수 있는 시인이며 행동하고 실천하는 시와 자신의 양심을 철저하게 지키려고 노력했던 시인이다.

이상화의 문학에 대한 종래의 평가는 매우 혼란스럽기만 하다. 1920년대 낭만주의 시를 대표하는 시인이었다고 하다가 일제강점기의 대표적인 항일 저항시인이라고도 하다가 1920년대 중·후반 우리 문단을 휩쓸었던 계급주의 문학에 가담했다가 페미니즘 곧 유미적 퇴폐적인 시인으로 몰아가기도 하였다. 이처럼 이상화는 다중적인 평가를 받는 시인이다. 1920년대 그의 짧았던 문학 활동 기간 당대의 어떤 다른 시인보다 더 다양한 활동과 시적 실험을 시도했던 시인은 찾아보기가 힘이 든다.

이상화는 빼앗긴 들판에 서서 하늘을 향해 광복의 봄을 예언하고 부활의 동굴에서 마돈나를 호명하면서 어두운 식민 시절 가파른 역사의 고된 길을 걸으며 식민 극복과 힘에 겨운 식민 조선의 가난한 사람들의 삶을 고발한 의지의 시인이다. 이상화는 달구벌의 한복판에서 태어나 우리나라 1920년대 현대시문학의 문을 선도하며 활짝 열어주었다. 그는 오직 식민 조선의 광복을 위해 평생을 던져버린 시인이다. 이상화가 글쓰기로 일제에 저항하려고 했던 꿈은 오래가지 못했다. 1927년 이후 글쓰기를 포기할 수밖에 없었던 나머지 그의 생애에 대해 어떤 이도 제대로 조명하지 않았다. 문학 외적인 삶이라는 이유 대문이었을까? 필자는 이 숨 가쁜 1927년부터 죽기까지 문학 활동의 긴 공백기의 삶을 추적하는 것이 매우 중요하다고 판단하였다. 그는 이 기간 일제에 저항하기 위해 대구지역을 중심으로 문화예술 활동과 조국광복을 위한 의혈단과 연계한 대구신간회 그리고 근우회 활동을 비롯한 교육운동을 통해 노력을 보여준 매우 일관성 있는 삶을 살았던 한 시대의 영웅이라고 판단하고 있다.

문학사는 한 작가의 문학 텍스트가 지닌 가치 평가 그 자체이기 때문에 글 쓰는 이의 인식과 해석의 결과에 따라 다소 재편될 수도 있다는 면에서 문학사나 문학의 독해는 평론가나 독해자 견해에 따라 굴절되거나 전혀 엉뚱한 방향으로 편향되기도 하여, 그 결과가 오류투성이의 단면을 들어낼 수도 있다. 1920년대 상화는 가장 앞서서 문학사조를 수용하면서도 가장 토속적인 화법으로 자유 시 형식을 시험하고 또 심미적인 은유와 상징으로 시를 쓴 시인이다. 다만 그의 토속적인 시적 표현으로 인해 후세 사람들 많은 오독의 흔적이 남아 있다. 따라서 이상화의 삶과 문학텍스트에 대한 재해독은 어쩌면 필자 스스로가 이상화에 대한 굳은 신념을 독자들에게 설득하기 위한 글쓰기의 행위(write on a faith)였다는 게 훨씬 더 솔직한 표현일지도 모른다. 이 책 또한 그러한 오류를 극복하려는 의지로 쓴 것이지만 그런 오류의 범주를 다시 뛰어넘지 못하리라는 우려를 금할 수 없다.

이상화가 우리들에게 남겨준 문학 유산이 얼마인지 그리고 총제적인 텍스트 비판도 제대로 한 적 없이 수십 편의 박사학위 논문이 쏟아져 나왔다. 그 동안 이상화 시작품의 정보화와 문학텍스트를 총체적으로 수집 연구해온 성과들이 많이 있지만 그 가운데 필자가 2002년에 조사한 바로는 시작품 67편, 창작소설 2편, 번역소설 5편, 평론 12편, 수필 7편, 기타 3편 정도였다. 그 가운데 이상화의 작품 유무에 대한 시비도 없지 않았다. 정진규에 의해 창작소설 「초동」이 이상화의 작품이 아니라는 논의나 이기철(1982)이나 김학동(2015)에 와서도 이상화의 문학 작품의 총량이 확정되지 못했다.

최근 『삼천리』에 실린 이상화의 시 「나의 침실로」의 축약, 『동아일보』에 실린 동요 1편과 이상화의 작으로 알려진 구전 「망향가」가 추가되어 70편 이 되었으며 번역소설 「노동－사－질병」이 한편 추가되어 번역소설 6편, 문학평론도 『중외일보』에 실린 「문단제가의 견해」(중외일보, 1928.6.30)가 추가되어 총 13편, 수필 기타가 「민간교육 특질은 사재간 거리」와 「신년문 단」(1926.1.1)이라는 글이 추가되어 14편으로 늘어났다.

더욱 획기적인 것은 이상화의 편지가 1919년 4월 무렵에서 일본 동경에 공부하러간 시절에 큰집 큰아버지에게 보낸 편지를 포함하여 22편의 새로 운 자료가 발굴이 되어 그 동안 이정수가 쓴 소설에 기대어 쓴 평전이 대폭 수정되지 않으면 안 되게 되었다. 특히 일본에서의 거주하던 주소가 확실하 게 다 들어났으며 그의 삶의 행적을 추적할 결정적인 자료가 발굴된 것이다. 그 외에 이상화가 1932년 『조선일보』 경북총국 경영의 실패로 매우 곤궁한 삶을 살면서 집을 팔았던 문서와 그의 이력서 등의 중요한 자료가 발굴되어 이상화의 문학과 전기연구에 획기적인 사료들을 이 책에 고스란히 담았다.

지금까지 이상화 문학 텍스트를 총합적으로 정리한 『이상화 문학전집』에 는 시영시, 번역시, 동요, 시조, 구전가사 포함 70편, 문학평론 13편, 창작소 설 2편, 번역소설 6편, 수필 및 기타 12편, 새로 발굴한 편지 22편, 친필 자료 2편, 이상화생가 매각 문서 3건 등의 새로운 자료들이 대거로 발굴이 되었다.

지금까지 이상화의 시세계에 대한 논의들이 중심을 이루어왔다. 앞에서 살펴본 바와 같이 이상화가 남겨놓은 산문 영역의 글인 문학평론 13편, 창작소설 2편, 번역소설 6편, 수필 및 기타 12편, 새로 발굴한 편지 22편, 친필 자료 2편, 이상화생가 매각 문서 3건 등에 대한 새로운 평가와 조명이 이루어져 할 것이다. 문학평론 13편 가운데에는 최근까지 조명을 받지 못한 1928년 6월 30일 『중외일보』에 실었던 「문단제가의 견해」를 비롯, 창작소설에서 상화작 유무로 논란이 된 「초동」의 저자 문제의 확정, 그리고 이번에 처음 소개될 이상화의 번역 소설 「노동—사—질병」, 새로 소개된 토론 글인 「민간교육 특질은 사재간 거리접근」을 통한 이상화의 교육의식에 대한 이해와 그의 삶에 대한 깊이와 폭을 더욱 확대시킬 근거가 되는 자료들이다. 그리고 이상화의 삶을 깊이 실증할 수 있는 그의 육필 편지글은 이상화의 전기문학을 더욱 내실 있게 기술하는 데 엄청난 도움을 줄 수 있을 것으로 판단한다.

이상화의 평론

이상화가 남긴 산문을 중심으로 그의 문학정신을 개관해 보고자 한다. 그는 70편의 시작품 외에 13편의 문학 평론을 남겼다. 월평을 비롯한 가벼운 평론을 포함하여 특히 자신의 문학관을 뚜렷하게 나타내 보인 「선후에 한마듸」, 「문단측면관」을 비롯하여 『카프』계에 가담하면서 쓴 「무산작가와 무산작품(1)(2)」와 「세계 삼시야」에서 자신이 지향하는 계급문학관을 뚜렷한 주관을 가지고 관찰하고 있다. 김학동(2015)이 처음으로 소개한 1928년 6월 30일 『중외일보』에 실었던 「문단제가의 견해」를 여기서 추가하여 그가 남긴 평론의 전반에 대해 재조명해 보기로 한다.

「선후 한마듸」는 1924년 7월 14일 『동아일보』에 실렸는데, 이 글은 이상화와 최소정 두 사람이 쓴 문예작품 응모 심사 후기인데 어휘와 필치로 보아 이상화가 쓴 글임이 여러 곳에서 드러난다. 이 글은 심사 후기다. 당시 『동아일보』 대구 지국이 주최하는 청소년 대상 문예작품 공모에서 작품 선정 과정을 상세하게 밝힌 글이다. 1920년대 전반기에 지방의 신문지국이 주최하는, 그것도 청소년을 대상으로 하는 문예작품 공모가 있었다는 점은 당시 신문학에 대한 사회적 관심도를 잘 말해 준다. 그리고 소설 창작에서 중요한 것은 문장의 기법이 아니라, 인생을 관찰하는 인생관의 확립이라는 지적에서 소설에 대한 인식이 상당한 수준에 도달했음을 알 수 있다. 이 글은 이상화와 최소정(崔韶庭)이 공동 집필한 것으로 표기되어 있다. '어휘와 필치'로 보아 집필자를 이상화라고 추정하는데, 그렇게 단정할 만한 분명한 근거는 없지만 이상화의 글로 추정된다.

「문단측면관」은 『개벽』 58호, 1925년 4월호에 발표한 글이다. 이상화의 문학 비평문 중에서 가장 뛰어난 글로서 사회와 시대에 대한 관찰력의 결핍, 민족이나 국가에 대한 작가로서 책임 의식 상실, 시대나 사회에 대한 비판의식 저조, 당대 조선이 처한 현실이나 고유한 특성을 살피지 못하고 밖의 것을 양적으로만 모방하는 태도 등을 지적한다. '저조한 경향'이란 대목에서 알 수 있듯이, 그의 문학관은 경향파 문학을 지향하고 있음을 보여주고 있다. 그리고 시대에 대한 경고와 사회에 대한 비판을 주문하는데, 이는 그의 '생활 문학론'과 '민족문학론'의 출발점이기도 하다. 이상화 문학관은 조선이라는 토대를 근거로 한 시대와 사회를 비판하는 관점에서 실천 문학과, 실천하는 삶을 주장한다. 1927년 이후 대구로 귀향한 후 글쓰기를 중단하고 사회 현실에 뛰어들어 조국의 광복을 위해 투신한 의지를 읽을 수 있다.

「지난달 시와 소설」은 『개벽』 60호(1925년 6월)에 실린 가벼운 월평이다. 이상화 실제비평의 대표적인 평문이라 하겠다. 집필 시점까지 발표된 소설과 시작품을 거의 빠뜨리지 않고 비평 대상으로 삼았다. 일정 기간 지면에 발표된 모든 작품이 한 비평가의 시야에 다 들어오는 것이다. 문단이 협소한 만큼 작가나 시인의 창작 경향이나 수준은 금방 노출될 수밖에 없다. 이는 문인들에게 부담이지만, 창작을 계도하는 긍정적인 영향을 미쳤을 수도 있다. 1920년대 이 같은 월평은 우리 비평사에 실제비평의 한 형식으로 오랫동안 지속되어 왔다. 이 평문에서도 현실 관찰을 중시하는 생활문학론이 그 바탕에 깔렸다. '사상과 생활의 통일'을 강조한다. 비평가로서 이상화는 시보다 소설에 더 많은 관심을 쏟았던 것 같다. 시인만이 아니라 비평가로서의 역량과 태도를 짐작할 수 있는 대목이다.

「감상과 의견」은 『개벽』 60호(1925년 6월)에 실린 글로 '합평회'에 대한 감상과 의견을 피력한 단상의 평문이다. 서구 문학이론 수용과 함께 시작된 우리 근대문학비평은 1920년대에 오면 문학 제도에 편입되어 분명한 자기 위치를 확보한다. 이 당시 비평가는 작가와 자주 논쟁을 벌이며 문단에서 자신의 역할을 확대해 나간다. 합평회도 한국 근대비평 초기부터 비평의 한 방식으로 자리 잡아 지금까지 그 맥을 이어왔다. 이상화는 당시 합평회가 작가와 평자 모두에게 필요한 소리를 내지 못함으로써 경시되는데, 이는 비평이 본연의 책무를 다하지 못하고 냉소, 아첨, 정론성, 자기 과시 등으로 쏠린 탓이라고 진단한다. 그리고 비평이 제대로 이뤄지려면 작가와 평자 모두가 자질을 갖춰야 함을 강조한다. 메타비평에 해당하는 이 단상에서 비평가로서 이상화의 모습을 확인해 볼 수 있다.

「시의 생활화」는 『시대일보』(1925년 6월 30일)에 실린 짧은 시론이다. 하지만, 이상화 시론의 전부를 짐작할 수 있을 만큼 압축된 평문이다. 이 글은 상화 스스로의 문학관을 응축하여 그 입장을 밝힌 글이다. 이 무렵 이상화의 문학적 지향이 뚜렷하였고, 그 논리가 선명했음을 잘 말해 준다. 「시의 생활화」라는 제목은 '생활에서 시를 가까이 대하자'라는 의미가 아니다. 부제가 암시해 주듯이, 관념적인 시에서 탈피하여 생활에 바탕을 둔 의식을 형상화해야만 인간 생명의 진실을 드러낼 수 있다는 주장이다. 즉, 현실 생활에서 시를 찾자는 것이다. 그의 '생활문학론'과 같은 맥락이다. '시의 생활화'와 배치되는 것이 '생활의 시화'라고 한다. 삶과 동떨어진 환상의 세계에 머무르는 시를 말한다. 시는 경박한 관념의 유희가 아닌 진중한 생활 표현이 되어야 한다는 주장에서 그의 초기의 시적 지향이 크게 전환되었음을 알 수 있다. 이러한 관점에서 그가 남긴 「구루마꾼」, 「엿장수」, 「거지」, 「비를 이상화의 산문 「시의 생활화」

다오」, 「달밤 도회」 등의 작가의 생활 언저리에서 포착되는 소재로 자신의 문제 의식을 표현하고자 했던 것이다.

「독후잉상」은 『시대일보』(1925년 11월 9일)에 실린 도스토예프스키에 대한 독후감 내지는 인상기다. 부제가 말하듯이, 도스토엡스키 탄생 103주년을 맞이하여 신문사에서 기념 특집으로 학예란에 게재한 글이다. 주로 필자는 「카라마조프가의 형제들」, 「백치」, 「죄와 벌」 세 작품에 관심이 쏠렸다. 인간 존재의 의미와 삶의 진실을 추구해 온 작가 정신을 높이 평가한다. 톨스토이, 고리키, 도스토엡스키 등과 같은 러시아 문호들은 근대문학 초창기부터 활발하게 수용되었다. 이 같은 외국문학 수용은 일본을 통해 이뤄졌으나, 우리 근대문학 출발에 큰 영향을 미쳤다. 이상화가 외국문학에 대해 남다른 관심이 있었다는 증거는 없다. 하지만, 작가를 소개하는 과정에서 드러나는 논리성과 이해도는 상당한 수준이라고 하겠다. 신문에 발표된 글로서 이 정도 짜임새를 보여 주기는 쉽지 않다.

「잡문횡행관」은 『조선일보』(1925년 1월 10, 11일)에 실은 글로서 당시 문단의 진지하지 못한 잡문 발흥을 신랄하게 비판하는 글이다. 신문학 초창기라고 말하면서도, 이 시기에 부합하는 열정적이고 순수한 문학 창작을 외면하고 잡문을 생산하는 문단을 비판한다. 꼭 작품 창작만이 중요하다고 보는 것은 아니다. 초창기일수록 작가나 사상을 소개하고 연구하는 이론적인 활동이 필수적임을 인정한다. 필자가 문제로 지목하는 것은 개인적인 욕망에 사로잡혀 자신을 과장하거나 거짓으로 꾸미는 글이다. 여기서 김억이 창간한 『가면』이란 잡지를 두고 문예지도 아니고 언론지도 아닌 기형지라고 비난한다. 이것을 빌미로 두 사람 사이 논쟁이 벌어진다. 이 잡문 비판에서 이상화는 신문학이 가야 할 길을 나름대로 제안한다. 작가는 개인 세계에 함몰되지 말고, 시대 현실을 비판적으로 인식해야 한다는 것이다.

「가엽슨 둔각이여 황문으로 보아라」는 『조선일보』(1925년 11월 22일)에 실린 김억과의 논쟁으로 쓰인 글이다. 1925년 11월에 김안서에 의해 창간된 잡지 『가면』에 대해 이상화가 「잡문횡행관」(『조선일보』, 1925.11.11)에서 "문예지도 아니고 언론지도 아니고 부동조로 미화된 기형지"라고 비판한다. 이에 김안서가 「황문에 대한 잡문: '잡문횡행관'의 필자에게」(『동아일보』, 1925.11.19)란 글로 반박하자, 이상화는 다시 이 글을 발표하여 신랄한 어조로 대항한다. 논쟁은 더 이어지지 않았으나 한 차례씩 오고 간 반박문에서 1920년대 당시 우리 문단의 문학논쟁이 어떤 모습으로 전개되었는지를 짐작할 수 있다. 잡지를 창간하려면 적어도 그 시대의 민족정신을 담아내야 한다는 상화의 주문은 틀린 말이 아니지만, 실현 가능성이 문제다. 논쟁이 문제의 핵심을 벗어나서 개인의 인식공격까지 드러낸다.

「문예의 시대적 변위와 작가의 의식적 태도」는 카프계열의 문학잡지인 『문예운동』 창간호(1926년 1월호)에 실린 주장이 분명하고 논리가 명확한 비평문이다. 이상화의 대표적인 비평문의 하나라고 할 수 있다. 그는 당시 조선 문예가 취미와 향락에 빠져 생활의 내면을 통찰하지 못한다고 보았다. 시대 흐름에 따라 문화와 생활도 변화한다. 그런데 문예는 정지된 공간의 태평스러운 겉모습에만 시선이 미치고, 그 이면에 내재하는 시대적인 변화에 인식이 미치지 못함으로써 창조력을 철저하게 발휘하지 못하고 단순한 취미나 향락에 빠지게 되었다는 것이다. 다가오는 시대와 사회를 전망하려면 현실 생활에 대한 관찰과 비판적인 인식이 필수적이라고 말한다. 문예의 창조적인 역할은 시대와 사회에 대한 관찰을 통해 현실을 비판적으로 인식해야 한다는 현실주의 문학관이 잘 드러난다. 이 시기 이상화의 비평이 경향 문학에 뿌리를 내리고 있음을 확인해 준다.

「무산작가와 무산작품(1)(2)」는 『개벽』 1926년 1호와 2월호에 나누어 연재된 글이다. 서구문학사에서 빈곤한 생활을 했던 작가와 가난한 생활을 내용으로 하는 작품을 소개하고 있다. 본문에 들어가기 전에 필자는 "이것은 소개로보담도, 다만 독물턱으로 보기 바랍니다"라고 하였다. 이는 세계의 무산작가와 무산작품에 대한 소개라고 하기에는 작가 및 작품 선정에서 뚜렷한 기준이 없고, 전체를 망라하지 못했다는 뜻이다. 임의적인 것이니 가벼운 읽을거리로 봐달라는 자기 방어적인 언급이다. 또한 글을 쓴 사람을 표기함에 있어서도 '尙火 抄'라고 적었다. '抄'는 '어떤 글에서 필요한 부분을 가려 뽑는다'는 의미다. 따라서 이 글은 이상화가 자신의 지식을 바탕으로 하여 직접 집필한 것이라기보다는 기존 문헌들로부터 초록(抄錄)한 것으로 볼 수 있다. 어쨌든 경제적 빈곤을 주제로 설정했다는 점은 그의 문학관이 신경향파와 무관하지 않음을 말해 준다. 당시 상당히 폭넓게 서구와 러시아의 사회주의 문학의 전반적인 경향을 작가별로 살펴본 뒤 그들의 지향성을 유형화하여 다음 「세계 삼시야」에 밝힘으로써 자신의 경향과 문학의 방향과 입장이 뚜렷함을 나타내었다.

「세계 삼시야」는 『개벽』 68호(1926년 4월)에 실린 「무산작가와 무산작품」에 연속되는 글이다. 앞의 글이 반항적인 의도를 가지고 쓰인 까닭에 주관성이 강하다면, 이 글은 빈곤 문제를 다룬 작품을 객관적인 입장에서 크게 세 가지로 분류하여 설명하였다. 첫째는 무산계급자의 생활고와 자본가의 착취를 다룬 작품이다. 둘째 유형은 문명비판의 입장에서 자본주의 사회 구조를 비판하고 원시성과 자연을 이상으로 삼는 것이다. 셋째는 유산자나 무산자나 모두 경제적인 욕망을 버리고 휴머니즘을 지향하는 유형이다. 각 유형의 개략적인 윤곽을 제시하고 그 예가 되는 소설 작품의 줄거리를 상세하게 설명하였다. 이 글에서는 이상화의 문학적 태도가 직접 드러나지 않는다. 하지만, 그가 가난한 현실 생활과 무산계급에 대한 관심이 없었다면 이런 글은 발표되지 않았을 것이다.

김학동(2015)이 처음으로 소개한 1928년 6월 30일 『중외일보』에 실었던

1928년 6월 30일 『중외일보』에 실었던 「문단제가의 견해」

「문단제가의 견해」는 원본 확인 어려워 「조선뉴스라이브러리 100」을 통해 신문기사 자료의 원본을 가져 왔다. 원문 판독이 어려워 이미지만 실었다.

이상화의 창작소설과 번역소설

창작소설 「숙자」는 『신여성』 6~7월호(1926년 6월과 7월)에 2회 걸쳐 연재된 단편소설이다. 부잣집의 딸 '숙자'와 가난한 농촌 출신인 청년 '성신'의 만남, 사랑, 이별을 시간 순서에 따라 회상 형태로 구성한 작품이다. 숙자 부모의 반대로 사랑을 이루지 못한 두 사람은 이별 후에도 각각 고난의 길을 걷는다. 숙자는 부모의 강권으로 학교 교무주임 김영화와 결혼을 하지만 바로 버림받고, 성신은 배반당한 첫째 원인이기도 한 황금만능주의의 불합리한 사회에 맞서 투쟁의 대열에 나서다가 투옥된다. 감옥에서도 성진은 사회에 대한 반항심을 버리지 않고 개혁 의지를 불태운다. 봉건적인 결혼제도의 불합리성에 대한 비판정신과, 계급의식의 각성을 통해 새로운 사회를 건설하려는 이상주의 정신이 드러나고 있다. 남녀의 로맨틱한 사랑을 그리는 낭만주의 요소와 부르조아 계급에 대한 비판을 앞세운 현실주의 요소가 공존하는 소설이다. 이글을 통해 일제강점기 문단 검열이 얼마나 가혹했는지 알 수가 있다.

소설 「초동」은 『신여성』 10월호(1932년 10월)에 실린 이상화의 창작소설이다. 정진규(1981) 『마돈나, 언젠들 안 갈 수 있으랴』에서 이 작품이 이상화의 작품이 아닌 묘화(杳火)의 작품이라고 밝히고 있다. 그 가운데 창작소설 「초동」은 정진규(1981)가 지적한 것과 달리 작자 이름이 "杳火" 씨로 '相'자를 파자로 한 것이 잘못되어 '杳'자로 된 점을 들어 상화의 창작이 아니라고 주장하였지만 작품의 전체 내용이 무산계급의 희생에 대한 내용으로 이상화의 작품으로 인정해야 한다고 판단하고 있다.

1932년 『신여성』에 발표된 이상화의 두 번째 창작 단편소설이다. 오릿골이란 농촌을 배경으로 농민들의 가난한 삶의 이야기를 회상 형식으로 구성하고 있다. 복순이와 오장이의 아들은 삼 년 전에 혼약했는데도, 양 집안이 가난하여 초례를 올리지 못한다. 양가 모두 굶기를 밥 먹듯 하는 형편이다. 복순이 아버지는 딸을 시집보냄으로써 입을 덜고자 하고 오장이는 며느리를 새로 들여오는 것이 은근히 부담스러워 핑계를 대어 초례를 미룬다. 이 와중에 지주나 마름에게 명절과 생일 때 요공을 바쳐야 하는 소작인의 처지를 형상화하여 당시 궁핍하고 모순된 농촌 현실을 반영하고 있다. 하지만, 소작농인 등장인물은 현실을 비판하거나 저항하지 못하고 순응하는 선량한 사람으로 그려진다. 이런 점에서 이 작품은 본격적인 프로문학에 다가가지 못하고 자연 발생적인 계급문학의 수준에 그치고 말았다.

「단장」은 『신여성』 18호(1925년 1월)에 실린 번역 소설로 당시 1925년 이근무(李根茂) 씨가 대구시 중구 서문로 58번지에 서점을 겸한 백화점으로 무영당을 창업하였는데 그의 호의로 상화가 이곳에서 워싱턴 어빙의 작품 「단장」을 번역하였다고 한다.

미국의 낭만주의 작가 어빙(Irving Washington)의 단편소설이다. 어빙이 도영 3년 만에 귀국하여 발간한 단편집 「스케치북」(1819)에 수록된 작품 중 하나다. 사형을 받은 젊은 지사 E와 어느 변호사 딸과의 지순하고 애틋한 사랑 이야기다. '역자의 말'에서는 작가가 이 작품을 창작하여 발표하기까지의 경위를 설명하고, 이 작품이 발표되고 나서 극찬을 받았다는 후일담을 소개한다. 그리고 곧바로 작품으로 들어가 등장인물 중심으로 이야기를 전개하지 않고 일인칭 화자의 사랑에 관한 생각을 지문 형식으로 길게 진술한다. 이는 구체적인 형상화의 방법이 아니라 논설적인 진술로 이뤄진다. 지순하고 뜨거운 사랑의 속성을 다소 흥분된 어조로 번안하고 있다는 점에서 이상화의 낭만주의적인 성향을 엿볼 수 있다.

이 번역 소설 안에는 두 편의 번역 시가 있는데 이것을 이상화 정본시집에 필자가 2000년에 처음으로 소개하였다.

　　─大邱茂英堂에서

　　나는 일즉 못 드럿노라
　　참된 사랑이 속석지 안코 잇단 말을
　　그는 애태는 마음, 버레가 봄　의 엡분 記錄인─
　　장미꼿 입새를 쓰더먹듯 하기 째문이여라.

　　　　　　　　　　　　　　　　　　─미들래톤

　　그를 위하야 애란에서 이름 있는 시인 무─어가 이 아래의 노래를 지었다.
다음의 시는 Thomas Moore(1779~1852)의 「She is Far From the Land(머나
먼 곳에 있는 님에게)」라는 작품을 이상화가 번역한 시이다.

　　머─나먼 곳 그의 젊은 님이 잠자는 데와 친한 이의
　　한숨들이 안 들리는 거긔서,
　　그들의 注視를 버서나 그가 울도다
　　그의 마음 님 누은 무덤에 잇슴이여라

　　祖國의 애닯은 노래를 쉬쟌코 부르도다
　　가락마다가 님이 질기든 것을 말함일너라
　　아 그의 노래를 사랑할 이가 얼마나 되며
　　부르는 그 가슴의 쓰림을 뉘라서알랴!

　　그의 님은 사랑으로 살앗고 나라로 죽엇나니

이 두가지가 그의 목숨을 잡아맨 모든 것이여라

나라도 흘린 눈물 쉬웁게 안마를테며

못 잇든 사람 그의 뒤를 싸를째도 멀지 안으리라!

오 해쌀이 나리는데 그의 무덤을 만드러라

그리고 눈부시는 아참이 오마하엿단다

그러면 그의 님이 잇는 悲哀의 섬에서

저녁 해의 微笑처럼 자는 그를 비초리라!

「새로운 동무」는 1925년 2월 『신여성』 제19호에 발표한 것으로, 프랑스 소설가 모랑(Morand Paul)의 단편소설이다. 이상화는 1년 후인 1926년 1월에도 같은 작가의 작품 「파리의 밤」을 번안한다. 두 작품 모두 화자인 '나'가 만나는 여성인물에 대한 이야기다. 이 작품은 '폴라'와 '아니에스'라는 두 여성을 일인칭 관찰자 시점으로 그린다. 두 여성 인물에 대한 '나'의 생각과 느낌이 주를 이루는 것이다. 「염복」은 『시대일보』(1925년 7월 4일)에 실린 모파상의 장편 「벨 아미(Bel Ami)」(1885)의 번역 작품이다. 1925년 7월 4일 『시대일보』에 처음 연재될 때에는 번역이었는데, 그 이후에는 독자에게 이해의 편의를 주기 위해 번안으로 바꾸었다. 가난한 철도국원인 주인공 '듀로아이'는 타고난 미모와 재치로 사교계의 총아가 되어 여성의 인기를 독차지한다. 이 과정에서 주인공은 모든 수단과 방법을 동원하여 출세의 길을 달린다. 프랑스 제2공화국 시대 부르조아 사회의 타락상을 권세를 추종하는 한 사람의 냉혈한을 통해 리얼하게 형상화한 작품이다. 당시 파리의 풍속과 문란한 남녀 관계를 객관적인 관점에서 선명하게 부각시켜 많은 독자를 확보했다고 한다.

「파리의 밤」은 『신여성』(1926년 1월)에 실은 글이다. 소설가 모랑의 소설

집에 수록된 작품 「육일 경주의 밤」 가운데 한 부분을 번역한 것으로 「파리의 밤」이란 제목은 번역자 이상화가 붙인 것이다. 화자인 '나'는 파리의 어느 무도장에서 아름답고 독특한 행동을 보이는 '뢰나'라는 여자에게 끌리어 그 여자를 관찰하고 만나 대화를 나눈다. 작품 일부를 번역한 것이어서 완결된 이야기가 없이 여성 인물의 성격을 부각하는 데 집중되고 있다. 모랑은 세계 제1차 대전 후의 파리의 퇴폐적인 사회상을 감각적으로 재치 있게 묘사한 작가로 널리 알려졌다. 감각적이고 서정적인 문장은 세계적으로 주목받았다. 이태준의 『문장강화』에서도 "불란서 문단에서 가장 비전통적 문장으로 비난을 받는" 작가로 소개된 바 있다.

「사형받는 여자」는 『개벽』 71호(1926년 7월)에 실린 작품이다. 스페인 작가 블라스코 이바녜스(Blasco Ibanez, V., 1867~1928)의 작품을 번안한 것이다. 세계 제1차 대전을 다룬 작품으로 명성을 얻은 작가이다. 사형수 라파에르는 사형선고를 받고 집행을 기다리고 있다. 아내와 어린 딸을 만난 후 목사의 주선으로 특사를 청한다. 청이 받아들여져 그는 사형을 면하고 20년간 아프리카로 귀양을 가게 된다. 이 소식을 들은 그의 아내는 울부짖으면서 말한다. 남편은 사형에서 귀양살이로 바뀌었지만, 자신은 남편과 평생을 헤어져 살아야 하니 사형을 받은 것이나 다름없다고 말한다. 결미에서 사랑의 절실함이 잘 표현된 작품이다. 이상화는 두 편의 창작소설에서는 경향성을 부분적으로 드러냈다면, 번안소설에서 사랑을 주제로 한 여성취향적인 것에 관심을 보였다. 그가 도일하여 2년여 동안 불문학을 공부하면서 이러한 유럽 작가의 작품을 접했고, 그것이 계기가 되어 작품을 번안했던 것으로 추정된다.

김학동(2015: 373)이 소개한 이상화의 번역 소설 「노동―사―질병」은 『조선일보』 1926년 1월 2일자에 실린 원작자를 밝히지 않고 "―이이야기는 '남아매리카 인도' 사람들 사이에 잇는 날이야기다―"라고 밝힌 작품이다. 이상화가 『카프』에 경도되어 있을 무렵 계급적 무산층의 노동과 죽음과 질병을 소재로 한 짧은 콩트를 번역한 작품이다. 이상화의 번역 소설은 지금까지 「단장」, 「새로운 동무」, 「염복」, 「파리의 밤」, 「사형받는 여자」 5편이 알려져 있다. 그런데 김학동(2015: 373)이 이상화의 작품 목록 부록에 1926년 1월 2일 『조선일보』에 원작자가 밝혀지지 않은 「노동勞働로동—사死사—질병疾病질병」이라는 이상화의 번역 작품이 실려 있다고 하였으나 지금까지 그 원문은 소개되지 않았다. 최근 필자가 『조선일보』 유석재 차장에게 부탁하여 이 작품을 찾았다. 원문과 함께 간단한 설명을 덧붙여 둔다. 원문은 읽기 쉽도록 띄어쓰기를 한 것임을 밝혀 둔다.

소설이라기보다 짤막한 콩트이다. 이 세상의 창조주의 이야기로 인간 세상의 노동과 죽음과 질병에 대한 인간의 대처 방식을 이야기로 꾸민 것이다. 인간 삶에서 가장 가혹하고 고통스러운 노동의 계급적 편중에 초점을 맞추어 쓴 작품으로 보인다.

이상화의 번역 소설은 지금까지 「단장」, 「새로운 동무」, 「염복」, 「파리의 밤」, 「사형받는 여자」 5편이 알려져 있다. 그런데 김학동(2015: 373)이 이상화의 작품 목록 부록에 1926년 1월 2일 『조선일보』에 원작자가 밝혀지지 않은 「노동(勞働) −사(死) −질병(疾病)」이라는 이상화의 번역 작품이 실려 있다고 하였으나 지금까지 그 원문은 소개되지 않았다. 최근 필자가 『조선일보』 유석재 차장에게 부탁하여 이 작품을 찾았다. 원문과 함께 간단한 설명을 덧붙여 둔다. 원문은 읽기 쉽도록 띄어쓰기를 한 것임을 밝혀 둔다.

「노동(勞働) −사(死) −질병(疾病)」

이상화 역

—이이야기는 "남아매리카 인도" 사람들 사이에 잇는 날이야기다—

이 세상을 만든 이는 맨 처음 사람을 조금도 일하지 안토록 그러케 편안하게 만든 것이엇다. 그래서 집도 쓸 대 업고 옷도 음식도 쓸 때 업슬 뿐 아니라 더군다나 병이란 것은 엇던 것인지도 모르게 적어도 백살까지는 다들 살게 하엿다. 얼마 뒤에 사람들이 엇더케 사는 가—하는 궁금한 생각이 나서 한 번 구경을 와보앗다. 사람들은 질겁고 편안하게 살지 안코 제각금 맘대로만 하노라고 서로 싸호든 남아지에 그만 이 세상 사리를 질거하기는 커녕 도로혀 그리 탐탐스럽지 안타고 원망하는 소리로만 부루지졋다.

그는 "이건 사람들이 제 맘대로만 살려고 하기 때문이라"고 해서 이런 일이 업도록 하자면 일을 하지 안코 살아갈 수가 업도록 하여야겟다고 해서 그러케 만드러 바렷다. 그리자 사람은 칩고 배곱흔 것을 피하기 위해서 집을 짓느니 땅을 파느니 곡식을 심느니 그늘을 비여 드리느니 하는 로동이란 것을 하게 되엿다.

그가 생각하기는 "제각금 따로 떠러저서는 연장도 못 작만할 테고 재목도 가저올 수 업슬 것이고 집을 세우는 것도 곡식을 심는 것이나 비어 드리는 것도 실을 켜는 것이나 베를 짜는 것도 옷 만드는 것도 혼자로는 할 수 업슬 것이다. 그러니 이러케만 식혀 두면 필경은 서로 어우러저서 서로 돕기만 하면 온갓 것을 더 만히 어들 수도 잇고 갑절 만들어 낼 것을 알게 될 것이다"고 한 것이엇다.

오랜 뒤에 다시 그는 사람의 사는 꼴이 이제는 재미로운가 엇던가—하고 와보앗다.

재미롭기는 커녕 이전보담도 더 참혹한 사리를 하고 잇섯다. 하는 수 업시 어울어저서 일은 하고 잇지마는 제 각끔 달리 떼를 지어서 다른 떼의 하는 일을 빼아스려고 서로서로 남의 것을 업새바리려 하얏다. 이러케 싸호는 동안에 공연히 세월과 힘을 업새면서도 사람의 사리는 아모 보잘것 업시만 되엿다.

그는 이럴게 아니라 '죽음'이란 것이 언제 올넌지 모르고 죽도록 하여야겟다고 해서 사람이 그만 제가 언제나 죽을는지 짐작을 하든 그 지혜를 일허 바리게 하얏다.

"저의들도 언제 죽을지 모른다―는 것을 알게만 되면 그리 오래도 못 가질 가엽슨 사욕으로 싸호기만 하다가 한 평생을 부즐 업시 보낼 까닭이 무엇이냐― 고 해서 서로 사이 조케 지날 것이다."

그러나 사람의 생각은 그가 짐작하든 것과 갓지 안헛다.

요사이는 사람들이 엇재 사는가 해서 또 세상으로 와 보앗다. 하지마는 사람의 사리는 아즉도 마찬가지엇다.

힘센 놈은 사람이란 언제 죽을지 모른다―는 것을 핑계로 삼아 저보담 약한 놈을 제 맘대로 부리노라고 죽인다고 위협을 하고 또는 죽이기도 하얏다. 그리다간 가장 힘 센놈과 그 자손들과는 일은 하지도 안코 도로혀 아모 할 일이 업서서 몸살을 치는 판에 약한 놈은 제 몸에 지치는 된 일을 하지 안흘 수 업게 되여서도 한 번을 맘대로 쉬어 보지도 못하든 판이엇다. 이래서 사람은 더욱이 참혹하게 되어가든 것이엇다.

여긔서 그는 자긔의 제일 마즈막 수단으로 사람에게 병이란 것을 써 보아서 세상을 곤처 보려고 하얏다.

"아모 할 것 업시 병이 언제 들지 모르게만 해 두면 성한 놈은 알는 놈을 가엽게 녀겨서 간호를 할 것이다. 웨그러냐 하면 언제든지 제 몸이 알을 때에 남의 간호를 안 바들 수 업다는 그 생각을 비로소 가지게 될테니까――"

그는 이러케 생각하얏다. 그리고 그는 세상을 떠나갓다.

그러나 오란 뒤에 다시 와 볼 때에 병이란 것을 가지게 된 사람의 사리는 차라리 날을 그릴만큼이나 그러케 더 참혹 하얏다.

사람을 서로서로 화합하게스리 자긔가 끼처준 그 병으로 말미암아 사람은 도로혀 난호여지게 되얏든 것이엇다. 힘이 만하서 남을 마구자비로 부릴만한 놈은 제가 병들엇슬 때는 됴화하거나 실혀하거나 저보담 약한 놈을 다―부리고 서도 경우가 밧고여 약한 놈이 알코 잇슬 때는 간호는커녕 위로가튼것도 하지 안헛다. 그럼으로 힘 세인 놈들을 간호만 하든 그 약한 놈들은 맥이 풀어지고 힘이 빠저서 얼는 제 몸을 도라볼 사이도업고 엇더냐고 뭇는 놈도 한 놈 보지를 못하얏다. 돈 잇는 놈들은 성한 사람이 알는 놈을 보면 마음이 시덜퍼저서 우리의 재미성을 부순다고 해서 가엽게 병든 가난방이들은 따뜻한 마음으로 치료를 식히랴는 그 안해나 가장이나 아들이나 딸의 간호와 위로를 바들 수 업는 외우진 집에다 갓다둠으로 말지 못해하는 간호와 억지로 하는 위로에 시달리고 알타가 그만 불상하나마 죽지 안흘 수 업게 되여바리거나 한 평생을 그러케 괴롭게 지나든 것이엇다. 그뿐이랴 ! 엇지면 이 병은 남에게 올머 간다고 해서 알는 사람을 보려도 안코 필경은 간호한다는 놈까지 갓가히 오지를 안튼 것이엇다.

"이러케 해 보앗서도 사람이 저의들의 복 다운 세상과 재미로운 사리가 어데 잇는지를 모를 것이면 가진 고생에 지처서 저의들이 깨치게 하는 수 밧게 업슬까보다."

이 세상을 만드럿다는 그도 이러케 단념을 하고는 사람을 내버리고 마랏다.

소설이라기보다 짤막한 꽁트이다. 이 세상의 창조주의 이야기로 인간 세상의 노동과 죽음과 질병에 대한 인간의 대처 방식을 이야기로 꾸민 것이다. 인간 삶에서 가장 가혹하고 고통스러운 노동의 계급적 편중에 초점을 맞추어 쓴 작품으로 보인다.

이상화의 수필 및 기타

이상화의 수필 및 기타가 13편 알려져 있었는데 「민간교육 특질은 사재간 거리」와 「신년문단」(1926.1.1)이라는 글이 추가되어 14편으로 늘어났다. 특히 이상화가 1934년 이후 교남학교에 무급 교원 활동을 하면서 민족정신 교육에 남다른 정열을 보여주었다. 특히 「민간교육 특질은 사재간 거리」라는 글은 신문지상 토론에 실을 글인데 그의 사재간의 거리가 교육에 얼마나 큰 영향을 미치는 지에 대해 밝힌 글이다.

「출가자의 유서」는 『개벽』 57호(1925년 3월)에 실린 수필이다. 이 글의 주제문은 '내가 집을 떠나자'인데 떠나야 할 집은 자족미봉(自足彌縫)의 삶 곧 개와 돼지의 노릇을 하는 생활을 말한다. 자기 자신의 개성과 정체성을 자각하지 못한 채 개와 돼지처럼 본능적인 욕망만을 추종하며, 미래에 대한 대책과 주체성도 없이 미봉책으로 살아가는 생활밖에 못하는 집은 내가 떠나야 한다. 이런 집은 양심을 시들게 하며, 양심이 없으면 생명을 지닌 개성으로 존재한다고 볼 수 없다. 미래에 대해 확신을 하지 못하고 현실에 안주하면서 시대를 한탄하거나 회의에 빠져 자기 자신을 미워하는 태도를 버리는 것이 집을 떠나는 일이다. 나태함과 겁에 빠져 주저하지 말고, 나약함을 던져버리고 과단성 있게 자신의 삶의 주인이 되어야 한다는 말이다. 이 글은 형식에서도 아주 특이한 측면을 보인다. 한 줄 띄우기로 구분한 8개 단락이 길이가 거의 같다.

「방백」은 『개벽』 63호(1925년 11월)에 실린 아포리즘의 형식이다. 각 분절된 화제가 스무 개 이상 연결되면서 전체적으로 통일성을 이룬다. 형식뿐만 아니라 내용에서도 주목된다. 이상화 문학 가운데에서 사상을 가장 깊고 집약적으로 표현한 글일 것이다. 융화와 미묘, 혼합과 이존, 대아와 소아, 완성과 미완성, 영원과 순간, 생활과 사상, 우연과 필연, 이성과 감상, 과거와 미래 등 많은 대립하는 두 극점을 상정한다. 이 글의 핵심 주제는 문학의 생명의식이다. 생명은 양자의 투쟁 과정에서 생성되는 변증법적 지양이라는 것이다. 생명의식은 개성을 중시하면서도 그것의 융화인 보편적인 사상을 존중할 때 생성된다. 그것은 양 극점에 머물지 않고 지속적인 투쟁에 의해 민첩하고 진실하게 전환할 때 가능하다는 것이다.

「속사포」는 『문예운동』 창간호(1926년 1월)에 단상 형식으로 여러 사람의 글을 함께 수록한 것 중 하나다. 희곡의 양식을 빌린 수필인 셈이다. 수필의 서술처럼 문장을 늘어놓지 않고, 등장인물의 대화를 중심으로 화제가 빠르게 전환된다. '속사포'라는 제목은 말하는 방식을 두고 붙인 것이 아닌가 싶다. "영혼 경매식으로 원고 넝만전을 보았다"라는 것은 아마 오래된 육필 원고를 경매하는 현장을 목격했다는 말 같다. 이를 두고 작가는 인간 영혼을 경매하는 것이라고 보았던 것이다. 인간의 영혼조차 상품으로 매매하는 자본주의의 속성을 비꼰다. '영혼경매'를 동음이의어로 조어하여 말장난을 하는데, 이는 물질에 영혼을 파는 세태를 냉소하고 비판하는 데 매우 효율적이다. 이상화의 침울하고 무거운 다른 글에 비하면 밝고 재치가 넘치는 글이다.

「단 한마대」는 1926년 『개벽』 신년호에 수록된 글이다. "新年의 文壇을 바라보면서서"라는 설문에 현진건과 카프 동인인 박영희, 이익상과 함께 답하는 형식으로 쓰인 글이다. 자기 자신을 속이지 않는 진실한 생활 감정의 중요성을 강조한다. 진실한 삶과 생활이 예술의 근원이고, 여기서 작가의 생명이 우러나온다는 것이다. 생활, 진실, 생명 등은 이상화의 문학정신을 지탱하는 핵심 개념이다.

「신년을 弔喪한다」는 『時代日報』(1926년 1월 4일)에 실린 수필이다. '조상(弔喪)'은 죽음을 애도하고 위로하는 행위다. 신년을 조상한다는 말은 신년이 죽었다는 말이다. 새로운 희망으로 새해를 맞이하는 것이 일반적인데, 그 새해를 조상한다는 것은 올 새해에도 별 희망이 없단 말인가. 작가는 비록 '핏물이 마르지 않고 아우성이 물굽이 치는' 현실이라 하더라도 새해에는 작은 소망이라도 가져야 한다고 말한다. 이 작은 소망조차 없다면 올 한 해도 일찍 가버리라고 미리 조상하자는 것이다. 소망을 갖자는 의도로 쓰인 글이긴 하지만, 전편에는 현실에 대한 비관적인 인식이 깔린 것 같다. 신년을 맞아 덕담하고 희망을 이야기하는 밝은 분위기가 아니다. 우리의 고통을 가볍게 해달라고 세월만 한탄해서는 생활에 변화를 가져올 수 없다.

소망하는 대로 되려면 생명에서 솟아나는 힘이 필요하다는 것이 이 글의 요지다.

『시대일보』1926년 1월 4일, 「웃을 줄 아는 사람들」은 「신년을 조상한다」와 같은 지면, 같은 날짜에 발표된 글이다. '웃음을 잘 웃을 줄 아는 사람이 진정한 승리자다.'가 이 글의 주제문이다. 생활에 만족하고 행복이 넘치면 웃음이 떠나지 않을 터이니 굳이 웃음을 웃자고 말할 필요가 없다. 웃을 수 없는 현실이다. 하늘에는 태양이 빛나건만 현실 생활은 아픔, 매움, 괴로움, 쓰림으로 견디기 어려운 실정이다. 그러나 진실을 바탕으로 밝은 미래를 맞이하기 위해 온몸과 마음을 태우고, 정열적인 생활력을 가지고 전진하면, 광명의 미래와 삶이 다가온다는 것이다. 즉, 현실 생활의 아픔과 괴로움에 좌절하지 말고 그것을 웃음으로 받아들일 때 승리의 삶을 살 수 있다는 말이다. 이때 웃음은 체념이나 타협이 아니라, 진실이 넘치는 웃음이어야 한다. 표면으로는 현실의 긍정적인 수용을 말하는 것 같으나, 이면에는 자조적이고 비관적인 색채가 엷게 깔렸다.

「심경일매」는『문예운동』제2호(1926년 5월호)에 수록된 수필이다. 카프의 전속 문예지인『문예운동』은 2호가 낱장으로 일부만 발견되고 나머지는 발굴되지 않았다. 2001년 민족문학작가회의가 주최하는 상화 탄생 100주년 기념문학제에서 시편 「설어운 조화」(첫 행만 확인)와 「먼－ㄴ 기대」(제목만 확인)와 함께 처음으로 소개되었다. 다행이 이 작품만은 전편을 다 읽을 수 있다. 그런데 복사본이라서 인쇄 상태가 좋지 못하고, 다른 글에 비해 어휘나 문장에서 방언을 많이 구사하고 있어 원문 확인이 어려운 부분이 많은 편이다. 활자의 윤곽과 내용상의 문맥을 고려하여 판독하였으나 정확하지 않다. 빠른 시일 안에 원문이 발견되기를 기대해 본다. 작품의 중심 내용은 이렇다. 모든 존재는 한 곳에 머물러 있고서는 살아있다고 보기 어렵다. 그것은 기쁨도 슬픔도 없는 죽음이나 마찬가지다. 변화하는 데에서 존재의 의의와 가치가 생성된다는 것이다. 어제와 오늘, 오늘과 내일이 다르지 않은 일상에서 막연하게 내일을 기다리는 소극적인 태도를 박차버리고 생명이 하고자 원하는 대로 온몸을 던져버리는 생활이 필요하다는 것이다. 슬픔이나 기쁨 그 자제에 안주하지 말고 기쁨에서 슬픔을, 슬픔에서 기쁨을 역동적인 삶의 자세를 주장하고 있다.

「나의 아호」는 『중앙』 4권 4호(1936년 4월)에 실린 짧은 글로서 자신의 아호에 대한 내용을 담고 있다. 「나의 어머니」는 『중앙』 4권 5호(1936년 5월)에 나의 어머니라는 주제로 많은 사람들이 쓴 단상 가운데 하나다. 소설가 장혁우, 평론가 이헌구, 시인 이은상도 참여하였다. 시조 형식의 3행시로 대답한다. 어머니를 모시지 못하는 죄스러운 심정이 잘 드러난다. 불효하는 자신을 남들은 허랑방탕하다고 할지 몰라도, 어머니만은 자기를 이해해주시며 우셨다는 대목이 감동적이다. 잘 짜인 한 편의 시조 작품이다.

여기에 실린 「기미년」이라는 시조 1편을 시집에 새로 삽입하여 소개하였다.

1935년 1월 1일 『조선중앙일보』에서 신문지상에서 기획한 지상토론으로 우리의 당면한 새 과제, 교육의 대중적 보급책(1~6)에 대해 전조선 사계 권위 총 집필한 내용이다. 1) 모든 기회 이용해서 무식한 동포를 구하라, 2) 야학·하기강습소등 모두 필요, 3) 민간교육 특질은 사제간 거리근접, 4) 자기 몸을 바쳐서 남 위해 일할 사람, 우리 학교에서 양성하는 인물무산아동에게 수업료 면제필요, 5) 장기보통교육보다 단기전문교육에 치중하여 보편화 도모, 6) 학령초과자는 사회기관에서 교육을 하여야 한다 등으로 나누어 필자는 원한경(연희전문교장), 이상화(대구교남학교), 신봉조(배재고보교), 김관식(함흥영생고보교장), 오병주(원산해성보교장), 아펜젤러(이화여전교장)이 글을 썼다. 이 가운데 이상화는 「민간교육 특질은 사제간 거리근접」이라는 글을 기고하였다.

「민간교육 특질은 사제간 거리근접」(『조선중앙일보』, 1935년 1월 1일자)

시란 가장 산뜻한 생명의 발자욱

　이상화가 남긴 산문을 통해 상화의 문학정신을 요약해 보려고 한다. 상화는 「문단측면관」이라는 글에서 매우 또렷하게 '개성', '사회', '시대'에 대한 관찰력이 필요하며 그것은 작가의 기본적 사람다운 '양심' 위에 있음을 강조한다. 결국 상화는 자신도 모르게 성장과정에서 배어 있는 유가적 심성을 토대로 사회와 시대에 대한 비판적 성찰을 매우 중요한 덕목으로 여기고 있음을 알 수가 있다. 그와 함께 상화에게는 글 쓰는 사람으로서 '조선'이라는 '자신의 나라', '자신의 나라 말'에 대한 중요성을 기본 덕목으로 삼고 있다. 이러한 관점에서 상화는 조선문단이 지향해야 할 방향을 시대와 사회에 대한 깊은 번민을 토대로 새로운 세상, 곧 조선의 생명을 창조하는 것이 작가의 임무로 판단하고 있다.

　『백조』에서 연이어 『파스큐라』와 『카프』로 옮아가면서 식민시대의 기층민에 대한 사회적 관심과 상실한 조선에 대한 시대성으로 인해 창작을 할 수밖에 없었던 자신이 걸었던 문단의 활동과 자신의 문학관을 일체시키려 노력을 하였다. 1925년 무렵 문단의 상황에 대해 다음과 같이 말하고 있다.

"상섭, 빙허, 도향 가튼 이들은 하로 일즉 유탕 생활 (쑥 과장된 말일지 모르
나 하여간 기분상으로라도)을 바리고 될 수 잇는 데까지는 오늘 조선의 생활을
관찰한 데서 어든 감촉으로 제일의적 대작이 될 만한 총서를 짓기로 지금부터
착공하엿스면 한다. 그리고 회월, 월탄, 명희, 석송, 기진 가튼 이들은 다―시
쓰는 이들로써 소설 (전사인) 비평 (후일인)까지 쓰는 이들이니 남달리 가진
두뇌와 남달리 섯는 위치를 다시 닷 고지하여서 그들의 네사롭지 안흔 책임을
다―함으로 말미암아 문단에서 섯지 못할 이중수과가 잇게스리 바란다."

―이상규 엮음, 『이상화문학전집』(경진출판, 2015, 155쪽)

두 갈래의 길이 서로 배치되지 않고 이중효과가 일 수 있기를 바라고
있다. 이 무렵 상화가 이미 김기진과 박영희의 계급문학의 투쟁성 문제에
대해 다른 길로 향하고 있음을 짐작할 수 있는 대목이다.

상화의 시론은 그의 「시의 생활화」에서 더욱 세련되게 가다듬어진다.
"시는 어떤 국민에게든지 항상 그 국민의 사상 핵심이 되고 그 국민의 생명
배주가 됨에서 비로소 탄생의 축복과 존재할 긍정을 밧는 것이다."라고 하
면서 시인은 사상의 비판자요 생활의 선구자가 되어야 한다는 판단을 하고
있다. 그러나 계급문학에 대해서는 상화는 나름대로 많은 독서를 통해 무산
계급의 문학을 유형으로 나누어 경향파 문학의 길이 다양함을 이미 예측하
고 있었다. 상화는 「문학의 시대적 변위와 작가의 의식적 태도론 일개고」와
「무산작가와 무산작품 (1) (2)」, 「세계 삼시야」라는 일련의 무산계급론에 대
한 글을 통해 이미 김기진이나 박영희와는 확고하게 다른 길에 서 있음을
알 수가 있다. 이러한 노선의 차이가 결국 1927년 대구로 낙향하여 문필을
꺾고 현실 운동을 통해 그의 이념을 실천하게 된 계기가 된 것이다.

상화는 19세기 서구와 구 소련의 사회주의 문학가들의 글을 거의 요약하
여 섭렵하면서 무산계급문학 곧 프로문학의 한계를 인지하고 있었던 것으

로 보인다.

영국에서 활동한 조지 기싱, 덴마크의 애드워드 부란대스, 스웨덴의 쿠누트 함 , 요한 보앰, 소련의 막심 고르키 등의 문학 작품을 읽으면서 구속되지 않는 자유의 영혼으로 사회의 불합리를 향해 저항하고 항거하던 프로문학에 대단히 심취해 있었다. 그러나 상화가 본 것은 계급투쟁의 문제나 계급혁명의 문제에 대해서는 무산자들의 다양한 변기성 때문에 계급투쟁을 일괄해서 논의할 수 없음을 주장하고 있다.

조지 기싱이 작품에서는 빈궁을 주제로 했지만 작가 스스로 빈민을 철저하게 싫어했던 자유주의자이며 개인주의자였음에 반해 산업혁명과 사회주의로 사회를 개조하려고 했던 고르키와는 서로 상반된 입장임을 갈파하고 있었던 것이다.

> "요한·보앨로 말하면 또 다른 특채가 잇다. 그는 오래도록 무산계급에 자라서 학대밧는 그 계급의 고노를 맛엇다. 하나 그는 그 현상을 전도식힘에 쏠키와 가티 산업혁명과 사회주의로 사회를 개조하려고 안햇다. 그는 학대밧는 편의 불합리를 고찰한 동시에 그 계급 자신에게도 또 구원하여야만 할 그 무지를 발견하얏다. 세계의 번뇌란 것은 말할 것도 업시 이 두 편의 무지와 무지와의 투쟁에서 나는 것이다. 그것은 지식 문제가 근본이 됨으로 당박된 사회 개조는 먼첨 심령 개조에 잇고 다음이 양식 개조일 것이라고 그가 생각하얏다."
>
> ―이상규 엮음, 『이상화문학전집』(경진출판, 2015, 208쪽)

상화가 가진 프로문학에 대한 인식이 막심 고르키나 요한 보앨로 쪽보다 조지 기싱 쪽에 기울어져 있었다. 계급혁명이나 투쟁보다 사회개조가 먼저 심령개조를 통한 양식 개조로 지향해야 한다는 관점이었다. 다시 말해 상화가 가진 신념은 고르키와 같은 사회 개조나 계급 투쟁이 아닌 죠지 기싱과 같은 심령개조에 힘을 싣고 있다. 그러한 이유는 바로 조선의 당대가 바로 일본 식민이라는 억압 아래에 있었기 때문에 조선 내부의 지주와 노동자라는 계급투쟁은 훨씬 더 큰 분란으로 이어질 수 있으리라는 유교적인 전통적 가치를 함의하고 있었다.

결국 기질적으로 그리고 문학 운동의 방식에 있어서 차이를 가지고 있었던 김기진이나 박영희와는 노선을 달리할 수밖에 없게 된 것이다. 그러나 그토록 야멸차게 상화를 비판하거나 무시했던 김기진과 박영희는 1937년 이후 황군작가단, 국민총력조선연맹, 조선문인보국회 등 친일파 노선에 가담함으로써 그들이 주장했던 무산층을 위한 계급문학을 완전 허구로 만들어버렸다.

계급 투쟁 문학론을 가열차게 외치던 팔봉 김기진이라는 작자가 함께 카프를 결성했던 이상화도 내려치고 박영희도 짓밟으며 권력에 빌붙어 친일파 대열에 들어섰다. 계급 투쟁 문학가들 일부는 북으로 가서 대부분 프로파간다로 전락했다가 1957~58년 사이에 숙청당하여 소멸되었다. 광복 후 이 나라에 내놓으라는 비평가들이 친일파로 전향한 팔봉비평가 상을 받아 챙기며 1960년대 참여문학론을 옹호하며 반역의 나팔수 대열에 들어섰다. 앞과 뒤가 가지런하지 않은 인생을 살았던 문인들의 신의와 믿음이 쪽박 깨어지듯 깨박살 났다. 그러나 상화는 자신이 주장했던 시의 생활화라는 사상을 유지하기 위해 1927년 이후 실천으로서의 사회실천운동에 매진하면서 끝끝내 일제에 회유되지 않은 항일 민족 시인으로서의 품위를 지켰다.

상화의 삶에 시공간적 근원을 이루는 것이 조국, 곧 '조선'이다. 조선이란 나라가 강대국 사이에 끼어서 확연한 정체성을 못 가진 데서 온 식민화라는 비애와 붕괴된 시대 의식을 확고히 하고 있다. "조선이란 민족도 일종의 반항적 숙명을 전적으로 투쟁을 치름에서 해탈을 구하여야 할 것"이라고 판단하고 있었다.

이상화는 일상의 삶과 그 삶을 견지하는 사상과의 관계를 매우 소중하게 생각하였다. 문예가 그냥 창조되는 것이 아니라 일상의 삶 속에서 작가가 지닌 사상이 일체되는 창조력을 가져야 한다고 판단하고 있었다.

> "생활의 존중하온 까닭은 생활 그것의 배경인 사상이 잇기 때문이고 사상의 존중하온 까닭은 사상 그것의 무대인 생활이 오기 때문이다. 그럼으로 사상 업는 생활은 생물의 기생에 지나지 안코 생활 업는 사상은 간질의 발작에 다를 것이 업슬 것이다. 본능이 그리식히는 것이다. 생활은 존중하다. 사상은 존중하다."
> —이상규 엮음, 「방백」(『이상화문학전집』, 경진출판, 2015, 319쪽)

조선의 말로 만들어지는 문학 작품이 조선인의 생활이란 상태로 존재로만 있지 않고 사상이란 것도 언어에만 머물지 않을 실천성을 매우 중시하였다. 그가 1927년 대구로 낙향하면서 붓을 놓게 된 것도 언어도 생명이 되어야 한다는 자신의 문학관을 지키려는 결심에서 나온 결과이다.

이상화의 문학정신은 문학은 오로지 진실한 삶과 생활이 예술의 근원이 되어야 거기에서 작가의 생명이 우러나온다는 것이다. 곧 생활, 진실(양심), 생명 등은 이상화의 문학정신을 지탱하는 핵심 개념이다. 그는 자신의 이러한 문학에 대한 신념을 구현하기 위해 노력한 시인이요 항일 운동을 삶 속에서 실천한 인물이다.

이상화의 글쓰기의 지향점

이상화 스스로 글쓰기에 대한 신념과 그 방향이 무엇인지 자신이 발표했던 산문에서 살펴보자. 이러한 문학 창작의 성과 유무와 관련없이 자신이 지향하고자 했던 글쓰기는 양심에 바탕을 두어야 함을 누누이 강조하였다.

"個性이 엇지 살까 하는 觀察이 업고 個性이 살 社會가 엇더한가 하는 觀察
이 업고 社會가 선 時代가 엇더하다는 觀察이 업시는 적어도 이러한 觀察을
해보려는 努力이 업시는 그의 모든 것에서 사람다운 것이라고는 한아도 볼 수
업기 째문이다. 사람다움이은 사람의 良心에서 나온 것이니 사람이 아니고는
차질 수 업는 이러한 美를 사람이 살 짱 우에 가저오게스리 애쓸랴는 觀察이
업시는 사람 作者 노릇은커녕 노릇을 안켓다고 함이나 다르지 안키 째문이다."

　　　　　　　　　　　　　　　　　　　　—「문단측면관」(『개벽』 58호, 1925.4)

　　그와 함께 글쓰기는 우선 어찌 살까라는 개성에 대한 관찰성과 사회가
어떠한가라는 사회에 대한 관찰안, 시대에 대해 그 시대가 어떠한가라는
관찰력을 가지고 글쓰기를 해야 하며 또 글 쓰는 이의 책임은 그 나라 사람
으로 그 나라 말로 그 나라 사람들이 영원히 추구하는 바를 「문단측면관」이
란 글에서 분명히 밝혀 두고 있다.

　　"자신이 그 나라 사람으로써 그 나라 말로 그 나라의 추구(사람의 모든 노력
을 아울러 영원한 추구라 할 수 잇다.)하는 바를 말하는 사람이 되엇스면 그에게
는 그 나라 사람으로써 글 쓰지 안는 그 사람들보다는 무엇 한 가지 더 가질
책임이 잇다."

　　　　　　　　　　　　　　　　　　　　—「문단측면관」(『개벽』 58호, 1925.4)

　　여기서 이상화는 글 쓰는 사람과 글 쓰지 않는 사람은 큰 차이를 가지고
있는데 그 큰 차이란 바로 양심이라는 것이다. 또한 글 곧 문학적 창조란
① 사람의 마음을 깨우치고, ② 사람의 마음을 아름답게 해 주고, ③ 시대에
대한 경고를, ④ 사회에 대한 비평을 해야 한다는 글쓰기의 태도 4가지를
강조하고 있는 것과 같이 개인의 감상주의나 "호작질 비슷한 군입 다시는

일이 아닌 시대와 사회에 대한 책임과 비판 정신을 가져야 한다는 곧 조선의 시대와 사회라는 환경 속에서 사람의 마음을 아름답게 해 주는 문학이 되어야 한다고 주장하였다. 이것은 곧 조선의 주체적 문학관이 되어야 한다는 관점이다.

이 글을 쓴 1925년 무렵 이상화는 조선에 대한 생명의식을 바탕으로 하여 조선의 생활을 그들의 언어로 그들이 추구하는 울음이 미화하려는 부르짖음이 되어야 한다는 주체적 문학관을 강조하고 있다.

"그들의 생활이 잇고 그들의 언어가 잇는 이상 그들의 생활이 천국사리가 아니고 대지로 밟은 이상 그들의 언어도 사람의 감각과 배치하는 괴물이 아니고 사랑의 통양을 지시하는 표현이라면 그들에게도 추구하려는 울음이 잇을 것이오 미화하려는 부르지즘이 잇슬 것이다. 그 울음과 그 부르지즘을 어더 듯지 못하고 그 울음과 그 부르지즘을 그대로나마 기록하래도 못하는 사람이 그 나라의 생명을 표현하는 작자가 되엿다면 글 쓸 사람의 의식을 못 가진 죄가 얼마나 클 것이며 작자 자신의 본질을 쌔앗긴 허물은 엇지나 될 것인가."

—「문단측면관」(『개벽』 58호, 1925.4)

이상화의 문학관은 「시의 생활화」(『시대일보』, 1926.6.30)에서 잘 이해할 수 있다. 특히 이 글은 자신의 시론에 해당한다고 할 수 있다.

"시는 어써한 국민에게는지 항상 그 국민의 사상 핵심이 되고 그 국민의 생명 배주가 됨에서 비롯오 탄생의 축복과 존재할 긍정을 밧는 것이다. 여긔서 축복과 긍정이란 것은 시 자체의 의식 표현을 암시하는 말이다. 시와 그 주위와의 관계를 말한 것이다. 그럼으로 오늘의 시인은 한편으로는 사상의 비판자이어야 하고 쏘 한편으로는 생활의 선구자이어야 한다. 그러나 결코 이 비판과 이 선구는 남을 말미암아 하는 것이 아니고 모다 나라는 의식과 생명을 순전히 추구함에서 나와야 할 것이다. 그 뒤에야 비롯오 그 주위 생활의 동력을 나의 마음에 추향케 하며 나의 의식을 그 생활 우에다 활동시킬 수 잇슬 터이다."

— 「시의 생활화」(『시대일보』, 1926.6.30)

이상화는 "시는 가장 산듯한 생명의 발자국"이어야 한다면서 한편으로는 국민의 핵심 사상의 비판자이면서 생활의 선구자여야 한다는 주장이다. 특히 시인에게 있어서 생활이란 현실의 한복판에서 발효한 나라의 언어로 창작되어야 하며 시인은 자신의 사상을 시 위에서 행위하여야 하며 그 시는 자연과 생명의 어우러진 것이라야 한다고 하였다. 이 말은 곧 진실한 개성이라는 말이다. 생활을 시화시키려는 태도를 이른바 시의 생활화라 불렀다. 이처럼 이상화에게는 시가 자신의 삶의 전체이며 시를 제외한 자신의 삶의 존재 의의를 확보할 수 없다고 할 만큼 시 창작에 심취되어 있었다.

이상화가 『백조』 동인에서 떠나 프로문학 단체에 가담할 무렵 자신의 태도를 분명하게 제시하고 있다.

"상섭, 빙허, 도향 가튼 이들은 하로 일즉 유탕 생활(쯕 과장된 말일지 모르나 하여간 기분상으로라도)을 바리고 될 수 잇는 데까지는 오늘 조선의 생활을 관찰한 데서 어든 감촉으로 제일의적 대작이 될 만한 총서를 짓기로 지금부터 착공하엿스면 한다. 그리고 회월, 월탄, 명희, 석송, 기진 가튼 이들은 다ㅡ시 쓰는 이들로써 소설 (전사인) 비평 (후일인)까지 쓰는 이들이니 남달리 가진 두뇌와 남달리 섯는 위치를 다시 닷 고지하여서 그들의 네사롭지 안흔 책임을 다ㅡ함으로 말미암아 문단에서 섯지 못할 이중수과가 잇게스리 바란다."

— 「문단측면관」(『개벽』 58호, 1925.4)

한마디로 말하자면 낭만문학과 프로문학의 절충을 통한 이중효과가 나기를 바란다며 스스로 추구하는 문학관에서 크게 벗어나지 않음을 알 수가 있다. 이러한 확고한 자신의 태도로 인해 그는 프로문학 그룹에서 점점 일탈되면서 결국 1927년 이후 문단과 결별하게 되는 바 이 또한 스스로의 문학 창조의 양심의 문제에 기인한 것으로 보인다. 「지난 달의시와 소설」(『개벽』 60호, 1925.6)에 실은 평문 속에 " 소위 량심을 일치 안흔 식자의 '사상과 생활의 통일'에 대한 고면을 말한 것이라고도 볼 수가 잇다."라고 하였다. 그러면서 이기영의 「가난한 사람들」의 평문에서 당시 프로문학에 대한 비판적인 눈길을 엿볼 수가 있다.

"이것은 상상에서 나온 것이 아니다. 아마도 엇든 실생활의 단편을 기록한 것 갓다. 이만큼 실감이 읽는 이에게 픱주가 된다. 하나 결코 구상이든 기교를 통하야서 오는 감흥이 아니고 전혀 말하자면 렴치업서진 거러지의 '타령'하는 듯한 그런 참담한 생활의 고미를 독상함에서 오는 것쑨이다.

그럼으로 소설이란 형식으로 보아서는 구비하기에 불족한 것이 너머나 만타. 차라리 수필로나 서간으로 드면 작자의 보배롭은 열정이 얼마나 더 읽는 이를 충동까지 식혓슬까 한다."

—「지난 달 시와 소설」(『개벽』 60호, 1925.6)

라고 하여 "염치없는 거러지 타령"과 같은 프로문학은 글쓴이의 양심과 실천의 문제를 심각하게 비판하면서 차라리 수필로 쓰는 것이 낫겠다는 혹평을 가하고 있다.

새로 대량 발굴된 편지
『중앙일보』의 2016년 8월 24일자에 「항일 시인 이상화 편지 등 훔쳐

판 80대 가사도우미 검거」라는 기사에 따르면 이상화의 큰아버지댁인 소남 이일우 집안에 소장하고 있던 다량의 고문서 가운데 국립역사박물관 저항 시인 이상화(1901~1943)의 편지류 등을 훔쳐 판 80대 가사도우미가 유출하여 고서적상에 유통되는 과정에 경찰에 의해 회수된 소작계약증서 등 각종 서류가 공개 되었다. 대구 중부경찰서는 24일 대구시 중구 서성로의 이상화 시인 큰아버지인 이일우 고택에서 유물 1만여 점을 훔쳐 고미술수집가에게 팔아넘겼는데 그 일부인 850여 점은 대한민국역사박물관으로 그 나머지는 1만여 점은 대구의 모 고서적상에게 팔아넘겨졌다가 다시 본가로 환송되었 으며 그 가운데 일부는 대한민국역사박물관으로 기탁되었다.

분실된 이후 나머지 고문서들을 수합하기 위해 2017년 1월 20일 소남 이일우기념사업회에서는 가옥의 고방채에 남아 있던 근현대 고문서 1,500 여 점을 발굴하여 공개하였다. 이 근현대 자료에는 '이상화의 편지' 2통과 1934년도 '이상화의 생가 가옥 매각문서' 3통을 비롯한 '우현서루'의 매각 이 일제의 강압에 의한 것이라는 점을 시사하는 문서를 비롯하여 이장가의 방대한 재산규모를 알 수 있게 해 주는 전답매매문서와 전답안과 추수기 등의 관리문서, 경상농공은행의 설립을 비롯한 기타 상공경영 관리 문서, 이상화 시인의 편지와 윤홍렬의 편지, 이명득 여사의 대한부인회 활동자료 등이 포함되어 있다.

현재 이상화 관련 편지가 총 22통이 확인 되었다.그 가운데 대한민국역사 박물관에 기탁된 유물 가운데 이상화 관련 편지를 중심으로 15종을 가려서 소개를 하려고 한다. 그 내용 목록은 아래와 같다.

자료번호	자료명칭	자료수량
기23263	이상화가 이일우에게 보낸 편지	1
기23264	이상화가 이일우에게 보낸 편지	1

자료번호	자료명칭	자료수량
기23265	이상화, 이상백이 이일우에게 보낸 편지	1
기23266	이상화가 이일우에게 보낸 편지	1
기23267	이상화가 이일우에게 보낸 편지	1
기23268	이상화가 이상무에게 보낸 편지	1
기23269	이상화가 이일우에게 보낸 편지	1
기23270	이상화가 이일우에게 보낸 편지	1
기23271	연하장	1
기23272	이상화가 이상오에게 보낸 편지	1
기23273	이상화가 사촌에게 보낸 편지	1
기23274	이상화가 이일우에게 보낸 편지	1
기23275	이상화가 이일우에게 보낸 편지	1
기23276	이상화가 이일우에게 보낸 편지	1
기23277	이상화가 김찬기에게 보낸 편지	1

이들 자료에서 이상화가 1919년 3.1독립만세운동을 대구에서 주도한 이후 서울로 피신을 갔던 1919년 4월 5일에 큰집 큰아버지에게 보낸 편지에서 1922년 가을 프랑스 유학 준비를 위해 일본 동경 간다에 있는 프랑세 알리앙스로 가서 다시 토츠카로 이사를 갔던 과정을 밝힐 수 있는 편지와 엽서들이 포함되어 있다. 지금까지 백기만(1951)에서 알려졌던 이상화의 주거지에 대한 오류를 수정할 수 있는 근거자료가 될 뿐만 아니라 당시 이상화의 큰집 종형인 이상악과 백산상회 이사이자 후일 중앙일보 이사였던 경북 선산 출신의 이우석과의 관계를 확인할 수 있다.

06
이상화의 시와 페미니즘

상화를 둘러싼 여성

이상화의 문학과 페미니즘과의 관계는 자못 심각한 문제를 안고 있다. 진실과 허구의 경계가 모호한 탓이다. 『백조』 시대부터 아니 그 이전 청소년 시절부터 일기 시작한 상화를 둘러싼 여성과의 얽힌 이야기가 픽션 소설의 주제처럼 흥미진진하고도 네러티브한 구성력도 가지고 소다빵처럼 부풀어 올랐다. 우선 상화의 어머니 김신자와 아내 서온순을 제외한 화제에 올라 주변 사람들의 입방아에 오르내렸던 여성들이 무려 7명이나 된다. 1915년 청소년 시절의 인순이, 1921년 무렵 손필연, 1923년 무렵의 유보화, 1926년 경성의 기생 추월향과의 염문, 1928년 무렵의 김자희, 1933년 무렵의 송옥경(소옥)과 임학복이다. 일부러 캐내려고 해도 어려운 개인적 사생활의 단면이 글로 혹은 입소문으로 퍼지면서 상화가 좌절하게 만든 매우 주요한 요인이 된다.

그의 솔직하고 진실한 생활의 단면이 노출됨으로써 오히려 자신에게 부메랑이 되어 퇴폐적이고 무절제한 모습으로 묘사되어 문단에까지 파장을 일으키게 된다. 15살 무렵 이웃 동네에 살던 신명학교 여학생 인순과의 이룰 수 없는 슬픈 첫사랑의 이야기를 배경으로 한 「쓰러져 가는 미술관」이라는 시에서부터 시작하여 그 대표적인 작품인 「나의 침실로」를 유보화라는 여성과의 농염하게 타오르다 못 다한 처절하게 아픈 사랑이 배경을 이루는 작품으로 평가되면서 나타나기 시작한 작품의 오독과 평가는 결국 상화로 하여금 문단에서 발을 내려딛도록 만든다. 김기진·박영희 등 프로문학을 주도하던 이들과 이에 가세한 자신의 죽마고우였던 백기만으로부터 엄청난 좌절과 배신감을 맛보게 된다. 그러나 그는 아무 대응을 하지 않았다. 그의 생전에는 신태삼의 염정소설 『기생의 눈물』(세창서관)에서 추월향과 동침하는 육전소설의 주인공으로 등장시키고, 사후에는 백기만과 이설주에 연이은 이정수와 다수의 평론자들, 특히 김학동(2015)과 그를 추모하는 이상화기념사업회 초대 회장이었던 고 윤장근에 이르기까지 글로 혹은 구전으로 상화가 사랑했던 여인의 이야기는 걷잡을 수 없이 퍼져나갔다. 이게 진실이든 아니든 그의 문학의 자율성 문제와 별로 관계가 없다. 결코 길지 않았던 짧은 생을 마감하기까지 간직하고 실천했던 일제 저항과 자기보다 가난하고 힘든 이웃들을 지켜가려던 어둡고 험난한 시절, 상화 시인을 우리 곁에 두기까지 여러 사람들이 영향을 미쳤지만, 분명 상화를 둘러싼 여성들의 역할도 적지 않았을 것이다.

상화가 가장 크게 의지하고 기댈 수 있었던 분은 자신을 낳고 키워준 어머니 김신자 여사였을 것이다. 일찍 큰아버지 이일우가 설립한 달성소학교와 그 안에 부설한 부녀야학교 운영에 참여하여 '부녀친목회'를 구성하여 도우는 등 대구지역 여성운동의 자취를 남긴 어머니를 먼저 손꼽을 수 있다. 상화의 모친은 대구 여성교육을 통해서 여성개화를 열망하며 시숙이 창건

한 달서여학교에 지역 부인들을 적극적으로 입회시켰고, 달서여학교의 운영과 유지를 위한 의연금 모금에도 앞장섰다. 이처럼 김신자 여사는 여성교육으로 민족을 일깨우려는 상화 큰아버지의 뜻을 받들면서, 어린 네 자식을 위대한 재목으로 성장시켜 나간다. 모친과 큰아버지가 집안일은 물론 지역과 나라를 위해 헌신하는 모습을 보고 자란 상화의 민족의식은 뜨겁게 자라날 수밖에 없었을 것이다. 그러한 영향으로 상화도 교남학교의 무보수 교사로 일하면서 학생들에게 민족교육과 항일정신을 키워주었다.

『대한매일신보』 1909년 12월 30일자에 따르면 달서여학교는 설립 1년 만에 생도가 50명에 이를 정도로 커졌고, 이상화의 어머니가 이끈 '부인교육회'에서 돈을 모아 교사를 넓히는 등 교육 여건을 개선시켜 나갔다고 전하고 있다. 그 결과 달서여학교는 상화 모친 김화수(본명 김신자, 1876~1947)의 도움으로 본격적인 여성교육의 장으로 자리잡았다. 김화수는 (여성)교육이 부진함을 개탄, 이 지역 '여자교육회'를 발기하여 입회한 부인들로부터 200여 원을 모아서 달서여학교에 기부했을 뿐만 아니라 낮 시간에 글공

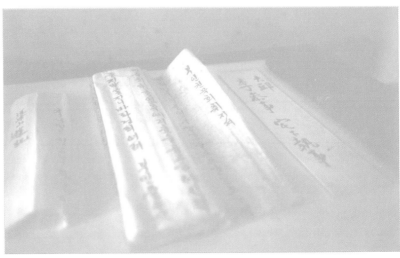

김화수가 남긴 「부인친목회취지서」(이상화 고택 전시품)

부를 하기가 어려운 주부들을 위해서 달서여학교에 임시 부인야학을 운영하기도 했다. 상화 모친의 열렬한 후원 아래 달서여학교는 1908년에 교사 낙성식을 갖기도 했다. 독실한 불교신자로 불교부인회 회장을 맡기도 했던 김화수는 "부인들이 유가적 습속의 굴레에서 벗어나 나라와 이웃을 생각하도록 눈을 넓히고 부녀의 실업과 충군대의를 따를 수 있는 덕목을 길러야 한다."라는 친목회 취지서를 남기기도 했다. 달서여학교는 서주원 여사가 창설한 명신여학교와 통합됐다가 다시 김울산 할머니에 의해서 복명초등학교로 연결된다.

상화 모친의 교육에 대한 열의는 친며느리들보다는 시숙 소남공의 며느리 이명득(이상악의 아내)에게서 다시 한번 빛을 발한다. 상화 모친에게 종동서가 되는 이명득은 대구지역에서 거의 첫 유치원으로 알려지고 있는 싯달유치원(현 서문교회 자리)을 설립하여 유아교육에 이바지했고, 이 유치원을 판 돈으로 화성양로원을 운영할 정도로 일찍 사회사업에도 눈을 뜬 여걸이었다. 남편과 사별한 중년의 나이에 여성운동에 눈을 떠서 당뇨로 눈이 멀어지기 직전까지 교육사업과 사회계몽활동을 지치지 않고 펼쳤다.

날이 맛도록
온 데로 헤매노라―
나른한 몸으로도
시들픈 맘으로도
어둔 부엌에,
밥 짓는 어머니의
나보고 웃는 빙그레 웃음!

내 어려 젖 먹을 때

무릎 위에다

나를 고이 안고서

늙음조차 모르던

그 웃음을 아직도

보는가 하니

외로움의 조금이

사라지고, 거기서

가는 기쁨이 비로소 온다.

—「어머니의 웃음」(『백조』 55호, 1925년 1월)

어머니를 주제로 한 상화의 시이다. 시간적으로 어린 시절, 공간적으로 부엌서 멀찌감치 바라다보는 은은하고 자비로운 어머니의 웃음을 회상하는 시이다. 역시 「원시적 읍울」이라는 시에서도 어머니 젖꼭지 빠는 어린애 숨결처럼 아득한 시간적 공간적 거리를 둔 그리움에 기대어 본다. 그 거리를 둔 어머니라는 여성이 상화에게는 아련한 사랑이다.

짜증나게도 늘어진 봄날— 오후의 하늘이야 희기도 하여라.

게선 이따금 어머니의 젖꼭지를 빠는 어린애 숨결이 날려 오도다.

사선 언덕 위로 쭈그리고 앉은 두어 집 울타리마다

걸어 둔 그물에 틈틈이 끼인 조개껍질은 머―ㄹ리서 웃는 이빨일러라.

마을 앞으로 엎드려 있는 모래 길에는 아무도 없고나.

지난밤 밤낚기에 나른하여— 낮잠의 단술을 마심인가보다.

—「원시적 읍울」(『개벽』 67호, 1926년 3월)

「원시적 읍울」에서 어머니에게 상화는 늘 젖을 빠는 젖먹이 어린애였다.

그렇게 아무런 조건 없이 의지하고 매달리는 영원한 카리투스적 사랑의 대상이다. 이러한 모성애가 사회생활 속으로 확장되면서 상화의 시작에도 영향을 미친다. 「파―란 비」라는 작품은 시인 자신이 여성으로 주체의 타자화로 남성에서 여성으로 전환된다. 비가 내리는 날 조용하게 바느질하는 여인으로 탄생한다. 성적 전환이라는 자신 내면의 욕망을 내보인다. 이러한 마조히즘은 초자아의 과잉에 기인하는 현상이다.

> 파―란 비가 '초―ㄱ초―ㄱ' 명주 찢는 소리를 하고 오늘 낮부터 아직도 온다.
> 비를 부르는 개구리 소리 어쩐지 을씨년스러워 구슬픈 마음이 가슴에 밴다.
>
> 나는 마음을 다 쏟던 바느질에서 머리를 한번 쳐들고는 아득한 생각으로 빗소리를 듣는다.
> '초―ㄱ초―ㄱ' 내 울음같이 훌쩍이는 빗소리야 내 눈에도 이슬비가 속눈썹에 듣는고나.
> 날 맞도록 오기도 하는 파―란 비라고 서러움이 아니다.
> 나는 이 봄이 되자 어머니와 오빠 말고 낯선 다른 이가 그리워졌다.
> 그러기에 나의 설움은 파―란 비가 오면서부터 남부끄러 말은 못 하고 가슴 깊이 뿌리가 박혔다.
> 매몰스런 파―란 비는 내가 지금 이와 같이 구슬픈지는 꿈에도 모르고 '초―ㄱ초―ㄱ' 나를 울린다.
>
> ―「파―란 비」(『신여성』, 1926년 6월)

파란 비가 내리는 희망이 절망의 빗방울이 되어 떨어지는 저 멀리 있는 어머니에 대한 그리움과 죄책감에 대한 속죄의식으로 가정에서 소홀한 자신의 도덕적 자책의 방식이다. 그런데 이러한 초자아(Super-ego)란 실은 어머니에 대한 주체의 성적 욕망을 억압하는 아버지의 존재가 자아 속의 일부로 내면화된 것이다. 그러나 아버지가 존재하지 않는 어머니라는 타자에게 자아를 대입한 결과 "나는 이 봄이 되자 어머니와 오빠 말고 낯선 다른 이가 그리워졌다."라고 고백한다. 대상 이동이 이루어진다. 일찍 아버지를 잃은 상화에게 어머님이란 존재는 자신을 대입하여 자아의 학대의 심리적 기제 때문에 많은 여성들과의 사랑 놀음에 쉽게 빠진 것이다. 그 억압이 해제되는 봄이 오면 어머니와 오빠 말고 또 다른 낯선 다른 이가 그리워지는 것이다. 여기서 '초ㅡㄱ초ㅡㄱ'이라는 의성어의 여운을 살려내기 위해 음절을 해체하여 표기한 세심함을 엿볼 수가 있다.

아버지는 지게지고 논밭으로 가고요
어머니는 광지고 시냇가로 갔어요
자장자장 울지 말아 나의 동생아
네가 울면 나 혼자서 어찌하라냐.

해가 져도 어머니는 왜 오시지 않나
귀한 동생 배고파서 울기만 합니다.
자장자장 울지마라 나의 동생아
저기저기 돌아오나 마중 가보자.

―「농촌의 집」

이 몸이 제 아무리 부지런히 소원대로
어머님 못 모시니 죄스럽다 뵈올 적에
남이야 허랑타 한들 내 아노라 우시던 일

―「나의 어머니」

그래서 아버지와 어머니는 따로 따로 떨어져가 버리고 나 혼자 동생을 보살펴야 하는 두려움과 외로움 속에 살고 있다. 어머니 역시 나와는 멀리 시간적으로 공간적으로 떨어져 있다. 그래서 상화의 내면에는 마조히즘적 연성의 초자아가 둥지를 펴고 있는 것이다.

이처럼 원초적인 상화의 심리에 내재되어 있는 여성의식을 이해하지 않고 이상화와 여성 문제를 구체적으로 일 대 일로 대응시켜 시를 해석하면 시를 오독하는 구렁에 빠뜨린다. 실로 이성의 관계와 그의 문학은 그와 같이 저차원적인 시작의 불쏘시개가 아니다. 마치 관능적 여성에게 타락하여 헤쳐 나오지 못할 정도로 휘청거렸던 상황으로 내몰고 감으로써 상화의 시를 이해하는 큰 걸림돌을 만들고 있다는 점이 문제이다. 이러한 상황이 엮어지게 된다. 1차적인 역할은 카프 동인이었던 김기진·박영희·안석주 등의 혹독한 비판과 따돌림과 함께 신태삼의 신파적인 염정소설의 주인공으로 등장시켰으며, 2차적으로는 백기만의 『상화와 고월』(1951)이었다면 3차적인 역할을 한 것이 이정수가 쓴 『마돈나의 시인 이상화』(1983, 내외신서)이다. 물론 그 이전에 『백조』 동인들의 부풀어진 구전이나 백기만의 『상화와 고월』, 이설주의 『씨 뿌린 사람들』(1959)에서 가세한, 상화를 좀 신비적으로 꾸며내어 과장된 여성의 편력에 대한 문제가 이정수(1983) 이후 기폭제가 되었고 4차적으로는 이상화기념사업회의 윤장근 회장의 구술이 확대 재생산되었다. 이보다 더 큰 책임이 있는 김학동(2015)의 소설적인 자서전으로 인하여 그의 여성 이야기가 마치 진실인 것처럼 둔갑을 하게 됐다. 설혹 진실이라 하더라도 시작품 해설과 작가의 여성 관계의 문제가 도대체 무슨 유관성을 갖는가?

사춘기 시절 상화가 살고 있던 인근에 있는 신명학교를 다녔다는 '인순'이라는 여성을 박태원이 남산정교회 합창회서에 만나도록 구성한 소설에 토대를 두고 어느 날 느닷없이 인순을 장티프스로 죽음으로 내몬 사춘기 때의 첫사랑의 비련을 소설적 구성으로 설정하였다. 그러면서 이 인순의 죽음으로 인해 경성중앙학교를 3년에 중퇴하고 금강산을 고행한 것으로 엮어 꾸몄다. 그런데 상화가 인순을 모티브로 남긴 시가 다른 잡지에 발표되지 않고 백기만이 모아서 만든 『상화와 고월』에 발표지와 연대 미상으로 「쓰러져 가는 미술관」이라는 작품으로 소개되었다.

옛 생각 많은 봄철이 불타오를 때
사납게 미친 모―든 욕망―회한을 가슴에 안고
나는 널 속을 꿈꾸는 이불에 묻혔어라.

조각조각 흩어진 내 생각은 민첩하게도
오는 날 묵은 해 뫼 너머 구름 위를 더위잡으며
말 못할 미궁에 헤맬 때 나는 보았노라.

진흙 칠한 하늘이 나직하게 덮여
야릇한 그늘 끼인 냄새가 떠도는 검은 놀 안에
오 나의 미술관! 네가 게서 섰음을 내가 보았노라.

내 가슴의 도장에 숨어사는 어린 신령아!
세상이 둥근지 모난지 모르던 그날그날
내가 네 앞에서 부르던 노래를 아직도 못 잊노라.

클레오파트라의 코와 모나리―자의 손을 가진
어린 요정아! 내 혼을 가져간 요정아!
가차운 먼 길을 밟고 가는 너야 나를 데리고 가라.

오늘은 임자도 없는 무덤—쓰러져가는 미술관아

잠자지 않는 그날의 기억을 안고 안고

너를 그리노라 우는 웃음으로 살다 죽을 나를 불러라.

　　　　　　　　　—「쓰러져가는 미술관」(『상화와 고월』, 1951년 9월)

　이 시의 시적 배경은 「쓰러져 가는 미술관」이다. 이 배경은 현실의 배경이 아닌 아스라하게 보이는 천주교 교회당과 그 건너편 동산의 언덕과 남으로 펼쳐진 성모당과 앞산, 그리고 뒤쪽으로는 경부선 열차가 달리는 찻길 건너 침산 언덕과 금호강 강줄기가 서쪽으로는 궁디산(궁둥이처럼 생긴 두류공원에 있는 야산)과 멀리 성서의 아스라한 전경들이 바로 어린 나이에 죽은 인순의 영혼이 쓰쳐 지나는 미술관일 게다. 열여섯 살 무렵 그의 인식은 이미 성인 이상으로 성숙하고 지혜로움을 가졌던 것이 분명하다.

　상화는 『백조』 동인으로 서울 문단에 진출하여 앞서가는 시인들과 시 공부와 외국어를 하기 위해 부인을 홀로 두고 서울 길을 선택하였다. 숭실전문대학 영문과를 다니다 연희전문부로 옮겼다가 나중에 일본 와세다를 다니다 죽은 박태원, 서울 냉동에 살고 있던 고향의 형이자 친구인 박태원의 하숙집에 얹혀살면서 박태원으로부터 영어와 프랑스어, 일어 등 외국어뿐만 아니라 문학 이론에도 눈을 뜨게 된다.

　박태원은 이상화에게 신문물과 신학문을 접수하는 창구인 동시에 둘도 없이 가까운 친구가 되었다. 경성기독청년회 영어과 강습반을 다니던 무렵 레지스탕스의 후예인 경남 김해 출신의 손필연을 만나게 된다. 경남 출생으로 당시 여자고등보통학교를 마친 재원 손필연이 바로 그다. 백기만에 의하면 손필연은 독립운동을 하고 있었다고 한다. 추운 밤거리에서 자신의 명주 목도리를 풀어 상화의 목에 감아 줄 정도로 상화를 사랑하고 있었다고 한다.

　그러나 이상화와 관련된 여성의 이야기는 상당히 과장되고 부풀어진 면

이 없지 않다. 이 손필연이 경남 김해 출신으로 김일성과 함께 독립운동을 했던 김자산(金自山)의 질녀라고 알려졌으나 이 또한 확인되지 않는다. 그리고 이상화의 자신의 시론이나 인생관을 면밀하게 살펴보아도 여성들과 방탕한 생활을 할 정도로 부도덕한 행동이 확인되지 않는다.

그럼에도 불구하고 목우 백기만이 "너 그 여자(손필연)랑 연애하지?"라고 묻자 "아니야, 독립운동을 하는 여자인데 그의 동지들이 서대문형무소에 들어 있어서 뒷바라지를 하는 거야"라고 대답했던 적이 있다고 하지만 상당히 꾸며진 스토리로 판단된다. 어떻든 손필연은 칼날 바람이 부는 날 상화랑 영화 구경을 가면서 자신의 명주 목도리를 풀어서 상화의 목에 감아줄 정도로 가까웠을 수도 있다. 그러나 이정수 소설에서 언급한 정도로 타락하고 부패한 관계는 결코 아니었을 것이다. 그런데 이정수(1983: 129)는

> "그는 프랑스의 감미로운 퇴폐의 늪에서 허우적거리면서 그 요사스러운 관능의 몸부림에 끌려갔다. 도덕을 난도질하는 악마의 웃음이, 코를 찌르는 무르익은 여자의 채취가, 거침없이 돌진하는 본능의 번뜩임이, 독주와 같은 패륜의 환희가, 알몸으로 안고 뒹구는 생명의 약동이, 기성의 가치를 짓밟는 따가운 냉소 등등이 상화를 사로잡고 빙빙 돌리는 것이었다."
>
> ―이정수, 『마돈나의 시인 이상화』(내외신서, 1983)

라고 하여 상화를 마치 여자에게 눈이 뒤집혀진 놈팡이 연애꾼으로 전락시킨 것이다. 이상화는 정규적인 학습을 거치지 않은 상황에서 영어 작문과 원서를 쓰고 읽어내려 갈 만큼의 지적 훈련이 탄탄했으며 시론에서도 우리나라 최초의 동인지 『백조』 그룹을 이끌 만큼 앞선 시인이었다.

그 후 고향에 있던 대구고보를 졸업한 백기만·현진건·박태원이 일본 유학길에 오르자 이상화도 도쿄 간다에 있는 아테네 프랑세에 등록하여 당시

서구로부터 불어오는 새로운 문학공부를 위해 프랑스어 공부에 몰입하였다. 이 무렵 일본 문인들과도 교류를 하였으나, 특히 이용조와 이여성과 함께 재동경조선노동자운동을 전개하던 '북성회' 멤버인 백무(白武), 김정규, 이호 등과 가까이 지냈던 것으로 알려져 있다.

> "어느날 프랑스 유학을 꿈꾸며 동경의 아테네 프랑스에서 수학하던 상화는 유학생들이 모이는 간다 유학생 회관에서 운명처럼 또 다른 한 여성을 만났다. 유보화인데 함흥 출신으로 모든 동경 유학생들의 사랑의 표적이던 그녀와 상화가 어떻게 접근이 되었는지는 모르지만 깊은 사랑에 빠져들기 시작했다."
>
> ─정진규 편저, 『마돈나, 언젠들 안갈수 있으랴: 이상화 전집, 평전』(문학세계사, 271쪽 재구성)

라고 하고 있다. 이정수(1983: 144)는 이용조의 회상을 빌려

> "상화는 이이다바시(飯田橋)에 있는 미요시깡(三好館)을 하숙으로 정했다. 거기서는 상백이 사는 도즈카(戶塚)에도 가까웠고 자신이 다닐 아테네 프랑세도도 가까웠다."
>
> ─이정수, 『마돈나의 시인 이상화』(내외신서, 1983)

라고 하면서 상화와 유보화의 만남을 그리고 있다. 그러나 최근 이상화의 편지가 다량 발굴되었는데 이정수가 그려낸 일본 체류 주소지는 전부 허황되거나 꾸며낸 이야기였다. 이상화가 본가인 조선 대구부 본정 2정목 11번지에 있는 이상백에게 보낸 대정 11(1922)년 12월 29일 밤 동경에서 쓴 편지이다. 발신 봉투에 있는 발신지 주소는 일본 동경 시외 상호총(上戶塚)이다. 그런데 이보다 더 이른 시기에 상화가 동경에 도착한 1922년 9월 무렵에는 일본 동경으로 건너가자 동경 간다구(神田區) 3정목(町目) 9번(番)에 있는

미호칸(美豊館)에 먼저 유학을 와 있던 와세다제일고등학원을 다니던 동생 상백과 함께 거처를 잡았다가 그 주변의 물가가 너무 비싸기 때문에 그해 12월에 동경시 외 도츠카(上戸塚) 575번지로 옮겨 친척 동생인 상렬과 더불어 자취를 한다. 이처럼 이정수의 소설 스토리는 사실과는 너무나 동떨어진 이야기임을 알 수가 있다. 역시 3류 소설급의 상상이다. 문제는 상화의 전기적 대표작인 「나의 침실로」의 시상의 탄생지를 도쿄로 잡고 그 시에 등장하는 마돈나를 유보화로 설정한 중대한 오류를 범하고 있다.

> "상화는 밀보리가 익어가는 언덕 위에 성당 스텐인드 그라스에 채색된 성모 마리아의 상을 보았다. 그리고 그는 장차 자기의 앞에 나타날 아리따운 여인의 얼굴을 보리라. 마돈나! (…중략…) 상화는 눈을 감고 숨을 죽였다. ─마돈나! 우리는 오늘 처엄 만나는 우리가 아니다. 우리는 만나야 할 운명을 지니고 이 세상에 태어난 것. 새벽에 모든 별이 죽어가도 둘이만 남을 별. 보화가 살며시 말했다."
>
> ─이정수, 『마돈나의 시인 이상화』(내외신서, 1983)

라고 하여 『백조』 3호(1923년 9월)에서는 「비음」 가운데서라는 부제에 실린 이상화의 대표작인 「나의 침실로」의 탄생 배경을 도쿄로 설정하고 있다. 물론 상화의 대표작 「나의 침실로」나 「이별을 하느니」가 모두 유보화를 대상으로 하여 쓰인 작품이라고만 할 수는 없지만 유보화가 당시 상화의 시에 불꽃을 당겼던 하나의 영매였음에는 분명하다.

아마 이상화에게 가장 큰 충격은 함께 무산계급 문학운동을 시작하며 『카프』 동인이었던 김팔봉의 비판적이 눈길이었을 것이다. 그가 쓴 글에 따르면 "상화는 그때 가회동 막바지 취운정에서 그의 연인과 함께 살고 있었다. (…중략…) 그의 연인은 함흥 여성이었다. 그리고 폐가 나빴다."라고 하며 이상화의 사생활 문제를 『백조』가 이끄는 퇴폐적 유미주의 문학 성향을 비판하는 고리를 만들어준 셈이었다.

당시 『백조』 3호에 실린 이상화의 「나의 침실로」에 대한 입장이 악의에 찬 비판과 질투가 섞였음을 알 수가 있다. 박영희는 1920년대 「백조 화려한 시절」이라는 회상한 글에서 이상화의 초기의 「말세의 희탄」은 퇴폐적인 작품이며 「나의 침실로」를 그 기치를 보여준 작품으로 비판을 하고 있다.

> "「말세의 희탄」에서 이상화 군은 그의 뮤―즈를 개웠다", "저녁에 피 묻은 동굴", "가을의 병든 품에다", "나는 술 취한 집을 세우련다"고 예의 퇴폐적 시인의 정열을 표현하여, 그는 예의 유명한 「나의 침실로」에서 그 극치를 보였다."
>
> —박영희, 「백조 화려한 시절」(1920년대)

당대 문단의 지축을 흔들었던 「나의 침실로」에 대한 평가가 까칠하기 짝이 없다. 박영희에 이은 김기진의 연이은 공격이 가해진다.

> "이 같은 마돈나를 부르는 그의 저 유명한 시가, 비록 이것은 그의 나이가 18세 되던 해, 즉 1918년에 초고된 것으로 알리어져 있지만, 그리고 『백조』 창간호에 이 시가 발표된 것은 1922년 경이오, 상화가 유보화 양과 서로 알게 된 것은 1923년 봄이므로 연대가 서로 어긋나기는 하지만, 이 시와 유보화 양과는 신비스러운 연락을 지니고 있는 것으로 나는 생각한다."
>
> —김팔봉, 「이상화 형」(『신천지』 9권 9호, 1954, 154쪽)

박영희와 달리 훨씬 노골적으로 그리고 사실과 달리 이상화의 「나의 침실로」를 유보화와 얽어매어 퇴폐적이고 육감적인 작품으로 반사회적인 시라는 점을 넌지시 암시하며 비판하고 있다. 그리고 이처럼 상화의 시를 염문과 연계하여 퇴폐적인 시로 몰아간 것이다.

아마도 『백조』 시대가 막을 내리게 된 이유에는 눈에 보이지 않게 이상화의 「나의 침실로」가 예상 밖으로 이슈화하면서 그 반대급부로 신경향파가 급부상하게 된 것이 아닐까? 문제는 이상화가 이러한 신경향파들 문인들과 함께 결속하여 『카프』 동인으로 잠시 발을 옮겨 딛게 된 것은 이들의 문학적 경향을 반대하지 않던 때문일 것이다.

김기진과 박영희를 비롯한 이상화의 『백조』 시절의 문학 작품에 대한 비판이 역시 『카프』 동인이었던 안석주가 1927년 11월 17일 『조선중앙일보』에 「염복가 상화」라는 글에 이상화를 칭찬하는 듯 비꼬는 듯한 글을 발표하게 되면서 이상화는 급기야 여성의 루머에 휘말리기 시작한 것이다. 이상화가 일본에서 돌아온 후 경성 취운정에서 생활할 무렵 유보화와 동거한다는 소문과 함께 현진건을 비롯한 백조 동인들과 잦은 술집 출입으로 스캔들이 없지 않았을 것이다.

한편 반상의 사회 계급이 무너질 무렵 칠곡 인동의 갑부 아들과 평양 출신 기생 강명화와의 이루지 못할 사랑으로 함께 자살하는 사건이 신파조 소설로 만들어져 대대적인 인기를 끌었다. 종로 3가에서 딱지본 소설로 돈을 많이 번 세창서관의 신태삼이 1937년 『기생의 눈물』(세창서관)이라는 염정소설이 출간되자 조선총독부에서 삭제 및 판금 처분을 받는 일이 벌어졌다. 아마도 백기만과 소설가 이정수도 바로 이 신태삼이 쓴 『기생의 눈물』이라는 허황된 이야기를 소재로 하여 이상화의 염문 이야기는 들불 번지듯 퍼져나간 것이다. 신태삼이 쓴 이 소설의 배경에는 당시 상화의 행각이 문인들의 입방아에 상당히 오르내렸다는 것이다. 여기서 더 드라마틱하게 덧붙이고 꾸며져 육전소설로 발전된 것이다. 당시 시골장터에 가면 불티나게 팔렸던 이 육전소설을 팔아서 한때 신태삼이 종로 3가에 큰 빌딩도 마련하였다고 할 정도로 인기가 높았다.

백기만(1951)의 기억으로 쓴 글에서 "아무튼 상화의 유보화에 대한 사랑은 꽤 지속됐는데, 유보화가 1926년 가을 폐병으로 상화의 품에 안겨 숨짐으로써 막을 내렸다. 피를 토하는 보화를 한 달 이상 간호한 보람도 없이 보화는 그렇게 떠났다."라고 하지만 과연 그 당시 아무리 개화한 집안이라고 하더라도 결혼도 하지 않은 외관 남성의 무릎에서 그녀의 죽음을 맞도록 하였을까?

어떻든 유보화는 상화에게 탐미시를 낳게 한 생명력의 상징이다. 이외에도 상화의 시비를 세울 때 소복단장으로 먼발치에서 바라봤다고 전하는 기생 출신의 송옥경(宋玉卿)은 상화에 대한 애절한 사랑을 지닌 여성으로 알려지고 있으며, 예기 김백희와도 관계가 있었다고 한다.

이기철(2015: 84)은 상화의 「곡자사」라는 시에 나오는 상화의 둘째 아들 응희의 죽음을

"응희는 호적상에 나타난 것으로 보면 이상화의 서자이며, 서자라면 이 시기에 사귀던 송소옥과의 사이에 태어난 아이이다. 소옥과의 관계도 슬픈 연정 관계이지만 그 사이에 태어난 응희마저 사망했으니 그 슬픔은 더 비극적이다."
—이기철, 「일화로 재구해 본 이상화의 시 읽기」(『이상화 시의 기억공간』, 수성문화원, 2015)

라고 하여 아무런 근거도 없이 소옥이라는 기생과의 염문으로 만들어 놓았다. 송소희는 달성권번 출신으로 요정 금호관에서 기생으로 일을 하다가 1933년 무렵 상화를 만났다고 한다. 그런데 응희의 죽음은 1928년 무렵이니 시간 순차가 전혀 맞지 않다. 송소옥은 후일 만경관 부근에 있는 요정 백송정을 직접 경영하였다. 만일 응희가 혼외 자식이라면 1928년 무렵 대구 내당동에서 줄다리기 가설주점을 하던 김백희와 만났던 시기여서 앞뒤가 맞지 않다.

이상화와 관련된 여성 문제가 상화의 작품 해석에까지 영향을 미치고

윤장근 이상화기념사업회 초대 이사장이 이상화 고택 개원 준비 과정에 남긴 메모 중에 이상화와 관련된 여인들의 신변 기록

있다는 점과 1927년 무렵 대구로 낙향하도록 한 상당한 이유가 되었던 김기진과 박영희 그리고 백기만 등에 의해 유포된 상화의 사생활의 문제는 스스로에게 상당한 상처가 되었음에 틀림이 없다. 1928년에 김기진이 정리한 우리나라 프로문학의 역사에 이상화의 이름은 눈을 닦고 찾아보아도 없다. 잊힌 인물이 된 것이다.

필자는 상화의 시를 이해하는 데 너무 과도하게 이성의 문제를 끌어들여 퇴폐적인 유미주의적 시에서 절묘하게도 항일 민족시인으로 굴절했다는 종래 평단의 시평에 대해 도무지 이해하기가 어려웠다. 특히 「나의 침실로」라는 작품의 해석과 시평은 한 편의 소설과 다름이 없는 감상적 추론으로 쓴 글이 쏟아져 나오게 된 원인에 대하여 앞장에서 충분히 살펴보았다.

상화 역시 마찬가지이다. 나라 잃은 민족으로서, 특히 일찍 아버지를 여읜 감수성이 애민했던 상화에게 내면에 싹튼 '저항정신'과 부닥치는 좌절을 헤쳐나가기 얼마나 힘겨웠을까? 그 고비 고비 허랑했던 마음을 채워준 여인들, 그 여인들은 상화의 '저항정신'과 시심에 어떤 영향을 주었을까?

행여 이러한 논리가 철저한 저항시인으로서의 이미지에 걸맞는 상화만 기억하고 싶은 지나친 애정 혹은 이기주의의 발로라고 비판될 수 있지만 그는 피 끓는 혈기로 이성문제로 방황했던 사실도 주변 가까운 친구들에게 솔직하게 고백했던 순결한 시인이라고 할 수 있다.

상화 시에서 여성성과 죽음과 생명

그의 문학텍스트에서 기조를 이루는 몇 가지 특성을 먼저 추출해 볼 필요가 있다. 먼저 여성성이다. 그의 시에서는 여성 편향력이며 시어의 상징이나 은유도 남성성을 띠지 않고 매우 조용하고 안온한 여성성의 기조를 보여준다.

춤추어라, 오늘만의 젓가슴에서

사람아, 앞뒤로 헤매지 말고

—「마음의 꽃」

내 어려서 젖 먹을 때

무릎 위에다

나를 고이 안고서

—「어머니의 웃음」

거기에선 이따금 어머니의 젖꼭지를 빠는 어린애 숨결이 날려 오도다.

(…중략…)

다만 두서넛 젊은 아낙네들이 붉은 치마 입은 허리에 광주리를 담고

—「원시적 읍울」

마돈나 …… 수밀도의 네 가슴에 이슬이 맺도록 달려오너라

(…중략…)

아, 안개가 사라지기 전으로 네가 와야지, 나의 아씨여 너를 부른다

—「나의 침실로」

가르마 같은 논길을 따라 꿈속을 가듯 걸어만 간다.

(…중략…)

종다리는 울타리 너머에 아씨같이 구름 뒤에서 반갑다 웃네.

고맙게 잘 자란 보리밭아

간밤 자정 넘어 내리던 고운 비로

너는 삼단 같은 머리를 감았구나 내 머리조차 가뿐하다.

(…중략…)

나비야 제비야 깝치지 마라

맨드라미 들마꽃에도 인사를 해야지

아주까리 기름을 바른 이가 지심 매든 그들이라 다 보고 싶다.

내 손에 호미를 쥐어다오

살찐 젖가슴과 같은 부더러운 이 흙을

—「빼앗긴 들에도봄은 오는가」

달아!

너의 얼굴이 그이와 같네

언제 보아도 웃던 그이와 같네

—「달아」

　상화의 시적 텍스트를 관통하고 있는 특성 가운데 첫 번째 꼽을 수 있는 것이 여성의 상징화와 비유이다. 이처럼 이상화 시에 나타나는 페미니즘의 정체를 종합적으로 분석해 보는 일도 흥미 있는 과제가 될 것이다. 필자는 이상화의 여성성의 경향을 똑 떼어내어 애욕의 대상이었던 여성성으로 그의 작품을 분석하는 일 또한 위험한 일이라고 생각한다.

이미 「빼앗긴 들에도 봄은 오는가」에 나타나는 여성적 성향에 대해 김재홍(1996: 11~13)은 이상화의 "유년 시절의 아비 상실은 모성에 대한 갈망 또는 여성 민감증으로 인한 방황, 즉 female complex를 형성한 것"으로 평가하면서 단순한 모성애에 대한 갈망과 동경으로 이해하고 있다. 그런데 이상화의 시에서 여성성은 비유나 상징의 방식으로 활용되고 있다. 「마음의 꽃」, 「어머니의 웃음」, 「원시적 읍울」에서의 여성은 곧 어머니이다.

부모라는 존재는 누구에게나 어린 시절에는 없어서는 안 될 절대적 존재이다. 단순히 말해서 유아는 성체가 될 때까지 부모가 없으면 생존할 수 없다. 따라서 부모의 관심을 받고 말고의 문제가 유아에게 매우 중요한 사안이 되는 생물학적 환경 조건인데, 상화에게는 7살 무렵 그 환경이 깨뜨려지게 된다. 이 불균형, 편모의 생물학적 환경에서 자신의 욕망을 실현하는 데 온갖 장애가 발생될 수 있을 것이다.

특히 엄격한 상화의 어머니와 큰집 큰아버지의 훈도를 지키며 그들의 관심을 이끌어내어야 되는 생존본능이 자라나면서 상화는 커다란 불만족에 심리적 공백이 생겨도 이를 감추고 큰아버지나 어머니의 관심을 갈구하기 위해 노력하지 않을 수 없었을 것이다. 특히 큰아버지로부터 재정적 지원을 받아내기 위해 꼬박꼬박 문후 인사를 올리며 편지를 보내는 등의 삶속에서 자신의 내면에는 불만들이 자라나며 꿈틀거릴 수밖에 없었을 것이다. 선하고 모범적이며 착해야 한다는 심리적 강박감 속에 불안이 내재해 있음을 이 여성성을 통해 읽을 줄 알아야 한다. 결국 가장 편안하게 기댈 곳이 비로 어머니이기 때문이다.

> 「마돈나」 가엾어라, 나는 미치고 말았는가, 없는 소리를 내 귀가 들음은—
> 내 몸에 파란 피— 가슴의 샘이 말라버린 듯 마음과 목이 타려는도다.
> —「나의 침실로」

나는 마음을 다 쏟던 바느질에서 머리를 한번 쳐들고는 아득한 생각으로 빗
소리를 듣는다.

'초ㅡㄱ초ㅡㄱ' 내 울음같이 훌쩍이는 빗소리야 내 눈에도 이슬비가 속눈썹에
듣는고나.

날 맞도록 오기도 하는 파ㅡ란 비라고 서러움이 아니다.

나는 이 봄이 되자 어머니와 오빠 말고 낯선 다른 이가 그리워졌다.

그러기에 나의 설움은 파ㅡ란 비가 오면서부터 남부끄러 말은 못 하고 가슴
깊이 뿌리가 박혔다.

—「파ㅡ란 피」(「동여심초」에서, 『신여성』, 1926년 6월)

「나의 침실로」에서 "내 몸에 파란 피ㅡ 가슴의 샘이 말라버린 듯 마음과
목이 타려는도다."라고 하여 '파란 피'로 상징되는 여성성이 자신의 내면에
안주하고 있음을 고백했듯이 '파ㅡ란 비'라는 작품에서는 완전히 자신이
여성으로 바뀐 여성성을 표상한 시이다.

이러한 여성적 성향을 지나치게 과대하게 평가하여 이상화가 만난 여성
들과의 농밀한 성적 유희로 설명하면서 이를 조국 상실에 대한 좌절감으로
기술한 것이 거의 일반화된 평가이다. 1923년 9월 『백조』 3호에 문단을
깜작 놀라게 한 「나의 침실로」라는 작품이 그 동안 이러한 관점에서 얼마나
호도되어 있는지 되돌아볼 필요가 있다.

먼저 김재홍(1996: 19)은 이 작품을 "애타는 연애 감정과 숨막히는 성적
충동을 박진감 있게 묘사한 시"로 평가하면서 성적 충동과 관능적 황홀로
형상화하였다면서 그 근거를 일본 동경 유학 시절에 만난 함경도 출신의
유보화와의 사이에 있었던 열애 체험과 무관하지 않은 것으로 추정하고
있다. 그런데 1922년 『백조』 창간호에 발표한 「말세의 희탄」의 예로 들어
"『백조』에 「말세의 희탄」을 발표한 후 1922년에 상화는 동경행을 감행하고

여기서 유보화라고 하는 함흥 출신 미인과 열애에 빠져 있었기 때문"이라고 했다. 「말세의 희탄」을 발표했을 때는 상화가 유보화를 만나기 이전이라는 사실을 간과한 결과이다. 그리고 상화가 쓴 「나의 침실로」는 실제로는 럿셀 (G. W. Russel)의 작품을 상화가 번역하여 1925년 『신민』 6호에 실은 「새 세계」라는 작품이 그 모델이 되었다. 물론 번역시 「새 세계」는 「나의 침실로」의 반향이 워낙 컸기 때문에 몇 년 뒤에 잡지에 공개한 것으로 보인다.

나는 일찍 이 세상 밖으로
남 모를 야릇한 나라를 찾던 나이다.
그러나 지금은 넘치는 만족으로
나의 발치에서 놀라고 있노라.

이제는 내가 눈앞에 사랑을 찾고
가마득한 나라에선 찾지 않노라,
햇살에 그을은 귀여운 가슴에
그 나라의 이슬이 맺혀 있으니.

무지개의 발과 같이 오고 또 가고
해와 함께 허공의 호흡을 쉬다가
저녁이면 구슬 같이 반짝이며
달빛과 바람과 어우러지도다.

저무는 저녁 입술 내 이마를 태우고
밤은 두 팔로 나를 안으며,
옛날의 살틋한 맘 다 저버리지 않고

하이얀 눈으로 머리 굽혀 웃는다.

나는 꿈꾸는 내 눈을 닫고
거룩한 광명을 다시 보았다.
예전 세상이 그 때에 있을 때
우리가 사람을 잊지 않던 것처럼.

이리하여 하늘에 있다는 모든 것이
이 세상에 다—있음을 나는 알았다
어둠 속에서 본 한 가닥 햇살은
한낮을 꺼릴 만큼 갑절 더 밝다.

이래서 내 마음 이 세상이 즐거워
옛적 사람과 같이 나눠 살면서
은가루 안개를 온 몸에 두르고
무르익은 햇살에 그을리노라.

—「새 세계」(G. W. Russel의 번역시, 『신민』 6호, 1925년 10월)

　　상화가 「나의 침실로」를 쓴 시점에 대해서도 여러 가지 이설이 있다. 동경 유학 이전에 쓴 작품이라는 백기만(1951)의 견해가 더 유력할지도 모른다. 거의 대부분의 평론자들은 이수정의 소설 『마돈나의 시인 이상화』(1983)의 소설적 스토리를 아무 비판도 없이 그대로 수용하여 버린 결과이다. 「나의 침실로」라는 작품은 「말세의 희탄」, 「새 세계」, 「그날이 그립다」와 상호 내밀한 유사성이 있는 작품이다.
　　「말세의 희탄」에서 '말세'는 끝장난 세상이고 그 세상을 비탄한다는 것이다. '말세'는 민족이 처한, 끝으로 치닫는 상황이면서 세기말이라는 회의와 절망의 정서를 내포하고 있다. 1연에서는 피 묻은 동굴 속으로 거꾸러지고 파묻혀 버리겠다는 절망을 말하고, 2연에서는 병든 미풍의 집에다 술 취한 집을 세우겠다는 것이다. 동굴은 빛의 세상과는 반대되는 자리, 곧 죽음의 세계를 말한다. 병든 미풍도 미풍으로서의 역할을 하지 못하는데, 거기다 술 취한 집을 세운다는 것은 결국 자기 파멸로 가는 일임을 말한다.

따옴시를 아이러니로 읽으면 절망의 늪에 빠져 허우적거리는 화자의 행동 속에 있는 희망과 미래를 볼 수가 있다. 아이론은 슬픈 현실에 몸부림치고 있다고 말하고 있고, 알라존은 그 말이 절망과 비탄일 뿐이라는 축자적 해석에 머물고 있다는 가상이 성립한다. 아이러니의 삼자는 독자인데 독자는 아이론의 비탄적인 말을 이해하고 있다. 그래서 아이러니는 성립한다. 이 작품의 비탄은 감성의 갈래이고 아이러니적 속뜻은 비탄을 딛고 서는 희망의 고리에 닿아 있다. 말하자면 그 비탄 속에서 민족 해방의 미래를 감지해 볼 수 있다는 것이다.

'동굴'을 '침실'로 혹은 여성의 신체 부위를 상징하는 감상과 퇴폐적인 작품으로 다루고 있다. 김학동은 "표현이 관능적이고 환상적인 요소들이 그 특색을 이룬다"라고 했다. 이기철은 "'나의 아씨'와 '침실'은 정신적 피안이요 육체적 안식처임을 반복 강조하고 있다"(이기철, 「이상화의 나의 침실로」, 『한국현대시작품론』, 문장사, 1982, 90쪽)라고 하여 화자와 마돈나와의 이성적 교섭에다 초점을 잡았다. 김재홍(1996: 17~18)은 「나의 침실로」보다 1년 먼저 발표한 「말세의 희탄」을 "말세의 자학과 비탄과 자조가 얽혀진 데카당의 노래"로 감상적이고 몽환적이며 퇴폐적이라고 할 수 있는 작품으로 3.1 독립운동 후에 서울로 피신하여 냉동의 박태원의 집에 머물던 시절 만난 손필연과의 사랑을 배경으로 한 작품으로 평가하고 있다. 조창환(「이상화 시의 시사적 위치 정립에 대한 검토」, 수성문화원 세미나 자료, 2019)은 "이상화는

1920년대 전반 우리시의 낭만주의를 대표하는 시인임에 틀림없다. 더욱이 그 낭만주의의 색채가 병적이고 도피적인 비현실적 환상의 세계를 노래한 것이라는 분석에는 이의가 없을 것이다."라고 하여 「나의 침실로」를 낭만주의 작품으로 색채가 병적이고 도피적인 비현실적 세계를 노래한 작품으로 평가하고 있다.

'피 묻은', '동굴', '꺼꾸러지련다', '파묻히련다'와 같은 시어를 통해 '동굴', '피 묻은'을 성적 대상으로 곧 여성의 자궁으로, 마치 색정에 얽매인 히스테리적 발작의 소산으로 평가하고 있다. 이미 이 작품에서 눈에 보이지 않은 성스러운 마돈나는 숨어 있을 뿐이다. 그런데 이 대상을 손필련으로 '동굴'을 자궁으로 대입하여 이루어지지 않는 사랑의 좌절감이 투영된 작품으로 그 품격을 땅바닥에 내려놓았다.

그보다 앞서 지어진 메타시인 「그날이 그립다」에 등장하는 '성여', '피수포', '아가씨', '목', '젖가슴'은 또 어떤 여성을 대상으로 한 것이라는 말인가?

내 생명의 새벽이 사라지도다.

그립다 내 생명의 새벽−서러워라 나 어릴 그 때도 지나간 검은 밤들과 같이 사라지려는도다.

성여의 피수포처럼 더러움의 손 입으로는 감히 대이기도 부끄럽던 아가씨의 목− 젖가슴 빛 같은 그때의 생명!

아, 그날 그때에는 낮도 모르고 밤도 모르고 봄빛을 머금고 움 돋던 나의 영이 저녁의 여울 위로 곤두박질치는 고기가 되어

술 취한 물결처럼 갈모로 춤을 추고 꽃심의 냄새를 뿜는 숨결로 아무 가림도 없는 노래를 잇대어 불렀다.

아, 그날 그때에는 낮도 없이 밤도 없이 행복의 시내가 내게로 흘러서 은칠한 웃음을 만들어만 내며 혼자 있어도 외롭지 않았고 눈물이 나와도 쓰린 줄 몰랐다. 네 목숨의 모두가 봄빛이기 때문에 울던 이도 나만 보면 웃어들 주었다.

아 그립다. 내 생명의 새벽―서러워라 나 어릴 그때도 지나간 검은 밤들과 같이 사라지려도다.

오늘 성경 속의 생명수에 아무리 조촐하게 씻은 손으로도 감히 만지기에 부끄럽던 아가씨의 목― 젖가슴 빛 같은 그때의 생명!

　―「그날이 그립다」(1920년 작, 발표지 및 년대 미상, 『상화와 고월』, 1951년 9월)

이상화의 시 「그날이 그립다」는 1920년 작으로 「나의 침실로」라는 작품의 전주곡이라 할 만큼 흡사하다. "성여의 피수포처럼 더러움의 손 입으로는 감히 대이기도 부끄럽던 아가씨의 목― 젖가슴 빛 같은 그때의 생명!"이 과연 감상적이고 몽환적인 숨막히는 성적 충돌을 노래한 것인가? "낮도 모르고 밤도 모르고", "곤두박질치는 고기가", "오늘 성경 속의 생명수에 아무리 조촐하게 씻은 손으로도 감히 만지기에 부끄럽던 아가씨의 목― 젖가슴 빛 같은 그때의 생명!"이 과연 성적 충돌과 관능적 황홀을 노래한 것인가?

이 무렵 상화는 서성로 집 뒤 언덕에 올라서면 저 멀리 남쪽으로 황혼에 잠긴 성모당의 동굴과 성모마리아가 손짓을 보내는 모습을 바라보면서 심오한 생명의 고귀한 혼령과 만나는 "내 생명의 새벽"이 서럽게도 "나 어릴 그때도 지나간 검은 밤들과 같이 사라지려도다."라고 절망과 기다림의 염원이 담긴 고도의 은유로 표현되고 있다. "행복한 시내가 내게로 흘러서 은칠한 웃음을 만들어만 내며"와 같은 고도의 수사적 표현은 상화의 시를 더욱 풍족하게 해 주고 있다. "네 목숨과의 모두가 봄빛이기 때문이다."라는 구절에서 "내 목숨"이 곧 "그대의 생명"이고 그것이 곧 "사라진 새벽"으로 잃어버린 조국이다. 식민 시대를 공간적으로 성모당이 내려다보이는 그리고 그 곁으로 실개천이 흐르는 곳이며 시간적으로 새벽과 낮과 밤이 변화하는 애절한 상황이다.

「그날이 그립다」의 완성작이 「나의 침실로」가 아닐까? 그리고 상화의 시 곳곳에 나타나는 '동굴', '침실', '부활'로 이어지는 밤이라는 배경과 '여성의 몸', '불', '피', '물'로 상징되는 생명의 줄기가 서로 엉켜 있는 작품이 「나의 침실로」이다. 이 작품은 「빼앗긴 들에도 봄은 오는가」에서 동일한 어두운 밤이 가기 전에 나의 침실로 달려오기를, 빼앗긴 들에 봄이 찾아들기를 희망한다. 이상화의 시에 등장하는 여성성은 구체적인 어떤 여성이 아닌 시대 상황에 대한 불안과 불만, 경제적인 핍박 등이 만들어낸 히스테리를 발산하는 일종의 도구였을 뿐이다. 19세기 프랑스 프로이트의 스승이었던 신경병리학자 샤르코(Jean-Martin Charcot, 1825~1893)에 의해서 히스테리가 남성에게도 나타난다고 한다.

상화의 초기 작품은 『백조』 동인이라는 그늘과 프랑스로부터 유입된 낭만주의와 상징주의적 시적 기법을 활용하여 과장된 시적 분위기를 연출해 낸 결과들이다. 여기서 여성은 '마돈나', '성여'와 같은 순결성을 지닌 여성이다. 이러한 상화가 동경하는 시적 모티프를 일상적인 삶의 관계망으로 해석하려는 것은 지극히 비문학적인 분석 태도라 아니할 수 없다.

상화의 시 전반을 관통하는 여성성은 복잡한 정신분석적 논리를 전개하지 않더라도, 실존적으로 무기력한 자신이 기댈 수 있는 유일한 어머니와 같은 존재다. "나는 상대방의 조건에 맞추지 못하면 사랑받을 수 없다"라는 자기 존재에 대한 치명적인 저평가, 즉 밑바닥인 자존감이 가정적으로 어린 시절의 아버지의 상실과 또 잃어버린 나라라는 환경이 만들어낸 것이다.

마치 한 편의 소설을 보는 듯, 이상화의 이성 문제를 상화의 시적 텍스트에 고정시켜 동굴과 침실이라는 공간 속에 사랑하는 연인 유보화와 환락의 환상을 그린 작품으로 추락시켜 놓은 것이다. "수밀도의 네 가슴에 이슬이 맺도록 달려 오너라", "네 손이 내 몸을 안아라"와 같은 부분은 관능적인 표현으로 해석될 법하지만 마돈나라는 성녀를 전제로 한 고도의 은유적 해석을 포기하고 직감적 해석을 일반화시켜 온 것이다. 그 결과 「나의 침실로」를 농밀한 퇴폐적 수사로 내몰아놓고는 곧 바로 「빼앗긴 들에도 봄은 오는가」를 항일정신이 담긴 시라는 기술은 앞뒤 맥락이 전혀 맞지 않다.

상화 시의 여성 문제는 구원으로서의 모성과 대지를 의미하는 것이다. 상화의 절망의 극단에는 죽음이 도사리고 있다. 그러나 포기한 죽음이 아니라 마돈나나 별이 있는 하늘에 대한 종교적 기대가 쉽사리 무너지자 어머니의 가슴, 여인의 땅인 대지로 향한 결과 이루어낸 작품이 「빼앗긴 들에도 봄은 오는가」이다. 그러니까 상화에게 절망을 안겨준 것은 바로 조국의 상실이요, 조국의 식민지적 현실이다.

상화에게 욕망이란 여성과의 여성애를 목표로 한 것이었다면 그것은 연시에 지나지 않은 것이며 상징과 은유를 배제한 방식으로 이상화의 텍스트를 그대로 읽는다면 못다한 여성과의 사랑의 미련을 갈망, 호소하는 퇴폐적인 하소연일 뿐이다. 상화에게 욕망은 박태원의 죽음을 애타게 노래한 「이중의 사망」과 이장희의 죽음에 대한 상심한 마음을 그린 「마음의 꽃」처럼 여성도 그 일부이듯 어려서 만난 인순에 대한 환영을 그린 「쓰러져 가는 미술관」이나 유보화와의 죽음으로 인한 이별을 하소연한 「이별을 하느니」와 같은 작품들이 있다.

시간이 흐른 뒤 상화가 되돌아본 현실과 꿈, 죽음과 삶, 어둠과 밝음, 하늘과 땅 사이의 영원한 괴리를 인지한 자서전적인 시가 「그날이 그립다」이다.

내 생명의 새벽이 사라지도다.

그립다 내 생명의 새벽—서러워라 나 어릴 그때도 지나간 검은 밤들과 같이 사라지려는도다.

성여의 피수포처럼 더러움의 손 입으로는 감히 대이기도 부끄럽던 아가씨의 목— 젖가슴 빛 같은 그때의 생명!

아, 그날 그때에는 낮도 모르고 밤도 모르고 봄빛을 머금고 움 돋던 나의 영이 저녁의 여울 위로 곤두박질치는 고기가 되어

술 취한 물결처럼 갈모로 춤을 추고 꽃심의 냄새를 뿜는 숨결로 아무 가림도 없는 노래를 잇대어 불렀다.

아, 그날 그때에는 낮도 없이 밤도 없이 행복의 시내가 내게로 흘러서 은칠한 웃음을 만들어만 내며 혼자 있어도 외롭지 않았고 눈물이 나와도 쓰린 줄 몰랐다.

네 목숨의 모두가 봄빛이기 때문에 울던 이도 나만 보면 웃어들 주었다.

아 그립다. 내 생명의 새벽—서러워라 나 어릴 그때도 지나간 검은 밤들과 같이 사라지려도다.

오늘 성경 속의 생명수에 아무리 조촐하게 씻은 손으로도 감히 만지기에 부끄럽던 아가씨의 목— 젖가슴 빛 같은 그때의 생명!

　　　　　　　　　　—「그날이 그립다」(1920년 작으로 추정, 『상화와 고월』, 1951년 9월)

이 작품은 백기만의 『상화와 고월』에 실린 작품으로 정확한 창작 시기는 알 수 없으나 대략 「나의 침실로」 이후 지어진 작품으로 추정된다. 큰 파도 가 쓰쳐 지나간 후 되돌아본 시점에 쓰인 것으로 여러 가지 시어의 상징 의미가 「나의 침실로」와 매우 유사하다. 여기에 나오는 '성여', '피수포',

'젖가슴', '아가씨 목'을 비유적 의미로 해독하지 못하고 서술적 심상으로 해석할 수 없듯이 「나의 침실로」도 마찬가지이다. '생명', '목숨', '웃음', '행복'과 같은 시어는 '어둠'이나 '죽음' 저 멀리 있는 피안의 세계이기 때문이다. "네 목숨이 모두가 불빛이기 때문"이라는 절묘한 수사는 가히 1920년대 은유 표현에서 가장 앞선 선두주자였음을 말해 주고 있다. "네 목숨"은 곧 사랑했던 '유보화'이기도 했지만 감히 범접할 수 없이 숭고한 '당신'이며 그것은 곧바로 '식민 조국'이었다고 말할 수 있다.

> 하늘을 우러러
> 울기는 하여도
> 하늘이 그리워 울음이 아니다.
> 두 발을 못 뻗는 이 땅이 애달파
> 하늘을 흘기니
> 울음이 터진다.
> 해야 웃지 마라.
> 달도 뜨지 마라.
>
> ─「통곡」(1925년 작, 『개벽』 68호, 1926년 4월)

　　1925년 『개벽』에 발표한 「통곡」이라는 작품이다. 이 작품과 함께 「시인에게」라는 작품을 묶어서 발표했다. 상화가 인식한 시인이 무엇인가 그는 또렷이 자각하고 있다. "새로운 세계 하나를 낳아야 할 줄 깨칠 그때라야 / 시인아 너의 존재가 / 비로소 우주에게 없지 못할 너로 알려질 것이다"(「시인에게」)라고 시인의 길을 그는 깨우치고 있었다. 그래서 "시인아 너의 목숨은 / 진저리 나는 절름발이 노릇을 아직도 하는 것이다."(「시인에게」)라고 외친 것이다.

상화는 이 「통곡」이라는 작품에서 "하늘 우러러 / 울기는 하여도 (…중략…) 두 발을 못 뻗는 이 땅이 애달파 / 하늘을 흘기니"(「통곡」)라고 하여 시인 이상화의 고뇌와 갈등, 흔들리는 영혼의 중심에 "두 발을 못 뻗는 이 땅"이 있다는 사실이다. 「나의 침실로」에서 「빼앗긴 들에도 봄은 오는가」로의 전환이 아니라 동일한 선상에서 전자는 하늘에 눈을 흘기는 것뿐이고 후자는 이 대지로 발길을 옮겨온 것뿐이다. 상화의 시에서 그 동안 놓쳐버린 것이 죽음과 생명의 문제이다. 죽음은 어둠이고 통곡이고 절망이고 삶의 저편에 존재하는 것이다. 왜 상화의 시에서 죽음이 중요한 모티프가 되는가? "두 발을 못 뻗는 이 땅"(「통곡」)이기 때문이다. 그 절망의 죽음을 탈피하기 위해 몸부림치며 하느님을, 검을, 신령을 찾아 외쳤지만 결국 되돌아온 것은 좌절뿐이었다. 그러나 상화가 붓을 놓기 직전까지 「역천」이라는 시를 쓰기 이전까지 죽음의 건너편에는 삶과 생명과 별빛과 태양이 배치되어 있었다.

이상화 시인 고택 보존 결실 「시민의 힘」

대구 계산동 2가 84번지에 위치한 고택은 항일 민족시인 이상화(1901~1943)가 1939년부터 1943년까지 마지막 살았던 곳이다. 암울했던 일제강점기에 민족의 광복을 위해 저항 정신의 횃불을 밝힌 시인 이상화의 시향이 남아 있는 곳이기도 하다. 이상화 고택은 1999년부터 고택을 보존하자는 시민운동으로 시작하여 군인공제회에서 인근 주상복합아파트를 건립하면

서 고택을 매입해 지난 2005년 10월 27일 대구시에 기부 채납했다. 대구시는 대지면적 205m², 건축면적 64.5m²(단층 목조주택 2동)의 고택을 보수하고, 고택보존 시민운동본부에서 모금한 재원으로 고택 내 전시물 설치를 완료했다. 이상화 고택은 암울한 시대를 살면서 일제에 저항한 민족시인 이상화의 정신을 기리고 후손에게 선생의 드높은 우국정신과 문학적 업적을 계승하는 교육의 장으로 활용된다.

고려예식장 일대 30층 주상복합아파트 신축사업으로 위기를 맞았던 이상화 고택보존이 아파트사업주인 (주)L&G측의 협조와 대구시, 고택보존운동본부의 공동노력으로 결실을 맺게 된 것이다. (주)L&G측은 교통영향심사 통과와 별도로 상화 고택보존을 위해 대구광역시에 기부 채납 의향서를 체결하고 대구시 중구 계산 2가 84 상화 고택을 매입하고 또 상화 고택 앞쪽 토지 1필지도 사들여 대구시에 기부 채납하였다.

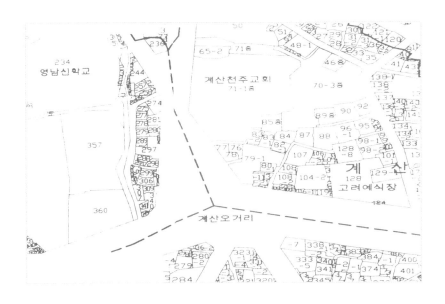

민족시인 이상화고택보존운동 본부 결성

○ 고문 및 상임대표(가나다순)

김극년(대구은행장), 김춘수(시인), 김홍식(금복문화재단이사장), 노희찬(대구상공회의소회장), 박찬석(경북대총장), 신상철(대구시교육감), 윤덕홍(대구대총장), 이긍희(대구문화방송사장), 이길영(TBC 대구방송 사장), 이상천(영남대총장), 이윤석(화성장학문화재단이사장), 정재완(대구매일신문사장), 최덕수(고법원장)

○ 준비위원(자문위원)(가나다순)

강덕식(경대의대교수), 강부자(탤런트), 고은정(성우), 고종규((사)영남여성정보문화센터 이사장), 공재성(대구MBC편성부장), 권기호(경북대 교수), 권오칠(희망신협이사장), 권정호(예총회장), 권준호(광복회 대구연합지부장), 김권구(박물관장), 김낙현(대구시주택관리사협회이사), 김문오(대구MBC편성국장), 김상현(영남여성정보문화센터 이사), 김성희(맥향화랑대표), 김세진(대구지법 부장), 김약수(미래대 교수), 김양동(대구민학회장), 김영호(경북대 교수), 김용락(시인), 김원일(소설가), 김은옥(신진택시(주) 대표), 김일환(대구시미술협회장), 김정강((사)영남여성정보문화센터 부이사장), 김종욱(전 고령 부군수), 김지희(대구가톨릭대학교 교수), 김태연(대구대 교수), 김태영(공인노무사), 김태일(영남대 교수), 김한옥(세무사), 긴항재(긴항재내괴의원원장), 김헝기(대구사회연구소상), 김형섭(전교조 대구지부), 김희곤(안동대 교수), 남윤호(영남일보), 노계자(우주공업사 대표), 노정자((주) 동진상사 대표), 노중국(계명대 교수), 도광의(대구시문인협회장), 도무찬(건축협의회장), 돈관(불교방송총괄국장), 라봉희(리라유치원장), 문신자(경북과학대 사회교육원장), 박동준(박동준패션 대표), 박순화((주)신일 대표), 박언휘(경산대 교수), 박영택(대륜고 동창회), 박인수(영남대 교수), 박정자(연극인), 박정희(대구여성단체협의회장), 박종태(박종태이비인후과원장), 박춘자(전문직 여성 대구클럽회장), 배영자(YWC A 회장), 백명희(대구광역시의원), 백승균(전 계명대 부총장), 백진호(흥아엔지니어링대표이사), 서인원(대구경북개발연구원), 석귀화(경북고 교사), 석왕기(변호사), 석정달((주)명진섬유 대표), 손숙(연극인), 송인걸(원불교대구교구청총무국장), 신동학(계명대 의과대 명예교수), 권기철(화가), 신재기(경일대 교수), 안명자((주)성창섬유 대표), 안익욱(대구시 교육국장), 양정혜(예림사진관 대표), 엄경옥(안지랑이 우체국장), 엄붕훈(시인), 엄재국(계명대 교수), 여박동(계명대 교수), 오세영(서울대 교수), 왕종근(아나운서), 우영복(자원봉사센타), 우호성(대구시예총 사무처장), 유영구(유영구정형외과 원장), 윤석화(연극인), 윤순영(분도예술기획 대표), 윤엽자(죽전여중 교장), 윤태석(경북대 교수), 이강언(대구대 교수), 이균옥(민예총 대표), 이명미(화가), 이문열(소설가), 이상규(경북대 교수, 상화고택보존운동 공동대표), 이상원(대구시립극단 감독), 이상익(법무법인 일월, 변호사), 이완식(대륙기업 대표이사), 이원순(청구정형외과), 이인화(이화여대 교수), 이정숙(법무사), 이정인(대구경북개발연구원), 이창동(영화감독), 이태수(매일신문 논설위원), 이하석(영남일보 논설위원), 이화언(대구은행 부행장), 이화진(보광병원 의사), 임경희(영남대 강사), 장주효(새대구경북시민회의), 장해준(대경섬유협동조합 부이사장), 전옥희((주)삼양금속 대표), 정만진(소설가), 조두석(광고회사), 정명금(한국여성경제인협회 대구지회장), 조창현(경북채육회 사무처장), 주웅영(대구교대 교수), 최동호(고려대 교수), 최미화(매일신문), 최병량(나래기획 대표), 최복호(패션디자이너), 최봉태(변호사), 최영은(대구시음악협회장), 최영희(가톨릭병원장), 최종욱(경북대 농대학장), 최현묵(극작가), 최환(영남대 중문과 교수), 하재명(경

북대 교수), 하종호(대구시의원), 한상덕(대경대 기획실장), 홍경표(대구가
톨릭대학교 교수), 홍덕률(대구대 교수), 홍윤숙(시인), 홍종흠(문화예술회
관장)

○『준비위원회』
준비위원회 공동대표: 이상규·윤순영
사업 총괄자문위원: 도광의·김문오
추진 법률자문위원: 최봉태·석왕기
추진 시설 및 건설 자문위원: 도무찬·하재명
추진 재정 자문위원: 이화언·하종호

○『실무위원회』
실무위원장: 김용락·공재성
기획위원장: 최현묵 단장
법률위원장: 석왕기 변호사
재정위원장: 장문환 대구은행 전략기획팀장
건축위원장: 하재명 교수
홍보위원장: 서정윤 시인
출판담당위원장: 장두현 사장
대외협력위원장: 석귀화 선생님
사업담당위원장: 정만진 선생님
실무간사: 김인규

2002. 3. 11.
민족시인 이상화고택보존운동본부

그 동안 도움을 주신 시민 여러분 특히 이 운동이 성공적으로 추진될 수 있도록 도우신 분들이 이름을 꼭 남겨 놓고 싶었습니다. 민족시인이상화고택 보존운동 본부 준비위원회 명단은 우리 문학사에 영원한 기록으로 남게 될 것입니다. 다시 한 번 감사의 인사를 드립니다.

이상화고택보존운동 선언문

　서슬 푸른 일제의 강압 속에서 우리는 상화로 하여 민족혼을 발견하였고, 독립된 민족의 영예를 꿈꿀 수 있었습니다. 그의 언어는 메마른 가지를 뚫고 일어나는 봄꽃처럼 우리 민족의 가슴 가슴에 거대한 불길을 옮겨 주었습니다. 대구 근·현대사 100년을 되돌아보면 민족시인 이상화 선생을 비롯하여 국채보상운동을 전개해 민족 자립을 선도한 서상돈 선생, 독립운동가 이상정 장군과 같은 큰 별들이 찬란한 광채를 빛내고 있습니다. 우리가 기꺼이 민족의 이름으로 면류관을 드릴 수 있는 이 분들이야말로 우리 지역민의 자랑이자 민족의 선각자였습니다. 따라서 이들의 고택이 밀집해 있는 대구시 중구 계산동 2가 일대를 문화와 정치, 문화와 경제가 만나는 대구 시민정신의 구심점의 현장으로 보전하는 것은 지역민 모두의 사명이자 책무입니다.

　대구시 중구 계산동 84번지! 이곳은 암울했던 일제 강점기 민족 광복을 위해 저항정신의 횃불을 밝힌 「빼앗긴 들에도 봄은 오는가」의 일제 저항시인 이상화(李相和) 선생의 시향이 남아 있는 곳입니다. 또 계산동 2가는 일제에 진 1,300만원의 나라 빚을 대구시민이 앞장서서 갚자며 의연히 일어섰던 국채보상운동의 발기인 서상돈 선생의 고택이 있고, 상화의 맏형이자 독립운동가인 이상정 장군의 고택이 밀집해 있어 이곳이야말로 가히 대구가 근대 민족저항정신의 본향이요, 항일 구국운동의 시원지임을 당당히 증명하고 있습니다. 언제부터인지 '지역'은 '변두리'와 유사한 개념으로 받아들여져 모든 것의 중심은 서울이며 그 변두리가 지역이라는 그릇된 인식이 만연하고 있습니다. 이러한 관점에서 '민족시인이상화고택보존운동'은 오랫동안 변두리로 전락한 정서를 반성적 차원에서 극복하여 대구시민들이 한 마음이 되는 거족적 운동입니다.

이제 우리는 '민족시인이상화고택보존운동'의 첫발을 내디디며 더 이상 물질문명과 개발의 논리가 정신문화와 자존의 논리를 짓밟지 못하도록 공고한 연대의 힘을 결집하고자 합니다. 포클레인의 쇠바퀴에 우리의 역사와 문화의 현장이 뭉개지는 순간, 우리의 뿌리와 정신적 유산이 함께 매장되어 버릴 것입니다. 문화의 세기로 일컬어지는 21세기는 효율성과 개발의 논리보다 문화적 자산이 더 큰 생산성을 발휘하는 시대입니다. 자연이 우리의 후손들에게 물려주어야 할 자산이듯이, 상화 고택보존운동은 자손만대를 먹여 살릴 문화적인 식량을 마련하는 한 가지 일입니다.

　　이러한 이상과 목표를 향해 전 국민과 대구시민의 이해와 동참을 호소하며, 이를 바탕으로 대구시가 고난의 역사를 헤쳐 가는 선도적인 도시로서 우뚝 서게 되기를 바라마지 않습니다.

2002. 3. 11.

민족시인이상화고택보존운동본부

항일 민족시인 이상화 고택 보존을 위한 100만인 서명운동

대구가 낳은 항일 민족시인 상화 이상화가 말년에 거주했던 고택(대구광역시 중구 계산동 2가 84번지)이 현재 소방도로 계획선에 물려 곧 뜯겨나갈 상황에 직면해 있다. 상화가 태어난 생가는 이미 오래 전에 흘려져 없어졌고 그가 가난과 병마의 고통과 어려움 속에서 마지막으로 살았던 고택은 표지판 하나도 설치되지 않은 채 곧 철거될 위기 앞에 직면해 있다.

언제부터인지 「지역」은 「주변」과 유사한 개념으로 받아들여져 모든 것의 중심은 서울이며 그 변두리가 지역이라는 인식이 굳어져 왔지만, 이는 반드시 극복돼야 할 과제이다. 지금부터라도 지역 문화가 변두리 문화라는 개념이 아니라는 인식의 바탕 위에서 진정한 의미의 정체성과 새로운 전기를 일으켜 세워 줄 수 있어야 한다. 그런 측면에서 볼 때, 이상화 시인의 고택의 보존 운동은 절실하게 필요한 이 지역의 문화운동임을 인식하였다.

일제 저항 민족시인 이상화 선생의 고택을 보존하여 자라나는 우리 후손들에게 이 민족의 시대사를 고뇌했던 이상화 시인의 맑고 깨끗한 시적 영혼을 되새길 수 있는 교육의 장으로, 그리고 이 지역민들의 문화적 자긍심과 정체성을 심어줄 수 있는 문화 교육의 장으로 새롭게 열어야 할 것이다. 이러한 사업 취지에 적극 동참할 우리는 향후 다음과 같은 사업을 추진하고자 한다.

1. 이상화 시인 고택 보존을 위한 모금운동
2. 이상화 시인 고택 기념관 건립과 유품 수집
3. 기타 항일 민족시인들의 관련 자료 및 유품 수집

이러한 대구시민들의 힘을 결집한 결과는 대구광역시에 전달하여 향후 본격적으로 이상화 고택 보존사업으로 착수될 수 있도록 하며 위의 사업 추진에 전적으로 동의하며 회원에 가입하고자 합니다. (본격적이 사업은 회원 100만 명이 모여지면 추진 사업단을 새롭게 꾸릴 것입니다.)

항일 민족시인 이상화 고택 보존 회원 본부
[7][0][2]-[7][0][1] 대구광역시 북구 산격동 1370번지
경북대학교 인문대학 국어국문학과
이상규 교수
053) 950-5117, F) 053) 950-5106, 011-812-5117, sglee@knu.ac.kr
*여러분들의 적극적인 참여와 조언을 기다립니다.

이상화 고택보존 운동본부 기금 등 1억 상당 시에 기부

지난 2004년 6월 대구시에 기부 채납된 저항시인 상화 고택의 향후 유지, 관리 방안에 관심이 쏠리고 있다. 29일 오후 분도갤러리에서 민족시인 이상화고택보존운동본부(공동대표 윤순영·이상규)는 해산총회를 갖고, 모금기금 8천 600여만 원과 시집(1천 700권, 권당 1만 원), 그림 자료 등 1억여 원 상당을 대구시민의 이름으로 대구시에 기부했다.

고택보존운동본부는 이날 지난 3년간의 시민서명운동·기금모금·상화시집 갖기 등 고택보존운동을 마무리하고, 실내자료관 설립, 유물전시 등 고택의 구체적인 유지 방안은 이제 대구시 등 관련기관에서 맡아야 한다는 데 뜻을 모았다.

이날 결산총회에서 참석자들은 허물어질 위기에 처한 민족유산을 시민의 힘으로 지켜냈다는 데 의미를 부여하고, 효율성과 개발 논리보다 문화적 자산이 더 큰 힘을 발휘하는 시대라는 데 공감을 나타냈다. 또 대구시가 시민기금을 바탕으로 현장 유지, 보수에 적극 나서줄 것을 촉구하기도 했다.

윤순영 공동대표는 "상화고택은 앞으로 약전골목 등과 연계, 시민들뿐 아니라 대구를 찾는 외지인들의 방문 1번지로 가꾸어나가야 할 것"이라며 "시·도민의 도움으로 시민문화운동을 모범적이고 투명하게 마칠 수 있게 됐다"고 말했다.

상화고택을 포함한 인근 계산동 일대는 대구 근·현대사 100년의 역사와 문학현상으로 대구 문화도시라는 시민들의 희망과 메시지가 담긴 공간으로 남아야 한다는 지적이 제기되고 있는 곳이다.

매일신문 노진규 기자

이 자리를 빌려 이상화고택보존운동에 참여해 주신 모든 분들과 당시 모금운동에 동참해 준 중·고교 어린 학생들의 참여에 깊이 감사를 드리며, 대구의 자존심을 일깨워 주신 데 대해 이 일을 대표로 맡았던 사람으로서 감사의 인사를 드립니다.

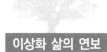
1901.4.5 이상화는 대구시 서문로 2가 11번지에서 부친 이시우와 김신자를 모친으로
하여 4형제 중 둘째아들로 1901년 4월 5일(음)에 태어났다. 그의 호적에는
명치35(1902)년 4월 5일로 기재되어 있으나 실재 1901년 음력 4월 5일이다.
부친 이시우의 본관은 경주, 호는 우남이며 그는 시골에서 행세하는 보통 선비였
으나 상화가 일곱 살 때 별세했다.

이일우는 당시 삼천여 석을 하는 부자였으며 그는 소작료를 저율로 하고 후대하
였기 때문에 칭송이 자자했을 뿐만 아니라 대구사회에서 명망이 높던 분이었다.
그는 1904년 '우현서루'를 창건, 많은 서적을 비치하고 각지의 선비들을 모아
연구케 하였으며 또한 '달서여학교'를 설립, 부인 야학을 열어 개화의 길에 앞장
섰다. 또한 평생 지조를 지켜 관선 도의원의 자리에 나가기를 불응하였고 중추원
참의를 거절, 배일의 지주가 되었던 분이다.

상화의 형제들 가운데 백씨인 상정은 한때 대구의 계성학교와 신명학교, 경성의
창신학교, 평양에 광성학교, 평북 정주 오산학교에서 교편을 잡다가 만주로
망명, 항일 투쟁에 종사한 장군이다. 시서화와 전각에 능했었고 시조시인이도
하였다. 1937년에는 중일전쟁이 일어나자 국민정부의 초청으로 중경 육군 참
모학교의 교관을 지냈고 1939년에는 임시 정부의원에 선임된 바 있다. 1941년
에는 중국 육군 유격대 훈련학교의 교수를 거쳐 이듬해 화중군 사령부의 고급
막료로 난징전투에 직접 참가했다. 행방 후 상해에 머물러 교포의 보호에 진력하
다가 1947년 귀국, 뇌일혈로 사망했다. 셋째 상백(相佰)은 한국 체육발전의
원로로서 또는 사회학 분야의 석학으로 널리 알려진 분. 일본 유학시절(와세다
대학)부터 운동선수로 활약했고, 1936년 제10회 올림픽 일본 대표단 총무로
베를린에 다녀오는 등 일본 체육 발전을 위해서도 크게 기여했다. 해방이 되자
조선 체육 동지회를 창설, 위원장이 되었고 1945년 여운영과 이여성 등과 건국
동맹준비위원으로 활동하였다. 1946년 조선체육회 이사장을 거쳐 1951년 대

한 체육회 부회장을 지냈다. 제15, 16, 17, 18회 세계 올림픽 한국 대표단 임원, 단장 등으로 대회에 참가했으며 1964년 대한 올림픽위원회(IOC) 위원에 선출되었다. 또한 서울대학교 교수로서 사회학 분야를 개척했으며 1955년에는 문학박사 학위를 받았다. 동아문학 연구소장, 고등고시위원, 학술원 회원, 한국 사학회 회장 등 다채로운 경력을 지녔던 분이다. 이 같은 많은 업적으로 1963년 도 건국문화훈장 대통령장을 받았다. 막내 동생 상오는 대구고보와 일본 호세이 대 법정대학을 졸업하였다. 알려진 수렵인. 그 기개와 능력이 모두 출중한 형제들이었다.

상화의 직계 유족으로는 부인 서온순 여사와 충희, 태희 등이 있다.

이상화라는 이름은 본명이며 여러 번 아호를 바꾸어 썼다. 대체로 18세부터 21세까지는 불교적인 냄새가 나는 무량(無量)을, 22세부터 24세까지는 본명에서 취음한 것으로 보이는 탐미적인 상화(相華)를, 25세 이후는 혁명적인 그의 사상적 추이를 엿보게 하는 상화(尙火)를 썼다. 38세 이후에는 당시의 그의 처지와 심경의 일단이 표현된 백아(白啞)를 쓰고 있는 것이 이채롭다.

1905	어린 시절 팔운정 101번지 소재 우현서루와 우현서루 폐쇄우 강의원에서 한문 및 신학문 수학하였다.
1908.8	상화 부친 이시우 별세
1914	이때까지 큰아버지 이일우가 당시 보통학교의 식민지 교육을 염려하여 가정에 설치한 사숙에서 대소가의 자녀들 칠팔 명과 함께 수학. 큰아버지의 엄격한 훈도를 받았다.
1915	이 해에 대성강습소를 수료한 후 경성중앙학교(현 중동)에 입학하였다. 그는 한문에 뛰어난 실력을 발휘했으며 학교 성적이 우수하였다. 야구부의 명투수로도 활약하였다.
1917	대구에서 현진건·백기만·이상백 등과 함께 습작집 『거화』를 발간했다고 전해지고 있으나 확인되지는 않고 있다.
1918	경성중앙학교 3년을 수료 후 고향에 내려와서 독서와 시작에 심혈을 경주하였다. 그 해 7월부터 금강산 등 강원도 일대를 3개월 동안 방랑하였다. 이 방랑 중에 그의 대표작이라고 할 「나의 침실로」가 완성되었다고 하나 이는 불확실하

다. 평소 상화는 자신의 작품의 제작 연대와 발표 연대의 차이가 있는 것은 거의 말미나 시제 밑에 제작 연대가 아니면 구고라고 명시해 놓은 것이 많은데 반하여 이 시는 전혀 그러한 표기가 없는 것으로 보아 이상화의 23세 때의 작품으로 추정된다. 또 일부에서 이 작품이 『백조』 창간호에 발표된 것으로 보고 있는 것도 잘못이다. 이 작품은 분명히 『백조』 3호, 즉 1923년 9월에 발표.

1919   서울에서 상화와 일족인 이갑성이 기미독립선언서를 작성하여 지방에 파급시키기 위해 백기만과 이상화를 통해 전달된 것으로 추정된다. 기미독립운동 당시 백기만·이곤희·허범·허윤실·김수천 등과 함께 대구에서 계성학교 학생들을 동원, 독립을 선언키 위하여 선전문을 스스로 만들어 등사하는 등 시위 행사에 앞장섰으나 사전에 주요 인물들이 검거되자 상화는 서울로 탈출, 서대문 밖 냉동 92번지에서 박태원의 하숙집에 머물러 있었다.

박태원은 대구 계성 출신이며 중학 시대에 벌써 영문 원서를 읽을 정도의 영어 실력을 지니고 있었으며, 또한 성악가로서도 이름이 있었다. 상화는 이 같은 그의 아름다운 노래에 심취하여 성악을 배우려고 애쓴 일도 있으며, 그에게서 영어를 배우기도 했다. 상화는 그가 세상을 떠나자 시 「이중의 사망」을 쓰기도 했다. 경성기독청년회 영어과 수료하였다.

이 해 음력 10월 13일, 상화는 큰아버지의 강권으로 공주읍 욱동 295번지 서한보의 영애 서온순과 결혼을 했다. 호적에는 혼일 일자가 1921년 2월 23일로 되어 있다. 아마 신행일자를 기준한 것으로 보인다. 서온순은 재덕이 겸비하고 용모도 뛰어났다. 결혼 후 상화는 서울로 올라와 학업과 시작에 몰두하였다. 이 시절에 경남 출생으로 당시 여자 고등 보통학교를 마친 재원 손필연과 연애를 하고 있었다고 알려져 있다.

1922   현진건의 소개로 『백조』 동인으로 그 창간호에 「말세의 희탄」을 발표하고 문단 데뷔하였다. 이후 「단조」, 「가을의 풍경」 등을 발표. 이 해 프랑스에 유학할 기회를 갖고자 일본에 건너가다. 이는 항시 요시찰 인물이 되어 국내에서는 외국 여행 중의 교섭이 절대로 불가능하였기 때문이다. 기회를 기다리면서 1922년 9월 도일하여 2년간 일본 동경에 있는 아테네 프랑스에서 수학하였다. 1922년 9월 경 일본 동경으로 건너가자 동경 간다구(神田區) 3정목(町目) 9번지에 있는 미호칸(美豊館)에 먼저 유학을 와 있던 와사대(早稻田) 제일고등학원을 다니던 동생 상백과 함께 거처를 잡았다가 그 주변의 물가가 너무 비싸기

때문에 그 해 12월에 동경시 외 도츠카(上戶塚) 575번지로 옮겨 친척동생인 상렬과 더불어 자취를 한다. 이 시절에 이여성과, 백무, 이호, 김정규 등 일본에서 노동자운동을 하던 '북성회' 멤버들과 교류하였다.

1923   3월에 아테네 프랑세에서 단기 5개월 과정을 수료하였다. 4월에 메이지대학 불어학부 1년제 입학.
『백조』 3호에 「나의 침실로」를 발표하여 문단의 주목을 받게 된다.
9월 일본에서 관동대진재의 참상을 목격. 자신도 붙잡혀 가는 도중에 의연한 자세로 설득, 구사일생으로 살아난다.
백기만이 박태원·유엽·양주동과 『금성』지 동인을 결성하였다.

1924   3월 메이지대학 불어학부 1년제 수료.
관동대진재의 참상 속에서 충격을 받고 프랑스 유학을 포기.
3월에 귀국하여 서울 가회동 취운정(종로구 가회동 1번지 5호)에 거처를 정하고 현진건·홍사용·박종화·김팔봉·도향 등 『백조』 동인들과 어울렸다. 김기진의 기록에 의하면 이때에도 유보화는 취운정에 드나들고 있었으며 폐결핵을 앓고 있었던 것으로 기록되고 있다.
백기만의 추천으로 이상백·이장희를 『금성』 동인으로 영입하였다.

1925   『백조』가 폐간되고 김기진 등과 무산계급 문예운동을 위한 '파스큐라'를 결성한다. 종로 천도교 회관에 문예강연과 시낭송회에 출연하여 시 「이별을 하느니」를 낭송하였다. 8월에 박영희·김기진과 함께 카프(조선프롤레타리아예술동맹)에 발기인으로 참가한다.
이 시기, 작품 활동이 가장 왕성했던 해로 「비음」, 「가장 비통한 기욕」, 「빈촌의 밤」, 「이별을 하느니」, 「가상」, 「금강송가」, 「청량세계」 등을 발표. 이 시기에 가장 활발한 작품 활동을 전개하였다.

1926   이 해 가을에 유보화가 위독하다는 소식을 듣고 함흥으로 갔으나 사망. 이 해 장남 용희 출생.
상화의 대표작의 하나이며 피압박 민족의 비애와 일제에 대한 강력한 저항 의식을 바탕으로 하고 있는 것으로 평가되고 있는 「빼앗긴 들에도 봄은 오는가」를 발표하였다. 『카프』 기관지 『문예운동』 발간 편집인으로 활동 「조선병」, 「겨울 마음」, 「지구흑점의 노래」, 「문예의 시대적 변위와 작가의 의식적 태도론」 들을 발표.

백기만이 편찬하고 조태연이 간행한 『조선시인선』(조선통신중학관, 1926)을 편찬하였는데 여기에 이상화의 시 4편이 실렸다.

1927 대구로 낙향, 문학활동을 거의 중단하였다.
담교장에 문우들과 문화예술 사회운동을 하는 친구들과 모임. 일제 관헌의 감시와 가택 수색 등이 계속되는 가운데서 행동이 제한된 생활을 함. 그때 상화의 생가 터에 마련된 사랑방은 담교장이라 하여 독립운동을 하는 지사들을 비롯한 대구의 문우들이 모여들었다고 한다.

1928 신간회와 연관된 ㄱ당 사건과 장진홍 조선은행 지점 폭탄 투척사건에도 관련 있다 하여 조사를 당함. ㄱ당 사건에 연루되어 구금되었다. 당시 신간회 대구지부 출판 간사직을 맡고 있었는데 신간회 사건과도 연관이 있었다. 명치정 현재의 계산동 2가 84번지로 이사했으나 울분과 폭음의 생활은 계속되었다.
대구 조양회관에서 열림 제2회 'ㅇ과회' 시가부에 이원조와 함께 「없는 이의 손」, 「아씨와 복숭아」 등 출품하였으나 그 내용은 전하지 않는다.
7월 24일 『경상북도경찰부 고등경찰요사』에 의하면 비밀항일운동단체 J당에 관계자 노차용·장택원·곽동영·이강희·문상직·류상묵·정태봉·오진문·이상화·이상쾌가 치안유지법 위반 혐의로 대구지방검찰청에 송치되었다.

1929 이장희 자살, 백기만이 이곤희·김준묵·이양상·김기상 등과 조양회관에서 이장희 유고전람회와 추도회가 열렸다.
8월 14일 『조선중앙일보』에 동래유학생학우회가 강연회를 개최하였다. 이상화·최종해·한일철·박길문·박영출이 가담하였다.

1930 개벽사에서 간행한 『별건곤』 10월호에 「대구행진곡」을 발표하였다.
4월 29일자 『조선중앙』 「조선 푸로예맹 서면 대회소집」 기사에 의하면 4월 26일에 조선프롤레타리아예술동맹 예술동맹 본부에서는 재동 100번지에서 중앙집행위원회를 열어 회 운영 전반에 걸친 결의를 하였다고 한다. 여기서 이상화를 '쭝잉위원'으로 쭈내했다.

1932 생활이 점점 어려워지자 상화가 태어난 자리인 서문로 집을 처분하고 잠시 큰댁에 살다가 대구시 중국 장관동 50번지(현 약전골목 안 성보약국자리)로 이사하였다. 당시 상화의 생가터는 큰아버지 이일우가 서온순·이상백·이상오 공동명의로 권리권을 매도하여 매각했던 문서가 최근에 발굴되었다.

1933	8월 교남학교 강사(『경북학비』제449호) 자격을 받아 교남학교에 조선어, 영어 과목 무급 강사로 활동하였다. 이 해에 「반딧불」, 「농촌의 집」을 발표하고 두 번째 창작소설 『신가정』잡지에 「초동」을 발표하였다.

1933　8월 교남학교 강사(『경북학비』제449호) 자격을 받아 교남학교에 조선어, 영어 과목 무급 강사로 활동하였다. 이 해에 「반딧불」, 「농촌의 집」을 발표하고 두 번째 창작소설 『신가정』잡지에 「초동」을 발표하였다.

1934　향우들의 권고와 생계의 유지를 위하여 『조선일보』경북 총국을 맡아 경영하였다. 그러나 경영의 미숙으로 1년 만에 포기하고 말았다. 차남 충희가 태어났다. 경영난에 부닥치자 다시 대구시 중국 남성로 35번지(진골목에서 종로 호텔 방향 현 다전이 있는 자리)로 이사를 하였다.

7월 10일자 『동아일보』에 전국의 김기진·박월탄·현진건·성대훈·박팔양·주요섭·염상섭·이태준·박화성·이은상·이상화·최정희·양백화·김자혜 외 70여 명의 문사들이 「한글지지에 대한 선언」 발표.

　　1. 우리 문예가 일동은 조선어학회의 「한글 통일안」을 준용하기로 함.
　　2. 「한글 통일안」을 저해하는 타파의 반대운동은 일절 배격함.
　　3. 이에 제하여 조선어학회의 통일안의 완벽을 이루기까지 진보의 연구발표가 있기를 촉함.

1935　상화가 가장 곤경에 처해져 있었던 시기이다. 일제 압박은 더욱 가중되어 가고 경제적인 궁핍이 더해진 시기이다. 그의 후기 시정신을 읽을 수 있는 「역천」이라는 시를 영양 출신 오일도 시인이 그 해 2월에 창간했던 『시원』2호에 발표한다.

1월 1일 『삼천리』제7권 제1호에 「나의 침실로」, 반도 신문단 이십년래 명작선집(1), 명작시편이 실렸다.

1936　8월 15일 큰아버지 소남 이일우가 사망한다. 아버지처럼 의지했던 큰아버지가 돌아가신 것은 상화에게는 정신적으로 엄청난 타격을 주었을 것이다.

9월 11일 『조선일보』「문학동호회」 대구서 창립하였다고 한다. 대구에서는 이상화·이효상·조용기·구자균·윤복진 씨 등이 중심이 되어 지난 오일 군방각(群芳閣)에서 '대구문학동호회'를 조직했다는 데 동일 출석자는 십여 명이였고, 사무소는 대구부 경정 일정목 이십육지(大邱府京町一丁目二十六地)에 두었다고 한다.

1937　당시 북경에 머물고 있었던 백씨 이상정 장군을 만나기 위해 중국에 건너가 약 3개월간 중국 각지를 돌아보고 귀국함. 고향에 돌아오자 이제 경찰에 또 다시 구금되어 온갖 고초를 겪고 나옴.

다시 교남학교의 영어와 작문의 무보수 강사가 되어 열심히 시간을 보아주었다. 이같이 1940년까지 3년간 시간을 보아주는 외에 학생들의 교우지간행을 직접 지도하고 권투부 코치를 맡아 열을 올렸으며 특히 권투를 권장, 은연중에 일제에 대한 저항의식을 키웠다. 이것이 대구 권투의 온상이 된 '태백권투구락부'의 모태가 되었다. 1940년에 대륜중학의 설립을 보게 되었던 것도 상화의 보이지 않는 노력의 결정으로 평가되고 있다. 이 해 교남학교 교가 작사 문제로 일경에 조사. 이 무렵 서동진·이효상·권중휘 등과 가깝게 지냈다.
다시 종로 2가 72번지로 이사를 하였다.

1938   태희 출생.

1939   6월에 다시 그의 마지막 고가가 된 중국 계산동 2가 84번지로 이사를 한다. 이때 교남학교 교사 작사 문제로 일경의 조사와 수색을 받게 되어 가택 수색 과정 가지고 있는 던 모든 시작품을 압수당한다.

1940   교남학교 강사직을 사임한다. 이후 「춘향전」 영역, 국문학사 집필, 프랑스 시 평역 등에 관심을 두었으나 완성을 보지는 못하였다.
조태연이 1926년 조선통신중학관에서 간행했던 18인 합동 시선집인 『조선시집선』 시집을 김소운이 일어판 번역 시집으로 『조선시집선』(河出書房)에 「나의 침실로」 외 4편의 시가 실렸다.

1941   상화가 공식적으로 발표한 마지막 시인 「서러운 해조」가 『문장』 25호 폐간호에 실린다. 암울한 당시의 상화의 마음이 고스란히 담긴 시이며 공교롭게도 일제에 의해 『문장』지가 폐간을 당한다.
동향의 친구 백기만은 북만주 빈강성 기산농장 책임자로 떠났고 영양 출신의 이병각 시인은 후두결핵으로 사망한다.

1943   음력 1월 병석에 누워 3월 21일(양력 4월 25일) 상오 8시 계산동 2가 84번지 고택 사랑방에서 위암으로 별세했다. 그는 모든 가속늘이 (이상정 장군은 중국 에서 나오지 못함) 모인 가운데 임종했으며 당시 큰아들 용희는 18세의 중학생, 충희는 10살, 태희는 6세였다. 임종한 곳은 대구 명치정, 현재의 계산동 2가 84번지이다.
이날 3월 21일에는 또한 같은 고향의 친구이자 『백조』 동인인 현진건도 사망했 으며 이육사는 피검되어 북경으로 압송되었다.

상화가 작고하던 해 가을에 고향 친구들의 정성으로 묘 앞에 비석이 세워졌다. 발의는 백기만이 하고 서동진·박명조의 설계로 김봉기·이순희·주덕근·이흥로·윤갑기·김준묵 등 십여 인의 동의를 얻어 일제 강압을 피하기 위해 비밀리에 진행되었다고 한다. 비면에는 "詩人 白啞 李公相和之墓"라 음각되었을 뿐 다른 글은 일체 기록되지 않고 있다.

1947	10월 27일 백씨인 이상정, 계산동 2가 90번지에서 뇌일혈로 세상을 떠남.

1948   3월 김소운의 발의로 한국 신문학사상 최초로 대구 달성공원 북쪽에 상화의 시비가 세워졌다. 앞면에는 상화의 시「나의 침실로」의 일절을 당시 열한 살 난 막내아들 태희의 글씨로 새겨 넣었다. 비액과 뒷면은 김소운의 상화 문학에 대한 언급과 시비 제막에 대한 경위가 서동균의 글씨로 새겨져 있다.

1951   상화의 사후, 그의 시에 대하여 관심이 깊었던 임화가 자기 나름대로 시집을 낼 목적으로 시를 수집하다가 해방 직후 월북. 또한 상화의 문하였던 이문기가 시집 간행을 목적으로 유고의 일부와 월탄이 내어 준 상당량의 서한을 받아 가지고 한국 때 실종, 이 또한 실현을 보지 못했다. 상화의 시가 비록 독립된 시집은 아니라 할지라도 최초의 시집 형태 속에 수록된 것은 1951년 그의 오랜 친구인 백기만이 편찬한 『상화와 고월』에 와서였다. 그러나 수록된 작품은 16편뿐이었다. 이후 정음사(1973년), 대구의 형설출판사(1977년) 등에서 추후 발굴된 작품을 합하여 단행본 형태의 시집, 또는 시전집을 발간했다.
10월 한국전쟁 피난예술인들이 모여 구 교남학교 자리(반월당 구 고려다방 뒤편)에 '상고예술학교'(원장 마해송)를 건립하여 중앙대학교와 서라벌예대의 전신이 되었다.

1977   대통령 표창

1985.3   죽순문학회에서 상화시인상 제정

1986.6   독립기념관(목천) 시비동산에「빼앗긴들에도 봄은 오는가」시비 건립

1990   건국훈장 민족애족장 추서

1996.8.15   대구 두류공원 인물동산에 이상화 좌상 건립

1998.3	문화체육관광부에서 3월의 문화인물로 선정
2001.5	이상화 탄생 100주년 기념특별전(대구문화방송)
	대구문인협회 이상화 탄생 100주년 기념 『이상화시집』과 CD(이상규) 제작
	대구문인협회 지원사업으로 『이상화산문집』(이상화기념사업회)
2002	이상화고택보존운동본부 100만인 서명운동 전개(이상규·윤순영 공동대표)
2003	대구문인협회 주관으로 대구달성군 화원읍 보리리 가족 묘역 상화 묘소 앞에 묘비 세움
2006.3	수성구청 주관으로 수성못 못뚝에 「빼앗긴들에도 봄은 오는가」 시비 건립
2008.2	이상화기념사업회 설립(이상화고택보존운동본부에서 업무 이관)
	이상화 고택 수리 후 시민들에게 개방
	6월 서울 중앙중고 100주년 기념사업으로 학교 교정에 「빼앗긴들에도 봄은 오는가」 시비 건립 및 이상화에게 명예 졸업장 전수식
2009	대구광역시 중구 서문로 2가 11번지 이상화 생가터에 표징물 설치 및 이상화 문학상을 죽순에서 이상화기념사업회로 이관
	이상규·신재기 엮음, 『이상화문학전집』, 이상화기념사업회.
2014	이상화기념사업회와 중국 연변동북아문학예술연구회와 공동으로 이상화문학상 제정
2015	이상화기념사업회, 『상화, 대구를 넘어 세계로』 간행
2017	10월 이상화 기념사업회에서 대구문화재단 지원을 받아 『이상화시집』 간행.
	가곡 오페라 〈빼앗긴 들에도 봄은 오는가〉 공연(수성아트피아)
	가곡 오페라 〈빼앗긴 들에도 봄은 오는가〉(내+오페라하우스/앙상블 MSG합작)
2019	3.1독립운동 100주년 기념 민족시인 5인 시집(시오월) 간행. 이상화 시를 오류 투성이로 제작하여 문제가 야기되었다.
	3.1독립운동 100주년 기념 민족시인 국제학술대회 개최, 백범김구기념관.
	이상화기념사업회에서 『상화』 창간호 간행.

2020	이상화기념사업회에서 수상하던 '이상화문학상' 심사과정의 불공정성 시비로 시상 중단, 사업회의 사업비 지급 중단되는 불행한 사태가 발생.
2021	이상화문학상을 다시 '죽순'문학회에서 주관하기로 결정. 1926년 권오설(1897~1930)이 안동에서 대구 이상화에게 보낸 엽서가 공개되었다(권오설 기념사업회).

발표지 및 연대

1922년 1월	「말세의 희탄」, 「단조」	『백조』 창간호
1922년 5월	「가을의 풍경」, 「To-」	『백조』 2호
1923년 9월	「나의 침실로」, 「이중의 사망」, 「마음의 꽃」	『백조』 3호
1923년 7월	「독백」	『동아일보』(7월 14일)
1923년 7월	동요	『동아일보』(7월 14일)
1924년 7월	「선후에 한마디」	『동아일보』(7월 24일)
1924년 12월	「허무교도의 찬송가」, 「방문거절」, 「지반정경」	『개벽』 54호
1925년 1월	「비음」, 「가장 비통한 기욕」, 「빈촌의 밤」, 「조소」, 「어머니의 웃음」	『개벽』 55호
1925년 1월	「단장」(번역소설)	『신여성』 18호
1925년 1월	「잡문횡행관」(평론)	『조선일보』(1.10~11)
1925년 1월	「새로운 동무」(번역소설)	『신여성』 19호
1925년 3월	「이별을 하느니」	『조선문단』 6호
1925년 3월	「폭풍우를 기다리는 마음」, 「바다의 노래」	『개벽』 57호
1925년 3월	「출가자의 유서」(감상)	『개벽』 57호
1925년 4월	「문단측면관」(평론)	『개벽』 58호
1925년 5월	「극단」, 「선구자의 노래」	『개벽』 59호
1925년 6월	「구루마꾼」, 「엿장수」, 「거러지」	『개벽』 60호
1925년 6월	「금깡송가」, 「청량세계」(산문시)	『여명』 2호
1925년 6월	「지난달 시와 소설」, 「감상과 의견」(단평)	『개벽』 60호
1925년 6월	「시의 생활화」(평론)	『시대일보』(6월 30일)
1925년 7월	「오늘의 노래」	『개벽』 61호
1925년 7월	「염복」(번역소설)	『시대일보』(7.4, 12.25)
1925년 10월	「몽환병」(산문시)	『조선문단』 12호

1925년 10월	「새 세계」(번역시)	『신민』 6호
1925년 10월	「방백」(수필)	『개벽』 63호
1925년 11월	「독후잉상」(감상)	『시대일보』(11월 9일)
1925년 11월	「가엽슨 둔각이여 황문으로 보아라」(평론)	『조선일보』(11월 22일)
1926년 1월	「청년을 조상한다」(감상)	『시대일보』(1월 4일)
1926년 1월	「웃을 줄 아는 사람들」(감상)	『시대일보』(1월 4일)
1926년 1월	「속사포」	『문예운동』 창간호
1926년 1월	「도-쿄에서」	『문예운동』 창간호
1926년 1월	「문예의 시대적 변위와 작가의 의식적 태도론」(평론)	『문예운동』 창간호
1926년 1월	「조선병」, 「겨울마음」, 「초혼」	『개벽』 65호
1926년 1월	「무산작가와 무산작품」(상)(평론) 「단 한마대」(단평)	『개벽』 65호
1926년 1월	「파리의 밤」(번역소설)	『신여성』 26호
1926년 1월	「본능의 노래」	『시대일보』(1월 4일)
1926년 1월 2일	「노동-사-질병」(번역소설)	『조선일보』
1926년 2월	「무산작가와 무산작품」(중)(평론)	『개벽』 66호
1926년 3월	「원시적 읍울」, 「이 해를 보내는 노래」	『개벽』 67호
1926년 4월	「시인에게」, 「통곡」	『개벽』 68호
1926년 4월	「세계삼시야」(평론)	『개벽』 68호
1926년 5월	「설어운 조화」, 「머ㅡㄴ 기대」	『문예운동』 2호
1926년 5월	「심경일매」(수필)	『문예운동』 2호
1926년 6월	「빼앗긴 들에도 봄은 오는가」, 「비갠 아츰」, 「달밤 도회」	『개벽』 70호
1926년 6월	「달아」, 「파란비」	『신여성』 31호
1926년 6월	「숙자」	『신여성』 31호
1926년 7월	「사형밧는 여자」(번역소설)	『개벽』 71호
1926년 11월	「병적 계절」	『조선지광』 61호
1926년 11월	「지구흑점의 노래」	『별건곤』 1호
1928년 6월 30일	「문단 제가의 견해」	『중외일보』
1928년 7월	「저무는 놀 안에서」, 「비를 다고」	『조선지광』 69호
1929년 6월	「곡자사」	『조선문예』 2호
1930년 10월	「대구행진곡」	『별건곤』 1호
1932년 10월	「초동」(창작소설)	『신여성』 37호
1932년 10월	「예지」	『만국부인』 1호
1933년 7월	「반딧불」	『신가정』 7호
1933년 10월	「농촌의 집」	『조선중앙일보』(10.10)

1935년 1월 1일	「나의 침실로」(축약)	『삼천리』7권 1호
1935년 4월	「역천」	『시원』 2호
1935년 5월	「병적계절」	『조선문단』 4월 3호
1935년 12월	「나는 해를 먹다」	『조광』 2호
1935년	「민간교육 특질은 사제 거리 접근」(지상토론)	『조선중앙일보』
1936년 4월	「나의 아호」(설문답)	『중앙』 4권 4호
1936년 5월	「나의 어머니」(공동제수필)	『중앙』 4권 5호
1936년 5월	「기미년」(시조)	『중앙』 4권 5호
1938년 10월	「흑방비곡의 시인에게」(편지)	『삼천리』(1938.10)
1941년 4월	「서러운 해조」	『문장』 25호

발표지 및 연대 미상분

1925년	「제목 미상」(미들래톤 작)	『신여성』 18호
1937년	「만주벌」	
1951년 공개	「쓸어져가는 미술관」,「청년」,「무제」,「그날이 그립다」,「무제」(산문시)	『상화와 고월』
1951년 공개	「무제」필사본	고 이윤수 시인 소장
미상	「위친부미」(한기) 「액호구부」(한기)필사본	자 충희 소장
미상	교남학교(현 대구대륜중학교) 교가	가사대륜중고등학교
미상	「풍랑에 일리든 배」(시조)	대구고보 앨범 수록
미상	「반다시 애써야 할 일	이상화고택

최근 발굴 자료

이상화가 이일우에게 보낸 편지	1		국립역사박물관
이상화가 이일우에게 보낸 편지	1		국립역사박물관
이상화·이상백이 이일우에게 보낸 편지	1		국립역사박물관
이상화가 이일우에게 보낸 편지	1		국립역사박물관
이상화가 이상악에게 보낸 엽서	1		국립역사박물관
이상화가 이상무에게 보낸 엽서	1	1935.2.8.	국립역사박물관
이상화가 이일우에게 보낸 엽서	1	1935.10.12.	국립역사박물관
이상화가 이일우에게 보낸 편지	1	1937	국립역사박물관
연하장	1	1934.1.1.	국립역사박물관
이상화가 이상오에게 보낸 편지	1		국립역사박물관

이상화가 사촌에게 보낸 편지	1	1919.4.	국립역사박물관
이상화가 이일우에게 보낸 편지	1		국립역사박물관
이상화가 이일우에게 보낸 편지	1		국립역사박물관
이상화가 이일우에게 보낸 편지	1		국립역사박물관
이상화가 김찬기에게 보낸 편지	1		국립역사박물관
이상화가 아내 서온순께 보낸 편지	4		대구문학관
이상화가 큰아버지에게 보낸 편지	2		이상화문학관
이상화가 이상정에게 보낸 편지	1		이상화고택
이상정이 이상화에게 보낸 편지	1		이상화고택
이상정이 이일우에게 보낸 편지	1		이상화문학관
이상정이 이일우에게 보낸 엽서	1		이상화문학관
권오설이 이상화에게 보낸 엽서	1	1926	권오설 기념사업회
이상화가 서동균 글씨를 받아 김정균에게 보낸 병풍	1	1926	대구미술관

강내희(1992), 「언어와 변혁」, 『문화과학』 2.

강덕상(2005), 『학살의 기억과 관동대지진』, 역사비평사.

강정숙(1986), 「한국 현대시의 상징에 관한 연구: 이상화 시에 있어서의 상징성」, 『성심어문논집』 11.

강창일(2002), 『근대 일본의 조선 침략과 대아시아주의』, 역사비평사.

강희근(1977), 「예술로 승화된 저항」, 『월간문학』 10권 3호.

강희근(2015), 「이상화 시의 낭만주의적 궤적」, 『이상화 시의 기억공간』, 수성문화원.

경주이장가(2016), 『성남세고』, 경진출판.

고려대학교아세아문제연구소육당전집편찬위원회 편(1973), 『육당최남선전집』 2, 현암사.

고형진(2004), 「방언의 시적 수용과 미학적 기능」, 『동방학지』 125호, 연세대학교 국학연구원.

곽충구(1999), 「이용악 시의 시어에 나타난 방언과 문법의식」, 『문학과 언어의 만남』, 태학사.

구명숙(1933), 「소월과 상화, 하이네의 시에 나타난 아이러니 고찰」, 『숙명여대 어문논집』.

구모룡(2006), 『시의 옹호』, 천년의시작.

국사편찬위원회(1988), 『한국독립운동사자료』 18(의병편 XI).

권경옥(1956), 「시인의 감각: 특히 상화와 고월을 중심으로」, 『경북대 국어국문학 논집』.

권대웅(1994), 「한말 경북지방의 사립학교와 그 성격」, 『국사관논총』 58.

권대웅(1995), 「한말 달성친목회 연구」, 『한국근현대사논총』(오세창교수화갑 기념.

권대웅(1996), 「한말 교남교육회연구」, 『한국사학논총』(중산정덕기박사화갑 기념).

권대웅(2008), 『1910년대 국내독립운동』(한국독립운동의 역사 15), 독립기념관.

권석창(2002), 「한국 근대시의 현실 대응 양상 연구: 만해, 상화, 육사, 동주를 중심으로」, 대구대학교 박사논문.

권성욱(2017), 『중일전쟁』, 미지북스.

김계화(2010), 「이상화 시 연구」, 목포대학교 박사논문.

김구 지음, 도진순 탈초 교열(2016), 『정본 백범일지』, 돌베개.

김권동(2013), 「이상화의 「역천」에 대한 해석의 일 방향」, 『우리말글』 57, 우리말 글학회.

김근수(1973), 「한국잡지개관 및 호별 목차집」, 『한국학자료총서』.

김기진(1925), 「현시단의 시인」, 『개벽』 58호.

김기진(1927), 「문단일년, 상식문학론 '신경향파' 정음기념 적극적 전투부대」, 『동광』 제9호, 1927.1.1.

김기진(1929), 「조선프로문예운동의 선구자, 영광의 조선선구자들!!」, 『삼천리』 제2호, 1929.9.1.

김기진(1954), 「이상화 형」, 『신천지』 9권 9호.

김기진(1968), 「측면에서 본 시문학 60년」, 『동아일보』, 1968.5.25.

김남석(1972), 「이상화, 저항 의식의 반일제 열화」, 『시정신론』, 현대문학사.

김남식(1984), 『남로당연구』, 돌베개.

김대행(1976), 『한국 시가의 구조 연구』, 삼영사.

김도경(2014), 「관동대지진의 기억과 서사」, 『어문학』 125, 한국어문학회.

김도형(1997), 「한말 대구지방 상인층의 동향과 국채보상운동」, 『계명사학』 8.

김동리(1977), 『역사소설: 신라편』, 지소림.

김동사(1963), 「방치된 고대 시비」, 『대한일보』, 1963.4.30.

김민호·이인숙·송진영 외(2019), 『중화미각』, 문학동네.

김범부(1981), 『화랑외사』, 이문사.

김병익(1973), 『한국 문단사』, 일지사.

김봉균(1983), 『한국 현대 작가론』, 민지사.

김봉용(1993), 「범산 김법린 선생」, 『얼엄장 밑에서도 물은 흘러』, 한글학회.

김삼웅(2008), 『약산 김원봉 평전』, 시대의창.

김상웅(2015), 『몽양 여운영 평전』, 채륜.

김상일(1959), 「상용과 상화」, 『현대문학』 58호.

김상일(1974), 「낭만주의의 대두와 새로운 문학 의식」, 『월간문학』 7권 10호.

김석배(2020), 「대구의 극장과 극장문화」, 『월간 대구문화』 410호.

김석성(1963), 「이상화와, 빼앗긴 들에도 봄은 오는가」, 『한국일보』, 1963.5.17.

김승(2000), 「한말, 일제하 동래지역 민족운동과 사회운동」, 『지역과 역사』 6, 부경역사연구소.

김승묵 편(1928), 『여명문예선집』, 여명사.

김승묵(1926), 『여명문예선집』, 여명사.

김시태(1978), 「저항과 좌절의 악순환: 이상화론」, 『현대시와 전통』, 성문각.

김안서(1925), 「문예 잡답」, 『개벽』 57호.

김억(1923), 「시단의 1년」, 『개벽』 42호.

김억(1925a), 「3월 시평」, 『조선문단』 7호.

김억(1925b), 「황문에 대한, 잡문횡행관, 필자에게」, 『동아일보』, 1925.11.19.

김영민(2012), 『한국근대문학비평사』, 소명출판.

김영철(2002), 「현대시에 나타난 지방어의 시적 기능 연구」, 『우리말글』 25집, 우리말글학회.

김오성(1946), 『지도자군상』, 대성출판사.

김옥순(1986), 「낭만적 영웅주의에서 예술직 승화토」, 『문학사상』 164호.

김용성(1973), 「이상화」, 『한국 현대문학사 탐방』, 국민서관.

김용성(1984), 『한국현댐문학사탐방』, 현암사.

김용준(2001), 『우리 문화예술의 선구자들, 민족미술론』, 열화당.

김용직 외(1974), 『일제 시대의 항일 문학』, 신구문화사.

김용직(1968a), 「백조 고찰, 자료면을 중심으로」, 『단국대 국문학논집』 2집.

김용직(1968b), 「현대 한국의 낭만주의 시 연구」, 『서울대 논문집』 14집.

김용직(1979), 『전환기의 한국 문예비평』, 열화당.

김용직(1982), 「한용운의 시에 기친 R. 타고르의 영향」, 신동욱 편, 『한용운연구』 (한국문화 연구총서 5), 새문사.

김용직(1996), 「방언과 한국문학」, 『새국어생활』 6권 1호, 국립국어연구원.

김용직(2015), 「시인의 솜씨와 상황의」, 『이상화 시의 기억공간』, 수성문화원.

김용팔(1966), 「한국 근대시 초기와 상징주의」, 『문조』(건국대 4집).

김용휘(2007), 『우리 학문으로서의 동학』, 책세상.

김윤식 외(1973), 『한국문학사』, 민음사.

김윤식(1975), 「1920년대 시 장르 선택의 조건」, 『한국 현대시론 비판』, 일지사.

김윤식(1980), 『한국근대문학양식논고』, 아세아문화사.

김윤식·최동호(1998), 『소설어사전』, 고려대학교 출판부.

김은전(1968), 「한국 상징주의 연구」, 『서울사대 국문학 논문집』 1집.

김은철(1991), 「이상화의 시사적 위상」, 『영남대 국어국문학 연구』, 영남대.

김응교(2001), 「1923년 9월 1일, 도쿄」, 『민족문학사연구』 19, 민족문학사학회.

김인환(1973), 「주관의 명징성」, 『문학사상』 10호.

김일수(2000), 「1900년대 경북지역 사회주의 운동」, 『한국 현대사와 사회주의』, 역사비평사.

김일수(2009), 『근대 한국의 자본가』, 계명대학교 출판부.

김일수(2012), 「대한제국 말기 대구지역 계몽운동과 대한협회 대구지회」, 『민족 문화논총』 제25집.

김재영(1967), 「빼앗긴 들에도…와 상화, 이상화 시인의 고향」, 『서울신문』, 1967.8.15.

김재홍(1982), 『한용운 문학연구』, 일지사.

김재홍(1986a), 「한국문학사의 쟁점」, 『장덕순 교수 정년 퇴임 기념문집』, 집문당.

김재홍(1986b), 『한국현대시인연구』, 일지사.

김재홍(1989), 「프로시의 허와 실」, 『한국문학』 184호, 1989.2.

김재홍(1996), 『이상화: 저항시의 활화산』, 건국대학교 출판부.

김종길(2015), 「상화의 대표작들」, 『이상화 시의 기억공간』, 수성문화원.

김종욱(2017), 『이팝나무 그 너른 품안에서』, 북랜드.

김주연(2015), 「이상화 시 다시 읽기」, 『이상화 시의 기억공간』, 수성문화원.

김준오 외(1985), 『식민지시대 시인연구』, 시인사.

김준오(1985), 「파토스와 저항: 이상화의 저항시론」, 『식민지 시대의 시인 연구』, 시인사.

김지하(2005), 「생명 평화의 길」, 『민족미학』 3호, 2005.7.

김진영(2017), 『시베리아의 향수』, 이숲.

김진홍(2020), 『일제의 특별한 식민지 포항』, 글항아리.

김진화(1979), 『일제하 대구의 언론연구』, 영남일보사.

김참(2009), 「한국 현대시에 나타난 이상향 연구」, 인제대학교 박사논문.

김창규(2000), 「민족교육자 해동 홍주일 고」, 『논문집』 35호, 대구교육대학교.

김춘수(1958), 『한국 현대시 형태론』, 해동출판사.

김춘수(1964), 「이상화론: 퇴폐와 그 청산」, 『문학춘추』 9호.

김춘수(1971), 「이상화론: 나의 침실로를 중심으로」, 『시론』, 송원문화사.

김태완(2015), 「문인의 유산, 가족 이야기 〈9〉 시인 리상화의 후손들」, 『월간조선』 8월호.

김택수(1991), 「이상화의 시 의식 고찰」, 조선대학교 석사논문.

김팔봉(1925), 「문단 잡답」, 『개벽』 57호.

김필동(1994), 「이상백의 생애와 사회학 사상」, 『한국사회학』 28(2), 한국사회학회.

김학동 편(1982), 『이상화작품집』, 형설.

김학동 편(1987), 『이상화 전집』, 새문사.

김학동 편(1996), 『이상화』, 서강대학교 출판부.

김학동(1970), 「한국 낭만주의의 성립」, 『서강』 1집.

김학동(1971), 「이상화 문학의 유산」, 『현대시학』 26호.

김학동(1972), 「이상화 연구(상)」, 『진단학보』 34집.

김학동(1973a), 「이상화 문학의 재구」, 『문학사상』 10호.

김학동(1973b), 「이상화 연구(하)」, 『진단학보』 35집.

김학동(1974), 「상화, 이상화론」, 『한국 그대시인 연구』, 일조각.

김학동(1986), 「상화의 시세계」, 『문학사상』 164호.

김한성(2018), 「이상화 시에서 드러난 남성 화자의 자기분열: 「그의 수줍은 연인에게(To his Coy Mistres)」와 「어느 마돈나에게(A une Madone)」와의 비교를 중심으로」, 『비교문학』 76호, 한국비교문학회.

김형필(1990), 「식민지 시대의 시 정신 연구: 이상화」, 『한국외대 논문집』.

김혜니(1970), 「한국 낭만주의 고찰」, 이화여자대학교 대학원.

김흥규(1980), 『문학과 역사적 인간』, 창작과비평사.

김희곤(2010), 『이육사평전』, 푸른역사.

나창주(2019), 『새로 쓰는 중국 혁명사 1911~1949』, 들녘.

나카미 다사오 지음, 박선영 옮김(2013), 『만주란 무엇이었는가』, 소명출판.

대구경북역사연구회(2001), 『역사 속의 대구, 대구 사람들』, 중심.

대구문인협회 편저(1998), 『이상화 전집』, 그루.

대륜80년사편찬위원회(2001), 『대륜80년사』, 대륜중고등학교동창회.

대륜고등학교 홈페이지: http://www.daeryun.hs.kr/

로자룩셈부르크 지음, 오영희 옮김(2001), 『자유로운 영혼 로자룩셈부르크』, 예람.

매제민 지음, 최홍수 옮김(1992), 『북대황』, 디자인하우스.

모리사키 가즈에 지음, 나쓰이리에 옮김(2020), 『경주는 어머니가 부르는 소리』, 글항아리.

문덕수(1969), 「이상화론: 저항과 죽음의 거점」, 『월간문학』 8집.

문안식(2003), 『한국고대사와 말갈』, 혜안.

미승우(1988), 「이상화 시어 해석에 문제 많다」, 『신동아』 344호.

민족문학연구소 편역(2000), 『근대계몽기의 학술, 문예사상』, 소명출판.

박경식(1979), 『재일조선인운동사: 8.15해방전』, 삼일서방.

박기석(2017), 「북한에서 바라본 항일의 시인 이상화에 대한 이해와 평가」, 이상화기념사업회 발표문.

박내일(2005), 「『여명문예선집』 연구」, 『어문론총』 43호, 한국문학언어학회.

박두진(1970), 「이상화와 홍사용」, 『한국현대시론』, 일조각.

박목월 외(1954), 『시창작법』, 선문사.

박민수(1987), 「'나의 침실로'의 구조와 상상력: 동경과 좌절의 아이러니」, 『비평문학』, 한국비평문학회, 93~109쪽.

박봉우(1959), 「마돈나, 슬픈 나의 침실로」, 『여원』.

박봉우(1964), 「상화와 시와 인간」, 『한양』.

박상익(2008), 『밀턴 평전』, 푸른역사.

박양균(1955), 「시와 현실성」, 『계원(啓園)』, 계성고등학교.

박영건(1979), 「이상화 연구」, 동아대학교 대학원.

박영희(1933), 「백조, 화려한 시절」, 『조선일보』, 1933.9.13.

박영희(1958), 「현대 한국문학사」, 『사상계』 64호.

박영희(1959), 「초창기의 문단 측면사」, 『현대문학』, 1959.9.

박용찬(2006), 「1920년대 시와 매개자적 통로: 백기만론」, 『어문학』 94, 한국어문학회.

박용찬(2011), 「출판매체를 통해 본 근대문학 공간의 형성과 대구」, 『어문론총』 55.

박용찬(2014a), 「근대계몽기 대구의 문학장 형성과 우현서루」, 『국어교육연구』 56, 국어교육학회.

박용찬(2014b), 「이상화 가의 서간들과 동경」, 『어문론총』 62호, 한국문학언어학회.

박용찬(2015), 「이상화 문학의 형성 기반과 장소성의 문제」, 『이상화 시의 기억 공간』, 수성문화원.

박유미(1983), 「이상화 연구」, 성균관대학교 석사논문.

박종은(2010), 「한국 연대시의 생명시학」, 경희대학교 박사논문.

박종화(1922), 「명호 아문단」, 『백조』 2호.

박종화(1923), 「문단 1년을 추억하여」, 『개벽』 31호.

박종화(1936), 「백조 시대의 그들」, 『중앙』, 1936.9.

박종화(1943), 「빙허와 상화」, 『춘추』 4권 6호.

박종화(1954), 「백조 시대와 그 전야」, 『신천지』, 1954.2.

박종화(1963), 「이상화와 그의 백씨」, 『현대문학』 9권 1호.

박종화(1964), 「장미촌과 백조와 나」, 『문학춘추』 2호.

박종화(1973), 「월탄 회고록」, 『한국일보』, 1973.8.18~9.7.

박지원 저, 이가원 역(2013), 『열하일기』, 올재클래스.

박진영(2010), 『신문관 번역소설전집』, 소명출판.

박창원(2011), 「대구경북 진보적 민족주의 세력의 영화연극 운동연구」, 『대문』 14호, 대구문화재단.

박철희(1980), 「자기 회복의 시인: 이상화론」, 『현대문학』 308호.

박철희(1981), 「이상화 시의 정체」, 『이상화연구』, 새문사.

박태원(1947), 『약산과 의열단』, 백양당.

박한제·김형종·김병준·이근명·이준갑(2019), 『아틀라스중국사』, 사계절.

박환(2014), 『만주지역 한인민족운동의 재발견』, 국학자료원.

방연승(1957), 『리상화의 시문학과정에 대하여』, 조선작가동맹출판사.

방인근(1925), 「문사들의 이모양 저모양」, 『조선문단』 5호.

배우성(2015), 『조선과 중화』, 돌베개.

백기만 편(1951), 『상화와 고월』, 청구출판사.

백남규(1983), 「이상화 연구」, 연세대학교 석사논문.

백산 안희제선생 순국70주년추모위원회 편(2013), 『백산 안희제의 생애와 민족운동』, 선인.

백순재(1973), 「상화와 고월 연구의 문제점」, 『문학사상』 10호.

박지현(2014), 「한말 일제 강점기 유교 지식인의 지적 곤경과 근대 지식의 모색」, 『민족문화』 44집, 한국고전번역원.

백철 외(1953), 『국문학 전사』, 신구문화사.

백철(1948), 『조선 신문학사 조사』, 수선사.

백철(1950), 『조선 신문학사 조사』(현대편), 백양당.

백철(1952), 『신문학사조사』, 민중서관.

변학수(2020), 『그 사람 모세와 일신론적 종교』, 그린비.

사단법인 거리문화시민연대 편(2007), 『대구신택리지』, 북랜드.

상백 이상백평전출판위원회 편(1996), 『상백이상백평전』, 을유출판사.

서정주(1969), 『이상화와 그의 시』, 일지사.

서정주(1972), 『서정주문학전집』 2, 일지사.

설창수(1965), 「상화 이상화 씨: 방순한 색량감을 형성한 소년 시인」, 『대한일보』, 1965.5.20.

성대경(2000), 『한국 현대사와 사회주의』, 역사비평사.

소남 이일우 기념사업회(2017), 『소남 이일우와 우현서루』, 경진출판.

손민달(2008), 「이상화 시의 환상성 연구」, 『국어국문학』 150호, 국어국문학회.

손병희(1998), 「이육사의 생애」, 『안동어문학』 2~3집, 안동어문학회.

손병희(2003), 『현대시연구』, 국학자료원.

손진은(2015), 「다시 읽는 상화의 시」, 『이상화 시의 기억공간』, 수성문화원.

손혜숙(1966), 「이상화 시 연구」, 성신여자대학교 석사논문.

송명희(1978), 「이상화의 낭만적 사상에 관한 고찰」, 『비교문학 및 비교문화』 2집.

송명희(2015), 「이상화 시의 공간과 장소, 그리고 장소상실」, 『이상화 시의 기억공간』, 수성문화원.

송우혜(1988), 『윤동주평전』, 푸른역사.

송욱(1956), 「시와 지성」, 『문학예술』 3권 1호.

송욱(1963), 『시학 평전』, 일조각.

송희복(2018), 『윤동주를 위한 강의록』, 글과마음.

신동욱 편(1981a), 『이상화연구』, 새문사.

신동욱 편(1981b), 『이상화의 서정시와 그 아름다움』, 새문사.

신동욱(1976), 「백조파와 낭만주의」, 『문학의 해석』, 고려대학교 출판부.

신영란(2019), 『지워지고 잊혀진 여성독립군열전』, 초록비.

심재훈(1919), 『상하이에서 고대 중국을 거닐다』, 역사산책.

심후섭(2020), 「향기 따라 걷는 길」, 『상화』 창간호, 이상화기념사업회.

아또니오 네그리, 정남영 옮김(2004), 『혁명의 시간』, 갈무리.

아사오(河井朝雄, 1931), 『대구이야기(大邱物語)』, 조선민보사.

안병삼(2016), 『중국길림성조선학교와 그 연구』, 민속원.

알렉산드 라비노비치 지음, 류한수 옮김(2017), 『러시아혁명』, 국립중앙도서관.

야마지 히로아키 지음, 이상규 외 역주(2015), 『사라진 여진문자』, 경진출판.

양애경(1990), 「이상화 시의 구조연구」, 충남대학교 박사논문.

양애경(2015), 「한국 현대시사 속에서의 상화 시인」, 『이상화 시의 기억공간』, 수성문화원.

양주동(1926), 「5월의 시평」, 『조선문단』.

양주동(1965), 『증정 고가연구』, 일조각.

양하이잉 지음, 우상규 옮김(2016), 『反중국역사』, 살림.

엄순천(2016), 『잊혀져 가는 혼적을 찾아서』, 서강대학교 출판부.

엄호석(1960), 『시대와 시인: 시인 이상화에 대하여』, 조선작가동맹출판사.

염인호(1993), 『김원봉 연구』, 창작과비평사.

오규상(2009), 『ドキュメント재일본조선인련맹: 1945~1949』, 암파서점.

오문환(2003), 『동학의 정치철학』, 모시는사람들.

오미일(2002), 『한국근대자본가연구』, 한울.

오세영(1978), 「어두운 빛의 미학」, 『현대문학』 84호.

오세영(2015a), 「어두운 현실과 데카당티즘」, 『이상화 시의 기억공간』, 수성문화원.

오양호(2015b), 「이상화의 문학사 자리」, 『이상화 시의 기억공간』, 수성문화원.

오양호(2020), 「내 문학 기억공간의 전설」, 『상화』 창간호, 이상화기념사업회.

월간문학사상사 편(1973), 「상화의 미정리작 곡자사 외 5편」, 『문학사상』 10호.

유수진(2011), 「대한제국기 『태서신사』 편찬과정과 영향 연구」, 고려대학교 석사논문.

유신지(2019), 「이상화 문학의 사상적 기반 연구」, 경북대학교 석사논문.

유재천(2019), 「이상화의 시 「나의 침실로」 연구」, 『배달말』 64호, 배달말학회.

윤곤강(1948), 「고월과 상화와 나」, 『죽순』 3권 2호.

윤장근 외(1998), 「빼앗긴 들에도 봄은 오는가」, 대구문협, 『이상화 전집』, 그루.

윤재웅(1992), 「대구지역 근대 건축의 건립 주체변 유형분석에 관한 연구」, 『건축역사연구』 통권 1호, 한국건축역사학회.

윤지관(2007), 『영어, 내 마음의 식민주의』, 당대.

윤해옥(2016), 『길에서 읽는 중국 현대사』, 책과함께.

은종섭(2015), 『조선문학과용』, 김일성종합대학출판사.

이강언·조두섭(1999), 『대구·경북 근대문인연구』, 태학사.

이광훈(1973), 「어느 혁명적 로맨티스트의 좌절」, 『문학사상』 10호.

이균영(1996), 『신간회연구』, 역사비평사.

이기철 편(1982), 『이상화전집』, 문장사.

이기철(1986), 『작가연구의 실천』, 영남대학교 출판부.

이기철(2002), 「이상화의 「나의 침실로」, 「빼앗긴 들에도 봄은 오는가」 해석의 제문제」, 『한국시학연구』 6호, 한국시학회.

이기철(2005), 「이상화 시의 실증적 연구」, 『동아인문학』 1권 8호.

이기철(2015a), 「사회적 인간이냐 낭만적 인간이냐」, 『이상화 시의 기억공간』, 수성문화원.

이기철(2015b), 「시인 이상화의 인간과문학」, 『이상화 시의 기억공간』, 수성문화원.

이기철(2015c), 「이상화 연구의 방향」, 『이상화 시의 기억공간』, 수성문화원.

이기철(2015d), 「일화로 재구해 본 이상화 시 읽기」, 『이상화 시의 기억공간』, 수성문화원.

이기철(2020), 「이상화 시의 영원성」, 『상화』 창간호, 이상화기념사업회.

이나영(2017), 「동학사상과 서정성의 상관성 고찰」, 『동학학보』 42호, 동학학회.

이대규(1996), 「이상화의 빼앗긴 들에도 봄은 오는가는 저항시인가」, 『서울사대 어문집』.

이동순 편(1987), 『백석시전집』, 창작사.

이동순(2015), 「태산교악의 시정신」, 『이상화 시의 기억공간』, 수성문화원.

이동언(1998), 「김광제의 생애와 국권회복운동」, 『한국독립운동사연구』 제12집.

伊藤卯三郎 편(1927), 『조선급조선민족』 1, 조선사상통신사.

이만열(1980), 『박은식』, 한길사.

이매뉴얼 C. Y. 쉬 지음, 조윤수·서정회 옮김(2013), 『근··현대 중국사』(싱)(하), 까치글방.

이명례(2001), 「현대시에 있어서 선비정신 연구: 이육사와 이상화를 중심으로」, 『인문과학논집』 23호, 청주대학교.

이명재(1982), 「일제하 시인의 양상: 이상화론」, 『현대 한국문학론』, 중앙출판인쇄주식회사.

이명재(1989), 『이상화 연구』, 새문사.

이문걸(1991), 「상화 시의 미적 구경」, 『동의어문논집』.

이문기(1949), 「상화의 시와 시대의식」, 『무궁화』 15호.

이병탁(2013), 『아도르노의 경험의 반란』, 북코리아.

이상규 외(2008), 『한국어의 규범성과 다양성』, 태학사.

이상규 편(2001), 『이상화시전집』, 정림사.

이상규 편(2015), 『이상화 시의 기억공간』, 수성문화원.

이상규(1998), 「멋대로 고쳐진 이상화 시」, 『문학사상』 9월호.

이상규(2007), 『방언의 미학』, 살림.

이상규(2008), 『둥지 밖의 언어』, 생각의나무.

이상규(2014), 『민족의 말은 정신, 글은 생명, 조선어학회 33인 열전』, 역락.

이상규(2015a), 「갈등의 수사학과 방언」, 『이상화 시의 기억공간』, 수성문화원.

이상규(2015b), 『이상화 시의 기억공간』, 수성문화원.

이상규(2015c), 『이상화문학전집』, 경진출판.

이상규(2017), 『2017 작고 문인작품 정본화 추진 사업』, 대구문학관.

이상규(2019a), 「대구 최초의 현대 시조작가 청남 이상정(1): 장시조 5편과 단시
　　　조 9편 신발굴」, 『대구문학』 141호, 대구문인협회.

이상규(2019b), 「대구 최초의 현대 시조작가 청남 이상정(2): 장시조 5편과 단시
　　　조 9편 신발굴」, 『대구문학』 142호, 대구문인협회.

이상규(2020), 「봄날 성모당에서 이상화를 불러 보고 싶지만」, 『상화』 창간호,
　　　이상화기념사업회.

이상규(2021), 「예술가이자 사회운동가로서 이상정과 이여성」, 『대구의 근대미
　　　술』(대구미술관 개관 10주년 기념), 대구미술관.

이상협(1934), 「명기자 그 시절 회상(2): 관동대진재때 특파」, 『삼천리』 6권 9호.

이상화(1973a), 『이상화 미정리작 29편』, 『문학사상』 제7호.

이상화(1973b), 「상화의미정리 「곡자사외 5편」」, 『문학사상』 제10호.

이상화(1985), 『이상화시집』, 범우사.

이상화(1988a), 『빼앗긴 들에도 봄은 오는가』, 문지사.

이상화(1988b), 『빼앗긴 들에도 봄은 오는가』, 문현사.

이상화(1989a), 『나의 침실로』, 신영사.

이상화(1989b), 『나의 침실로』, 자유문학사.

이상화(1989c), 『빼앗긴 들에도 봄은 오는가』, 선영사.

이상화(1990a), 『빼앗긴 들에도 봄은 오는가』, 고려서원.

이상화(1990b), 『빼앗긴 들에도 봄은 오는가』, 『이상화시집』, 신라출판사.

이상화(1991a), 『빼앗긴 들에도 봄은 오는가』(이상화전집), 미래사.

이상화(1991b), 『빼앗긴 들에도 봄은 오는가』, 범우사.

이상화(1991c), 『빼앗긴 들에도 봄은 오는가』, 상아.

이상화(1992), 『빼앗긴 들에도 봄은 오는가』(이상화시집), 청년사.

이상화(1994), 『빼앗긴 들에도 봄은 오는가』(이상화시집), 청목.

이상화(1997), 『빼앗긴 들에도 봄은 오는가』, 인문출판사.

이상화(2011a), 『빼앗긴 들에도 봄은 오는가』, 창작시대.

이상화(2011b), 『이상화시집』, 앱북.

이상화(2014a), 『빼앗긴 들에도 봄은 오는가』, 우즈워커.

이상화(2014b), 『빼앗긴 들에도 봄은 오는가』, 인문콘텐츠.

이상화(2015), 『빼앗긴 들에도 봄은 오는가』, 글로벌콘텐츠.

이상화(2018a), 『빼앗긴 들에도 봄은 오는가』, 디자인이글.

이상화(2018b), 『이상화시집』, 페이퍼문.

이상화기념사업회(2019), 『상화』 창간호.

이선영(1976), 「식민지 시대의 시인」, 『현대 한국작가 연구』, 민음사.

이선영(1977a), 「식민지 시대의 시인: 이상화론」, 『국문학 논문선』 9집, 민중서관.

이선영(1977b), 「식민지 시대의 시인의 자세와 시적 성과」, 『창작화 비평』 9권
　　　2호.

이선화(1989), 「이상화 시의 시간, 공간 연구」, 이화여자대학교 석사논문.

이실주(1955), 「상화와 나」, 『계원』.

이성교(1969), 「이상화 연구」, 『성신여사대 연구논문집』 2집.

이성교(1971), 「이상화의 시세계」, 『현대시학』 27호.

이성교(2015), 「이상화 문학의 미적 가치」, 『이상화 시의 기억공간』, 수성문화원.

이성시 지음, 박경희 옮김(2001), 『만들어진 고대』, 삼인.

이숭원(1986), 「환상을 부정한 현실 의식」, 『문학사상』 164호.

이숭원(1995), 「1920년대 시의 상승적 국면들」, 『현대시』.

이승훈(1986), 「이상화 대표시 20편, 이렇게 읽는다」, 『문학사상』 164호.

이승훈(1987), 「「빼앗긴 들에도 봄은 오는가」의 구조분석」, 『문학과 비평』 2호.

이여성(1999), 『조선 미술사 개요』, 한국문화사.

이영숙(2020), 『황아! 황아! 내 거처로 오려므나』, 뿌리와이파리.

이영옥(2019), 『중국근대사』, 책과함께.

이옥순(2006), 『식민지 조선의 희망과 절망 인도』, 푸른역사.

이용희(1990), 『한국 현대시의 무속적 연구』, 집문당.

이욱(2004), 『멀고 먼 영광의 길』, 원화여자고등학교.

이운진(2018), 『시인을 만나다』, 북트리거.

이원규(2019), 『민족혁명가 김원봉』, 한길사.

이인숙(2020), 「석재 서병오(1862~1936)의 중국행에 대한 고찰」, 석재 서병오기 념관.

이재선(2015), 「시적 부름의 사회시학, 상화 시의 사회 역사적 맥락」, 『이상화 시의 기억공간』, 수성문화원.

이재식(2005), 「「나의 침실로」의 이상세계」, 『반교어문연구』 19호, 반교어문 학회.

이중희(2018), 『대구미술이 한국 미술이다』, 동아문화사.

이진우(1994), 『현대성의 철학적 반론』, 문예출판사.

이-푸 투안 지음, 구동회·심승희 옮김(2007), 『공간과 장소』, 대윤.

이훈(2018), 『만주족의 이야기』, 너머북스.

임종국 저, 이건제 교주(2019), 『친일문학론』, 민족문제연구소.

임형택(1984), 『한국문학사의 시각』, 창작과비평사.

임화(1942), 「백조의 문학사적 의의」, 『춘추』 22, 1942.11.14.

장랜홍·쏜자이웨이 지음, 신진호·탕군 옮김(2019), 『난징대학살』, 민속원.

장사선(1983), 「이상화와 로맨티시즘」, 『한국 현대시사 연구』, 일지사.

장현숙(2014), 『이상화·이장희 시선』, 지식을만드는지식.

장호병(2020), 「상화시인상, 걸어온 길과 나아갈 방향」, 『상화』 창간호, 이상화기

넘사업회.

전동섭(1984), 「이상화 연구」, 인하대학교 석사논문.

전목 강의, 섭룡 기록정리, 유병례·윤현숙 옮김(2018), 『전목의 중국문학사』, 뿌리와이파리.

전보삼(1991), 「한용운 화엄사상의 일고찰」, 『국민윤리연구』 30호.

전봉관(1996), 「1920년대 한국 낭만주의 시의 미적 특성에 관한 연구: 이상화·김소월을 중심으로」, 서울대학교 석사논문.

전성태(2004), 「방언의 상상력」, 『내일을 여는 작가』 34호, 한울.

전정구(2000), 『언어의 꿈을 찾아서』, 평민사.

전창남(1959), 「상화 연구」, 『경북대 국어논문학 논문집』 6집.

전호근(2018), 『한국철학사』, 메멘토.

정대호(1996), 「이상화 시에 나타난 비극성 고찰」, 『문학과 언어』.

정백수(2002), 『한국 근대의 식민지 체험과 이중언어 문학』, 아세아문화사.

정병규 외(1973), 「새 자료로 본 두 시인의 생애」, 『문학사상』 10호.

정영진(1990), 『폭풍 10월』, 한길사.

정재서(2010), 『동양적인 것의 슬픔』, 민음사.

정진규 편(1993), 『이상화』, 문학세계사.

정진규(1981), 『마돈나, 언젠들 안 갈 수 있으랴』(이상화 전집), 문학세계사.

정태용(1957), 「상화의 민족적 애상」, 『현대문학』 2권 10호.

정태용(1976), 「이상화론」, 『한국 현대시인 연구』, 어문각.

정한모 외(1981), 『이상화 서정시와 그 아름다움』, 새문사.

정한모·김용직 편(1975), 『한국현대시요람』, 박영사.

정현기(1986), 「나의 침실은 예수가 묻혔던 부활의 동굴」, 『문학사상』 164호.

정현기(2004), 『하늘과 바람과 별과 시』, 연세대학교 출판부.

정혜주(2015), 『날개옷을 찾아서』, 하늘자연.

정호성(2020), 『외로워도 외롭지 않다』, 비책.

정효구(1985), 「빼앗긴 들에도 봄은 오는가의 구조 시학적 분석」, 『관악어문연구』 10집, 서울대.

조관희(2019), 『조관희 교수의 중국현대사』, 청아출판사.

조기섭(1987a), 「이상화의 시세계 I」, 『대구대 인문학과 연구』, 대구대.

조기섭(1987b), 「이상화의 시세계 II: 현실 의식과 저항 의지의 대두」, 『외국어교
육 연구』, 대구대.

조동민(1979), 「어둠의 미학」, 『현대문학』 296호.

조동일(1976), 「김소월, 이상화, 한용운의 님」, 『문학과지성』 24호.

조동일(1978a), 「현대시에 나타난 전통적 율격의 계승」, 『문장의 이론과 실제』,
영남대학교 출판부.

조동일(1978b), 『우리 문학과의 만남』, 홍성사.

조동일(1979), 『고전문학을 찾아서』, 문학과지성사.

조동일(2015), 「이상화의 문학사적 위치」, 『이상화 시의 기억공간』, 수성문화원.

조두섭(1999a), 「역천의 낭만적 미학」, 『대구, 경북 근대문인 연구』, 태학사.

조두섭(1999b), 『한국 근대시의 이념과 형식』, 다운샘.

조두섭(2002), 『비동일화의 시학』, 국학자료원.

조두섭(2006), 「이상화의 시적 신명과 양심의 강령」, 『비평문학』 22호, 한국비평
문학회.

조두섭(2006), 『대구, 경북 현대 시인의 생태학』, 역락.

조두섭(2015), 「이상화 시의 근대적 주체와 역구성」, 『이상화 시의 기억공간』,
수성문화원.

조병범(1996), 「이상화 시 연구: 특히 대지 이미지를 중심으로」, 중앙대학교
석사논문.

조병춘(1980), 「빼앗긴 땅의 저항시들」, 『월간조선』 1권 5호.

조연현(1969), 『한국 현대문학사』, 인간사.

조영남(2019), 『중국의 엘리트 정치』, 민음사.

조은주(2013), 「계몽의 주체와 향락의 주체가 만난 자리: 이상화의 시에 나타
난 시인의 초상과 자연의 의미」, 『한국현대문학연구』 40호, 한국현대문
학회.

조지훈(1951), 「출판기념회 축사」, 『상화와 고월』, 청구출판사.

조진기(2000), 『한일 프로문학의 비교연구』, 푸른사상.

조찬호(1994), 「이상화 시 연구」, 전주우석대학교 석사논문.

조창환(1983), 「이상화, 나의 침실로: 환상적 관능미의 탐구」, 『한국 대표시 평설』, 문학세계사.

조창환(1986), 『한국 현대시의 운율론적 연구』, 일지사.

조창환(2004), 「이육사 시의 구조와 미학」, 『어두운 시대의 빛과 꽃』, 민음사.

조창환(2019), 「이상화 시의 시사적 위상 정립에 대한 검토」, 제14회 상화문학제.

조항래(1981), 「이상화 시의 시대적」, 『효대학보』.

조항래(1984), 「이상화의 생애와 항일의식」, 『사학논총』(소헌남도영박사화갑 기념).

조항래(1993), 『1900년대의 애국계몽운동 연구』, 아세아문화사.

존카터 코넬 지음, 김유경 편역(2012), 『부여 기마족과 왜』, 글을읽다.

주채혁(2017), 『차탕조선, 유목몽골 뿌리를 캐다』, 혜안.

차한수(1990), 「이상화 시 연구」, 인하대학교 박사논문.

차한수(1993), 『이상화시 연구』, 시와시학사.

채한종(2017), 『드넓은 평원 흑룡강성』, 북랩.

채한종(2018), 『후뤈베이얼 양떼몰이』, 북랩.

채한종(2019), 『북대황 물향기』, 북랩.

채휘균(2005), 「교남교육회의 활동 연구」, 『교육철학』 제28집, 한국교육철학회.

천도교중앙총부 편(2019), 『천도교경전』, 천도교중앙총부 출판부.

천영애(2020), 「허무적 관능주의에서 민족적 저항시로의 도약」, 『상화』 창간호, 이상화기념사업회.

최기영(2015), 「이상정의 중국 망명과 한중연대활동」, 『중국관내 한국독립운동가의 삶과 투쟁』, 일조각.

최남선 지음, 정재승·이주현 역(2008), 『불함문화론』, 우리역사연구재단.

최더교(2004), 『한국잡지백년』, 현암사.

최동호(1985), 「이상화 시의 연구사」, 『현대시의 정신사』, 열음사.

최동호(1989), 『한용운 시전집』, 문학사상사.

최동호·오세영 편(2014), 『한국현대시사』, 민음사.

최상대(2016), 『대구의 건축, 문화가 되다』, 학이사.

최수일(2008), 『개벽 연구』, 소명출판.

최승호 편(2000), 『21세기 문학의 유기론적 대안』, 새미.

최열(1998), 『한국 근대 미술의 역사』, 열화당.

최영호(1992), 「작품 이해에 있어 그 해석과 평가의 객관성 문제: 빼앗긴 들에도 봄은 오는가를 중심으로」, 『고려대 어문논집』.

최원식(1982), 『민족문화의 이해』, 창작과비평사.

최재목 외(2009), 「일제강점기 신지식의 요람 대구 「우현서루」에 대하여」, 『동북 아문화연구』 19.

최전승(1999), 「시어와 방언」, 『국어문학』 35집, 국어문학회.

최학근(1990), 『증보 한국방언사전』, 명문당.

최한섭(1990), 『김천향토사』, 김천향토사발간회.

최현식(2006), 「민족과 국토의 심미화:이상화의 시를 중심으로」, 『한국시학연 구』 15호, 한국시학회.

최호영(2016), 「1920년대 초기 한국시에서의 숭고시학과 생명공동체의 이념」, 서울대학교 박사논문.

취샤오판 지음, 박우 옮김(2016), 『중국동북지역 도시사연구』, 진안진.

토니글리프 지음, 이수현 옮김(2010), 『레닌평전(1)(2)(3)』, 책갈피.

판카지 미슈라 지음, 강주헌 옮김(2018), 『분노의 시대, 현재의 역사』, 열린책들.

패멀라 카일 크로슬리 지음, 양휘웅 옮김(2013), 『만주족의 역사』, 돌베개.

페이샤오퉁 지음, 팡리리 엮음(2019), 『세계화와 중국문화』, 다락원.

피에르 부르디외 지음, 하태환 옮김(2002), 『예술의 규칙』, 동문선.

피에르 부르디외 지음, 정일준 옮김(1997), 『상징폭력과 문화재생산』, 새물결.

하영집(1993), 「이상화 시의 아이러니」, 동아대학교 석사논문.

하재현(1969), 「이상화 시의 연구: 시의 변모를 중심으로」, 경남대학교 석사논문.

한상도(2006), 『대륙에 남긴 꿈: 김원봉의 항일역정과 삶』, 역사공간.

한영환(1958), 「근대 한국 낭만주의 문학」, 『연세대 대학원 논문집』.

한자경(2008), 『한국철학의 맥』, 이화여자대학교 출판부.

한홍구 엮음(1986), 『항전별곡』, 거름.

허굉 지음, 김용성 옮김(2014), 『중국 고대 성시의 발생과 전개』, 진인지.

허만하(2015), 「앞산을 바라보고 서 있는 거인」, 『상화, 대구를 넘어 세계로』,

이상화기념사업회.

현택수 편(1998), 『문화와 권력: 부르디외 사회학의 이해』, 나남출판.

홍기삼(1973), 「한역사의 상처」, 『문학사상』 10호.

홍기삼(1976), 「이상화론」, 『문학과지성』 24호.

홍성식(1996), 「이상화 시 연구」, 상지대학교 석사논문.

황미경(1985), 「이상화 시의 이미지 연구」, 충남대학교 석사논문.

황정산(1984), 「이상화 연구」, 고려대학교 석사논문.

황패강(2006), 『한국신화의 연구』, 새문사.

Avner Zis., 연희원·김영자 역(1988), 『마르크스 미학 강좌』, 녹진.

Bourdieu p., 한택수 외 역(1998), 『문화와 권력』, 나남출판.

De Bary W. T., 표정훈 역(1998), 『중국의 「자유」 전통』, 이산.

Dieter Lamping, 장영태 역(1994), 『서정시: 이론과 역사』, 문학과지성사

Eagleton T., 여홍상 역(1994), 『이데올로기 개론』, 한신문화사.

Geeraerts, Dirk(1997), *Diachronic Prototype Semantics*, Clarendon Press, Oxford.

Greel H. G., 이성규 역(1997), 『공자, 인간과 신화』, 지식산업사.

Lacant J., 권택영 외 역(1994), 『자크 라깡: 욕망의 이론』, 문예출판사.

Laclau & Mouffe(1985), *Hegemony and Socialist Strategy*; 김성기 외 역(1990), 『사회변혁과 헤게모니』, 터.

Macdonell D.(1987), *Theories of Discourse*, Oxford Publication, 1987.

Martin Heidegger, 오병남·민형원 역(1979), 『예술작품의 근원』, 경문사, 1979.

Michel Foucault, 장진영 역, 김현 편(1989), 『미셸 푸코의 문학비평』, 문학과지성사.

Octavio Paz, 김홍근·김은중 역, 임양묵 편(1998), 『활과 리라』.

Paul Hull Browdre, Jr.(1971), "Eye Dialect as a Literary Device", *A Various Language, Perspectives on American Dialects*, Holt, Rinehart and Winston, INC.

Reboul O., 홍재성·권오룡 역(1994), 『언어와 이데올로기』, 역사비평.

Roland Barthes, 김희영 역(1997), 『텍스트의 즐거움』, 동문선.

Sumner Ives(1971), "A Theory of Literary Dialect", *A Various Language, Perspectives on American Dialects*, Holt, Rinehart and Winston, INC.

Therborn, G., 최종렬 역(1994), 『권력의 이데올로기와 이데올로기의 권력』(백의 신서30), 백의.

Traugott, E. Closs(1988), "Pragmatic Strengthening and Grammaticalization", *Berkely Linguistic Society* 14, BLS.

Zima P. V., 허창운·김태환 역(1996), 『이데올로기와 이론』, 문학과지성사.

「『역사속의 영남사람들 52』 이상화」, 『영남일보』, 2005.01.04.

『警視廳特別高等課內鮮高等係事務槪要(秘)』(警視廳, 1924)

『慶州李氏益齋公派少卿公後論福公派譜』(2013).

『大韓每日申報』, 1910.04.27.

『대한매일신보』, 『황성신문』, 『해조신문』, 『대한자강회월보』 등.

『大韓自强會月報』 4호, 1906.10.25.

『大韓協會大邱支會會錄』(영남대학교 박물관 소장, 필사본).

『백조』, 『개벽』, 『문예운동』, 『별건곤』, 『삼천리』, 『시원』, 『문장』 등

『북한인물록』(국회도서관, 1979)

『城南世稿』.

『재일코리안사전』(정희선 외 옮김, 선인, 2012)

『海潮新聞』, 1909.03.07.

『海潮新聞』, 1909.04.22.

『皇城新聞』.